HEYNE <

Simon Scarrow

BLUTSBRÜDER

Roman

Aus dem Englischen von
Norbert Stöbe

WILHELM HEYNE VERLAG
MÜNCHEN

Die Originalausgabe BROTHERS IN BLOOD erschien 2014
bei Headline Publishing Group, London

Penguin Random House Verlagsgruppe FSC® N001967

4. Auflage
Vollständige deutsche Erstausgabe 02/2016
Copyright © 2014 by Simon Scarrow
Copyright © 2016 der deutschsprachigen Ausgabe
by Wilhelm Heyne Verlag, München,
in der Penguin Random House Verlagsgruppe GmbH,
Neumarkter Straße 28, 81673 München
Redaktion: Werner Bauer
Printed in Germany
Umschlagillustration: Nele Schütz Design, München, unter Verwendung
eines Motivs von © Arcangel/Nik Keevil
Satz: Greiner & Reichel, Köln
Druck und Bindung: GGP Media GmbH, Pößneck

ISBN: 978-3-453-47138-2

www.heyne.de

Für meinen Sohn Joseph,
aus dem mittlerweile
ein Mann geworden ist.

DIE BEFEHLSKETTE
DES RÖMISCHEN HEERES

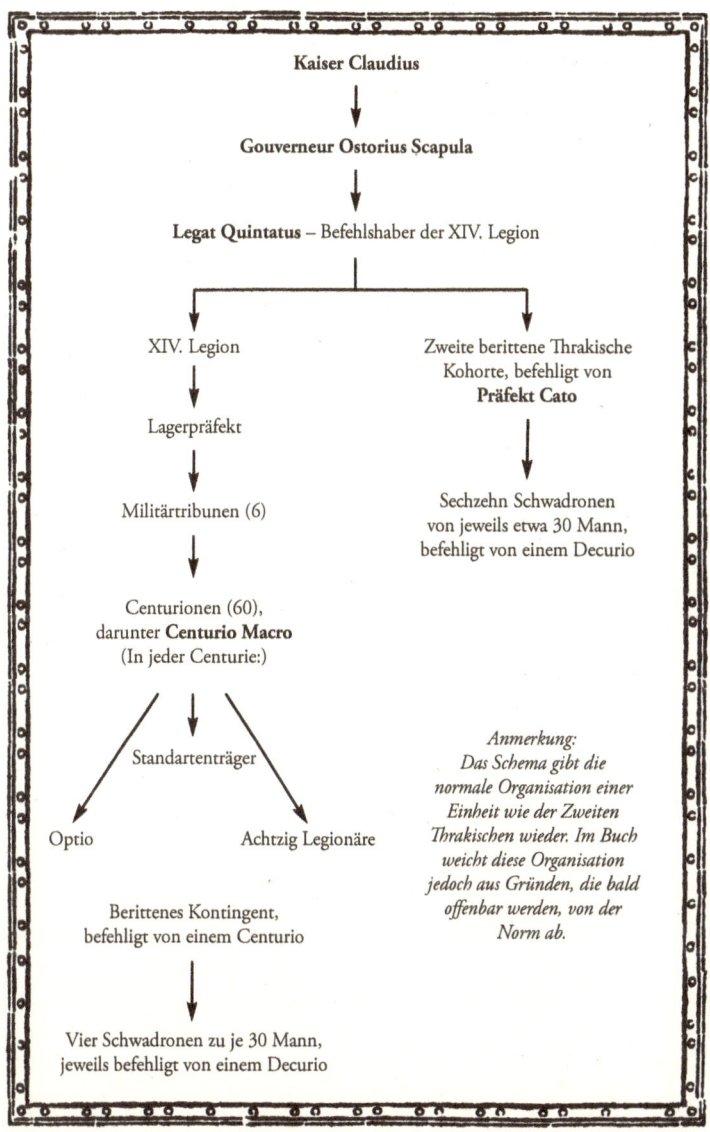

Kaiser Claudius

↓

Gouverneur Ostorius Scapula

↓

Legat Quintatus – Befehlshaber der XIV. Legion

XIV. Legion

↓

Lagerpräfekt

↓

Militärtribunen (6)

↓

Centurionen (60),
darunter **Centurio Macro**
(In jeder Centurie:)

Standartenträger

Optio   Achtzig Legionäre

Berittenes Kontingent,
befehligt von einem Centurio

↓

Vier Schwadronen zu je 30 Mann,
jeweils befehligt von einem Decurio

Zweite berittene Thrakische
Kohorte, befehligt von
Präfekt Cato

↓

Sechzehn Schwadronen
von jeweils etwa 30 Mann,
befehligt von einem Decurio

Anmerkung:
Das Schema gibt die
normale Organisation einer
Einheit wie der Zweiten
Thrakischen wieder. Im Buch
weicht diese Organisation
jedoch aus Gründen, die bald
offenbar werden, von der
Norm ab.

DIE RÖMISCHE PROVINZ BRITANNIEN IM JAHR A.D. 52

DIE
BRIGANTISCHE
FÖDERATION

Isurium

Lindum

ORDOVICES

Cornoviorum

ICENI

SILURES

Londinium

N

KAPITEL 1

Die Straßen der Hauptstadt waren voller Menschen, die den ungewöhnlich warmen Sonnenschein genossen. Es war kurz nach Mittag, der Himmel war wolkenlos. Musa spürte, dass er beschattet wurde, noch ehe er den Verfolger bemerkte. Mit diesem angeborenen Instinkt, der ihn frühzeitig Gefahren wittern ließ, hatte er die Aufmerksamkeit seines Herrn erregt. Bei seiner Art Tätigkeitsfeld eine unbezahlbare Eigenschaft. Man hatte ihn von den Straßen des Aventin aufgelesen und ein kleines Vermögen in eine Ausbildung gesteckt, die seinen Verstand und seine Reflexe noch weiter geschärft hatte.

Mühelos konnte er es mit jedem anderen Spitzel am Kaiserpalast aufnehmen. Er verstand sich darauf, sich anzuschleichen und lautlos zu töten, das Opfer zu verstümmeln und sich seiner zu entledigen, sodass kaum Gefahr bestand, dass man es je finden, geschweige denn identifizieren würde. Er konnte Nachrichten verschlüsseln und entschlüsseln und kannte die wirksamsten Gifte, die keine Spuren hinterließen. Musa verstand es auch, Personen sowohl auf belebten Straßen als auch in einsamen Gassen zu beschatten, ohne dass er bemerkt wurde.

Man hatte ihm überdies beigebracht, eventuelle Verfolger ausfindig zu machen. Als er kurz zuvor an einem Bäckerstand am Rand des Forums haltgemacht und wie ein ganz gewöhnlicher Kunde die kleinen Brotlaibe und das Gebäck betrachtet hatte, war ihm der Mann aufgefallen: hager, dunkelhaarig, bekleidet mit einer schlichten braunen Tunika. Der Fremde stand fünfzehn Schritte entfernt an einem Obststand und wog einen Pfirsich in der Hand.

Musa beobachtete ihn aus dem Augenwinkel und registrierte jede Einzelheit seiner betont unauffälligen Erscheinung. Nach einer Weile erinnerte er sich, ihn vor dem Haus gesehen zu haben, dessen Besitzer er auf Geheiß seines Herrn eine Nachricht überbracht hatte. Eine Nachricht, die zu wichtig war, als dass man sie dem Papier hätte anvertrauen dürfen, und die er sich deshalb eingeprägt hatte. Sein Beschatter hatte bei einer Gruppe von Leuten gestanden, die sich um ein Würfelspiel drängten, und dann hatte er sich aufgerichtet, gestreckt und war in dieselbe Richtung losgeschlendert, die auch Musa eingeschlagen hatte. In dem Moment hatte er dem Fremden keine weitere Beachtung geschenkt. Jetzt aber glaubte er nicht mehr an so etwas wie Zufall.

Grimmig lächelte er in sich hinein. Dann war das Spiel also eröffnet. Er kannte verschiedene Tricks, um den Mann abzuschütteln. Wenn der Bursche etwas taugte, würde er sie gleich durchschauen. Musa hatte überdies bei der bevorstehenden Auseinandersetzung einen Vorteil: Er war in dieser Gegend zu Hause, war in der Gosse aufgewachsen und hatte einen Großteil seiner Jugend als abgerissener Waisenjunge in einer Straßenbande verbracht. Er kannte jeden Winkel der großen Stadt, die sich über die sieben Hügel an den Stromschnellen des Tiber streckte.

Den dunklen Gesichtszügen des Mannes in der braunen Tunika nach zu schließen, war er kein Einheimischer, sondern stammte aus dem Osten des Reiches oder von noch weiter her. Er hatte die denkbar schlechtesten Voraussetzungen, Musa durch das Labyrinth der finsteren, stinkenden Gassen in dieser heruntergekommenen Subura zu folgen, die hinter dem Forum lag. Dort würde er ihn abschütteln, und wenn der Mann sich dort verirrte, konnte er nur hoffen, dass ihm die Götter gnädig gesonnen waren. Die Bewohner der Subura bildeten eine enge Gemeinschaft und witterten einen Außenseiter aus einer Meile Entfernung – sei es auch nur, weil sie selbst weniger stanken. Er würde schon für die erste Bande, die sich über ihn hermachte, ein leichtes Opfer sein.

Musa verspürte einen Anflug von Mitleid, doch diese Empfindung schob er sogleich beiseite. Der Herr des Fremden war ohne Zweifel ebenso unerbittlich wie der seine, und vermutlich würde er ihm bereitwillig die Kehle durchschneiden, wenn es ihm befohlen wurde. Musa schob die Hand zum Gürtel hinunter und betastete zärtlich den Knauf des Messers, das unter dem breiten Lederband versteckt war. Beruhigt durch diese Berührung, wandte er sich von dem Bäckerstand ab und tat ein paar schnelle Schritte in Richtung des Torbogens, der aus dem Forum hinausführte. Auch ohne sich umzublicken, wusste er, dass der Mann ihm folgte. In dem

Moment, als Musa sich in Bewegung setzte, hatte er sich zu ihm umgedreht.

Während er sich energisch einen Weg durch das Gewimmel bahnte, was ihm scharfe Bemerkungen und böse Blicke derer einbrachte, die von ihm angerempelt wurden, beschleunigte sich Musas Herzschlag. Eine eigentümliche Mischung aus freudiger Erregung und banger Erwartung bemächtigte sich seiner. Er schritt durch den Torbogen, in dem das Schlurfen der Sandalen und die Wortwechsel der Passanten lauter widerhallten als der Lärm der Stadt. Dann wandte er sich nach links und eilte in eine Gasse hinein, die zur Subura führte. Ein Stück weiter hockte an einer schmutzigen, mit derben Sprüchen bekrakelten Wand ein Junge in einer verdreckten Tunika, die Sandalen mit Lumpen ausgebessert. Ein Dieb, sagte sich Musa. Er kannte diesen Typ und fischte eine Bronzemünze aus seinem Geldbeutel.

»Mein Junge, mir folgt ein Mann in einer braunen Tunika. Wenn er vorbeikommt, sag ihm, ich wäre in die Gasse dort abgebogen.« Musa zeigte zu einer steil ansteigenden Gasse, die in die entgegengesetzte Richtung führte. Er warf die Münze dem Jungen zu, der sie auffing und nickte. Musa betrat die Gasse, die zur Subura führte. Der düstere Durchgangsweg war schmal, zu beiden Seiten lagen Haufen von Unrat. Hier waren weniger Menschen unterwegs, und er beschleunigte seine Schritte, um einen möglichst großen Abstand zu seinem Verfolger zu gewinnen.

Mit etwas Glück hatte er ihn bereits am Torbogen abgehängt. Wenn der Fremde sein Handwerk verstand, würde er vermuten, dass Musa ihn in den verwinkelten Gassen der Subura abschütteln wollte, und den Jungen an der Wand ausfragen. Vielleicht würde er ihm glauben, doch selbst wenn er dessen Aussage anzweifelte, würde er so lange aufgehalten werden, dass die Spur bereits kalt wäre, wenn er die Subura erreichte. Musa lief ein paar hundert Schritte weit und bog mehrfach nach rechts und nach links ab, bis er die hoch aufragenden baufälligen Mietshäuser erreicht hatte, die den Eindruck machten, sie wollten den schmalen Himmelsstreifen über den dunklen Gassen zerquetschen. Hier ging er langsamer weiter und atmete tief durch, rümpfte die Nase über den Gestank der schimmelnden Nahrungsreste, der Exkremente und der Schweißausdünstungen, den er einmal für ganz natürlich gehalten hatte.

Musa fragte sich, wie er dieses Elend als Heranwachsender ausgehalten hatte. Seitdem hatte er sich an die parfümierte Welt der Reichen und Mächtigen gewöhnt, auch wenn er nur an deren Rand lebte und im Schatten arbeitete. Gleichwohl erinnerte er sich noch gut genug an diese schmalen Straßen und Gassen, um genau zu wissen, wo er sich befand und wie er den Slum umgehen musste, um seinen Weg zum Haus auf dem Quirinalhügel fortsetzen zu können, wo sein Herr ihn erwartete. Hier in der Subura galt es auch andere Gefahren zu beachten, und Musa ging vorsichtig weiter, musterte jeden einzelnen Mann und jede Gruppe, die ihm entgegenkam, und schätzte die Gefahr ein, die von ihnen ausgehen mochte. Abgesehen von ein paar feindseligen Blicken ließen sie ihn jedoch in Ruhe, und schließlich gelangte er zu dem kleinen Platz inmitten der Subura, wo ein großer Springbrunnen, gespeist von einer Nebenleitung des Julian-Aquädukts, die Einheimischen mit Wasser versorgte.

Wie gewöhnlich drängten sich Frauen und Kinder auf dem Platz, beladen mit schweren Tonkrügen, in denen sie für ihre Familien Wasser holten. Darunter waren auch kleine Gruppen von Jugendlichen und Männern, die aus Weinschläuchen tranken, plauderten und Würfel spielten. Musa trug eine schlichte schwarze Tunika und unterschied sich, abgesehen von seinem akkurat geschnittenen Haar und Bart, nicht von den anderen. Die Spannung fiel teilweise von ihm ab, als er sich dem Springbrunnen näherte. Er beugte sich über die Brüstung, schöpfte Wasser und löschte seinen Durst. Dann spritzte er sich ein wenig Wasser ins Gesicht, richtete sich auf und dehnte voller Genugtuung die Schultern, weil er sich wieder einmal als der Schlauere erwiesen hatte.

Er wandte sich vom Springbrunnen ab und erstarrte.

Der Mann in der braunen Tunika stand nur fünfzig Fuß entfernt, außerhalb des Gedränges um den Brunnen. Er hatte alle Verstellung aufgegeben und erwiderte lächelnd Musas Blick. Sein Gesichtsausdruck jagte Musa einen kalten Schauder über den Rücken. Allerlei Fragen schwirrten ihm durch den Kopf. Wie war das möglich? Wie war es dem Mann gelungen, den Anschluss zu halten? Woher hatte er gewusst, wo er ihn finden würde? Vielleicht war er ja doch ein Einheimischer. Musa ärgerte sich, dass er seinen Gegner so schmählich unterschätzt hatte.

Abermals wanderte seine Hand zum Gürtel, und er suchte jetzt, da der Einsatz erhöht worden war, bei seiner Klinge Beistand. Es ging nicht mehr nur darum, einen Verfolger abzuschütteln. Wahrscheinlich würde es zu einer Konfrontation kommen, eine weit gefährlichere Aussicht. Musa wusste, dass vom Platz aus eine Gasse auf direktem Weg zu der Straße verlief, die auf den Quirinalhügel führte, und er ging darauf zu und wappnete sich innerlich, jeden Moment loszurennen. Wenn er schon nicht gerissen genug war, den Verfolger abzuschütteln, musste er ihm eben davonlaufen.

Der Mann folgte ihm in gleichbleibendem Abstand, als er sich aus dem Gedränge hinausarbeitete, und dann, als Musas Absicht offenbar wurde, lächelte er wieder und drohte ihm mit dem Zeigefinger. Auf einmal fühlte Musa sich bedroht. Der Mann wies mit dem Kinn zur Gasse, und als Musa dorthin schaute, traten zwei stämmige Männer aus dem Schatten und verstellten ihm den Weg.

»Scheiße …«, fluchte er. Sie waren offenbar zu dritt. Vielleicht gab es sogar noch mehr. Er konnte sich nicht aus eigener Kraft aus dieser Falle befreien. Jetzt hing alles von seiner Schnelligkeit ab. Er tauchte wieder in die Menge ein und blickte sich um. Es gab vier weitere Fluchtwege. Er entschied sich für die den beiden Männern gegenüberliegende Gasse, die am weitesten vom ersten Verfolger entfernt war. Wenn er ihr weit genug folgte, konnte er sich über eine Querstraße im Haus seines Herrn in Sicherheit bringen. Musa wappnete sich und holte tief Luft, dann rannte er los und stieß alle beiseite, die ihm im Weg standen. Hinter ihm wurde laut geschimpft, doch er achtete nicht darauf. Er ließ das Gewühl hinter sich und lief auf die Mündung der Gasse zu. Ein lauter Ruf übertönte den Lärm der Menge.

»Hinterher! Schnappt ihn euch!«

Musa erreichte die Mündung der Gasse und stürmte ins Halbdunkel hinein. Einen Moment lang hatte er nach der Helligkeit auf dem Platz Mühe, etwas zu erkennen, doch er rannte trotzdem weiter und hoffte darauf, dass er nicht stolpern, niemanden umrennen und mit seinen Stiefeln auf dem verdreckten Pflaster nicht ausrutschen würde. Endlich passten sich seine Augen an die Lichtverhältnisse an, und er machte die ersten Einzelheiten aus. Die kleinen überwölbten Eingänge kleiner Geschäfte, deren Besitzer Mühe hatten, ihr Leben mit dem zu bestreiten, was die Banden der Subura ihnen übrig ließen. Ein paar zerlumpte Frauen und Männer, die ihm die Hand entgegenstreckten und um Nahrung oder Geld bettelten und um die er einen Bogen machte, während schon die Schritte der Verfolger durch die Gasse schallten. Musa biss die Zähne zusammen und eilte weiter. Allmählich wurde er verzagt.

Fünfzig Schritte vor ihm durchbohrte ein Lichtstrahl die Düsternis, der von einer breiteren Straße kam, die zum Quirinal führte. Musa verspürte einen Anflug jäher Hoffnung. Wenn er den Abstand zu den Verfolgern noch eine Viertelmeile halten konnte, war er in Sicherheit. Die Kreuzung näherte sich, und heller Sonnenschein fiel in die dunkle Welt des Slums. Er war nur noch zehn Schritte von der Ecke entfernt, als er einen

heftigen Schlag gegen das Schienbein bekam und bäuch-
lings im schmalen Rinnstein landete, der in der Mitte der
Gasse entlangführte, voller stinkender Pfützen und Unrat. Der Aufprall trieb ihm die Luft aus der Lunge, und
einen Moment lang schnappte er nach Luft. Seine Rippen brannten. Er wusste, er musste sich bewegen, und
zwang sich auf die Knie. Dann vernahm er Stiefelgepol-
ter, langte zum Messer und richtete sich auf, entschlossen, dem Gegner entgegenzutreten.

Plötzlich prallte ein Stiefel gegen seine Hand, und das
Messer entglitt seinen tauben Fingern. Ein anderer Stiefel traf ihn in die Seite und presste ihm mit einem qual-
vollen Schnaufen die letzte Luft aus der Lunge. Musa lag
zusammengekrümmt da, atmete mit offenem Mund und
schaute hoch. Da war der Mann in der braunen Tunika,
flankiert von den beiden Schlägern, beide in geduckter
Haltung, die Fäuste geballt. Musa hatte keine Ahnung,
wer ihn aufgehalten hatte, und sein gequälter, verwirrter
Gesichtsausdruck brachte den Mann zum Lächeln.

»Schade, Musa, o ja, wirklich. Hast dich mächtig ins
Zeug gelegt. Aber jetzt ist's aus, kapiert?« Er blickte
über Musas Schulter hinweg und grinste. »Gut gemacht,
Petulus. Na los, zeig dich.«

Ein Schatten trat aus einem Hauseingang ins Licht,
und Musa erblickte einen kleinen, abgerissenen Bengel
mit einem Knüppel. Er erkannte ihn auf der Stelle wieder. Diesem Burschen hatte er eine Münze gegeben, damit er die Verfolger in die Irre wies! Dabei hatte er von
Anfang an mit diesen Männern hier unter einer Decke
gesteckt! Erst jetzt begriff Musa, dass man ihn genau

in die Gasse manövriert hatte, in der der Junge gewartet hatte. Er war in eine raffinierte Falle getappt. So raffiniert, als hätte er selbst sie ausgedacht. Vielleicht sogar raffinierter. Er schüttelte den Kopf und wälzte sich auf den Rücken.

»Hoch mit ihm, Männer.«

Musa wurde grob auf die Beine gezogen. Jemand legte ihm eine Hand ums Kinn und riss ihm den Kopf hoch. Vor ihm stand der Fremde in der braunen Tunika. »Jemand möchte mit dir reden, Musa.«

Musa erwiderte seinen Blick und mahlte mit den Zähnen. Dann spuckte er dem Mann ins Gesicht. »Du Schwein!«, knurrte er. »Und verflucht soll das griechische Stück Scheiße sein, für das du arbeitest!«

Zorn blitzte in den Augen des Mannes auf, dann lächelte er kühl. »Dein Herr ist aus der gleichen Scheiße gemacht, mein Freund.«

Dann nickte er, und jemand zog Musa einen Sack über den Kopf. Er roch nach Oliven. Im nächsten Moment sah er ein helles Licht und verspürte einen scharfen Schmerz, danach wurde alles dunkel.

KAPITEL 2

Das war ein ganz schön übler Schlag.« Eine Stimme durchdrang den Nebel in seinem Kopf. »Hoffentlich hast du dem Kerl nicht das Gehirn zerdeppert.«

Musa wendete stöhnend den Kopf. Er öffnete einen Spalt weit die Augen und sah, dass er sich in einer gemauerten Zelle befand, erhellt vom blassgelben Schein von Öllampen. Ihm pochte der Schädel, und die Bewegung löste eine Welle von Übelkeit aus. Er lag auf dem Rücken, möglicherweise auf einem Holztisch. Als er die rechte Hand bewegen wollte, wurde er durch Fesseln daran gehindert. Mit der anderen Hand und den Füßen war es das Gleiche, und deshalb lag er reglos da und tat so, als sei er noch nicht richtig bei Bewusstsein, während er sich trotz der bohrenden Kopfschmerzen bemühte, zusammenhängend zu denken. Auch sein Schienbein pochte, und als er an den jungen Burschen dachte, fühlte er sich nicht nur verraten, sondern ärgerte sich, dass er sich von ihm hatte hinters Licht führen lassen.

»Nur ein leichter Schlag auf den Kopf, das war alles«, brummte jemand. Musa erkannte die Stimme des Mannes wieder, der die Verfolgergruppe angeführt hatte. »Wenn er zu sich kommt, ist er so klar im Kopf wie Regenwasser.«

»Er regt sich. Musa ist wach.«

Schritte näherten sich, und jemand packte ihn beim Halssaum der Tunika und schüttelte ihn.

»Mach die Augen auf, Musa. Wir müssen reden.«

Er reagierte nicht, sondern stellte sich tot. Der Mann schüttelte ihn erneut, dann versetzte er ihm eine Ohrfeige.

Musa riss die Augen auf und blinzelte. Der Mann, der sich über ihn gebeugt hatte, nickte zufrieden.

»Er ist aufgewacht.«

»Dann wollen wir keine Zeit vergeuden. Hol Ancus.«

»Wird gemacht, Herr.« Der Mann ging weg, dann wurde eine Tür geöffnet, und Musa hörte, wie jemand eine Treppe hochstieg. Er wandte den Kopf und schaute sich um. Er befand sich in einer Kammer mit niedriger Decke, unter der Erde gelegen, vermutete er wegen des Fehlens von Tageslicht und der Stille. Zwei von der Decke hängende Halter mit Öllampen aus Messing spendeten trübes Licht. Außer dem Tisch gab es nur noch einen weiteren Einrichtungsgegenstand: eine kleine Bank mit Werkzeugen, die im Lampenschein funkelten. Neben dem Tisch, den Kopf im Schatten, stand ein hagerer Mann, bekleidet mit reinlicher weißer Tunika und Kalbslederstiefeln, die bis zur Mitte der Schienbeine reichten. Er stand eine Weile ruhig da, bevor er in trockenem Tonfall zu sprechen begann, zu leise, als dass Musa seine Stimme irgendwo hätte einordnen können.

»Ehe du auch nur dran denkst, solltest du eines wissen: Jedes Rufen oder Schreien wird dazu führen, dass niemand außerhalb dieses Raums je wieder von dir hören wird. Wir befinden uns im Keller eines geheimen Unterschlupfs.«

Musa lief ein Schauder der Angst über den Rücken. Es gab nur eine einzige plausible Erklärung dafür, dass man ihn hierher gebracht hatte. Er blickte zur Bank, und jetzt, auf einmal, wurde ihm klar, wozu die Werkzeuge dienten.

»Gut«, sagte der Mann. »Du weißt, was dir bevorsteht. Ich möchte nicht deine unbestreitbare Intelligenz beleidigen, wenn ich erwähne, dass du uns am Ende alles verraten wirst, was wir wissen wollen. Wenn dein Herr dich so gut ausgebildet hat wie ich meine Leute, dürftest du uns vor eine gewisse Herausforderung stellen. Ich sollte dich warnen, dass es auf diesem Gebiet keinen Besseren als Ancus gibt. Vorausgesetzt, er hat ausreichend Zeit, kann er einen Stein zum Reden bringen. Und du, Musa, bist kein Stein. Nur ein Wesen aus Fleisch und Blut. Du bist schwach. Du hast Schwachstellen, so wie jeder Mensch. Und Ancus wird herausfinden, wo sie liegen, das ist so sicher wie die Tatsache, dass der Tag auf die Nacht folgt. Du wirst uns alles verraten, was wir wissen wollen. Die Frage ist nur, wie lange du durchhältst. Du kannst auch gleich reden, dann ersparst du uns allen eine unangenehme Erfahrung.«

Musa öffnete den Mund und spuckte eine Beschimpfung aus, dann biss er die Zähne wieder fest zusammen. Eine der ersten Lektionen für Situationen wie diese lautete, kein einziges Wort zu sagen. Wenn man etwas sagte, öffnete man das Tor zu weiteren Wortwechseln, und abgesehen von der Gefahr, Informationen preiszugeben, gab man dem Befrager Gelegenheit, eine Beziehung herzustellen, in die eigenen Gedanken vorzudringen und die Schwachstellen herauszufinden. Am besten schwieg man folglich.

»Verstehe«, sagte der Mann. »Dann müssen wir fortfahren.«

Die angespannte Stille wurde allein durchbrochen vom Wassergetröpfel an der Wand. Der Mann hatte sich die ganze Zeit über nicht gerührt und sein Gesicht verborgen gehalten. Schließlich vernahm Musa das Geräusch sich nähernder Schritte und dann das Klatschen von Sandalen auf den Treppenstufen. Die Tür ging auf, und zwei Männer traten ein. Den einen kannte er bereits, der andere hatte kurz geschnittenes Haar, zahlreiche Narben im Gesicht und einen gedrungenen, kräftigen Körper. Musa vermutete zunächst, es handle sich um einen ehemaligen Gladiator, dann bemerkte er das Mithraszeichen auf der Stirn des Mannes und folgerte daraus, dass er einen Soldaten vor sich hatte.

»Er gehört dir, Ancus«, sagte der Mann im Schatten.

Ancus rümpfte die Nase und musterte Musa. »Was willst du von ihm, Herr?«

»Ich will wissen, weshalb er das Haus des Vespasian aufgesucht hat. Und ich will wissen, welche Pläne unser guter Freund Pallas beim Britannienfeldzug verfolgt. Ich brauche die Namen der Mittelsmänner, die Pallas in der Gegend einsetzt, und deren genaue Einsatzbefehle.«

»Sonst noch was?«

»Das wäre im Moment alles.«

Ancus nickte, ging zum Tisch und beugte sich über Musa. »Ich nehme an, du kennst die Vorgehensweise.

Ich halte mich akribisch an das Prozedere, deshalb lass uns mit dem Grauen anfangen, ja?«

Er ging zur Bank, musterte sein Handwerkszeug und wählte ein paar Instrumente aus, dann kam er zurück zum Tisch und legte sie neben Musa ab.

»Los geht's. Ich denke, wir fangen mit den Füßen an und arbeiten uns dann nach oben vor.« Er hielt eine eiserne Kneifzange hoch und zwinkerte. »Für die Zehen. Anschließend ziehe ich dir die Haut bis zu den Knöcheln hoch.« Er präsentierte ein Chirurgenmesser und zwei schmale Fleischerhaken. »Dann breche ich dir damit die Beine und die Knie.« Er zeigte Musa eine Eisenstange. »Wenn dir das die Zunge noch immer nicht gelockert hat, verlierst du Schwanz und Eier, mein Freund. Glaub mir, so weit willst du es nicht kommen lassen.«

Musa ließ sich nichts anmerken. Ein Schweißtropfen löste sich aus seinem Haaransatz und rollte ihm über die Stirn. Der Befrager tupfte ihn mit dem Zeigefinger geschickt ab.

»Doch nicht so tapfer, wie?« Er lachte leise in sich hinein und leckte den Schweißtropfen von seinem Finger ab, dann nahm er die Zange und trat vor Musas Füße hin. Musa biss die Zähne zusammen und spannte jeden einzelnen Muskel an, um sich gegen den Schmerz zu wappnen. Ancus legte ihm die Hand um den Fuß und hielt ihn fest. Musa wand sich und drehte den Fuß mit aller Kraft hin und her, um ihn aus dem Griff zu lösen.

»He, Septimus, mach dich nützlich. Hilf mir mal.«

Der Mann in der braunen Tunika trat an den Tisch, packte Musas Fuß und hielt ihn fest. Musa spürte, wie sich die Zangenbacken um seinen großen Zeh legten und auf das Fleisch und den Knochen drückten. Ancus holte scharf Luft und drückte die Griffe zusammen. Es knackte laut. Septimus ächzte, und Musas Gesicht verzerrte sich.

»Sag mir Bescheid, wenn er reden will«, sagte der Mann im Schatten. »Ich bin oben.«

Er trat aus dem Alkoven hervor, und Musa blinzelte die Tränen weg, um einen Blick auf den Mann zu werfen. Ihm sank der Mut, als er das schmale, dunkelhäutige Gesicht des Sekretärs von Kaiser Claudius erblickte. Narcissus, der lange Zeit die eigentliche Macht hinter dem Thron gewesen war, dem aber Pallas inzwischen die Stellung streitig machte. Letzterer war Musas Arbeitgeber. Er trachtete danach, Narcissus zu eliminieren, sobald der Kaiser starb und die Macht an seinen Adoptivsohn Nero weitergab. Pallas hatte sich bereits bis ins Bett von Neros Mutter vorgearbeitet. Es war nur eine Frage der Zeit, bis er einen ebenso großen Einfluss auf Agrippina hätte wie Narcissus in der Vergangenheit auf Claudius. Die beiden Männer waren erbitterte Rivalen, und das bedeutete, dass man ihn so lange foltern würde, bis er Narcissus' Fragen beantwortete. Er spürte, wie die Zange zum nächsten Zeh wanderte. Narcissus schaute sich mit angewiderter Miene noch einmal um, dann ging er in dem Moment hinaus, als der zweite Zehenknochen von Ancus' Zange durchtrennt wurde.

Als Septimus die Treppe hochstieg, war die Sonne untergegangen. Er wischte sich die Hände an einem Streifen von Musas Tunika ab und trat in die über der Kammer gelegene kleine Küche. Narcissus war allein und saß auf einem Hocker am Tisch, vor sich einen Tonbecher und einen Teller mit den Resten der Mahlzeit, die er auf dem Markt erstanden hatte, als er die Schreie aus dem Keller nicht mehr ausgehalten hatte.

»Er will jetzt reden.«

»Wurde auch Zeit, oder? Ich war schon im Begriff, in meinem Glauben an Ancus wankelmütig zu werden.«

»Dazu gibt es keinen Grund, Vater. Er hat seine Sache gut gemacht. Aber Musa hat sich nicht so leicht brechen lassen.«

Narcissus nickte. »Das ist gut. Wenn es uns gelingt, ihn umzudrehen, könnte er sich irgendwann als nütz-lich erweisen.«

»Und wenn nicht?«

»Dann gibt es ein weiteres Opfer des Konflikts zwi-schen mir und diesem Scheißkerl Pallas. Hoffen wir, dass wir Musa davon überzeugen können, sich für die richtige Seite zu entscheiden.«

Narcissus geleitete seinen Sohn in den Keller hi-nunter und in die Kammer, in der Ancus sie mit sei-nem Opfer erwartete. Er wandte den Blick von Musas blutverschmierten Beinen ab und fauchte: »Deck die Schweinerei zu!«

Ancus schürzte missbilligend die Lippen, tat aber wie geheißen und bedeckte Musas Beine so gut es ging mit dem Rest der zerrissenen Tunika. Als er fertig war, trat Narcissus an den Tisch, bemühte sich aber, die Blut-spritzer, Fleischfetzen und Hautstreifen auf dem Boden zu übersehen. Narcissus musste sich beherrschen, um sich die Enttäuschung nicht anmerken zu lassen. Musa war in einem jämmerlichen Zustand, zitterte am ganzen Leib und starrte mit leerem Blick an die Decke. Da war nichts mehr zu machen. Es war sinnlos, ihn umdrehen zu wollen. Musa murmelte ein Gebet, als Narcissus sich über ihn neigte.

»Man hat mir gesagt, du wolltest reden.«

Da Musa ihn anscheinend nicht wahrnahm, beugte Narcissus sich noch weiter vor, legte ihm behutsam die Hand ums Kinn und drehte sein Gesicht zu sich herum.

»Musa, ich will, dass du meine Fragen beantwortest. Bist du bereit dazu?«

Ganz allmählich zeigte sich Wiedererkennen im Blick des Mannes. Er konzentrierte sich mühsam. Dann nickte er, schluckte und antwortete: »Ja.«

Narcissus lächelte. »Schon besser. Also, heute bist du im Morgengrauen vom Palast zu einem Haus auf dem Aventin gegangen.«

»Das war erst … heute Morgen?«

»Ja«, bestätigte Narcissus geduldig. »Septimus ist dir unbemerkt gefolgt. Jedenfalls bei dieser Gelegenheit.« Er blickte seinen Sohn an, der den Anstand hatte zu erröten. »Du hast zwar die üblichen Vorsichtsmaßnahmen angewendet, hast das Tempo mehrmals gewechselt, bist ein Stück zurückgegangen und so weiter, aber Septimus ist an dir drangeblieben und hat gesehen, wie du das Haus von Senator Vespasian betreten hast. Ich weiß, dass der Senator die vergangenen Monate in seiner Villa in Stabiae verbracht hat. Es wird gemunkelt, zwischen ihm und seiner Frau stehe es nicht gut, ein Jammer. Deshalb nehme ich an, dein Besuch hat seiner Frau Flavia gegolten, hab ich recht?«

Musa starrte ihn einen Moment an, dann nickte er.

»Nun sag mir bitte, es ging nicht darum, dass du dir ein Beispiel an deinem Herrn genommen und über deine Stellung hinausgegriffen hast.«

Ancus lachte glucksend, bis der kaiserliche Sekretär ihn mit einem tadelnden Blick verstummen ließ. Ancus fuhr fort, seine Werkzeuge in einer kleinen Wasserschüssel zu reinigen. Narcissus wandte sich wieder an den Mann auf dem Tisch.

»Also, was wolltest du von Flavia?«

»Ich habe ihr … eine Nachricht überbracht, von Pallas.«

»Verstehe. Und wie lautete die Nachricht?«

»Mein Herr bittet sie um Unterstützung … wenn Nero auf den Thron kommt.«

»Das muss ja wohl eher ›falls‹ heißen, mein Freund. Dein Herr täuscht sich, wenn er glaubt, er könnte sich von Flavia und ihren Bundesgenossen Unterstützung erwarten. Obwohl sie uns in der Öffentlichkeit etwas anderes glauben machen will, ist sie in Wirklichkeit eine leidenschaftliche Republikanerin. Sie würde eher ihre Kinder verschlingen, als deinen ränkeschmiedenden Herrn zu unterstützen. Die hübsche Flavia war recht erfolgreich darin, Verräter aus dem Schatten hervorzulocken und sie zu veranlassen, sich ihrer Verschwörung gegen den Kaiser anzuschließen. Dass ich sie ständig überwache, davon hat sie keine Ahnung.« Er hielt inne und streichelte Musa die Wange. »Und jetzt sag mir, was hat Pallas Flavia als Gegenleistung dafür versprochen, dass sie einwilligt, ihn zu unterstützen?«

»Die Beförderung ... ihres Gemahls. Wenn Nero ... an die Macht kommt.«

»Der Dichterkaiser und der Berufssoldat. Ich bezweifle, dass sie einander viel zu sagen hätten. Außerdem kommt Vespasian anscheinend ganz gut allein zurecht. In vielerlei Hinsicht ein bewundernswerter Mann, aber er besitzt mehr als nur einen Funken Ehrgeiz. Man sollte ihn im Auge behalten, und dafür habe ich genau die richtige Person. Es gibt keinen Mann auf Erden, der den Reizen der jungen Caenis widerstehen könnte. Mein lieber Musa, ich fürchte, dein Besuch im Hause Vespasian war reine Zeitverschwendung. Pallas, dein Herr, ist umsonst ein großes Risiko eingegangen. Allein aus einer spekulativen Laune heraus hat er dir diese Qualen eingebrockt. Was du hier ertragen musstest, kannst du ihm anlasten. Seinem schlechten Urteil. Das verstehst du doch, oder?«

Narcissus musterte Musa aufmerksam und forschte nach einem Hinweis auf den Zweifel, den er ihm einpflanzen wollte. Die Sache mit Flavia war nur eine List, eine Lücke im Panzer des Gegners, die er weiter öffnen wollte, um die Geheimnisse ans Licht zu bringen, auf die er aus war.

Plötzlich verzerrte sich Musas Gesicht, und er kämpfte mit zusammengebissenen Zähnen gegen eine weitere Schmerzwelle an. Der kaiserliche Sekretär wartete nachsichtig, bis der Schmerz nachgelassen hatte, erst dann fuhr er fort.

»Musa, Pallas hat dich benutzt. Für ihn bist du nichts weiter als ein wertloses Werkzeug, das man auf die vage Aussicht hin, Flavias Wohlwollen zu erringen, einfach fortwirft. Denk mal darüber nach. Auch darüber, wie wenig Anerkennung er dir zollt. Du bist ein guter Mann, das sehe ich. Du bist so tüchtig wie meine besten Agenten. Wenn du dich erholst, wäre für dich Platz an meiner Seite. Das ist mein voller Ernst. Diene mir, und du wirst mit Respekt behandelt und reich belohnt werden.« Er legte Musa die Hand um die Wange. »Hast du mich verstanden?«

Musa schaute zu ihm auf, eine Träne quoll aus seinem Augenwinkel. Er schluckte und nickte kraftlos.

»So«, sagte Narcissus tröstend. »Ich freue mich, dass du vernünftig bist. Es tut mir weh zu sehen, was man dir zugefügt hat. Wenn unsere Unterhaltung beendet ist, wird man dich in ein hübsches Zimmer bringen und deine Wunden versorgen. Sobald du dich wieder vollständig erholt hast, überlegen wir gemeinsam, welche Stellung du in meiner Organisation einnehmen wirst.«

Musa schloss die Augen und nickte schwach.

»Aber noch eine Sache, bevor wir von hier fortgehen«, fuhr Narcissus fort. »Ich will wissen, was Pallas in Britannien vorhat. Hat er über seine Pläne für die neue Provinz gesprochen?«

»Ja ...«

»Dann solltest du mir davon erzählen«, sagte Narcissus mit sanftem Nachdruck. »Wenn du für mich arbeiten willst, darf es keine Geheimnisse zwischen uns geben, mein Freund. Nun sprich.«

Musa schwieg einen Moment und kämpfte gegen den Schmerz an. Er atmete flach und verhielt sich möglichst still, damit die Schmerzen nicht schlimmer wurden.

»Pallas will, dass der Feldzug scheitert ... Er will, dass Rom sich aus Britannien zurückzieht.«

»Warum?«, warf Septimus ein.

»Pssst!«, machte Narcissus. »Halt dich zurück und schweig.« Er wandte sich wieder an Musa. »Rede weiter, mein Freund. Weshalb sollte Pallas wollen, dass wir die Insel räumen?«

»Er trachtet danach, Claudius' Stellung zu schwächen ... Wenn die Legionen sich zurückziehen, wird das den Kaiser und dessen legitimen Sohn Britannicus in Verlegenheit bringen.«

»Und meine Stellung würde es ebenfalls schwächen.«

»Ja.«

Narcissus lächelte. Das war die eigentliche Absicht hinter Pallas' Plan. Mit dem Kaiser hatte das wenig zu tun, denn der war alt und würde in ein paar Jahren oder gar Monaten sterben. Es ging darum, die Mitbewerber um die Position des engsten Beraters des nächsten Kaisers zu eliminieren. Da Narcissus die Invasion unterstützt und die Senatoren, die an der Weisheit des Beschlusses zur Eroberung Britanniens gezweifelt hatten, unter großem Einsatz umgestimmt hatte, würde der Rückzug von der Insel seinem Ruf schaden und seinen Einfluss bei Hofe mindern. Außerdem würde der Kaisersohn Britannicus beschädigt werden, der nach dem Feldzug benannt worden war. Wer würde sich schon für einen Kaiser einsetzen, der den Namen einer Insel trug, die sich dem Willen Roms erfolgreich widersetzt hatte?

Narcissus holte tief Luft, dann setzte er die Befragung fort. »Wie gedenkt Pallas sein Ziel zu erreichen?«

»Er hat einen Agenten entsandt ... der sich mit Caratacus verschwören soll ... und mit einem mächtigen Fürsten der Nordstämme ... Wenn Caratacus sie einigen kann ... dann können unsere Legionen nicht siegen ... Die Provinz muss fallen.«

»Der Name des Agenten? Wie heißt er? Sprich.«

Musa schüttelte den Kopf und zuckte zusammen. »Ich kenne ihn nicht. Pallas hat ihn nicht erwähnt.«

Narcissus atmete scharf aus und richtete sich enttäuscht auf.

»Da ist noch etwas ... was du wissen solltest«, murmelte Musa.

»Was?«

»Der Agent hat noch einen anderen Auftrag ... Er soll zwei deiner Leute eliminieren.«

»Zwei meiner Leute?« Narcissus hob eine Braue. »Ich habe keine Agenten in Britannien.«

»Pallas sieht das anders ... Er will zwei Offiziere töten lassen, die mit dir in Verbindung stehen.«

»Wen?«

Musa hatte Mühe, sich zu konzentrieren. »Quintus Licinius Cato ... und Lucius Cornelius Macro.«

»Die beiden?« Narcissus konnte sich ein Kichern nicht verkneifen. »Die arbeiten nicht für mich. Nicht mehr. Pallas verschwendet seine Zeit, wenn er glaubt, ihr Tod würde mir schaden. Außerdem tun mir seine Leute, die sich mit den beiden anlegen, jetzt schon leid. Ist das alles? Hast du mir sonst noch etwas zu sagen?«

Musa leckte sich die Lippen und schüttelte kraftlos den Kopf. »Nein, das ist alles.«

»Das hast du gut gemacht, mein Freund.« Narcissus tätschelte ihm die Hand. »Ruh dich jetzt aus. Du musst dich erholen.«

Musas Lippen verzogen sich zu einem erleichterten Lächeln, er entspannte sich. Narcissus nahm seine Hand fort, wandte sich zur Tür und bedeutete Septimus, sich ihm anzuschließen.

»Jetzt wissen wir also Bescheid.«

»Was wirst du jetzt tun?«, fragte ihn sein Sohn leise.

»Wir müssen General Ostorius warnen.«

»Ich glaube nicht. Es ist besser, wenn er nichts erfährt. Diese Angelegenheit muss im Stillen geklärt werden. Wir setzen einen eigenen Mann auf Pallas' Agenten an. Der soll ihn aufspüren und dem Ränkespiel ein Ende machen. Gleichzeitig kann er Cato und Macro warnen.« Er lächelte ironisch. »Sie werden vermutlich nicht sonderlich erfreut sein, von mir zu hören, aber der Anstand verlangt es, sie zu warnen. Außerdem könnte ich irgendwann wieder auf ihre Dienste angewiesen sein. Wir werden sehen.«

Septimus zuckte mit den Achseln. »Wen willst du entsenden?«

Narcissus musterte seinen Agenten von oben bis unten. »Ich würde dir empfehlen, ein paar warme Sachen zu kaufen, mein Sohn. Nach allem, was man hört, ist das dortige Klima ziemlich rau.«

»Ich? Das kann doch nicht dein Ernst sein.«

»Wem kann ich sonst vertrauen?« Narcissus sprach eindringlich. »Ich bin auf Gedeih und Verderb mit dem Kaiser verbunden. Ich bin kein Narr, mein Sohn. Ich weiß, dass einige meiner Leute bereits zu Pallas übergelaufen sind, und andere denken darüber nach. Du bist der beste meiner Männer, der einzige, dem ich vollständig vertraue, und sei es nur deshalb, weil du mein Sohn bist. Es kommt kein anderer infrage. Wenn ich jemand anders entsenden könnte, würde ich es tun, das kannst du mir glauben. Hast du mich verstanden?«

Er blickte Septimus beinahe flehentlich in die Augen, und der junge Mann nickte widerwillig.

»Ja, Vater.«

Narcissus drückte ihm mitfühlend die Schulter. »Gut. Jetzt muss ich in den Palast zurückkehren. Der Kaiser erwartet mich zum Essen. Du machst hier weiter. Mach sauber, und zahl Ancus aus.«

Septimus deutete mit dem Daumen zum Tisch. »Was ist mit dem?«

Narcissus warf einen Blick auf den geschundenen Agenten seines Gegners. »Der kann uns nicht weiter nützen. Und auch sonst niemandem mehr. Schneid ihm die Kehle durch, mach sein Gesicht unkenntlich, und wirf ihn in den Tiber. Pallas dürfte seine Abwesenheit schon bemerkt haben. Ich würde es vorziehen, wenn Musa spurlos verschwände. Das dürfte diesen selbstverliebten Mistkerl gehörig verunsichern.«

KAPITEL 3

Britannien, Juli

W ahrhaftig, der musste schon eine Menge aus-
halten«, flötete der Syrer, der Catos Brustpanzer untersuchte und die Dellen und die Rostflecken betastete, die sich in den Vertiefungen der nachgebildeten
Muskeln gesammelt hatten. Er drehte den Brustharnisch um und betrachtete den Rückenpanzer. »Der ist
weniger mitgenommen. Wie man bei einem der furcht-
losesten Offiziere des Kaisers auch erwarten sollte. Die
Heldentaten des Präfekten Quintus Licinius Cato sind
Legende.«

Cato wechselte einen sarkastischen Blick mit seinem
Begleiter, Centurio Macro. »Zumindest bei den Waffen-
händlern«, entgegnete er.

Der Syrer neigte demütig das Haupt, legte den Harnisch weg und wandte sich mit schuldbewusster Miene
Cato zu. »Leider muss ich sagen, Herr, dass die Kosten für
die Instandsetzung des Körperpanzers seinen Wert über-
steigen würden. Wenn du ihn gegen einen neuen eintauschen möchtest, würde ich dir einen fairen Preis machen.«

»Einen fairen Preis, das glaube ich dir aufs Wort«,
warf Macro aus dem bequemen Sessel ein. Er hatte die
Beine von sich gestreckt und die muskulösen Arme ver-

schränkt. »Hör nicht auf ihn, Cato. Ich bin sicher, einer der Burschen aus der Waffenschmiede hämmert das Ding für einen Bruchteil des Geldes wieder in Form, das der Halunke für einen neuen Panzer verlangt.«

»Dies wäre schon möglich, werter Centurio«, erwiderte der Syrer geschmeidig. »Aber mit jedem Hammerschlag, wie du es nennst, wird der Harnisch als Ganzes geschwächt. Dadurch wird er an manchen Stellen spröde.« Er wandte sich mit beflissener Miene Cato zu. »Werter Herr, ich könnte nicht mehr ruhig schlafen, wenn ich wüsste, dass du mit einer Rüstung, die dein Leben gefährdet und Rom eines seiner besten Offiziere zu berauben droht, in den Kampf gegen die wilden Krieger dieses Landes ziehen würdest.«

Macro, der an der anderen Seite von Catos Zelt saß, lachte schallend. »Fall nicht auf dieses hinterhältige Gesäusel rein. Der Panzer hat keinen Schaden, der sich nicht mit ein paar gezielten Schlägen wieder beheben ließe. Macht bei der Parade vielleicht nicht den besten Eindruck, aber für den Einsatz reicht es.«

Cato nickte, doch wie er so den Brustpanzer auf dem Tisch betrachtete, war nicht zu übersehen, dass er schon bessere Zeiten erlebt hatte. Er hatte ihn zusammen mit dem Rest der Rüstung und den Waffen in der Waffenkammer der Londoner Garnison erworben, als sie zu Beginn des Jahres nach Britannien zurückgekehrt waren. Es war ein billiger, eiliger Kauf gewesen, und der Quartiermeister hatte ihm erklärt, der Vorbesitzer, ein Tribun der Neunten Legion, habe die Rüstung nur bei zeremoniellen Anlässen getragen, da er im Dienst ein

Kettenhemd vorgezogen habe. Erst als der Lack und die Politur sich abgenutzt hatten, war ihm klar geworden, dass man ihn betrogen hatte. Macro hatte gemeint, der Panzer sei vermutlich schon zu Julius Cäsars Zeiten in Gebrauch gewesen.

Cato atmete scharf ein und kam zu einer Entscheidung. »Was ist der noch wert?«

Der Händler faltete lächelnd die Hände, als müsse er überlegen. »Ich glaube, es wäre am besten, wenn du zuvor einen Ersatz auswählst, bevor wir über den Eintauschpreis sprechen, werter Herr.«

Er wandte sich zu der Truhe um, welche seine Sklaven ins Zelt des Präfekten geschleppt hatten. Mit einer geschickten Handbewegung löste er die Schnappriegel und hob den Deckel an. In der Truhe lagen mehrere in dicke Wolle eingewickelte Bündel. Der Händler schlug ein paar Tücher zurück, wählte zwei Bündel aus und legte sie neben Catos Harnisch auf den Tisch. Dann faltete er den Stoff auseinander und enthüllte ein Kettenhemd und einen funkelnden Schuppenpanzer. Er trat beiseite, damit sein Kunde die Teile betrachten konnte, und schwenkte einladend die Hand.

»Herr, ich biete dir die beste Rüstung an, die es im ganzen Reich zu kaufen gibt, und das zu einem äußerst vernünftigen Preis. Dafür steht Cyrus von Palmyra mit seinem Wort ein.« Er legte die Hand aufs Herz.

Macro nickte. »Dann bin ich ja beruhigt. Das ist die Gelegenheit, Cato.«

Der Händler achtete nicht auf die spöttischen Bemerkungen von Catos Begleiter und forderte den Präfekten mit einer Handbewegung auf, an den Tisch zu treten. Cato betrachtete die beiden Rüstungsteile einen Moment, dann hob er das Kettenhemd hoch und wog es prüfend in der Hand.

»Leichter als gedacht, nicht wahr?« Der Händler fuhr mit den Fingern über die Metallringe. »Die meisten Kettenpanzer sind aus billigem Eisen gemacht, aber der hier nicht. Der Waffenschmied ist ein Cousin von mir, Patolomus von Damaskus. Ihr habt bestimmt schon von ihm gehört.«

»Wer nicht?«, entgegnete Macro trocken.

»Mein Cousin hat ein neuartiges Metall mit höherem Kupferanteil entwickelt, das den Panzer leichter macht, ohne dass die Schutzwirkung beeinträchtigt wird. Wie wär's, wenn du ihn mal anlegen würdest, Präfekt? Ohne jede Kaufverpflichtung.«

Cato fuhr mit den Fingerspitzen über den Panzer, dann nickte er. »Warum nicht?«

»Wenn du gestattest, Herr.« Der Syrer nahm das Kettenhemd vom Tisch, raffte es geschickt, legte die Finger um den schweren Metallwulst und hob ihn hoch. Cato bückte sich, streckte den Kopf durch die Öffnung und schob die Hände mit angelegten Daumen durch die kurzen Ärmel. Der Händler ließ den Kettenpanzer nun an ihm hinunter, glättete mit einer Handbewegung eine imaginäre Falte, trat zurück und verschränkte die Hände unter seinem dünnen Spitzbart. »Es ist zwar nur ein schlichtes Kettenhemd, aber es passt dir wie ein Handschuh aus feinstem Ziegenleder, Herr! Elegant! Wahrhaft elegant!«

Cato drehte sich zu dem kleinen Klapptisch um, auf dem er Spiegel, Bürste, Strigilis und den Keramiktopf mit dem Duftöl verwahrte, das er für seine Waschungen benutzte. Er hielt den Spiegel aus poliertem Messing auf Armeslänge von sich ab und musterte sich kritisch. Der Panzer war in einem Sägezahnmuster gesäumt und hatte einen guten Sitz. Er war etwas leichter als ein gewöhnlicher Kettenpanzer und schimmerte stumpf im Tageslicht, das durch die Zeltklappen hereinströmte.

»Bequem, nicht wahr?«, säuselte der Syrer. »Damit könntest du den ganzen Tag lang marschieren und am Abend noch kämpfen, und wärst anschließend nur halb so müde wie mit deinem alten Panzer. Außerdem behindert er deine Bewegungen nicht so stark. Ein Krieger muss sich schließlich frei bewegen können, nicht wahr? In diesem Panzer fühlst du dich so frei wie Achill, hoher Herr.«

Cato drehte sich aus der Hüfte und probierte ein paar Armbewegungen aus. Der Panzer war tatsächlich weniger unbequem als die Kettenhemden, die er bislang getragen hatte. Er wandte sich an seinen Freund. »Was meinst du?«

Macro legte den Kopf schief und musterte Cato von oben bis unten. »Der passt ganz gut, mein Junge, aber es kommt darauf an, wie gut er die Waffen deiner Gegner abhält. Kettenpanzer sind gut gegen Schwerthiebe, auch wenn dir ein ordentlicher Hieb trotzdem die Knochen brechen kann. Die wahre Gefahr geht von den spitzen Waffen aus. Ein Wurfspeer oder eine Pfeilspitze dringt da mühelos durch.«

»Nicht bei diesem Hemd«, warf der Händler ein und kniff in den Panzer. »Darf ich das kurz erläutern, Herr? Sieh hier, die einzelnen Glieder sind vernietet. Das verleiht zusätzliche Widerstandsfähigkeit und hält die barbarischen Spitzen deines Gegners auf. Dein erfahrener Begleiter, der Respekt einflößende Centurio Macro, weiß bestimmt, dass ein vernietetes Hemd viel, viel besser ist als eines, bei dem die Glieder sich am Ende lediglich verjüngen oder überlappen. Des Weiteren dürfte dir auffallen, dass die Ringe ungewöhnlich klein sind, was es noch schwerer macht, dieses überragende Zeugnis der handwerklichen Meisterschaft meines Cousins zu durchdringen.«

Cato legte den Kopf schief und beäugte den Kettenpanzer auf seiner Schulter. Der Händler hatte nicht gelogen; jeder einzelne Ring war mit einer kleinen Niete verschlossen, ein aufwendiges Verfahren, das viel mehr Zeit erforderte als die Herstellung der Panzer, die von der Mehrheit der Soldaten in den Legionen und Hilfseinheiten getragen wurden. Das würde sich im Preis niederschlagen, überlegte er und kaute auf der Lippe. Vor Kurzem hatte er seit der vier Monate zurückliegenden Landung in Britannien den ersten Sold erhalten. Seine Beförderung zum Präfekten war sechs Monate her, und eigentlich stand ihm ein Jahresgehalt von zwanzigtausend Dinaren zu. Fünftausend hatte er im Voraus erhalten und damit die bescheidene Hochzeit mit Julia, seine Ausrüstung und die Reise an den Einsatzort bezahlt. Die Mitgift ihres Vaters, des Senators Sempronius, hatte Julia behalten. Davon wollte sie in Rom ein kleines Haus erwerben, es einrichten und den Rest anlegen, um von den Zinsen zu leben, bis Cato entweder nach Hause zurückkehrte oder sie nachholte. Inzwischen hatte er die zweite vierteljährliche Soldzahlung erhalten und konnte es sich daher leisten, eine neue Ausrüstung zu erwerben.

Da er im Unterschied zu vielen anderen Männern in vergleichbarer Stellung nicht das Glück hatte, aus einer reichen Familie zu stammen, war er sich schmerzhaft bewusst, wie schäbig seine Kleidung und seine Rüstung waren. Er bemerkte die hochmütigen Blicke, die ihm die anderen Offiziere zuwarfen, wenn General Ostorius seine Untergebenen zur täglichen Einsatzbesprechung ins Stabszelt bestellte. Ihm entging auch nicht die Verachtung im Tonfall derer, die mehr Wert auf eine aristokratische Abstammung legten als auf Tüchtigkeit und militärische Verdienste. Selbst der General machte kein Geheimnis aus seiner Geringschätzung für den jüngsten Befehlshaber einer Hilfskohorte seines Heers.

Cato vermutete, dass dies der wahre Grund dafür war, weshalb der General ihm die Bewachung des Trosses übertragen hatte. Die Trosseskorte bestand aus den Überlebenden der Garnison des Kastells von Bruccium, einer Abteilung der thrakischen Reiterei und Macros Legionärskohorte, die der Vierzehnten Legion angehörte. Beide Einheiten hatten bei der Belagerung der Festung schwere Verluste erlitten, und es war nicht damit zu rechnen, dass sie vor dem Ende der Kampfzeit, wenn das Heer das Winterquartier bezog, anderweitig eingesetzt werden würden. Bis dahin würden Cato,

Macro und deren Männer neben den Karren, Wagen und Marketendern herstapfen, deren Ziel die bergige Heimat der Silurer war.

Sie verfolgten den gegnerischen Oberbefehlshaber Caratacus, und dessen Heer gehörten silurische und ordovicische Krieger an sowie kleine Gruppen von Kämpfern anderer Stämme, die sich entschieden hatten, weiterhin gegen die Römer zu kämpfen. Der General hatte die Absicht, Caratacus aufzustöbern und ihn zur offenen Feldschlacht zu zwingen. Die Eingeborenen würden den erfahrenen Soldaten des römischen Heers nichts entgegensetzen können. Der Gegner würde zerrieben, die Anführer getötet oder gefangen genommen werden, und die junge Provinz Britannien könnte neun Jahre nach der Landung der ersten Legionen des Claudius endlich als befriedet gelten.

»Nun, werter Herr?«, störte der syrische Händler seinen Gedankengang. »Gefällt dir das Kettenhemd?«

»Es passt recht gut«, antwortete Cato. »Was kostet es?«

»Normalerweise würde ich für ein solches Schmuckstück nicht weniger als dreitausend Sesterzen verlangen, Herr. Doch in Anbetracht deines Ruhms und der Ehre, die du mir dadurch erweist, dass ich dir dienen darf, würde ich mich auch mit zweitausendachthundert zufrieden geben.«

Das war weit mehr, als Cato erwartet hatte – mehr als das dreifache Jahresgehalt eines Legionärs. Allerdings war seine eigene Rüstung nicht mehr geeignet für die Schlacht, und dem Tross hatten sich nur wenige Waffenhändler angeschlossen, die wegen des Mangels an Konkurrenz vermutlich Höchstpreise verlangen würden.

»Zweitausendachthundert?«, rief Macro erbost. »Verpiss dich!«

Der Händler hob beschwichtigend die Hände. »Das ist der beste Kettenpanzer in der ganzen Provinz, Herr. Das Doppelte des bescheidenen Preises wert, den ich verlange.«

Macro wandte sich an seinen Freund. »Hör nicht auf diesen geldgierigen Halunken. Der Panzer ist nicht mal die Hälfte wert.«

Cato räusperte sich. »Ich feilsche mit ihm, wenn du nichts dagegen hast, Centurio.«

Macro setzte zu einer Entgegnung an, dann gewann seine verinnerlichte Disziplin die Oberhand, und er nickte knapp. »Wie du wünschst, Herr.«

Cato zog sich den Kettenpanzer mit der Unterstützung des Händlers wieder über den Kopf und legte ihn neben den Schuppenpanzer. »Was ist damit?«

»Ah, deinem scharfen Auge ist vermutlich nicht entgangen, dass es sich auch bei diesem Stück um eine Arbeit meines Cousins handelt.« Cyrus hob den Schuppenpanzer hoch. »Für den gleichen bescheidenen Preis wie der Kettenpanzer bietet er noch besseren Schutz, Herr, zudem wirst du darin deine Gegner auf dem Schlachtfeld mit der silbernen Pracht deiner Erscheinung blenden.« Die Schuppen funkelten im Licht, was Cato an die Haut eines frisch gefangenen Fisches erinnerte. Er konnte sich darin sehr gut im Kampf vorstellen, von seinen Leuten deutlich zu erkennen. Genau das aber war das Problem, denn auch der Gegner, der besonders erpicht darauf war, römische Offiziere zu erledigen, würde auf ihn aufmerksam werden. Andererseits würde er damit unter den höheren Offizieren eine gute Figur machen.

»Ähem.« Macro räusperte sich. »Dürfte ich dir einen Rat geben, Herr?«

Cato riss den Blick vom Schuppenhemd los. »Ja?«

Macro trat auf den Händler zu, der noch immer das Schuppenhemd ins Licht hielt, um es besser zur Geltung zu bringen. Macro hob den Saum an und tippte auf das dicke Lederwams, auf das die Schuppen aufgenäht waren. »Da liegt der Hund begraben. Eine Schuppenweste ist in trockenem Klima eine gute Sache. Wie unser syrischer Freund sagt, bietet sie besseren Schutz. Aber wie sieht es bei Regen aus? Das Leder saugt sich voll mit Wasser, wodurch sich das Gewicht erhöht. Da machst du schlapp, ehe du auch nur Piep sagen kannst.«

»Aber es wird doch bald Sommer«, meinte Cato.

»Glaubst du etwa, da gäb's keinen Regen?« Macro schüttelte den Kopf. »Du weißt doch, wie das Wetter auf dieser verfluchten Insel ist. Hier ist es feuchter als in der Pussi einer Hure aus der Subura bei den Gladiatorenspielen.«

Cato lächelte. »Klingt so, als hättest du wieder Ovid gelesen.«

Macro schüttelte den Kopf. »Wer die Praxis kennt, braucht sich nicht mit der Theorie zu befassen. Im Leben ist es das Gleiche.«

»Gesprochen wie ein wahrer Soldat.«

Macro neigte das Haupt. »Ich danke dir.«

Cato wandte sich wieder dem Schuppenpanzer zu. Er war versucht ihn zu kaufen, vor allem, weil er ihm die Bewunderung der Offiziere einbringen würde, die ihn verachteten. Doch der Panzer könnte auch neuerliche Geringschätzung hervorrufen. Die nagelneue Rüstung würde ihnen Anlass geben, den einfachen Soldaten zu verspotten, der sich über seine Stellung erhoben hatte. Zögernd deutete er auf das Kettenhemd.

»Das nehme ich.«

Der Händler schlug den Schuppenpanzer lächelnd in das Tuch ein und verstaute ihn eilig in der Truhe. »Zweitausendachthundert, mein lieber Präfekt.«

»Zweitausendfünfhundert.«

Cyrus zog gequält die Brauen zusammen. »Ich bitte dich, Herr, du machst Scherze. Ich bin ein ehrlicher Geschäftsmann. Ich muss eine Familie ernähren und an meinen Ruf denken. Für diesen Preis könntest du nirgendwo einen gleichwertigen Panzer erwerben. Herr, überleg es dir. Wenn ich mich auf diesen Preis einlassen würde, dann aus dem Grund, dass ich hinsichtlich seiner Qualität übertrieben habe. Und das wüsstest du auch, werter Herr. Die Tatsache, dass ich nicht bereit bin, ihn für weniger als, sagen wir, zweitausendsiebenhundert zu verkaufen, ist der schlagende Beweis dafür, dass ich von der überragenden Qualität meiner Waren zutiefst überzeugt bin.«

Cato fixierte den Mann mit undurchdringlicher Miene. »Zweitausendsechshundert.«

Der Syrer seufzte. »Das Herz wird mir schwer angesichts dieser Behandlung …« Er hielt inne, als ringe er mit sich, dann fuhr er in jammerndem Tonfall fort. »Allerdings möchte ich auch nicht, dass du unzureichend geschützt in die Schlacht ziehst, hochgeschätzter Präfekt. Allein aus diesem Grund wäre ich auch mit zweitausendsechshundertfünfundsiebzig einverstanden.«

»Zweitausendsechshundertfünfzig und keine Sesterze mehr.«

Der Händler lächelte. »Dann sind wir uns einig. Für diesen Preis und deinen alten wertlosen Brustharnisch, wie wir bereits vereinbart haben.«

Cato schüttelte den Kopf. »Nur das Geld. Und ich will auch noch einen Kettenschutz für die Schulter und Befestigungsriemen dazu haben.«

Cyrus streckte die Hand aus. »Mit dir ist nicht leicht handeln, Präfekt. Ich bin dir nicht gewachsen, gehe aber auf dein Angebot ein.«

Cato ergriff seine Hand und drückte sie kurz, dann zog der Händler sie auch schon wieder zurück, beugte sich über die Truhe und holte einen kleinen Kettenumhang hervor, dessen Ringe aus billigerem Eisen bestanden, aber zu Catos Erleichterung immerhin vernietet waren. Er überlegte, ob es einen Sinn haben mochte, auf einen zum Hemd passenden Schulterschutz zu bestehen, entschied sich aber dagegen. Er feilschte nicht gern und war erpicht darauf, das Geschäft schnellstmöglich endlich abzuschließen.

Entschlossen schritt er zum Feldbett hinüber, zog eine mit Eisenbändern gesicherte Truhe darunter hervor und öffnete sie mit dem Schlüssel, den er um den Hals trug. Dann zählte er Gold-, Silber- und Bronzemünzen in einen Geldbeutel ab. Währenddessen rief der Händler seine Sklaven und befahl ihnen, seine Truhe hinauszutragen. Nachdem er die Münzen nachgezählt hatte, verneigte er sich tief und näherte sich rückwärts gehend dem Ausgang.

»Es war mir eine große Ehre, mit dir Geschäfte zu machen, Herr. Sollte jemand aus deinem Bekanntenkreis Bedarf an einer Rüstung haben, wende dich an Cyrus von Palmyra, den stolzen Lieferanten der besten Schutzausrüstung für die Helden des Reiches. Mögen dir die Götter wohlgesonnen sein.«

Mit einer letzten Verneigung verschwand er. Macro ließ die Luft aus den geblähten Wangen entweichen und blickte das Kettenhemd an.

»Hoffentlich ist es den Preis wert.«

»Das wird sich erweisen.« Cato holte tief Luft und rief: »Thraxis! Komm her!«

Kurz darauf kam ein kleiner, breitschultriger Hilfssoldat ins Zelt gestürzt und salutierte. Obwohl er in der thrakischen Einheit diente, stammte Catos neuer Bursche aus Macedonia und hatte die dunklen Gesichtszüge und schmalen Augen der dortigen Einheimischen. Cato hatte ihn als Ersatz für seinen früheren Burschen ausgewählt, der in der Festung von Bruccium gefallen war. Trotz seines Mangels an Erfahrung galt der Mann als guter Soldat, und sein Decurio hatte Cato versichert, er sei ehrlich und des Lateinischen mächtig. Im Augenblick würde er genügen, doch Cato hatte vor, sich nach Beginn der Winterruhe auf dem Markt von Londinium einen tüchtigen Sklaven zu kaufen und Thraxis zu seiner Abteilung zurückzuschicken.

Cato zeigte auf seinen Brustpanzer. »Den gedenke ich nur noch bei zeremoniellen Anlässen zu verwenden. Geh zum Markt der Marketender, und besorg mir Lack. Reinige den Panzer, pinsle ihn ein, und poliere ihn, bis er glänzt wie neu.«

»Ja, Präfekt.«

»Und wenn du schon mal dort bist – brauchen wir etwas für meinen persönlichen Bedarf?«

Thraxis senkte den Blick und überlegte kurz. »Wein und Käse, Präfekt. Davon ist nicht mehr viel da.« Er warf einen Blick in Macros Richtung. »Wegen des Verzehrs.«

»Reichen die Münzen in der Einkaufskasse aus?«

»Ja, Präfekt. Gegen Ende des Monats sollte der Geldvorrat allerdings wieder aufgefüllt werden.«

»Gut, dann kauf mir diesmal einen Wein, der etwas taugt. Die letzten beiden Krüge haben geschmeckt wie Pisse.«

»Ach, wirklich?« Macro blickte auf. »Ist mir gar nicht aufgefallen.«

Cato seufzte und fuhr fort: »Guten Wein, verstanden?«

»Ja, Präfekt. Gestern ist ein Weinhändler ins Lager gekommen, der frische Vorräte mitgebracht hat. Bei dem werde ich's mal versuchen.«

»Mach das. Entlassen.«

Sein Bursche verneigte sich schneidig und ging hinaus. Macro wartete, bis er sich außer Hörweite befand, dann kratzte er sich an der Wange. »Bin mir nicht sicher, was ich von dem halten soll.«

»Du meinst Thraxis? Er macht seine Sache ordentlich. Ist auch ein guter Soldat.«

»Genau das meine ich. Mir kommt der nicht wie ein Hilfssoldat vor. Eher wie einer dieser griechischen Klugschwätzer.«

»Du meinst wohl die Philosophen.«

Macro zuckte mit den Schultern. »Ich glaube, ich hab's besser getroffen. Aber du weißt schon, was ich meine.«

Cato seufzte. »Es gibt solche und solche, Macro.«

»Nicht beim Heer, mein Junge. Unser Geschäft ist das Töten. Das ist hier keine Quasselbude. Und wo wir gerade vom Quasseln sprechen …« Macro langte in seinen Tornister und holte eine große Wachstafel hervor. Er klappte sie auf und warf einen Blick auf die eingeritzten Notizen, dann nahm er eine geschäftsmäßigere Haltung ein. Auch sein Tonfall änderte sich leicht. Der kameradschaftliche Umgangston hatte sich verflüchtigt, und Macro verwandelte sich in den obersten Centurio der Vierten Kohorte der Vierzehnten Legion.

»Der gestrige Tagesbericht, Herr. Momentane Kampfstärke. Erste Centurie: zweiundsechzig Mann einsatzfähig, acht krank, einer zum Stab abbestellt.«

»Zu welchem Zweck?«

»Befragung, Herr. Beim Verhör der neuesten Gefangenen werden Legionär Pullonius' besondere Fähigkeiten verlangt.«

»Verstehe. Fahr fort.«

Macro sah wieder auf seine Notizen. »Zweite Centurie: achtundfünfzig Mann einsatzfähig, zehn krank. Der Wundarzt meint, keiner von denen wird den Tag überleben.«

Cato nickte und stellte ein paar Rechnungen an. Macros Kohorte hatte im Kastell schwere Verluste erlitten, und anstatt sechs unterbesetzte Centurien zu bilden, hatte Cato aus den Überlebenden zwei besser ausgestattete Einheiten formiert, die über eine effektive Schlagkraft verfügten. Bei seiner eigenen Kohorte, der Zweiten Thrakischen Reiterei, war es das Gleiche. Die verbliebenen Soldaten reichten gerade aus, die Sättel dreier Schwadronen zu füllen, insgesamt nicht mehr als neunzehn Mann. Somit umfasste die von ihm befehligte Eskorte des Trosses und der Marketender zweihundertzehn Mann. Wenn es Caratacus gelang, einen Keil zwischen die Kolonne von General Ostorius und die Nachhut zu treiben, könnte er eine Menge Schaden anrichten, bevor sie eine ausreichend große Streitmacht zusammengezogen hätten, um den Gegner zu vertreiben. Wenn dieses Szenario eintraf, würde der General trotz der unzureichenden Truppenstärke zweifellos Cato zur Verantwortung ziehen. So ungerecht war das Offiziersleben.

»Was sonst noch?«

»Die Getreidevorräte gehen zur Neige. Sie reichen noch für vier Tage bei voller Ration. Und der Waffenschmied hat sich wegen des Leders beklagt, das er für die Reparatur der mehrteiligen Rüstungen benötigt.«

»Was ist damit?«

»Es ist feucht geworden. Der Großteil des Vorrats ist unbrauchbar. Die Ersatzriemen brechen.«

»Dann soll er sich neues Leder aus dem Lager besorgen.«

Macro schnalzte mit der Zunge. »Darum geht es ja. Er kann sich nicht aus dem Vorrat der Vierzehnten bedienen, weil der Quartiermeister ihn nicht einlässt.«

Cato schloss die Augen. »Und warum nicht?«

»Weil er meint, meine Kohorte sei abkommandiert worden und müsse deshalb auf die Vorräte der Eskorte zugreifen.«

»Aber wir haben kein Leder.«

»Er sagt, das geht ihn nichts an.«

Cato zischte und öffnete die Augen. »Hast du mit ihm gesprochen?«

»Aber ja. Hat nichts genutzt. Er hat vorgeschlagen, ich soll das mit meinem Vorgesetzten besprechen, und das tue ich gerade.«

»Danke.«

Macro grinste. »Hoher Rang, schwere Bürde, Herr.«

»Nach der Stabsbesprechung werde ich sehen, was ich tun kann.« Cato verschränkte die Arme. »Ist das alles?«

»Im Moment ja, Herr.

»Dann sind wir fertig. Danke, Centurio.«

Macro salutierte, ging hinaus und gab Cato Gelegenheit, seine Verdrossenheit abzureagieren. Er hob den Blick und betete kurz zu Jupiter, bat den trefflichsten und größten aller Götter, er möge dafür sorgen, dass er den Tross nicht länger beschützen müsse. Es war schon schlimm genug, dass die beiden Einheiten arg unterbesetzt waren, dass die Vorräte zur Neige gingen und seine Anfragen weitgehend missachtet wurden. Schlimmer noch war der eigentliche Dienst, der ihn zwang, sich ständig mit den angeheuerten Maultiertreibern herumzuschlagen, deren Tiere die Proviantwagen zogen, und die Händler, Weinverkäufer, Prostituierten und Sklavenhändler im Zaum zu halten, die der Streitmacht folgten. Häufig musste er Streit schlichten und Köpfe gegeneinanderschlagen, wenn die Auseinandersetzungen das Vorankommen auf dem von den Stiefeln der an der Spitze der Kolonne marschierenden Legionäre aufgewühlten Weg zu behindern drohten.

Cato trat ins Freie und schaute sich um. Auf die silurischen Berge senkte sich die Dämmerung herab und färbte den Himmel lavendelfarben. Am Nachmittag hatte die Streitmacht angehalten und das Lager aufgeschlagen, und jetzt, da die letzten Befestigungen fertiggestellt waren, bereiteten sich alle auf die Nacht vor. Wegen der Enge des Tals waren die Soldaten gezwungen gewesen, einen lang gestreckten, dünnen Schutzwall anstelle des üblichen Karrees anzulegen. Infolgedessen erstreckten sich der Tross und die willkürlich verteilten Zelte und Unterkünfte der Marketender nach beiden Seiten. Dahinter folgten die regelmäßig angeordneten Zelte der Männer, die zur Trosseskorte gehörten. Die Pferde der Thraker rupften auf einer mit Seilen abgesperrten Koppel zufrieden ihr Abendfutter.

Zur Rechten, etwa zweihundert Schritte entfernt, standen die ordentlich geordneten Zelte der beiden Kohorten, der Nachhut. In derselben Entfernung zur

Linken standen die langen Reihen der Zelte, in denen die Angehörigen der eigentlichen Streitmacht untergebracht waren, so regelmäßig angeordnet, wie das Terrain es erlaubte, in der Mitte das Zelt des befehlshabenden Offiziers. Das größte Zelt stand auf einer kleinen Anhöhe in etwas über einer halben Meile Entfernung: das Hauptquartier von General Ostorius. Zahlreiche Lagerfeuer brannten, und ihr Flammenschein stach aus der fallenden Dunkelheit hervor. Hinter dem Palisadenzaun machte Cato auf den umliegenden Hügeln kleine Trupps Berittener einer anderen Einheit aus, einige davon nur mehr dunkle Umrisse vor dem verblassenden Nachglanz der untergehenden Sonne. Und jenseits davon, in der Wildnis der Berge, lag das Heer des Caratacus, das die Römer verfolgten – einstweilen noch außer Reichweite, dachte Cato. Er hatte schon früher gegen den König der Catuvellaunen gekämpft und bei dieser Gelegenheit Respekt vor ihm bekommen; Caratacus war stets für eine Überraschung gut. Cato lächelte grimmig. Alles andere wäre eine … nun ja, Überraschung.

Der dünne, metallische Klang eines Horns durchdrang die lauten Befehlsrufe, das halblaute Geplauder und das Wiehern der Maultiere. Cato lauschte aufmerksam. Dies war das Signal, das die Befehlshaber der Einheiten zur Besprechung befahl. Er trat wieder ins Zelt, legte ein Lederwams mit Schutzschienen für Schultern und Oberschenkel an und schnallte es fest. Dann schulterte er ein Schwert und hüllte sich in einen Wollumhang. Wenn er zurückkam, würde es dunkel sein, und er wusste, wie kalt es selbst in dieser Jahreszeit, welche die Briten als

Sommer bezeichneten, nachts in den Tälern werden konnte. Cato trat aus dem Zelt, befestigte die Schulter-spange und ordnete seinen Umhang, während er darauf wartete, dass Macro nach draußen trat. Dann marschier-ten die beiden zielstrebig durchs Lager zum Hauptquar-tier.

KAPITEL 4

D a wir nun endlich vollzählig sind, kann ich wohl beginnen.« General Ostorius bedachte Cato und Macro mit einem scharfen Blick, dann musterte er die Gesichter der Offiziere, die vor ihm auf Hockern und Bänken saßen. Cato und Macro, die als Letzte eingetroffen waren, saßen ganz hinten, am Rand einer Bank, inmitten der anderen Befehlshaber der Hilfseinheiten; Cato war einige Jahre jünger als der Jüngste von ihnen. Die meisten anderen Präfekten hatten bereits angegrautes Haar oder schon eine Glatze. Einige hatten Narben, auch Cato, dessen Gesicht von einer gezackten weißen Linie geteilt wurde, die von einem Schwerthieb stammte, den er in Ägypten hatte einstecken müssen. Vor ihnen saßen die ranghöheren Offiziere der beiden Legionen von Ostorius' Kolonne, der Vierzehnten und der Dreizehnten, die Centurionen, welche die Kohorten befehligten, die jüngeren Tribunen und die Breitstreifenträger, die dazu bestimmt waren, irgendwann eigene Legionen zu führen, wenn sie sich dazu als fähig erwiesen, und schließlich die beiden Legaten, kampferprobte Männer, die man mit dem Kommando einer der besten Kampfformationen des Reiches betraut hatte.

General Ostorius stand den Offizieren gegenüber, ein hagerer, drahtiger Aristokrat in fortgeschrittenem Alter, mit tiefen Falten im Gesicht und weißem Haar. Er galt als harter und erfahrener Offizier mit gutem strategischem Verständnis, doch auf Cato wirkte er gebrechlich und erschöpft. Auch sein Urteil war nicht über alle Zweifel erhaben. Bevor Cato und Macro in die Provinz zurückgekehrt waren, hatte der General beim Stamm der Icener einen Aufstand provoziert. Er hatte einen Feldzug gegen die Silurer und die Ordovicer vorbereitet, und um im Rest der Provinz die Sicherheit zu gewährleisten, hatte er die Icener aufgefordert, die Waffen niederzulegen.

Das Vorgehen war taktlos gewesen und hatte die Kriegerkaste des Stammes verärgert, die lieber kämpfen als ihre Waffen abgeben wollten. Der nachfolgende Aufstand wurde mühelos niedergeschlagen, verzögerte aber den Feldzug und bot Caratacus Gelegenheit, neue Verbündete zu gewinnen. Außerdem waren die Icener und deren Unterstützer erniedrigt worden. Diese Verletzung ihres Stolzes würden die Stammesleute nicht vergessen, überlegte Cato. Vermutlich hatten die Icener Rom nicht zum letzten Mal die Stirn geboten. Die Entscheidungsschlacht des kurzen Aufstands war von ausgehobenen Truppen gewonnen worden, die von römischen Offizieren befehligt wurden. Die Streitigkeiten zwischen den britischen Stämmen schadeten den Gegnern Roms mehr als die Schwerter der Legionen. Solange die größten Stämme ihre alten Rivalitäten pflegten, war Rom fein heraus. Aber sollten sie sich je vereinigen, würden die Soldaten des Kaisers von einer Woge des Gemetzels und der Erniedrigung von der Insel geschwemmt werden.

Ostorius hob die Hand und begann seine Ansprache.

»Meine Herren, wie ihr wisst, folgen wir Caratacus seit über einem Monat durch diese verfluchten Berge. Unsere Reiterei hat sich bemüht, dem Gegner auf den Fersen zu bleiben, doch das Terrain ist für uns ungünstig. Es gibt zu viele Engpässe, wo die silurische Nachhut uns aufhalten kann, während das Heer entkommt. Bislang konnten wir den Anschluss halten. Doch der Nebel der vergangenen Tage hat es Caratacus ermöglicht, sich uns zu entziehen.«

Ostorius konnte seine Enttäuschung nicht verbergen und fuhr sich mit seinen knotigen Fingern durchs Haar, bevor er fortfuhr: »Die Kundschafter melden, es gebe zwei Routen, die der Gegner eingeschlagen haben könnte. Tribun Perellius, die Karte, bitte.«

Einer der Untertribunen eilte mit einer Lederrolle herbei und breitete sie neben dem Schreibtisch des Generals auf einer Staffelei aus. Draußen war es Nacht geworden, und die Landkarte wurde von den Öllampen im Zelt erhellt, sodass Cato die Augen zusammenkneifen musste, um etwas erkennen zu können. Die Karte offenbarte eine der Hauptschwierigkeiten des Feldzugs: Während die Küste dank des Schiffsgeschwaders, das von Abona aus operierte, detailliert dargestellt war, waren im Landesinneren nur dort Einzelheiten dargestellt, wo die Armee beim Vormarsch durchgekommen war. Die Eingeborenen waren ihrer Sache dermaßen ergeben, dass sie nicht einmal für ein kleines Vermögen in Silbermünzen bereit waren, sich dem römischen Heer als Führer zur Verfügung zu stellen.

Ostorius trat vor die Landkarte hin und tippte auf das weiche Pergament. »In diesem Tal haben wir das Lager aufgeschlagen. Ungefähr zehn Meilen weiter teilt es sich ... und zwar hier. Der eine Zweig führt anscheinend weit auf silurisches Gebiet. Der andere führt nach Norden, zu den Ordovicern. Wenn wir uns in der Annahme, dass Caratacus diesen Weg eingeschlagen hat, nach Süden wenden, wird er uns kreuz und quer durchs Gebirge führen. Davon abgesehen, dürfte er Schwierigkeiten bei der Versorgung bekommen, je länger die Verfolgung andauert. Die Silurer haben bereits sehr unter der Nahrungsbeschaffung seiner Streitmacht und unseren Überfällen auf ihre Siedlungen gelitten. Wir können die Verfolgung bis zum Anbruch der Winterpause fortsetzen, doch es steht zu befürchten, dass Caratacus sich uns entziehen wird und wir nächstes Jahr die Verfolgung erneut aufnehmen müssen.«

Einige Offiziere ließen ein halblautes Gemurmel vernehmen, worauf Ostorius gereizt die Lippen schürzte. »Ruhe, meine Herren! Ich weiß, was ihr davon haltet, den Aufenthalt in den elenden Bergen noch länger auszudehnen. Aber Gemaule führt nicht zum erwünschten Ergebnis. Wir müssen den Gegner zur Schlacht zwingen. Nur dann können wir sicher sein, ihn ein für alle Mal zu vernichten. Deshalb hoffe ich, dass Caratacus sich nach Norden gewendet hat. Wenn er, wie ich vermute, Wert darauf legt, dass seine Armee intakt bleibt, anstatt sie zu erschöpfen und zu zerstreuen, wird er sich in seine Bollwerke auf Ordovicer-Gebiet zurückziehen und dort möglichst viele Vorräte horten. Er weiß, dass es riskant wäre, dieses Gebiet im Falle einer Verfolgung zu verteidigen, wird aber davon ausgehen, dass er die Verbindung zu den Briganten aufrechterhalten kann.« Ostorius wandte sich der Karte zu, die nicht bis zu dem genannten Stamm reichte, deshalb schwenkte er rechts über dem Pergament die Hand. »Dorthin.«

Cato und einige andere Offiziere lächelten nachsichtig, dann senkte der General den Arm und fuhr fort: »Wie ihr wisst, gibt es Elemente bei den Briganten, die eher uns zugeneigt sind als Caratacus. Wir mussten bereits eingreifen, um die Königin Cartimandua an der Macht zu halten. Ihre Entscheidung, sich mit Rom zu verbünden, wurde von den Adligen ihres Stammes nicht gut aufgenommen, doch unsere Spione melden, dass sie fest im Sattel sitzt. Es bereitet mir Genugtuung, dass sie sich dem Kaiser gegenüber loyal erweist. Und das sollte sie auch in Anbetracht des vielen Goldes, das der Kaiser ihr gegeben hat. Den Göttern sei Dank, dass andere billiger zu haben sind, doch nach allem, was ich höre, heben die leichten Mädchen in eurem Gefolge die Preise in dem Maße an, wie wir weiter ins Gebirge vordringen. Wir sollten Caratacus besser bald zur Strecke bringen, sonst treiben sie unser Heer noch in den Ruin.«

Diesmal wurde über die Bemerkung des Generals gelacht, und selbst Cato musste grinsen.

»Wohl wahr«, murmelte Macro. »Geldgierige kleine Kühe.«

Die Stimmung im Zelt hatte sich gelockert, und wie er so den General beobachtete, bemerkte Cato das schlaue Funkeln in dessen Augen und begriff, dass der Scherz vor allem dazu gedient hatte, sich die Offiziere gewogen zu machen. Ein nützliches Vorgehen, und Cato nahm sich vor, dieses Mittel bei Gelegenheit auch bei seinen eigenen Untergebenen anzuwenden.

»Nun, meine Herren, wenn unsere Soldaten dem finanziellen Ruin entgehen wollen, müssen wir Caratacus aufspüren und ihn vernichten. Der Mann ist ein Dorn in unserer Seite, seit wir den Fuß auf diese Insel gesetzt haben.« Ostorius' Miene wurde ernst. »Er ist ein würdiger Gegner. Der stärkste Gegner, gegen den zu kämpfen ich bisher die Ehre hatte, und von einem Führer dieses Ranges lässt sich eine Menge lernen. Deshalb bitte ich darum, ihn gefangen zu nehmen, wenn es so weit ist. Sein Tod wäre wirklich bedauerlich. Wenn sich der Mann bändigen lässt, würde er einen mächtigen Verbündeten abgeben. Aber ich schweife ab.« Er wandte sich wieder der Landkarte zu. »Ich habe Kundschafter in beide Täler entsandt mit dem Auftrag, den Gegner aufzuspüren. Sobald wir wissen, welche Richtung Caratacus eingeschlagen hat, rücken wir weiter vor. Bis dahin kann sich das Heer im Lager ausruhen. Nutzt klug die Zeit. Die Männer sollen ihre Ausrüstung reinigen, ihre Fußblasen versorgen und sich ausschlafen. Für die Offiziere habe ich für eine andere Art von Unterhaltung gesorgt.« Er deutete wieder auf die Karte, auf einen Ort in kurzer Entfernung vom Lager. »An diesem Tal sind wir heute Morgen vorbeigekommen. Der Patrouille zufolge, die es erkundet hat, eine Sackgasse. Doch es gibt dort viel Wild. Rotwild und auch ein paar Wildschweine. Wäre doch schade, wenn wir die Gelegenheit auslassen würden, während wir auf Nachricht der Kundschafter warten. Deshalb lade ich euch alle ein, dort zu jagen. Beschafft euch ein gutes Pferd, einen kräftigen Speer, und trefft euch mit mir bei Tagesanbruch am hinteren Tor. Wer macht mit?«

Macro stand als Erster auf. »Ich, Herr!«

Die anderen und auch Cato schlossen sich ihm an, alle begierig darauf, die alltäglichen Pflichten bei einer aufregenden Jagd für einen Moment zu vergessen. Der Jubel legte sich, als Ostorius lächelnd die Hände schwenkte und um Ruhe bat.

»Gut! Gut. Aber noch etwas, bevor ich euch entlasse. Einigen von euch wird ein neues Gesicht in unserer munteren kleinen Bruderschaft aufgefallen sein. Marcus, wenn du dich erheben würdest.«

In der vorderen Reihe erhob sich ein Tribun und drehte sich zu seinen Kameraden um. Der hochgewachsene, breitschultrige Offizier war um die zwanzig. Er trug eine schlichte polierte Brustplatte, und sein Umhang und Körper waren dreckbespritzt, was darauf hindeutete, dass er erst vor Kurzem im Lager eingetroffen war. Sein ölglänzendes blondes Haar klebte am Schädel. Er nickte den Anwesenden zu und musterte mit freundlichem Lächeln ihre Gesichter. Der General klopfte ihm auf die Schulter.

»Das ist Obertribun Marcus Sylvanus Otho von der Neunten Legion. Er befehligt eine Abteilung, die ich von Lindum herbeordert habe. Er ist vorgeritten, um ihr Eintreffen anzukündigen. Vier weitere Kohorten als Verstärkung, mehr als genug, um den Gegner zu vernichten, sobald er den Mut aufbringt, sich uns zu stellen.

Ich nehme an, du wirst uns morgen auf die Jagd begleiten, Tribun Otho?«

Das Lächeln des jungen Mannes verflüchtigte sich für
einen Moment. »Nichts wäre mir lieber, Herr. Doch ich
fühle mich verpflichtet, im Lager zu sein, wenn meine
Leute hier eintreffen.«

»Unsinn!«, fauchte Ostorius. »Der Lagerpräfekt wird
ihnen zeigen, wo sie ihre Zelte aufschlagen sollen, denn
er führt in meiner Abwesenheit das Kommando. Nicht
wahr, Marcellus?« Der General deutete auf einen kampf-
erfahrenen Soldaten in der ersten Reihe.

Der Offizier zuckte mit den Schultern. »Zu Befehl,
Herr.«

»Siehst du, man wird sich um deine Leute kümmern.«

Der Tribun neigte resigniert das Haupt. »Ich danke
dir, Herr.«

Ostorius strahlte ihn an und klopfte ihm auf die
Schulter, dann bedeutete er ihm, wieder Platz zu nehmen. Er wandte sich an die Allgemeinheit.

»Es ist Tradition, vor der Jagd ein Fest zu feiern. Leider reichen die kläglichen Rationen, die uns auf dem
Marsch zu Verfügung stehen, dafür kaum aus, doch mein
Koch hat sein Bestes gegeben ...« Der General klatschte
in die Hände, worauf sich die hintere Zeltklappe teilte.
Dahinter kam ein Zeltanbau zum Vorschein. Man hatte
mehrere aufgebockte Tische zusammengeschoben, davor standen Bänke. Weinkrüge und Öllampen waren in
gleichmäßigen Abständen darauf verteilt, und gedeckt
war der Tisch mit Silberbechern, Tellern und Tabletts
mit kleinen Brotlaiben. Ein Schwall warmer Luft be-

förderte den Duft von Bratfleisch zu den Offizieren ins Kommandozelt, und Macro schnalzte mit der Zunge.

»Schwein, wenn ich mich nicht irre. Ach, ihr Götter, bitte macht, dass es Schwein ist!«

Obwohl er meinte, er müsse aufgrund seines Rangs zumindest so tun, als stehe er über den Dingen, knurrte Cato bei der Aussicht auf gutes Essen und Wein der Magen. Der General betrachtete lächelnd die Gesichter seiner Offiziere und genoss den Moment, dann ging er nach nebenan und bedeutete den anderen, ihm zu folgen. »Zu Tisch, meine Herren.«

Die Offiziere standen eifrig auf und folgten ihrem Befehlshaber. Jeder Einzelne war mit der strengen Sitzordnung vertraut, und als Ostorius am Kopfende der Tafel Platz genommen hatte, setzten sich rechts und links von ihm erst die Legaten der beiden Legionen, dann die Obertribunen, die Lagerpräfekten und schließlich die Präfekten der Hilfseinheiten gemäß ihrem Dienstalter. Cato kam folglich etwa in der Mitte des Tisches zu sitzen, neben den Centurionen, welche die Legionärskohorten befehligten. Macro nahm ihm gegenüber Platz, langte sofort nach dem nächsten Weinkrug, blickte hinein und füllte seinen Becher bis zum Rand. Dann hob er schuldbewusst den Krug und blickte fragend Cato an.

»Danke.« Cato hob seinen Becher und ließ sich von Macro einschenken.

»Würde es dir etwas ausmachen, einen Platz weiterzurücken?«

Cato drehte sich um und erblickte Horatius, den Präfekten einer spanischen Kohorte, der Fußsoldaten und

Berittene angehörten. Wie Cato war auch er erst vor Kurzem befördert worden und hatte sich vor ein paar Monaten Ostorius' Armee angeschlossen. Er war ein zernarbter Veteran, der sich sein Kommando schwer erarbeitet hatte, nachdem er den hohen Posten des Ersten Speercenturios der Zwanzigsten Legion erlangt hatte. Unter normalen Umständen hätte Cato als Befehlshaber einer berittenen Einheit den höheren Rang innegehabt, doch im Moment stellte das Kommando der Trossbewachung den untersten Rang unter den Präfekten dar. Er erhob sich, und die rechts von ihm sitzenden Centurionen rückten ein Stück weiter, um ihm Platz zu machen. Horatius bedankte sich mit einem Kopfnicken und nahm Catos Platz ein. Er ließ sich nieder und wandte sich mit fragender Miene Cato zu.

»Deine thrakischen Burschen sind ein rauer Schlag, oder?«

»Herr?«

»Mit ihren Bärten, schwarzen Tuniken und Umhängen und so weiter wirken sie wie eine Bande von Schlägern. Nicht unbedingt das, was ich bei einer regulären Einheit erwarten würde. Du solltest höhere Ansprüche stellen, Cato.«

»Kämpfen können sie jedenfalls.«

»Das mag sein, aber sie machen einen schlechten Eindruck.«

Cato lächelte. »Genau das war die Absicht meines Vorgängers. Deshalb haben sie auch eine eigene Fahne. Der Gegner kennt und fürchtet sie.«

»Ja, habe ich gehört. Die Blutkrähen.«

Cato nickte.

»Ich finde, Vogelscheuchen wäre passender ...« Horatius nickte Macro zu und deutete auf seinen Becher. »Wenn es dir nichts ausmacht.«

Macro runzelte leicht die Stirn, schenkte aber dennoch ein. Dann knallte er den Krug auf den Tisch und hob seinen Becher. Er nahm einen kräftigen Schluck und lächelte.

»Das ist ein gutes Gesöff. Nett, dass der General so gut für seine Offiziere sorgt.«

Horatius lächelte dünnlippig. »Ich würde daraus keine vorschnellen Schlüsse ziehen. Das ist das erste Mal seit Monaten, dass er uns bewirtet. Der alte Herr wittert, dass es ernst wird. Vielleicht hat ihn das bewogen, die Jagd zu veranstalten. Morgen Wildbret, danach Caratacus, wie?«

»Darauf trinke ich!« Macro hob den Becher und nahm noch einen Schluck.

Auch Cato probierte den Wein. Er hoffte, dass sein Freund nicht zu viel trinken würde. Die Qualität des Weins überraschte ihn. Ein vollmundiger, weicher, holziger Geschmack, ganz anders als der saure billige Wein, der auf die Insel geschafft wurde, wo man ihn ungeachtet der Qualität mit hohem Gewinn verkaufen konnte. Die Bemerkung des Präfekten ging ihm durch den Kopf.

»Man sollte den Hirschen nicht braten, bevor man ihn gefangen hat. Ich bezweifle, dass der Gegner sich so leicht wird erlegen lassen wie morgen das Wild.«

Horatius kratzte sich am Kinn. »Ich hoffe, du irrst dich. Nicht nur weil ich genug davon habe, in den Bergen verfluchte Barbaren zu jagen. Wegen Ostorius mache ich mir Sorgen.« Er senkte die Stimme und sah zum Kopfende des Tisches. Cato folgte seinem Blick mit den Augen und bemerkte, dass der General in einen Silberkelch starrte, während er der Unterhaltung zweier Legaten folgte. Der Schwung von eben hatte sich verflüchtigt. Jetzt wirkte der General müde und ließ das faltige Gesicht hängen, als wäre der Kopf eine zu große Last für seine schmalen Schultern. Horatius seufzte. »Der arme Kerl ist so gut wie fertig. Das dürfte sein letzter Feldzug sein. Und das weiß er auch. Deshalb ist er so erpicht darauf, Caratacus zu fangen, bevor es für ihn zu spät ist. Seine Militärlaufbahn wird hier in den Bergen enden. Sieg oder Niederlage, oder die Demütigung, in Rom herumzusitzen, während sein Nachfolger die Arbeit zu Ende bringt und den Lohn dafür einstreicht …« Er trank einen Schluck. »Eine Schande, nach all der Vorarbeit, die Ostorius geleistet hat.« Der Präfekt lächelte Macro und Cato an. »Aber wie es aussieht, werden wir den Gegner ja bald in die Ecke treiben, wie?«

»Das hoffe ich.« Cato rang sich ein zuversichtliches Lächeln ab. »Selbst wenn wir dem Vormarsch nur vom Tross aus zuschauen können.«

Horatius brummte mitfühlend. »Du musst deine Pflicht tun, mein Junge. Das Kommando über die Trosseskorte wird dir vermutlich keine Medaillen einbringen, aber die Arbeit muss gemacht werden. Mach sie gut, dann wirst du irgendwann auch Gelegenheit bekommen, dir einen Namen zu machen.«

Cato hätte seinem Sitznachbarn am liebsten erzählt, was er während seines Armeedienstes alles erlebt hatte, doch er beherrschte sich. Zusammen mit Macro hatte er mehr Gefahren gemeistert als die meisten römischen Soldaten in ihrem ganzen Leben. Er hatte unbestreitbar seinen Beitrag geleistet. Die Erfahrung aber hatte ihn gelehrt, dass der Lohn im wahren Leben nur selten der erbrachten Leistung entsprach. Außerdem hatte er gelernt, seinen Gegner niemals zu unterschätzen. Selbst jetzt, da er den Atem der mächtigen römischen Armee im Nacken spürte, war nicht auszuschließen, dass Caratacus Ostorius den letzten Triumph seiner langen und ruhmreichen Laufbahn vorenthalten würde.

Seine Gedanken wurden unterbrochen, als zwei Ordonnanzen des Generals mit einem brutzelnden glasierten Schwein ins Zelt traten. Es war auf einen dicken Holzpfahl gespießt, dessen Enden die beiden Männer geschultert hatten. Sie stapften zu einem Beistelltisch und legten ihre Last darauf ab. Im Zelt verbreitete sich der Duft des gebratenen Fleischs, und die Offiziere beäugten anerkennend den Hauptgang des Festmahls. Eine der Ordonnanzen blickte fragend zum General, und Ostorius bedeutete ihm mit einer knappen Handbewegung, er möge fortfahren. Der Mann löste ein scharfes Messer vom Gürtel, hackte Fleischbrocken ab und legte sie auf eine Servierplatte, die sein Kamerad den Offizieren anreichte, beginnend am Kopfende des Tisches. Cato bemerkte, dass Ostorius nur herumstocherte, während die meisten höheren Offiziere gierig zulangten.

Als man auch ihm aufgetragen hatte, zog Cato den Dolch und zerhackte seinen Fleischbrocken in kleinere Stücke. Der ihm gegenübersitzende Macro schlug die Zähne ins Fleisch und zerrte daran. Er grinste Cato an, Bratensaft tropfte ihm aus dem Mundwinkel. Cato erwiderte sein Lächeln, dann wandte er sich an seinen Sitznachbarn.

»Was weißt du über den Neuen?«

Horatius zeigte mit der Messerspitze zum Kopfende des Tischs. »Du meinst Tribun Otho?« Er überlegte kurz. »Nicht viel. Nur das, was mir vor ein paar Tagen ein Kumpel aus Lindum erzählt hat. Unser Mann ist vor weniger als zwei Monaten aus Rom eingetroffen, die Tinte auf seiner Ernennungsurkunde war noch nicht getrocknet. Er ist recht beliebt, muss aber noch eine Menge über die Armee lernen. Wie die meisten Breitstreifen. Wenn sie erst mal ein paar Jahre dabei sind, fallen sie nicht mehr groß auf. Das ist das Beste, worauf wir hoffen können.«

Er schob sich einen Fleischbrocken in den Mund, und als er nicht weiterredete, räusperte sich Cato. »Das ist schon alles? Mehr hatte dein Freund nicht über Otho zu berichten?«

»So ist es. Nur eines noch. Ein Bursche spricht mit einem anderen, und ehe man sichs versieht, ergibt zwei und zwei fünf. In diesem Fall scheint es so, als wäre unser Freund Otho vom Kaiser zur Bestrafung hierher versetzt worden. Will man jemanden bestrafen, macht man das so – man schickt ihn nach Britannien.«

Catos Neugier war geweckt. Er schluckte hastig, dann

drängte er seinen Kameraden fortzufahren. »Weswegen wurde er bestraft?«

Horatius zwinkerte. »Es ging um seine Frau. Sie hat darauf bestanden, ihn hierher zu begleiten. Mach dir deinen eigenen Reim darauf. Meinem Kumpel zufolge ist sie eine echte Augenweide.«

Cato sog scharf die Luft ein. Er hatte sich auch überlegt, ob er seine Frau mitnehmen sollte, hatte aber aufgrund der Gefahren der unbefriedeten Provinz, in der es von Gegnern des Kaisers Claudius nur so wimmelte, davon Abstand genommen. Wenn Otho seiner Frau gestattet hatte, ihn zu begleiten, dann vielleicht deshalb, weil sie in Rom größeren Gefahren ausgesetzt gewesen wäre. Oder aber der Tribun war krankhaft eifersüchtig und wagte es nicht, seine Frau allein zurückzulassen.

Dieser Gedanke rief jähe Eifersucht und ungebetene Bilder und Bedenken hinsichtlich Julias Treue wach. Sie gehörte dem gesellschaftlichen Umfeld der Aristokraten an, und da gab es viele wohlhabende, mächtige, attraktive Männer. Mit ihrer Schönheit hätte sie jeden haben können, der ihr gefiel. Er schob den Gedanken beiseite, zornig und beschämt, weil er an ihrer Treue zweifelte. War nicht auch er der Versuchung ausgesetzt, sich in den Städten und den Zelten der Marketender zu vergnügen, auch wenn das dortige Angebot weniger reizvoll und erlesen war? Bislang war er ihr nicht untreu geworden. Er musste darauf vertrauen, dass auch Julia ihn nicht betrog. Was blieb ihm anderes übrig? Wenn er sich mit solchen Befürchtungen quälte, würde ihn das nur ablenken, und das wäre gefährlich für ihn selbst und für seine Männer.

Er versuchte einen klaren Kopf zu bekommen, aß noch etwas Fleisch und spülte es mit einem Schluck Wein hinunter. »Das ist alles, was du über den Tribun weißt?«

Horatius musterte ihn forschend. »Das ist alles. Ich bin kein Klatschweib, Cato. Und offen gesagt hat sich damit mein Interesse an dem Neuen und dessen Frau auch erschöpft.«

»Das ist nur recht und billig.«

Der andere Präfekt aber war noch nicht mit Cato fertig und blickte über den Tisch hinweg. »He, Centurio Macro!«

Macro blickte auf.

»Du dienst doch schon eine ganze Weile zusammen mit Cato, nicht wahr? Ist er immer so neugierig?«

»Herr?«

»Stellt er immer so viele Fragen?«

Macro lachte, und da er schon eine ganze Menge Wein getrunken hatte, antwortete er mit schwerer Zunge. »Das kannst du dir gar nicht vorstellen. Wenn irgendwas passiert, will der Präfekt den Grund rauskriegen. Ich sag immer, das ist der Wille der Götter. Mehr braucht man nicht zu wissen. Aber er sieht das anders. Er hat den Verstand eines Griechen.«

»Tatsächlich?« Horatius rutschte auf der Bank ein Stück weg. »Soll mir recht sein, wenn seine griechischen Vorlieben nicht weitergehen.«

Macro lachte dröhnend. »Ach, in der Hinsicht ist er so geradlinig wie ein Speer. Und das mit gutem Grund. Du solltest mal seine Frau sehen. Das hübscheste Mädchen in ganz Rom.«

Cato knirschte mit den Zähnen und zeigte auf Macro. »Das reicht, Centurio. Verstanden?«

Der scharfe Ton seines Freundes vertrieb den Nebel aus Macros Kopf, und er senkte schuldbewusst das Haupt. »Ich bitte um Verzeihung, Herr. Das war unpassend.«

Cato nickte. »Allerdings. Und ich wäre dir dankbar, wenn du dir das merken würdest.«

Der Wortwechsel hatte die Offiziere in Hörweite verstummen lassen, doch die anderen ließen sich nicht stören, und schon nach kurzer Zeit nahmen Catos und Macros Sitznachbarn ihr munteres Geplauder wieder auf. Die Stimmung zwischen den beiden Freunden aber blieb für den Rest des Festmahls angespannt.

Als die letzten Speisen abgeräumt waren und die Offiziere sich erhoben und zum Gehen wandten, ging Cato zu dem Untertribun hinüber, der für die Vorräte des Generalstabs zuständig war.

»Gaius Portius, auf ein Wort.«

Ein kleiner, rundgesichtiger junger Offizier mit dunklem, lockigem Haarschopf wandte sich von seinen Kameraden ab und lächelte Cato mit trübem Blick an. »Ja? P-Präfekt Cato, nicht wahr?«

Cato musterte ihn kühl. Er hatte nur einen Becher Wein getrunken, denn er hatte eine Abneigung gegen den Rausch oder vielmehr gegen dessen Folgen und war deshalb so gut wie nüchtern.

»Ich möchte mit dir über die Versorgungslage sprechen.«

»Gewiss, Herr. Gleich m-morgen früh. Ah, Moment. Die Jagd. Dann halt später. S-so bald wie möglich.«

»Ich will jetzt mit dir reden, Portius.«

Der jüngere Offizier machte Anstalten, Einwände zu erheben, doch Catos ernste Miene duldete keinen Widerspruch. Der Tribun wandte sich an seine Freunde. »Geht schon mal vor. Wir s-sehen uns in der Messe.«

Seine Kameraden wechselten mitleidige Blicke mit Portius, und er klopfte mehreren auf die Schulter, als sie aus dem Zelt hinaustaumelten. Dann wandte er sich wieder Cato zu und versuchte sich zu konzentrieren. »Ich bin ganz Ohr, Herr.«

»Gut. Da du anscheinend Mühe hast, dir meinen Namen zu merken, möchte ich dir auf die Sprünge helfen. Ich bin Quintus Licinius Cato, Präfekt der Dritten Thrakischen Reiterei und gegenwärtig Befehlshaber der Trosseskorte. In Anbetracht der zahlreichen Anfragen, die ich im vergangenen Monat wegen der benötigten Rationen und Ausrüstungsgegenstände ans Hauptquartier gerichtet habe, solltest du mich eigentlich kennen. Aber ich habe keine Antwort bekommen. Das ist ein unhaltbarer Zustand, findest du nicht auch, Tribun Portius?«

Der Tribun hob abwehrend die Hand. »Herr, ich habe Verständnis für deine Lage. Aber die Eskorte steht nicht an der Front. Die Vorräte sind begrenzt, und andere Einheiten haben V-Vorrang.«

»Blödsinn«, fauchte Cato. »Die Hilfskräfte und Legionäre unter meinem Befehl sind Kampftruppen. Wir brauchen unseren Wert nicht zu beweisen. Jedenfalls hat der General uns mit der Bewachung des Trosses beauftragt. Wenn wir unsere Arbeit nicht machen würden, gäbe es überhaupt keine verdammten Vorräte. Wenn meine Pferde und meine Männer nicht genug zu essen bekommen und schlecht ausgerüstet sind, werden sie nicht gut in Form sein, wenn der Gegner die Wagen und die Menschen angreifen sollte, die ich beschütze. Meine Männer sind nicht voll einsatzfähig, wenn ihre Ausrüstung aufgrund von Materialmangel nicht instandgesetzt werden kann. Wir sind unterbesetzt. Falls wir angegriffen werden und der Gegner durchbricht, trägst du deinen Teil der Verantwortung, Tribun Portius. Ich werde dafür sorgen, dass alle davon erfahren, angefangen vom einfachen Soldaten bis zum General und dem Kaiser in Rom.« Er beugte sich vor, bis ihre Gesichter nur noch einen Fuß voneinander entfernt waren, und tippte dem Tribun fest auf die Brust. »Überleg mal, wie du dann dastehst. Du kannst von Glück sagen, wenn du anschließend die Latrinen irgendeines Wüstenlochs am Rande der bekannten Welt bewachen darfst.«

Portius wich zurück und schüttelte den Kopf. »Du verstehst nicht, Herr. Wenn ich könnte, würde ich dir alles Gewünschte zukommen lassen. Aber ich muss e-entscheiden, welche Anforderungen berechtigt sind und welche nicht.«

»Und ich habe dir eben gesagt, dass das auf meine zutrifft. Von jetzt an wirst du dafür sorgen, dass meine Thrakier und die Legionäre Centurio Macros das bekommen, was sie brauchen und was ihnen zusteht. Wenn nicht, werde ich dich im Hauptquartier oder wo immer du mit deinen Freunden säufst aufspüren und dir einen Anschiss verpassen, den du und deine Kumpels nicht so schnell vergessen werdet. Ist das klar?«

Portius nickte nervös. »V-vollkommen klar, Herr.«

»Gut. Dann sorge dafür, dass die Rationen rechtzeitig und in der erforderlichen Menge ausgeteilt werden, und fang gleich morgen damit an. Das gilt auch für das Leder und das übrige Material, das ich angefordert habe.«

»Ja, Herr.«

Cato fixierte den Tribun noch einen Moment, um das Unbehagen des jungen Offiziers noch weiter zu steigern. Dann sagte er in drohendem Ton: »Gib mir nie wieder Anlass, mich zu wiederholen ...«

»Nein, Herr. Nie wieder. Das schwöre ich bei den Göttern.«

»Die Götter haben am wenigsten damit zu tun. Wenn du mich enttäuschst, und ich enttäusche die Armee, dann wird dich irgendein gegnerischer Krieger zerstückeln. Und wenn er das nicht erledigt, werde ich's tun.«

»Willst du mir drohen, Herr?«

»Nein, das ist ein Versprechen.« Cato kniff die Augen zusammen und sagte leise: »Und jetzt geh mir aus den Augen, bevor ich meine Umgangsformen vergesse und dir persönlich den verfluchten Hals umdrehe.«

Portius ging ein paar Schritte rückwärts, ehe er es wagte, sich umzudrehen und aus dem Zelt zu eilen. Cato blickte ihm finster nach. Als der Tribun verschwunden war, entspannte er sich und gestattete sich den Anflug eines Lächelns. Es hatte ihm gutgetan, dem jüngeren Offizier eine Abreibung zu verpassen. Und seinem Gegenüber hatte es auch gutgetan. Von jetzt an würde er seine Arbeit hoffentlich besser machen. Dass er jemanden zusammengestaucht und dabei Vergnügen empfunden hatte, beunruhigte Cato aber auch. Er hatte so etwas in seiner Dienstzeit schon oft genug erlebt, um zu wissen, dass es auf kurze Sicht seinen Zweck erfüllte, die Adressaten aber auf Dauer schwächte. Davon abgesehen, hatte er sich selbst dabei beobachtet, wie er aus der Erniedrigung einer anderen Person Genugtuung zog. Das war keine sonderlich erhebende Erfahrung, und als er sich zum Gehen wandte, fühlte er, wie sich die Last der Scham auf seine Schultern legte.

»Bravo, Präfekt Cato.«

Er drehte sich um und bemerkte, dass er nicht der einzige Offizier war, der im Zelt geblieben war. Eine Gestalt löste sich aus dem Schatten und trat in den Schein der Öllampen. Es war Quintatus, der Legat der Vierzehnten, der Mann, den Cato verdächtigte, seine Hand im Spiel gehabt zu haben, als man ihm das Kommando des Kastells von Bruccium übertragen hatte, wobei er und Macro beinahe ums Leben gekommen wären.

Quintatus lächelte. »Ein beeindruckender Anschiss. Der arme kleine Schnösel hat's auch verdient. Es kommen zu viele Untertribunen zur Armee, die glauben, das Ganze sei ein Spiel. Eine Gelegenheit, von der Familie wegzukommen und sich trotzdem weiter so aufführen zu können wie die anderen betrunkenen Lebemänner in Rom. Wir brauchen Disziplin, und Disziplin ist das, was die Armee sie lehrt.«

Cato holte tief Luft. »Ich habe ihn nur an seine Pflichten erinnert, Herr.«

»Selbstverständlich, und das hast du gut gemacht.«

Der Legat musterte ihn einen Moment mit blinzelnden kalten Augen. »Du betrachtest die Versetzung zum Tross als eine Art Bestrafung, hab ich recht?«

»Jemand muss das machen«, entgegnete Cato kurz angebunden.

»Wohl wahr. Aber warum ausgerechnet du? Das fragst du dich.«

»Was ich denke, tut nichts zur Sache, Herr.«

»Mag sein. Aber vielleicht tust du recht daran, einen Grund dahinter zu vermuten, Cato. Du giltst als Narcissus' Mann, ganz gleich, was du tust. Narcissus ist nicht der Einzige, der einen Haufen Agenten für sich arbeiten lässt. Pallas ist so einer. Auch so ein verfluchter kaiserlicher Freigelassener mit großem Ehrgeiz. Und genauso gerissen und gefährlich wie sein Rivale Narcissus. Wenn du dir einer Sache sicher sein kannst, dann der, dass Pallas seine Leute in den Stab von General Ostorius eingeschleust hat. Und die werden nicht ablassen, dich zu drücken.«

»Das habe ich gemerkt«, erwiderte Cato und musterte Quintatus wachsam. »Bist du einer von Pallas' Leuten?«

»Ich?« Quintatus lachte. »Zum Glück nicht. Ich bin von zu hohem Stand. Diese griechischen Freigelassenen geben sich nicht mit öffentlichen Personen ab, wenn es sich vermeiden lässt. Sie greifen lieber auf solche zurück, die für die höchsten Posten im Reich nicht infrage kommen und daher für Leute wie Pallas und Narcissus auch keine Bedrohung darstellen. In der Hinsicht kannst du ganz beruhigt sein.«

»Aber du weißt über Pallas' Pläne in Bezug auf mich Bescheid.«

»Man hat mir gesagt, ich solle dir das Leben schwer machen.«

»Ich glaube, das ist noch nicht alles. Ich glaube, ich sollte meinen letzten Auftrag nicht überleben.«

Quintatus zuckte mit den Schultern. »Das könnte man so sagen. Zum Glück ist es anders gekommen. Du hast bei Bruccium deine Erfahrungen gemacht und bewiesen, dass du ein zu tüchtiger Offizier bist, als dass man dich aus der Laune eines römischen Freigelassenen heraus opfern dürfte. Von mir hast du nichts zu befürchten, Cato.«

Cato lächelte ironisch. »Wenn du es sagst …«

Quintatus runzelte die Stirn. »Denk, was du willst. Ich wollte dich nur in dieser Hinsicht beruhigen. Gefahr droht aus einer anderen Richtung.«

Ein eiskalter Angstschauder lief ihm über den Nacken. »Von wem? Dem General?«

»Ostorius? Aber nicht doch. Der nimmt alles ganz genau. Glaubst du, er wäre für deine Versetzung zum Tross verantwortlich?«

»Der Gedanke ist mir gekommen«, gab Cato zu.

»Du wurdest aus anderen Gründen dafür ausgewählt«, sagte Quintatus erschöpft. »Eigentlich war das mein Vorschlag. Beide Einheiten der Garnison von Bruccium sind schwer mitgenommen. Von deinen Männern haben zu wenige überlebt, als dass sie in der Schlachtreihe ihre Aufgabe erfüllen könnten. Ich habe keinen Zweifel an ihren Kampfqualitäten und wollte sie dort einsetzen, wo sie den größten Nutzen bringen. Das ist der Grund. Ich will dir nicht schaden.«

Cato ließ sich das durch den Kopf gehen und musste zugeben, dass es vernünftig klang. Er fühlte sich sogar ein wenig geschmeichelt. Gleichwohl brachte er es nicht über sich, Quintatus zu vertrauen.

»Ich danke dir, Herr«, sagte er müde.

»Keine Ursache. Ich wollte dich nur wissen lassen, dass deine Vorgesetzten sich deiner Qualitäten bewusst sind. Ich würde dich lieber an meiner Seite kämpfen lassen, als dir ein Messer in den Rücken zu stechen.«

»Das freut mich zu hören.«

Der Legat hob eine Braue. »Du solltest dein Glück nicht überstrapazieren … Und jetzt sollten wir uns verabschieden, damit wir vor der Jagd noch etwas Schlaf bekommen.«

Ohne eine Antwort abzuwarten, wandte Quintatus sich ab und ging hinaus. Cato schloss die Augen und massierte sich die Stirn. Das Herz war ihm schwer. Narcissus hatte sich nur deshalb für ihre Versetzung nach Britannien eingesetzt, weil er sie dem Ränkespiel der kaiserlichen Freigelassenen entziehen wollte. Zumal nachdem Macro Zeuge einer intimen Begegnung zwischen Pallas und Agrippina, der neuen Gemahlin des Kaisers, geworden war. Jetzt schien es so, als hätte Pallas seinen Einfluss mühelos bis an die am stärksten umkämpfte Außengrenze des Reiches ausgedehnt.

Cato kam ein hässlicher Gedanke: Es war durchaus möglich, dass Narcissus nicht nur auf ihre Sicherheit bedacht gewesen war. Das wäre typisch für ihn. Wenn dem so war, drohte ihnen von zwei Seiten Gefahr: von den gegnerischen Kriegern und Pallas' Agenten.

Eine furchtbare Müdigkeit legte sich ihm auf die Schultern. Gab es denn kein Entrinnen vor den Machenschaften derer, die sich im Schatten des Kaisers einen tödlichen Wettstreit um Einfluss lieferten? Eines jedenfalls war sicher: Er musste vorsichtig und wachsam sein. Wenn Pallas' Spitzel bereits in Britannien waren und glaubten, er und Macro befolgten noch immer die Befehle des Narcissus, dann würden sie jede sich bietende Gelegenheit ergreifen, sie aus dem Spiel zu nehmen.

»Scheiße …«, murmelte Cato verbittert, stapfte nach draußen und machte sich auf den Weg zu den Zelten der Eskorte. »Warum ich? Warum Macro?«

Unwillkürlich lächelte er. Er wusste genau, was Macro dazu sagen würde. Das Gleiche, was er in solchen Fällen immer sagte: »Weil wir hier sind, Cato, mein Junge. Weil wir hier sind.«

KAPITEL 5

Welch schöner Morgen!« Cato streckte den Rücken und schaute zum blauen Himmel hoch. Keine einzige Wolke war zu sehen, und es war windstill, die Luft noch feucht und kühl. Er atmete in tiefen Zügen. Als er am Vorabend zum Zelt zurückgegangen war, hatte er sich bemüht, seine Besorgnisse zu verdrängen. Stattdessen hatte er an Julia und das Haus gedacht, das sie eines Tages, wenn er als Kriegsbeute ein Vermögen angehäuft hätte, in Campania bauen wollten. Bislang war der Ertrag eher kläglich, doch wenn der Feldzug in Britannien zu einem guten Abschluss kam, könnte er mit dem Verkauf von Gefangenen an Sklavenhändler ein Vermögen machen. Dazu käme sein Anteil am erbeuteten Gold und Silber. Das würde mehr als ausreichen, um sich in Campania ein wenig Ruhe und Frieden zu erkaufen. Er und Julia würden eine Familie gründen, und er würde dem Magistrat der nächsten Stadt angehören. Vielleicht würde auch Macro sich in der Gegend niederlassen, und dann könnten sie zusammen trinken und sich an die alten Zeiten erinnern. Mit diesen Sehnsuchtsgedanken war er eingeschlafen.

»Was soll das?«, brummte Macro, die Hände um den Kopf gelegt. Er saß auf einem Hocker und wärmte sich am Feuer vor Catos Zelt. »Schöner Morgen? Was soll denn schön daran sein?«

Cato lächelte. Macro trank, ohne an die Folgen zu denken.

»Blauer Himmel, klare Luft und die Aussicht auf eine spannende Jagd. Grund genug, gute Stimmung zu haben.«

»Das sagst du.«

»Ah, da kommt Thraxis.« Cato setzte sich, als sich sein Bursche mit einem schweren Eisentopf näherte. Den Griff hatte er mit einem dicken Tuch umwickelt. Er stellte den Topf neben das Feuer und nahm den Deckel ab. In der anderen Hand hielt er zwei Essnäpfe und eine Holzkelle.

»Was hast du da Schönes?«, fragte Cato, zwinkerte dem Burschen zu und spähte in den Topf.

»Ich hab mir gedacht, ihr könntet etwas Herzhaftes gebrauchen, um euch vor der Jagd den Bauch zu füllen, Präfekt.« Er rührte den dicken grauen Topfinhalt um.

»Das ist Haferschleim mit Speck, Fett und etwas Honig, den ich gestern Abend bei den Marketendern gekauft habe.« Er beugte sich vor und schnupperte. »Ah! Riecht gut.«

Thraxis tat einen Schlag Haferschleim in einen Napf. Er reichte ihn Cato zusammen mit einem Löffel. »Hier, Präfekt.«

Cato bedankte sich mit einem Kopfnicken und hob den Napf hoch. Er nahm etwas Haferschleim auf den Löffel, pustete darauf und probierte vorsichtig. Die Speise war heiß und schmackhaft, und er nahm sich gleich den nächsten Löffel, während der Bursche den zweiten Napf füllte und ihn dem Centurio reichte.

»Herr?«

Macro schaute mit stumpfem Blick auf, dunkle Stoppeln auf den Wangen. Widerwillig nahm er den Napf entgegen.

»Thraxis«, sagte Cato. »Während wir essen, hol schon mal unsere Stiefel, Umhänge und Feldflaschen.«

»Ja, Präfekt.«

Cato wandte sich seinem Freund zu. Es war mehrere Tage her, dass Macro sich hatte rasieren lassen, und mittlerweile wirkte er wohl noch wilder als die wildesten Kelten. An den Schläfen hatte er graues Haar, und wenn Cato sich nicht täuschte, wich es auch bereits ein wenig aus der Stirn zurück. Das war kaum verwunderlich, denn Macro war vierzig Jahre alt und hatte vierundzwanzig Jahre bei der Armee zugebracht, in die er mit sechzehn eingetreten war, obwohl er dafür eigentlich noch zu jung gewesen war. Cato hielt mit Essen inne und räusperte sich.

»Weißt du schon, was du machen willst, wenn das Jahr zu Ende geht?«

Macro hatte den Haferschleim in seinem Napf angestarrt und überlegt, ob er es wagen sollte, von der Pampe zu kosten, die Catos Bursche gekocht hatte und die geeignet schien, selbst dem hartgesottensten Krieger der Legion den Magen umzudrehen. Er blickte Cato an. »Hmmm?«

»Dieses Jahr wirst du aus dem Kriegsdienst entlassen. Du stehst auf der Entlassungsliste. Also?«

Macro rührte im Haferschleim. Die Legionen entließen alle zwei Jahre Altgediente, und das betraf Soldaten, die vierundzwanzig oder sechsundzwanzig Jahre gedient hatten. Macro wappnete sich, aß einen Löffel und kaute langsam, dann schluckte er, bevor er antwortete.

»Hab einen Brief von meiner Mama bekommen, die in Londinium lebt. Der Gasthof, den sie gekauft hat, wirft ordentlich Gewinn ab, und sie möchte, dass ich zu ihr komme und das Geschäft erweitere.«

»Ach?«

Cato hörte zum ersten Mal von dem Brief und musterte besorgt seinen Freund, der schon in der Zweiten Legion gedient hatte, als er als blasser Rekrut vor zehn Jahren angefangen hatte. Ein Leben in der Armee war ohne Macro unvorstellbar, doch er musste sich damit abfinden, dass sein Freund das Ende seiner Laufbahn erreicht hatte und die Entlassungsprämie einstreichen und in den Ruhestand gehen konnte.

Macro betrachtete den Löffel, dann legte er ihn einstweilen weg. Er sah zu Cato auf. »Ich weiß nicht, mein Junge. Kann nicht leugnen, dass die Aussicht, für den Rest meines Lebens eine Spelunke zu führen, seinen Reiz hat.«

»Und dabei verträgst du so viel«, meinte Cato lächelnd.

»Hier fehlt's mir an der nötigen Übung.«

»Nach allem, was ich heute Morgen gesehen habe, glaube ich, regelmäßige Übung wäre dein Tod.«

»Wenn mich hier etwas umbringt, dann das verfluchte Gift, das dein Bursche zusammenrührt. Dem Händler sollte man am besten auch gleich den Hals umdrehen.« Macro wandte sich um und leerte den Napf ins Feuer aus, wo der Haferschleim dampfte, brodelte, zischte und fauchte. Nachdenklich kratzte er sich am Kinn. »Ich weiß es nicht, Cato. Meine Glieder werden allmählich steif. Ich bin nicht mehr so schnell und kräftig wie früher, und das ist nicht gut in diesem Handwerk. Ich habe viele Kämpfe bestritten. Gute Zeiten, wie? Bis zu diesem Jahr habe ich meine Sache gut gemacht. Aber in letzter Zeit? Ich habe so das Gefühl, als könnte ich als Soldat nicht mehr besser werden. Von jetzt an geht's bergab. Irgendwann treffe ich auf einen Gegner, den ich nicht besiegen kann. Wenn das passiert, muss ich damit rechnen, in Stücke zerlegt zu werden. Vielleicht ist es am besten, wenn ich vorher Schluss mache.«

Cato hatte ihm bedrückt zugehört. Als Macro fertig war, sah er ihn fragend an und schüttelte langsam den Kopf. »Also, ich muss sagen, ich bin überrascht. Ich hätte nie gedacht, dass du mal das Soldatenhandwerk gegen ein Dasein als Schankwirt eintauschen könntest. Ich finde, du trägst noch genug Feuer in dir, und natürlich ist es ein trauriger Verlust für die Armee ...« Der Schwall der Plattitüden versiegte, und Cato saß einen Moment schweigend da und überlegte niedergeschlagen, wie er seine wahren Gefühle in Worte kleiden sollte.

Sein Freund musterte ihn aufmerksam, dann konnte er sich nicht länger beherrschen und brach in schallendes Gelächter aus.

»Du solltest mal dein Gesicht sehen! Das ist vielleicht ein Anblick!«

Macros jäher Gefühlsumschwung verblüffte Cato. »Was redest du da?«

Macro schüttelte den Kopf. »Ich hab dich doch bloß verarscht, Mann! Hab mich revanchiert für den Mist, den Thraxis da zusammengerührt hat. Meinst du, ich hätte dein Augenzwinkern nicht bemerkt?«

»Heißt das ... du willst den Dienst gar nicht quittieren?«

»Was? Bist du verrückt? Was soll ich denn sonst tun? Im Zivilleben wäre ich doch aufgeschmissen.«

Unwillkürlich reagierte er mit Erleichterung, auch wenn er sich über den üblen Scherz ärgerte. Cato drohte Macro mit dem Finger.

»Beim nächsten Mal gebe ich persönlich Anweisung, dich zu entlassen. Nur damit das klar ist.«

»Ja, sicher. Aber daraus wird nichts. Ich habe schon einen Antrag auf Dienstverlängerung eingereicht. Ich warte nur noch auf die Antwort des Legaten, dann bin ich für weitere zehn Jahre verpflichtet.« Er beugte sich vor und klopfte Cato auf die Schulter. »So leicht wirst du mich nicht los!«

»Freut mich zu hören«, sagte Cato und wandte sich eilig wieder dem Frühstück zu, denn er wollte sich seine Erleichterung nicht anmerken lassen.

Der altgediente Soldat lächelte still in sich hinein, gerührt von der Zuneigung seines jungen Freundes. Er fasste den Topf neben dem Feuer in den Blick. Dampf kräuselte sich aus dem Haferschleim empor, und bei der Vorstellung, das zu essen, drehte sich ihm der Magen um.

»Du solltest es wenigstens mal probieren«, sagte Cato. »Sonst kriegst du später Hunger.«

»Das essen? Ausgeschlossen. Eher lecke ich einen Scheißhaufen von 'ner Brennnessel ab.«

»Interessante Vorstellung.« Cato streichelte sich nachdenklich das Kinn. »Ich werde Thraxis mal fragen, ob er das Rezept kennt.«

Als die Jagdgesellschaft sich am Eingang des Tals versammelt hatte, das General Ostorius für die Tagesunternehmung ausgewählt hatte, war es Vormittag. Über hundert Offiziere mit ihren Pferden waren versammelt sowie doppelt so viele Soldaten und Burschen, außerdem mehrere Wagen mit der nötigen Ausrüstung und dem Proviant. Neben einem Grill hatte man einen Tisch aufgestellt, und als die Offiziere eintrafen, reichte man ihnen einen Becher warmen Wein. Macro leerte ihn schmatzend, als hätte er am Abend zuvor nichts zu trinken bekommen. Die Soldaten, die als Treiber eingeteilt waren, drangen ins Tal vor und marschierten an den Hängen entlang bis zum anderen Ende. Andere stellten die Weidenzäune auf, die das Rotwild und die Wildschweine zu den Offizieren leiten sollten. Anschließend luden sie die Jagdbogen und mit Pfeilen gefüllten Köcher von den Wagen und legten sie auf eine Lederplane, die im taufeuchten Gras ausgebreitet war.

Der General traf als Letzter ein, in Begleitung von zwei Legaten und seiner Leibwache, acht handverlesenen Legionären. Obwohl die Sonne schien und die bergige Landschaft in ein warmes Licht hüllte, hatte er sich in einen dicken Umhang gehüllt. Trotz seines munteren Auftretens entging Cato nicht, dass seine gute Laune nur gespielt war.

Ostorius saß ab, nahm einen Becher Wein entgegen und legte seine knotigen Finger darum. Cato beobachtete ihn, als er umherging und seine Offiziere begrüßte. Dann bemerkte der Präfekt in der Richtung des Lagers eine ungewöhnliche Bewegung. Ein Mann galoppierte auf einem schwarzen Rappen heran. Als er näher kam, sah Cato, dass es sich um den Tribun handelte, der tags zuvor eingetroffen war. Dicht vor den Offizieren und den Wagen zügelte er sein Pferd und bespritzte eine der Ordonnanzen des Generals mit Dreck. Er saß ab, warf dem Mann die Zügel zu und schloss sich schwer atmend den anderen an. Sein Erscheinen hatte die Unterhaltungen zum Erliegen gebracht, und Ostorius blickte dem Tribun stirnrunzelnd entgegen.

»Junger Mann, ich weiß nicht, was man in Rom unter guten Manieren versteht, aber ich wäre dir dankbar, wenn du dich zukünftig zu den Beratungen und Versammlungen, bei denen dein Oberbefehlshaber bereits zugegen ist, nicht verspäten würdest.«

Tribun Otho neigte das Haupt. »Ich bitte um Verzeihung, Herr.«

»Und welche Entschuldigung hast du anzubieten?«

Otho schaute auf und zögerte einen Moment. »Es gibt keine Entschuldigung, Herr. Ich habe verschlafen.«

»Ich verstehe. Dann solltest du dich in der Kunst des Wachseins üben. Du wirst fünf Tage lang die Nachtwache befehligen.«

»Ja, Herr.«

Cato und Macro wechselten einen Blick. Der General hatte dem jungen Tribun für fünf Tage jede Aussicht auf Schlaf genommen. Der befehlshabende Offizier hatte die Aufgabe, die Losung an jeden einzelnen Wachposten weiterzugeben und zwischen den Wachwechseln im Lager zu sein und darauf zu achten, dass alle Männer wach blieben und ihrer Pflicht nachkamen. Nach einem Tagesmarsch war das eine anstrengende Aufgabe. Deshalb wechselten sich die Tribunen damit auch ab.

»Das ist ein bisschen hart«, murmelte Cato.

Macro zuckte mit den Schultern. »Diese Lektion dürfte der junge Schnösel so bald nicht vergessen. Das wird ihm guttun.«

»Guttun? Hinterher wird er auf dem Zahnfleisch daherkommen.«

»So was macht einen zum Mann.«

»Oder es bricht einen.«

Macro musterte ihn. »Cato, du weißt doch, wie das mit der Ausbildung ist. Man muss einen Mann fordern, über seine Grenzen hinaus. So läuft das. Deshalb bist du das geworden, was du bist.«

Damit hatte er recht, das musste Cato zugeben. Junge Leute wie Otho mussten so bald wie möglich gezähmt und an das harte Armeeleben gewöhnt werden, um ihrer selbst und um der Männer willen, die sie befehligten.

Ostorius entließ den Tribun mit einer schroffen Handbewegung und wandte sich an den Centurio der Zwanzigsten, der zum Jagdleiter ernannt worden war.

»Sind wir bereit?«

Der Centurio salutierte und deutete ins Tal. »So gut wie, Herr. Die Treiber beziehen gerade ihre Positionen.«

Cato sah die kleinen Gestalten, die sich im grün-braunen Farngestrüpp zu einer weit auseinandergezogenen Linie geordnet hatten. Größere Tiere flohen bereits vor ihnen. Das Ufer des Bachs, der ins Haupttal floss, war bewaldet. Im Schatten der Bäume war eine Gruppe Rotwild zu erkennen. Jede Menge Wild, wie der General gesagt hatte.

Der Centurio wandte sich den Männern bei den Weidenzäunen zu. Man konnte einen großen Trichter erkennen, dessen Mündung zum Tal wies. Am Ende befanden sich Pferche. Zwischen den Zäunen gab es Lücken, die den Jägern Platz zum Schießen ließen. Die Schusspositionen waren im rechten Winkel zueinander angeordnet, sodass die Schützen das Wild ins Kreuzfeuer nehmen konnten, ohne sich gegenseitig zu gefährden. »Noch einen Augenblick, Herr, dann kannst du die Jagd eröffnen.«

Ostorius nickte zustimmend und wandte sich an seine Offiziere. »Nehmt eure Waffen, Männer. Die Jagd beginnt.«

Cato, Macro und die anderen gingen zu den Bogen und Köchern voller Jagdpfeile mit breiten Spitzen hinüber, die auf der Ziegenlederdecke ausgebreitet waren. Sie wählten eine Waffe und einen Armschutz, und einige der erfahreneren Offiziere spannten versuchsweise ihren Bogen. Cato und Macro hatten keine Erfahrung als Bogenschützen und nahmen den erstbesten Bogen, dann gingen sie zum Zaun und nahmen ihren Platz in einer

Lücke ein. Als Cato die kleinen Eisenhaken des Köchers über seinen Schwertgürtel schob, näherte sich Tribun Otho und nahm in der nächsten Lücke Aufstellung. Sie nickten einander zu, dann streckte Cato die Hand aus.

»Wir hatten noch keine Gelegenheit, uns bekannt zu machen. Präfekt Quintus Licinius Cato von der Zweiten Thrakischen Reiterei.«

Der jüngere Mann legte die Hand um Catos Unterarm und lächelte freundlich. »Tribun Marcus Silvius Otho.« Er blickte fragend an Cato vorbei. »Und wer ist das?«

Macro lehnte den Bogen an den Zaun und trat vor. »Centurio Lucius Cornelius Macro, Befehlshaber der Vierten Kohorte der Vierzehnten Legion, Herr. Wenngleich meine Kohorte momentan dem Befehl des Präfekten unterstellt ist und den Tross eskortiert.«

»Oh, das ist eine Aufgabe, die hohe Verantwortung mit sich bringt.«

»Nicht so viel Verantwortung, wie uns lieb wäre, Herr.« Macro lächelte schwach.

Otho schürzte kurz die Lippen und überlegte, was er darauf erwidern sollte. »Verzeihung, Präfekt, aber ich bin noch neu im Spiel, und in Lindum gab es keine Hilfseinheiten. Soll ich dich Herr nennen? Oder nennst du mich Herr?«

Cato war entsetzt. Ein Tribun, ob Breitstreifen oder nicht, sollte sich die Mühe gemacht haben, sich die Grundlagen des militärischen Umgangs anzueignen. Er räusperte sich. »Du bist der Stellvertreter deines Legaten Hosidius Geta. Theoretisch. In der Praxis übernimmt in Getas Abwesenheit der Lagerpräfekt das Kommando.

Normalerweise würde ich dich Herr nennen. Aber da du eine Abteilung der Neunten Legion befehligst, bist du ein untergeordneter Abteilungskommandant und daher gleichrangig. Deshalb nenne ich dich Tribun, und du nennst mich Präfekt. Bei offiziellen Anlässen. Heute bin ich für dich Cato.«

Otho machte große Augen, dann nickte er. »Also Cato. Und Centurio Macro nennt mich Herr. Ist das richtig?«

Macro nickte. »Und das wird sich auch nicht ändern, solange die Welt nicht aus den Fugen gerät und irgendein Idiot mich zum Senator ernennt. Oder solange du nicht einen Riesenfehler machst und zum Legionär degradiert wirst, Herr.«

Der Tribun blickte sich zu General Ostorius um. »Ich nehme an, dazu wird es nicht kommen. Nicht ehe ich meine Dienstzeit hinter mich gebracht habe und nach Rom zurückgekehrt bin.«

Cato erinnerte sich an die Bemerkung, die Horatius am Vorabend gemacht hatte. »Ich nehme an, du bist darauf erpicht, deinen Militärdienst möglichst schnell hinter dich zu bringen.«

»Na klar doch!«, sagte Otho mit Nachdruck. »Ungeachtet der frischen Luft und der kernigen Kameradschaft gibt es doch keinen schöneren Ort als Rom, oder?«

»Das kann man wohl sagen«, meinte Macro, der schlechte Erinnerungen an die Hauptstadt des Reiches hatte.

»Ich hätte auch nichts dagegen, bald dorthin zurückzukehren«, sagte Cato. »Ich habe vor Kurzem geheiratet und musste meine Frau zurücklassen. Aber ich habe gehört, dass deine Frau dich auf den Feldzug begleitet hat.«

»Das stimmt. Poppea und ich ertragen es nicht, voneinander getrennt zu sein.«

»Aber das seid ihr doch jetzt auch.«

»Keineswegs. Ihr Wagen ist bei der Kohorte, die sich Ostorius anschließen wird. Ehrlich gesagt, ist das der Grund, weshalb ich mich verspätet habe. Ich hatte gehofft, die Kohorte würde schon heute Morgen eintreffen. Leider war dem nicht so. Und jetzt hab ich's mir beim General verscherzt.«

Cato blies die Wangen auf und musterte den jungen Offizier abschätzend. Das war eindeutig der unmilitärischste Tribun, dem Cato je begegnet war. Und dass seine Frau mit an die Front zog, sprach entweder Bände über ihre gegenseitige Zuneigung, oder es steckte etwas anderes dahinter, wie Horatius angedeutet hatte. Cato beschloss, dem Tribun ein wenig auf den Zahn zu fühlen. »Es ist ziemlich ungewöhnlich, dass ein Offizier seine Frau mitbringt. Meiner Gemahlin würde ich die Härten des Lagerlebens jedenfalls nicht zumuten wollen, egal, wie sehr ich sie vermisse.«

Otho senkte den Blick und rückte verlegen seinen Köcher zurecht. »So einfach ist das nicht.«

»Ach. Wie das?«

Der Tribun schnalzte mit der Zunge. »Über unserem Aufbruch lag ein Schatten. Poppea war nämlich mit jemand anderem verheiratet. Mit einem schrecklichen, mürrischen Burschen mit großen Ohren, der kaum Interesse an ihr hatte, auch nicht an ihrem Körper.

Rufus Crispitus.« Er musterte Cato scharf. »Kennst du ihn?«

»Nein.«

»Wundert mich nicht. Er versteht es, sich bei gesellschaftlichen Anlässen unsichtbar zu machen. Die Art Mann, der für diese langweiligen Skulpturen von Provinzmagistraten Modell stehen könnte, wenn du verstehst, was ich meine.«

Macro musterte Cato verwundert und schüttelte den Kopf.

»Um die Geschichte abzukürzen«, fuhr Otho fort, »ich habe Poppea verführt.« Er lächelte. »Eigentlich hat sie mich verführt. In dieser Hinsicht ist sie eine Wilde.«

»Ich habe sie schon in mein Herz geschlossen, Herr«, bemerkte Macro grinsend.

Der Tribun warf ihm einen Blick zu, dann fuhr er fort. »Ehe wir uns versahen, waren wir wahnsinnig verliebt. Unsere Freude war grenzenlos.«

»Und ich wette, das hat Rufus Crispitus nicht gefallen«, sagte Cato.

»Überhaupt nicht! Er war außer sich. Zum ersten Mal im Leben zeigte er eine menschliche Regung. Also rennt er schnurstracks zum Palast und verlangt, dass der Kaiser uns beide bestraft. Da er ja noch mit Poppea verheiratet war, war es sein gutes Recht, ihr eine ordentliche Abreibung zu verpassen. Aber Crispitus – ein Narr, wie er leibt und lebt – trug zu dick auf und verärgerte den Kaiser. Der verlangte von Crispitus, sich von Poppea scheiden zu lassen, und ließ uns die Wahl. Entweder Verbannung nach Tomus, oder ich trete in die Armee ein, nehme Poppea zur Frau, und wir beide verschwinden für ein, zwei Jahre aus Rom, bis der Skandal in Vergessenheit geraten ist. Nun, ich habe genug Ovid gelesen, um zu wissen, dass Tomus der letzte Ort ist, an dem ich mich längere Zeit aufhalten möchte. Oder jedenfalls dachte ich das, bis ich hierhergekommen bin.« Er zuckte mit den Schultern. »Jetzt kennt ihr meine Geschichte von Liebe und Schmerz, um es mal so auszudrücken.«

Sie wurden unterbrochen von einem Hornsignal, und als Cato sich umschaute, bemerkte er, dass die anderen Offiziere alle in Position waren. Ostorius und die Legaten hatten an der Mündung des Zauntrichters Aufstellung genommen.

»Los geht's«, sagte Macro, zog den ersten Pfeil aus dem Köcher und legte ihn an. Am Zaun entlang machten sich die anderen Offiziere bereit. Auch Otho zog einen Pfeil und legte ihn mit einer geschmeidigen Bewegung an.

»Das machst du nicht zum ersten Mal.«

Der Tribun nickte. »Ich bin in Estonia auf einem Gutshof groß geworden. Hab mit der Jagd angefangen, kaum dass ich laufen konnte.«

Weitere Hörner beantworteten das Signal an der anderen Talseite, und die Treiber rückten vor. Einige klopften mit Stöcken auf den Boden, andere schlugen Zinngeräte zusammen und bliesen hin und wieder ins Horn. Vor Cato erwachte die Heide zum Leben, dann sprang das erste Reh den Hang herunter in die scheinbare Sicherheit des Waldes. Das Wild war noch ein ganzes

Stück entfernt, und Cato hielt den Bogen gesenkt. Die Pfeilspitze zielte zwischen seinen Füßen ins Gras.

»Bei den Göttern«, sagte Macro. »Heute Abend kommt Fleisch auf den Tisch. Der alte Herr lag genau richtig. Hier wimmelt es nur so von Wild.«

Die Hörner der Treiber wurden stetig lauter, und jetzt hörte Cato auch das Scheppern des Essgeschirrs und das leise Schwirren der Stöcke. Er bekam Herzklopfen und hob den Bogen an, die Fingerspitzen seiner Rechten schlossen sich um die Sehne. Der Waldrand war nur zweihundert Schritte entfernt, und unvermittelt brach ein Reh durchs Unterholz und kam ins Freie. Zwei weitere Rehe folgten ihm, dann erschien ein Hirsch, der unwirsch das Geweih schwenkte. Cato hob den Bogen noch etwas höher.

»Noch nicht, Präfekt!«

Er senkte den Arm ein wenig und wandte den Kopf zu Otho herum. »Was?«

Der Bogen des Tribuns stand noch auf dem Boden, und Otho zeigte zum General, der in der Nähe der Trichtermündung stand. »Ich weiß nicht, wo du Jagen gelernt hast, aber das Protokoll verlangt, dass der Gastgeber als Erster zum Schuss kommt.«

Cato errötete. Er ärgerte sich, dass er nicht von selbst daran gedacht hatte. Bislang hatte er beim Militär nur vom Pferd aus Wildschweine gejagt, und obwohl das eine ganz andere Sache war, galten dabei doch ganz ähnliche Regeln. Die Untergebenen ritten geduldig hinter dem Anführer her, bis das erste Tier erlegt war, dann war auch für die anderen die Jagd eröffnet.

»Natürlich«, sagte er leise. »Danke, dass du mich erinnert hast.«

Otho wirkte überrascht. »Haben deine Leute dich denn nicht zur Jagd mitgenommen?«

Macro schüttelte belustigt den Kopf und murmelte: »*Deine Leute?* Bei den Göttern, Rom ist wirklich eine Welt für sich.«

Catos Verlegenheit steigerte sich. Seine Herkunft war alles andere als aristokratisch. Dabei war die Bemerkung des Tribuns durchaus verständlich. Die jüngeren Hilfspräfekten wurden aus den Reihen der Senatorenfamilien ernannt. Der Schmerz, den die Erinnerung an seine niedere Herkunft ausgelöst hatte, verwandelte seine Beschämung in Bitterkeit. Zu Otho sagte er:

»Nein. Das haben sie nicht.«

»Schade. Sonst hättest du das gewusst.«

»Das hätte ich wohl.«

»Jedenfalls, da kommen sie!«, rief der Tribun und zeigte auf das erste Wild, das sich dem Trichter näherte.

Cato wandte den Kopf. Der Hirsch und die drei Rehe sprangen von Seite zu Seite, während sie den wartenden Jägern entgegengetrieben wurden. Am Ende des Zauns hob General Ostorius den Bogen und spannte mit zitterndem Arm die Sehne. Er spähte am Pfeil entlang und wählte ein Ziel aus. Cato ließ sich vom Jagdfieber anstecken und hielt den Atem an. Das erste Reh lief in den Trichter hinein, doch Ostorius wartete auf den Hirschen. Als der sich der Trichtermündung näherte, schnellten die Bogenenden des Generals vor, und der Pfeil flog in einem flachen Bogen auf den Hirschen zu.

Er zischte am Rumpf des Tieres vorbei und verschwand im Gras.

»Oh, Pech gehabt!«, murmelte Otho. »Hätte besser zielen sollen.«

Ostorius legte rasch einen zweiten Pfeil an, während der Hirsch rasch näher kam. Er zielte und schoss, und diesmal ging der Pfeil nicht daneben. Er traf das Tier an der Schulter, der Aufprall war von allen deutlich zu hören. Die Offiziere und Soldaten bejubelten ihren Kommandanten, während der Hirsch vor Schmerz laut blökte und zur Seite taumelte. Rotes, glänzendes Blut strömte aus der großen Wunde, die der Jagdpfeil gerissen hatte, über die Flanke. Der General hatte bereits den nächsten Pfeil angelegt und zielte erneut. Jetzt, da der Hirsch ausschlug und bockte, um den Pfeil loszuwerden, war er schwieriger zu treffen. Der zweite Pfeil traf ihn im Rumpf, woraufhin er ins Gras stürzte. Er schaffte es, sich wieder aufzurichten, da bohrte sich ihm der dritte Pfeil in den Hals. Bei jeder Bewegung spritzte Blut. Die Rehe hielten Abstand, erschreckt von den heftigen Bewegungen des Hirsches. Cato beobachtete gebannt das Schauspiel. Man hätte ihn ausgelacht, wenn er es zugegeben hätte, doch er empfand Mitleid mit dem edlen Tier. Sein rastloser Geist zog eine Parallele zu Caratacus. Hirsch wie menschlicher Gegner waren dem Untergang geweiht. Es kam ihm vor wie ein Omen. Ein weiterer römischer Triumph mit einem Beigeschmack von Bedauern über den Verlust eines noblen Geistes.

Der Hirsch aber hatte noch nicht aufgegeben. Stark blutend, senkte er das Geweih. Halb taumelte, halb lief er auf den Weidenzaun zu, der sich nach beiden Seiten erstreckte. Auf einmal wurde Cato bewusst, dass der Hirsch geradewegs auf ihn zukam. Er erstarrte.

»Cato!«, rief Macro neben ihm. »Schieß!«

KAPITEL 6

D er Bann war gebrochen. Er hob den linken Arm. Der Pfeil war noch angelegt, rutschte jedoch von der Sehne ab, als er den Arm waagerecht ausrichtete.

»Verdammter Mist!«, zischte Cato und bemühte sich den Schaft wieder anzulegen. In kurzer Entfernung nahm er eine Bewegung wahr und spürte den keuchenden Atem des Hirschen. Als er aufsah, war das Tier nur mehr zehn Fuß entfernt. Dann schwirrte es zu seiner Linken, und ein Pfeil traf den Hirschen in die Brust. Die Eisenspitze durchbohrte das Herz. Der Hirsch brach zusammen, rollte über den Boden und prallte gegen den Zaun, riss ihn um und warf Cato rücklings zu Boden. Im nächsten Moment packte Macro ihn beim Arm und zog ihn auf die Beine. Er unterdrückte ein Grinsen.

»Alles in Ordnung, mein Junge?«

»Ja, danke.«

»Mir brauchst du nicht zu danken. Bedank dich beim Tribun. Wenn der nicht eingegriffen hätte, hätte dich der Hirsch mit seinem Geweih aufgespießt.«

Cato blickte sich um und bemerkte, dass Otho ihn beobachtete, den Bogen in der Hand. Er zog bereits den nächsten Pfeil aus dem Köcher. »Ich stehe in deiner Schuld.«

Otho schüttelte den Kopf. »Ein leichter Schuss. Gern geschehen.«

»PFEILE LOS!«, brüllte der Jagdmeister von der Trichtermündung aus. Der Tribun wandte sich um und zielte. Als Cato den Bogen aufgehoben hatte und wieder seinen Platz einnahm, war die Luft förmlich schwarz von Pfeilen. Die Rehe brachen in rascher Folge zusammen, aus ihren Flanken ragten Pfeilschäfte, und dann entstand eine kurze Pause, bevor weiteres Wild angerannt kam, gejagt von den Treibern. Cato sah mehrere Hirsche und die ersten Wildschweine, die mit gesenktem Kopf angestürmt kamen. Auch Hasen waren vertreten, die durchs Heidekraut und vor den Jägern über die Grasfläche hüpften. Cato atmete tief durch, legte den Pfeil an und hob den Bogen. Er wählte einen Eber als Ziel, richtete die Pfeilspitze aus und spannte den Bogen, bis er mit dem Daumenrücken seine Wange berührte. Er zielte ein wenig vor die Schnauze des Ebers und folgte dessen Bewegung in den dreißig Schritt entfernten Trichter hinein. Cato hielt den Atem an, schloss das linke Auge und kniff das rechte zu … dann ließ er die Sehne los. Der Bogen ruckte in seiner Hand, und der Pfeil flog aufs Ziel zu, traf es hinter dem Kopf oben an der Schulter.

»Getroffen!«, rief Cato voller Stolz. Er blickte Macro an. »Ich hab getroffen. Hast du das gesehen?«

Macro zielte seinerseits und antwortete mit zusammengebissenen Zähnen. »Anfängerglück!« Der Centurio entließ seinen ersten Pfeil und fluchte, als er weit übers Ziel hinausflog. Cato wandte sich Otho zu, doch der Tribun war ganz auf das Wild konzentriert, das auf sie zugelaufen kam. Einen Moment lang beobachtete Cato voller Bewunderung, wie der junge Mann einen Pfeil nach dem anderen verschoss, ohne je einen Treffer zu feiern oder einen Fehlschuss zu beklagen. Er war der geborene Bogenschütze.

»Mach weiter, Cato«, drängte ihn Macro. »Dir entgeht das ganze Vergnügen!«

Er konzentrierte sich wieder auf seinen Bogen und hob ihn an, während er einen weiteren Pfeil aus dem Köcher zog. Er konnte nur drei weitere Schüsse anbringen, dann verkündete der Jagdmeister eine Pause. Die plötzliche Stille nach der Hektik war schockierend, und einen Moment lang blickten die Offiziere auf das mit gefiederten Pfeilen und erlegten Tieren übersäte Gelände. Einige Tiere zuckten noch, während sie verbluteten.

Dann reckte ein Offizier mit einem schrillen Schrei die Faust in die Luft. Damit war der Bann gebrochen, und die anderen fielen in den Jubel ein oder prahlten vor ihren Kameraden mit ihrem Erfolg.

»Was hast du erlegt?«, fragte Macro.

»Ich habe nur einen Eber geschossen. Die anderen Schüsse sind danebengegangen.« Cato schnalzte mit der Zunge.

»Der große Bursche hat dich wohl verunsichert.«

Macro deutete auf den Hirschen, der mit verdrehtem Kopf und heraushängender Zunge reglos dalag.

»Nett, dass du das sagst, Macro. Aber die Fehlschüsse kamen nach dem Eber, und der Eber kam nach dem Hirschen. Also keine Ausreden. Später mit dem Speer rechne ich mir bessere Chancen aus.«

Macro blickte an Cato vorbei. »Und wie sieht's bei dir aus, Herr?«

Tribun Otho tippte auf seinen leeren Köcher. »Keine Pfeile mehr. Schade, denn ich war gerade dabei, warm zu werden.«

»Schön für dich. Und wie viele Treffer?«

»Wie viele?« Otho hob fragend eine Braue. »Na, ein Fehlschuss war nicht dabei.«

Der Jagdmeister rief seine Männer zu sich, und sie betraten gemeinsam das Jagdgelände. Die Treiber nahmen wieder ihre Ausgangspositionen ein und bereiteten sich auf den nächsten Durchgang vor. Die Tiere, die im Trichter überlebt hatten, wurden in den Pferch getrieben, Rotwild und Wildschweine voneinander getrennt. Ihnen war nur ein kurzer Aufschub vergönnt. Während einige Männer die Pfeile vom Boden einsammelten und die restlichen aus den erlegten Tieren zogen, schleppten andere die Jagdbeute ein Stück weit weg, wo die schmutzige Arbeit des Ausweidens begann. Die Burschen füllten die Köcher der Offiziere auf.

Den ganzen Morgen über verfehlte Cato meistens sein Ziel, obwohl er sich bemühte, die Ratschläge Tribun Othos zu beherzigen. Wenn überhaupt, machte er nur enttäuschend kleine Fortschritte, und schließlich entwickelte er einen vollkommen unvernünftigen Hass auf den Bogen, der sich ihm anscheinend widersetzte. Macro hatte besseres Jagdglück und verärgerte Cato mit seiner Prahlerei, als sie mittags zum Proviantwagen gingen.

Das Rotwild war an Holzrahmen aufgehängt, die Beine hatte man ihnen über dem Bauch zusammengebunden. Die Innereien lagen ein paar Schritte weiter, ein grauer und dunkelroter Haufen, der bereits Krähen angelockt hatte, die hektisch an der unverhofften Beute pickten. Zahlreiche Hasen waren erlegt worden, und die warf man den Jagdhunden vor, die man für die Nachmittagsunterhaltung vom Lager hergebracht hatte. Sie balgten sich knurrend um das blutige Fell und das Fleisch.

Körbe mit Brot und Käse waren aufgestellt, und es wurden Weinschläuche herumgereicht, während die Offiziere sich über die Jagd unterhielten. Cato versuchte sich an der Unterhaltung zu beteiligen, die Macro mit ein paar anderen Offizieren führte, doch aufgrund seiner kläglichen Ausbeute kam er sich wie ein Schwindler vor, weshalb er sich mit gelegentlichem Kopfnicken und Lachen begnügte. Gleichzeitig beobachtete er aufmerksam seine Kameraden und bemerkte, dass einige lautstark prahlten oder zu gefallen suchten, während andere den bescheidenen Soldaten hervorkehrten. Es mochte sich als nützlich erweisen, wenn er sich ein Bild von den Männern machte, an deren Seite er kämpfte.

Plötzlich fiel ihm eine Bewegung an der Trichtermündung ins Auge. Zwei Soldaten zerrten etwas mit sich, das zunächst wie ein erlegtes Tier aussah. Dann bewegte es sich, und Cato erblickte einen verfilzten Haarschopf und ein Gesicht, das aus einem Pelzumhang hervorschaute.

»Was haben wir denn da?«, fragte Macro. »Sieht so aus, als hätten die Burschen einen Gefangenen gemacht.«

Die Offiziere verstummten, als der Mann bis vor den General gezerrt und auf den Boden geworfen wurde. Er wälzte sich stöhnend auf die Seite, und Ostorius forderte die Soldaten auf, Meldung zu erstatten.

»Wir haben ihn am Höhenrücken gefunden, Herr. Dort am Ende des Tals. Lag im Heidekraut.«

»Hat er versucht zu fliehen?«

»Das wäre sinnlos gewesen. Wir hatten ihn umzingelt. Er konnte nicht entkommen.«

»Und? Hat er Widerstand geleistet?«

»Das konnte er nicht, Herr. Er wurde verwundet. Sieh hier.« Der Legionär beugte sich über den Gefangenen und hob dessen Arm an. Am Bizeps hatte er eine dunkel verschorfte lange Stichwunde. Ostorius untersuchte sie kurz.

»Sieht so aus, als wäre er von einer unserer Waffen verwundet worden. Vermutlich bei einem Zusammentreffen mit unseren Kundschaftern. Der gehört zu Caratacus.«

Otho näherte sich Cato und murmelte: »Woran will er erkennen, dass das eine römische Waffe war?«

»Die Silurer kämpfen wie die übrigen britannischen Stämme, nämlich mit dem Langschwert. Das führt zu Schlitzwunden. Kein schöner Anblick. Dabei fließt eine Menge Blut. Unsere Männer hingegen sind darauf trainiert, die Spitze einzusetzen, das ergibt solche Wunden wie diese hier. Nicht so spektakulär, aber die Klinge dringt tiefer ein und richtet mehr Schaden an.«

»Verstehe«, sagte der Tribun.

»Was sollen wir mit ihm machen, Herr?«, fragte der Legionär. »Ihn ins Lager schaffen? Wenn wir die Wunde versorgen, könnten wir ein hübsches Lösegeld erzielen.«

Ostorius fuhr sich nachdenklich übers Kinn und überlegte, wie er mit dem vor ihm liegenden Mann verfahren sollte. Der Silurer murmelte in seiner Sprache vor sich hin und stöhnte vor Schmerzen.

»Versteht irgendjemand dieses wirre Gebrabbel?« Der General schaute sich um. »Na?«

Als niemand antwortete, blickte Ostorius hochmütig auf den Einheimischen nieder. »Dann habe ich keine Verwendung für einen weiteren Gefangenen. Wir haben bereits genug, und schon bald werden wir noch mehr bekommen, die wir an die Sklavenhändler verkaufen können. Sobald wir mit Caratacus fertig sind. Der hier kann zur Tagesunterhaltung beitragen. Es ist an der Zeit, dass meine Hunde etwas zu tun bekommen.«

Cato sträubten sich voll böser Vorahnungen die Nackenhaare. Der General wandte sich an den Jagdmeister.

»Wir nehmen diesen Kerl. Bring ihn in den Trichter. Wir lassen ihm einen Vorsprung, dann hetzen wir die Hunde auf ihn.«

Cato trat einen Schritt vor. »Einen Moment, Herr.«

Ostorius wandte sich mit finsterem Blick zu ihm um. »Was gibt es, Präfekt Cato?«

»Im Lager haben wir Kundschafter. Sie könnten beim Verhör des Gefangenen helfen.«

»Es wird kein Verhör geben.«

»Aber er könnte uns wichtige Einzelheiten zu Caratacus liefern, Herr. Vielleicht könnten wir herausbekommen, wohin der Gegner sich wendet.«

Ostorius zuckte mit den Schultern. »Das werden die Kundschafter so oder so in Erfahrung bringen.

Wir brauchen diesen Abschaum nicht.« Er versetzte dem Silurer einen Tritt. Der Mann hatte begriffen, dass über sein Schicksal verhandelt wurde und dass Cato ihn retten wollte. Er näherte sich dem Präfekten, hob flehentlich die Hände und murmelte weiter vor sich hin.

»Weshalb sollen wir auf den Bericht der Kundschafter warten, Herr, wenn dieser Mann uns unsere Fragen schon heute beantworten kann?«

»Weil dieser Teufel ebenso gut lügen wie die Wahrheit sagen könnte.« Der General verschränkte die Arme und setzte ein höhnisches Grinsen auf. »Wenn du nichts dagegen hast, Präfekt, würde ich gern fortfahren.«

Cato hatte nicht die geringste Lust, dabei zuzusehen, wie der Gefangene von den Hunden zerfleischt wurde, doch ihm war klar, dass er die Geduld des Generals bereits über Gebühr auf die Probe gestellt hatte. Er warf einen letzten Blick auf den bedauernswerten Mann, der vor seinen Stiefeln kauerte, und als er sah, dass er zitterte, wandte er sich ab. Ehe er noch etwas sagen konnte, schnippte Ostorius mit den Fingern. Die Legionäre und Soldaten rissen den Mann auf die Beine und schoben ihn zum Weidenzaun. Die Offiziere folgten ihnen und verteilten sich, denn sie wollten freie Sicht auf das Schauspiel haben.

Macro schloss sich seinem Freund an und murmelte: »Was hast du dir dabei gedacht?«

»Ich wollte dem Gefangenen das Leben retten.«

»Na, herausgekommen ist dabei nur, dass du den alten Herrn gegen dich aufgebracht hast. Bei den Göttern! Ich dachte, ich wäre der, der in Gegenwart der hohen Tiere seine Zunge hüten muss.«

Die Legionäre hielten den Mann bei den Armen fest. Sein Gesicht war schmerzverzerrt, da sie auf seine Verletzung drückten. Frisches Blut sickerte durch den Schorf.

»Holt die Hunde!«, befahl Ostorius.

Der Jagdmeister gab zweien seiner Leute ein Zeichen, die Hunde von der Kette zu lassen. Es waren insgesamt sechs große zottelige Jagdhunde, eine Züchtung der Einheimischen. Die Männer, die sie herführten, hatten die Fäuste um die lederne Leine geballt, denn die Hunde zerrten daran.

»Lasst sie an der Beute schnuppern!«

Der Jagdmeister ging zum Gefangenen, zog den Dolch und schnitt einen großen Streifen von dessen Umhang ab. Er schob die Klinge in die Scheide und ging zu den Hunden, hielt ihnen den Stofffetzen vor die Schnauze und ließ sie daran schnuppern. Der Silurer hatte begriffen, was da vor sich ging. Er blickte über die Schulter hinweg zum General und bettelte um sein Leben.

»Lasst ihn los«, befahl Ostorius kalt.

Die Legionäre gehorchten und traten zurück. Der Silurer musterte die Gesichter der Zuschauer, hielt vergeblich Ausschau nach Unterstützung. Der General hob die Hand und wies ins Tal hinein. »Lauf … LAUF!«

Der Gefangene rührte sich nicht, bis einer der Legionäre das Schwert zog und es drohend vor seinem Gesicht schwenkte.

Cato holte tief Luft und murmelte: »Du hast gehört, was der General gesagt hat, du blöder Idiot. Lauf!«

Der Mann tat auf dem blutigen Gras zögernd ein paar Schritte in den Trichter hinein, dann wurde er schneller und rannte plötzlich los. Der Jagdmeister hielt die Hunde zurück und blickte fragend den General an. »Jetzt, Herr?«

»Noch nicht. Der Mann soll seine Chance haben. Oder jedenfalls soll er glauben, er hätte eine«, setzte Ostorius grausam hinzu.

Der Silurer hatte die Mündung des Trichters fast erreicht, als der General nickte. Die Hunde wurden von der Leine gelassen und stürmten dem Silurer hinterher. Cato konnte erkennen, dass sie ihn weit vor dem Waldrand erreichen würden. Der Silurer schaute sich um, sah die Hunde und stolperte, was die meisten Zuschauer zum Lachen brachte. Das Gelächter erstarb, als der Leithund auf einmal anhielt, den Kopf ins Gras senkte und mit blutiger Schnauze wieder hob. Auch die anderen Hunde brachen die Verfolgung ab und schlossen sich ihm an. Offenbar waren sie auf die Überreste eines erlegten Tieres gestoßen.

Der Silurer hatte sich wieder aufgerichtet und setzte seine Flucht fort.

»Der Scheißkerl entkommt!«, rief jemand.

Cato aber wusste, dass der Mann sich irrte. Der erste Hund hatte die Verfolgung bereits wieder aufgenommen. Auf einmal wurde Cato auf einen Offizier in seiner Nähe aufmerksam. Otho riss den Bogen hoch. Es ging so schnell, dass Cato die Bewegung kaum mitbekam. Ein Pfeil flog durchs Gras und traf den Silurer im Rücken, direkt über dem Herzen. Er fiel auf die Knie, griff mit einer Hand kraftlos nach dem Schaft, dann kippte er zur Seite, fiel mit dem Gesicht ins Gras und rührte sich nicht mehr.

»Bei den Göttern!« Macro schüttelte anerkennend den Kopf. »Fünfzig, sechzig Schritte, und er hat ihn mitten ins Herz getroffen.«

Cato vermochte die Bewunderung seines Freundes nicht zu teilen. Er wandte sich dem Tribun zu und musterte ihn einen Moment, dann sagte er tonlos: »Ein Gnadenakt?«

Otho erwiderte seinen Blick. »Es gibt Todesarten, die wünscht man nicht einmal seinem Feind.«

Der General ließ sich durch seine Enttäuschung über das rasche Ende des Gefangenen nicht davon abhalten, die Wildschweinjagd fortzusetzen. Man führte die Pferde heran, und die Offiziere ergriffen ihre Jagdspeere und saßen auf. Die vier Wildschweine, die im Trichter überlebt hatten, wurden nacheinander freigelassen, um den Spaß in die Länge zu ziehen. Die Tiere waren unruhig und erschöpft und ließen sich recht schnell erlegen, ohne dass Pferde oder Reiter Verletzungen davontrugen.

Als am frühen Nachmittag die Zäune wieder aufgeladen und das erlegte Wild auf einem Wagen gestapelt waren, machte sich die Jagdgesellschaft auf den Rückweg vom Tal zum Heereslager. Als das Tor in Sicht kam, marschierte gerade eine Kolonne Legionäre ins Lager, die Tragejoche mit der Ausrüstung behängt.

»Sieht so aus, als wären das die Männer von der Neunten«, meinte Macro, und neben Cato richtete sich der junge Tribun im Sattel auf. Seine Augen funkelten vor Erregung.

»Das sind sie!«

Otho packte die Zügel fester, riss sein Pferd herum und spornte es ohne weitere Umschweife zum Galopp an.

»Er kann's gar nicht erwarten«, meinte Macro.

»Ja, und ich wage zu behaupten, dass er sich weniger auf das Wiedersehen mit seinem ersten Kommando freut als auf das mit seinem guten Stück.«

Macro bedachte ihn mit einem gequälten Blick. »Der Junge macht sich zu wenig Gedanken«, bemerkte er. »Das wird ihm der General nicht durchgehen lassen.«

Kaum hatte Ostorius das Hufgetrappel gehört, drehte er sich auch schon im Sattel um und sah den Tribun vorbeigaloppieren.

»TRIBUN OTHO!«, brüllte Ostorius.

Einen Moment lang meinte Cato, der Tribun werde einfach weiterreiten, doch dann gewann bei ihm die Vernunft die Oberhand; er zügelte sein Pferd und wendete es.

»Wo wolltest du hin?«, fragte der General.

»Ich bitte um Verzeihung, Herr. Das sind meine Männer, und meine Frau ist bei ihnen.«

»Das ist kein Grund, sich wie ein aufgeregter Schuljunge zu benehmen! Ich dulde nicht, dass meine Offiziere umherstreunen wie Hunde. Was für einen Eindruck macht das auf meine Männer? Zurück in die Kolonne, Tribun Otho. Ich warne dich. Noch ein solcher Vorfall, und es wird ernste Folgen für dich haben. Habe ich mich verständlich ausgedrückt?«

Otho neigte das Haupt und murmelte eine Entschuldigung. Mit einem letzten Blick zu der ins Lager einmarschierenden Kolonne trabte er zurück und schloss sich wieder Cato und Macro an. Niemand sprach ein Wort, bis sie das Lager erreicht hatten und durchs Tor ritten. Die Soldaten der Neunten Legion lagerten beiderseits des Hauptweges, der durchs Lager zum Hauptquartier führte. Die Männer hatten die Tragejoche abgelegt und streckten entweder ihren Rücken oder saßen an solchen Stellen, wo der Boden nicht aufgeweicht war. Die vier Centurionen, welche die Kohorten befehligten, warteten neben einem Planwagen, der in der Mitte der Kolonne stand, und salutierten, als Ostorius ihnen entgegengeritten kam. Der General winkte den Rest der Jagdgesellschaft weiter und bedeutete Otho, sich ihm anzuschließen, dann wandte er sich an den nächststehenden Centurio.

»Ich habe euch eigentlich früher erwartet.«

»Ich bitte um Verzeihung, Herr, aber wir mussten auf den Wagen Rücksicht nehmen.« Der Mann deutete mit dem Daumen über die Schulter. Cato bemerkte, dass neben den Proviantwagen noch zwei weitere standen. Auf die Plane des einen war ein großer Weinkrug gemalt, darunter stand ›Hipparchus, Wein für die Götter!‹. Der andere hatte eine Plane aus Ziegenleder, die Heckklappe war geschlossen. Eine zarte Frauenhand löste gerade die Verschnürung.

Ostorius atmete scharf ein und wandte sich an die Centurionen. »Hat euch der Lagerpräfekt bereits gesagt, wo ihr die Zelte aufschlagen sollt?«

»Er ist gerade dabei. Er lässt einige der Zelte der Marketender verlegen.«

Cato wechselte einen besorgten Blick mit Macro und seufzte. Von den Zivilisten würden sie sich später eine Menge Klagen anhören müssen.

»Sehr schön. Tribun Otho!«

»Herr?«

»Übernimm das Kommando über deine Leute. Lass die Zelte aufschlagen, und erstatte dann im Hauptquartier Meldung, damit der Quartiermeister dir die Rationen austeilen kann.«

»Ja, Herr.«

Ostorius ließ die Zügel klatschen und trabte an die Spitze der Jagdgesellschaft, während Otho sich aus dem Sattel gleiten ließ und im schmatzenden Matsch landete. Cato und Macro ritten gerade an dem Wagen vorbei, als die Klappe sich öffnete und ein Kopf und eine Schulter aus dem dunklen Wageninneren auftauchten.

»Poppea, meine Liebe.« Otho lächelte freudig.

Ein Bursche kam hinter dem Wagen hervor und senkte eine Holztreppe ab, damit die Dame aussteigen konnte. Als sie ins Freie trat, atmete Macro scharf ein.

»Jetzt verstehe ich, weshalb der Junge so aufgeregt ist.«

Cato nickte und musterte die Frau von oben bis unten. Sie war hochgewachsen und schlank, das dunkelblonde Haar hatte sie hinter den zarten Ohren geflochten. Sie hatte hohe Wangenknochen, und ihr Gesicht war so wohlproportioniert wie das einer Skulptur. Dennoch gab es eine Überraschung. Poppea war wunderschön, das ja, aber auch mehrere Jahre älter als ihr neuer Gemahl. Als sie ihn ansah, lächelte sie, und auf einmal leuchtete ihr Gesicht inmitten des Morasts und der Zelte. Ehe Cato eine Bemerkung zu Macro machen konnte, wurde weiter vorn gerufen, und einer der Sekretäre eilte zum General. Neben ihm hielt er an und redete hastig auf ihn ein. Der General stellte ein paar Fragen, dann entließ er den Mann und wandte sich an die Jagdgesellschaft, die hinter ihm angehalten hatte.

»Offiziere! Alle mal herhören!«

Cato und Macro ritten weiter vor, bis alle sich um den General drängten. Ostorius' Müdigkeit war verflogen, und er musterte gespannt die Gesichter.

»Die Kundschafter haben Caratacus aufgespürt! Er hat in einer Entfernung von knapp zwei Tagesmärschen auf einem Hügel Stellung bezogen. Wir haben ihn, meine Herren! Endlich haben wir ihn.«

KAPITEL 7

Der General saß am flachen Hang ab, hundert Schritte vom Ufer des Flusses entfernt, der sie von Caratacus' Streitmacht trennte. Die Strömung war kräftig, und wo größere Steine unter der Oberfläche lauerten, bildeten sich wilde Strudel. An der schmalsten Stelle war der Fluss fünfzig Schritte breit, und die steilen Böschungen an beiden Ufern stellten für jeden schwer bewaffneten Soldaten ein großes Hindernis dar. Außerdem wurde die Durchquerung durch die Stangen erschwert, die von den Silurern an den möglichen Furten ins Flussbett getrieben worden waren.

Präfekt Horatius kaute auf der Unterlippe. »Das wird höllisch schwer, da rüberzukommen.«

»Wohl wahr«, pflichtete Macro ihm bei. »Aber das ist die kleinste unserer Sorgen. Was mich schreckt, ist das, was uns am anderen Ufer erwartet.«

Die umstehenden Offiziere, die seine Bemerkung mitbekommen hatten, blickten zu dem massigen Hügel hinüber, der steil am anderen Ufer aufragte. Stellenweise fielen glatte Felswände zum Wasser hin ab. Dort, wo der Aufstieg möglich war, hatte der Gegner mit Felsbrocken primitive Befestigungen errichtet. Eine zweite Linie von Hindernissen gab es weiter oben, wo die Steigung nachließ, etwa vier- bis fünfhundert Fuß oberhalb des Flusses, schätzte Cato. Tausende gegnerische Kämpfer bemannten die Befestigungen und blickten auf das römische Heer hinunter, das eine Viertelmeile vom Fluss entfernt das Lager aufschlug. Eine grüne Standarte mit einem roten geflügelten Tier flatterte im Wind, der von der Hügelkuppe herunterwehte. Davor standen mehrere Männer in rotbraunen Umhängen und den gemusterten Hosen der Einheimischen und blickten auf die römischen Offiziere hinab.

»Da ist Caratacus.« Cato zeigte auf die Gruppe.

Macro musterte die Männer unter der Fahne mit zusammengekniffenen Augen. »Der brüstet sich bestimmt mit seinen Befestigungen. Das Grinsen wird dem Scheißkerl bald vergehen.«

Horatius räusperte sich und spuckte zur Seite aus. »Da bin ich mir nicht so sicher, Macro. Er hat eine gute Stelle ausgewählt. Sieh hin, er hat die Hügel in eine verdammte Festung verwandelt.«

»Das ist immer noch bloß ein Hügel, Herr«, beharrte Macro. »Was bedeutet, dass es eine Möglichkeit geben muss, ihn zu umgehen.«

»Glaubst du? Schau dich mal um.«

Macro musterte die Landschaft. Der Hügel erstreckte sich mindestens anderthalb Meilen weit und fiel dann steil ab. Der Fluss folgte den Konturen und bildete vor der provisorischen Festung somit einen natürlichen Wallgraben. »Wie sieht es hinter dem Hügel aus?«

Cato zuckte mit den Schultern. »Da kann man nur raten.« Er deutete zu der berittenen Hilfsabteilung, die sich einen Weg am Flussufer entlangbahnte. Am anderen Ufer folgte ihnen eine Gruppe leicht bewaffneter Einheimischer, die mühelos mit den Römern Schritt hielten. »Das wissen wir erst, wenn die Kundschafter dem General Meldung erstattet haben.«

Tribun Otho stand ein paar Schritte entfernt und musterte die gegnerische Stellung, dann schloss er sich Cato und den anderen an. Er hatte einen silbernen Brustharnisch mit eingravierten, sich bäumenden Pferden angelegt. Die polierten Streifen des Lederwamses glänzten im Sonnenschein, und sein Umhang war im Gegensatz zu denen der anderen Offiziere sauber und weder ausgefranst noch zerrissen. Auch der Rest seiner Rüstung war neu, und obendrein trug er rot gefärbte geschlossene Lederstiefel, die fast bis zu den Knien reichten.

»So makellos wie ein frisch geprägter Dinar«, murmelte Macro und schüttelte missbilligend den Kopf. »Der fällt auf wie ein aufgerichteter Pimmel in einem Massagesalon für Eunuchen. Jeder silurische Krieger, der etwas taugt, wird ihn sich vornehmen wollen.«

Dem musste Cato zustimmen. Schon bald nach seiner Ankunft in Britannien hatte er festgestellt, dass die Einheimischen die Köpfe derer sammelten, die sie in der Schlacht besiegt hatten. Der Kopf eines römischen Offiziers war die begehrteste Trophäe in ihren primitiven Hütten aus Flechtwerk und Lehm. Mit seinem guten Aussehen, dem funkelnden Helm und dem hellroten Helmbusch würde Otho die Aufmerksamkeit jedes einzelnen silurischen Kriegers erregen, der seiner ansichtig wurde.

»Seid gegrüßt, Freunde!« Otho näherte sich winkend. »Ich muss sagen, die Eingeborenen haben einen guten Blick fürs Gelände. Aber mit den Männern meiner Neunten oder den anderen Legionen können sie es trotzdem nicht aufnehmen, schätze ich. Wenn der General es befiehlt, werden wir Caratacus und dessen Horde von diesem Hügel fegen.«

»Tatsächlich?« Horatius saugte die Luft durch die Zähne. Ein Anflug von Verärgerung verdüsterte seine Miene, dann lächelte er dem Tribun kühl entgegen. »Nun, wir wären mehr als glücklich, wenn du und deine Männer uns zeigen könntet, wie man das anstellt. Wie wär's, wenn du den General um die Ehre bitten würdest, den Angriff zu leiten? Ich bin sicher, das würde ihn beeindrucken.«

Otho erwog den Vorschlag. »Warum nicht? Es wird Zeit, dass ich Gelegenheit bekomme, meine Pflicht zu tun.«

»Warum nicht?« Macro runzelte die Stirn. »Weil man nicht einfach in den Gegner hineinrennt, Herr. Es gibt einen richtigen Weg, das zu erledigen, und einen falschen.« Er wandte sich an Cato. »Habe ich recht, Herr?«

Cato hatte verstanden, worauf sein Kamerad hinauswollte. Er nickte und wandte sich in sanftem Ton an den Präfekten. »Ich nehme an, das ist deine erste Schlacht.«

»Ja. Da hast du zufällig recht.«

»Dann nutze die Gelegenheit, um dich umzuschauen und zu lernen. Auszeichnen kannst du dich ein andermal. Gute Soldaten lernen aus ihren Erfahrungen. Sonst zahlen sie den Preis.«

Otho erwiderte ernsthaft seinen Blick, dann musterte er die gegnerische Stellung. »Verstehe.«

General Ostorius hatte genug gesehen. Er wies die Vorposten an, sich am Flussufer zu verteilen, saß auf und ritt zurück ins Lager. Die Stabsoffiziere folgten ihm, die anderen sannen noch eine Weile über die vor ihnen liegenden Schwierigkeiten nach, dann wandten auch sie sich ab und kehrten zu ihren Einheiten zurück. Die Männer waren damit beschäftigt, einen Graben um das weitläufige Lager der beiden Legionen, der Abteilung der Neunten, der acht Kohorten von Hilfskräften, des Trosses und der Marketender auszuheben und dieses Lager zu befestigen. Das Ganze wirkte eher wie eine kleine Stadt denn wie ein Heerlager, überlegte Cato, als er sich dem Haupttor näherte. Man hatte die Turmfundamente bereits in den Boden getrieben, und die Männer brachten gerade Querbalken an. Als sie sich den Zelten der Kohorten der Neunten näherten, winkte Otho, trieb sein Pferd zum Trab an und hielt auf sein Kommandozelt zu, das die Soldaten vor ihren eigenen Unterkünften aufschlugen, in denen jeweils acht Männer auf Tuchfühlung schliefen.

»Der Junge kann's gar nicht erwarten, zu seiner Frau zurückzukommen«, meinte Cato. »Sie lässt sich ihren Unterhalt bestimmt einiges kosten.«

»Nenn mir eine Dame, auf die das nicht zutrifft – deine ehrenwerte Gemahlin natürlich ausgenommen.«

Cato lächelte. »Und das, mein Freund, ist genau der Grund, weshalb ich sie geheiratet habe. Was die anderen Gründe angeht – frag besser nicht.«

»Würde mir nie einfallen.« Sie ritten eine Weile schweigend weiter, dann sagte Macro: »Gibt es Neuigkeiten?«

»Seit der Landung nicht.«

»Das ist fast schon fünf Monate her.«

Cato zuckte mit den Schultern. »Wir führen Krieg am Rande der bekannten Welt. Es könnte durchaus Monate dauern, bis mich ein Brief aus Rom erreicht.«

»Wohl wahr. Aber ich bin sicher, es geht ihr gut. Julia ist kerngesund. Und so loyal wie ein alter Krieger. Nicht, dass ich andeuten wollte, es gäbe Anlass, daran zu zweifeln ...«

»Ja, ja, schon gut«, erwiderte Cato angespannt. »Aber daran darf ich nicht denken. Nicht jetzt. Erst dann, wenn wir Caratacus geschlagen haben.«

Macro nickte und musterte seinen Freund von der Seite. Catos beiläufige Erwiderung vermochte ihn nicht zu täuschen. Der Junge hatte seine große Liebe gefunden, und es war typisch für Armeeangehörige, dass er sie schon nach einem Monat hatte zurücklassen müssen. Möglicherweise würden einige Jahre vergehen, ehe er sie wiedersah. In der Zeit konnte viel passieren, überlegte Macro bedrückt, als sie die Zelte der Trosseskorte erreichten.

Als abends das Licht verblasste und nichts auf einen bevorstehenden Angriff hindeutete, zogen sich die meisten gegnerischen Krieger von den Befestigungen zurück und kletterten zu ihrem Lager auf dem Hügel hoch. Bei Sonnenuntergang wurden Lagerfeuer entzündet, und der Flammenschein erhellte die Felskante. Die römischen

Soldaten konnten ihre Gegner am anderen Flussufer gerade so eben erkennen. Die meisten schwiegen, doch hin und wieder wurden Beschimpfungen ausgetauscht, bis ein Optio nicht ohne Belustigung seine Männer anwies, bei der Wache den Mund zu halten. Leiser Gesang und Gelächter wehten den Hang herunter, als Caratacus und dessen Krieger sich vor der für den morgigen Tag erwarteten Schlacht in trunkene Leidenschaft hineinsteigerten.

Im Lager der Römer war die Stimmung eher gedämpft, nüchterner. Die Soldaten widmeten sich der Routine des Militärlebens. Als die Zelte aufgeschlagen waren, bereiteten sie ihr einfaches Nachtmahl, dann legten diejenigen, die für die Nachtwache eingeteilt waren, ihre Rüstung an, nahmen ihre Waffen und begaben sich auf Posten. Ihre Kameraden setzten sich ans Feuer, säuberten ihre Ausrüstung und schärften die Waffen für den bevorstehenden Kampf. Die meisten unterhielten sich leise, und die Soldaten, die ihre harte Ausbildung noch nicht in der Praxis hatten anwenden können, saßen schweigend da, sammelten ihren Mut und versuchten, ihre Ängste zu bezähmen: Angst vor dem Tod, Angst vor Verstümmelung, Angst vor dem furchtbaren kalten Stoß des gegnerischen Speers, Schwerts oder Pfeils oder dem Knochen zerschmetternden Treffer einer Steinschleuder; und vor allem Angst davor, die Furcht nicht vor den Kameraden verbergen zu können. Andere saßen bei den erfahrenen Soldaten, suchten bei ihnen Rat und Anleitung. Der Rat, den sie bekamen, war immer der gleiche: Sie sollten auf ihre Ausbildung vertrauen, ihr Schicksal in die Hände der Götter legen und jeden töten, der ihnen in den Weg kam.

Im Kommandozelt war die Stimmung ähnlich düster, und General Ostorius und dessen höhere Offiziere besprachen das morgige Vorgehen. Seine Untergebenen saßen auf Hockern und Bänken am Rand des Zelts. Der bleiche Schein der Öllampen verstärkte das Gefühl der Bedrückung, als der General zu ihnen sprach.

»Die berittenen Patrouillen sind dem Fluss zehn Meilen weit in beide Richtungen gefolgt. Offenbar gibt es keine Stellen, die zur Durchquerung geeignet sind. Wenn wir das Lager abbrechen und dem Fluss so weit folgen, dass wir Caratacus' Stellung umgehen können, wird er gezwungen sein, den Hügel aufzugeben und sich zurückzuziehen. Während er sich zu den Versorgungslinien im Ordovicer-Gebiet zurückzieht, dehnen wir gezwungenermaßen die unseren aus, sodass der logistische Vorteil beim Gegner liegt. Wir haben bereits bei früheren Feldzügen erlebt, wie leicht er sich uns entziehen kann.« Ostorius hielt inne, dann fuhr er mit Nachdruck fort. »Ich will kein weiteres Jahr in diesen verfluchten Bergen mit der Jagd auf Schatten zubringen. Ich will nicht mit ansehen, wie unsere Legionen und Hilfskohorten bei endlosen Geplänkeln und Überfällen langsam ausbluten. Die Götter haben uns Caratacus vor die Nase gesetzt, und wir werden hier gegen ihn kämpfen. Ich will ihm keinen Vorwand zum Rückzug liefern. Er hat uns die Schlacht zu seinen Bedingungen angeboten, und ob es uns gefällt oder nicht, meine Herren, wir müssen uns darauf einlassen.«

Er blickte sich im Zelt um und vergewisserte sich, dass er verstanden worden war. »Wie es aussieht, sind wir gezwungen, einen Frontalangriff über den Fluss zu unternehmen. Die erste Welle wird morgen Mittag angreifen. Das lässt uns Zeit, die Artillerie in Stellung zu bringen und die Barrikaden unter Beschuss zu nehmen. Sobald wir ein paar Breschen geöffnet haben, brechen wir durch und nehmen den Hügel ein … Irgendwelche Fragen?«

»Jede Menge«, flüsterte Macro Cato zu. »Aber die verkneife ich mir lieber.«

»Dann muss ich mich zu Wort melden«, erwiderte Cato leise. Er neigte sich auf dem Hocker vor und hob die Hand.

Ostorius wandte sich ihm zu und verschränkte die Hände hinter dem Rücken. »Präfekt Cato, was hast du zu sagen?«

»Herr, die erste Linie der Barrikaden befindet sich gerade so eben in Reichweite unserer Artillerie. Die zweite Reihe liegt jedoch außerhalb. Wir können sie nicht zusammenschießen.«

»Das ist mir klar. Unsere Männer werden sich durch die Befestigungen hindurchkämpfen müssen.«

»Aber zuvor müssen sie den Fluss durchqueren, sich einen Weg zwischen den Stangen im Flussbett hindurchbahnen, die Uferböschung erklimmen und in voller Rüstung den Hang hochklettern. Dann kämpfen sie sich durch die Breschen in der ersten Verteidigungslinie und klettern zur zweiten Linie hoch. Währenddessen werden sie vom Gegner mit Wurfgeschossen attackiert. Herr, ich vermute, wenn sie die zweite Linie erreichen, werden sie zu erschöpft sein, um noch kämpfen zu können.«

»Sie werden trotzdem kämpfen. Und sie werden durchbrechen und den Sieg erringen.«

»Aber es wird schwere Verluste geben. Sehr schwere Verluste.«

»Nun, mag sein. Das ist der Preis dafür, dass wir Caratacus besiegen, und es ist den Preis wert. Aber all das sollte dir keine übermäßige Sorge bereiten, Präfekt Cato. Schließlich bewachst du mit deinen Männern den Tross und wirst an der Schlacht nicht teilnehmen. Dir droht keine Gefahr.«

Einige Offiziere lächelten, und Cato spürte, wie der Zorn durch seine Adern pulste. Es stand ihnen frei, an seiner raschen Beförderung Anstoß zu nehmen, doch sie hatten kein Recht, seinen Mut in Zweifel zu ziehen. Er musste sich zwingen, ruhig weiterzusprechen. »In Anbetracht der Herausforderung, vor der wir morgen stehen, bitte ich respektvoll darum, meine Männer am Angriff teilnehmen zu lassen. Herr. Sie haben bereits bewiesen, dass sie kämpfen können.«

»Das wird nicht nötig sein. Ich glaube, du überschätzt die Schwierigkeiten, vor denen wir stehen. Außerdem werden deine Männer hier gebraucht. Ich wäre beruhigt zu wissen, dass das Lager von Soldaten bewacht wird, die es gewohnt sind, dem Gegner hinter Mauern und Befestigungen zu begegnen, wie ihr es in Bruccium unter Beweis gestellt habt.«

Diesmal war der General zu weit gegangen, und wider alle Vernunft ließ Catos Stolz es nicht zu, dass er die

Beleidigung unbeantwortet ließ. Er setzte gerade zu einer Entgegnung an, als Macro ihn in die Seite stieß und zischelte: »Lass gut sein, Cato.«

Einen Moment lang war Cato versucht, sich auf einen Streit mit seinem Vorgesetzten einzulassen. Dann aber schob er seinen verletzten Stolz und den Zorn beiseite und setzte sich wieder auf den Hocker. Ostorius musterte ihn hochmütig, dann ließ er den Blick durchs Zelt schweifen. »Noch jemand?«

Das war eine Herausforderung, nicht bloß eine Frage, und jeder einzelne Anwesende war sich dessen bewusst. Keiner wollte sich zur Zielscheibe des Spotts machen. Ostorius nickte.

»Sehr schön. Dann wird der Angriff von unseren Legionären ausgeführt. Die Hilfskohorten wären damit überfordert. Die Hilfskräfte werden stattdessen im Schutz der Dunkelheit das Lager verlassen, den Hügel umgehen und dem Gegner den Rückzugsweg abschneiden.«

Ein Raunen erhob sich im Zelt. Nächtliche Manöver waren selbst unter günstigsten Umständen schwierig durchzuführen. Die Römer kannten das Gelände nicht und mussten mit Hinterhalten des Gegners rechnen. Außerdem war nicht ausgeschlossen, dass einzelne Einheiten sich verirrten und die ihnen zugedachte Position nicht rechtzeitig erreichten. Es war ein riskanter Plan.

»Ich habe Verständnis für eure Bedenken«, sagte Ostorius. »Aber ich will verhindern, dass Caratacus und seine Männer ihre Position aufgeben und entkommen.

Sollte es aufgrund der Nachlässigkeit eines Offiziers dazu kommen, wird er sich vor mir und dem Kaiser verantworten müssen. Jeder Mann wird seine Pflicht tun. Sobald meine Sekretäre die Befehle ausgefertigt haben, werdet ihr sie erhalten. Ihr seid entlassen, meine Herren.«

Der General ging zum anderen Ende des Zeltes und ließ sich schwerfällig auf seinem Polsterstuhl nieder. Die Offiziere erhoben sich und strebten zum Ausgang. Cato blieb zurück, als wollte er einen letzten Versuch unternehmen, seinen Vorgesetzten umzustimmen, doch Macro murmelte: »Tu's nicht, Herr.«

Cato wandte sich ihm zu und erwiderte leise: »Wieso hast du mich aufgehalten?«

»Jupiter, steh mir bei … Er wollte dich reizen. Verstehst du das nicht? Wenn du darauf eingegangen wärst, hättest du ihm bloß in die Hände gespielt und dich vor den anderen lächerlich gemacht.«

Cato überlegte kurz und nickte. »Du hast recht … Ich danke dir, Macro.«

Als sie ins Freie traten, bemerkte sie einer der Sekretäre des Generals und bahnte sich respektvoll einen Weg zwischen den anderen Offizieren hindurch. »Präfekt Cato, Herr.«

»Was gibt es?«

»Zusammen mit der Verstärkung der Neunten ist ein Packen Briefe eingetroffen, Herr. Der ist für dich.«

Er reichte ihm einen dünnen, gefalteten Lederumschlag, verschlossen mit dem Wachssiegel der Familie Sempronius. Neben dem Siegel waren in säuberlicher

Handschrift Catos Name, sein Rang und die Provinz-
kommandantur von Camulodonum aufgeführt. Er hatte die Handschrift seiner Gemahlin gleich erkannt, und
sein Herz machte einen Satz.

»Danke.« Er lächelte den Sekretär an, der sich verneigte und zum nächsten Briefempfänger weiterging.

»Von Julia?«, fragte Macro.

Cato nickte.

»Dann lasse ich dich besser allein. Ich bin in der Of-
fiziersmesse.«

Vor dem Generalszelt lag eine offene Fläche, die von
den übrigen Zelten des Hauptquartiers umgrenzt war;
erhellt wurde sie von den Flammen zweier eiserner
Feuerschalen. Es war eine warme Nacht, nur im Westen standen ein paar Wolken am Himmel, sodass man
die Sterne sah. Es war friedlich, und Cato musste an
den letzten Abend denken, den er mit Julia zusammen
in Rom verbracht hatte, auf der Dachterrasse ihres Va-
terhauses. Obwohl es Winter gewesen war, hatten sie
sich an einem Feuer und aneinander gewärmt, während
sie im Liegen zum Himmel hochschauten. Er lächelte
glücklich, doch dann machten sich die üblichen sorgen-
vollen Bedenken wieder bemerkbar.

Cato trat an eine Feuerschale, hielt den Brief ins Licht
und berührte das Wachssiegel, das einen Delfin darstellte, Sempronius' Wahrzeichen. Dann brach er das Siegel,
öffnete behutsam den Umschlag und zog die Papyrus-
blätter heraus. Er hielt sie an die Flammen und begann
zu lesen. Der Brief war kaum zwei Monate nach seinem
Aufbruch von Rom verfasst worden und hatte mehr

als zwei weitere Monate gebraucht, um ihn zu erreichen.

Mein geliebter Gemahl Cato,

ich nutze die Gelegenheit, dir zu schreiben, denn ein Bekannter meines Vaters, der nach Britannien reist und dich kennt, hat mich gefragt, ob er einen Brief mitnehmen soll. Mir bleibt nicht viel Zeit, deshalb fürchte ich, dass ich die durch deine Abwesenheit verursachte Leere meines Herzens nur unzureichend beschreiben kann. Du bist mein Ein und Alles, Cato. Deshalb bete ich täglich dafür, dass dir nichts geschehen möge und dass du zu mir zurückkehrst, sobald du deinen Dienst im Heer des Ostorius Scapula beendet hast. Ich weiß, es kann noch Jahre dauern, bis wir uns wieder umarmen können, und ich weiß auch, dass ich stark und beständig in meinen Gefühlen sein muss, und das werde ich selbstverständlich. Das wollte ich dir sagen.

Es gibt Neuigkeiten in Rom. Ostorius möchte den Britannienfeldzug zum Ende seiner Militärlaufbahn beenden. Vater sagt, der Kaiser hat wissen lassen, dass ein solcher Sieg einer Ovation würdig sei. Die Senatoren werden entsprechend votieren. Wenn es dazu kommt, wirst auch du zu den Offizieren gehören, die mit Ostorius zusammen in Rom ausgezeichnet werden. Das hoffe ich inständig. Es ist das Mindeste, was du für die Dienste verdient hast, die du dem Kaiser geleistet hast.

Der Kaiser wird unterdessen alt, und in der Stadt schwirrt es von Gerüchten, wer ihm nachfolgen wird.

Britannicus ist zwar sein leiblicher Sohn, doch die neue Gemahlin des Kaisers bemüht sich nach Kräften, die Interessen ihres Sohnes Nero zu fördern. Ich vermag nicht zu behaupten, ich würde ihn sympathisch finden. Er überhäuft seinen Adoptivater mit Lobpreis und Zuneigung über die Maßen. Und im Hintergrund, sagt Vater, findet der eigentliche Kampf zwischen Claudius' engsten Beratern statt, zwischen Pallas und deinem alten Bekannten Narcissus. Wenn es einen neuen Kaiser gibt, wird einer von ihnen die Krönung vermutlich nicht erleben.

Aber ich werde der Politik überdrüssig. Zumal ich, während ich diese Worte schreibe, schon an eine andere Neuigkeit denke, die für uns beide von größerer Bedeutung ist. Vater und ich haben ein Haus auf dem Quirinal gefunden, das für uns geeignet wäre. Es ist zwar kein Palast, aber groß und luftig und mit einem kleinen Garten im Hof. Ein schönes Zuhause für meinen Mann, der, wenn er zurückkehrt, mehr sein wird als ein Gemahl. Mein lieber Cato, ich bin schwanger, da bin ich mir sicher. Unser Kind. Dein Samen wächst in mir, und umso stärker fühle ich mich dir verbunden, auch wenn du dich an der anderen Seite des Reiches aufhältst. Nur ungern schließe ich den Brief jetzt ab, denn der Kaufmann möchte aufbrechen. Ich grüße dich aus tiefstem Herzen.

Deine dich liebende Gemahlin Julia.

Catos Herz schwoll vor Inbrunst und Zuneigung. Ein Kind. Ihr gemeinsames Kind. Im Herbst würde es zur Welt kommen. Cato verspürte einen Anflug von Trauer, weil er dann nicht zugegen sein konnte. Vermutlich würde er das Kind erst in ein paar Jahren sehen. Doch der Moment ging vorbei, und die Aussicht, Vater zu werden, hob seine Stimmung in ungeahnte Höhen und verbannte alle Gedanken an seine Müdigkeit und die bevorstehende Schlacht. Er las den Brief noch einmal durch, und diesmal schwelgte er in jedem einzelnen Satz, jedem Wort. Im Geiste hörte er Julia sprechen. Schließlich faltete er den Brief, steckte ihn in den Umschlag und schob ihn sorgfältig hinter den Gürtel. Er musste Macro davon erzählen. Er musste seine Freude mit ihm teilen und feiern!

Das Zelt für die Offiziere war ein Stück vom Hauptquartier entfernt, und während Cato sich ihm näherte, vernahm er Gelächter und lebhaftes Geplauder. In Anbetracht der gedrückten Stimmung, die eben noch im Zelt des Generals geherrscht hatte, wunderte ihn das. Aber vielleicht ertränkten die Offiziere ihre Bedenken ja mit Wein und dem süßen Bier, das die Einheimischen brauten und das sich bei den in Britannien dienenden Soldaten großer Beliebtheit erfreute.

Er trat geduckt zwischen den Zeltklappen hindurch und wurde in warmen Mief gehüllt. Weingeruch mischte sich mit Schweiß und beißendem Holzrauch. Der Lärm war ohrenbetäubend, doch Catos Aufmerksamkeit wurde sogleich auf die Person gelenkt, die eine dominierende Stellung einnahm. Mitten im Zelt stand die Gemahlin des Tribuns Otho. Sie war umringt von jüngeren Offizieren und einer Handvoll älterer Soldaten, die sich ein wenig unbeholfen der seltenen Gegenwart einer schönen Frau erfreuten. Sie hatte soeben eine Bemerkung gemacht, und die Männer lachten schallend. Neben ihr, den Arm um ihre Hüfte gelegt, stand Otho und strahlte vor Vergnügen.

»Und wer ist dieser reizende Soldat?«

Cato schaute wieder Poppea an und bemerkte, dass sie ihn anlächelte. Er zögerte, denn er wollte lieber mit Macro die Neuigkeiten besprechen, vergaß aber nicht seine guten Manieren. Er näherte sich der Frau, und die Offiziere machten ihm Platz, damit er ihre Hand ergreifen und sich verneigen konnte. Ihre Haut war weich und weiß, und bevor sie seine Hand losließ, drückte sie sie kurz.

»Präfekt Cato, Liebste. Befehlshaber der Zweiten Thrakischen Reiterei.«

»Und Bewacher der Trosshuren!«, rief jemand.

Einige Offiziere lachten, dann fuhr Otho fort: »Und das ist meine Gemahlin, Poppea Sabina.«

»Freut mich, dich kennenzulernen, Präfekt. So wie es mich freut, die Kameraden meines Gemahls kennenzulernen.«

Cato suchte nach einer passenden Erwiderung und sprudelte hervor: »Das Vergnügen ist ganz auf meiner Seite, Herrin.«

»So spricht ein glücklich verheirateter Mann«, erwiderte sie mit anzüglichem Lächeln. »Nun, ich will dich nicht aufhalten.«

Cato neigte den Kopf und trat zurück, während sie sich wieder den anderen Offizieren zuwandte. Er schaute sich um und bemerkte Macro, der gerade an der Weintheke eine kleine Flasche von einem Händler erstand, welcher die Erlaubnis zum Verkauf in der Messe erworben hatte. Macro langte nach dem Geldbeutel, als Cato neben ihn trat.

»Steck's weg. Das geht auf mich.« Cato wandte sich an den Händler. »Was ist dein bester Wein?«

»Herr?« Der Händler war ein dunkelhäutiger Ostländer, trotz der Wärme im Zelt bekleidet mit dicker Tunika und Mütze.

»Dein bester Wein. Was hast du anzubieten?«

»Das ist der Arreter, aber der kostet fünf Dinare die Flasche.«

Cato wühlte in seinem Geldbeutel und klatschte dann die Silbermünzen auf die Theke. »Gut. Den nehmen wir.«

»Einen Moment, bitte.« Der Händler bückte sich hinter der Theke und richtete sich mit einer mit Schlickmalerei verzierten Amphore wieder auf. Sorgfältig nahm er den Stopfen heraus, füllte einen Krug und brachte die Amphore wieder in Sicherheit.

»Was gibt es zu feiern?«, fragte Macro verwundert.

Cato schenkte wortlos Wein in zwei Becher und reichte den einen Macro. »Da!«

Macro schüttelte den Kopf. »Was soll das, Mann?«

»Ich werde wohl Vater ... Prosit!«

Macro hob überrascht die Brauen, dann strahlte er.

Cato hob den Becher und kippte den Wein hinunter, als wäre es Wasser. Als der Becher leer war, knallte er ihn auf die Theke. »Ahhhh!«

Macro grinste breit und zeigte seine ungleichmäßigen fleckigen Zähne. Er leerte seinen Becher in der Hälfte der Zeit wie sein Freund, dann schlang er die Arme um Cato und drückte ihn an sich. Schließlich ließ er ihn, immer noch grinsend, los. »Wann?«

»Ich … ich weiß nicht. Julia hat mir bloß geschrieben, dass sie schwanger ist.«

»Das ist wunderbar … ich schätze, dann werde ich sozusagen Onkel.«

»Ausgeschlossen!«, scherzte Cato. »Julia will bestimmt nicht, dass unser Kind flucht wie ein Soldat, noch ehe es laufen kann.«

Macro brummte etwas und knuffte seinen Freund leicht gegen die Brust.

»Meine Herren!«, rief jemand am Eingang des Messezelts. Alle Augen wandten sich dem Sekretär entgegen, der einen Korb mit Wachstafeln dabeihatte. »Kommandanten der Einheiten! Eure Befehle!«

Catos Lächeln verflüchtigte sich.

»Da kann man nichts machen, mein Junge. Morgen Abend feiern wir richtig.«

»Ja.« Cato nickte. »Morgen.«

Er holte tief Luft, und während Macro sich noch einen Becher einschenkte, durchquerte er das Zelt und gesellte sich zu den anderen, die gespannt darauf waren, welche Rolle ihnen bei der bevorstehenden Schlacht zugedacht war. Bei einer Schlacht, der er als Zuschauer beiwohnen würde.

KAPITEL 8

Als Cato und Macro das Hauptquartier der Trosseskorte erreichten, trat Thraxis aus dem Eingang.
Das Lagerfeuer beleuchtete sein besorgtes Gesicht.

»Präfekt, den Göttern sei Dank, dass du da bist.«

»Was ist los?«

»Da drinnen ist ein Mann. Er weigert sich zu gehen.«

Macro runzelte die Stirn. »Wer ist der Mann?«

»Ein Weinhändler, Herr.«

»Ein Weinhändler?« Cato wechselte einen verdutzten
Blick mit seinem Freund. »Was hat zu dieser Stunde ein
Weinhändler in meinem Zelt zu suchen?«

Thraxis biss sich auf die Lippe. »Er meint, ich hätte
ihn betrogen, Herr. Ich habe ihm versichert, das könne
nicht sein.«

»Ihn betrogen? Wie das?«

»Er behauptet, ich hätte ihn mit Falschmünzen bezahlt, und er verlangt, dass du mich bestrafst.«

Cato hielt inne. Falschgeld zu verbreiten war ein Ver-
brechen. Der Kaiser nahm es nicht auf die leichte Schulter, wenn Kriminelle das Geld mit seinem eingepräg-
ten Gesicht entwerteten. Die Münzen, die Cato Thraxis
mitgegeben hatte, waren echt – frisch geprägte Dinare. Es war ausgeschlossen, dass es sich um Fälschun-
gen handelte. Jetzt musste er sich also auch noch mit der

Anschuldigung gegen seinen Burschen befassen, bevor er sich schlafen legen konnte. Er spielte kurz mit dem Gedanken, den Händler hinauswerfen zu lassen, doch würde das zur Folge haben, dass er beim Generalstab Beschwerde einlegte.

»Na schön«, brummte er. »Macro, ich möchte dass du dabei bist.«

»Ich? Warum?«

Cato musterte ihn vielsagend. »Weil du noch ein paar dieser Münzen hast. Du kannst ihre Echtheit beweisen.«

Thraxis lächelte dankbar, trat beiseite und hielt den beiden Offizieren die Zeltklappe auf. Im Innern saß ein Mann auf einem Hocker. Die beiden Sekretäre der Kohorte hatten dienstfrei, und die Wachstafeln und Papyri waren säuberlich geordnet. Es brannte nur eine einzige Lampe, und das Gesicht des Weinhändlers war im Halbdunkel kaum zu erkennen.

Cato musterte den Besucher gereizt. »Mein Bursche hat mir berichtet, du beschwerst dich wegen der Silbermünzen, die ich ihm zur Bezahlung mitgegeben habe.«

Der Mann stand auf und verneigte sich. »Edler Präfekt, ich entschuldige mich aufrichtig für die Störung zu dieser späten Stunde, aber mein Anliegen ist von höchster Wichtigkeit.«

»Geld«, schnaubte Macro. »Das ist das Einzige, worum es deinesgleichen geht.«

Der Händler hob die Hände und zuckte mit den Schultern. »Herr, damit bestreite ich meinen Lebensunterhalt. Weshalb sollte ich es nicht wertschätzen?

Aber wie ich schon sagte, ich muss mit dem Präfekten sprechen. Es wäre gut, wenn du den thrakischen Hund wegschicken würdest.«

»Weshalb?«, fragte Cato. »Wenn du ihn beschuldigst, dann sag es ihm ins Gesicht, und lass ihn dazu Stellung nehmen.«

Thraxis stand schweigend am Ausgang, seine Miene war angespannt. Cato war sich nicht sicher, ob er dankbar für die Gelegenheit war, sich verteidigen zu dürfen, oder ob er das lieber seinem Herrn überlassen hätte. Die Vorstellung, dass es zwischen dem Händler und dem Burschen zu einem längeren Austausch von Beleidigungen kommen könnte, war zu dieser späten Stunde zu viel für Cato. Er seufzte und deutete mit dem Daumen zur Zeltklappe.

»Such Holz, und mach Feuer in meinem Schlafzelt.«

»Ja, Präfekt.« Thraxis verneigte sich, warf dem Weinhändler einen hasserfüllten Blick zu und trat ins Freie.

Cato ließ sich auf eine Bank fallen und kratzte sich am Kopf. Macro blieb mit verschränkten Armen stehen und musterte den Besucher.

»Also«, sagte Cato. »Worum geht es?«

Der Weinhändler trat näher an die Öllampe heran, und jetzt konnten Cato und Macro sein Gesicht sehen. Bekleidet war er mit einer schlichten braunen Tunika, grünem Umhang, Hose und dick besohlten Stiefeln. Sein Haar war dunkel, sein Gesicht schmal und knochig. Cato kannte ihn.

»Septimus ...«

»Was?« Macro hob die Brauen. »Septimus? Bei den

Göttern, du hast recht. Was in Jupiters Namen machst du hier?«

Der kaiserliche Agent lächelte schwach und legte den Singsang ab, dessen er sich in seiner Rolle als Weinhändler bedient hatte. »Es ist mir eine Freude, dich wiederzusehen, Centurio Macro. Willst du mich nicht fragen, wie meine Reise war?«

Macro starrte den Mann mit offenem Mund an. Cato erholte sich als Erster von der Überraschung und musterte Septimus scharf. »Ja, was machst du hier? Wozu die Verkleidung?«

»Als Weinhändler Hipparchus errege ich weniger Aufmerksamkeit«, erklärte Septimus. »Ich habe dem wahren Hipparchus in Londinium sein Geschäft und auch den nutzlosen Griechen abgekauft, der ihm geholfen hat. Aber, meine Freunde.« Septimus setzte eine gekränkte Miene auf. »Ist das eine Art, einen alten Waffenbruder zu begrüßen? Habt ihr schon vergessen, dass wir in den Straßen Roms Seite an Seite gegen die Feinde des Kaisers gekämpft haben?«

»Blödsinn«, knurrte Macro. »Ein Sohn des Narcissus ist nicht mein Bruder.«

»Mir bricht das Herz, Centurio.«

»Es reicht!«, knurrte Cato. »Sag einfach, weshalb du hier bist. Ich kann mir nicht vorstellen, dass du hergekommen bist, um Fälle von Geldfälschung an den Grenzen des Reiches zu untersuchen.«

Septimus ließ die Maske verletzten Stolzes fallen. »Na schön, dann beenden wir eben den Austausch von Freundlichkeiten.«

»Ganz meine Meinung!«, sagte Macro schroff.

»Mein Vater hat mich hergeschickt.«

Macro war fassungslos. »Sag mir, dass das nicht wahr ist. Sag mir, dass der schmierige Scheißkerl uns nicht in seine elenden Ränkespiele hineinziehen will.«

»Weshalb hat er dich hergeschickt?«, fragte Cato. »Was will er diesmal?«

Septimus wirkte gekränkt. »Ich soll euch warnen, dass euer beider Leben bedroht ist. Ihr seid in großer Gefahr.«

»Tatsächlich?« Macro hob die Hände. »Hast du das gehört, Cato? Wir sind in Gefahr. Hier, mitten im Gebiet des Feindes, am Vorabend der Schlacht. In Gefahr. Wer hätte das gedacht?« Er wandte sich Septimus zu. »Ihr arbeitet doch beide für den kaiserlichen Geheimdienst, nicht wahr? Mir scheint, ihr solltet euch einen neuen Titel zulegen.«

»Ha … ha …«, erwiderte Septimus humorlos. »So sehr ich die scharfzüngige Entgegnung eines Soldaten zu schätzen weiß, ist es doch schon spät, und die Zeit drängt. Wir sollten uns dringenderen Angelegenheiten zuwenden.«

Cato nickte, schloss die Zeltklappe und auch den Eingang zu seinem Schlafzelt. Es gab noch einen weiteren Zugang, den Thraxis benutzen konnte, wenn er das Holz brachte.

»Dann sprich.«

Septimus setzte sich auf eine freie Bank und sammelte sich. »Vor vier Monaten haben wir einen von Pallas' Spionen ergriffen. Wir hatten ihn schon mehrere Tage lang beschattet und bemerkt, dass er einige interessante Persönlichkeiten aufgesucht hat. Narcissus war der Ansicht, es sei an der Zeit, ihn festzunehmen, um ungestört ein paar Worte mit ihm zu wechseln.«

Cato konnte sich gut vorstellen, was dieser Euphemismus zu bedeuten hatte. Ein Schauder lief ihm über den Rücken.

»Im Laufe der Unterhaltung mit diesem Mann, Musa hieß er …«

»Wie?« Macro wölbte eine Braue.

Septimus musterte ihn scharf. »Der zählt nicht mehr. Wie auch immer, Musa hat gestanden, dass Pallas einen Agenten nach Britannien entsandt hat, der euch beide aufspüren und töten soll. Sobald Narcissus davon erfuhr, hat er mich losgeschickt, damit ich euch warne.«

»Wir sind gerührt«, sagte Macro. »Wie umsichtig von ihm.«

Cato fuhr sich mit der Hand übers Kinn, dann schüttelte er den Kopf. »Vor vier Monaten, sagtest du. Dann hat es aber eine ganze Weile gedauert, bis die Warnung uns erreicht hat.«

»Es war eine weite Reise. In Gesoriacum hat ein Sturm die Schiffe aufgehalten. Und es hat eine Weile gedauert, bis ich euren Aufenthaltsort ausfindig gemacht hatte.« Septimus zuckte mit den Schultern. »Was soll ich sagen?«

Cato lächelte schwach. »Versuch's mal mit der Wahrheit.«

»Die Wahrheit ist selten angenehm. Vertrau meinem Urteil.«

»Vertrauen?« Cato schüttelte den Kopf. »Das ist mehr wert als alles Gold der Welt, Septimus. Man muss es sich verdienen. Und Macro und ich haben es uns mehr als verdient. Also, sprich offen. Weshalb hat es so lange gedauert, uns zu warnen?«

Septimus erwiderte seinen Blick, dann holte er tief Luft, bevor er fortfuhr. »Narcissus glaubt, dass Pallas' Agenten hier vor Ort sind und vorhaben, die Gründung einer britannischen Provinz zu hintertreiben. Ich soll herausfinden, was genau Pallas plant, und euch die Warnung meines Vaters zukommen lassen.«

»Das klingt schon überzeugender.« Macro klopfte Septimus auf den Rücken. »Siehst du? Es tut gar nicht weh, wenn man die Wahrheit sagt.«

»Sag das mal Musa«, meinte Cato. »Wobei das wohl schwierig sein dürfte. Hab ich recht?«

Septimus schürzte die Lippen und hob die Schultern.

»Und was hast du herausgefunden?«, wollte Cato wissen.

»Leider nur sehr wenig. Ich weiß weder, um wen es sich handelt noch wie viele sie sind. Ich weiß nur, dass einer kürzlich in Britannien eingetroffen ist. Der, der sich mit dir und Macro befassen soll. Seine Identität kenne ich noch nicht. Also seid wachsam. Sobald ich weiß, wer das ist, gebe ich euch Bescheid, und ihr könnt euch seiner annehmen.«

»Seiner annehmen …«, wiederholte Cato langsam. »Ich verstehe. Das ist der wahre Grund, weshalb du zu uns gekommen bist. Nicht um uns zu warnen, sondern um dich unserer Unterstützung zu versichern. Narcissus will, dass der Agent aus eurem Spiel entfernt wird, und wir sollen euch dabei helfen. Ist das so?«

Septimus lächelte. »Es würde nicht schaden, wenn ihr meinem Vater helfen würdet, und sei es nur, um euren Hals zu retten.«

Macro seufzte erschöpft und zornig. »Wir sollten diese kleine Schlange rauswerfen, Cato. Mit Narcissus haben wir nichts mehr zu schaffen. Wir dienen wieder in der Armee. Dieser ganze Blödsinn von wegen Agenten und Bedrohungen geht uns nichts an. Das ist vorbei.«

Cato sah das ähnlich, doch als er den Besucher musterte, wurde er sich des Ernstes ihrer Lage bewusst und erwiderte mit zusammengebissenen Zähnen: »Das würde ich liebend gern tun, Macro. Aber den Folgen dessen, was in Rom passiert, können wir uns nicht entziehen. Für uns wird es nie vorbei sein. Oder erst dann, wenn entweder Pallas oder Narcissus in Ungnade fällt. Und wenn das passiert, kannst du sicher sein, dass jeder, der mit dem Verlierer auch nur entfernt zu tun hatte, einen hohen Preis zahlen wird. Habe ich recht, Septimus?«

»Ich fürchte ja, Präfekt. Deshalb ist es so wichtig, in dem Konflikt zwischen Pallas und meinem Vater auf der Siegerseite zu stehen.«

Cato kniff die Augen zusammen. »Und befindet sich deine Seite im Moment im Vorteil?«

»Meine Seite?« Septimus heuchelte Überraschung. »Du meinst wohl *unsere* Seite?«

»Ich habe es so gemeint, wie ich es gesagt habe.«

»Präfekt, ob ihr mich mögt oder nicht, euer Schicksal ist wie das meine mit dem meines Vaters verknüpft.

141

Wenn Pallas den Sieg davonträgt, sind wir alle so gut wie tot. Vielleicht werdet ihr nicht mal so lange durchhalten. Aus irgendwelchen Gründen ist Pallas besonders darauf erpicht, euch beide auszuschalten. Mein Vater glaubt, dass ihr etwas wisst, das ihn in Gefahr bringen könnte. Irgendeine Idee, was das sein könnte?«

Macro wusste genau, worauf er abzielte. Er hatte Pallas in mehr als inniger Umarmung mit Agrippina, der Frau des Kaisers, ertappt. Wenn das bekannt wurde, würde Claudius den Freigelassenen mit Sicherheit hinrichten lassen. Auch Agrippina müsste dann über kurz oder lang dran glauben oder, wenn sie Glück hatte, in die Verbannung gehen. Ihr Sohn Nero, der Adoptivsohn des Kaisers, würde ebenfalls leiden müssen, und damit wäre der Weg frei für Britannicus. Doch es wäre gefährlich, ein solches Geheimnis preiszugeben. Wenn Pallas und Agrippina sich herausreden konnten, was wegen der geistigen Hinfälligkeit des Kaisers durchaus vorstellbar war, würden stattdessen die Ankläger seinen Zorn in voller Härte zu spüren bekommen.

»Nein«, antwortete Cato. »Das wissen wir nicht. Wir können dir nicht helfen.«

»Schade. Doch das ändert nichts. Pallas will euren Tod.«

»Wir können selber auf uns aufpassen.«

»Da bin ich mir sicher. Jedenfalls bis zu einem gewissen Grad. Aber ihr seid es gewohnt, offenen Gefahren zu begegnen. Diese werdet ihr nicht kommen sehen. Erst dann, wenn es zu spät ist. Vertraut niemandem.«

Macro schnaubte. »Nur dir und deinem Vater.«

»Euer Feind ist unser Feind, Macro. Das mag dir nicht gefallen, aber so ist es nun mal. Wir haben das gleiche Interesse. Narcissus ist auf eure Mithilfe angewiesen. Dafür tut er alles in seiner Macht Stehende, um euch zu schützen.«

»Diese Art Schutz brauche ich so dringend wie ein Schwert im Bauch.«

»Wie du meinst.« Septimus breitete als Eingeständnis seiner Machtlosigkeit die Arme aus. »Aber wenn ihr ihm nicht um euretwillen helfen wollt, dann vielleicht aus Pflichtgefühl gegenüber Rom.«

»Pflichtgefühl gegenüber Rom? Glaubst du etwa, Narcissus würde selbstlos den Interessen Roms dienen?« Macro schüttelte den Kopf und lachte trocken. »Der denkt doch nur an sich selbst, dem ist es gleich, wie viele Tote seinen Weg säumen.«

Zum ersten Mal schien Septimus die Fassung zu verlieren. Er näherte sich verärgert dem Centurio und stieß ihm den Zeigefinger entgegen. »Mein Vater hat sein Leben dem Dienst an Rom gewidmet! Die Kaiser kommen und gehen, aber er hat sich gehalten. Er dient dem Reich und tut, was er kann, um es vor Feinden im Inneren wie im Ausland zu schützen.«

»Ich wette, Pallas behauptet das Gleiche.«

»Pallas interessiert sich nicht für Rom«, entgegnete Septimus. »Er strebt nach Macht und Reichtum für sich selbst.«

Cato mischte sich ein. »Meiner Aufmerksamkeit ist nicht entgangen, dass Narcissus bei seinem Dienst an Rom einen guten Schnitt gemacht hat. Angeblich ist er einer der reichsten Männer der Stadt. Ich habe gehört, er habe einigen der mit uns verbündeten britannischen Könige beträchtliche Summen geliehen. Stimmt das?«

Septimus senkte kurz den Blick und nickte. »Das stimmt. Aber das haben andere wohlhabende Männer auch getan.«

»Auch Pallas?«

»Der nicht. Jedenfalls in letzter Zeit nicht. Ende letzten Jahres hat er seine Schuldtitel an andere Gläubiger verkauft. Und dafür hatte er einen triftigen Grund.« Septimus schaute Cato an. »Er intrigiert in Britannien gegen uns. Er begeht Verrat.«

»Das ist eine schwerwiegende Anschuldigung. Das solltest du besser noch ein wenig erläutern.«

Septimus faltete die Hände und fuhr mit leiser, ernster Stimme fort: »Du kennst vielleicht die Geschichte, wie Claudius Kaiser geworden ist. Als sein Vorgänger von Cassius Chaereas und dessen Mitverschwörern ermordet wurde, hätte dies eigentlich das Ende des Kaisertums sein sollen. Rom sollte wieder Republik werden. Für die Prätorianer aber hätte das bedeutet, dass sie arbeitslos geworden wären. Wenn es keinen Kaiser mehr gegeben hätte, wären sie zu den Legionen geschickt worden. Keine großzügiger Sold und keine Sonderzulagen mehr. Deshalb haben sie unter den Überlebenden der Kaiserfamilie Claudius ausgewählt und ihn zum Kaiser gemacht. Was hätte der Senat zehntausend Prätorianern auch schon entgegensetzen können? So wurde er zu Kaiser Claudius.

Aber die Entscheidung war unpopulär. Da er sich des Titels erst als würdig erweisen musste, wollte er dem

Senat das Maul mit einem großen Sieg stopfen und dem römischen Volk einen Sieg schenken. Deshalb ist er in Britannien eingefallen. Damit hat er seine Herrschaft legitimiert. Claudius hat die Insel erobert, die nicht einmal Julius Cäsar unterwerfen konnte. Das kann ihm niemand mehr nehmen. Seitdem schickt er Soldaten und Ressourcen nach Britannien. Der Feldzug muss abgeschlossen werden. Wenn wir hier scheitern, ist Claudius' Herrschaft vollständig diskreditiert. Seine Gegner werden sich ermannen und ihn angreifen. Wenn sie Erfolg haben, wird in Rom erneut Zwietracht ausbrechen. Willst du das?«

»Wenn ich mich recht erinnere«, sagte Cato, »war Narcissus einer derjenigen, die Claudius zum Einfall in Britannien ermutigt haben.«

»Und?«

»Also geht es hier nicht nur um Claudius und die Zukunft Roms, sondern auch um die Stellung deines Vaters und seinen Wohlstand.«

»Ja, und? Das läuft auf dasselbe hinaus.«

»Ich bin froh, dass wir das geklärt haben. Das erspart es dir, uns weiter mit Appellen an unser Pflichtgefühl unter Druck zu setzen«, sagte Cato schneidend. »Also, was hat Pallas angeblich vor?«

Septimus holte tief Luft und sprach mit ruhiger Stimme. »Mein Vater glaubt, dass Pallas nicht weniger will als den Zusammenbruch der Provinz. Und dass er alles tun wird, um dieses Ziel zu erreichen. Er hat Agenten auf der Insel, die mit Caratacus zusammenarbeiten, um die mächtigsten Stämme gegen Rom zu vereinen. Wenn sich die Bergstämme mit den Briganten oder den Icenern verbünden, sind sie stark genug, um unsere Streitkräfte zu besiegen. Unsere Legionen werden ins Meer getrieben. Unsere Städte und Siedlungen werden niedergebrannt und deren Bewohner abgeschlachtet. Rom wird gedemütigt. Claudius wird entehrt und gebrochen. Man wird ihn auf die eine oder andere Art beseitigen, und selbst wenn Rom ein neuerlicher Bürgerkrieg erspart bleibt, wird Pallas Nero auf den Thron setzen, mit Agrippina an seiner Seite, während Pallas im Hintergrund die Strippen zieht.«

»Anstelle von Narcissus«, sagte Macro scharf. »Ein neuer Kaiser und ein neuer Freigelassener setzen die Spielregeln fest. Das ist der einzige Unterschied.«

»Du irrst dich, Centurio. Selbst auf dem Höhepunkt von Claudius' Macht gehörte mein Vater einer Gruppe von Beratern an, die auf den Kaiser Einfluss genommen haben. Unter Pallas wird es nur einen Mann geben, und sein Weg zur Macht wird mit den Leichen der in Britannien dienenden Soldaten gepflastert sein. Mit den Leichen deiner Kameraden und all der anderen, die das Reich verteidigen, denn nach unserer Niederlage werden sich all unsere Feinde ermutigt sehen, zu den Waffen zu greifen. Das ist ein hohes Risiko. Was immer ihr von meinem Vater halten mögt, ihr könnt nicht leugnen, dass Rom eine Katastrophe droht, wenn Pallas aus der Auseinandersetzung siegreich hervorgeht.«

Macro sann einen Moment über die Erklärung des kaiserlichen Agenten nach. Dann wandte er sich an seinen Freund. »Was meinst du, Cato?«

»Ich glaube, wir haben keine Wahl.« Cato lächelte schwach. »Diesmal nicht. Es sieht so aus, als hätte Narcissus uns wieder einmal in die Enge getrieben. Sag mal, Septimus, und sei aufrichtig: Hat er gewusst, worauf wir uns einlassen, als wir nach Britannien versetzt wurden? War das von Anfang an so geplant?«

»Nein. Darauf gebe ich dir mein Wort. Mein Vater wusste, dass sein Einfluss auf den Kaiser im Schwinden begriffen war. Er hat euch zu eurer eigenen Sicherheit hierher geschickt.«

»Das hat er behauptet, aber du musst schon verzeihen, wenn ich jetzt nicht mehr so überzeugt davon bin wie noch vor Monaten. Das sind mir zu viele Zufälle auf einmal.«

»Da hast du verdammt noch mal recht!« Macro nickte.

»Glaubt, was ihr wollt«, entgegnete Septimus. »Es ist die Wahrheit.«

Es wurde still im Zelt, als die drei Männer über ihre Lage nachsannen. Nach einer Weile regte sich Cato und faltete die Hände. »Die Frage ist, was sollen wir jetzt tun? Du hast doch bestimmt einen Plan.«

»Kann man so sagen.« Septimus lehnte sich zurück und fuhr sich mit den Fingern durchs Haar. »Ich habe einen brigantischen Edelmann bestochen, damit er Königin Cartimanduas Gemahl Prinz Venutius im Auge behält. Angeblich gehört er zu denen, die die Königin dazu bewegen wollen, sich mit Caratacus zu verbünden. Einstweilen geht sie auf Nummer sicher. Als Verbündete bekommt sie reichlich Silber und gegebenenfalls auch militärische Unterstützung. Gleichzeitig hält sie Caratacus eine Tür offen. Sie ist eine kluge Frau, aber ihre Position ist schwach. Stellt sie sich gegen Caratacus, wird die Hälfte ihrer Leute zusammen mit Venutius zum Feind überlaufen. Stellt sie sich gegen uns, wird Venutius ihr Volk in den Krieg führen, und wenn es vorbei ist, wird er die Macht für sich beanspruchen. In beiden Fällen ist sie die Verliererin. Deshalb will sie, dass die Dinge so bleiben, wie sie sind. Wenn wir die Briganten verlieren, verlieren wir die Provinz und alles andere. Wenn alles gut geht, wird mich mein Spion bei Hofe so frühzeitig warnen, dass ich General Ostorius auf die drohende Gefahr aufmerksam machen kann.«

»Woher weißt du, dass du dem General vertrauen kannst?«, fragte Cato.

»Ostorius ist ein altmodischer Mensch. Er trachtet nach Ruhm für den Familiennamen und hat den Ehrgeiz, einen großen Sieg zu erringen, nach Rom zurückzukehren und sein Schwert an den Nagel zu hängen. Ich behalte ein paar andere Offiziere im Auge.«

»Ach. Wen? Legat Quintatus vielleicht?«

»Jetzt rätst du aber, Präfekt. Ja, Quintatus gehört dazu. Seine Familie unterstützt die Anhänger Agrippinas. Dann sind da noch einige höhere Offiziere, die erst vor Kurzem in Britannien eingetroffen sind. Ich weiß, du hast Tribun Otho und Präfekt Horatius bereits kennengelernt. Was hältst du von ihnen?«

Cato vergegenwärtigte sich den Eindruck, den er von den beiden Männern gewonnen hatte. »Horatius scheint ein verlässlicher Mann zu sein. Er wurde weit von Rom entfernt befördert.«

»Nicht weit genug. Zu Zeiten von Claudius' Ernen-
nung zum Kaiser war er Centurio bei den Prätorianern.
Er war einer der wenigen, die den Aufruf des Senats zur
Wiederherstellung der Republik unterstützt haben. Hat
er dir das erzählt?«

»Nein. Weshalb sollte er?«

»Dann weißt du vermutlich auch nicht, dass er hinterher der Elften Legion zugeteilt wurde.«

»Diesen Arschkriechern?«, höhnte Macro. »All-
zeit bereit, sich gegen den neuen Kaiser zu erheben, bis
dein Vater mit einem Hut voll Gold auftaucht und sie
kauft. Wie hat man sie gleich noch genannt?« Er überlegte einen Moment, dann schnippte er mit den Fingern.
»Claudius der Getreue und die Patriotische Elfte Legion ... So lange, bis sie ein anderer kauft. Aber weshalb
wurde Horatius hierher entsandt, wenn seine Loyalität
zweifelhaft ist?«

»Um alle potenziellen Unruhestifter an einem Ort zu
versammeln.«

Macro schürzte die Lippen. »Verstehe.«

»Ich bin mir nicht sicher, ob das unser Mann ist«, fuhr
Septimus fort. »Aber man sollte ihn im Auge behalten.
Tribun Otho ist der Interessantere. Sein Vater wurde
von Claudius zum Senator ernannt und hat sich als ver-
trauenswürdig erwiesen. Sein Sohn hingegen ist eng mit
Nero befreundet.«

»Klingt so, als wäre das unser Mann«, meinte Macro.

Cato räusperte sich. »Hast du vergessen, dass ich
Nero das Leben gerettet habe? Er hat gesagt, er werde seine Schuld eines Tages begleichen. Vielleicht bin

ich doch nicht so gefährdet, wie du behauptest, Septimus.«

»Damals hast du incognito bei den Prätorianern gedient. Nero hatte keine Ahnung, dass du im Auftrag von Narcissus spionieren solltest. Ich bezweifle, dass er sich überhaupt noch an dich erinnern würde, Präfekt. Außerdem ist Nero bloß eine Galionsfigur. Die eigentliche Gefahr geht von Pallas aus. Ich bezweifle, dass er sich von einer solch zweitrangigen Verpflichtung davon abhalten lassen würde, dich zu töten.«

In Catos Zelt regte sich etwas – Thraxis war mit dem Holz zurückgekehrt und machte Feuer. Septimus erhob sich.

»Ich muss aufbrechen. Vorher gilt es noch einen Bericht an meinen Vater zu schreiben. Ich werde ihm mitteilen, dass ich euch über die Lage informiert habe. Und dass ihr bereit seid, mit mir zusammenzuarbeiten, um Pallas' Pläne zu vereiteln.«

»Einen Moment mal!«, sagte Macro.

»Er hat recht«, meinte Cato. »Uns bleibt keine Wahl, Macro. Es geht nicht anders.«

Macro wollte protestieren, doch dann klappte er den Mund wieder zu und schüttelte den Kopf.

»Wenn ihr Kontakt zu mir aufnehmen wollt«, sagte Septimus leise, »fragt nach Hipparchus, dem Weinhändler. Das ist wie gesagt meine Tarnung. Ich werde noch ein paar Tage bei der Armee bleiben und Rom über Caratacus' Niederlage informieren. Wenn es gelingt, ihn gefangen zu nehmen oder zu töten, wird das Pallas' Plan einen schweren Schlag versetzen.«

»Ich hoffe, du wirst Gelegenheit haben, seine Niederlage zu vermelden«, erwiderte Cato. »Könnte nämlich durchaus sein, dass Caratacus uns besiegt.«

»Ich werde für den Sieg beten«, entgegnete Septimus. Dann schnippte er mit den Fingern, als fiele ihm gerade etwas ein. »Ich möchte euch noch eine letzte Frage stellen, zu Senator Vespasian. Ihr kennt ihn gut?«

Die beiden Offiziere wechselten Blicke.

»Wir haben unter ihm gedient«, antwortete Cato.

»Ein verdammt guter Offizier«, setzte Macro hinzu. »Einer der besten Legaten überhaupt.«

Septimus lächelte. »Das habe ich auch gehört. Seine soldatische Befähigung ist über jeden Zweifel erhaben. Meine Frage zielt eher auf den Grad seines Ehrgeizes ab. Hat er mit euch je über seine Pläne für die Zukunft gesprochen?«

»Nein«, antwortete Cato bestimmt. »Es wäre auch verrückt gewesen, wenn er das getan hätte. Weshalb fragst du?«

Der kaiserliche Agent schürzte die Lippen. »Man sollte auch die vielversprechenden militärischen Befehlshaber im Auge behalten. Und in einigen Fällen deren Familien. Zum Beispiel seine Frau Flavia.«

»Was ist mit der?«, fragte Macro.

»Eure Wege haben sich vielleicht schon gekreuzt.« Er wandte sich an Cato. »In deiner Jugend bist du ihr bestimmt schon begegnet, im Palast und als du dich in Germanien Vespasians Legion angeschlossen hast.«

Cato nickte beiläufig. »Das stimmt.«

»Was hältst du von ihr?«

»Darüber habe ich mir noch keine Gedanken gemacht. Sie war die Gemahlin des Legaten. Das ist alles.«

Septimus zuckte mit den Schultern. »Na schön. Jetzt lasse ich euch in Ruhe.« Er neigte das Haupt, wich rückwärts gehend zur Zeltklappe zurück und sagte mit lauter Stimme: »Ich bitte tausendmal um Verzeihung, Präfekt! Ich habe mich geirrt. Ich hätte deinen Burschen niemals beschuldigen dürfen. Ich werde dir als Entschädigung einen Krug meines besten Weins bringen lassen. Ich wünsche dir eine gute Nacht, und möge bei der morgigen Schlacht das Glück auf deiner Seite sein!«

Er trat zwischen den Zeltklappen hindurch und verschwand. Macro blickte erschöpft Cato an. »Du kannst dich doch unmöglich darauf einlassen wollen, mit diesem ...«

»Pst!«, machte Cato. Im nächsten Moment öffnete sich die Klappe zu seinem Schlafzelt, und Thraxis streckte den Kopf hervor.

»Präfekt, das Feuer ist entfacht.«

»Danke.«

Thraxis rührte sich nicht von der Stelle und räusperte sich.

»Gibt es sonst noch was?«, fragte Cato.

»Ich, äh, habe gehört, dass der Weinhändler gegangen ist, Präfekt. Ich nehme an, die Angelegenheit hat sich geklärt.«

»Das hat sie. Nichts weiter als ein Missverständnis. Er hat deine Münzen mit denen eines anderen Kunden vermischt. Du hast nichts zu befürchten, Thraxis.«

Der Bursche seufzte vernehmlich. »Soll ich dir noch etwas zu essen oder zu trinken bringen, Präfekt?«

»Nein. Wir gehen schlafen. Morgen werde ich mein neues Kettenhemd tragen. Leg es mit dem Rest meiner Ausrüstung bereit.«

»Ja, Präfekt.«

»Dann bist du entlassen.«

Thraxis salutierte und zog sich zurück. Sie warteten eine Weile, dann sagte Macro leise: »Wie ich schon sagte, wir wären verrückt, wenn wir uns wieder mit Narcissus einlassen würden.«

»Macro, wir haben keine Wahl. Nur weil wir in die Auseinandersetzung zwischen Narcissus und Pallas nicht verwickelt werden wollen, heißt das nicht, dass sie uns nicht mit hineinziehen werden. Wenn von Pallas Gefahr ausgeht, dürfen wir das nicht ignorieren. Und wenn Septimus die allgemeine Lage richtig dargestellt hat, sind wir und alle anderen in der Armee in noch größerer Gefahr.«

»Falls er die Wahrheit gesagt hat.«

»Können wir das Risiko eingehen, davon auszugehen, dass er gelogen hat?«

Macro knirschte mit den Zähnen. »Scheiße ... Scheiß Narcissus. Der Halunke klebt an dir wie ein Tripper. Wir werden den niemals los, oder?«, setzte er kläglich hinzu. »Und auch nicht der arme Vespasian. Oder dessen Frau. Was hat das alles mit Flavia zu tun?«

»Ich habe keine Ahnung.« Cato hob die Schultern. »Kopf hoch. Je nachdem, wie es morgen ausgeht, werden wir Narcissus vielleicht doch noch los.«

»Na großartig. Danke für die Aufmunterung«, brummte Macro und wandte sich zum Ausgang. »Genau das wollte ich hören, bevor ich mich aufs Ohr lege.«

Cato schaute ihm nach. Dann erhob er sich, schloss die Augen, streckte die Arme aus und ließ die Schultergelenke knacken. Macro hatte recht, es gab vieles zu bedenken. Viel Anlass zur Sorge. Aber erst einmal mussten sie eine Schlacht durchstehen.

KAPITEL 9

E s geht los«, sagte Macro, als am Hauptquartier ein Trompetensignal erschallte. Die grellen Töne wurden von den Felswänden am anderen Flussufer zurückgeworfen. Ehe das Signal erstarb, sahen sie, wie die Männer an den Wurfgeschützen sich gegen die Sperrhebel warfen. Im nächsten Moment peitschten die Wurfarme nach vorn und schleuderten die schweren Bolzen in einem flachen Bogen in Richtung der gegnerischen Stellungen. Hinter den »Ballisten« standen die Katapulte, die ihre runden Steingeschosse sehr viel höher schleuderten. Die Artillerie stand auf einer Plattform, die über Nacht errichtet worden war, hoch genug, damit die Legionäre, die sich in kurzer Entfernung vom Fluss formierten, nicht zufällig getroffen wurden.

General Ostorius hatte die Zwanzigste Legion, seine stärkste, an vorderster Front platziert. Die zweite Linie umfasste die Vierzehnte und die Abteilung der Neunten. Zum ersten Mal seit sich die Garnison von Bruccium der Armee angeschlossen hatte, erblickte Cato die Legionen in Schlachtaufstellung. Viele Kohorten waren eindeutig unterbesetzt, einige boten weniger als die Hälfte des Sollbestands auf. Nach allem, was er vom Gegner gesehen hatte, waren die Legionäre zahlenmäßig unterlegen. Schlimmer noch, der Gegner hatte den beträchtlichen Vorteil, sich auf höher gelegenem Gelände zu verteidigen. Man hatte den Legionären befohlen, ihre Wurfspeere im Lager zu lassen, da sie sich auf steilem Gelände nicht gut einsetzen ließen. Sie würden den Hügel mit dem Schwert einnehmen, hatte der General entschieden. Von den Hilfstruppen war außer den Blutkrähen nur eine berittene Kohorte zugegen, der Rest hatte sich an der anderen Seite des Hügels verteilt, um Caratacus' Streitmacht den Rückzug abzuschneiden.

Zumindest hoffte Cato, dass sie in Stellung gegangen waren. Im Laufe des Morgens war noch keine Fortschrittsmeldung eingetroffen. Nur die Trosseskorte war im Lager geblieben, bemannte die Palisade und beobachtete, wie ihre Kameraden sich auf die Schlacht vorbereiteten. Am blauen Himmel, der sie bei Tagesanbruch begrüßt hatte, zogen allmählich bedrohliche Wolken auf, und der Wind war böig. Zahlreiche Marketender waren auf eine nahe Erhebung geklettert, von der aus sie den Teil des Flusses überblicken konnten, den die Legionäre durchwaten sollten. Einige hatten Speisen und Wein mitgebracht, um sich während des Spektakels zu stärken.

»Die werden jetzt wohl eingeweicht werden«, bemerkte Cato.

Kinder tollten auf dem Hang herum oder saßen im Gras und flochten Ketten aus Gänseblümchen. Die Zuschauer unterschieden sich kaum von denen der Gladiatorenspiele, überlegte Cato. Jedoch nur aus der Ferne betrachtet. Es gab einen grundlegenden Unterschied. Wenn die Schlacht schlecht für die Römer ausging, würden die Zuschauer zusammen mit den Legionären dem Schwert zum Opfer fallen. Er schaute wieder auf die Kinder. Viele waren die Nachkommen von Soldaten, und unwillkürlich fragte er sich, ob sie am Ende des Tages wohl Waisen sein würden.

Das Krachen der Katapulte lenkte Catos Aufmerksamkeit wieder zum Fluss. Ein Geschoss flog in schiefem Winkel hoch, hing einen Moment lang scheinbar unbewegt in der Luft und stürzte dann auf die Befestigungen des Gegners nieder. Die Wirkung war schwer einzuschätzen, denn als die römischen Geschütze zu feuern begannen, waren die Briten in Deckung gegangen. Zuvor hatten sie von ihren Stellungen aus die Römer beschimpft, die Fäuste geschüttelt und ihre Waffen geschwungen. Einige hatten den Römern sogar ihr nacktes Gesäß gezeigt. Kaum dass die ersten Bolzen über den Fluss flogen, verschwanden sie, und auf dem Steilhang, auf dem es eben noch von johlenden Kriegern gewimmelt hatte, kehrte unheimliche Ruhe ein. Die Krieger hinter der zweiten Abwehrlinie begriffen bald, dass sie sich außer Reichweite der Geschütze befanden, ließen sich nach und nach wieder blicken und beobachteten von der Anhöhe aus das Geschehen. Die Eisenspitzen der Bolzen prallten gegen die Steine der Barrikaden und gruben sich in den Boden. Die meisten der von den Katapulten geschleuderten Steine fielen zu Boden, ohne Schaden anzurichten; einige wenige aber landeten hinter den Barrikaden, wo der Gegner Schutz gesucht hatte, und Cato konnte sich gut vorstellen, wie sie Schädel und Körper der Krieger zu blutigem Brei zerquetschten.

Der Hauptzweck des Beschusses bestand jedoch nicht darin, die gegnerischen Befestigungen zu zerstören; dafür hätte es schweres Belagerungsgerät gebraucht. Vielmehr sollten die Krieger in Deckung verharren, während die ersten Legionen den Fluss durchquerten und zur Barrikade hochkletterten. Erst wenn sie sich der unteren Verteidigungslinie näherten, würde das Sperrfeuer eingestellt werden, und der tödliche Kampf Mann gegen Mann würde beginnen. Cato hob den Blick zu Caratacus' Standarte, die oberhalb der zweiten Abwehrlinie wehte. Auf einem Felsen, die Hände in die Hüfte gestemmt, stand dort ein hochgewachsener Krieger mit funkelndem Helm, blondem Haar und langem Bart. Cato zeigte auf ihn.

»Schade, dass wir auf die Entfernung nicht an ihn herankommen. Ein gut gezielter Schuss, und das alles wäre vorbei.«

»Glaubst du?«, erwiderte Macro skeptisch. »Die meisten Barbaren auf dieser Insel hassen uns bis aufs Blut. Einer mehr oder weniger macht da keinen Unterschied.«

»Dieser Brite da ist der Mann, der uns seit fast zehn Jahren bekämpft. Er hat Zehntausende dazu bewogen, sich ihm anzuschließen, obwohl wir ihn mehrmals besiegt und in die Berge getrieben haben. Hier hat er dann die Silurer und Ordovicer dazu gebracht, sich seinem Befehl zu unterstellen. Wenn es keinen Caratacus mehr gäbe, wären unsere Probleme auf lange Sicht gelöst.«

Macro blickte Cato an. »Es gab eine Zeit, da hast du ihn bewundert.«

»Das habe ich. Aber das war, bevor er mich von meiner Frau und dem Kind, mit dem sie schwanger ist, getrennt hat. Jetzt will ich nur noch, dass es aufhört, damit ich nach Rom zurückkehren kann. In mein erstes Zuhause.«

»Die Armee würde dir fehlen. Und du würdest einen lausigen Zivilisten abgeben.«

»Du hast mal gesagt, ich würde niemals ein tüchtiger Soldat werden.«

»Tatsächlich?«

Cato nickte.

»Hm.« Macro hob die Brauen. »Ich kann mich auch mal irren.«

Ein schrilles Signal ertönte und wurde von den Hörnern der Zwanzigsten Legion aufgenommen. Cato und Macro neigten sich unwillkürlich vor, als die funkelnden Helme und Rüstungen der vorderen Reihen in Bewegung gerieten und die Soldaten zur Furt marschierten. Die Adlerstandarte und der Stab mit dem Bildnis des Kaisers rückten Seite an Seite über den Speerspitzen vor. Wie immer war es ein bewegender Anblick, doch Cato vermochte seinen wachsenden Zweifel an der Klugheit des Frontalangriffs nicht zu unterdrücken.

Ein helles *pling!* lenkte ihn ab. Der Wind hatte plötzlich aufgefrischt. Als er hochschaute, fielen ihm die ersten Regentropfen ins Gesicht und prallten auf Helm und Rüstung. Die von Osten heranziehenden Wolken hingen tief über dem Hügel und trieben aufs Lager zu, verdeckten die Sonne. Ein gewaltiger Schatten wanderte vor dem Lager über den Boden und hüllte Cato und

Macro auf dem Torturm ein, dann platterte der Regen los.

»Ein Wunder, dass diese verdammte Insel nicht in den Fluten versinkt«, sagte Macro und hüllte sich fester in den Umhang.

Cato beobachtete schweigend, wie die erste Welle der Legionäre in den Fluss watete. Ihr Vormarsch verlangsamte sich, denn die schwer bewaffneten Soldaten hielten die Schilder hoch und kämpfen ums Gleichgewicht. Am anderen Ufer spähten gegnerische Krieger über die Barrikade und beobachteten den Vormarsch der Römer. Währenddessen schleuderten die Geschütze ihre Geschosse über den Fluss und zwangen den Gegner, in Deckung zu bleiben. Das Wasser verwandelte sich in weißen Schaum, als die Legionäre zum jenseitigen Ufer vorrückten. Schließlich erreichten sie die zugespitzten Stangen, wurden langsamer und bahnten sich einen Weg zwischen den Hindernissen hindurch.

In diesem Moment ließ Caratacus die erste Falle zuschnappen. Der tiefe Ton eines keltischen Horns hallte von den Hängen wider, und aus dem Gras am Ufer sprangen Gestalten hoch. Sie waren nur leicht bewaffnet und halbnackt, hatten weder Helme noch Schilde oder Speere. Cato beobachtete, wie einer die Hand hob und sie über dem Kopf schwenkte.

»Steinschleudern.«

Der Abstand betrug nur noch dreißig Schritte, und die zwischen den Stangen hindurchstolpernden Soldaten waren nicht zu verfehlen. Das Scheppern der ersten Treffer war sogar auf dem Torturm zu hören. Die ersten Männer brachen zusammen. Diejenigen, die das Bewusstsein verloren hatten, gingen unter, in die Tiefe gezogen vom Gewicht ihrer Rüstung, und behinderten das Vorwärtskommen ihrer Kameraden. Die Männer der Zwanzigsten hoben die Schilde, um sich zu schützen, und kämpften sich in dem Stein- und Bleihagel weiter.

»Eine hässliche Überraschung«, bemerkte Macro. »Aber das wird unsere Leute nicht lange aufhalten.«

»Nein, aber es wird sie verunsichern. Ich glaube, die erste Runde geht an Caratacus.«

Als die ersten Legionäre an Land wateten, zogen sich die Steinschleuderer zurück, beschossen ihre Gegner aber weiter aus sicherem Abstand. Ein Römer rannte erbost vor und kletterte ein Stück weit den Hang hoch. Sein Centurio rief ihn zurück, doch es war bereits zu spät. Sein Schild bot nur nach vorne Deckung, er aber wurde von der Seite getroffen. Der erste Treffer zerschmetterte ihm das Knie, sodass er stolperte und stürzte. Da er sich nicht mehr aufrichten konnte, wurde er erneut getroffen und sank bewusstlos ins Gras.

»Blöder Idiot«, zischelte Macro.

Während immer mehr Männer aus dem mit Stangen gespickten Fluss kletterten, sammelten die Centurionen und Optios ihre Einheiten um sich, und sobald sich drei Kohorten formiert hatten, rückten sie am Hang vor. Die Steinschleuderer zogen sich zurück und behielten den Abstand bei. Einer von ihnen wurde ein Stück zurückgeschleudert, von einem Holzschaft durchbohrt.

»Sie werden in die Reichweite der Artillerie getrieben.«

»Gut!« Macro klatschte in die Hände. »Mal sehen, wie den Schweinen ihre eigene Medizin schmeckt!«

Weitere Stammeskrieger wurden getroffen, einige von Katapultsteinen, die vor der ersten Barrikade niedergingen. Es war, als würden sie von einer unsichtbaren Faust zu Boden geschmettert, niedergestreckt vom Fluch Jupiters, des trefflichsten und größten aller Götter.

So konnte es natürlich nicht weitergehen, denn es bestand die Gefahr, dass die vorderen Reihen der Zwanzigsten getroffen wurden, und schließlich verkündete ein Hornsignal das Ende des Beschusses. Die letzten Katapulte und Ballisten knallten, dann nahmen die Bedienmannschaften daneben Aufstellung und warteten auf neue Befehle. Am anderen Ufer setzten die Steinschleuderer über die Barrikaden und zogen sich zwischen den Kriegern hindurch zurück, die jetzt, da der Beschuss der römischen Artillerie aufgehört hatte, aus der Deckung kamen. Zunächst schleuderten Caratacus' Krieger dem sich nähernden Wald der Schilde Beleidigungen und Beschimpfungen entgegen, dann folgte ein neuer Hagel von geschleuderten Steinen und Pfeilen der Bogenschützen, die über die Köpfe ihrer Kameraden hinweg zielten, sodass die Kohorten getroffen wurden, die durch den Fluss wateten.

Cato wurde ganz kalt ums Herz, als er die niedergestreckten Soldaten im flachen Wasser und am anderen Ufer sah. Einige der Verwundeten schleppten sich durch die Strömung zurück, um ihre Verletzungen versorgen zu lassen. Er schätzte, dass bislang über einhundert Soldaten gefallen waren, und dabei fing der Kampf um die erste Verteidigungslinie im stumpfen Regengrau gerade erst an.

Ein Blitz zeichnete die Berglandschaft in grellem Weiß und dunklen Schatten, sodass die Szenerie einen Moment lang an ein vom Regen eingeätztes monumentales Relief erinnerte. Dann verflüchtigte sich die Illusion, und Cato erblickte Hunderte und Aberhunderte von Kriegern im Zweikampf. Die Männer der Zwanzigsten hatten den Gegner erreicht, Schwerter und Speere blitzten in der Düsternis. Ein ohrenbetäubender Donnerschlag folgte auf den Blitz, dann hörte man wieder das Prasseln des Regens, der so laut auf Catos Helm trommelte, dass er kaum etwas anderes mehr hörte. Die Zuschauer auf der Erhebung hüllten sich in ihre Umhänge. Einige hatte bereits aufgegeben und eilten zurück ins Lager, um sich vor dem Regenguss zu schützen.

Macro sagte etwas, und Cato schüttelte den Kopf und beugte sich vor. Macro formte mit der Hand einen halben Trichter um den Mund und rief: »Der General hätte sich einen besseren Tag aussuchen können. Was meinst du, was wird er jetzt tun? Den Angriff abblasen und warten, bis der Regen aufgehört hat?«

»Nein. Der nicht. Der will es durchziehen, ganz gleich, was passiert.«

»Dann wird es schwer für unsere Kameraden.«

»Allerdings.«

Sie blickten zur nächstgelegenen Barrikade hinüber, die durch den dichten Regenschleier hindurch kaum mehr zu erkennen war. Der Gegner hielt anscheinend die Stellung, den Legionären gelang es nicht durchzubrechen. Ein steter Strom von Verwundeten kletterte durchnässt aus dem Fluss. Sie passierten die Kohorten der zweiten Linie, ließen sich zu Boden fallen und warteten darauf, von den Sanitätern behandelt zu werden. Einige der unerfahrenen Rekruten musterten ängstlich die Verletzten, bis die Optios ihnen befahlen, nach vorn zu blicken.

Der Regen hielt eine Weile an, dann hörte er so plötzlich auf, wie er angefangen hatte. Die Sonne brach durch eine Wolkenlücke, schien auf das Schlachtfeld nieder und offenbarte den furchtbaren Kampf in verblüffender Klarheit. An mehreren Stellen war den Legionären der Durchbruch gelungen, und nun versuchten sie den kleinen Vorteil zu nutzen und Platz für ihre nachrückenden Kameraden zu schaffen. Dann geriet die Barrikade an einem besonders hohen Punkt in Bewegung. Cato kniff die Augen zusammen und sah, wie die Gegner Holzbalken hochwuchteten. Augenblicklich begriff er, welche Gefahr drohte. Doch er konnte nur hilflos zuschauen, wie die Steine auf die weiter unten befindlichen Legionäre niederprasselten. Der kleine Erdrutsch fegte durch ihre Reihen, warf etliche Männer um und riss sie in einem Durcheinander von um sich schlagenden Soldaten, Schilden, Erde und Schlamm mit sich fort. Der Gegner löste weitere Erdrutsche aus, die große Lücken in die dicht gepackten römischen Formationen rissen. Dann erschollen abermals die Kriegshörner, und die Verteidiger räumten augenblicklich ihre Stellung und kletterten zur zweiten Verteidigungslinie hoch.

»Wir sind durchgebrochen«, kommentierte Macro mit grimmiger Genugtuung. »Fehlt nur noch der Todesstoß.«

»Wenn es so einfach wäre«, entgegnete Cato. »Sieh dir mal die Steigung an. Unsere Männer werden erschöpft vom Klettern sein. In voller Ausrüstung, die durch den Regen und die Flussdurchquerung noch schwerer geworden ist. Und der Untergrund wird zunehmend matschig. Da kommt man nur schwer voran.«

Ihre Kameraden kletterten durch die Lücken in den Barrikaden, stolperten auf dem nassen Boden und rutschten aus, und jeder mühsame Schritt verschlechterte die Bedingungen für die Nachfolgenden ein bisschen mehr. Der leicht bewaffnete Gegner konnte sich ihnen mühelos entziehen, und die Mutigsten hielten an, hoben Steine auf und schleuderten sie den Hang hinunter, wo sie die Kiefer, Knie und Schienbeine der nachfolgenden Römer trafen. Cato wurde klar, dass die Männer der Zwanzigsten schon bald zu erschöpft sein würden, um zum Gegner aufzuschließen und ihn zu bekämpfen. Sie hatten den Hang nicht einmal zur Hälfte erklommen, als der Vormarsch zum Stillstand kam. Männer und Ausrüstung waren mit dunklem Dreck verkrustet, einige hatten ihre Waffen in die Scheide gesteckt und suchten auf allen vieren Halt auf dem abschüssigen Gelände. Die Centurionen, die an ihrem querstehenden Helmbusch zu erkennen waren, drängten ihre Männer zum Weitergehen. Dahinter kamen die Optios, die mit ihren langen Holzstäben die Nachzügler antrieben.

Jetzt, da die Männer der ersten Verteidigungslinie sich ihren Kameraden an der zweiten Linie angeschlossen hatten, war der Anstieg noch gefährlicher geworden. Ein unablässiger Hagel von Steinen und anderen Wurfgeschossen prasselte auf die Legionäre nieder, forderte immer mehr Opfer und brachte den Vormarsch ins Stocken, da sich die Männer hinter ihren Schilden zu schützen versuchten.

»Wir sind in Gefahr, den Kampf zu verlieren«, sagte Cato leise.

Macro brummte unverbindlich, den Blick auf den stockenden Angriff gerichtet. Die ersten sechs Kohorten waren wie Maden zu einer einzigen dreckverschmierten Masse verschmolzen, und die verbliebenen vier Kohorten bemühten sich, in Formation zu bleiben, während sie sich mühten, die Uferböschung zu erklimmen. Sie erreichten die Überreste der ersten Barrikade, kletterten hinüber und formierten sich auf der anderen Seite neu. Immerhin verstanden es ihre Offiziere, Ordnung zu halten. Verwundete kamen ihnen entgegen und stolperten an ihnen vorbei zum Fluss, geschwächt von ihren Verletzungen und der Anstrengung. Erst als die vier Kohorten bereit waren, gab der befehlshabende Offizier den Befehl zum Vorrücken. Hier gab es kein stetiges Vorankommen wie auf einem gewöhnlichen Schlachtfeld. Stattdessen kamen die vorderen Reihen, die ihre Kameraden unterstützen sollten, nur schrittweise voran; im glitschigen Morast fanden sie kaum Halt.

Die weit verteilte Masse der ersten sechs Kohorten näherte sich endlich der oberen Barrikade. Hinter ihnen wimmelte aus auf dem Hang von Männern, von denen nur wenige verletzt waren. Viele saßen oder lagen einfach nur im Dreck und sammelten frische Kräfte, um den Aufstieg fortsetzen zu können. Vor ihnen tauchte eine Gestalt auf der Barrikade auf und schwang ein Schwert. Ein Hornsignal schallte über den Hügel. Hunderte Krieger ergossen sich in einer Welle über die Barrikade, stürmten den Hang hinunter und prallten ein Stück weiter auf die tiefer befindlichen Römer. Schwerter und Axtklingen schwenkten hin und her, als die desorganisierten vorderen Reihen der Zwanzigsten Legion von dem verbissenen Angriff getroffen wurden. Immer mehr gegnerische Krieger strömten über die Barrikade und verstärkten die Wucht des Angriffs. Zunächst sah es so aus, als könnten die Legionäre die Stellung wider alle Wahrscheinlichkeit halten, doch dann wurden sie allmählich den Hang hinuntergetrieben.

»Mist …« Macro krampfte die Hand um das Holzgeländer des Turms. »Das war's wohl.«

Cato nickte. Caratacus hatte den Zeitpunkt gut gewählt, denn der Gegner hatte bei dem Versuch, zu seinen Leuten aufzuschließen, seine Kräfte erschöpft. Jetzt hatten seine Krieger den Vorteil, dass sie sich auf höherem Gelände befanden und ausgeruht waren. Sie warfen sich auf die verdreckten Legionäre, hackten mit ihren Klingen auf sie ein, drückten die schweren Schilde beiseite und fielen wie Wölfe über die schwer gepanzerten Römer her. Die vordersten Legionäre wurden entweder niedergemacht oder zu ihren Kameraden zurückgedrängt, wo sie im blutigen Morast ausrutschten. Niemand hielt dem Druck von oben stand, und ihre Kameraden am anderen Ufer konnten nur mit wachsendem

Grauen zuschauen, wie die Katastrophe in der Höhe ihren Fortgang nahm.

Cato aber wusste, dass das Schlimmste erst noch kommen sollte, denn die letzten vier Kohorten vermischten sich mit den im Rückzug begriffenen Männern der ersten Welle. Immer mehr Legionäre gerieten ins Stolpern und rutschten zurück, bis die ganze Legion sich in eine bleischwere Masse gepanzerter Männer verwandelt hatte, die im Morast um sich schlugen. Der Gegner nutzte seinen Vorteil, trieb die Römer den Hang hinunter und hackte jeden gestürzten Legionär gnadenlos zu Tode.

Macro richtete den Arm auf General Ostorius und dessen Offiziere, welche die Schlacht vom sicheren diesseitigen Ufer aus beobachteten. »Wieso um Himmels willen gibt er kein Signal?«

»Ich weiß es nicht«, murmelte Cato. »Ich weiß es nicht.«

Der letzte Rest von Ordnung und Zusammenhalt war verschwunden. Es bestand keinerlei Aussicht mehr, die Soldaten um die Standarten oder Centurionen zu versammeln. Stattdessen wurde die Legion unerbittlich zurückgedrängt. Endlich gab der Hornbläser neben dem General und den Offizieren das gellende Signal zum Rückzug. Die Männer der Zwanzigsten reagierten unverzüglich und kletterten zum Fluss hinunter. Als sie sich zurückzogen, stimmten die ihnen nachsetzenden Eingeborenenkrieger ein ohrenbetäubendes Triumphgeheul an. Kleine Gruppen von Legionären hatten die Gesichter immer noch dem Gegner zugewandt und versuchten, ihren Kameraden Deckung zu geben.

Als die ersten Männer das Ufer erreichten, kletterten sie zwischen den verbliebenen Stangen hindurch ins Wasser und brachten sich watend in Sicherheit. Sie schafften es nicht mehr, die Schilde über den Kopf zu halten und sie vor dem Kontakt mit dem Wasser zu bewahren. Einige Schilde wurden von der Strömung fortgespült, da deren erschöpfte Besitzer sie nicht festhalten konnten, und versanken in den Fluten, wurden umhergeworfen und tauchten noch einmal kurz auf, bevor sie weiter mitgerissen wurden. Die ersten Männer kletterten ans Ufer und brachen im nassen Gras zusammen, schnappten nach Luft. Andere halfen verwundeten Kameraden und sanken neben ihnen nieder, als sie festen Boden unter den Füßen hatten. Das Ufer füllte sich allmählich wie eine weitläufige Sanitätsstation, und immer mehr Männer schleppten sich aufs Trockene.

Am anderen Ufer hatte der Gegner die Römer bis vor die untere Barrikade zurückgedrängt und setzte ihnen nach zum Fluss. Mehrere Gruppen von Römern kämpften noch immer Schild an Schild weiter, während sie sich über den Hang zum Fluss zurückzogen.

Beim plötzlichen Knall der Ballisten zuckte Cato zusammen. Er war so gebannt vom Geschehen gewesen, dass er gar nicht bemerkt hatte, wie die Bedienmannschaften ihre Waffen bereit gemacht hatten, um den Beschuss fortzusetzen. Eisenbolzen flogen über den Fluss, über die Köpfe der durchs Wasser watenden zerstreuten Legionäre hinweg. Die Geschosse gingen inmitten der Feinde nieder, schmetterten Männer zu Boden, durchbohrten sie. Die Katapulte mischten sich ein und schleuderten in hohem Bogen tödliche Steine, welche die Zahl der gegnerischen Gefallenen erhöhten. Im nächsten Moment erschallten Kriegshörner, und der Gegner machte kehrt, kletterte wieder den Hang hoch und ging hinter der ersten Abwehrlinie in Deckung. Bald darauf waren alle Eingeborenen verschwunden, und auf dem Hang regte sich kaum noch etwas. Nur die Verwundeten krümmten sich noch kläglich inmitten des Morasts, der Grassoden und grauen Steine. Cato konnte erkennen, dass dort einige Römer den wilden Angriff des Gegners überlebt hatten.

Die Kämpfe waren zum Erliegen gekommen, und die letzten Männer der Zwanzigsten kletterten ans Ufer. Die Ballisten und Katapulte verrichteten noch eine Weile ihre Arbeit, dann wurde der Beschuss eingestellt. Eine unheimliche Stille lag über der Szenerie, so als wären beide Armeen riesenhafte Kämpfer, die blutig und erschöpft einen Moment lang voneinander abgelassen hatten, um Atem zu schöpfen. Am anderen Ufer kamen ein paar Gestalten aus der Deckung, sammelten Verwundete ein und schnitten den noch lebenden Römern die Kehle durch. Sie waren zu wenige und zu weit entfernt, als dass die Ballisten sie gezielt hätten ausschalten können, deshalb konnten sie ungehindert ihr Werk verrichten.

Die nervöse Anspannung, die Cato während des Angriffs erfasst hatte, ließ allmählich nach, und er stellte fest, dass er stark schwitzte und müde war. Er senkte den Kopf und schloss einen Moment lang die Augen, erleichtert darüber, dass der katastrophale Versuch, den Hügel mit einem Frontalangriff einzunehmen, vorbei war. Nach einer Weile atmete er tief durch, schlug die Augen auf und schaute hoch. Die letzten Soldaten der Zwanzigsten hatten das diesseitige Ufer erreicht. Ausruhen aber durften sie sich nicht. Ein Stabsoffizier ritt am Fluss entlang, brüllte ihnen Befehle zu und schwenkte hektisch den Arm. Die Legionsoffiziere befahlen ihren Männern aufzustehen, dann marschierten sie los.

»Was geht da vor?«, fragte Macro. »Hoffentlich nicht das, was ich glaube.«

Cato schwieg. Er ahnte, was der General vorhatte, hatte aber gehofft, dass er sich täuschte. Die Männer an den Seiten zogen sich zurück und räumten einen breiten Geländestreifen vor den Kohorten der Vierzehnten und Neunten Legion. Als der Weg frei war, hob General Ostorius den Arm, behielt ihn einen Moment lang oben und senkte ihn dann in Richtung Hügel. Die Geschützmannschaften eilten zu ihren Geräten, und die Stille, die eben noch über dem Schlachtfeld gelegen hatte, wurde erneut durchbrochen vom Knallen der Ballisten und dem Krachen der Katapulte.

Der Hornbläser gab das Signal zum Angriff, und der Befehl wurde durch die Reihen der Legionäre, die der Furt gegenüberstanden, weitergegeben. Ihre Helme funkelten im Sonnenschein. Sie setzten sich so geordnet in Bewegung wie auf dem Übungsgelände.

»Was hat der Idiot vor?«, zischelte Macro. »Was beim Hades hat Ostorius vor?«

Cato schüttelte den Kopf. »Wahnsinn ...«

Kohorte um Kohorte marschierte die sanft abfallende Böschung hinunter zum Fluss, und das Geschrei und die

Beschimpfungen des Gegners, die Cato herausfordernder denn je in den Ohren tönten, schallten ihnen entgegen. Er wandte sich vom Geländer ab und ging zur Leiter.

»Herr!« Macro eilte ihm nach und holte ihn ein, als Cato den Fuß gerade auf die oberste Sprosse setzte. »Was hast du vor?«

»Irgendjemand muss versuchen, dem ein Ende zu machen«, erwiderte Cato entschlossen. »Bevor Ostorius die Niederlage in eine ausgewachsene Katastrophe verwandelt.«

KAPITEL 10

Ehe Macro Einwände erheben konnte, stieg Cato die Leiter hinunter und eilte zu Thraxis, der mit seinem Pferd wartete. Cato packte die Zügel und schwang sich in den Sattel. Er gab Hannibal die Fersen, lenkte ihn zum Tor und galoppierte los. Das Hufgetrappel hallte von den Turmwänden wider, und schon ritt er über die Brücke und den Hang hinunter, zum General und dessen Offizieren. Cato war entschlossen, alles zu tun, um Ostorius daran zu hindern, dass er den Fehler des ersten, nutzlosen Angriffs wiederholte und weitere Männer sinnlos in den Tod schickte.

Die ersten Centurien der Vierzehnten wateten bereits in den Fluss, mit Quintatus an der Spitze. Der Legat zügelte im Wasser sein Pferd, schwang sich aus dem Sattel und landete mit einem Platscher in der Strömung. Er reichte die Zügel einem Burschen an, nahm einem seiner Männer den Schild ab, zog das Schwert und schloss sich der Gruppe mit den wehenden Legionsstandarten an. Hinten machte Cato Tribun Otho aus, der auf einem weißen Pferd saß, das Schwert über dem Kopf im Kreis schwenkte und seine Männer anfeuerte. Sie rückten in gefasstem Schweigen vor, denn sie wussten, was ihnen bevorstand. Alle hatten vom Hang aus mit angesehen, wie es den Soldaten beim ersten Angriff auf den gegenüberliegenden Hügel ergangen war; jetzt marschierten sie in den Spuren ihrer geschlagenen Kameraden. Unwillkürlich empfand Cato Bewunderung für die Disziplin der Soldaten, die ohne das geringste Zögern und ohne jeden Widerspruch ihre Befehle befolgten. Genau die Eigenschaften, die die Legionäre in der Schlacht zu einer so wirksamen Waffe machten, führten dazu, dass sie sich unter dem Befehl leichtsinniger Generäle wie Lämmer zur Schlachtbank führen ließen.

Vielleicht würde General Ostorius nachgeben – darauf setzte Cato all seine Hoffnung. Vielleicht würde er den Angriff abblasen, bevor es zu spät war und ohne dass Cato eingreifen musste. Die auf einer nahen Erhebung versammelten Offiziere harrten jedoch reglos der Dinge, die da kommen mochten, und Cato biss die Zähne zusammen, zügelte sein Pferd zum Trab und näherte sich dem General und dessen Stab. Einige Gesichter wandten sich ihm zu, doch der General blickte unverwandt zu den Männern in der Furt hinüber. Die vorderen, inzwischen ungeordneten Reihen erreichten die verbliebenen Stangen und kletterten ans andere Ufer.

Abermals stellte die römische Artillerie den Beschuss ein, und als die letzten Bolzen und Steine zu Boden fielen, richteten sich die Verteidiger hinter der Barrikade auf und schleuderten den Legionären ihre Wurfgeschosse entgegen. Diesmal wussten die Römer, was sie erwartete, und die Offiziere gaben der vorderen Reihe den Befehl, einen Schildwall zu bilden. Die nachfolgenden Reihen hoben die Schilde über die Köpfe, sodass die ganze Formation vor dem Steinhagel, den Pfeilen und Schleuderschüssen geschützt war, die auf die gewölbten Oberflächen prasselten. Obwohl die Männer jetzt besser geschützt waren, war die Formation doch sehr schwerfällig, und da sich unweigerlich Lücken auftaten, gab es trotzdem Verletzte und Tote.

Cato hielt neben dem General an und zwang sich, ruhig zu atmen.

»Herr?«

Ostorius wandte sich ihm zu, milde Überraschung zeichnete sich in seiner Miene ab. »Präfekt Cato, was machst du hier? Du solltest bei deinen Männern im Lager sein.«

Cato ignorierte die Frage und drückte den Rücken durch. »Herr, du musst die Männer zurückrufen.«

»Was? Was hast du gesagt?«

»General Ostorius, ich schlage respektvoll vor, dass du die Vierzehnte und die Neunte zurückbeorderst.«

Cato war sich der bestürzten Blicke bewusst, die alle Offiziere wechselten. Die Miene des Generals verdüsterte sich. Ostorius' Nasenflügel blähten sich. »Du vergisst dich, Präfekt. Du wagst es, meine Befehle zu missachten?«

»Herr, ich schlage vor, die Lage neu zu beurteilen. Bevor wir sinnlos weitere Männer verlieren.«

»Du junger Narr, siehst du denn nicht, dass wir im Begriff sind, durchzubrechen? Noch ein Vorstoß, und sie werden flüchten. Der Sieg war zum Greifen nahe, als diese Idioten ihn weggeworfen haben.« Er gestikulierte zur Zwölften hinüber, deren Einheiten sich neu formierten, während die Legionssanitäter die vielen hundert Verletzten versorgten. »Offenbar war es ein Fehler, so großes Vertrauen in diese Männer zu setzen. Aber Quintatus und die zweite Welle sind ein ernst zu nehmender Gegner. Sie werden nicht innehalten, bevor sie die gegnerischen Stellungen durchbrochen und den Hügel eingenommen haben.«

»Das sind immer noch Menschen, Herr. Der Boden ist ein einziger Morast. Sie werden erschöpft sein, bevor sie den Gegner schlagen können.«

»Es reicht, Präfekt! Geh wieder auf Posten. Ich befasse mich später mit dir.«

»Herr …«

»Verschwinde! Sofort!« Ostorius zeigte zum Lager.

Es hatte keinen Sinn, weiter zu argumentieren. Cato hatte es versucht und war gescheitert. Die Männer der zweiten Welle waren dazu verdammt, die Fehler ihrer Kameraden zu wiederholen. Und falls die Armee durch ein Wunder den Tag überstand, würde Cato den Zorn des Oberbefehlshabers zu spüren bekommen. Er hatte vor Zeugen seine Autorität infrage gestellt. Das würde eine Bestrafung nach sich ziehen.

Er salutierte steif, wendete das Pferd und ritt zurück zum Lager. Als er bei Macro anlangte, hatte die Vierzehnte die erste Barrikade erreicht, und beide Seiten waren in Zweikämpfe verwickelt. Macro musterte seinen Freund besorgt.

»Ich vermute, der General wollte nicht auf dich hören.«

Cato schüttelte den Kopf. »Ich musste es versuchen.«

»Das musstest du.« Macro lächelte traurig. »Und ich wette, jetzt ist er sauer auf dich.«

»O ja.«

Mehr gab es nicht zu sagen. Sie schauten wieder zum Hügel. Es wurde erbittert gekämpft, und einige Eingeborene sprangen auf die Schilde der Römer, um in deren Front Lücken zu öffnen. Die Legionäre aber wahrten die Disziplin und kämpften sich allmählich durch die Breschen in der Abwehr hindurch, die beim ersten Angriff entstanden waren. Nach und nach drängten sie Caratacus' Männer zurück. Auf ein Hornsignal hin löste sich der Gegner und zog sich zum oberen Verteidigungsring zurück.

»Diesmal lief es besser als beim ersten Mal«, bemerkte Macro.

»Sie müssen immer noch die Steigung überwinden, und der Morast ist tiefer geworden. Außerdem droht neuer Regen.« Cato zeigte zur Hügelkuppe. Das sonnige Zwischenspiel würde bald enden. Von Westen zogen dunkle Wolken heran, die weiteren Regen brachten. Als die Eingeborenenkrieger die zweite Barrikade erreichten, fielen die ersten Tropfen. Cato stellte fest, dass die Reihen der Verteidiger sich ausgedünnt hatten und dass die Anführer Männer von den Flanken heranzogen, um die sich den Hang emporkämpfenden Römer aufzuhalten. Kleine Gruppen zogen sich von den Felswänden und Steilhängen beiderseits des Kampfgebietes zurück, das die einzige gangbare Route für den Aufstieg zu sein schien.

Ein Hagel von Steinen traf die vorderen Reihen der Vierzehnten, als die Wolken die Sonne verdeckten, sodass ihre Rüstungen auf einmal stumpf wurden. Ein feiner Nieselregen ging auf den Hügel nieder und hüllte erst den Gegner und dann die Legionäre ein, welche die Stelle erreicht hatten, wo der Morast begann. Trotzdem rückten sie weiter vor und kletterten zu den wartenden Briten hoch. Cato hatte keinen Zweifel an seiner Einschätzung. Der Angriff würde ebenso scheitern wie der erste. Caratacus hatte alle seine Männer hinter der Barrikade versammelt. Ostorius würde geschlagen, seine Männer würden getötet werden, und wenn sich die Nachricht von der Niederlage in der Provinz verbreitete, würden alle Einheimischen frohlocken, die einen Hass auf Rom hegten. Viele würden sich ermutigt sehen, zu den Waffen zu greifen, und diejenigen Stämme, die bislang noch neutral gewesen waren, würden sich Caratacus' Bündnis anschließen. Die Folgen wären erschreckend.

Catos Verstand arbeitete fieberhaft, als er das Schlachtfeld musterte. Auf einmal entdeckte er an der linken Seite, jenseits der Felsen, die das Schlachtfeld flankierten, die Andeutung eines Weges. Sein Herzschlag beschleunigte sich, als er einen Plan ausarbeitete. Dieser stand in krassem Widerspruch zum gesunden Menschenverstand und seinem Pflichtgefühl. Wenn er scheiterte, würde er getötet werden. Und wenn er überlebte, würde er vermutlich unehrenhaft aus der Armee entlassen werden. Doch diese beiden Möglichkeiten zählten nicht angesichts der drohenden Niederlage von Ostorius' Armee. Wenn es dazu kam, würden Cato und seine Männer auf jeden Fall sterben.

Er fasste einen Entschluss und wandte sich an Macro.

»Die Männer sollen sich unverzüglich vor dem Südtor formieren. Die Blutkrähen sollen mit ihren Pferden antreten.«

Macro musterte ihn verblüfft. »Cato, was hast du vor?«

»Im Moment noch gar nichts. Die Katastrophe dort drüben lässt sich nicht verhindern.« Er deutete zum Hügel. »Aber wir können trotzdem etwas tun. Lass die Männer antreten. Das ist ein Befehl.«

»Du hast Befehl, das Lager zu bewachen, Herr.«

»Macro, ich entscheide eigenmächtig. Wir dürfen keine Zeit vergeuden. Vertrau mir, und tu, was ich dir sage.«

Macro rieb sich das stoppelige Kinn, dann nickte er. »Also gut, du Narr. Mögen die Götter uns schützen!«

Er wandte sich ab und eilte zur Leiter. Kurz darauf hörte Cato, wie er den Offizieren befahl, ihre Männer antreten zu lassen. Cato warf einen letzten Blick auf den Hügel. Die Vierzehnte war nur noch hundertfünfzig Schritte von der oberen Barrikade entfernt, und der Regen nahm zu. Es war noch Zeit, auf den Ausgang Einfluss zu nehmen, doch sie mussten sich sputen. Er wandte sich vom Geländer ab, stieg die Leiter hinunter und lief zu seinem Pferd.

Die beiden Kohorten der Trossbewachung hatten im prasselnden Regen in Formation vor dem Lager Aufstellung genommen. Die Männer blickten ihm neugierig und besorgt entgegen. Knapp über zweihundert Soldaten waren es insgesamt – kaum genug für das, was er vorhatte, doch sie waren allesamt kampferfahren, und wenn jemand die Niederlage in einen Sieg verwandeln konnte, dann sie.

Cato holte tief Luft und hob die Stimme, um das Regengeplatter zu übertönen. »Für Erklärungen fehlt die Zeit. Wir müssen schnell handeln. Wenn wir in Position sind, erfahrt ihr, worum es geht. Ich erwarte von euch, dass ihr wie Dämonen kämpft, wenn es so weit ist. Zweite Thrakische! Vierte Kohorte der Vierzehnten, vorrücken!«

Cato wendete sein Pferd, trieb es zu schneller Gangart an und führte seine Männer vom Lager weg. Rechts vor ihm lag die Erhebung, auf der eine Handvoll Zivilisten in bedrücktem Schweigen den Kampf auf der anderen Flussseite beobachtete. Cato führte seine Männer, vorneweg die Reiterei, gefolgt von den von Macro befehligten unterbesetzten Legionärscenturien, in scharfem Tempo um die Erhebung herum und hinter einen schmalen Waldstreifen, der sich am Flussufer entlangzog. Zwischen den Stämmen hindurch sahen sie das träge dahinströmende Wasser, wie pockennarbig von den Regentropfen. Der Fluss war hier viel tiefer als am Lager, zu tief, um hindurchzuwaten. Von der Besprechung im Stabszelt her wusste er, dass es flussabwärts einige wenige Furten gab, die für eine Durchquerung in größerem Maßstab jedoch ungeeignet waren. Sein Plan hatte zur Voraussetzung, dass diese Stellen nicht bewacht wurden. Hätte der Gegner nicht die vorgelagerten Kräfte in die Mitte beordert, wäre Catos Plan zum Scheitern verurteilt gewesen. Selbst wenn es ihm gelungen wäre, sich ans andere Ufer vorzukämpfen, hätte er zu viele

Männer verloren, um seine Absicht in die Tat umzusetzen. Am anderen Ufer, gar nicht weit entfernt, ragten grau und abweisend die Felswände auf.

Die kleine Kolonne eilte daran vorbei, bis die Bäume sich auf einmal zum Ufer hin öffneten. Ein schmaler Pfad führte zu einer Stromschnelle, wo das Wasser um die Steine im Fluss herum weiß aufschäumte. Cato riss den Arm hoch und ließ seine Männer anhalten. Er schwang das Bein über das Sattelhorn und sprang auf den Boden. Macro kam keuchend angelaufen.

»Was gibt es?«

»Ich will nachsehen, ob der Weg frei ist. Bleib hier. Auf mein Kommando hin bringst du die Männer so schnell wie möglich ans andere Ufer.«

Macro salutierte, und Cato wandte sich zum Fluss. Er folgte dem Pfad bis ans Wasser und blickte über die Furt hinweg ans andere Ufer. Nichts regte sich dort. Flussaufwärts waren das Schlachtfeld und das Lager nicht mehr zu sehen. Er nickte zufrieden. Dann wappnete er sich und watete los, ständig die Felsen und den Hang zur Linken musternd, wo ein steiler Pfad sich zur Kuppe der dunklen Felsansammlungen hochschlängelte. In der Flussmitte reichte ihm das Wasser nur bis zum Oberschenkel. Mit einem Seufzer der Erleichterung ging er weiter und kletterte schließlich triefend nass ans andere Ufer. Er drehte sich um und legte die Hände um den Mund.

»Macro! Bring sie rüber!« Er winkte für den Fall, dass das Wasserrauschen seine Worte verschluckte. Im nächsten Moment tauchten die ersten Blutkrähen auf, glitten aus dem Sattel und führten die Pferde in den Fluss, da sie vermeiden wollten, dass sie auf den schlüpfrigen Steinen ausrutschten und sich verletzten. Hinter der Reiterei kamen die Legionäre, die ihre Schilde hochhielten, obwohl es regnete. Cato deutete auf seinen Oberdecurio Miro und wies zum Pfad.

»Da rauf. Haltet an, bevor ihr die obersten Felsen erreicht habt.«

»Ja, Herr.« Miro salutierte und befahl seinen Männern, ihm zu folgen, dann trieb er sein Pferd die Uferböschung hoch. Macro, der Catos Pferd gehalten hatte, reichte ihm die Zügel an, während die ersten Legionäre ans Ufer kletterten.

»Das erinnert mich an die erste richtige Schlacht gegen Caratacus. Damals in der Anfangszeit der Besetzung. Weißt du noch?«

Cato nickte. »Hoffentlich haben wir diesmal wieder so viel Glück.«

Er wandte sich um und schloss sich der thrakischen Kolonne an. Die anderen kletterten zur Kuppe hoch, und Cato arbeitete sich zusammen mit seinem Pferd zur Spitze der Kolonne vor. Als er Miro einholte, hatte der Decurio das Ende des Steilhangs, wo der zunehmende Wind den Regen vor sich herpeitschte, fast erreicht. Cato war erleichtert, dass er den Schlachtenlärm, das Klirren der Klingen, das Kriegsgebrüll und die Schreie der Verwundeten jetzt deutlicher hören konnte. Dies war der Beweis, dass die Vierzehnte einstweilen noch durchhielt.

»Die Männer sollen sich formieren«, befahl Cato. »Halte mein Pferd. Ich bin gleich wieder da.«

Er reichte dem Decurio die Zügel, stieg eilig die letzte Erhebung hoch und eilte oben am Steilhang entlang. Als der Boden abfiel, wurde er langsamer, duckte sich, löste den Kinnriemen und nahm den Helm ab, damit er mit dem roten Federbusch und dem funkelnden Metall nicht den Gegner auf sich aufmerksam machte. Vor ihm befand sich ein kümmerlicher Busch, ganz krumm und schief wegen des Windes, der unablässig über die Berge wehte. Er ging dahinter in Deckung und blickte auf die am Hang tobende Schlacht hinunter. Die Steilfelsen befanden sich fast hundert Fuß über Caratacus' zweiter Verteidigungslinie, und Cato konnte die Front gut überblicken.

Die Legionäre hatten die aus Felsen, Steinen und angespitzten Pfählen errichtete Barrikade erreicht. Einige Gruppen schützten sich mit den Schilden, während ihre Kameraden mit Händen und Schwertern Teilstücke der Barrikade einrissen. Die Mutigeren der Legionäre waren auf die Befestigung geklettert und griffen den Gegner an. Es war ein ungleicher Kampf, denn die Römer waren zahlenmäßig unterlegen und konnten nicht genug Männer vorschicken, ohne dass eine Übermacht von Angreifern sie niedermachte und die Überlebenden zu den weiter unten befindlichen dicht gedrängten Reihen zurücktrieb. Hundert Schritte weiter unten hockten die Männer der Neunten unter ihren Schilden. Tribun Otho mit seinem auffallenden roten Federbusch war abgesessen und schritt an der Front seiner quadratischen Vexillation auf und ab, deren Standarte vollgesogen herabhing. Hinter der Neunten war der Hang übersät mit weiteren Soldaten. Cato wandte sich wieder den Kämpfen zu. Die Eingeborenenkrieger standen dicht gedrängt hinter ihrer Barrikade. Über ihnen wurde der Hang flacher, und auf dem unebenen Plateau standen Hunderte primitiver, zufällig angeordneter Unterkünfte. In der Mitte des Lagers hatte man mehrere einfache Zelte errichtet. Caratacus' Hauptquartier, vermutete Cato. Hunderte verwundete Krieger saßen oder lagen im Freien, Wind und Regen ausgesetzt. Um ihre Verletzungen kümmerten sich Frauen in Umhängen, die Schnittverletzungen verbanden und gebrochene Gliedmaßen richteten.

Nachdem Cato sich einen Überblick verschafft hatte, schlich er zurück, und als man ihn vom Lager aus nicht mehr sehen konnte, richtete er sich auf und eilte zu seiner Kolonne. Die Blutkrähen verharrten neben ihren Pferden, in drei Schwadronen geordnet. Neben ihnen standen Macros Legionärscenturien, die eine seinem persönlichen Befehl unterstellt, die andere befehligt vom hochgewachsenen Centurio Crispus, einem Mann, der nach der Belagerung von Bruccium zum Optio befördert worden war.

»Offiziere! Her zu mir!«, rief Cato so laut, wie er sich traute. Sie eilten zu ihm, und Cato erwartete sie, zitternd vom kalten Regen und vom schneidenden Wind. Er verfluchte seinen schwachen Körper und unterdrückte das Beben, denn er wollte nicht, dass die Offiziere seine Unterkühlung mit Angst verwechselten. Wenn sie die Schlacht überleben sollten, mussten sie ihm vollständig vertrauen.

Cato deutete in die Höhe. »Die Front verläuft an der anderen Seite der Erhebung. Die zweite Welle des Generals hat die Barrikade erreicht, und dort wird der Angriff zum Stillstand kommen. Es sei denn, wir greifen ein.« Er musterte die kleine Gruppe der jungen Offiziere und vergewisserte sich, dass sie ihn verstanden hatten. »Das ist mein Plan. Centurio Macro und die Fußsoldaten umrunden den Steilhang, bleiben so lange wie möglich außer Sicht und greifen die Flanke des Gegners an. Macht möglichst viel Lärm und greift energisch an. Treibt sie zurück. Das Überraschungsmoment wird nicht lange vorhalten, und ihr werdet auch den Angriffsschwung nicht lange beibehalten können. Aber ihr müsst sie so weit zurücktreiben, dass die Männer von der Vierzehnten die Flanke durchbrechen und euch unterstützen können. Wenn wir schnell genug sind, können wir die Verteidigungslinie von diesem Ende her aufrollen. Habt ihr das verstanden? Centurio Macro? Sind deine Männer der Aufgabe gewachsen?«

Macro grinste und klatschte in die Hände. »Die Schufte sollen nur mal versuchen, uns aufzuhalten, Herr!«

»Das will ich hören!« Cato nickte, dann wandte er sich an die drei Decurionen. »Miro, du gibst Macro mit deiner Schwadron Flankendeckung. Du musst verhindern, dass die Eingeborenenkrieger unsere Fußsoldaten umgehen. Greif alle Gruppen an, die sich formieren, halte sie in Bewegung. Sie dürfen sich nicht erholen.«

Miro nickte grimmig.

»Ich befehlige die beiden anderen Schwadronen. Wir rücken zur Kuppe vor und reiten durchs Lager. Wir treiben alle Kämpfer dort oben auseinander, wirbeln über die Kuppe und reiten den Hang hinunter, geradewegs in den Gegner hinein. Wenn alles gut geht, wird der Angriff von zwei Seiten sie so lange ablenken, dass unsere Leute von der Vierzehnten die Barrikade überwinden können. Dann ist alles vorbei … Ist jedem die Rolle klar, die er zu spielen hat?«

Centurio Crispus schüttelte verwundert den Kopf. »Hört sich an, als wär's ein Klacks, Herr.«

Macro boxte seinen Untergebenen gegen die Schulter. »Du wirst dich schon an seine komische Art gewöhnen, falls du lange genug überlebst.«

»Das wär's dann, Leute. Auf geht's.«

Macro und dessen Männer rückten als Erste vor, erst auf dem Pfad, dann bogen sie zum Schlachtfeld ab; Cato und die Berittenen folgten. Dort, wo der Pfad sich teilte, nickte Cato Miro zu. »Fortuna sei mit dir.«

»Und mit dir, Herr.«

»Wir sehen uns nach der Schlacht.«

Sie salutierten beide, dann gab Cato den beiden verbliebenen Schwadronen das Zeichen zum Vorrücken und wandte sich zur Hügelkuppe und dem gegnerischen Lager.

KAPITEL 11

Der Schmerz in Macros Gliedern ließ nach, und das Blut strömte kraftvoll durch seine Adern. Seine Muskeln waren angespannt, und in Erwartung des Kampfes war ihm leicht ums Herz. Im Gegensatz zu Cato hatte er keinen Zweifel daran, dass genau dies der Grund war, weshalb die Götter ihn auf Erden ausgesetzt hatten. Er war der geborene Krieger, ein Soldat, zum Kampf ausgebildet, und beim Mithras, er würde seinem Beruf Ehre machen. Entschlossen sah er sich zu den Männern um, die ihm keuchend und mit grimmiger Entschlossenheit folgten. Obwohl er sie erst seit einem knappen halben Jahr befehligte, kannte er jeden Einzelnen: alles tüchtige Kämpfer, die ihn nicht enttäuschen würden.

Sie bogen um die Felsen herum, während aus den dunklen Wolken der Regen niederpeitschte. Ein Stück weiter wurde der Weg eben, dann senkte er sich zur rechten Flanke des Gegners hin ab. Ein Blitz erhellte den Hang und die mitten im Kampf erstarrten Männer. Dann wurde es dunkel, und im nächsten Moment vibrierte die Luft vom Donnerschlag. Der Gegner hatte nur Augen für die Männer der Vierzehnten, die sich vergeblich mühten, sich einen Weg durch die Barrikade hindurch oder darüber hinweg zu bahnen. Die nächsten Soldaten standen in fünfzig Schritt Entfernung, dort, wo die Barrikade an eine steile Felswand stieß. Macro ließ seine Männer anhalten und wartete, bis die beiden Centurien sich zu einer dichten Kolonne formiert hatten. Dann wischte er sich die Hand an der Tunika ab und zog das Schwert. Er hob den Schild, reckte das Schwert in den Regen und stieß es nach vorn.

Das leise Geräusch der Nagelstiefel und das Klirren der Ausrüstung vermischten sich mit dem Regengeprassel auf Helmen und Schultern und dem anschwellenden Kampflärm. Macro zog das Tempo an, als sie den flachen Hang hinuntereilten. Zu seiner Linken bemerkte er eine Bewegung, und sein Blick fiel auf die Reiter, die sich verteilten, um seine Flanke zu decken. Sie waren nur noch zwanzig Schritte vom Gegner entfernt, als ein in ein langes Gewand gekleideter Mann, der seine Kameraden anfeuerte, auf einmal innehielt, weil er die römischen Soldaten gehört hatte. Er drehte sich um und riss die Augen auf, dann stieß er einen markerschütternden Schrei aus.

»Vierte Kolonne!«, rief Macro. »Angriff!«

Er begann zu laufen, so schnell, wie es mit der schweren Rüstung und der Ausrüstung möglich war, und brüllte den Namen der Legion: »Gemina!«

»GEMINA!« Seine Männer nahmen den Ruf auf, und Macro stürmte auf den Mann zu, der sie als Erster gesichtet hatte. Auch mehrere andere Krieger hatten sich umgewandt, das Kriegsgeschrei erstarb ihnen auf den Lippen. Der Mann im Gewand reagierte zu spät und rutschte aus, dann schmetterte Macro ihn mit

dem Schild zu Boden und rannte weiter. Vor ihm befanden sich weit auseinandergezogen Hunderte gegnerischer Krieger, doch der Anblick steigerte nur Macros
Grimm, als er die glücklosen Verteidiger am Ende der
Reihe erreichte. Ein Speerkämpfer mit nacktem Oberkörper holte aus und schleuderte seine Waffe Macro
entgegen. Der lenkte die Speerspitze mit dem Schwert
ab und stieß dem Mann die Klinge in den Waffenarm,
zerfetzte Fleisch und Muskeln und riss die Klinge wieder zurück. Er stieß den Schild vor und spürte, wie der
Speerkämpfer zurückgeschleudert wurde. Macro stürmte vorbei und warf sich auf eine Gruppe leicht bewaffneter Männer am Ende der Barrikade.

Ein Schwert prallte gegen seinen Schild und rutschte
unter lautem Geklirr bis zum Buckel ab. Macro drehte
den Schild zur Seite weg, stabilisierte seine Haltung und
stieß rechts das Schwert vor. Er nahm einen schwachen
Widerstand wahr, als er dem Gegner eine leichte Fleisch-
wunde beibrachte, dann drängten zu beiden Seiten seine
Männer heran, stießen mit dem Schild nach dem Gegner
und teilten Schwerthiebe aus, wie man es ihnen beigebracht hatte. Macro sah die vor ihm liegende Barrikade,
eine Anhäufung von Erde und Steinen. Darauf lag ein
toter junger Krieger. Um ihn herum hatten die Legionäre das Gelände am Fuß der Felswand freigeräumt, und
mehrere Gegner verbluteten im Morast.

»Nach links!«, rief Macro. »Rollt die Flanke der
Schufte auf!«

Der wilde Angriff wurde unerbittlich fortgeführt.
Die Stammeskrieger hatten sich von dem Schock des

Flankenangriffs noch nicht erholt, und Macro war entschlossen, den Schwung möglichst lange beizubehalten, damit der Gegner nicht vorzeitig mitbekam, wie wenige sie waren. In dem Moment, da sie das begriffen, würde Caratacus vermutlich seine Reserve einsetzen, um der Gefahr Herr zu werden. Der Gegner wich vor den Legionären zurück, flüchtete vor den Angreifern diagonal über den Hang, Miro und seiner Schwadron Blutkrähen geradewegs entgegen. Sie teilten Hiebe aus nach rechts und nach links, machten die Flüchtenden nieder und vergrößerten die Panik an der rechten Flanke von Caratacus' Armee.

Macro hielt inne und hielt Ausschau nach Crispus. Der Centurio befand sich dicht hinter ihm und überragte seine Männer, denen er Befehl gab, Macros Centurie zu folgen.

»Crispus! Her zu mir! Crispus!«

Der Centurio blickte sich um, sah Macro und nickte. Im nächsten Moment standen die beiden Offiziere keuchend beieinander. Macro zeigte mit dem Schwert auf die Barrikade.

»Deine Männer sollen anfangen, die Befestigung zu zerstören. Die Legionäre von der anderen Seite müssen so schnell wie möglich zu uns stoßen.«

»Ja, Herr.« Crispus nickte knapp und beorderte die nächsten beiden Abteilungen zu sich. Sie senkten die Schilde, schoben die Schwerter in die Scheide und machten sich daran, die Steine wegzuräumen.

»Alle anderen mir nach!« Macro winkte die restlichen Abteilungen von Crispus' Centurie zu sich und schloss sich wieder dem Angriff an. Er kam an weiteren gefallenen Kriegern vorbei und dann am ersten seiner eigenen Männer. Er lag auf dem Rücken, das Gesicht von einem Axthieb in blutigen Brei verwandelt. Als er in schrägem Winkel den Hang hochsah, stellte Macro fest, dass der Gegner etwa hundert Fuß weit zurückgedrängt worden war und sich bereits wieder sammelte. Es gab für die Eingeborenen kein Entkommen, doch da sie so dicht gedrängt standen, würde der Angriff zum Halten kommen, da die Legionäre nicht weiterkämen. Im Moment hatten sie noch Platz, und Macro brüllte seinen Männern zu: »Weiter! Weiter! Haut sie nieder!«

In einiger Entfernung ritt ein großer Krieger an der Schlachtreihe entlang, um sich ein Bild von der Störung an der Flanke zu machen. Das lange Haar des Mannes war durchnässt, doch irgendetwas an ihm kam Macro bekannt vor. Auf einmal wurde ihm bewusst, dass dies der Oberbefehlshaber war, Caratacus persönlich. Der Reiter deutete zur Flanke, und die Krieger zogen sich aus der Schlachtreihe zurück und bildeten eine neue Linie, dreißig Schritte weiter den Hang hoch. Als Caratacus zwei- bis dreihundert Krieger gesammelt hatte, führte er sie im Trab am Hang entlang. Bald würden sie die Kämpfer erreichen und das Gleichgewicht zum Kippen bringen, wurde Macro klar.

Sein Blick fiel auf Crispus. Er und seine Männer mühten sich weiter ab; sie hatten die größten Steine entfernt und schaufelten mit den Schwertern nun die aufgeweichte Erde weg. Ein paar verdreckte Legionäre von der anderen Seite waren auf die Barrikade geklettert und halfen ihnen. Doch es würde noch eine Weile dauern, bis genug Männer durch die Lücke hindurchkämen, um Macros schwache Kohorte zu verstärken.

Er konnte nichts weiter tun als kämpfen, und deshalb schloss Macro sich seinen Männern an. Er drängte sich nach vorne durch und erblickte einen untersetzten Krieger mit schmutzigweißem Bart, dessen Oberkörper mit verschlungenen blauen Tätowierungen bedeckt war. Der Regen glänzte auf seiner Haut, als er die Axt über dem Kopf schwang und sie auf den Rand eines Legionärsschildes niederkrachen ließ. Die schwere Klinge zerschmetterte den Metallrand, ließ das Holz splittern und traf die Schulter des Römers. Schnaufend taumelte der zurück, sein zerstörter Schild fiel in den Morast. Der Krieger zischte triumphierend und trat vor, brachte den Vormarsch der Römer an dieser Stelle zum Halten und ermöglichte es seinen Kameraden, innezuhalten und sich zu sammeln. »*Sa!*«

Macro erwiderte den wahnsinnigen Blick des Kriegers, der abermals seine Axt schwang. Ehe er zuschlagen konnte, machte Macro einen Ausfall mit dem Schwert. Sein Gegner zuckte unwillkürlich zurück und senkte die Axt. Macro tat noch einen Schritt und drückte den Schild nach vorn, ein leichter Stoß, der den Mann aber gegen seine Kameraden zurückdrängte. Jetzt war er in seiner Bewegungsfreiheit eingeschränkt, und Macro setzte nach, traf den Oberschenkel, drehte die Klinge und zog sie zurück, um den nächsten Hieb weiter oben anzubringen. Er legte sein ganzes Gewicht hinein und bohrte dem Krieger das Schwert in den Bauch. Der Treffer trieb dem Mann die Luft aus der Lunge, und er ließ die Axt fallen und taumelte zurück.

»Vorwärts!«, brüllte Macro. »Kommt schon, Männer!«

Macro war sich bewusst, dass der Angriff ins Stocken geriet. Seine Leute wurden allmählich müde, und der Gegner erholte sich von dem Schock, den das plötzliche Auftauchen der Römer an seiner Flanke ausgelöst hatte. Macros Männer kamen den Hang hoch, und Caratacus und dessen hastig zusammengezogene Reserve näherten sich Macro. Ein erneuter kurzer Blick über die Schulter ergab, dass Crispus und dessen Männer sich noch immer mit den Steinen abrackerten. Von den Kameraden, die von unten her der Vierten Kolonne zu Hilfe eilten, war noch immer nichts zu sehen.

Der Schwung des Angriffs erlahmte, und Macro war vollauf damit beschäftigt, zusammen mit seinen Männern die Stellung zu verteidigen und den Gegner im Zaum zu halten. Eine Gruppe von Speerkämpfern war hinter Miro und dessen Schwadron gelangt, stach auf Pferde und Reiter ein und drängte die Thraker zurück, sodass die Flanke der Legionäre immer mehr entblößt wurde. Macro blickte den Hang hoch zur Kuppe, hielt Ausschau nach Cato und dessen beiden Schwadronen, doch dort regte sich noch nichts.

»Komm schon, Junge«, murmelte er. »Solange es noch was bringt.«

Caratacus und dessen Männer kamen näher und näher, waren nur noch knapp hundert Schritte entfernt, und der Anführer verlangsamte das Tempo, damit die

Nachzügler aufholen konnten, denn er wollte, dass die Verstärkung ihre volle Schlagkraft zur Geltung brachte, wenn sie den Hang hinunterstürmte und Macro und dessen Kohorte gegen die Barrikade trieb. Wenn es dazu kam, würde es kein Entrinnen geben.

Macro vernahm dumpfes Triumphgeschrei. Crispus und dessen Männer hatten eine kleine Bresche geöffnet, gerade breit genug, dass sich ein einzelner Mann hindurchzwängen konnte. Der erste Soldat kroch hindurch und schloss sich Macros kleiner Streitmacht an, die den Gegner im Zaum hielt, während Crispus seine Männer anfeuerte, die Lücke zu erweitern. Doch es war zu spät. Nicht mehr als zwanzig Männer hatten die Barrikade durchquert, als Caratacus und dessen Streitmacht den Angriff begannen und mit infernalischem Gebrüll diagonal den Hang herunterstürmten, genau auf Macro zu. Die letzten Männer von Miros Schwadron wurden beiseitegefegt, und die Überlebenden machten kehrt und ritten zurück zum Steilhang.

Macro brannte das Herz vor Enttäuschung. Wenn sie nur ein wenig länger standgehalten hätten. Mit hundert Männern mehr hätten sie die Stellung so lange halten können, bis die Bresche so stark erweitert gewesen wäre, dass die Kohorten von der anderen Seite hätten hindurchströmen und das Schlachtenglück zugunsten der Römer wenden können. Aber das hätte geheißen, etwas Unmögliches zu verlangen, wurde Macro bewusst, als er das Gesicht dem heranstürmenden Gegner zuwandte, die Füße fest in den Morast pflanzte, den Schild hob und das Schwert schlagbereit senkte. Über den Schildrand hinweg sah er Caratacus hoch im Sattel sitzen, in der einen Hand die Zügel, mit der anderen das Schwert schwenkend. Er öffnete den Mund, und an seinem Hals spannten sich die Sehnen an, als er seinen Kriegsschrei ausstieß.

»Um Himmels willen, Cato«, wütete Macro. »Wo steckst du?«

Als die beiden Schwadronen die Hügelkuppe erreichten, befahl Cato, Schlachtformation einzunehmen. Die sechzig Berittenen schwärmten auf dem unebenen Gelände fächerförmig aus. Cato vergewisserte sich mit einem Blick nach rechts und nach links, dass die Linienformation eingehalten wurde, und ritt zum Rand des Plateaus. Er hob den ovalen Schild, hielt ihn dicht an seine Seite und langte nach dem Langschwert, das in der Sattelscheide steckte.

»Blutkrähen! Im Trab! Vorrücken!«

Die Linie näherte sich den ersten Unterkünften, den Verwundeten und den Frauen, die sie versorgten. Die Reiter wurden sogleich entdeckt, und Alarmrufe schallten durchs gegnerische Lager, als man die gefürchtete Fahne der Blutkrähen bemerkte. Diejenigen, die gehen konnten, wandten sich zur Flucht, die anderen suchten Deckung, so gut es ging, schnappten sich eine Waffe und versuchten, sich zu verteidigen.

Gegen die Regentropfen anblinzelnd, holte Cato tief Luft und rief: »Im kurzen Galopp!«

Die Männer behielten die Formation bei und preschten durchs Lager, teilten mit ihren langen Klingen nach rechts und links Hiebe aus und beugten sich dabei weit im Sattel vor. Sie töteten zahlreiche wehrlose Feinde, und die anderen rannten um ihr Leben und verbreiteten die Panik im ganzen Lager. Cato ließ seine Männer noch eine Weile gewähren und schätzte sorgfältig die Strecke ab, die sie zurückgelegt hatten, denn er wollte nicht zu weit vorrücken, bevor er die Richtung änderte. Nachdem sie ein Drittel des Plateaus hinter sich gebracht hatten, zügelte er sein Pferd und hob sein Schwert.

»Blutkrähen! Anhalten! Haltet an! Her zu mir!«

Er riss sein Pferd zum Hang herum, wo die Schlacht tobte, und wartete ungeduldig darauf, dass seine Männer das Gemetzel an den Verwundeten beendeten und sich beiderseits ihres Befehlshabers formierten. Ein rascher Blick in die Runde ergab, dass nur ein reiterloses Pferd auf dem Plateau stand. Cato nickte. Bis jetzt war es gut gelaufen. Wenn Macro und dessen Männer ihre Aufgabe erfüllt hatten, würde der Gegner sich auf den Flankenangriff konzentrieren und nicht damit rechnen, dass aus anderer Richtung neue Gefahr drohte. Falls Macros Vorhaben jedoch gescheitert war, würde er die Blutkrähen in den Untergang führen. Bei dieser Aussicht überkam ihn eine seltsame Ruhe. Er bedauerte nur, dass Julia seinen Tod betrauern würde. Doch rasch schob er all diese Gedanken beiseite und räusperte sich, damit sein Befehl klar und deutlich zu vernehmen war.

»Im Trab!«

Die Soldaten gaben ihren Pferden die Fersen. Einige wieherten und ruckten mit den Ohren, bevor sie sich in Bewegung setzten. Während die Blutkrähen ihr Tempo aneinander anpassten, um in Reihe zu bleiben, schätzte Cato, dass es bis zum Rand des Plateaus noch etwa fünfzig Schritte waren. Bei einem wirkungsvollen Angriff der Reiterei kam es vor allem auf die zeitliche Koordinierung an. Sie mussten in Linie bleiben und vorpreschen, solange noch Zeit blieb, das nötige Tempo aufzunehmen, um den Gegner mit voller Wucht zu treffen. Das Unternehmen wurde jedoch erschwert durch den nassen Untergrund und den abschüssigen Hang. Einige Pferde würden bestimmt ausrutschen oder stürzen, doch das Risiko musste er eingehen.

»Im kurzen Galopp!«

Cato bohrte seinem Pferd die Absätze in die Flanken, erhöhte den Kniedruck und beugte sich vor, bis er mit der Hüfte das Sattelhorn berührte. Die Luft war erfüllt vom dumpfen Trommeln der Hufe, und aus der Mähne flogen Cato Tropfen ins Gesicht, als er sich mit seiner kleinen Streitmacht dem Rand des Plateaus näherte, wo das Gelände abfiel. Der Kampflärm schwoll an und wurde greller, sein Pferd zuckte unruhig mit den Ohren. Cato wollte verhindern, dass seine Männer innehielten, sobald sie der Schlacht ansichtig wurden, und erteilte einen letzten Befehl.

»Blutkrähen! Attacke!«

KAPITEL 12

Die Männer brüllten und trieben ihre Pferde an, preschten über das niedergetrampelte Gras hinauf zur Kuppe, von wo aus sie das blutige Schlachtfeld überblicken konnten. Cato ließ den Blick über das blutige Schauspiel schweifen. Der Gegner hielt noch drei Viertel der Befestigungen, doch der kritische Bereich lag unmittelbar vor ihm, und zur Rechten kämpfte Macros Streitmacht ums Überleben, während die Flanke der Vierzehnten Legion gerade erst in die Schlacht eingriff. Zwischen Catos Männern und ihren Kameraden wimmelte es von gegnerischen Kriegern, die unter lautem Kriegsgebrüll auf die tiefer befindlichen Legionäre zustürmten.

Catos Gesichtsfeld verengte sich auf den unmittelbar vor ihm liegenden Weg. Die Zeit für Befehle war vorbei. Jetzt war er ein Kämpfer, genau wie die anderen Blutkrähen, die er rechts und links nur noch als flüchtige Schemen wahrnahm. Cato hob sein Schwert an und schlug den ersten Krieger mit einem Treffer an Schulter und Rücken nieder. Dann war der Mann auch schon wieder verschwunden, und das Pferd rannte einen zweiten Mann über den Haufen. Knochen knackten dumpf, als das Tier über ihn hinwegtrampelte. Beim dritten Mann scheute das Pferd und bäumte sich vor dem berittenen

Gegner auf. Cato musste sich an den Zügeln festhalten, um nicht abgeworfen zu werden.

Sein Schild prallte gegen den Gegner. Cato drehte sich halb im Sattel und schwang das Schwert im Bogen. Die Klinge spaltete den Schädel des Mannes bis zum Kiefer. Der Krieger krümmte den Rücken und riss den Arm herum, wodurch Cato das Schwert zu entgleiten drohte. Doch er hielt es fest und zog mit aller Kraft, spürte, wie die Klinge sich bewegte, und zog erneut, bis sie sich plötzlich löste und er im Sattel nach hinten ruckte. Sein Pferd war stehen geblieben, und Cato blickte sich um.

Die Blutkrähen hatten die Männer abgelenkt, die Macros Kohorte angegriffen hatten, doch auf dem Hang wimmelte es nur so von Eingeborenenkriegern und Berittenen. Das Kampfgebrüll des Gegners hatte Panik Platz gemacht, und viele flohen zur linken Seite, während ihre Anführer sie aufzuhalten und wieder in das blutige Getümmel an der Flanke zurückzutreiben versuchten. Auch Druiden waren zugegen, Männer mit langen Gewändern und wirrem Haar, welche den Römern und den Eingeborenen, die nicht kehrtmachen und kämpfen wollten, Flüche entgegenschleuderten.

Cato nahm an der Seite eine Bewegung wahr. Er wandte den Kopf und erblickte zwei mit Speeren bewaffnete Männer, die auf ihn zustürmten. Er riss sein Pferd herum und gab ihm die Fersen. Die Männer wurden voneinander getrennt, und einer schleuderte seinen Speer in Catos Richtung. Er schlug mit dem Schwert danach, und es klirrte laut, als er die Eisenspitze ablenkte. Wegen des morastigen Untergrunds hatte der Krieger Mühe auszuweichen und prallte mit der Schulter gegen Catos Bein. Er blickte zähnefletschend zu Cato auf, seine Augen funkelten aus dem dunklen Haar hervor, das an seinem Schädel klebte. Cato schmetterte ihm den Schwertknauf auf den Kopf, und der Mann brach zusammen.

Plötzlich ruckte seine Schildhand, und die Zügel strafften sich, sodass sein Pferd sich zur Seite wendete. Der zweite Mann taumelte zurück, während er mit einer Hand noch immer versuchte, den römischen Schild beiseitezudrücken und eine Lücke zu öffnen, durch die er einen Speerstoß anbringen könnte. Cato riss den Schild zurück, verlagerte sein Gewicht zur anderen Seite. Die Speerspitze glitt an der glatten Oberfläche ab und verletzte sein Pferd an der Seite. Es bäumte sich unter Cato auf und schlug aus. Ein Huf traf den Krieger und schleuderte ihn auf den Rücken.

Cato brauchte einen Moment, um das Tier wieder unter Kontrolle zu bekommen, dann sah er, dass Macro seine Männer in Zweierreihen formiert hatte. Die Kampfformation reichte von der Barrikade ein Stück weit den Hang hinauf. Die ersten Männer der anderen Kohorten gingen zur Linken in Stellung. Währenddessen strömten immer mehr Soldaten durch die Bresche in der Barrikade, und Crispus und dessen Männer bemühten sich weiter, die Lücke zu vergrößern. Cato begriff, dass die Schlacht sich zu ihren Gunsten wendete. Er und seine Männer mussten den Gegner aber möglichst lange ablenken. Die Blutkrähen hatten sich inmitten der Kriegerhorde verteilt und kämpften in kleinen

Gruppen oder einzeln, und Cato musste erkennen, dass er bereits ein Viertel seiner Leute verloren hatte. Wenn sie überleben wollten, musste er sie zusammenhalten. Der Standartenträger war nur ein Stück weit entfernt, um ihn herum drängten sich vier Männer, die verhindern wollten, dass der Gegner die Standarte erbeutete. Cato gab seinem Pferd die Sporen und ritt hinüber, den Schild dicht am Körper und das Schwert vorgestreckt, um zuzuschlagen oder zu parieren, je nachdem. Einer der Reiter bemerkte ihn und machte ihm Platz. Cato hielt neben dem Standartenträger an, schob das Schwert in die Scheide, legte die Hände um den Mund und rief übers Schlachtfeld: »Blutkrähen! Blutkrähen her zu mir! Zu mir!«

Dann wandte Cato sich an die umstehenden Männer. »Bleibt dicht beieinander, Männer. Wir rücken zur Vierten Kohorte vor.«

Einer nach dem anderen arbeitete sich zum Standartenträger vor und schloss sich der wachsenden Gruppe von Reitern an, die sich durch die Eingeborenenkrieger zu der stetig stärker werdenden Linie von Legionären vorkämpften, die sich am Hang formierten. Cato bemerkte, dass der Kampfgeist des Gegners im Schwinden begriffen war. Immer weniger Männer waren bereit, die kleine Gruppe berittener Römer zu attackieren. Andere entfernten sich vom Kampfgeschehen und suchten Zuflucht in der Mitte der Formation. Nur einige wenige begriffen die Bedeutung der verbissenen Auseinandersetzungen an der Flanke, darunter auch Caratacus. Er wütete durch die Reihen, brüllte und stieß seine Männer dem Gegner entgegen, versuchte sie durch den Regen und den glitschigen Morast zu treiben.

Als die letzten Überlebenden der beiden Schwadronen zur Standarte aufgeschlossen hatten, kämpften sie sich zu den wartenden Legionären vor, die einen Schildwall gebildet hatten.

»Öffnet eine Lücke«, befahl Cato und trieb sein Pferd an. »Macht Platz!«

Die Soldaten vor ihm rückten beiseite, und Cato ritt mit den Reitern hindurch und ein Stück weiter, worauf der Schildwall sich hinter ihm wieder schloss. Macro kam herbeigeeilt und blickte erleichtert zu ihm auf.

»Gut gemacht, Herr! Verdammt gute Arbeit. Ihr seid gerade noch rechtzeitig gekommen. Sonst hätten Caratacus und dessen Schufte uns überrannt und die Lücke wieder geschlossen.«

Cato grinste ihn an und bemühte sich, das Zittern seiner Hände zu unterdrücken. Er blickte den Hang hoch und sah, dass sich bereits mindestens zweihundert Männer an der Flanke von Macros Kohorte formiert hatten, und ständig wurden es mehr. Vor ihnen hatte sich eine Lücke zwischen den beiden Seiten aufgetan, und die Anführer der Eingeborenen konnten ihre Krieger weder mit Gebrüll noch mit Schmeicheleien dazu bewegen, sich erneut in den erbitterten Kampf zu werfen, der an der Flanke entbrannt war. Der Morast zwischen den Fronten war übersät mit Leichen, gesplitterten Schilden, weggeworfenen Waffen und Pfützen rot gefärbten Regenwassers.

Hinter der Lücke tauchten die Spitzen römischer Standarten auf, und im nächsten Moment kamen Legat

Quintatus, dessen Offiziere und die Fahnenträger aus der Lücke und näherten sich Cato.

»Ich habe gehört, was hier passiert ist. Ausgezeichnete Arbeit, Präfekt!« Er grinste. »Wie beim Hades seid ihr hier hochgekommen? Ihr solltet doch das Lager bewachen.«

»Wir waren die letzte Reserve, die dem General zur Verfügung stand, Herr«, erklärte Cato kurz angebunden, denn er wollte nicht zugeben, dass er eigenmächtig gehandelt hatte. Mit den Konsequenzen würde er sich später befassen, und er hatte keinen Zweifel daran, dass es welche geben würde. Ungeachtet seiner Erfolge war nicht abzustreiten, dass er mitten in der Schlacht seinen Posten verlassen hatte. Er hatte das Armeelager ohne Bewachung zurückgelassen.

»Verzweifelte Maßnahmen, wie?«, meinte Quintatus. »Aber wir dürfen keine Zeit verlieren. Wir müssen unseren Vorteil nutzen.«

Der Legat wandte sich an den nächststehenden Untertribun. »Die Kohorten an den Flanken sollen im Eilschritt herkommen. Tribun Otho soll uns verstärken. Die Übrigen halten die Stellung und überqueren die Barrikade, wenn es möglich ist. Los!«

Der junge Offizier salutierte und eilte zurück zur Bresche in der Barrikade.

»Präfekt Cato, reite mit deinen Leuten zur Kuppe hoch. Ihr deckt die Flanke. Ihr habt euren Spaß gehabt, den Rest könnt ihr den Legionen überlassen.«

»Ja, Herr.« Cato salutierte, doch der Legat schritt bereits den Hang hoch, um seinen Platz hinter der

Mitte der Schlachtreihe einzunehmen. Macro sah ihm kurz hinterher und schüttelte den Kopf.

»Spaß nennt er das. Da fragt man sich, was er unter Ernst versteht.«

Cato hob müde die Schultern. »Vielleicht werden wir das eines Tages herausfinden. Gut gemacht, Macro.«

Sie lächelten einander an, dann sammelte Cato die Reste der Kohorte und ritt mit ihnen den Hang hoch, um hinter den Legionären in Stellung zu gehen. Miro und eine Handvoll der Männer, die er von seiner Schwadron gesammelt hatte, schlossen sich ihnen an. Auf dem Plateau herrschte ein heilloses Durcheinander unter den Flüchtenden. Angst und Panik breiteten sich in Caratacus' Streitmacht aus, und Hunderte seiner Krieger hatten sich den Verwundeten, Frauen und Kindern angeschlossen, die zur anderen Seite des Hügels strömten und dort Schutz vor den Legionen suchten. Cato musterte sie voller Mitleid. Sie alle würden feststellen müssen, dass die Hilfstruppen ihnen den Fluchtweg versperrten. Selbst wenn einige im Schutz des Unwetters entkommen sollten, würden die meisten doch gefangenen genommen und versklavt werden.

Sobald die ersten beiden Kohorten die Bresche passiert und sich formiert hatten, gab der Legat Befehl vorzurücken. Die Legionäre setzten sich im Gleichschritt in Bewegung, während die Optios den Takt vorgaben. Die großen rechteckigen, dreckbespritzten Schilde waren dem Gegner zugekehrt, in den Lücken dazwischen funkelten die Klingen der Kurzschwerter. Die Männer spähten über den Schildrand, sodass ihr Gesicht nur zur

Hälfte aus der Deckung schaute, und marschierten auf die Eingeborenen zu. Cato und dessen Männer deckten die offene Flanke, als die Formation entlang der Barrikade vorrückte.

Nur eine Handvoll kampfwütiger Krieger wagte es, sich ihnen entgegenzustellen, und schwang ihre Schwerter, Speere und Äxte eher zornig als mit Verstand, bis sie niedergemacht und von den weitermarschierenden Legionären in den Morast getrampelt wurde. Caratacus hielt noch vor seinen Kriegern aus und flehte sie an standzuhalten, bis auch er sich zurückziehen musste, damit er nicht getötet oder gefangen genommen wurde. Mit einem letzten gequälten Blick wendete er sein Pferd und trabte zwischen seinen Männern hindurch zur Mitte der Front.

Die dunklen Regenwolken bedeckten inzwischen den gesamten Himmel, und eine trübe Düsternis hatte sich über die Berglandschaft gelegt, während es immer stärker regnete und der heulende Wind in Böen über den Hügel wehte und Cato bis auf die Knochen auskühlte. Seine Angst um das Schicksal der Armee hatte sich gelegt. Caratacus hatte gut geplant, viel gewagt und verloren. Vor Cato flüchteten die Eingeborenenkrieger, und in der Ferne machte er plötzlich funkelnde Helme aus – die Römer hatten sich durchgekämpft oder die andere Flanke des Gegners umgangen, und jetzt war er wie in einem eisernen Schraubstock gefangen.

Von seiner Position auf der Hügelkuppe aus konnte Cato das sehen, was vom Zentrum der gegnerischen Verteidigungslinie noch übrig war. Eine Gruppe von behelmten Männern mit Rüstungen und gemusterten Umhängen stand ein Stück weit hinter der Barrikade. Über ihnen flatterte die Standarte des Caratacus im Wind. Etwa dreihundert Krieger gehörten seiner Leibwache an. Sie waren nicht stark genug, um das Blatt zu wenden. Und tatsächlich griffen sie auch nicht die Römer an, sondern bewegten sich den Hang hoch in Richtung Lager, wobei sie die Stammeskrieger zur Seite stießen, die sie am Vorankommen hinderten. Mitten in der Gruppe waren Caratacus und eine kleine Gruppe Berittener, von denen einer die Standarte unentwegt hochhielt.

Als sie sahen, dass ihr Anführer sich zurückzog, gaben auch die letzten Verteidiger ihre Stellung an der Barrikade auf und wandten sich zur Flucht. Schon bald trennte nichts mehr die beiden römischen Gruppen, die sich aufeinander zubewegten. Dann befahl Quintatus seinen Männern, die Leibwache des gegnerischen Anführers anzugreifen und dem Gegner den letzten Schlag zu versetzen, der die Eroberung der neuen Provinz besiegeln würde.

Als die Leibwächter die Kuppe erreichten, lösten sich drei Reiter und galoppierten zu den Zelten in der Mitte des Lagers. Die Standarte wehte noch über den Männern, die angehalten hatten und sich den von beiden Seiten nähernden Römern entgegenwandten. Bei den drei Reitern musste es sich um Caratacus und dessen engste Berater handeln, die dem Verhängnis zu entkommen suchten, um den Kampf fortführen zu können. Abermals stand Cato vor einem Dilemma. Wenn er sie verfolgte, würde er sich über seine Befehle hinwegsetzen und Quintatus' Flanke unbewacht lassen. Auch diesmal wieder war ihm klar, was er zu tun hatte.

»Blutkrähen! Mir folgen!«

Er gab seinem Pferd die Sporen und ritt ins gegnerische Lager hinein. Seine Männer folgten ihm bereitwillig und schwärmten nach beiden Seiten aus. Caratacus und dessen Begleiter hatten einen Vorsprung und würden die Zelte als Erste erreichen, das ließ sich nicht ändern. Doch es bestand die Möglichkeit, dass sie lange genug aufgehalten würden, bis Cato sie einholen konnte. Ringsumher rannten durchnässte Gestalten um ihr Leben. Alle flüchteten vor dem Hufgetrappel und der gefürchteten Fahne der Blutkrähen. Einige, die zu schwer verletzt oder zu erschöpft waren, um auszuweichen, wurden überrannt und niedergetrampelt.

Durch den Regenschleier hindurch konnte Cato gerade so eben erkennen, dass die drei Reiter die Zelte erreicht hatten. Ein Mann saß ab und trat ins Zelt, nicht mehr als zweihundert Schritte entfernt. Cato beugte sich im Sattel vor und klatschte die Breitseite der Klinge gegen die Flanke seines Pferdes, entschlossen, das Äußerste aus dem erschöpften Tier herauszuholen. Schaum flog ihm aus dem Maul ins Gesicht. Dann trat der Mann in Begleitung einer kleinen Gruppe von Frauen und Kindern wieder ins Freie. Die anderen Reiter beugten sich herab, um sie aufs Pferd zu ziehen.

»Miro!«, rief Macro. »Nach links. Schneide ihnen den Weg ab!«

»Ja, Herr!«, bestätigte Miro, und gleich darauf lösten sich mehrere Reiter aus der Formation, um Caratacus an der Flucht zu hindern. Cato galoppierte auf die Zelte zu. Die Reiter blickten besorgt auf, als die Römer ihre Pferde zügelten und sie umzingelten, bereit, sich auf ein Wort des Präfekten hin auf den Gegner zu stürzen.

Cato rang nach Atem. Keine zwanzig Fuß entfernt stand Caratacus. Eine füllige Frau mit dunklem Haar umklammerte seinen Arm. An der anderen Hand hielt sie einen etwa zehnjährigen Jungen. Hinter ihr standen zwei halbwüchsige Mädchen, die verängstigt die römischen Berittenen musterten. Die anderen Männer saßen ab, um ihrem Anführer beizustehen. Man sah ihnen die Familienähnlichkeit an. Brüder, dachte Cato, als er ein Stück vorritt und sein Schwert hob.

»Leg die Waffen nieder und ergib dich, Caratacus!«

»Verfluchte Römer!«, knurrte einer seiner Brüder auf Latein. »Los, machen wir sie nieder!«

Cato erwiderte schweigend seinen Blick, dann senkte er das Schwert. »Ihr könnt nicht entkommen. Entweder ihr ergebt euch, oder ihr sterbt.«

»Wir können immer noch kämpfen, Römer!« Caratacus reckte herausfordernd das Kinn. »Bevor ihr uns tötet, schicken wir mehrere deiner Männer ins Jenseits.«

»Und was ist mit denen?« Cato zeigte auf die Frauen und den Jungen.

Caratacus zog mit der Linken einen Dolch aus seinem Gürtel, reichte ihn der Frau und wechselte ein paar Worte mit ihr, dann wandte er sich wieder Cato zu. »Ich habe meiner Frau gesagt, sie soll erst meine Kinder und dann sich selbst töten, sobald ich gefallen bin. Deine

Männer sollen meine Töchter nicht vergewaltigen. Mein Sohn soll nicht als Sklave aufwachsen!«

Cato schob das Schwert in die Scheide und streckte die Hand aus. »Ich schwöre bei allen Göttern, die ich verehre, dass deiner Familie kein Leid geschehen wird. Und dir auch nicht, wenn du dich ergibst.«

»Und wer bist du, dass du mir das garantieren kannst?«

»Ich bin der, der dich gefangen genommen hat. Präfekt Cato, Befehlshaber der Zweiten Thrakischen Reiterei.«

»Präfekt Cato?« Caratacus runzelte die Stirn. »Ich kenne dich ...«

»Ja, Herr. Wir sind uns schon einmal begegnet. Auf mein Wort ist Verlass, und du bist mein Gefangener. Ich schwöre, dass dir kein Leid geschehen wird, bis ich dich an den kaiserlichen Palast überstelle. Bei meiner Ehre.«

Caratacus musterte ihn unentschlossen. Cato schob den Schildriemen über das Sattelhorn und sprang auf den Boden. Langsam trat er vor und hielt eine Schwertlänge vor dem gegnerischen Anführer inne. Mit sanfter Stimme sagte er:

»Herr, heute wurde bereits genug Blut vergossen. Deine Streitmacht ist geschlagen. Dein Krieg gegen die Römer ist vorbei. Jetzt bleibt dir nur noch, für dich und deine Familie entweder den Tod oder das Leben zu wählen.«

Caratacus senkte langsam das Schwert und blickte sich über die Schulter zu seiner Frau und seinen Kindern um, dann wandte er sich wieder Cato zu, schloss die Augen und gab seinen Brüdern einen Befehl. Sie musterten ihn mit bitterem Vorwurf und hielten ihre Schwerter fest, bis Caratacus sich aufrichtete und mit Blick auf Cato seine Anweisung mit fester Stimme wiederholte. Er warf dem Präfekten das Schwert vor die Füße. Seine Brüder zögerten noch einen Moment, dann folgten sie seinem Beispiel. Einer hockte sich hin und schlang die Arme um die Knie, die anderen verschränkten ihre muskulösen Arme vor der Brust und blickten Cato herausfordernd an. Caratacus wandte sich ab, umarmte seine Frau und legte den Kopf an ihre Schulter.

Cato drehte sich mit einem tiefen Seufzer der Erleichterung zu einem seiner Männer um und deutete auf die Schwerter. »Nimm die. Alle anderen bilden einen Kordon um die Zelte. Haltet den Gegner auf Abstand!«

Er wandte sich wieder den Gefangenen zu und musterte sie mit gemischten Gefühlen. Der Krieg war vorbei, wie er gesagt hatte. Es würden keine Menschen mehr zu Tode kommen, und die neue Provinz würde endlich Frieden finden. Die tiefe Verzweiflung und Erschöpfung des Caratacus und die Angst der Kinder aber hatten etwas ungemein Rührendes. Cato neigte das Haupt; auf einmal spürte auch er, wie sehr die Schlacht ihn ausgelaugt hatte. Er band das Pferd an eine Zeltstange und stand ein Stück von den Gefangenen entfernt reglos da, während die Überreste der Eingeborenenstreitmacht im Regen flohen.

»Herr!«

Cato ruckte mit dem Kopf, auf einmal wieder wachsam. »Was gibt es?« Er ging zu dem Mann, der gerufen hatte.

»Offiziere nähern sich, Herr. Sieht so aus, als wäre der General dabei.«

Cato wappnete sich, atmete tief durch und befahl seinen Männern, eine Bresche für den General zu öffnen. Gleich darauf vernahm er Hufgetrappel. Eine große Gruppe von Reitern näherte sich durch den Regen. Die vergoldeten Helme, die triefnassen Federbüsche und die tiefroten Militärumhänge bestätigten die Vermutung des Mannes. Bei der Aussicht, dem General Rechenschaft für sein Handeln ablegen zu müssen, krampften sich ihm die Eingeweide zusammen. Die letzten Gegner waren aus dem Umkreis der Zelte und vom Plateau geflohen, und kleine Gruppen von Soldaten streiften umher, hielten nach Überlebenden Ausschau, die sich zwischen den Toten versteckten, und plünderten die Gefallenen.

General Ostorius zügelte sein Pferd und ritt mit verwirrter Miene auf Cato zu.

»Präfekt Cato? Was in aller Welt machst du denn hier? Ich habe gehört, du hättest deinen Posten verlassen. Ein ernstes Vergehen im Angesicht des Feindes, wie du weißt. Was hat das zu bedeuten?«

Ein vollständiger Bericht hätte zu viel Zeit erfordert, sagte sich Cato. Das konnte warten. Er trat beiseite und deutete auf die Gefangenen, die im Regen hockten. »General Ostorius, es ist mir eine Ehre, dir König Caratacus, dessen Familie und zwei seiner Brüder vorstellen zu dürfen.«

Ostorius fiel die Kinnlade herab, als er den Gegner erblickte, der ihm in seiner Zeit als Oberbefehlshaber so viel Ärger verursacht hatte. Er schluckte und sah wieder Cato an.

»Caratacus?« Seine schmalen Lippen verzogen sich zu einem Lächeln. »Bei den Göttern, dann ist es vorbei … Endlich ist es vorbei.«

KAPITEL 13

Wenn das Schauspiel einer geschlagenen Armee eine der erbärmlichsten Erfahrungen im Leben eines Soldaten war, überlegte Cato, als sie zum Lager zurückritten, dann kamen die Sieger manchmal gleich dahinter. Den ganzen Nachmittag lang und bis in die Abendstunden hinein stapften die erschöpften Soldaten der römischen Armee im heftigen Regen zurück zum Lager. Viele waren dazu eingeteilt worden, ihre verletzten Kameraden zu bergen und die vor Schmerzen stöhnenden und brüllenden Verwundeten ins Lager zu schleppen. Andere hatten Befehl, die Gefangenen zu bewachen. Unter den wachsamen Blicken der römischen Bewacher waren Hunderte Eingeborene vom Hügel heruntergestapft. Draußen vor dem Lager hatte man sie aneinandergekettet, und als die Ketten ausgingen, hatte man den restlichen die Hände hinter dem Rücken gefesselt und ihnen die Füße zusammengebunden, sodass sie nur kurze Schritte machen konnten. Dann überließ man sie den Elementen, zitternd im Regen, umringt von Wachen. Die Hilfseinheiten, die dem Gegner den Fluchtweg blockieren sollten, würden weitere Gefangene mitbringen. Einige würden durch den Kordon entwischen, gedemütigt in ihre Dörfer zurückkehren und sich in Zukunft hüten, je wieder die Waffen gegen Rom zu erheben.

Die Männer der Trosseskorte gehörten zu den ersten Einheiten, die zurückbeordert wurden. Die Blutkrähen und die Überlebenden von Macros beiden Centurien bildeten eine Kolonne, nahmen die Gefangenen in die Mitte und geleiteten sie vom Hügel hinunter und ins Lager. Die Legionäre, an denen sie vorbeikamen, machten große Augen, und als sich die Nachricht von der Gefangennahme des gegnerischen Anführers verbreitete, jubelten sie Cato und dessen Männern zu und übertönten mit ihrem Geschrei sogar das Rauschen des Regens. Cato schwoll vor Stolz die Brust, und als er sich umsah, stellte er fest, dass seine Männer ebenso empfanden. Unwillkürlich lächelte er Macro an, der neben ihm hertrottete. Macro lachte.

»Tut dir bestimmt gut, das zu hören, mein Junge.«

»Wir haben es verdient.«

»Du hast es verdient. Mit deinem eigenmächtigen Handeln hast du viel riskiert. Wenn es anders ausgegangen wäre …«

Cato schürzte die Lippen. »Viel riskiert, das ja. Aber unter den gegebenen Umständen war dies das Beste, was wir machen konnten.«

Macro hob die Brauen. Ihm wäre niemals der Gedanke gekommen, mitten in der Schlacht seinen Posten zu verlassen. »Wenn du das sagst.«

»Überleg mal. Hätten wir nicht gehandelt, hätten sich die Legionen vermutlich an der gegnerischen Abwehr selbst zerlegt. Caratacus hätte nur abzuwarten brauchen. Irgendwann hätte er seine Männer von der Leine gelassen, und sie hätten uns den Hügel hinuntergetrieben und vor sich hergejagt. Dann wäre das Lager gefallen, und wir wären zusammen mit dem Rest der Armee massakriert worden. In dieser Situation war das der einzige vernünftige Weg, egal wie riskant es war.«

Macro blies die Wangen auf und seufzte. »Ich möchte dich beim Glücksspiel wirklich nicht zum Gegner haben, Mann.«

»Glücksspiel lohnt sich nur, wenn man die Risiken einschätzen kann.«

»Genau. Du würdest dir damit den ganzen Spaß verderben.«

Cato musterte ihn stirnrunzelnd, dann wurde ihm bewusst, dass sein Freund sich über ihn lustig machte. Er musste lachen. »Ungeachtet aller Überlegungen hat wie immer auch der sogenannte Zufall eine Rolle gespielt. Die nächste Furt hätte viel weiter entfernt sein können, und dann wären wir aufgehalten worden und hätten zu spät eingegriffen, um das Blatt noch wenden zu können. Der Gegner hätte auch die Flanke bewachen können – das hätte er sogar unbedingt tun müssen. Schon eine kleine Streitmacht hätte uns aufgehalten, und Caratacus wäre gewarnt gewesen.« Er zuckte mit den Schultern. »Die Wahrheit ist, dass die Schlacht aus verschiedenen Gründen so oder so hätte ausgehen können. Wir hatten Glück, dass es so gelaufen ist, aber diese Version wird nicht im offiziellen Bericht stehen. Ostorius hat seinen Sieg errungen, und wenn er ihn in Rom feiert, wird jeder den Ausgang für unvermeidlich halten. Das werden auch die Historiker sagen. Ein tüchtiger General mit seinen ausgebildeten Soldaten hat über die heldenhaft kämpfenden, aber schlecht organisierten Barbaren gesiegt. Irgendwann werden sogar wir glauben, der Sieg sei uns vorherbestimmt gewesen.«

»Dabei war alles nur ein beschissenes Durcheinander und Gemetzel, stimmt's?« Macro lachte trocken. »Mag sein. Aber im Moment sind mir die Historiker scheißegal. Ich will trinken, etwas essen, mir die Wunde versorgen lassen und dann schlafen. Vor allem aber trinken.«

»Das muss warten.« Cato wurde ernst. »Vorher gibt es für uns noch Arbeit.«

»Ich weiß.« Macro schwieg einen Moment, dann wies er mit dem Daumen auf die tropfnassen Gefangenen. Caratacus führte die bemitleidenswerte Gruppe an. Ungebeugt, den Kopf hoch erhoben, schritt er gemessen aus. »Was soll mit unserer glücklichen kleinen Bande passieren?«

Cato konzentrierte sich trotz seiner Müdigkeit. »Wir brauchen eine Umzäunung. Eine speziell für Caratacus, ein Stück weit von den anderen entfernt. Für den Fall, dass er irgendwas vorhat, möchte ich den Kontakt zu seinen Verwandten unterbinden.«

Macro nickte.

»Und alle sollen angekettet werden.«

»Die werden bestimmt einen gehörigen Aufruhr machen.« Macro schnalzte mit der Zunge. »Sie mögen zwar Gefangene sein, aber Leute wie die sind überall gleich. Sie glauben bestimmt, sie hätten eine bessere Behandlung verdient.«

»Dann müssen wir sie eines Besseren belehren«, entgegnete Cato bestimmt. »Man wird sie gut behandeln, aber die Zeit als König ist für Caratacus vorbei.«

»Was glaubst du, wird der Kaiser mit ihm anfangen? Es wäre doch eine verdammte Schande, wenn man mit ihm wie mit Vercingetorix verfahren würde.«

»Ja, das wäre schade«, meinte Cato und dachte an das bittere Schicksal des Gallieranführers, der von Julius Cäsar besiegt worden war. Man hatte ihn jahrelang in einer dunklen Zelle schmoren lassen, und als Cäsar schließlich seinen Triumph über die Gallier feierte, holte man ihn hervor und erwürgte ihn. Das war ein schmähliches Ende für einen so edlen und fähigen Gegner gewesen, und die Vorstellung, dass auch Caratacus einen solchen Tod erleiden könnte, erfüllte Cato mit Grausen. Auch wenn Caratacus den Kampf verlängert hatte, der so viele das Leben kostete, hatte er sich doch nur gegen die römischen Eindringlinge gewehrt, und sei es nur, um die Vorherrschaft seines Stammes zu sichern. Nur wenige Männer, gleich ob Kelte oder Römer, hätten dies mit den verfügbaren Kräften geschafft. Wenn es nach Cato ging, würde man Caratacus verschonen und für ihn und seine Familie einen geeigneten Verbannungsort finden. Doch darauf hatte er keinen Einfluss. Kaiser Claudius würde über das Schicksal des langjährigen Gegners Roms entscheiden, und er würde sich davon leiten lassen, was dem Mob am besten gefiel. Cato schob die Gedanken an das Schicksal seiner Gefangenen beiseite.

»Uns sind jedenfalls die Hände gebunden. Wir müssen nur dafür sorgen, dass sie uns nicht entwischen und dass sie sich nichts antun.«

»Ja, Herr. Ich werde mich darum kümmern.«

Als die kleine Kolonne ins Lager zurückkehrte, ging ein Unwetter auf die Berglandschaft nieder. Regenfluten strömten aus den dunklen Wolken nieder, verwandelten das Gelände innerhalb der Befestigungen in Morast und sammelten sich in silbrig gischtenden Pfützen. Sturmböen heulten wie ein rasendes Riesentier über die Palisade, zerrten an den Spannleinen der Zelte und rüttelten an den Pfosten. Mehrere Zelte waren bereits zusammengebrochen und lagen durchweicht am Boden.

Cato entließ die meisten seiner Männer. Die Blutkrähen führten ihre triefnassen Pferde weg, fütterten sie und versorgten ihre Verletzungen. Die Legionäre eilten davon, um ihre Zelte zu sichern. Macro und dessen Männer blieben zurück, um die beiden Umzäunungen zu errichten.

»Ich komme wieder, sobald ich meinen Bericht geschrieben habe«, sagte Cato und wandte sich zum Zelt.

Die größere Umzäunung für Caratacus' Brüder und die anderen Familienangehörigen wurde zwischen den Zelten der Blutkrähen und denen der Legionäre errichtet. Die zweite, viel kleinere, war nur für Caratacus gedacht und wurde dicht neben Catos Kommandozelt errichtet. Als alles fertig war und die Gefangenen in die Umzäunungen geführt wurden, war es Nacht geworden. Ungeachtet ihrer Proteste wurden sie an einen stabilen Pfosten gekettet, den man in der Mitte der Umzäunung in den Boden getrieben hatte. Macro vergewisserte sich, dass die Ketten hielten.

Als alles fertig war, ließ er Cato benachrichtigen. Der Präfekt trat aus seinem Zelt, inspizierte alles und erklärte, er sei zufrieden. Als er die größere Umzäunung verlassen wollte, fiel sein Blick auf die Kinder, die sich an die Mutter schmiegten. Auch sie waren angekettet, musterten ihn mit großen Augen und zitterten vor Angst und vor Kälte. Sie boten einen bedauernswerten Anblick, und ungeachtet seines früheren Entschlusses, den Gefangenen keine Sonderbehandlung zu gewähren, ließ er sich von ihrer Not rühren.

»Lass für sie einen Unterstand bauen, Macro. Ganz schlicht und einfach, nur damit sie vor dem Regen geschützt sind.«

Macro musterte ihn überrascht, stellte aber keine Fragen. »Ja, Herr. In den Wagen ist noch etwas Leder. Nicht viel, aber es wird reichen.«

»Gut.« Cato wandte den Blick von den Kindern ab und trat durch die schmale Tür an der Seite der Umzäunung. Er sprach die beiden Legionäre an, die davor Wache hielten. »Passt gut auf sie auf. Ihnen darf nichts geschehen. Selbst dann nicht, wenn sie zu fliehen versuchen sollten. Verstanden?«

»Ja, Herr.«

Cato ging zur anderen Umzäunung hinüber. An der Tür aus grob behauenen Balken hielt er an. Zwei stämmige Legionäre hielten Wache. Cato nickte ihnen zu, als er sich ihnen mit Macro näherte. »Was sind das für Leute? Sind sie zuverlässig?«

»Das sind die Besten. Hab sie selbst ausgesucht. So zäh und zuverlässig, wie man's sich nur wünschen kann.

Um Mitternacht werden sie von zwei anderen erfahrenen Soldaten abgelöst. Sollte Caratacus einen Fluchtversuch unternehmen, werden sie seiner schon Herr werden.«

Cato nickte zufrieden, dann wandte er sich einem unausweichlichen, aber unangenehmen Thema zu. »Macro, ich will so schnell wie möglich wissen, wie hoch unsere Verluste sind.«

»Ja, Herr«, erwiderte der Centurio. »Ich werde feststellen, wie viele gefallen sind. Ich kümmere mich um alles. Du solltest dich jetzt ausruhen, Herr. Du siehst fertig aus.«

»Es geht schon.« Cato lächelte erschöpft. »Außerdem bezweifle ich, dass ich bei diesem Sturm einschlafen kann.«

Sie salutierten beide, dann wandte Macro sich ab und ging zu seinem Zelt, wo er sich an die ernüchternde Arbeit machte, sich ein Bild vom Schicksal der Männer zu machen, die an diesem Tag in die Schlacht gezogen waren. Cato hatte nach Beendigung der Kämpfe eine grobe Zählung vorgenommen und dabei festgestellt, dass zwei Drittel seiner Männer überlebt hatten. Weitere Soldaten würden sich im Laufe der Nacht bei seiner kleinen Abteilung einfinden – nachdem man ihre Verletzungen versorgt hatte. Die mit den schwereren Verletzungen würde man zu den Zelten der Wundärzte bringen. Viele würden wieder genesen, zu ihren Einheiten zurückkehren und stolz ihre frischen Narben präsentieren. Für andere wäre das Soldatenleben vorbei. Man würde sie mit nichts weiter als ihren Ersparnissen, einem Anteil

an der Beute und einem kleinen Bonus aus der kaiserlichen Schatzkammer entlassen. Für Kriegsverletzte gab
es nur wenig Arbeit, und wer nicht zu seiner Familie zurückkehren konnte, den erwartete ein elendes Leben. Er
wäre kaum besser dran als diejenigen, die ihren Verletzungen erlegen waren, überlegte Cato.

Es hatte eine Zeit gegeben, da hatte er selbst sich davor gefürchtet, ein solches Schicksal zu erleiden und als
gebrochener Mann in den Straßen Roms oder irgend-
einer Provinzstadt ein armseliges Leben fristen zu müssen. Jetzt, da er mit Julia verheiratet war, stand noch
viel mehr auf dem Spiel. Würde sie einen verstümmel-
ten Soldaten als Ehemann akzeptieren? Selbst wenn sie
ihn nicht verließ, erwartete Cato ein noch schlimmeres
Schicksal – mit ihrem Mitleid als ständigem Begleiter.
Mit einem Mitleid, das auch ihr Kind irgendwann teilen würde. Das könnte er nicht ertragen. Eher würde er
sich das Leben nehmen. Aber die Wahrscheinlichkeit,
ein solch klägliches Schicksal zu erleiden, hatte erheb-
lich abgenommen, machte er sich klar. Nach dem heutigen Sieg würde es in der neuen Provinz weniger gefährlich sein. Wenn sich die Stämme nicht mehr hinter
Caratacus vereinen konnten, würde der Widerstand gegen Rom erlahmen.

Er holte tief Luft und nickte einem der Legionäre
zu, die neben der Tür der Umzäunung Wache hielten.
»Mach auf.«

Der Mann öffnete die Tür und trat beiseite, um seinen
Vorgesetzten hindurchzulassen. Cato trat geduckt hinein. Die Umzäunung maß nur acht Fuß an jeder Seite,

die angespitzten Pfosten waren übermannshoch. Cato nickte anerkennend. Eine Flucht war so gut wie unmöglich, zumal der Gefangene mit Ketten an Händen und Füßen gefesselt war. Caratacus saß mitten in seinem Gefängnis, an den Pfosten gelehnt, an dem die Ketten befestigt waren. Als er seinen Besucher bemerkte, hob er den Kopf und starrte Cato durch den Regen hindurch herausfordernd an.

»Ich habe Anweisung gegeben, für dich und die anderen Unterstände zu errichten«, teile Cato ihm mit.

Er bekam keine Antwort. Kein Zeichen von Dankbarkeit. Nur der finstere Blick eines Feindes.

»Du wirst bald zu essen bekommen. Brauchst du sonst noch etwas?« Cato deutete auf Caratacus' durchnässte und verdreckte Tunika. »Frische Kleidung zum Beispiel? Ich habe ein paar Tuniken und Umhänge übrig.«

Caratacus zögerte, dann schüttelte er den Kopf. »Nein. Es sei denn, alle meine Männer, die ihr gefangen genommen habt, erhalten das Gleiche.«

Cato lächelte schwach. »Das geht leider nicht.«

»Was wird aus ihnen? Werden sie versklavt? Oder hingerichtet?«

»Sie sind viel zu wertvoll, um sie zu töten. Man wird sie in die Sklaverei verkaufen.«

Caratacus seufzte. »Besser wäre es, sie würden hingerichtet. Die Sklaverei ist kein Leben, Römer. Und ganz gewiss kein Leben für einen keltischen Krieger.«

Cato zuckte mit den Schultern und wusste nicht, was er erwidern sollte. Er war dem Tod schon so häufig nahe gekommen, dass er ebenso sehr am Leben hing wie ein Ertrinkender, der sich im stürmischen Meer an ein Stück Treibholz klammert. Die Sklaverei aber bedeutete für viele, lebendig tot zu sein. Einige Sklaven wurden von ihren Herrn gut behandelt, viele aber wurden als lebende Werkzeuge betrachtet, als reiner Besitz. Er konnte sich gut vorstellen, was für eine Schande dies für die stolzen Krieger bedeutete, die Caratacus gefolgt waren.

»Zur Sklaverei kann ich nichts sagen. Ich weiß nur, dass deine Gefolgsleute überleben werden. Anders als die Zehntausende, die im Laufe des Krieges, den du gegen Rom geführt hast, gestorben sind.«

Caratacus regte sich, seine Augen funkelten zornig. »Ein Krieg, den *ich* geführt habe? Ich habe meine Heimat verteidigt. Ihr seid in mein Land eingedrungen. Das Blut klebt an euren Händen, Römer.«

»Dein Land?«, entgegnete Cato scharf. »Meinst du das Land, das ihr erobert habt, als ihr die Trinovanten unterworfen und Krieg gegen die Atrebaten und die Cantae geführt habt? Kriegsbeute, König Caratacus. So wie das Land jetzt unsere Kriegsbeute ist. Der Unterschied besteht darin, dass Rom der Provinz Frieden und Wohlstand bringen wird.«

»Frieden?«, fauchte Caratacus. »Ihr verwüstet unsere Dörfer und Städte und düngt die Ruinen mit den Leichen unseres Volkes, und das nennt ihr Frieden? Ist euer Reich denn so winzig, dass ihr euch an unserem Blut nähren und euch unsere Insel einverleiben müsst? Weshalb habt ihr nicht mit uns Waren gegen unser Silber gehandelt, unsere Felle, unsere Hunde? Weshalb habt ihr nicht versucht, uns als Bündnispartner zu gewinnen? Weshalb behandelt Rom die ganze Welt so wie ein Mann seine Hunde? Weshalb versklavt ihr alle? Oder lasst sie verrotten, wenn sie sich nicht demütigen lassen wollen?«

Cato zuckte innerlich zusammen angesichts der Vorwürfe, die ihm entgegengeschleudert wurden. Er kannte den Anlass für die Invasion sehr wohl: Claudius hatte aus politischen Gründen einen militärischen Erfolg gebraucht, und der Einfall in Britannien hatte einen raschen Erfolg versprochen. Er atmete scharf ein.

»Ich bin kein Politiker. Ich bin Soldat. Ich führe Befehle aus. Deine Fragen kannst du an den Kaiser richten, wenn du Gelegenheit dazu hast. Solltest du doch noch trockene Kleidung wünschen, wende dich an die Wachen.«

Cato machte kehrt und trat geduckt durch die Tür. Er wollte der Wache gerade befehlen, sie zu schließen, als sich ihm durch den Regen zwei Gestalten näherten. Die eine war ein römischer Offizier in voller Montur, die andere eine Frau, die sich vorsichtig einen Weg durch den Schlamm suchte, um ihr Gewand nicht zu beschmutzen.

»Präfekt Cato!«

Er erkannte Othos Stimme und fluchte leise. Er hatte zu tun, und das hätte auch für den Tribun gelten sollen. Otho aber ließ es sich anscheinend nicht nehmen, mit seiner Frau im Lager herumzuspazieren. Er räusperte sich und rief: »Tribun. Was kann ich für dich tun?«

Der jüngere Offizier und dessen Gemahlin eilten herbei, und jetzt bemerkte Cato, wie aufgeregt der Tribun war. Poppea, seine Gemahlin, hatte eine Kapuze übergezogen und wirkte weniger vergnügt als bei ihrer letzten Begegnung. Ihr Umhang war durchnässt, und feuchte Haarsträhnen klebten ihr an der Stirn. Otho ergriff Catos Hand.

»Zunächst möchte ich dem Helden des Tages gratulieren. Dem Mann, der die Schlacht gewonnen und Caratacus gefangen genommen hat.«

»Hmmm«, brummte Cato, von dem überschwänglichen Lob in Verlegenheit gebracht. Das war … nun, exzessiv und gefährlich. Er wollte auf jeden Fall vermeiden, sich mit General Ostorius um die Anerkennung für den Sieg zu streiten. Ostorius hatte mächtige Verbündete in Rom, während Cato sich nur auf seinen Schwiegervater, einen Senator der zweiten Reihe, und Narcissus, einen kaiserlichen Berater, der um den Erhalt seines Einflusses kämpfte, stützen konnte. Da war es ratsam, sich keine unnötigen Feinde zu machen.

Ohne sein Unbehagen zu beachten, fuhr Otho fort: »Du hast eine eigene Triumphfeier verdient, Präfekt! Welch herausragende Leistung. Der große Pompey – ich bitte um Verzeihung, gemeint ist natürlich unser allseits verehrter Pompeius Magnus – hätte es nicht besser machen können. Oder was meinst du, Schatz?«

Er strahlte seine Frau an. Poppea rang sich ein Lächeln ab und blickte auf den verdreckten Saum ihres Gewands nieder.

»O ja … herausragend.«

»Ich, äh, habe nur meine Pflicht getan«, murmelte Cato und zuckte innerlich zusammen, weil seine Bemerkung so abgedroschen klang.

»Die Pflicht eines Helden, Cato«, plapperte Otho und klatschte sich mit der Hand auf den Schenkel. Dann blickte er an Cato vorbei und senkte die Stimme. »Ist die Bestie da drinnen?«

»Wenn du König Caratacus meinst, lautet die Antwort ja.«

»Na wunderbar! Wir wollen ihn sehen.«

Cato runzelte die Stirn. »Ihn sehen? Warum?«

Otho wirkte überrascht. »Warum? Weil dieser Barbar dem Reich die Stirn geboten hat. Es hat fast zehn Jahre gedauert, diesen Barbaren niederzuringen. Wenn meine Frau nach Rom zurückkehrt, wird sie sagen können, sie habe ihn an dem Tag gesehen, an dem er von unseren Legionen gedemütigt wurde. Damit wird sie den Neid der ganzen höheren Gesellschaft erregen. Hab ich recht, Poppea?«

»Ja«, antwortete sie kurz angebunden und musterte Cato scharf. »Dann sollten wir das Ganze vielleicht hinter uns bringen, damit ich zum Zelt meines Gemahls zurückkehren und mir trockene Sachen anziehen kann, bevor ich mir hier den Tod hole.«

Cato schüttelte den Kopf. »Mein Gefangener ruht sich aus. Ich schlage vor, dass ihr morgen wiederkommt, wenn das Unwetter vorbei ist. Dann könnt ihr ihn euch in Ruhe ansehen.«

Otho legte die Stirn in Falten. »Also, das kann ja wohl nicht wahr sein, Präfekt. Wir sind durchs ganze Lager gewatet, und jetzt erzählst du uns, wir könnten den verdammten Kerl nicht sehen?«

Zu müde, um sich auf einen Streit einzulassen, und

zu erpicht darauf, die beiden Aristokraten loszuwerden, knirschte Cato mit den Zähnen. »Nun gut. Aber nur kurz. Öffne die Tür.«

Der Legionär zog den Speerbalken heraus und schwang die Tür vor den beiden Besuchern auf. Der Tribun trat vorsichtig in die Umzäunung und rückte an der Wand vor, um seiner Frau Platz zu machen. Cato schaute von der Schwelle aus zu. Es bedrückte ihn, dass Caratacus begafft wurde wie ein wildes Tier. Poppea schaute sich erst im Gefängnis um, dann musterte sie den Mann, der an den Pfosten gekettet war.

»Er sieht gar nicht aus wie ein König«, sagte sie voller Abscheu. »Eher wie ein Straßenbettler.«

Ihr junger Gemahl glotzte den Gefangenen ehrfurchtsvoll an, während seine Frau weiterredete.

»Ich kann's einfach nicht glauben ... dieses Tier hat uns so große Probleme gemacht.« Poppea beugte sich ein wenig vor und rümpfte die Nase. »Ich meine, also wirklich.«

Caratacus blickte starr vor sich hin, ohne auf ihre Bemerkungen zu reagieren. Plötzlich warf er sich so weit vor, wie die Ketten es zuließen, brüllte laut und schnitt eine Grimasse. Poppea kreischte auf und taumelte gegen die Umzäunung. Ihr Mann schreckte zusammen und griff zum Schwert, während seine Frau durch die Tür nach draußen schlüpfte. Otho eilte ihr hinterher. Caratacus tobte weiter, klirrte mit den Ketten und schüttelte die Fäuste.

»Der Bursche ist wild!«, rief Otho, nahm die Hand vom Schwertknauf und legte tröstend den Arm um seine

Frau. »Richtig wild. Also, ich danke dir, Präfekt. Und noch einmal, gut gemacht. Aber jetzt, meine Liebe, wollen wir uns warme, trockene Sachen anziehen. Komm.«

Sie eilten in Richtung Lagermitte davon, verfolgt von Caratacus' gutturalen Schreien und Verwünschungen. Plötzlich verstummte er, blickte Cato an und brach in schallendes Gelächter aus.

»Offenbar bin ich nicht der Einzige, der sich umziehen sollte.«

Cato lächelte, und auch die Legionäre beiderseits des Eingangs grinsten, bis ihr Vorgesetzter sie tadelnd musterte, worauf sie wieder den starren Blick eines Wachpostens im Dienst annahmen. Cataracus hörte auf zu lachen und blickte mit dem Anflug eines Lächelns zu Cato auf.

»Ich glaube, ich nehme dein Angebot zum Kleiderwechsel an, Präfekt Cato.«

»Ich lasse dir von meinem Burschen Sachen bringen.«

Sie schauten einander noch einen Moment an, dann sagte Cato: »Es ist schade, dass wir Gegner sein mussten. Es wäre mir eine Ehre gewesen, an deiner Seite zu kämpfen.«

Der Kelte reagierte überrascht. »Das magst du so sehen, Präfekt Cato. Aber wir konnten nichts anderes als Gegner sein. Das weiß ich jetzt. Und wenn du glaubst, ich würde dir trockene Kleidung anbieten, wenn ich an deiner Stelle wäre, dann täuschst du dich. Ich würde dir den Kopf abhauen und ihn auf meine Standarte pflanzen.«

Die freundschaftliche Wärme von eben war verflogen, und Caratacus' Augen waren wieder voller Bitterkeit.

Cato nickte den beiden Wachen zu. Sie schlossen die Tür und sicherten sie.

»Wenn Thraxis ihm eine trockene Tunika und einen Umhang gebracht hat, soll ihn niemand mehr stören. Wenn jemand kommt, sagt ihnen, sie müssten erst den General um Erlaubnis bitten. Verstanden?«

Die beiden Männer nickten, und Cato stapfte durch den Morast zu seinem Zelt. Er war todmüde und sehnte sich danach, die Rüstung abzulegen und sich von Thraxis warmen Wein bringen zu lassen. Er schob die Lederklappen auf, trat geduckt durch die Öffnung und erstarrte, als er den Mann am Schreibtisch erblickte, der seine Hände an der Feuerschale wärmte.

KAPITEL 14

Guten Abend, Präfekt Cato.« Septimus lächelte, ohne sich zu erheben. Er musste laut sprechen, um das Regengetrommel auf dem Zeltdach zu übertönen.

»Was machst du hier?«, fragte Cato. »Wo ist Thraxis?«

»Ich schätze, inzwischen ist er betrunken. Ich habe ihm gesagt, er könne sich zur Feier deines heroischen Sieges einen Krug Wein aussuchen. Habe ihn der zärtlichen Obhut einer Lagerhure überlassen, die Anweisung hat, ihn so lange zu beschäftigen, bis ich die kleine Unterhaltung mit dir beendet habe.«

»Jetzt hab ich aber genug von diesem verfluchten Heldengeschwafel«, entgegnete Cato mürrisch, richtete sich zu voller Größe auf und löste die Schließe seines Umhangs. Er warf das durchnässte Kleidungsstück auf eine Truhe und hakte den Kettenschutz auf, der seine Schultern bedeckte.

»Nimm den Ruhm ruhig an.« Septimus lächelte. »Es schadet nicht, wenn du etwas für deinen Ruf tust.«

»Ich habe das getan, um die Armee zu retten. Die Gefangennahme des Caratacus war pures Glück.«

»Man sollte den ... Zufall nicht unterschätzen, Präfekt. Meiner Erfahrung nach ist Glück im Kampf eine wichtige Tugend eines erfolgreichen Soldaten. Einigen von uns schenken die Götter Glück. Tüchtigkeit und Verstand kommen erst an zweiter und dritter Stelle.«

Cato hob die Brauen. »Das ist deine Sichtweise. Ich versuche, das Beste aus meinem Geschick zu machen, was immer die launischen Götter mit mir vorhaben mögen.«

»Wie unfromm von dir.«

Cato holte tief Luft, fasste den Saum seines Kettenhemds und wand sich heraus. Als er die schweren Ringe über den Kopf gehoben hatte, legte er den Metallwulst auf den Umhang, erst dann wandte er sich dem kaiserlichen Agenten zu. »Also, was führt dich her? Und ich wäre dir dankbar, wenn du dich von meinem Stuhl erheben würdest.«

Septimus richtete sich achselzuckend auf, trat um den Tisch herum und setzte sich auf einen Klapphocker. Cato nahm seinen Platz ein und blickte in den Krug hinein, der auf dem Schreibtisch stand. Am Boden schimmerte dunkler Wein, und er schenkte sich einen kleinen Becher ein, bevor er sich wieder seinem ungebetenen Gast zuwandte. »Also?«

»Danke, aber ich habe bereits getrunken.« Septimus lächelte. »Was meine Anwesenheit betrifft, so möchte ich dir aufrichtig zu deinem heutigen Erfolg gratulieren.«

Cato hob ironisch den Becher, als wollte er einen Trinkspruch ausbringen, dann trank er.

»Da dieser Punkt abgehakt ist«, fuhr Septimus fort, »sollten wir die Lage im Lichte der heutigen Entwicklungen neu einschätzen.«

»Wer unterschätzt hier eigentlich die Bedeutung des Sieges? Hat sich nicht alles verändert? Wir haben Caratacus geschlagen und seine Streitmacht vernichtet. Der Feldzug ist vorbei. Fortan wird es kein Stamm mehr wagen, seine Waffen gegen uns zu erheben, auch nicht die Briganten.«

»Ich wünschte, ich könnte deinen Optimismus teilen. Caratacus ist zwar erledigt, aber wir haben es immer noch mit Pallas und dessen Ränken zu tun. Sein Spion ist immer noch auf freiem Fuß, und so lange, bis Pallas von unserem Sieg erfährt, gelten die Anweisungen, die er seinem Spitzel gegeben hat. Ich muss Pallas' Agenten finden und eliminieren, ehe er Unheil anrichten kann.« Septimus hielt inne, neigte sich vor und stützte die Ellbogen auf die Knie. »Wir sollten auch nicht vergessen, dass ihr ebenfalls in Gefahr seid. Du und Macro.«

»Das habe ich nicht vergessen.«

»Freut mich zu hören. Offiziere wie dich kann das Reich nicht entbehren. Wie du heute auf so unnachahmliche Weise erneut unter Beweis gestellt hast.«

Cato setzte seinen Becher ab. »Hast du dein Sprüchlein aufgesagt?«

»Für den Moment bin ich fertig. Ich wollte dir nur klarmachen, dass meine Mission noch nicht abgeschlossen ist.«

»Verstehe«, sagte Cato gepresst. »Also, falls das alles ist, wäre ich dir dankbar, wenn du mich jetzt allein lassen würdest. Ich habe zu tun.«

Nach kurzem Schweigen richtete Septimus sich auf. »Na schön, Präfekt. Ich werde ein bisschen auf Abstand halten. Sollte ich etwas in Erfahrung bringen, gebe ich dir Bescheid. Du weißt, wo du mich findest.« Er neigte das Haupt und schlüpfte aus dem Zelt.

Cato fuhr sich über den Schädel und schloss die schmerzenden Augen. Septimus' Worte hallten in seinem Kopf nach. Die Aussicht, Britannien infolge eines politischen Konflikts im Kaiserpalast zu verlieren, ließ ihn schier verzweifeln. So viele Menschenleben, so viel Geld und zehn Jahre Arbeit waren in den Versuch investiert worden, eine neue Provinz zu gründen. Die Vorstellung, dies alles könnte vergebens gewesen sein, legte sich wie ein Bleigewicht auf sein Herz.

Schließlich schlug er die Augen wieder auf, straffte den Rücken, bewegte die Schultern und lockerte die Halsmuskeln. Als er ein paar gebundene Wachstafeln von dem Stapel neben dem Tisch nahm, um seinen Bericht zu schreiben, fiel ihm etwas ins Auge. Neben den Tafeln lag ein kleiner Lederbeutel. Cato bückte sich und hob ihn hoch. Er war voller Münzen, und eine der Schlaufen, mit der er am Gürtel befestigt gewesen war, war ausgefranst und gerissen.

»Septimus«, murmelte er und überlegte, ob er dem Agenten nachlaufen sollte, doch in diesem Moment fuhr eine heftige Windbö übers Zelt und zerrte am Dach. »Also, wenn er ihn wiederhaben will, kann er ihn ja jederzeit holen.«

Cato legte den Geldbeutel in die Dokumententruhe, dann nahm er einen Stift zur Hand und begann zu schreiben. Obwohl man ihn nicht um einen Bericht gebeten hatte, wollte er seine Entscheidungen und deren

Folgen schildern, solange die Eindrücke noch frisch waren. Sollte man ihn dafür, dass er eigenmächtig seinen Posten verlassen hatte, zur Verantwortung ziehen wollen, würde er begründen, dass sein Handeln notwendig gewesen war. Vielleicht sollte er besser gleich zwei Berichte schreiben, überlegte er. Einen für Ostorius, der das Chaos und die durch den Frontalangriff des Generals drohende Katastrophe herunterspielte. Im zweiten Bericht würde er sich an die Wahrheit halten oder jedenfalls an das, was er dafür hielt, und er konnte nur hoffen, dass die anderen Offiziere zu seinen Gunsten aussagen würden, sollte es jemals nötig werden.

Es ärgerte ihn, dass er daran denken musste, sich vor ehrgeizigen Rivalen zu schützen. Doch daran führte kein Weg vorbei. Die Beförderung zum Oberoffizier erforderte einen Preis, und im Moment sehnte Cato sich nach den Zeiten zurück, da er sich als einfacher Soldat nur an die tägliche Routine hatte halten müssen. Jetzt musste er ständig an die Zukunft denken und sich vor den Folgen der Vergangenheit schützen, und er hatte das Gefühl, einem Politiker immer ähnlicher zu werden.

Verhaltend fluchend machte er sich an die Arbeit und entwarf die beiden Berichte, als sich die ledernen Zeltklappen bewegten. Er schaute hoch und erblickte Macro, der tropfend ins Zelt trat.

»Ich habe die Einsatzstärke der Trosseskorte, Herr.«

»Setz dich.« Cato wies auf den Hocker, auf dem nicht lange zuvor Septimus gesessen hatte, und deutete auf den Krug. »Es ist noch ein Schluck drin. Falls du möchtest.«

Macro grinste. »Da sage ich nicht Nein.«

Er nahm von Cato den Becher entgegen und setzte sich seufzend. »Ich nehme an, du willst erst hören, wie hoch die Verluste sind.«

Cato nickte.

Macro holte eine Schiefertafel aus seiner Umhängetasche und hielt sie ins Licht der Feuerschale. »Die Erste Centurie hat die schlimmsten Verluste erlitten. Sechzehn Tote, dreiundzwanzig Verletzte. Von denen sechs dem Wundarzt zufolge sterben werden. Zwei weitere sind schwer verletzt. Fünf wird man entlassen müssen, wenn sie genesen sind. Drei haben leichtere Verletzungen und werden sich wohl vollständig erholen. Die Übrigen können noch laufen. Crispus' Centurie hat sieben Tote zu vermelden, neun Soldaten wurden verwundet, nur einer davon schwer. Die übrigen haben Fleischwunden. Somit beträgt unsere momentane Stärke einundzwanzig beziehungsweise zweiundvierzig Mann.« Macro schüttelte den Kopf. »Das reicht nicht einmal, um eine einzige Centurie zu bilden. So viel zur Vierten Kohorte der Vierzehnten Legion.«

Cato sog scharf den Atem ein. Das waren wirklich schwere Verluste. »Was ist mit den Blutkrähen?«

Macro sah wieder auf die Tafel. »Da sieht es gar nicht so übel aus. Zwölf Tote, vierzehn Verletzte. Vierundsechzig sitzen noch im Sattel.«

»Wir haben so viele Männer verloren …«

Macro trank einen Schluck Wein. »Was hast du erwartet? Der Angriff auf die gegnerische Flanke war ein Selbstmordunternehmen. Sieh es mal so: Wenn du den

Befehl nicht gegeben hättest, wäre jetzt wahrscheinlich keiner von uns mehr am Leben.«

»Mag sein, aber wir sind zu wenige, um den Tross schützen zu können.«

»Wovor? Der Gegner wurde vom Schlachtfeld gejagt. Jetzt brauchen wir uns nur noch darum zu kümmern, dass sich die Marketender nicht gegenseitig an die Kehle gehen. Um deren Köpfe aneinanderzuschlagen, wenn es Ärger gibt, braucht es nur eine Handvoll Männer. Wir kommen derweil schon zurecht, bis Verstärkung eintrifft.«

»Ich frage mich, wann das sein wird.«

»Gleich nach Erreichen des Basislagers in Cornoviorum, würde ich meinen. Natürlich werden sie ziemlich unerfahren sein, aber ich werde sie schon zurechtschleifen. Für die Zweite Thrakische Reiterei gilt das auch, wenngleich das dann nur noch dem Namen nach Thraker sein werden. Ich nehme an, dass man die Reihen mit Batavern oder dergleichen auffüllen wird. Gute Reiter, doch von weniger wilder Erscheinung. Aber Bittsteller sollten nicht wählerisch sein. Wir müssen nehmen, was man uns anbietet, und für die anderen Einheiten gilt das Gleiche. Der General wird Mühe haben, die Verluste des heutigen Tages zu erklären.« Macro legte eine Pause ein und musterte seinen Freund besorgt. »Du siehst todmüde aus, mein Junge. Wir haben getan, was wir konnten. Leg dich hin und lass den Sturm vorübergehen, dann räumen wir auf.«

Cato schüttelte den Kopf. »Gut gemeint, aber ... Was ist mit den Gefangenen?«

»Mit denen ist alles in Ordnung. Auf meine Leute ist Verlass.«

Die Zeltklappe raschelte erneut, und eine Ordonnanz des Hauptquartiers trat ein und salutierte vor Cato.

»Ja?«

»General Ostorius übermittelt seinen Gruß und bittet dich und Centurio Macro, ihn in der Messe aufzusuchen.«

»Ach? Hat er auch einen Grund genannt?«

»Nein, Herr. Das ist alles.«

»Na schön. Entlassen.«

Der Soldat salutierte und trat ab. Cato lachte trocken. »Das war's dann wohl mit der Nachtruhe.«

Als die beiden Offiziere sich der Mitte des Lagers näherten, schallte ihnen der Lärm der Feiernden entgegen. Ringsumher erstreckten sich die in Reihen angeordneten Zelte der Legionäre in die Dunkelheit. Bald würde es dunkel werden, doch wegen des Regens und des Windes, der an den Zelten aus Ziegenleder zerrte und die Bahnen wie Schiffssegel schwirren und knallen ließ, würde es heute keine Lagerfeuer geben. Nur wenige Männer hielten sich im Freien auf, die meisten hatten vor dem Sturm Zuflucht gesucht. Nur diejenigen, die zur Wache eingeteilt waren oder die Latrinen aufsuchten, trotzten dem Unwetter.

»Hört sich so an, als würde der Wein in Strömen fließen«, meinte Macro und ging schneller. »Hoffentlich lassen die für uns noch was übrig.«

Cato schwieg. Er fragte sich, ob er sich jemals so

müde gefühlt und so sehr nach Schlaf gesehnt hatte. Obwohl er für den Gang zum Hauptquartier einen trockenen Umhang umgelegt hatte, sickerte bereits der Regen durch den eingefetteten Stoff. Zitternd vor Kälte bemühte er sich, mit seinem Freund Schritt zu halten. Cato war nicht in der Stimmung zu trinken und zu feiern, und insgeheim verfluchte er Ostorius dafür, dass er ihn zu sich bestellt hatte.

Die Zelte des Generalstabs in der Mitte des Lagers waren stabiler als die der Legionäre und mit doppelten Seilen und schweren Pfosten am Boden verankert. Trotzdem flatterten und bebten sie im Wind. Sie leuchteten schwach, und trotz seiner Vorbehalte freute Cato sich auf einmal darauf, sich an einer Feuerschale zu wärmen.

Die Wachen hatten sich in ihre Umhänge gemummt, nahmen aber trotzdem Haltung an und salutierten, als die beiden Offiziere das große Messezelt betraten, in dem sich zahlreiche Offiziere drängten. Schwüle Wärme schlug Cato und Macro entgegen, es roch nach feuchter Kleidung, Schweiß, Holzrauch und Wein. Sie legten die Umhänge ab und hängten sie über die anderen dampfenden Kleidungsstücke auf den Trockengestellen am Eingang, dann gingen sie zur Theke, wo der Weinhändler und dessen Gehilfe alle Hände voll zu tun hatten, den Offizieren nachzuschenken. Als man sie erkannte, wurde Cato und Macro lautstark für ihren Beitrag zur Schlacht gratuliert, und Cato bemühte sich, nicht jedes Mal zusammenzuzucken, wenn ihm jemand auf den Rücken oder die Schulter klopfte. Er zwang sich, freundlich zu nicken, und ging weiter. Macro hingegen schwelgte in der Anerkennung der anderen Centurionen.

Sie gelangten zur Theke und wurden von ihren Kameraden, deren Augen bereits getrübt waren, nach vorne durchgewinkt. Als sie sich mit zwei bis zum Rand gefüllten Messingbechern abwandten, sprach General Ostorius sie an. Der alte Mann lächelte breit, sodass man seine fleckigen Zähne sah.

»Ah! Präfekt Cato. Der Grund, weshalb wir hier alle feiern.« Er legte Cato eine Hand auf die Schulter und drückte mit seinen knochigen Fingern gerade so fest zu, dass es wehtat. Dann nahm er seine Hand weg und wandte sich an einen der Untertribunen. »Du da, Junge! Hol mir etwas, worauf ich stehen kann. Und zwar schnell!«

Der junge Mann zwängte sich durchs Gewühl und kehrte bald darauf mit einem Holzhocker zurück. Ostorius kletterte steif hinauf und richtete sich auf, sodass er die Menge überragte.

»Meine Herren! Alle mal herhören!«

Die Umstehenden verstummten beflissen, doch weiter am Rand wurde immer noch gesungen und gelacht. Ostorius holte finster Luft und brüllte: »Ruhe!«

Als die letzten Offiziere verstummten und sich ihm zuwandten, wurde es still im Zelt, nur die Zeltwände flatterten und bebten noch, und der Regen trommelte aufs Dach und tropfte durch jede kleine Lücke, die er finden konnte. Ostorius winkte Cato heran und hob zu sprechen an.

»Meine Herren, Kameraden, das war ein großer Tag für uns, für unsere Männer, für Kaiser Claudius und für

Rom! Ein Sieg!« Er hob den Becher und verschüttete ein wenig Wein auf Catos Tunika, während die Offiziere jubelten. »Ein Sieg, der die Eroberung Britanniens besiegelt. Der Gegner wurde geschlagen und gedemütigt und hockt in Ketten als unser Gefangener im Dreck. Seine Streitmacht hat sich zerstreut, und Tausende Krieger werden als Kriegsbeute verkauft werden. Jeder einzelne Anwesende und jeder Legionär wird aus dem Erlös ein kleines Vermögen erhalten!«

Die Aussicht auf die zu erwartende Flut von Silbermünzen verstärkte den Jubel. Macro stieß Cato an und grinste. »Da werden die Burschen von den Hilfskohorten, die dem Gegner den Rückzug abschneiden sollten, aber ganz schön sauer sein. Die kriegen nämlich keinen Anteil an den Gefangenen. Bloß an denen, die sie einfangen konnten. Umso mehr bleibt für uns übrig.« Er lachte fröhlich bei dem Gedanken, dass seine Kameraden leer ausgehen würden, ganz im Einklang mit der traditionellen Rivalität zwischen den Legionen und den Hilfskohorten.

Der General bat mit erhobener Hand um Ruhe, worauf der Jubel erstarb. Seine Miene wurde ernster.

»Ein Sieg, das ja, aber ein schwer erkämpfter Sieg. Die Männer haben heute wie die Löwen gekämpft und jedem Pfeil, jedem Stein und jedem Schleuderschuss getrotzt, mit dem der feige Gegner sie aus der Sicherheit seiner Befestigungen heraus empfangen hat. Wir haben ihm die Stirn geboten, haben uns bis zur Hügelkuppe hochgekämpft und die gegnerischen Krieger zerstreut wie der Wind die Spreu. Der Sieg war unvermeidlich.

Doch er hat einen hohen Preis gefordert und wäre uns noch teurer zu stehen gekommen, wenn nicht Präfekt Cato, Centurio Macro und ihre kleine Schar von Helden rechtzeitig die Flanke des Gegners angegriffen hätten. Das gab den Ausschlag zwischen einem knappen Sieg und einem vernichtenden Schlag. Lasst uns nun unsere Becher heben. Auf Cato und Macro!« Er strahlte auf Cato herunter und reckte den Becher, dann trank er einen großen Schluck Wein.

»Auf Cato und Macro!«, riefen die anderen und leerten ihre Becher.

Ostorius stieg unbeholfen vom Hocker herunter. »Ich werde dafür sorgen, dass ihr für euren Einsatz an der Flanke angemessen belohnt werdet.« Der General lächelte. »Wer weiß? Vielleicht werdet ihr sogar nach Rom eingeladen, wenn mein Sieg dort gefeiert wird.«

»Danke, Herr«, erwiderte Cato, während Macro wortlos nickte. Dann wandte der General sich ab und verschwand in der Menge, und die Offiziere setzten ihre lärmigen Unterhaltungen fort.

»Also, da hat er sich ja mal richtig zurückgehalten für seine Verhältnisse«, meinte Macro. »Man könnte meinen, wir hätten nur an einem kleinen Geplänkel am Rand der Schlacht teilgenommen. Zu *seiner* Siegesfeier eingeladen … Die Scheißoberen beanspruchen den ganzen Ruhm für sich.«

»Was hast du erwartet? Eine Kutschenfahrt über die Via Sacra, ganz allein für dich? Ich bitte dich, Macro. So läuft das eben. Und so wird es immer laufen. Das ändert nichts daran, dass wir wissen, wie es wirklich war.« Er rang sich ein Lächeln ab und hob seinen Becher. »Auf Centurio Macro, den härtesten Kämpfer der Vierzehnten und jeder anderen Legion.«

Macro grinste trunken und hob ebenfalls seinen Becher. »Und auf Präfekt Cato, den härtesten dummschwätzenden Denker in der ganzen beschissenen Armee.«

Cato zögerte, dann zuckte er mit den Schultern. »Warum nicht? Darauf trinke ich.«

Sie stießen mit den Messingbechern an und leerten sie, dann gingen sie zur Theke, um sich nachschenken zu lassen.

KAPITEL 15

Die Feier dauerte bis spät in die Nacht an. Es herrschte ein Kommen und Gehen von Offizieren, die an ihren Dienstplan gebunden waren. Cato versuchte nicht, mit seinem Freund mitzuhalten, sondern trank nur so viel, dass er die fröhliche Stimmung seiner Kameraden teilen konnte. Macro hingegen ließ sich nicht lumpen und grölte aus vollem Hals mit den anderen Centurionen Marschlieder. Viele Offiziere waren zu den Bänken und Tischen am Rand des Zelts getaumelt und eingeschlafen, den Kopf auf die verschränkten Arme gesenkt. Ein Untertribun beugte sich am Eingang vor, stützte die Hände auf die Knie und übergab sich.

Später am Abend bemerkte Cato eine kleine Gruppe von Frauen, die in der gegenüberliegenden Ecke auf Bänken um einen Tisch saßen. Offiziersgattinnen. Die meisten waren mit schlichten Umhängen bekleidet, mit Ausnahme von Poppea, die sich nach dem Besuch bei Cato umgezogen hatte. Ihr Haar war jetzt trocken, gekämmt und zu einem eleganten Knoten hochgebunden. Als er sie anstarrte, wandte sie sich um und sah ihm in die Augen. Cato hätte vor Verlegenheit beinahe weggeschaut, doch es lag eine Herausforderung in ihrem Blick, und diese Genugtuung gönnte er Poppea nicht. Schließlich hob sie lächelnd den Becher und neigte grüßend das Haupt. Cato nickte zurück, dann wandte er sich ab und arbeitete sich zur Theke vor.

Der Weinhändler schwitzte heftig, und Cato wartete geduldig, während der Mann die leeren Krüge wegräumte und nach draußen eilte, um vom Wagen Nachschub zu holen. Als Cato sich auf die Theke stützte und mit den Fingern trommelte, schnupperte er auf einmal einen angenehmen Duft, und als er den Kopf herumdrehte, erblickte er Poppea. Er richtete sich eilig auf und nickte ihr grüßend zu.

»Poppea Sabina.«

»Präfekt Cato.« Sie lächelte wieder. Ein sehr anziehendes Lächeln, fand Cato. Es erinnerte ihn an Julia, was er sogleich bedauerte.

»Offenbar ist der gute General nicht sonderlich beeindruckt von deinem Beitrag zu *seinem* Erfolg.«

Cato hatte Mühe, seine Gedanken zu sammeln. Der Wein und die Müdigkeit erschwerten ihm das Denken, doch er war entschlossen, sich gegenüber der Frau des Tribuns Otho keiner Indiskretionen schuldig zu machen. »Er hat mir und Centurio Macro die Anerkennung zuteil werden lassen, die uns zustand.«

»Ach, ich bitte dich. Das hat er bestimmt nicht getan.« Sie zupfte ihn spielerisch an der Brust. »Mein Gemahl hat mir erzählt, was auf dem elenden Hügel passiert ist. Du hast gestern die entscheidende Wende herbeigeführt und die Situation gerettet.«

»Wir haben nur unsere Pflicht getan.«

»Viel mehr als das. Weshalb so bescheiden? Es muss dich doch wurmen, dass dein Beitrag dermaßen heruntergespielt wird. Wenn Ostorius dem Kaiser Bericht erstattet, wird dein Beitrag am Ausgang der Schlacht nur noch am Rande vermerkt werden.«

Cato musterte sie. Poppea war wunderschön, und ihre spielerische Intelligenz steigerte noch ihren Liebreiz. Ihre Direktheit aber verursachte ihm Unbehagen, und er traute ihr nicht. Auch sich selbst traute er nicht zu, sich so vorsichtig zu verhalten, wie die Situation es erforderte. Jede seiner Bemerkungen, die im Nachhinein als Beleg dafür gelten mochte, dass er sich Ostorius gegenüber illoyal verhalten hatte, würde an Poppeas Gemahl weitergegeben werden, und Otho machte nicht gerade einen verschwiegenen Eindruck. Je öfter etwas weitererzählt wurde, desto übertriebener die Darstellung, und wenn Ostorius von irgendwelchen Prahlereien erfahren sollte, würde er sich an Cato schadlos halten. Die Anerkennung, die er auf dem Schlachtfeld erworben hatte, wäre damit hinfällig, und Ostorius würde alles daransetzen, Cato mit einer Berufung zu bestrafen, die noch unerfreulicher wäre als das Kommando über die Trosseskorte.

»Ich bin ein einfacher Soldat, Herrin«, erwiderte er steif. »Ich tue meine Pflicht. Was der General sagt und tut, geht mich nichts an.«

Sie lachte, ein heller, angenehmer Laut. »O je. Offenbar habe ich dich verärgert, Präfekt. Gestatte mir, dir einen frischen Becher Wein zu holen.«

Der Weinhändler war zurückgekehrt und mühte sich mit einem großen Weinkrug ab, den er sich unter den Arm geklemmt hatte. Als Poppea ihn herbeiwinkte, setzte er ihn eilig ab.

»Ja, Herrin?«

»Ich hätte gern einen kleinen Krug von dem oskischen Wein, den du für deine besten Kunden bereithältst.«

»Oskisch?«

Sie kniff die Augen zusammen. »Verkauf mich nicht für dumm. Ich weiß Bescheid. Tribun Otho ist mein Mann. Setz es auf seine Rechnung.«

Kaum hatte sie Otho erwähnt, neigte der Händler den Kopf und drehte sich zu den Krügen hinter der Theke um.

»Das ist nicht nötig«, sagte Cato.

»Unsinn.« Poppea lächelte verführerisch. »Du hast es wahrlich verdient, belohnt zu werden. Einstweilen musst du dich mit Wein begnügen.« Sie senkte die Stimme. »Aber für einen Mann mit deinen Fähigkeiten gibt es noch andere Belohnungen.«

Cato erstarrte. »Ich, äh, ich verstehe nicht.«

»Sei kein Narr, Präfekt. Du weißt genau, was ich meine.«

»Aber dein Gemahl …«

»Ist stockbesoffen und schläft in unserem Zelt. Er ist nicht der Mann, für den ich ihn gehalten habe. Bezaubernd in der Öffentlichkeit, aber still und unauffällig zu Hause. Er erfüllt nicht immer die Erwartungen, die eine Frau an ihren Gemahl stellen mag …«

Cato fiel die Kinnlade herab, doch es kam ihm keine passende Erwiderung in den Sinn. Erlöst wurde er vom Weinhändler, der einen edel glasierten Krug hereinbrachte. Er nahm den Korken heraus und schenkte eine bescheidene Menge Wein in einen Becher ein, den er hinter der Theke hervorholte. Poppea trat zwischen Cato und den Händler, um den Becher entgegenzunehmen. In diesem Moment heulte eine starke Bö über das Lager hinweg. Die Zeltklappen sprangen auf und flatterten wie die gebrochenen Flügel eines großen Vogels. Cato blickte zum Ausgang, und als er den Kopf zurückwandte, stand dicht vor ihm Poppea und reichte ihm den Becher.

»Deine Belohnung. Und wenn du magst, gibt es noch mehr.« Sie beugte sich ein wenig vor und präsentierte ihm den dunklen Spalt zwischen ihren Brüsten.

Der Wind wurde immer stärker und toste durchs Lager. Als die Halteleinen die Holzpflöcke aus dem Boden zogen, wurde die Rückseite des Zeltes, wo die Frauen saßen, plötzlich nach oben gerissen. Wind und Regen peitschten ins Zelt und fegten die stickige Luft hinweg. Die Frauen kreischten vor Angst, die Männer vor Ärger, und alle flohen vor den eingedrungenen Elementen. Immer mehr Leinen gaben nach, und an der anderen Seite fiel das Zelt in sich zusammen.

Cato dachte als Erstes an seine Männer in den Unterkünften. Wenn der Sturm die Sicherheit des Lagers bedrohte, war sein Platz an ihrer Seite. Er wandte sich an Poppea.

»Verzeih, aber ich muss gehen.«

Ehe sie Einwände erheben konnte, drückte er ihr den Becher in die Hand und hielt Ausschau nach Macro. Sein Freund näherte sich durchs Gewühl.

»Ein Scheißvergnügen.« Macro lächelte schuldbewusst. »Wir sollten besser zu unseren Männern zurückgehen.«

Cato nickte. Trotz des vielen Weins, den sein Freund getrunken hatte, wirkte er nüchtern genug, um zu den Zelten zu gehen. Mehrere andere Offiziere sahen die Lage genauso wie sie und wühlten am Ausgang nach ihren Umhängen. Draußen zog Cato die Umhangkapuze fest um seinen Kopf und ging voran. Nach ein paar Schritten hielt Macro an.

»Einen Augenblick, mein Junge.«

Er trat an den Rand des matschigen Durchgangsweges und würgte einen Schwall Erbrochenes hervor. Das meiste davon landete auf dem Boden, doch der Wind peitschte einiges davon gegen seine Tunika. Macro fluchte und würgte erneut, doch diesmal kehrte er dem Wind den Rücken zu, bevor er einen weiteren Schwall von sich gab.

»Bist du fertig?«, fragte Cato, die Hände in die Hüfte gestemmt.

Macro nickte kleinlaut. »Geht schneller raus als rein. Und wenn ich dir einen Rat geben darf: Kotz immer *mit* dem Wind.« Er deutete auf seine verschmutzte Tunika.

Cato besah sich angewidert die Bescherung. »Gehen wir.«

Der Sturm raste über die Berge, der heulende Wind peitschte den Regen gegen die Zelte und alle, die sich im Freien aufhielten. Als er einen Schrei vernahm, blickte Cato sich um. Das Ende des Messezelts flog gerade in die Luft, riss die Halteleinen heraus und wirbelte umher, bevor es in sich zusammenfiel. Die Bewacher des Generals hatten ihre Waffen weggelegt und hämmerten die Pflöcke der anderen Zelte fest. Überall richtete der Sturm Verwüstungen an, und Männer stürzten ins Freie, um die Zelte festzuhalten. Während ringsumher Chaos ausbrach, war Cato froh, die Silhouetten der Wachposten zu sehen, die auf den Befestigungen ausharrten.

»Beim verfluchten Gemächt Jupiters!« Macro schüttelte den Kopf. »Hast du so was schon mal erlebt? Da ist den Göttern was in die Krone gefahren, o ja.«

»Gut, dass das nicht gestern passiert ist«, entgegnete Cato, der sich bemühte, das Gute daran zu sehen. »Kannst du dir vorstellen, wie es nach dem vielen Regen auf dem Hügel aussieht?«

Sie stapften weiter, neigten sich gegen den Sturm nach vorn, der Saum des Umhangs peitschte ihnen um die Beine. Schließlich erreichten sie die zweifelhafte Zuflucht der Befestigung und wandten sich zu der Ecke des Lagers, wo der Tross lagerte.

»Was hat die Frau des Tribuns von dir gewollt?«, fragte Macro.

»Ah, du hast uns gesehen.«

»Allerdings. Hat ziemlich kuschelig gewirkt. Ist sie eine von der Sorte, die Gerüchte in Umlauf bringt?«

»Das weiß ich nicht. Sie wollte mir, dem Helden, nur bewundernd auf den Rücken klopfen und mir einen Becher Wein ausgeben. Das war alles.«

Macro lachte leise. »Schon klar. Auf den Rücken klopfen. Genau.«

Cato seufzte erschöpft. »Macro, ich bin ein verheirateter Mann. Und ich liebe meine Frau.«

»Ja, und?«

»Deshalb sollten wir es dabei belassen, Centurio. Das ist ein Befehl.«

Als sie die Zelte der Eskorte oder das, was davon übrig war, erreichten, wurde Cato schwer ums Herz. Mindestens die Hälfte der Zelte war eingestürzt, und dunkle Gestalten bemühten sich, den Rest zu retten. Die Blutkrähen hatten ihre Unterkünfte verlassen und beruhigten die Pferde, deren Wiehern durch die stürmische Nacht gellte.

»Ich sehe nach den Männern«, sagte Cato. »Sieh du nach den Gefangenen.«

»Nach den Gefangenen? Zum Hades mit denen. Ein bisschen Regen schadet denen nicht.«

»Kann sein, aber ich möchte, dass sie in guter Verfassung sind, wenn wir sie an den Kaiser übergeben, wann immer das sein mag. Schau nach, ob sie noch sicher untergebracht sind und ob die Ketten halten.«

»In Ordnung.« Macro nickte bestätigend und eilte zur größeren Umzäunung. Cato näherte sich als Erstes seinem eigenen Zelt und stellte zu seiner Erleichterung fest, dass es noch stand. Thraxis schlug gerade zusätzliche Pflöcke ein.

»Irgendwelche Schäden?«, fragte Cato.

Sein Diener senkte den Hammer und schaute hoch. »Nein, Herr. Ich habe die meisten deiner Sachen vorher in die Truhe getan. Auch die Dokumente und Tafeln.«

»Guter Mann!« Cato deutete zum Zelt. »Sichere du das. Ich sehe nach den anderen Zelten.«

Thraxis nickte und machte sich wieder an die Arbeit, während Cato zu der Zeltreihe ging, in der die Legionäre von Macros Kohorte untergebracht waren. Der hünenhafte Centurio Crispus brüllte ein paar Befehle und näherte sich ihm durch den Sturm.

»Centurio, Meldung!«

Crispus wischte sich Regenwasser aus dem Gesicht. »Sieht nicht gut aus, Herr. Wir haben die meisten Zelte verloren und können von Glück sagen, wenn wir die übrigen retten können. Ich habe den Männern gesagt, sie sollen die Zelte zusammenfallen lassen und sich draufsetzen, bis der Sturm vorbei ist.«

Cato gähnte, vor Müdigkeit waren ihm die Glieder schwer. »Vermutlich das Beste, was man machen kann. Bis Tagesanbruch müssen sie halt zusammenrücken. Dann sehen wir weiter.«

»Es wird ganz schön heimelig in den Zelten werden, Herr.«

»Dann haben sie es wenigstens warm.«

»Cato! Cato!«

Beide drehten sich um. Cato machte undeutlich Macro aus, der vor der kleineren Umzäunung heftig gestikulierte.

»Was ist?«, fragte Cato.

»Er ist weg!«, rief Macro mit erschrecktem Blick. »Caratacus. Der Schuft ist verschwunden.«

KAPITEL 16

V erschwunden?« Cato erstarrte. Ihm krampften sich die Eingeweide zusammen.

Er wartete nicht auf weitere Erklärungen, sondern rannte durch den Morast und die Pfützen zur Umzäunung. Die Tür stand offen, und es war dunkel darin, doch als er näher kam, sah er zwei Gestalten auf dem Boden liegen. Die beiden Wachposten, wurde ihm klar. Er stürmte an ihnen vorbei. Das düstere Innere der Umzäunung war leer, abgesehen vom Pfosten und den im Dreck liegenden Ketten.

»Nein!« Cato ballte die Hand zur Faust und schlug gegen die Holzwand. Er ging in die Hocke, hob die Ketten auf und untersuchte sie. Sie waren dreckverkrustet, doch er fand keine gebrochenen Kettenglieder, und die Sperrbolzen der Fuß- und Handschellen waren säuberlich herausgeschlagen worden. Er richtete sich auf und ging zu Macro und Crispus, die die beiden Wächter untersuchten.

»Tot?«

»Beide«, antwortete Macro. »Man hat ihnen die Kehle durchgeschnitten. Wer immer das getan hat, muss dicht an sie herangekommen sein … Der Schuft wird dafür bezahlen müssen.«

Cato versuchte seinen Kopf freizubekommen. »Damit befassen wir uns später. Erst einmal müssen wir Caratacus finden. Hol die Männer. Ich möchte, dass sie auf der Stelle mit der Suche beginnen. Schick jeweils einen Läufer zu den Toren. Niemand darf das Lager verlassen. Los, mach schon!«

Der erschrockene Centurio eilte davon, und Cato wandte sich Macro zu. »Was ist mit den anderen Gefangenen?«

»Die hab ich überprüft. Sind alle noch da.« Macro blickte in die Dunkelheit. »Vielleicht hat Caratacus vor, sie ebenfalls zu befreien, und hält sich noch ganz in der Nähe auf.«

Cato schüttelte den Kopf. »Dafür ist es zu spät. Der Alarm wurde bereits ausgelöst. Sollte das sein Plan gewesen sein, kann er ihn jetzt nicht mehr ausführen. Ich schätze, er wird versuchen, aus dem Lager hinauszukommen und bis Tagesanbruch möglichst großen Abstand zu gewinnen. Hoffentlich ist es noch nicht zu spät. Du übernimmst hier das Kommando. Verdopple die Bewachung der anderen Gefangenen. Such den Hornisten und lass ihn das Signal fürs Antreten geben.«

»Was hast du vor, Herr?«

»Ich erstatte dem Hauptquartier Meldung. Wir müssen das ganze Lager wecken.«

»Sollten wir nicht erst einmal versuchen, Caratacus zu finden? Bevor wir den General informieren?«

»Dafür ist es zu spät. Mach schon!«

Sie trennten sich, und Cato machte kehrt und eilte zurück in die Mitte des Lagers. Er sah bereits die Zelte des Stabes, als hinter ihm das Horn geblasen wurde. Die

Soldaten, die im Dunkeln ihre Zelte zu retten versuchten, hielten inne und schauten sich um.

»Was ist los?«, rief jemand. »Ich dachte, der Gegner wäre erledigt. Welcher Idiot hat sich da einen Scherz erlaubt?«

Cato hielt an, legte die Hand um den Mund und rief: »Alle Mann antreten! Ihr habt das Signal gehört! Bewegt euren verdammten Arsch!«

Der Bann war gebrochen, und die Männer suchten ihre Ausrüstung zusammen. Optios und Centurionen gaben den Befehl brüllend weiter, um das Tosen des Sturms zu übertönen. Cato eilte weiter, halb laufend, halb im Morast schlitternd. Wie durch ein Wunder war nur das Messezelt eingestürzt. Die anderen Zelte trotzten dem Wind, und er kam vor dem Eingang des Generalszelts rutschend zum Stehen und rang nach Atem.

»Lasst … mich ein.« Er bedeutete den Wachposten, den Weg frei zu machen.

»Einen Moment, Herr.« Einer der beiden verstellte ihm den Eingang.

»Dafür … ist keine Zeit.« Cato stieß den Mann beiseite und drängte sich durch die Eingangsklappen. Der Schein der Öllampen und Feuerschalen blendete ihn nach der Dunkelheit, und er blickte sich hektisch um, während der Bursche, der gerade die Stiefel seines Herrn putzte, erschrocken aufsah.

»Ist der General da?«, fragte Cato.

Einer der Wachposten trat ins Zelt, stürmte auf Cato zu und streckte die Hand zum Schwertknauf aus. »Herr! Du musst draußen warten!«

»Wo ist der General?«, wiederholte Cato.

Der Vorhang an der anderen Seite teilte sich, und Ostorius trat barfuß hervor, bekleidet mit einer Tunika. »Was in Jupiters Namen ist hier los? Präfekt Cato. Was machst du hier?« Der General hielt inne und legte den Kopf schief. »Wer hat Befehl gegeben, Gefechtsbereitschaft auszurufen?«

Cato drängte sich am Wachposten vorbei und nahm vor dem Heeresführer Aufstellung. Das Herz schlug ihm bis zum Hals, und er rang noch immer nach Atem.

»Caratacus ist geflohen, Herr.«

Ostorius musterte ihn entgeistert. »Geflohen? Wie ist das möglich? Du hattest ihn in Ketten gelegt.«

»Ja, Herr.«

»Also, wie konnte das geschehen?«

»Jemand muss ihm geholfen haben, Herr. Die beiden Wachposten wurden getötet, und die Bolzen der Ketten wurden herausgeschlagen.«

»Geholfen? Wer?«

»Das kann ich nicht sagen, Herr. Aber sobald ich entdeckt hatte, dass er verschwunden ist, habe ich Alarm gegeben. Meine Männer suchen nach ihm, und ich habe Befehl gegeben, niemanden aus dem Lager nach draußen zu lassen. Wenn er noch hier ist, werden wir den gegnerischen Oberbefehlshaber finden, Herr.«

Ostorius verarbeitete die Information, seine Miene verdüsterte sich. »Du solltest ihn besser finden, Präfekt Cato. Bei den Göttern, er muss gefunden und wieder in Ketten gelegt werden. Wenn ihm die Flucht gelingt, werden die Verantwortlichen dafür büßen.«

»Ja, Herr«, erwiderte Cato hilflos.

Der General wandte sich an den Wachposten. »Benachrichtige unverzüglich meine Stabsoffiziere!«

Der Mann salutierte und eilte hinaus. Ostorius' Bursche war auf dem Hocker sitzen geblieben, die Stiefel in Händen. Der General funkelte ihn an. »Worauf wartest du? Mach weiter!«

Der Bursche fuhr fort, die Stiefel zu polieren, weit vorgebeugt und mit gesenktem Kopf. In diesem Moment hätte Cato liebend gern mit ihm getauscht. So aber harrte er reglos aus, als Ostorius sich zornfunkelnd wieder zu ihm umwandte.

»Du solltest deine Suche nach Caratacus fortsetzen, Präfekt. Verschwinde!«

Cato salutierte und eilte ins Freie, froh darüber, dem General vorerst entkommen zu sein.

Als der General seine Offiziere informiert hatte, wurden zwei Kohorten dazu eingeteilt, die Trosseskorte bei der Suche nach dem entwichenen Gefangenen zu unterstützen. Die übrigen Männer traten ab und suchten sich wieder einen Ort, an dem sie den Rest der Nacht verbringen konnten. Cato ging zu seinem Zelt zurück und wartete ungeduldig auf die ersten Meldungen.

Schließlich ließ der Sturm nach, wanderte nach Osten weiter und nahm die Wolken mit sich fort. Der Regen hörte endlich auf, und die Sterne blickten wieder heiter aus dem samtigen Himmel nieder. Wie er so am Eingang seines Zeltes stand und zum Nachthimmel hochschaute, hatte er das Gefühl, dessen Stille wolle ihn verspotten. Sein Triumph hatte nicht mal einen Tag vorgehalten. Die Flucht würde ihn vom Helden zum Sündenbock der Legion degradieren. Anstatt für die Gefangennahme des gegnerischen Anführers gefeiert zu werden, würde man ihn als den Mann in Erinnerung behalten, der ihn nicht an der Flucht gehindert hatte. Der wahre Schuldige aber war der Mann, der die Wachposten getötet und Caratacus befreit hatte. Cato schwor sich, ihn leiden zu lassen, wenn er seiner habhaft werden sollte. Im Moment war seine einzige Hoffnung, dass sich der Mann, der Caratacus zur Flucht verholfen hatte, irgendwo im Lager versteckte. Die Möglichkeit, dass der gegnerische Anführer sich aus eigener Kraft befreit hatte, wollte Cato gar nicht erst in Erwägung ziehen.

Als die ersten Meldungen der Suchtrupps eintrafen, wurde Cato immer schwerer ums Herz. Von Caratacus fehlte jede Spur.

Als der Morgen graute, überbrachte ihm Macro eine verstörende Neuigkeit.

»Ich habe mit den Wachposten an den Toren gesprochen. Sie haben wie befohlen niemanden hinausgelassen. Dann aber habe ich sie gefragt, ob in den Stunden vor dem Alarm jemand das Lager verlassen hat.«

»Und?«

»Es wird dir nicht gefallen, aber es gab keine ungewöhnlichen Vorfälle – nur das übliche Kommen und Gehen der Patrouillen. Mit Ausnahme des Wagens des Weinhändlers.«

Cato fasste sich an die Stirn. »Ein Wagen. Haben die Wachposten ihn durchsucht?«

»Sie haben flüchtig hineingeschaut, und er war leer. Der Fahrer hatte das Gesicht unter einer Kapuze verborgen. Da es regnete, hat sich der diensthabende Optio nichts dabei gedacht. Der Fahrer sagte, er wolle nach Viroconium fahren, um jetzt, da keine Gefahr vom Feind mehr drohe, Nachschub zu holen. Der Optio hat ihn durchgelassen.«

»Wann war das?«

»Kurz bevor das Tor am Abend geschlossen wurde. Zu dem Zeitpunkt waren wir im Messezelt. Der Optio wartet draußen, falls du mit ihm sprechen möchtest.«

»Soll reinkommen.«

Macro streckte den Kopf zwischen den Zeltklappen hindurch. »Komm rein, du da.«

Er machte dem Optio Platz. Der Soldat hatte schon einige Dienstjahre auf dem Buckel, machte mit seiner Nervosität und seinem dümmlichen Gesichtsausdruck aber keinen guten Eindruck. Anscheinend war er einer der Soldaten, die es bis zum Optio brachten, aber nicht das Zeug hatten, zum Centurio befördert zu werden. Er nahm Haltung an.

»Optio Domatus meldet sich zur Stelle, Herr.«

»Centurio Macro hat mir berichtet, du hättest am Abend einen Wagen durchgelassen, bevor du das Tor geschlossen hast.«

»Ja, Herr.«

»Einen Weinhändler, der nach Viroconium wollte.«

»Das ist richtig, Herr.«

»Fandest du es nicht ungewöhnlich, dass der Händler das Lager zu dieser Uhrzeit verlassen wollte?«

Der Optio wand sich unbehaglich. »Er machte auf mich einen glaubwürdigen Eindruck, Herr. Außerdem hatte wir Auftrag, auf Bedrohungen von außerhalb des Lagers zu achten, Herr. Er wollte weg. Hab keinen Grund gesehen, ihn zurückzuhalten.«

»Optio, die Wachposten halten Ausschau nach dem Gegner. Eure Aufgabe ist es, sorgfältig zu prüfen, wer hereinkommt oder hinausgeht.«

»Wie ich schon sagte, Herr. Es gab keinen Anlass, in ihm einen Gegner zu vermuten. Geschweige denn Caratacus. Außerdem hat er Latein gesprochen.«

Cato seufzte. »Ist dir schon mal der Gedanke gekommen, dass auch ein Feind der Römer unsere Sprache sprechen könnte?«

Der Optio setzte zu einer Entgegnung an, besann sich aber und klappte den Mund wieder zu.

»Glaubst du, das war er?«, warf Macro ein.

»Möglich wär's. Wenn wir hier fertig sind, schicke ich ihm eine Patrouille hinterher. Für alle Fälle.« Cato wandte sich wieder an den Optio. »Domatus, kannst du mir sonst noch etwas zu dem Weinhändler sagen? Kannst du ihn beschreiben?«

»Wie ich dem Centurio schon sagte, Herr, er hatte eine Kapuze auf. Konnte im Dunkeln und bei dem Regen und dem Wind und überhaupt nicht viel sehen.«

»Verstehe.« Cato seufzte schwer. Er wollte den Mann gerade entlassen, als sich die Miene des Optios aufhellte.

»Ich hab mir seinen Namen gemerkt, Herr. Der war seitlich am Wagen angebracht. Ich konnte ihn lesen, als er durchs Tor gefahren ist.«

»Und?«

»Hipparchus, Herr.«

Cato starrte ihn an.

»Verdammter Mist …«, knurrte Macro.

Cato war bereits aufgesprungen und zwängte sich an dem Optio vorbei. »Macro, komm mit!«

Er versuchte, zum Tross und den vom Sturm zerfledderten Zelten und Unterkünften der Marketender zu laufen, doch der Morast erschwerte ihm das Vorankommen. Macro folgte ihm, so schnell er laufen konnte. Sie eilten an den abgestellten Wagen und Karren der Armee vorbei und gelangten zu der Stelle, wo die Händler hausten. Von der Ordnung im Armeeteil des Lagers war hier wenig zu merken, die provisorischen Unterkünfte und bunten Zelte waren wahllos an den beiden sich kreuzenden Hauptwegen verteilt. Die Sonne war noch nicht aufgegangen, doch es waren schon zahlreiche Zivilisten unterwegs. Das Unwetter hatte auch hier große Schäden angerichtet, und zahlreiche Verkaufsstände waren umgeworfen worden.

Cato hielt vor dem Stand eines Blechschmieds an, der den Sturm überstanden hatte. Der Besitzer hatte bereits seine Waren ausgelegt, vom Unglück seiner Nachbarn scheinbar gänzlich ungerührt.

»Wo finde ich Hipparchus, den Weinhändler?«

Der Mann schaute hoch und zuckte mit den Schultern. »Den kenne ich nicht. Aber wenn er mit Wein handelt, dann findest du ihn dort um die Ecke, bei den anderen.«

Cato eilte weiter und bog in eine weitere von Verkaufsständen gesäumte Gasse ab. Ganz in der Nähe lag ein Stand mit Weinkrügen. Ein dicker Mann mit fettigen grauen Locken feilschte gerade mit einem Kunden.

»Ich suche nach Hipparchus«, sagte Cato.

Der Händler wandte sich augenblicklich dem jungen Offizier zu und lächelte. »Herr, wenn du Wein kaufen willst – bei mir bekommst du bessere Qualität zu einem günstigeren Preis.«

»Ich will deinen verdammten Wein nicht. Ich will Hipparchus.«

Der Händler deutete achselzuckend zu einem Stand an der anderen Seite der Gasse. Cato drehte sich um. Dort stand ein Wagen mit hohen Seiten, an dem ein Vorzelt befestigt war, das den aus massiven Holzbalken errichteten Stand überspannte. Er eilte hinüber und kletterte über die Theke. Mit den Stiefeln landete er auf etwas Weichem, Nachgiebigem. Er stolperte, fand aber das Gleichgewicht wieder und sah, dass unter der Theke ein Mensch lag, mit dem Gesicht nach unten und versteckt hinter dem Ledervorhang, der den Stand nach vorne abschloss. Im bleichen Morgenlicht konnte Cato erkennen, dass dies nicht Septimus war. Der schmutzigen, zerrissenen Tunika nach zu schließen, handelte es sich um einen Sklaven. Der Mann stöhnte und hob kraftlos den Arm. Cato packte ihn bei den Schultern und schüttelte ihn.

»Wo ist Hipparchus?«

Der Sklave hob flatternd die Lider und versuchte den Blick auf den vor ihm stehenden Fremden scharf zu stellen. Er stank nach Wein. Cato wiederholte die Frage und verlieh ihr mit erneutem Schütteln weiteren Nachdruck, doch der Mann war zu betrunken, um klar denken zu können. Cato ließ ihn los und wandte sich an Macro, der vor der Theke stand.

»Durchsuch den Wagen.«

Macro nickte, eilte zur Rückseite des Wagens und löste die Verschnürung der Lederklappe.

»Was macht ihr da?«

Cato schaute hoch und erblickte den Weinhändler, mit dem er eben gesprochen hatte.

»Ist dir gestern Abend irgendetwas aufgefallen?«

»Aufgefallen?«

»Etwas Ungewöhnliches.«

»Also, ich hatte alle Hände voll zu tun, damit mein Stand nicht weggeweht wurde, Herr. Wie die meisten im Lager. Aber etwas war schon seltsam.«

»Erzähl.«

»Dieser Hipparchus hat ein Maultier an seinen Karren gespannt, bevor es dunkel wurde. Er und sein nutzloser Sklave. Dann ist er weggefahren. Bei dem Sturm hätte er sich eigentlich um seinen Stand kümmern müssen. Seitdem hab ich ihn nicht mehr gesehn.«

»Bist du sicher, dass der Mann Hipparchus war?«

Der Händler nickte. »Hab ihn am Umhang erkannt.«

»Cato!«, rief Macro vom Wagen aus. »Er liegt hier drinnen!«

Cato ließ den Händler stehen und eilte zu Macro hinüber. Im düsteren Wageninneren erblickte er den kaiserlichen Agenten, der neben einer zusammengerollten Schlafmatte lag. Er regte sich nicht, und einen Moment lang fürchtete Cato schon, er sei tot. Er kletterte in den

Wagen und kroch zu dem Mann. Als er feststellte, dass er noch atmete, stieß er einen Seufzer der Erleichterung aus.

»Er lebt. Hilf mir mal. Wir heben ihn aus dem Wagen.«

Sie zogen den bewusstlosen Agenten zur Kante, hoben ihn heraus und legten ihn auf dem Boden ab. Da es draußen heller war, bemerkte Cato, dass Septimus' Haar an beiden Seiten blutverkrustet war. Auch sein Hals und die Schulter der Tunika waren blutig.

Macro sog scharf den Atem ein. »Jemand hat ihm eins über den Kopf gegeben. Caratacus, oder was meinst du?«

Cato zögerte. »Scheint so.«

Er richtete sich auf und befahl dem Weinhändler, ihnen Wasser zu bringen.

Macro deutete auf Septimus hinunter. »Was machen wir mit ihm?«

Cato kratzte sich am Kinn. »Wir säubern die Wunde und kleiden ihn an. Vielleicht kommt er ja zu sich. Wenn wir nichts aus ihm rausbekommen, bringen wir ihn zum Wundarzt. Auf jeden Fall müssen wir so schnell wie möglich mit ihm sprechen.«

Macro wollte eine Bemerkung machen, doch da näherte sich der Weinhändler mit einem Krug und einem schmalen Leinenstreifen. Cato nahm beides entgegen.

»Ich möchte, dass du zum Hauptquartier gehst und dem General Bericht erstattest.«

»Ich bin kein Soldat«, wandte der Händler ein. »Geh selbst.«

»Halt den Mund!«, entgegnete Cato. »Und tu verdammt noch mal, was ich dir sage. Melde dem General, dass Caratacus mit Hipparchus' Karren aus dem Lager entkommen ist. Sag ihm, er soll alle meine Männer nach ihm suchen lassen. Sofort!«

Der Händler eilte widerwillig davon, die beiden Offiziere blieben bei Septimus zurück.

»Heb vorsichtig seinen Kopf an«, sagte Cato.

Macro tat wie geheißen, während Macro das Tuch anfeuchtete und das getrocknete Blut so gut es ging entfernte. Septimus hatte eine Platzwunde, doch der Schädelknochen war anscheinend unversehrt. Als er die Wunde weiter säuberte, regte sich Septimus und murmelte etwas, dann wurde er wieder bewusstlos.

»Irgendwas stimmt hier nicht«, sagte Macro.

Cato blickte auf. »Du meinst, abgesehen davon, dass Caratacus entkommen ist und einen kaiserlichen Spion tätlich angegriffen hat?«

Macro bekam die Anspannung seines Freundes mit und biss sich auf die Zunge. Es entstand ein kurzes Schweigen, als Cato das Blut vom Hals abwusch, das Tuch auswrang und es Septimus dann sorgfältig um den Kopf band. Macro bettete seinen Kopf behutsam auf den Boden.

Dann unternahm er einen neuen Anlauf. »Jemand hat Caratacus zur Flucht verholfen und ist zufällig auf Septimus gestoßen, als er einen Karren gesucht hat, um Caratacus aus dem Lager zu schaffen. Vielleicht höre ich das Gras wachsen, aber das kommt mir irgendwie unglaubhaft vor.«

»Du hast recht«, erwiderte Cato leise. »Das sind zu viele … Zufälle auf einmal.« Er tippte auf die Brust des kaiserlichen Spions. »Bring ihn zur Verwundetenstation. Ich setze die Blutkrähen auf Caratacus an. Anschließend komme ich dir nach. Ich will dabei sein, wenn Septimus zu sich kommt. Er muss mir ein paar Fragen beantworten.« Cato hielt inne und zuckte zusammen. »Und der General wird uns ebenfalls ein paar Fragen stellen wollen.«

KAPITEL 17

Das ist ein unhaltbarer Zustand«, sagte General Ostorius kühl zu Cato und Macro, die vor ihm Haltung angenommen hatten. Die Patrouillen der Blutkrähen hatten Cato vor einer Stunde gemeldet, sie hätten den verlassenen Karren gefunden, aber keine Spur von Caratacus entdeckt.

Der General funkelte die beiden Offiziere zornig an. »Ihr wart verantwortlich für die Bewachung des Gefangenen, des Mannes, der eine Bedrohung für die römischen Interessen darstellt. Des Mannes, den wir erst gestern in der Schlacht besiegt und gefangen genommen haben. Und jetzt, keinen Tag später, ist er entkommen. Wie soll ich das dem Kaiser erklären?«

Obwohl die Frage rhetorisch gemeint war, hätte Macro dem General am liebsten entgegnet, dass dies sein Problem sei. Doch wer nicht genügend Verstand besaß, den Mund zu halten, durfte auch nicht mit einer Beförderung zum Centurio rechnen, und deshalb schwieg Macro.

Ostorius holte tief Luft und fuhr fort. »Genauer gesagt, wie erklärt ihr mir das? Nun, Präfekt?«

Macro räusperte sich und ergriff das Wort, ehe Cato antworten konnte. »Es war meine Schuld, Herr. Ich hatte den Auftrag, die Gefangenen zu bewachen.

»Du?« Ostorius hob die Brauen. »Stimmt das?«

Cato war sich der Gefahr bewusst, in die Macro sich begab, und verspürte jähe Angst. Das war ebenso wenig Macros Schuld wie seine. Es stand so gut wie fest, dass Pallas' Agent hinter Caratacus' Flucht und dem Überfall auf Septimus steckte. Der kaiserliche Agent hatte seinen Gegner anscheinend unterschätzt, und der hatte seine Tarnung durchschaut. Cato durfte Ostorius nicht zu viele Einzelheiten preisgeben, doch er musste wenigstens versuchen, Macro aus der Schusslinie zu nehmen.

»Herr, Centurio Macro stand unter meinem Befehl. Die Verantwortung liegt bei mir, und insofern muss auch ich eine eventuelle Strafe auf mich nehmen.«

»Die Entscheidung darüber liegt bei mir, aber erst einmal muss ich alle Fakten kennen. Also erzähl mir, was du weißt, Präfekt.«

Cato kämpfte gegen seine Erschöpfung an und berichtete, was er herausgefunden hatte.

»Die Flucht ereignete sich, als Centurio Macro und ich im Messezelt waren. Des Weiteren weiß ich, dass Caratacus einen Helfer gehabt haben muss.«

»Wie das?«

»Weil den beiden Wachposten die Kehle durchgeschnitten wurde, Herr. Da Caratacus unbewaffnet und angekettet war, folgt daraus, dass meine Männer das Opfer eines bewaffneten Angreifers wurden. Oder mehrerer. Außerdem wurden die Bolzen der Fesseln herausgeschlagen. Dazu braucht man einen Hammer und eine Punze.«

»Und wer hat ihm geholfen? Einer der Eingeborenen? Sind weitere Gefangene entkommen?«

»Nein, Herr. Ich habe mit dem Centurio gesprochen, der die Gefangenen außerhalb des Lagers bewacht. Bei denen fehlt keiner. Und selbst wenn einer entkommen wäre, hätte er den Graben und die Palisade überwinden und an den Wachposten vorbeikommen müssen. Dann hätte er Caratacus finden und einen Hammer und eine Waffe suchen müssen. Das ist unwahrscheinlich.«

»Aber nicht unmöglich.«

»So gut wie«, entgegnete Cato bestimmt.

»Was ist mit seinen Angehörigen und seinen Brüdern?«

»Die sind noch immer angekettet. Die Wachen haben erklärt, ihnen sei in der Nacht nichts Ungewöhnliches aufgefallen.«

Ostorius nickte nachdenklich. »Warum hat Caratacus nicht versucht, seine Angehörigen zu befreien? Weshalb hat er sie zurückgelassen?«

Cato legte den Kopf schief. »Ich vermute, dass das zu schwierig gewesen wäre. Die größere Umzäunung wurde von vier Männern bewacht und liegt zudem dicht neben den Zelten von Centurio Macros Kohorte. Hätte jemand Alarm geschlagen, wären sie bald darauf von Bewaffneten umzingelt worden. Und selbst wenn es ihnen gelungen wäre, die Wachen zu töten und die Gefangenen zu befreien, wäre es doch sehr schwer für sie gewesen, unbemerkt aus dem Lager hinauszukommen. Für Caratacus allein standen die Chancen besser. Wenn er versucht hätte, auch die anderen Gefangenen zu befreien, wäre ihm die Flucht wahrscheinlich nicht gelungen.«

Ostorius hob eine Braue. »Willst du damit sagen, er habe seine Familie geopfert, um die eigene Haut zu retten?«

»Ich sage nur, dass dies die vernünftigste Vorgehensweise war, Herr.«

»Vernünftig? Ich würde das eher als skrupellos bezeichnen.«

Macro zuckte mit den Schultern. »Vielleicht hat er uns ja deshalb so viel Ärger gemacht, weil er skrupellos ist, Herr.«

Der General funkelte ihn an. »Danke für die Belehrung, Centurio.«

Macro errötete, und der Oberbefehlshaber richtete seine Aufmerksamkeit wieder auf Cato. »Angenommen, du hast recht – wie ging es dann weiter?«

Cato überlegte blitzschnell. Bei diesem Teil der Geschichte musste er Vorsicht walten lassen, wenn er Septimus nicht bloßstellen wollte. Ungeachtet der Loyalität des Generals dem Kaiser gegenüber, würde er es nicht freundlich aufnehmen, wenn er erfuhr, dass es in seinem Heer einen Spion gab. Ebenso wenig würde er es schätzen, dass seine Offiziere ihn nicht darüber informiert hatten. Cato räusperte sich und setzte seinen Bericht emotionslos fort. »Wir wissen, dass Caratacus das Lager als Weinhändler Hipparchus getarnt durch das Osttor verlassen hat. Als der Optio mir das gemeldet hat, habe ich mich gleich an den Namen erinnert.«

»Wie kam es, dass du ihn kanntest?«

»Der Weinhändler hat mir vor zwei Tagen etwas verkauft. Wir haben uns sogleich zum Stand des Händlers begeben und Hipparchus in seinem Wagen bewusstlos angetroffen. Der Karren fehlte.«

»Verstehe. Gibt es einen Grund, weshalb Caratacus diesen speziellen Händler ausgewählt hat?«

»Eine berechtigte Frage, Herr.« Cato hatte sich diese Frage auch schon gestellt. Er hoffte, dass er eine Antwort bekommen würde, wenn er später mit Septimus sprach. Er hüstelte und fuhr fort. »Hipparchus besaß das erforderliche Gefährt, mit dem Caratacus das Lager verlassen konnte. In Anbetracht der Weinmenge, die die Armee verbraucht, klang seine Behauptung, er wolle Nachschub aus Viroconium holen, glaubhaft.«

Cato bekam Herzklopfen, als der General über seine Erklärung nachsann. Ostorius faltete die Hände und tippte sich mit dem Zeigefinger ans Kinn. »Wo ist der Weinhändler jetzt?«

»Erholt sich in der Sanitätsstation der Vierzehnten, Herr. Er hat einen Schlag auf den Kopf abbekommen und wurde bewusstlos. Der Wundarzt glaubt, er werde sich bald erholen.«

»Gut. Sobald er ansprechbar ist, möchte ich mit ihm reden.«

»Ja, Herr.« Cato bemühte sich, seine Erleichterung zu verbergen, und sprach eilig weiter. »Derjenige, der Caratacus geholfen hat, hat auch den Karren gestohlen. Ein anderer Weinhändler hat die beiden gesehen. Im Dunkeln meint er gesehen zu haben, wie ein Sklave des Hipparchus das Maultier anspannen half. Den Sklaven haben wir sturzbetrunken angetroffen. Möglicherweise kann Hipparchus uns helfen, den Mann zu identifizieren, der Caratacus bei der Flucht geholfen hat.«

»Inwiefern würde uns das weiterhelfen?«

»Der fragliche Mann hält sich noch immer im Lager auf, Herr.«

Ostorius senkte die Hände und blickte Cato an. »Woher willst du das wissen?«

»Caratacus war allein, als er das Lager verlassen hat. Der Optio am Tor hat in den Karren geschaut, bevor er ihn durchgelassen hat. Er ist sicher, dass sich niemand darin versteckt hatte.«

»Dann haben wir einen Verräter im Lager.«

Cato nickte.

»Es muss jemand von den Marketendern sein«, erklärte Ostorius, und seine Miene verdüsterte sich. »Wenn wir den Scheißkerl finden, lasse ich ihn kreuzigen. Es muss ein einheimischer Händler sein. Ein Spion, den Caratacus eingeschleust hat. Lass sie zusammentrommeln und befragen. Wenn die Verhörspezialisten sich ihrer annehmen, werden sie bald reden.«

»Ja, Herr.«

»Hoffentlich machen wir den Verräter ausfindig. Ich habe bereits Befehl gegeben, Suchtrupps in die Berge zu schicken, mache mir da aber keine großen Hoffnungen. Caratacus kennt die Gegend besser als wir und kann auf die Unterstützung der Eingeborenen zählen, die ihn verstecken und verpflegen werden. Jupiter allein weiß, was er als Nächstes vorhat.«

»Er wird in den Norden gehen, Herr.«

Ostorius musterte den Präfekten erstaunt. »In den Norden? Du scheinst dir da sehr sicher zu sein.«

»Was bleibt ihm anderes übrig, Herr? Die Silurer haben gestern eine schwere Niederlage erlitten und werden nicht bereit sein, Caratacus noch länger zu folgen. Auch die Ordovicer nicht, wenn die Nachricht von der Niederlage sich verbreitet. Somit bleiben ihm noch zwei Möglichkeiten. Entweder er geht zur Druidenhochburg auf der Insel Mona. Bis dorthin ist es nicht weit, und er kann sicher sein, freundlich aufgenommen zu werden. Andererseits säße er dort in der Falle. Ich könnte mir vorstellen, dass du vorhast, Mona in naher Zukunft einzunehmen.«

»Das könnte durchaus sein«, räumte Ostorius ein. »Aber fahr fort. Wenn er nicht nach Mona geht, wohin wird er sich deiner kundigen Meinung nach dann wenden?«

»Nach Brigantia«, antwortete Cato ohne Zögern.

»Aber wir haben mit den Briganten bereits ein Abkommen geschlossen.«

»Wir haben ein Abkommen mit Königin Cartimandua, Herr. Das ist nicht unbedingt das Gleiche. Soviel ich weiß, genießt die Königin nicht die Unterstützung ihres gesamten Volkes. Wenn es Kräfte gibt, die Rom feindlich gesonnen sind, wird Caratacus sicherlich versuchen, sie aufzuwiegeln. Sollte es ihm gelingen, den Rest des Stammes zu gewinnen, kann er seinen Kampf mit einer mächtigen Streitmacht fortsetzen.«

General Ostorius ließ sich das durch den Kopf gehen und schürzte die Lippen. »Sich auf Gedeih und Verderb an die Briganten zu binden würde ein hohes Risiko darstellen. Ich weiß nicht. So recht überzeugend finde ich das keineswegs. Ich glaube, dass er nach der Niederlage, die wir ihm zugefügt haben, eher auf Nummer sicher gehen wird. Er wird sich zurückziehen, seine Wunden lecken und in Ruhe überlegen, wie es weitergehen soll.«

»Ich bitte um Verzeihung, Herr, aber ich bin anderer Meinung. Caratacus ist nicht der Typ, der die Hände in den Schoß legt. Er wird sich bei der ersten sich bietenden Gelegenheit für die Niederlage rächen wollen. Das kann ihm nur dann gelingen, wenn er neue Kämpfer gewinnt. Und das geht nur in Brigantia.«

»Danke für deine Einschätzung, Präfekt Cato«, sagte Ostorius herablassend. »Ich werde das in Betracht ziehen. Einstweilen aber müssen wir uns darauf konzentrieren, Caratacus aufzuspüren und ihn wieder gefangen zu nehmen, solange noch Gelegenheit dazu ist. Sobald die Hilfskräfte zurückgekehrt sind, brechen wir das Lager ab und marschieren zurück nach Viroconium. Vorher will ich aber wissen, was der Weinhändler zu sagen hat. Verstanden?«

»Ja, Herr.«

»Dann seid ihr entlassen.«

Cato und Macro salutierten, machten schneidig kehrt und marschierten aus dem Zelt.

Als sie außer Hörweite der Leibwächter waren, hielten sie an, und Macro stieß einen Seufzer der Erleichterung aus.

»Es ist nicht recht, dass er uns das anhängen will. Es ist nicht unsere Schuld, dass irgendein Scheißkerl Caratacus da rausgeholt hat. Er ist der General, er trägt die Verantwortung.«

Cato lächelte erschöpft. »Irgendeinen Sündenbock braucht es immer, Macro. Hier geht es nicht um die Armee, sondern um Politik. Ostorius denkt an die Zeit, wenn er das Oberkommando abgegeben hat. Wenn er die Schuld einem Untergebenen anhängen kann, wird er das tun. Wir haben einfach Pech, dass wir zur Stelle sind.«

Macro knirschte mit den Zähnen. »Scheißpolitik.«

»Du sagst es.«

Sie schauten sich im Lager um, das einen Anblick der Verwüstung bot. Die meisten Zelte waren vom Sturm weggefegt worden, und die Soldaten suchten zwischen Morast und Trümmern nach ihrer Ausrüstung. Einige waren mit Feuermachen beschäftigt, doch Macro wusste, dass es eine Weile dauern würde, bis das nasse Holz brannte. Trotz des klaren blauen Himmels, des warmen Sonnenscheins und der kreisenden Schwalben herrschte gedrückte Stimmung.

Macro schnaubte. »Man könnte meinen, wir hätten die Schlacht verloren.«

»Wir haben die Schlacht gewonnen, aber nicht den Krieg. Jedenfalls noch nicht. Solange Caratacus frei herumläuft, wird es keinen Frieden geben.«

»Also, was sollen wir tun?«

Cato legte die Hände ins Kreuz und streckte sich. »Wir müssen ein Wörtchen mit Septimus reden. Im Moment ist er der Einzige, der uns helfen kann, den Verräter im Lager zu finden.«

»Ich dachte, wir sollen nach Caratacus suchen.«

Cato schüttelte den Kopf. »Wenn du mich fragst, ist er längst über alle Berge. Es wäre schon ein Wunder, wenn unsere Patrouillen ihn wieder einfangen würden. Deshalb müssen wir den Mann ausfindig machen, der ihm zur Flucht verholfen hat. Mit ein bisschen Nachdruck verrät er uns vielleicht, wohin Caratacus will und was er vorhat.«

»Könnte schon sein.«

Cato schaute seinen Freund an. »Wenn du eine bessere Idee hast, sprich.«

Macro überlegte angestrengt, dann zuckte er mit den Schultern. »Nehmen wir uns Septimus vor.«

Der Arzt, der hinter dem Schreibtisch am Eingang des Sanitätszeltes saß, das nach dem Unwetter als eines der ersten wieder aufgerichtet worden war, wirkte angespannt. Im Halbdunkel des Zeltes lagen Männer auf ihren Schlafmatten. Einige lagen auch auf dem nackten Boden, andere saßen. Die Leichtverletzten unterhielten sich gedämpft oder würfelten. Die Luft war erfüllt vom Stöhnen und Schreien der Verwundeten. Mehrere Sanitäter kümmerten sich um die Patienten. Die Schürze, die der Wundarzt sich über die schwarze Tunika gebunden hatte, war blutbespritzt, auch sein Gesicht und seine Arme waren blutverschmiert.

»Zu wem wollt ihr?«

»Zu Hipparchus.«

»Welche Einheit?«

»Er ist Zivilist. Wurde heute Morgen mit einer Kopfverletzung eingeliefert.«

»Ach, der. Ich erinnere mich. Hat nur eine leichte Verletzung. Im Moment ist er wach.« Der Arzt stand auf und zeigte zur anderen Seite des Zeltes. »Der letzte Mann rechts.«

Cato nickte und schritt mit Macro durchs Zelt. Beim Anblick der dichten Reihen von leidenden Menschen wurde Cato erneut von Zorn auf den General erfasst. Die meisten Männer lagen nur deshalb hier, weil Ostorius einen Frontalangriff auf eine schwer befestigte Stellung unternommen hatte. Legat Vespasian hätte an dessen Stelle bestimmt anders gehandelt. Er dachte voller Bewunderung und einer an Zuneigung grenzenden Loyalität an seinen ersten Kommandanten. Wenn es Gerechtigkeit gab in der Welt, würde Vespasian irgendwann in eine Position gelangen, die seinen Fähigkeiten entsprach. Diesem Mann würde Cato bereitwillig in die Schlacht folgen.

Ganz hinten im Zelt erblickten sie Septimus, der aufrecht saß und einen frischen Kopfverband hatte. Über der Platzwunde zeichnete sich ein kleiner roter Fleck ab. Der Spion blickte auf, als sie sich ihm näherten.

»Präfekt Cato und Centurio Macro!« Er rang sich ein Lächeln ab. »Die beiden Lieblingskunden des Hipparchus, dem Anbieter der besten Weine im ganzen Lager!«

Die Verwundeten in der Nähe regten sich, und einer rief, er solle das Maul halten und die anderen nicht stören. Ohne auf sie zu achten, stützte Septimus sich auf die Ellbogen auf.

»Wie geht's deinem Kopf?«, fragte Cato, als er und Macro beiderseits des kaiserlichen Agenten in die Hocke gingen.

»Ganz gut. Ich fühle mich noch ein bisschen benommen, aber ich komme heute noch hier raus. Ich glaube, länger halte ich die Gesellschaft dieser Rüpel auch nicht aus.«

»He«, knurrte Macro. »Diese Rüpel sind meine Kameraden.«

Septimus hob eine Braue. »Das erklärt einiges.«

Er vergewisserte sich, dass keiner seiner Nachbarn zuhörte, dann fuhr er mit gesenkter Stimme fort: »Habt ihr Caratacus schon wieder eingefangen? Hier wird von nichts anderem geredet.«

Cato schüttelte den Kopf. »Er ist mit deinem Karren aus dem Lager entwischt. Ist durchs Osttor gefahren und in den Bergen verschwunden.«

Septimus verzog das Gesicht. »Verdammter Mist …«

»Was ist gestern Abend vorgefallen?«

Septimus legte die Stirn in Falten und versuchte sich zu erinnern. »Ich habe meinen Sklaven mit einem der Weinkrüge erwischt. Ich wollte ihm eine Abreibung verpassen, aber er war so betrunken, dass er das gar nicht mitbekommen hätte. Deshalb beschloss ich, mir das für den nächsten Morgen aufzuheben. Dann wollte ich dich aufsuchen, solange es noch nicht dunkel war. Ich konnte meinen Geldbeutel nicht finden und nahm an, er sei mir hinter dem Gürtel hervorgerutscht, als ich bei dir war. Ich sah, wie Thraxis aus deinem Zelt kam und deinen Männern half, es zu sichern, und da bin ich hineingeschlüpft. Du warst nicht da, deshalb beschloss ich zu warten und nach dem Geldbeutel zu fragen. Dann hörte ich in der Nähe ein Geräusch. Ich ging nach draußen und sah, dass die Tür der Umzäunung offen stand.« Er sah Cato direkt an. »Plötzlich tauchte jemand hinter mir auf und schlug mich nieder. Ehe ich michs versah, warf er sich auf meinen Rücken, drückte mich nieder und hielt mir ein Messer an den Hals. Er fragte mich, wer ich sei. Ich erzählte ihm meine Tarngeschichte. Ich hörte einen kurzen Wortwechsel, dann zog er mich auf die Beine. Ich sah den Mann, der mich niedergeschlagen hatte. Ein großer, behaarter Barbar.«

»Caratacus?«

»Das muss er gewesen sein.«

»Und der andere?«

»Den konnte ich nicht sehen. Er hat sich im Hintergrund gehalten.«

Cato überlegte einen Moment. »Haben sie sich auf Latein unterhalten?«

»Ja.«

Cato nickte. »Und was passierte dann?«

»Caratacus hat mich vor sich hergeschoben und mir die Messerspitze zwischen die Rippen gedrückt. Er sagte mir, ich solle sie zu meinem Wagen führen, und wenn mir mein Leben lieb sei, solle ich keinen Fluchtversuch unternehmen, nicht um Hilfe rufen und mich nicht umsehen.«

»Und euch drei hat niemand gesehen?«, fragte Macro. »Niemand hat Verdacht geschöpft?«

Septimus schüttelte den Kopf. »Die Leute hatten anderes im Kopf. Wer sollte auch auf drei Männer achten, die durchs Lager der Marketender gingen, während alle damit beschäftigt waren, ihre Habseligkeiten vor dem

Sturm zu retten? Also habe ich sie zu meinem Geschäft geführt und stand hinten am Wagen ... Das ist das Letzte, woran ich mich erinnere, bevor ich hier aufgewacht bin.«

»Du erinnerst dich nicht mehr daran, dass wir dich entdeckt haben? Macro und ich?«

Septimus schloss kurz die Augen und schüttelte den Kopf.

»Na schön ...« Cato seufzte und ließ sich das Gehörte durch den Kopf gehen. »Dann hattest du also einfach nur Pech, dass du in dem Moment in meinem Zelt warst.«

Septimus musterte ihn scharf. »Was willst du damit andeuten?«

»Ich deute gar nichts an. Wie ich schon sagte, du hast Pech gehabt.«

Macro lächelte schwach. »Und Caratacus und sein Komplize hatten gewaltiges Glück.«

»Das liegt in der Natur solcher Zufälligkeiten«, entgegnete Septimus ungerührt. »Die Götter spielen mit uns. Weiß der General, dass jemand aus dem Lager beteiligt war?«

»Ja.«

Septimus zischte verärgert. »Dann weiß unser Mann, dass er gejagt wird, und hält sich vermutlich bedeckt.«

»Vielleicht auch nicht. Ostorius ist überzeugt, dass Caratacus' Helfer aus den Reihen der Einheimischen kommt. Er glaubt, Caratacus habe einen Spion bei uns eingeschleust, und wird den Tross so lange auseinandernehmen, bis er ihn gefunden hat.«

»O je. Aber ich an des Generals Stelle würde ebenfalls dort als Erstes nachsehen.«

»Wenn Ostorius sich auf einen einheimischen Sündenbock versteift, wird der Schuldige möglicherweise annehmen, er sei außer Gefahr und es gebe keine Notwendigkeit mehr zur Zurückhaltung. Das können wir uns zunutze machen.«

»So ist es«, pflichtete Septimus ihm bei. »Das wäre sehr nützlich.«

Macro schnaubte. »Ihr seid mir zwei Herzchen.«

Cato musterte seinen Freund erstaunt. »Wie meinst du das?«

»Der General wird das Händlerlager auf den Kopf stellen und alle Verdächtigen an die Folterer übergeben, und du findest das nützlich.«

»Aber das ist es doch«, beharrte Septimus. »Weshalb sollte ich mir Gedanken um die behaarten Ärsche eines Haufens Kesselflicker machen? Es gibt wichtigere Dinge, Centurio. Es geht hier um das Schicksal der Provinz. Und vielleicht sogar um das des Kaisers. Was kümmern mich da eine Handvoll Briten, die mit General Ostorius aneinandergeraten?«

Macro schnalzte mit der Zunge. »Wie gesagt, ein richtiges Herzchen. In solchen Momenten wird mir klar, weshalb ich Soldat bin und keine ränkeschmiedende Schlange auf der Soldliste eines Freigelassenen.«

»Tatsächlich?« Septimus fixierte ihn kühl. »Offen gesagt liegt es wohl eher an deinem mangelnden Scharfsinn, dass du kein kaiserlicher Agent bist.«

Macro knirschte mit den Zähnen. »Scharfsinn? Was

zum Teufel soll das heißen? Hältst du mich etwa für dumm?«

Cato schritt ein. »Es reicht! Beim Gemächt des Jupiter, wir haben auch so schon genug Ärger am Hals. Behaltet eure verfluchten Gefühle gefälligst für euch, verstanden? Es ist mir egal, ob ihr einander bis aufs Blut verabscheut, aber wir müssen den Verräter finden und Pallas' Pläne durchkreuzen. Macro?«

Der Centurio knurrte leise, dann nickte er. »Schon gut. Aber eins sag ich dir. Wenn das hier vorbei ist, bin ich fertig mit dir und deinesgleichen.« Er stieß Septimus den Zeigefinger entgegen. »Wenn du mir zu nahe kommst, breche ich dir den Hals.«

Der kaiserliche Agent lächelte kühl. »Falls du mich überhaupt kommen siehst.«

Cato war erschöpft und mit seiner Geduld am Ende. »Verflucht noch mal! Schluss damit!«

Ringsumher wandten sich ihnen Gesichter zu, und Cato richtete sich unvermittelt auf. Er blickte auf den kaiserlichen Agenten nieder und sagte leise: »Ich werde dem General deine Aussage übermitteln, aber nicht, dass die beiden Männer sich auf Latein unterhalten haben. Wenn er selbst mit dir sprechen will, halt dich daran.«

Septimus nickte.

»Wir unterhalten uns später noch, wenn du hier raus bist. Komm jetzt, Macro.« Cato deutete zum Ausgang des lang gestreckten Zeltes. »Gehen wir.«

Als sie wieder im warmen Sonnenschein waren, wandte Cato sich an seinen Freund. »Ich weiß, was du von

281

Narcissus und Leuten wie ihm hältst, aber was nützt es, dass du ständig darauf herumreitest?«

Macro ballte die Fäuste. »Die verarschen uns seit Jahren, Cato. Ein beschissener Auftrag nach dem anderen. Als wir von Rom aufgebrochen sind, hieß es, wir würden als Soldaten in Britannien kämpfen und unsere Tage als Spitzel wären vorbei. Das hat er gesagt. Der verfluchte Lügner.«

»Glaubst du etwa, ich sähe das anders?«, entgegnete Cato verbittert. »Glaubst du, mir macht es Spaß, den Spitzel zu spielen? Aber wir stecken mit drin, Macro, ob es dir gefällt oder nicht. Es geht nicht anders, wir kommen da nicht raus. Septimus hat recht, es gibt hier einen Agenten. Und das heißt, er hat die Wahrheit gesagt, als er meinte, jemand habe es auf uns abgesehen. Irgendjemand will uns aus dem Weg schaffen. Oder willst du bestreiten, dass wir in Gefahr sind?«

Macro bemühte sich, seinen Ärger zu bezähmen, und schüttelte den Kopf. »Natürlich nicht.«

»Dann hilf mir, Macro. Hilf mir den Verräter zu finden und ihn auszuschalten. Damit wir uns wieder dem reinen Soldatenhandwerk zuwenden können. Hilf mir, eines Tages zu Julia zurückzukehren. Bist du dabei?« Er streckte die Hand aus.

Sie fassten sich gegenseitig beim Unterarm, und Macro seufzte schwer. »Tut mir leid, Mann. Ich bin einfach nur sauer auf Septimus und seinesgleichen.«

»Ich auch.« Cato lächelte erschöpft.

Macro zog seinen Arm zurück. »Wie geht es weiter?«

Cato blies die Wangen auf und ließ den Blick übers Lager schweifen. »Caratacus ist auf der Flucht. Wahrscheinlich werden wir ihn nicht wieder einfangen. Der General ist im Begriff, die einzigen uns freundlich gesonnenen Einheimischen im Umkreis gegen uns aufzubringen. Es gibt einen Verräter im Lager, der alles tun wird, um den Kaiser zu stürzen, und der uns töten wird, sobald er Gelegenheit dazu bekommt. Was ich jetzt tun werde? Ich will's dir sagen. Ich gehe jetzt in mein Zelt und schlafe wie ein Toter. Und wenn ich aufwache, werde ich nicht eher ruhen, bis wir das Schwein gefunden haben, das Caratacus freigelassen und zwei unserer Männer getötet hat.«

KAPITEL 18

Als die Armee nach Viroconium zurückkehrte, hatte sich die Stimmung wieder gehoben, und die Soldaten marschierten voller Elan hinter ihren Standarten her durchs Festungstor. General Ostorius und sein Stab ritten an der Spitze der Kolonne, mit funkelnden Brustpanzern und wehenden roten Umhängen. Die Garnison der Festung war von der Rückkehr des Generals vorab informiert worden, und die Mauern waren gesäumt von Soldaten, die ihre siegreichen Kameraden bejubelten. Die Männer der Kolonne erwiderten lautstark den Jubel und freuten sich auf die bequemen Unterkünfte, auf regelmäßige Mahlzeiten und den lang ersehnten Besuch des Badehauses im Handels- und Handwerkerviertel, dem weitläufigen Vicus, der ein gutes Stück von der Mauer und dem Graben der großen Festung entfernt lag.

Die Legionärseinheiten, die an der Schlacht teilgenommen hatten, marschierten stolz voran. Dahinter kamen die Hilfseinheiten, welche die Überreste der gegnerischen Streitmacht aufgerieben hatten. Als sie vernahmen, wie ihre Kameraden gefeiert wurden, lächelten sie neidisch. Auch sie freuten sich auf die Annehmlichkeiten von Viroconium.

Hinter den Hilfskräften folgte die lang gestreckte Kolonne der Gefangenen, eine schlurfende Ansammlung von Elend und Verzweiflung, überwiegend Männer, aber auch Frauen und Kinder, die zu einem Leben in Sklaverei verdammt worden waren, noch ehe sie Gelegenheit gehabt hatten, die Freiheit zu genießen, die das Geburtsrecht der Stammeskrieger war. Eine batavische Kohorte ritt neben den Gefangenen her und achtete darauf, dass sie Schritt hielten, damit die Kolonne nicht zu weit auseinandergezogen wurde. Wer zurückblieb, wurde mit dem Speerschaft oder auch der Klinge zu schnellerer Gangart angetrieben.

Hinter den Gefangenen kam der Tross, der von der Kolonnenspitze einen Abstand von einigen Meilen hatte und deshalb von dem triumphalen Empfang, den man dem General und dessen Legionen bereitete, nichts mitbekam. Die Wagen und Karren mit der demontierten Artillerie bildeten den Anfang, eine Mischung aus Ballisten und größeren Katapulten. Die schweren Wagen transportierten das Getreide und die Ersatzausrüstung, die unterwegs benötigt wurden. Dann kamen die Wagen der Wundärzte mit den Männern, die sich noch von den Verletzungen erholten, welche sie sich auf dem Schlachtfeld zugezogen hatten.

Die Toten hatte man außerhalb des Lagers verbrannt, und diejenigen, die unterwegs ihren Verletzungen erlegen waren, hatte man außerhalb der Nachtlager begraben. Ihre Gräber zierten Steine, in die man Name, Einheit und eine Bitte an die Götter eingeritzt hatte, sich ihrer anzunehmen. Die Verwundeten in den Wagen waren guter Stimmung, da sie auf Anordnung von General Ostorius reichlich Wein bekamen. Viele waren betrunken, und die warme Landluft tönte wider von rauen Marschliedern, Trinksprüchen und Gelächter.

Den Abschluss der Kolonne bildeten die Marketender, bestehend aus mehreren Hundert Kaufleuten, Händlern, Zuhältern, Huren, Unterhaltern, Sklavenhändlern und den leidgeprüften inoffiziellen Familien der Soldaten. Den Armeeangehörigen bis zum Rang des Centurio war die Heirat verboten. Doch Soldaten sind Wesen aus Fleisch und Blut, und einige hatten Bindungen zu den Frauen entwickelt, die außerhalb der Festungen des Reiches lebten, und Kinder mit ihnen gezeugt. Diese armen Kreaturen, überlegte Cato, waren dazu bestimmt, hinter der Armee herzutrotten, vollkommen abhängig vom mageren Sold der Soldaten, mit denen sie verbandelt waren. Fielen diese in der Schlacht, erbten sie bestenfalls, wenn der Mann bei Lebzeiten ein Testament gemacht hatte, eine geringe Summe. Ansonsten waren sie so lange, bis die Mutter einen anderen Mann fand, mittellos. Neben diesen kleinen Familiengruppen rollten die Karren der Marketender, schwer beladen mit dem Tand, dem Wein und den kleinen Annehmlichkeiten, nach denen den Soldaten der Sinn stand, wenn sie dienstfrei hatten.

In der Ferne, hinter dem Tross der Marketender, marschierte die Hilfskohorte, welche die Nachhut bildete. Zu Beginn des Marsches war der Boden noch aufgeweicht gewesen, und die Männer der Segovischen Kohorte mussten sich mühsam durch den Morast kämpfen, den Tausende von Stiefeln, Hufen und Rädern aufgewühlt hatten. Doch inzwischen hatte die Sonne den

Boden getrocknet, was die ebenfalls ärgerliche Folge hatte, dass die Armee eine gewaltige Menge Staub aufwirbelte, der alles bedeckte und in Münder und Augen drang.

Macro und Cato marschierten neben dem Tross her, ihre Männer schirmten weit verteilt die Flanken der Kolonne ab. Cato hatte sein Pferd an Thraxis übergeben, denn er wollte den Rest des Weges nach Viroconium zu Fuß zurücklegen. Die Eskorte war zahlenmäßig derart geschrumpft, dass selbst eine kleine Räuberschar großes Unheil hätte anrichten und mit der Beute fliehen können, ehe Cato ausreichend viele Männer gesammelt hätte, um sie zurückzuschlagen. Bislang aber war es ruhig geblieben.

Von Zeit zu Zeit kamen sie an einem kleinen Dorf oder einer Siedlung vorbei, deren Einwohner sich vor der Armee versteckten. Einige Male sah Cato auf den Hügeln ferne Gestalten, die sie beobachteten, doch es war immer nur eine Handvoll. Vermutlich handelte es sich um Jagdtrupps und keine Krieger. Sie kamen nicht näher und flohen, sobald sich ihnen ein römischer Reiter näherte. Die Niederlage des Caratacus hatte den Kampfwillen der Silurer und Ordovicer anscheinend gebrochen. Sollte Caratacus aber seine Standarte wieder aufrichten, würden sich ihm wie nach den früheren Niederlagen wieder viele anschließen.

»Ich kann es gar nicht erwarten, das Zelt und die Schlafmatte gegen eine trockene Unterkunft und ein richtiges Bett einzutauschen«, sagte Macro, der nach dem ersten Anzeichen von Viroconium Ausschau hielt.

»Mir soll's recht sein«, erwiderte Cato zerstreut. Er sann immer noch über Caratacus' Verschwinden und Pallas' Agenten nach, der den Auftrag hatte, sie zu töten. Ihr einziger Vorteil war: Der Agent wusste nicht, dass er von Septimus gejagt wurde. Es gab nur einen möglichen Grund, weshalb man ihn am Leben gelassen hatte, als man ihm den Karren entwendet hatte, überlegte Cato. Hätte Pallas' Gefolgsmann gewusst, was es mit Septimus auf sich hatte, hätte er ihm statt eines Schlages auf den Kopf ein Messer in den Rücken verpasst. Mit etwas Glück würden sie den feindlichen Agenten aufspüren und eliminieren, ehe er weiteres Unheil anrichten konnte.

»Außerdem können wir mit Verstärkung rechnen«, versuchte Macro die Unterhaltung wieder in Gang zu bringen. »Dann könnten wir unsere Reihen auffüllen. Es sind kaum noch welche von uns übrig. Hoffentlich hat der General von der Zweiten Verstärkung angefordert.«

Bei der Erwähnung ihrer alten Legion vergegenwärtigte sich Cato, dass die Eliteeinheit, die Vespasian früher befehligt hatte, inzwischen in Isca Dumnoniorum stationiert war. Fernab von den wachsamen Augen der Eingeborenenstämme untergebracht, diente die Legion hauptsächlich als Ausbildungseinheit. Sie nahm sich der Rekruten an, die von Gallien hierher verschifft wurden, und vollendete ihre Ausbildung auf britischem Boden, bevor sie zu den anderen Armee-Einheiten entsandt wurden. Cato beschloss, ihre Aufnahme in die Blutkrähen einem erfahrenen Reiter wie Miro zu überlassen. Ja, das soll Decurio Miro übernehmen, dachte er. Er selbst musste sich um wichtigere Angelegenheiten kümmern.

Da er sich mit der Erwiderung Zeit gelassen hatte, vergegenwärtigte er sich noch einmal die Bemerkung seines Freundes und räusperte sich. »Ich würde mir keine allzu großen Hoffnungen machen, Macro. Die Trosseskorte und deren Offiziere stehen noch immer auf der schwarzen Liste des Generals. Wenn es Verstärkung gibt, müssen wir beide uns vermutlich ganz hinten anstellen.«

»O Mann, du hast wirklich ein offenes Herz für die Freuden des Lebens, was?«

»Kann man's mir verdenken? Ostorius hat uns die Schuld an Caratacus' Verschwinden angehängt, und du kannst sicher sein, er wird dafür sorgen, dass sich das auch in Rom herumspricht. Wenn man ihm seine Version abnimmt, würde es mich wundern, wenn wir in Zukunft jemals mehr befehligen würden als einen Latrinenblock.«

»Wieder bis zum Hals in der Scheiße, wie?«, spöttelte Macro.

Cato musste unwillkürlich lachen, und Macro klopfte ihm auf den Rücken. »Na, geht doch! Der Junge kann tatsächlich noch lachen.«

»Aber im Ernst, Macro, ich begreife nicht, weshalb du im Moment so gute Laune hast. Unsere Rückkehr in die Armee kann man kaum als glorreichen Erfolg bezeichnen.«

»Ach, so übel haben wir uns gar nicht geschlagen. Wir haben Bruccium gegen Caratacus' Streitmacht verteidigt und haben's ihm auf dem Hügel heimgezahlt. Die Männer hier wissen, was wir geleistet haben.«

Cato seufzte. »Ich schätze ja. Aber in Rom zählt das nicht viel. Unser Schicksal liegt jetzt in der Hand der Götter, Macro. Und die Götter haben bisweilen einen eigenartigen Humor.«

»Deshalb sollte man sich gut mit ihnen stellen. Hin und wieder Fortuna opfern, würde ich vorschlagen. Schau mal, Cato. Im Moment können wir an unserer Lage nichts ändern, hab ich recht?«

»Hast du.«

»Welchen Sinn hat es dann, sich ständig zu beklagen? Ich sag dir was. Wenn wir unsere Unterkunft bezogen haben, gehen wir zum Vicus und saufen uns die Hucke voll. Die Getränke gehen auf mich.«

Cato überlegte einen Moment, dann nickte er. »Meinetwegen. Wir saufen bis zum Umfallen.«

Zwei Tage später standen Cato und Macro vor der Paradeplattform außerhalb von Viroconium. Die Festung war ausgebaut worden und bot jetzt einer zweiten Legion Platz. Für die Hilfseinheiten, die der Armee für die Dauer des Feldzugs gegen die Bergstämme zugeteilt waren, hatte man kleinere Befestigungen errichtet. Vor den beiden Offizieren erstreckte sich das Ausbildungsgelände, ein riesiges Rechteck, das die Armeebaumeister vor zwei Jahren angelegt hatten, als die Festung errichtet worden war. Die Männer der Trosseskorte, deren Reihen durch die Verstärkung wieder aufgefüllt worden waren, hatten vor ihren Befehlshabern Haltung angenommen.

Da Caratacus noch immer flüchtig war, hatte der General seinen Streitkräften noch keine Anweisung gegeben, sich zu zerstreuen, und die *Vexillation* der Neunten Legion – also Standartenträger usw. – hatte in den überfüllten Unterkünften der Festung Quartier bezogen. Trotz der hohen Zahl der Gefallenen waren nach dem Eintreffen der Verstärkung einige Legionärskohorten den kleineren Kastellen zugeteilt worden. Aus diesem Grund und weil die vage Möglichkeit bestand, dass die Armee erneut würde in den Krieg ziehen müssen, hatte man die Trosseskorte beibehalten, und die Legionäre und Thraker teilten sich ein Kastell an der anderen Seite des Übungsgeländes.

Cato kam das gelegen, denn er legte Wert darauf, Abstand zu General Ostorius zu halten. Dieses Arrangement kam auch den Soldaten zugute, denen aufgrund der schweren Verluste sehr viel Platz im Kastell zur Verfügung stand. Dieser angenehme Zustand währte freilich nur bis zur Ankunft der neuen Rekruten, die die dezimierten Reihen ihrer beiden Einheiten auffüllen sollten. Zweihundert Männer für Macro und hundertfünfzig Bataver für Cato, dazu zweihundert Mann Verstärkung. Nicht genug, um die alte Stärke zu erreichen, aber gleichwohl willkommen. Nach altem Brauch hatten die Obercenturionen der Ersten Kohorten den ersten Zugriff auf die Verstärkung, dann folgten die Centurionen der verbliebenen Kohorten in der Reihenfolge ihres Rangs. Macro musste mit dem vorliebnehmen, was noch übrig war.

»Nicht ganz so eindrucksvoll wie in Bruccium«, bemerkte er.

Cato musterte die Reihen, bevor er antwortete. Die neuen Legionäre machten in ihrer neuen Ausrüstung einen ordentlichen Eindruck. Die Helme funkelten und wiesen noch nicht die Dellen, Kratzer und sonstigen Beschädigungen auf wie die der erfahrenen Krieger nach einer Schlacht. Das galt auch für die Schilde. Außerdem hatten sie ihre Schwertgürtel und Schwertscheiden noch nicht angepasst wie ihre erfahreneren Kameraden, und die Lederpanzer und Messingteile kamen geradewegs aus den Waffenschmieden in Gallien. Die meisten Männer hatten nach der Ankunft in Isca Dumnoniorum bereits eine Grundausbildung absolviert, mussten aber noch eine Menge dazulernen, bevor sie an der Seite der Veteranen der beiden Kohorten würden bestehen können.

»Schauen wir sie uns mal an«, sagte Cato.

Sie gingen bis zum Ende der Legionärsreihe, machten kehrt und schritten langsam an den Soldaten entlang. Macro hatte vorgehabt, die Achterabteilungen der Veteranen unberücksichtigt zu lassen und sie mit den Neulingen zu ergänzen. Von seiner Zeit als einfacher Legionär her wusste er, wie wichtig der Zusammenhalt unter den Männern war, die zusammenlebten und Seite an Seite kämpften. Cato aber war anderer Ansicht gewesen und hatte die Veteranen zum Kern der wiederhergestellten Centurien der Vierten Legion gemacht. Auf diese Weise würden sie ihre Erfahrung an die Neulinge weitergeben können. Es gab wieder sechs Centurien in der Kohorte, wenngleich allesamt unterbesetzt, und es war nötig gewesen, vier Optios zu Centurionen zu befördern. Die Ausdünnung der Erfahrung innerhalb der Kohorte würde hartes Exerzieren nötig werden lassen, um die Einheit einsatzfähig zu machen, und darauf freute Macro sich bereits. Die heutige Parade diente vor allem dazu, die Rekruten ihren neuen Kommandanten vorzustellen, und Macro musterte im Vorbeigehen jeden einzelnen Mann mit kundigem Blick. Hin und wieder hielten die beiden Offiziere an und nahmen einen der frischen Rekruten genauer in Augenschein.

»Du da!«, knurrte Macro und tippte einen Mann mit dem Stock an. »Name?«

Der hochgewachsene, schlanke Legionär präsentierte seinen Speer und nahm schneidig Haltung an. Cato nickte anerkennend.

»Legionär Gnaeus Lorenus, Herr!«

»Woher kommst du?«, fragte Macro.

»Aus Massilia, Herr.«

»Alter?«

»Neunzehn, Herr.«

»Blödsinn! Du bist nicht mal alt genug, um dich zu rasieren.«

Der Rekrut machte den Fehler, Macro ins Gesicht zu sehen.

»Sieh mich verdammt noch mal nicht an! Augen geradeaus!«

»Ja, Herr. Tut mir leid, Herr.«

»Und entschuldige dich gefälligst nicht! Das hier ist eine Parade und kein tuntiges Gartenfest im Palast irgendeines Schauspielers!«

»Ja, Herr.« Der Rekrut vermochte sich ein Lächeln nicht zu verkneifen. Das war sein zweiter Fehler.

»Bringe ich dich zum Lachen, Legionär Lorenus?«, blaffte Macro.

»Nein, Herr.«

»Dann lachst du mich wohl aus, Lorenus! Stimmt das? Verarschst du mich, du Pisser?«

Abermals wanderte der Blick des Mannes zu seinem Vorgesetzten, worauf Macro ihm das Ende des Stocks gegen das Kettenhemd rammte. »AUGEN GERADE-AUS! Ich habe dich gefragt, ob du mich verarschst!«

»N-nein, Herr«, keuchte der Rekrut.

»Das glaube ich dir nicht. Optio!« Macro wandte sich an den Vorgesetzten des Rekruten. »Legionär Lorenus. Arbeitsdienst. Fünf Tage!«

»Ja, Herr!« Der Optio machte sich eine Notiz auf der Wachstafel.

Cato hatte dem Wortwechsel teilnahmslos beigewohnt. Er erinnerte sich noch gut an die harte Behandlung, die ihm nach seinem Eintritt in die Zweite Legion zuteilgeworden war. Centurio Bestia hatte seinem Namen alle Ehre gemacht, und innerlich wand sich Cato, eine solche Furcht hatte sein erster Ausbilder ihm eingepflanzt. Damals hatte er Bestia für ein grausames Monstrum gehalten, doch inzwischen kannte er den Zweck der harten Behandlung. Soldaten mussten unter allen Umständen einen kühlen Kopf bewahren. Sie mussten sich körperlich und seelisch abhärten. Dieser Prozess begann auf dem Ausbildungsgelände, wo sie lernten, die Augen geradeaus zu richten, knappe Antworten zu geben und sich nicht aus der Ruhe bringen zu lassen. Das führte dazu, dass sie in der Schlacht angesichts des

Gegners nicht die Nerven verloren und anstatt ihrem Instinkt zu folgen das beherzigten, was sie in der Ausbildung gelernt hatten.

Macro schritt weiter die Reihe ab, Cato ging neben ihm her. Noch mehreren anderen Rekruten wurde eine ähnliche Behandlung zuteil wie Lorenus, dann erteilte Macro einem der Offiziere den Befehl, mit der morgendlichen Ausbildung zu beginnen. Als die Erste Centurie abmarschierte, wandte Macro sich an seinen Freund und rieb sich triumphierend die Hände.

»Ah! Ich hab's noch nicht verlernt. Ich kann sie immer noch zusammenstauchen.«

»Stimmt. Aber ich dachte, es gehe darum, sie auszubilden, und nicht, ihnen Angst zu machen.«

»Sobald sie aufgehört haben, sich zuzuscheißen, lernen sie's noch früh genug. Genau wie in den alten Zeiten, wie? Ehrliches Soldatenhandwerk. Es gibt nichts Schöneres! Jeder Drill eine unblutige Schlacht und jede Schlacht ein blutiger Drill.«

Cato lächelte nachsichtig. Das war Macros Ideal. Es machte ihn stolz, Männer zu harten, disziplinierten Soldaten zu formen, denn es gab ihm das Gefühl, etwas Sinnvolles zu leisten. Was Macro so leicht fiel, war für Cato eine lästige Pflicht. Es war ihm noch immer peinlich, frischgebackenen Soldaten Beleidigungen ins Gesicht zu schleudern, und er dankte den Göttern, dass er in seiner Stellung von solchen Aufgaben befreit war.

Die der Zweiten Thrakischen zugeteilte Verstärkung stellte ein anderes Problem dar. Die Männer waren fast ausnahmslos Bataver und bereits erfahrene Reiter und

Kämpfer. Groß gewachsen, grobknochig und überwiegend blond, bildeten sie einen starken Kontrast zu den dunkelhäutigen Thrakern der ursprünglichen Einheit. Die Bataver würden das Ethos ihrer Kameraden übernehmen müssen. Die Blutkrähen hatten sich ihren Ruf, harte Kämpfer zu sein, schwer erarbeitet und legten Wert darauf, wilder zu erscheinen als die gewöhnliche römische Reiterei. Bislang hatte sich das bewährt, und er wollte es auch weiterhin so halten.

Als er die Soldaten mit ihren Pferden inspizierte, bereitete ihm der Kontrast zwischen Batavern und Thrakern Sorge. Er hielt vor dem ersten Decurio an, einem Mann mit vernarbtem, faltigem Gesicht. Offenbar hatte er schon einige Kämpfe hinter sich, und nicht alle waren siegreich verlaufen.

»Wie heißt du?«

»Decurio Avergus.«

»Avergus? Ist das alles?«

»Ja, Herr. Das ist mein Geburtsname. Ich sehe keinen Grund, ihn zu ändern.« Der Mann sprach gut Latein, aber mit Akzent, und wie die meisten Angehörigen seines Volkes neigte er dazu, lauter zu sprechen als nötig. Eine gute Eigenschaft für einen Soldaten, aber im Umgang auch ein wenig anstrengend, fand Cato.

Er blickte Macro an. Es war üblich, dass die Hilfskräfte nichtrömischer Herkunft bei Eintritt in die Armee einen römischen Namen annahmen, zumal der Betreffende nach Abschluss des Kriegsdienstes zum römischen Bürger wurde. Dass der Decurio seinen Stammesnamen behalten hatte, bedeutete entweder, dass er

stolz auf sein Erbe war oder dass er die römischen Gebräuche verachtete. Cato nahm sich vor, Avergus im
Auge zu behalten.

»Avergus, wurden die meisten anderen Männer mit
dir zusammen rekrutiert?«

»Ja, Herr. Alle gehören demselben Stamm an und
kommen aus einem Dorf am Ufer des Rhenus in der
Nähe von Moguntum. Die wurden alle zusammen rekrutiert.«

»Wie viele von ihnen sprechen Latein?«

Avergus überlegte einen Moment. »Die meisten Jungs
aus dem Dorf haben eine gute Auffassungsgabe, Herr.
Die von den verstreuten Gehöften nicht.«

»Ich verstehe. Wie steht es mit dir? Du sprichst unsere
Sprache recht gut.«

»Mein Vater ist Pelzhändler, Herr. Versorgt die Garnisonen am Rhenus. Ich habe in meiner Jugend mehr
Zeit in römischen Kastellen verbracht als zu Hause.«

»Dann ernenne ich dich zum Sprachlehrer der neuen
Soldaten. Decurio Miro wird dich mit den wichtigsten
Befehlen und Ausdrücken bekannt machen. Sie müssen
sich schnell damit vertraut machen. Den Rest bringst du
ihnen bei, wenn sie bereit sind.«

Avergus zog die buschigen Brauen zusammen.

»Gibt es ein Problem?«

»Nein, Herr … Ja, Herr. Ich bin kein guter Lehrer.«

»Das macht nichts«, sagte Macro. »Wir sind hier bei
der Armee, nicht in der verfluchten Schule. Der Präfekt
hat dir einen Befehl erteilt, und du führst ihn aus. Ist das
klar?«

»Ja, Centurio.«

Cato nickte. »Gut.«

Er verzichtete darauf, noch jemanden zusammenzustauchen, denn es hatte wenig Sinn, einen Mann anzubrüllen, der kein Wort verstand. Er ging weiter und hielt vor Decurio Miro an.

»Die Neuen haben anscheinend das Zeug zu guten Soldaten.«

»Ja, Herr. Wenn wir sie erst mal ordentlich rangenommen haben, werden sie schon ihren Mann stehen. Sie werden sich der Blutkrähen als würdig erweisen.«

Cato lächelte. »Mach ihnen klar, dass sie allen Grund haben, auf diese Bezeichnung stolz zu sein. Weitermachen, Decurio Miro.«

Sie salutierten, dann trat Miro in die Reihe zurück und wandte sich an seine Männer: »Offiziere! Her zu mir!«

Cato nickte zufrieden. Miro verstand sein Handwerk, und er konnte sich darauf verlassen, dass er die Ausbildung bewältigen würde. Er wandte sich an Macro.

»Komm mit.«

Sie kehrten den beiden Formationen den Rücken, während die Offiziere unter lautem Gebrüll mit der Ausbildung begannen: Formationsübungen, Waffenkunde und körperliche Ertüchtigung. Cato schritt die Rampe zur Beobachtungsplattform hoch und ließ den Blick über die Männer und Pferde der Trosseskorte schweifen.

»Vom Hauptquartier ist zu hören, der General habe Anweisung gegeben, die Befragung der einheimischen Marketender zu beenden und sie zu entlassen«, sagte er.

»Wurde auch Zeit. Haben die Befrager etwas in Erfahrung gebracht, was sie nicht bereits wussten?«

»Nichts. Wer auch immer Caratacus geholfen hat: Er ist einer von uns.«

Macro ließ die Fingergelenke knacken. »Du bist dir ziemlich sicher, dass Pallas' Agent dahintersteckt, oder?«

Cato nickte. »Mir leuchtet das ein. In Anbetracht dessen, was Septimus uns berichtet hat.«

»Und vertraust du ihm?«

»Mit Vorbehalt. Schließlich ist er seines Vaters Sohn. Doch Caratacus' Flucht beweist, er hat recht damit, dass Pallas die Provinz zerstören will, um Claudius in Rom zu schwächen.«

Macro nickte. »Aber es könnte noch schlimmer kommen. Für uns.«

»Genau.« Cato seufzte. »Wir sollten auf der Hut sein, jetzt wo wir uns mit Narcissus eingelassen haben. Bis jetzt haben wir Glück gehabt …«

»Bis jetzt.«

Am folgenden Abend bestellte General Ostorius seine Offiziere zur ersten Besprechung seit mehreren Tagen ein. Das Prätorium war ein großes Bauwerk mit Holzrahmen, das die anderen großen Gebäude im Inneren der Festung überragte: die Kornkammern, die Unterkünfte der Tribunen, die Waffenkammern, das Krankenhaus und die Ställe für die Pferde der Offiziere und der Kundschafter der Zwanzigsten Legion. Es war kurz vor Sonnenuntergang, und ein honigfarbenes Licht fiel in die Festung und warf vor Macro und Cato, die sich dem überwölbten Eingang näherten, lange Schatten.

Sie waren umgeben von den gedämpften Geräuschen des Lagers und kamen an Männern vorbei, die ihren Dienst beendet hatten und das Abendessen bereiteten. Diejenigen, die Ausgang hatten, freuten sich jetzt auf die Freuden des Vicus, der sich gleich jenseits der Mauern von Viroconium über die wogende Landschaft erstreckte. Nach der Mühsal des Feldzugs sehnte sich die Armee nach der ruhigen Routine des Garnisonslebens, und in der Festung breitete sich Behaglichkeit aus.

Macro schnupperte den Holzgeruch der Kochfeuer und lächelte zufrieden. »Viel besser kann das Leben nicht sein.«

Cato runzelte kurz die Stirn. »Tatsächlich? Ich kann mir durchaus was Besseres vorstellen. Ich könnte gut darauf verzichten, dass mich der General wegen Caratacus' Flucht mit Schimpf und Schande überzieht – meine Schuld war das jedenfalls nicht. Ein gerissener Gegner ist auf freiem Fuß, und mir wäre lieber, wir bräuchten uns keine Sorgen wegen eines von Rom beauftragten Auftragsmörders zu machen. Im Moment wäre ich liebend gern ganz woanders, nämlich in den Armen meiner Frau.«

Macro lachte leise. »Kann ich mir denken.«

Eine Weile gingen sie schweigend weiter, dann ergriff Macro wieder das Wort. »Ich habe nur von diesem Moment gesprochen, Cato. Von der Gegenwart. Vergiss alles andere und sag mir dann, dass es uns nicht gut geht.«

Vor ihnen führte einer der Sklaven des Generals zwei Jagdhunde seines Herrn aus. Einer hielt unmittelbar vor Cato an und krümmte den Rücken, um sich zu erleichtern. Cato nickte lächelnd zu dem Hund hin. »Das fasst die Lage aus meiner Sicht ganz gut zusammen.«

»Verflucht noch mal«, knurrte Macro, dann holte er tief Luft und brüllte den Sklaven an. »Oi! Mach das gefälligst weg, verstanden?«

Der Sklave verneigte sich ängstlich. »Ja, Herr. Selbstverständlich, Herr.«

Sie bogen in den Eingang ab und schritten über den Hof, traten durch das offene Tor ins schattige Innere der Haupthalle. Die meisten Offiziere waren bereits eingetroffen und hatten auf den Bänken vor dem Podium am anderen Ende des Raums Platz genommen. Cato bemerkte ein paar freie Plätze weit vorn und ging darauf zu, dann bemerkte er Präfekt Horatius. Er hielt inne, doch ehe er die Richtung ändern konnte, blickte Horatius sich um und winkte.

»Hier, Cato. Es ist Platz genug. Für dich und Centurio Macro.«

Es blieb ihnen nichts anderes übrig, als die Einladung anzunehmen. Horatius rückte ein Stück näher. »Wie machen sich die neuen Bataver?«

Cato zuckte mit den Schultern. »Sind gute Reiter, haben allerdings etwas Mühe, sich auf unsere Taktik einzustellen. Aber das wird Decurio Miro schon hinbekommen.«

»Verfluchte Bataver«, sagte Horatius im Brustton der Überzeugung. »Ich hatte mit denen schon eine Menge

Arbeit. Sie und die Hispanier haben nichts füreinander übrig. In den letzten Tagen gab es bei mir drei Zweikämpfe, einer der Neuen hat einen gebrochenen Schädel. Der Arzt schätzt, dass er Glück hat, wenn er nicht schwachsinnig wird. Nicht, dass das bei den Batavern selten wäre, wie? Und wie sieht es bei dir aus, Macro?«

»Die Neuen sind noch ziemlich unerfahren, Herr. Aber ich werde sie schon zurechtbiegen.«

»Auch gut. Da Caratacus auf freiem Fuß ist, könnte es sein, dass wir schon vor Ende des Sommers wieder in den Kampf ziehen müssen.« Horatius senkte die Stimme und neigte sich vor. »Das hängt natürlich vom General ab.«

Cato schwieg, hob aber fragend eine Braue.

»Es heißt, er sei erkrankt. Hüte schon seit Tagen das Bett. Deshalb hat es auch keine Besprechungen gegeben.«

»Krank?« Macro blickte zum Podium, als erwartete er, der General werde jeden Moment auftauchen. »Wie krank?«

Horatius runzelte die Stirn. »Woher soll ich das wissen? Bin ich ein beschissener Arzt? Ich wiederhole nur, was ich gehört habe. Aber ihr wisst ja, wie er ist. So zäh wie alte Stiefel. Wenn Ostorius sich hinlegt, muss es schon was Ernstes sein. Übrigens, Cato, ich persönlich gebe dir nicht die Schuld an Caratacus' Flucht. Das hätte jedem passieren können.«

»Danke.«

»Aber wenn's nach mir gegangen wäre, hätte ich die Zahl der Wachen verdoppelt. Man sollte immer auf der sicheren Seite sein, verstehst du?«

Cato unterdrückte seine Verärgerung und erwiderte gepresst: »Da hast du wohl recht.«

Um den Augenkontakt mit Horatius zu unterbrechen, ließ Cato den Blick umherschweifen und bemerkte, dass gerade die letzten Offiziere eintrafen und sich zu den freien Plätzen hindurchzwängten. Im nächsten Moment trat der Lagerpräfekt vors Podium und blaffte: »Befehlshabender Offizier anwesend!«

Unter geräuschvollem Stiefelscharren erhoben sich die sitzenden Männer steif, dann wurde es ruhig, und man vernahm vom Gang her das Geräusch schlurfender Schritte. Aus dem Augenwinkel sah Cato, dass der General an den Bänken vorbeiging, in Begleitung einer hochgewachsenen jungen Eingeborenen in einem fein gewebten Umhang. Ostorius bedeutete der Frau, an der Seite des Podiums Aufstellung zu nehmen, dann stieg er die drei Stufen hoch. Er wirkte noch hagerer als gewöhnlich, und seine Haut hatte eine aschgraue Farbe angenommen. Wie geschrumpft wirkte er in seiner mit Stickereien verzierten Tunika und dem polierten Lederharnisch und glich einer altersschwachen Schildkröte in ihrem Panzer.

Der General schwieg einen Moment, dann straffte er sich vor seinen Offizieren und befeuchtete sich mit der Zungenspitze die Lippen. Er räusperte sich und hob zu sprechen an.

»Meine Herren, ich überbringe schlechte Nachrichten. Heute Nachmittag traf eine Botin der Königin Cartimandua, Herrscherin der Briganten, ein.« Er deutete auf die Eingeborene neben dem Podium. »Unsere Verbündete meldet, dass Caratacus in Isurium, der Hauptstadt ihres Stammes, aufgetaucht ist. Er steht unter dem Schutz ihres Gemahls Venutius, der verlangt, Caratacus Gelegenheit zu geben, seine Sache vor den versammelten Stämmen der brigantischen Konföderation zu vertreten.«

Ostorius legte eine Pause ein, während seine Offiziere unruhig wurden.

»Beim Gemächt des Jupiter«, brummte Macro. »Da liefert man die Tauben der Katze aus.«

Als er sich der Aufmerksamkeit seiner Männer sicher war, fuhr der General fort. »Ich brauche wohl nicht extra zu erwähnen, dass sich der ganze Norden gegen uns erheben wird, wenn Caratacus sich durchsetzen kann. Wir wissen, dass er ein begnadeter Redner ist, und wenn es ihm gelingt, die Hitzköpfe in der brigantischen Führerschaft auf seine Seite zu ziehen, wird Cartimanduas Autorität bröckeln, Venutius wird der neue Anführer seines Volkes, und Caratacus wird wieder über eine schlagkräftige Armee verfügen, die es ihm erlaubt, den Kampf gegen uns erneut aufzunehmen. Das kommt uns ungelegen. Unsere Männer erholen sich noch immer vom Feldzug in den Bergen. Wir haben schwere Verluste erlitten. Zwar haben wir Verstärkung bekommen, doch diese Kräfte sind noch unerfahren. Die Briganten sind uns zahlenmäßig mindestens um das Zweifache überlegen. Wenn ich der neuen Bedrohung begegnen will, muss ich Streitkräfte vom Westen abziehen. Alles Erreichte wäre verloren, wenn die Silurer und die Ordovicer sich entschließen sollten, die Situation für sich zu nutzen. Uns droht ein Zweifrontenkrieg. Ich werde gezwungen sein, mich zuerst mit der von den Briganten ausgehenden Gefahr zu befassen. Erst dann können wir uns daran machen, den Boden zurückzugewinnen, den wir möglicherweise an die Bergstämme verlieren.«

»Vorausgesetzt, wir besiegen die Briganten«, flüsterte Cato.

Macro hörte nur mit halbem Ohr hin. Er fixierte den General, der zuletzt mit schleppender Zunge gesprochen hatte. »Ich kann's nicht glauben. Der alte Herr ist betrunken ...«

Cato wandte den Kopf und sah, dass Ostorius leicht schwankte. Er war kaum noch zu verstehen, und ein Mundwinkel senkte sich herab. Auf einmal taumelte der General nach hinten, verlor das Gleichgewicht und brach auf dem Podium krachend zusammen. Der Lagerpräfekt stürmte die Stufen hoch und eilte an die Seite seines Vorgesetzten. Mehrere Offiziere waren aufgesprungen, darunter auch Cato. Er wusste, dass dies nichts mit Trunkenheit zu tun hatte, und zeigte auf die Centurionen am Eingang der Halle.

»Holt den Arzt! Beeilung!«, rief er durch den Lärm.

KAPITEL 19

I ch dachte, wir wollten in aller Ruhe ein Wörtchen mit Septimus reden«, sagte Macro, als er vor Catos Schreibtisch Platz nahm. Draußen vor dem bescheidenen befestigten Hauptquartier der Trosseskorte war es dunkel geworden, und das Büro des Präfekten wurde von zwei Öllampen erhellt. Eine kleine Insektenwolke umtanzte die Flammen. »Wo ist er?«

Cato zuckte mit den Schultern. »Gerade eben hat die erste Stunde geschlagen. Gib dem Mann noch ein wenig Zeit, Macro.«

Macro brummte etwas Unverständliches, lehnte sich mit dem Rücken an die Wand und verschränkte die Arme. »Was gibt es Neues zu Ostorius?«

Es war einen Tag her, dass der General bei der Besprechung zusammengebrochen war. Seitdem hatte es keine offizielle Verlautbarung gegeben, doch das Lager schwirrte von Gerüchten, die Ostorius alles Mögliche zuschrieben, angefangen von starker Trunkenheit bis zu einer Vergiftung durch einen Agenten des Caratacus. Cato kannte die Wahrheit, denn er hatte das Hauptquartier des Generals aufgesucht und nachgefragt.

»Er lebt. Dem Lagerpräfekten zufolge hat der Arzt gemeint, er habe eine Art Anfall erlitten und rede wirres Zeug.«

»Wird er sich erholen?«

»Das kann der Arzt nicht sagen. Er hat Ostorius mit einem Gebräu aus dem Osten beruhigt und Asclepius einen Hahn geopfert. Was immer das nützen mag.«

Macro runzelte die Stirn, denn er mochte es nicht, wenn sein Freund die Macht der Götter in Zweifel zog. Macro fand, das sei ein gefährliches Spiel. Obwohl er persönlich noch nie einen Gott gesehen hatte, hielt er es für sicherer, den Göttern ihren Tribut zu erweisen, nur für alle Fälle. Er räusperte sich leise.

»Glaubst du, der alte Herr wird wieder gesund?«

»Wie du selbst sagst, Macro, er ist alt. Das ist eine Krankheit, von der man sich niemals erholt.« Cato faltete die Hände und blickte zur Tür. »Der Feldzug hat ihn erschöpft. Seit er vor fünf Jahren Gouverneur geworden ist, führt er Krieg gegen Caratacus und dessen Verbündete. Das sollte sein letzter Posten vor dem Ruhestand sein. Ich glaube, die Angst davor, dass Caratacus den Krieg an einer neuen Front weiterführt, hat ihn gebrochen. Selbst wenn er sich erholen sollte, bezweifle ich, dass er in der Lage sein wird, die Armee auch in der nächsten Saison zu führen.«

»Aber was dann? Wer wird den Oberbefehl übernehmen?«

»Der ranghöchste Legat ist Quintatus. Er wird so lange das Kommando führen, bis der General sich erholt hat.«

»Quintatus. Du hast gemeint, er sei für unsere Versetzung nach Bruccium verantwortlich gewesen und habe uns loswerden wollen.«

Cato nickte. Obwohl Quintatus erklärt hatte, er wolle ihnen nichts Böses, traute er ihm nicht.

»Scheiße. Dann hätte er freie Hand und könnte es erneut versuchen.«

»Richtig. Wir müssen versuchen, ihm aus dem Weg zu gehen. Dürfen uns keine Blöße geben. Wo wir gerade davon sprechen, wie machen sich die Neuen?«

»Vielleicht war mein erstes Urteil etwas übereilt. Sie lernen schnell dazu. Die meisten sind in Ordnung. Aber es gibt immer welche, die das stumpfe Ende des Speers nicht von der Spitze unterschieden können. Ich muss mal schauen, ob ich sie zum Quartiermeister versetzen lassen kann, wo sie keinen Schaden anrichten können.«

»Das könnte sich als zweifelhafter Segen erweisen. Wer weiß, was sie anrichten, wenn sie Zugang zum Proviant und zur Ausrüstung haben. Was ist mit den Batavern?«

Macro kratzte sich am stoppeligen Kinn. »Miro meint, es sind gute Männer. Aber es wird eine Weile dauern, tüchtige Soldaten aus ihnen zu formen. Und es gibt immer noch Spannungen zwischen ihnen und den Thrakern, die sich jeden Moment entladen können. Ich habe Miro angewiesen, ein paar Köpfe zusammenzuschlagen und die Sache zu klären. Vielleicht sollten wir den Batavern mit einer Versetzung ins Lager des Quartiermeisters drohen. Du weißt ja, wie die sind. Die gehen eher durchs Feuer, als dass sie lesen, schreiben und rechnen lernen.«

Das Geräusch von Schritten näherte sich, dann wurde geklopft und Thraxis streckte den Kopf durch die Tür.

»Der Weinhändler ist wieder da, Herr. Er sagt, du wolltest bei ihm Wein bestellen.«

»Das stimmt. Lass ihn ein.«

Thraxis zögerte. »Herr, wenn du willst, kann ich auch
mit ihm sprechen.«

Cato musterte ihn scharf. Normalerweise hätte ein
Offizier seines Rangs den Kauf von Vorräten tatsächlich der Ordonnanz überlassen. Cato aber brauchte
einen Vorwand für seine Treffen mit Septimus. Wenn
der Thraker dies als Zeichen von Misstrauen seitens seines Vorgesetzten deutete, war das bedauerlich. »Frag
mich das nicht wieder, Thraxis. Schick den Händler he-
rein, und bereite dann eine Mahlzeit für mich und den
Centurio.«

»Ja, Herr.«

Die Tür schloss sich hinter dem Burschen, und Macro schnalzte mit der Zunge. »Früher oder später wird
sich jemand über Septimus' Besuche Gedanken machen.
Dazu kommt, dass er Zeuge von Caratacus' Flucht war
und neu im Lager ist. So was wirkt immer verdächtig.«

»Das lässt sich nicht ändern. Entweder er kommt her,
um mir Wein zu verkaufen, oder ich muss ihn im Vicus
persönlich aufsuchen, und das würde noch mehr auffallen.«

Macro zuckte mit den Schultern.

Abermals näherten sich Schritte, und Thraxis öffnete
die Tür, ließ Septimus ein und schloss die Tür wortlos,
mit finsterem Blick.

Septimus hatte sich zwei Weinkrüge unter die Arme
geklemmt und neigte das Haupt, dann begrüßte er auf-

gekratzt seinen Kunden. »Verehrter Präfekt, es ist mir ein Vergnügen, wieder mit dir Geschäfte zu machen. Ich bringe zwei Proben von Weinen, die soeben erst in Viroconium eingetroffen sind.«

Als das Geräusch von Thraxis' Schritte verklungen war, ließ er die Tarnung fallen, stellte die Krüge neben einem Hocker ab und setzte sich. Macro deutete auf die Weinkrüge. »Um die Tarnung beizubehalten, sollten wir die Qualität der Ware prüfen.«

Septimus nickte. »Sehr klug, aber im Interesse der Wahrung meiner Tarnung finde ich, dass ihr den Wein bezahlen solltet. Einen Dinar pro Krug.«

»Was?« Macro gab sich erzürnt. »Du willst mit Freunden Geschäfte machen?«

»Warum nicht? Wenn ein kaiserlicher Agent die Kosten seiner Dienste senken kann, handelt er patriotisch.«

»Ach, so nennt man das jetzt?«

Septimus streckte achselzuckend die Hand aus. Fluchend langte Macro in seinen Geldbeutel, nahm eine Silbermünze heraus und warf sie Septimus zu, dann hob er einen Krug hoch und blickte Cato an. »Becher?«

»Im Regal. Dort drüben.«

Macro holte drei samische Becher und schenkte sich und Cato großzügig ein, dann füllte er Septimus' Becher widerwillig zur Hälfte. Letzterer trank einen Schluck.

»Traurig, wirklich traurig«, sagte er bedrückt. »Die Krankheit des Gouverneurs ist nicht hilfreich für unsere Sache.«

Macro warf ihm einen zynischen Blick zu. »Unsere Sache?«

Septimus erwiderte seinen Blick. »Meine Sache. Die Sache meines Herrn. Des Kaisers Sache. Roms Sache. Und daher auch eure Sache. Zufrieden?«

Macro lächelte flüchtig. »Gut, dass du mich hin und wieder daran erinnerst.«

Der kaiserliche Agent wandte sich an Cato. »Du weißt, dies bedeutet, dass Quintatus vorübergehend das Kommando übernehmen wird.«

»Da bin ich schon selbst draufgekommen.«

Septimus ignorierte den Seitenhieb. »Ich würde mich vor dem Legaten in Acht nehmen. Er hat erkennen lassen, dass er mit der Gegenseite sympathisiert, auch wenn er kein Agent des Pallas ist. Jetzt, da Caratacus sich bei den Briganten aufhält, ist die Lage schon gefährlich genug. Wenn Quintatus die Armee befehligt, kann er alles Mögliche anstellen, um unsere Position zu schwächen.«

Macro schnaubte. »Willst du damit sagen, ein römischer Legat würde seine Männer vorsätzlich opfern, um die Launen eines Freigelassenen zu befriedigen?«

Septimus bedachte ihn mit einem vernichtenden Blick. »Es geht hier vor allem um Rom, Centurio. Es geht darum, wer auf dem Thron sitzt und wer danebensteht. Alles, was im Reich passiert, orientiert sich an dieser elementaren Wahrheit.«

»Ich glaube, du spielst dieses Spiel schon zu lange«, entgegnete Macro kühl. »Ich habe den Eindruck, dass du und deinesgleichen eure Bedeutung überschätzt. Eure Machtkämpfe interessieren uns nicht. Wir sind unmittelbaren Gefahren ausgesetzt und müssen zum Beispiel die Barbaren im Zaum halten.«

Septimus musterte ihn fassungslos, dann brach er in schallendes Gelächter aus. »Du bist unbezahlbar, Macro! Glaubst du wirklich, so geht es zu auf der Welt? Glaubst du wirklich, ihr Soldaten könntet darauf Einfluss nehmen, welchen Weg die großen Mächte einschlagen?«

»Ja, allerdings.« Macro tätschelte den Knauf seines Schwertes. »Soll ich es dir demonstrieren?«

Cato winkte ungeduldig ab. »Lass gut sein, Macro. Das ist kein guter Zeitpunkt, um uns von persönlichen Vorbehalten leiten zu lassen.« Er wandte sich wieder an den kaiserlichen Agenten. »Ich glaube nicht, dass Quintatus etwas unternehmen wird, das ihn ... exponieren könnte.«

»Ach?«

»Überleg mal. Auch wenn er sich dafür einsetzt, dass Nero Claudius nachfolgt, wird er wohl kaum als der Mann in die Geschichte eingehen wollen, der die Provinz Britannien verloren hat. Er wird subtiler vorgehen. Wenn Quintatus unser Bemühen, die Insel zu befrieden, tatsächlich unterlaufen will, wird er dafür sorgen, dass es erst passiert, wenn er den Ort des Geschehens verlassen hat. Auf diese Weise bleibt die Verantwortung an jemand anderem hängen – nämlich am nächsten Gouverneur, wer immer das sein mag. Vorausgesetzt, Ostorius erholt sich nicht mehr.« Cato hielt inne und ordnete seine Gedanken. »Jetzt, da Caratacus bei den Briganten ist, sieht alles danach aus, dass der Krieg sich hinziehen wird. In der Zeit dürfte Quintatus seinen Dienst bei der Vierzehnten Legion beenden und nach Rom zurückkehren. Folglich liegt es in seinem Interesse, dass Caratacus die Briganten als Verbündete gewinnt, während er gleichzeitig den Eindruck erwecken muss, er unternähme alles in seiner Macht Stehende, ebendies zu verhindern. Die Frage ist, wie will er das bewerkstelligen? Ich glaube, das werden wir schon bald herausfinden.«

»Wie meinst du das?«, fragte Septimus.

»Quintatus hat die höheren Offiziere zu einer Morgenbesprechung einbestellt. Vermutlich wird er bekannt geben, dass er so lange, bis Ostorius wieder genesen ist, das vorläufige Kommando über die Armee sowie die Verantwortlichkeiten des Provinzgouverneurs übernimmt. Und wenn der General stirbt, wird Quintatus das Heft so lange in der Hand behalten, bis der neue Gouverneur hier eingetroffen ist. Dann wird große Macht in den Händen des Legaten liegen. Zumal, wenn ihm nicht zu trauen ist.«

»Ich werde dies alles Narcissus berichten. Ich werde heute noch eine Botschaft verfassen und verschlüsseln.« Septimus erhob sich und nahm den zweiten Weinkrug an sich, ehe Macro ihn für sich reklamieren konnte. An der Tür blickte er sich zu den beiden Offizieren um. »In Anbetracht der bevorstehenden Ereignisse würde ich an eurer Stelle besonders wachsam sein. Ich fürchte, Pallas' Agent dürfte freie Hand haben.«

»Mach dir mal bloß nicht in die Tunika. Wir nehmen uns schon in Acht.«

Die Offiziere, die sich am nächsten Morgen im Hauptquartier versammelten, vermochten ihre Besorgnis nicht zu verbergen. Sie unterhielten sich gedämpft, während sie darauf warteten, dass der Lagerpräfekt um Ruhe bat. Es dauerte nicht lange, da dröhnte seine Stimme durch den Saal.

»Befehlshabender Offizier anwesend!«

Legat Quintatus schritt energisch zum Podium, stieg die Stufen hoch und wandte sich an die versammelten Offiziere. Begleitet wurde er vom obersten Haruspex der Armee. Der Priester war wie üblich in ein feierliches weißes Gewand gekleidet. Hinter ihm kam ein Schreiber mit einem Beutel voller Tafeln, Schriftrollen, Tintenfass und Stiften. Er hatte sich eine große Wachstafel unter den Arm geklemmt, um sich während der Veranstaltung Notizen zu machen. Quintatus ließ den Blick schweigend über die Anwesenden schweifen, dann hüstelte er und hob zu sprechen an.

»Der Arzt der Zwanzigsten Legion ist der Ansicht, dass Publius Ostorius Scapula aus medizinischen Gründen einstweilen nicht imstande ist, den Oberbefehl über die Armee auszuüben. Des Weiteren geht er davon aus, dass der General auf unbestimmte Zeit beeinträchtigt sein wird. Daher obliegt es mir als ranghöchstem Offizier, den Oberbefehl über die Armee zu übernehmen und die Provinz so lange zu leiten, bis Ostorius genesen ist. Zweifelt jemand daran, dass ich das Recht dazu habe?«

Es war üblich, diese Frage zu stellen. Da es keine triftigen Gründe gab, Einspruch zu erheben, schwiegen die Offiziere.

»Also gut.« Quintatus nickte dem Schreiber zu, der an der Seite des Saales stand. »Nimm zu Protokoll, dass es keine Einwände gibt. Des Weiteren habe ich den Haruspex konsultiert, um sicherzustellen, dass meine Entscheidung dem Willen der Götter entspricht. Die Vorzeichen sind günstig?«

Das war eher eine Feststellung als eine Frage, und tatsächlich nickte der Priester sogleich und erklärte mit sonorer Stimme: »So ist es. Die günstigste Vogelschau, die ich je erlebt habe, Herr.« Der Haruspex holte Luft um fortzufahren, doch Quintatus hieß ihn mit erhobener Hand schweigen.

»Die Götter haben gesprochen und mir ihren Segen erteilt. Die Zeit drängt, meine Herren. Der Gegner ist im Begriff, uns unsere Verbündete Königin Cartimandua abspenstig zu machen. Wenn ihm das gelingt, werden wir gezwungen sein, gegen die Stämme des Nordens zu marschieren. Einen solch großen und blutigen Krieg hat es nicht gegeben, seit die ersten Legionen in Britannien gelandet sind. Die Armee muss sich darauf vorbereiten. Ich werde die Zweite Legion und zwei weitere Kohorten der Neunten anfordern, um unsere Reihen zu verstärken. Und ich erwarte, dass sich unsere Männer in der Zwischenzeit auf den Krieg vorbereiten. Wir müssen binnen weniger Tage kampfbereit sein, damit wir losschlagen können, sobald es nötig wird. Fragen?«

Cato wappnete sich und hob die Hand. »Herr!«

Quintatus wandte sich ihm zu. »Was gibt es, Präfekt Cato?«

»Wenn wir die Briganten angreifen, bevor sie sich entschieden haben, wie sie mit Caratacus verfahren wollen, lösen wir übereilt einen Krieg aus. Wäre es nicht besser, ihnen zunächst klarzumachen, welche Folgen es für sie hätte, wenn sie sich mit Caratacus verbünden würden? Solange noch die Aussicht besteht, den Konflikt friedlich beizulegen.«

Der Legat lächelte. »Danke, dass du das Offensichtliche ausgesprochen hast, Präfekt.«

Cato errötete vor Verlegenheit und Zorn, während einige Offiziere ihre Belustigung zu verbergen suchten. Quintatus ließ ihnen einen Moment Zeit, sich an der Demütigung des Kommandanten der Trosseskorte zu ergötzen, dann fuhr er fort.

»Ich werde einen Gesandten mit einer kleinen Kolonne zu den Briganten schicken, der sie auffordern soll, uns Caratacus zu überstellen. Allerdings müssen wir darauf vorbereitet sein, dass die Stammesleute der Aufforderung nicht nachkommen werden.« Er wandte den Blick von Cato ab. »Noch weitere Fragen? Ja, Tribun Petillius?«

»Herr, wie geht es dem General?«

»Ostorius erholt sich in seinem Zelt. Sobald sein Zustand sich verändert, wird man es bekannt geben. Noch jemand? Nein? Dann sind mit Ausnahme von Tribun Otho und den Präfekten Horatius und Cato alle entlassen.«

Die Offiziere erhoben sich schneidig, und Quintatus stieg vom Podium herunter und ging zu seinem Schreiber. Die Offiziere wandten sich zum Gehen.

»Was soll das denn?«, fragte Macro. »Was will er von dir?«

»Ich bin mir nicht sicher, aber ich habe eine böse Vorahnung. Du solltest besser zu den Männern gehen. Versammle unsere Offiziere, den Quartiermeister, den Hufschmied, den Waffenschmied und den Pferdemeister der Blutkrähen.«

»Ja, Herr.« Macro salutierte und folgte den anderen zum Ausgang.

Der Saal leerte sich rasch, und zurück blieben die drei von Quintatus benannten Männer. Horatius hob fragend eine Braue, doch Cato schüttelte nur den Kopf. Tribun Otho war sitzen geblieben und wirkte überrascht. Schließlich fiel die Tür hinter den letzten Offizieren zu, und die beiden Wachsoldaten nahmen wieder rechts und links davon Aufstellung, Speer und Schild auf den Boden gestützt. Quintatus entließ den Auguren und wechselte leise ein paar Worte mit dem Schreiber, der salutierte und ebenfalls hinausging. Kurz darauf kam er mit dem Boten Cartimanduas zurück. Der junge Krieger schritt zum Kopfende des Saals und hielt vor dem Podium an, die Arme vor der Brust verschränkt. Cato musterte ihn. Er hatte blondes Haar, war groß und gut gebaut. Er hatte ein kantiges Kinn und einen muskulösen Körperbau, der ihn bei den Frauen, welche die römischen Gladiatoren verehrten, beliebt gemacht hätte.

Quintatus wandte sich an seine Untergebenen. »Das ist Vellocatus, der persönliche Gesandte Königin Cartimanduas. Er spricht unsere Sprache.« Das war auch als Warnung gedacht. Der Brigant nickte grüßend den anderen Offizieren zu, und Quintatus fuhr fort.

»Präfekt Cato, du hast gesagt, wir sollten den Versuch unternehmen, mit den Briganten zu verhandeln, um den Krieg zu vermeiden. Deshalb wird es dir eine Freude sein zu erfahren, dass ich dich dazu auserwählt habe, den Gesandten zu begleiten, der mit der Königin Cartimandua und deren Volk in meinem Auftrag verhandeln soll. Der Gesandte wird Tribun Otho sein.« Er wandte sich an den jungen Aristokraten. »Das ist eine wichtige Aufgabe. Glaubst du, du bist der Richtige dafür?«

Otho strahlte und antwortete begeistert: »Ja, Herr!«

»Gut. Dann übernimmst du das Kommando über die Kolonne und brichst morgen früh auf. Vellocatus wird dir als Führer und Dolmetscher dienen. Du nimmst zwei der Kohorten der Neunten mit, die Hilfskohorte von Präfekt Horatius und die Trosseskorte Präfekt Catos. Weitere Kräfte kann ich nicht entbehren. Wenn wir mehr Soldaten losschicken würden, sähe das wie eine Invasion aus. Nichtsdestoweniger werden sie in der Lage sein, sich den Weg freizukämpfen, falls es Probleme geben sollte. Obwohl du als ranghöchster Offizier für mich sprechen sollst, betraue ich Präfekt Horatius in allen militärischen Belangen mit dem Kommando der Kolonne. Sollte es zum Kampf kommen, möchte ich, dass ein erfahrener Offizier die Verantwortung trägt. Ist das klar?«

»Ja, Herr.« Otho nickte, dann legte er die Stirn in Falten. »Darf ich fragen, weshalb du mir die Ehre erweist, diese Mission zu leiten?«

»Das ist keine Frage der Ehre. Für diese Aufgabe brauche ich einen guten Mann. Eine gebildete Person, welche die Autorität des Senats und damit die des Kaisers hinter sich vereint. Dafür bist du am besten geeignet.«

»Ja, Herr.«

Quintatus lächelte freundlich. »Mach deine Sache gut, Tribun Otho. Dann wirst du als der Mann in die Geschichte eingehen, der Britannien den Frieden gebracht hat.«

»Ja, Herr.«

Quintatus wandte sich an die beiden Präfekten. »Horatius, du wirst den Tribun nach Kräften unterstützen. Du hast die Aufgabe, ihn und gegebenenfalls auch Königin Cartimandua zu schützen. Sollten die Verhandlungen scheitern, könnte es passieren, dass du ein Rückzugsgefecht führen musst. Bist du der richtige Mann dafür?«

»Ja, Herr!« Horatius nickte.

Der Legat wandte sich an Cato. »Du fragst dich wohl, weshalb sich die Trosseskorte an dem Einsatz beteiligen soll.«

»Diese Frage ging mir durch den Sinn, Herr.«

»Du bist nicht dumm, Präfekt. Du hast bewiesen, dass du dich auf ungewöhnliche Umstände einstellen und selbstständig handeln kannst. Genau so einen Offizier braucht es, um Tribun Otho und Präfekt Horatius zu unterstützen. Diene ihnen gut.«

»Ich kenne meine Pflicht, Herr.«

»Das weiß ich. Betrachte es als Gelegenheit zur Wiedergutmachung.«

Cato kniff die Augen zusammen. »Wiedergutmachung wofür, Herr?«

»Der General ist der Ansicht, dass du einen Großteil Verantwortung an Caratacus' Entkommen trägst. Du hältst das vermutlich für ungerecht. Das mag auch sein, aber entscheidend ist, wie es in Rom aufgenommen wird. Wenn es uns gelingt, Caratacus wieder einzufangen und den Widerstandswillen der Briganten zu brechen, werden wir alle davon profitieren, und die unglückseligen näheren Umstände werden in Vergessenheit geraten. Darin liegt deine Chance auf Wiedergutmachung, Präfekt Cato. Habe ich mich klar ausgedrückt?«

»Vollkommen klar, Herr.«

»Gut. Dann weiß jeder, welche Rolle er zu spielen hat. Ich lasse die Befehle ausfertigen und euch zustellen. Morgen früh brecht ihr auf.«

Der Legat musterte sie nacheinander. »Viel Glück, meine Herren. Ihr werdet es brauchen.«

KAPITEL 20

Was ist das?«, fragte Cato, als er den Helm abnahm und sich den Schweiß von der Stirn wischte. Er deutete auf den gefalteten Papyrus auf seinem Schreibtisch. Das Dokument war säuberlich mit seinem Namen beschriftet.

Thraxis, der gerade Catos Schulterschutz löste, blickte zum Tisch. »Das ist von Tribun Othos Frau, Herr. Ihr Sklave hat es heute Nachmittag gebracht, während du mit der Kohorte exerziert hast.«

Cato brummte etwas Unverständliches. Seit der Besprechung war er mit seinen Männern auf dem Übungsplatz gewesen. Die Trosseskorte hatte kaum Zeit zur Erholung gehabt, da musste sie mit den Vorbereitungen für den Marsch in das Gebiet der Briganten beginnen. Es gab ein paar Nörgler – die gab es immer. Cato erinnerte sich an seine ersten Erfahrungen als Macros Optio, als er unter der ständigen Dienstbereitschaft und dann wieder unter der erzwungenen Untätigkeit gelitten hatte, wenn er auf neue Befehle hatte warten müssen. Jetzt, da er seine eigene Einheit befehligte, sah es ganz anders aus. Die zahlreichen Pflichten eines Präfekten hatten zur Folge, dass Langeweile zum Luxus geworden war.

Den Vormittag hatte er damit verbracht, den Transport des Pferdefutters, die Karren für die Ballisten von

Macros Kohorte, Marschrationen und vor allem Leder für die Reparatur und den Ersatz der beim Sturm beschädigten Zelte zu organisieren. In Viroconium war nur wenig Leder auf Lager, und er hatte den Quartiermeister bestechen müssen, um den Bedarf gerade so decken zu können. Am Nachmittag hatte er die Männer auf dem Übungsgelände beobachtet. Die batavischen Rekruten beherrschten inzwischen zwar die grundlegenden Manöver für Formationen und Schwadronen, reagierten aber immer noch zu langsam und schwerfällig, wenn sie Keilformation einnehmen oder eine Drehung um die Flankenachse vollziehen sollten. Doch sie waren tüchtige Reiter und mit Feuer und Flamme bei der Sache. Wenn es zum Kampf käme, würden sie sich ebenso gut schlagen wie die übrigen Blutkrähen.

Macro hatte seine neuen Legionäre in den ersten Tagen hart rangenommen, und jetzt waren sie bereit für den Marsch und den Einsatz. Ihre Waffentechnik war allerdings noch immer rudimentär. In der Schlacht würden ihnen die erfahreneren Männer ihrer Abteilungen ein Beispiel geben müssen, wenn es darum ging, die Formation zu wahren und dem Gegner standzuhalten. Am frühen Abend entließ Cato die beiden Kohorten, schickte die Männer in die Unterkünfte und befahl ihnen, die Tragejoche und Satteltaschen fertig zu machen. Er war erhitzt, müde und durstig und freute sich darauf, im Badehaus seine Muskeln zu lockern, bevor sie morgen von Viroconium aufbrechen würden.

»Was will Poppea Sabina?«

Thraxis antwortete ihm nach kurzem Zögern, ohne ihn anzusehen. »Ich weiß es wirklich nicht, Herr.«

»Dann hast du es nicht gelesen?«

»Ich kann nur ein paar Worte lesen, Herr.«

»Aber du weißt wohl, worum es geht, oder?«

»Ehrlich gesagt, habe ich von ihrer Sklavin ein paar Einzelheiten erfahren.«

»Wohl nicht nur ein paar«, bemerkte Cato heftig, dann entspannte er sich. Das Privatleben seines Burschen ging ihn nichts an. Er hob die Arme und ließ sich von Thraxis aus dem Kettenhemd heraushelfen. »Also, was will die Frau des Tribuns?«

»Ihr Mann lädt dich für nach dem ersten Wachwechsel zum Essen ein, Herr. Zusammen mit Präfekt Horatius und den drei Obercenturionen, welche die Legionärskohorten befehligen.«

Cato knirschte mit den Zähnen. Eigentlich hatte er die Marschvorbereitungen abschließen und sich frühzeitig schlafen legen wollen. Jetzt musste er auf die Launen eines Breitstreifentribuns und dessen Frau eingehen. Nach ihrem peinlichen Annäherungsversuch bei der Siegesfeier hatte er nicht die geringste Lust, den Abend in ihrer Gesellschaft zu verbringen. Außerdem ahnte er schon, dass sich das Essen hinziehen und dass er erst spät ins Bett kommen würde. Er spielte kurz mit dem Gedanken, die Einladung abzulehnen, doch das würde Otho ihm übel nehmen. Wenn er den nächsten Monat über unter dem Tribun dienen musste, war er gut beraten, ihn nicht schon zu Anfang zu verärgern.

»Zeitverschwendung.« Die letzten schweren Kettenglieder rutschten ihm über den Kopf, und Thraxis legte das Hemd sorgfältig über das Gestell mit dem Rest der Rüstung. Cato bewegte die Schultern und schwelgte in dem Gefühl, von einer Last befreit zu sein.

»Wenn du hier fertig bist, teilst du dem Tribun mit, dass ich in seine Unterkunft komme.«

»Du meinst, in sein Haus, Herr?«

»Haus?«

»Ja, Herr. Die Gemahlin des Tribuns war unzufrieden mit der Unterbringung im Kastell und hat ihren Mann dazu überredet, die Villa eines Wollhändlers am Rande des Vicus zu mieten. Es ist nicht weit. Nur etwa eine Meile, Herr.«

Cato schürzte die Lippen. Offenbar war es Othos Gewohnheit, seiner Frau jeden Wunsch zu erfüllen. Andererseits konnte er es sich wohl auch leisten. Wie die meisten aristokratischen Familien hatte er vermutlich ein schönes Haus in Rom, eine Villa in den toskanischen Bergen für die heißen Monate und eine weitere in der weit geschwungenen Bucht, die sich von Puteoli bis nach Pompeji erstreckte. Otho hatte die besten Lehrer und die besten Sitze im Theater, bei den Spielen und im Circus Maximus gehabt. Nach dem kurzen Armeedienst würde er in den Senat gehen, und wenn er sich nichts zuschulden kommen ließ, konnte er sich auf einen lukrativen Gouverneursposten oder den Oberbefehl über eine Legion freuen. Cato verspürte einen Anflug von Neid, denn manche bekamen im Leben alles geschenkt, während andere für kargen Lohn hart arbeiten mussten.

Cato bezähmte nicht ohne Verbitterung seinen Neid. Na schön, er würde die verfluchte Einladung zum Essen annehmen. Doch er würde förmliche Distanz wahren, nur kurze Antworten geben und sich als ein so langweiliger Gast erweisen, dass man froh sein würde, ihn wieder loszuwerden, und keine Lust hätte, die Erfahrung zu wiederholen. Er lächelte bei der Vorstellung, packte eine Strigilis und einen Öltopf in einen Beutel und ging zum Badehaus hinüber, das allen Offizieren und den Soldaten der Garnison von Viroconium offen stand.

»Also, was soll das alles?«, fragte Macro, als sie durch den Vicus schritten. Es war Halbmond, die Luft war erfüllt vom Geschrei der Händler und dem Lärm der kleinen Gruppen von Soldaten auf Freigang, die nach Wein, Würfelspielen und Hurenhäusern Ausschau hielten. Viele Städte in der Nähe von Garnisonen waren nur eine Ansammlung von Hütten und schmutzigen, verwinkelten Gassen, doch Viroconium war auf General Ostorius' Befehl von Anfang an ordentlich geplant worden. Die Straßen waren gerade, breit und trocken, und viele der Baracken waren durch Holzbauten auf Steinfundamenten ersetzt worden. In der Mitte der Siedlung gab es sogar eine kleine Basilika, wo der Rat sich zu Beratungen über die Belange der Einwohner traf. Cato staunte darüber, wie schnell Rom den eroberten Gebieten seinen Stempel aufdrückte, und hatte die Frage seines Freundes deshalb überhört.

»Verzeihung, was hast du gesagt?«

»Die beschissene Einladung des Tribuns? Was will er eigentlich von uns?«

»Sich näher mit uns bekannt machen, schätze ich. Das ist sein erstes selbstständiges Kommando. Otho will seine Sache gut machen.«

Macro war im Badehaus beim Haarschneider gewesen und hatte sich rasieren lassen. Sein dunkles Haar war kurz geschnitten, seine Tunika frisch gewaschen. Hin und wieder kratzte er sich am Hals, als verursachte ihm sein reinlicher Zustand Juckreiz. Er duftete nach den aromatischen Ölen, die der Bartscherer und Haarschneider nach der Rasur einmassiert hatte.

»Dann mussten wir uns also herausputzen, um einen guten Eindruck zu machen?«

Cato hatte sich der gleichen Behandlung unterzogen wie Macro, fühlte sich aber wesentlich wohler in seiner Haut. Er zuckte mit den Schultern. »Schaden kann es nicht.«

Macro blickte sehnsuchtsvoll zum dunklen Eingang eines Hurenhauses hinüber. Mehrere Soldaten lehnten wartend an der Wand und teilten sich einen Weinschlauch. Eine dralle Frau mit rot geschminkten Wangen und langem, glattem Haar trat aus der Tür, hob den Saum ihrer kurzen Tunika an und forderte den nächsten Soldaten mit dem Zeigefinger zum Eintreten auf. Er eilte mit ihr ins Haus. Macro schnaubte, weil ihm der Geruch seiner Haut in die Nase stieg.

»Auf dem Rückweg soll's mir recht sein. Die letzte Gelegenheit, bevor wir ins Gebiet der Barbaren aufbrechen.«

»Ich glaube, die nennt man Briganten.«

»Ist mir egal, wie man die nennt, solange sie nur parieren und uns diesen verfluchten Caratacus ausliefern.«

Cato blickte ihn kopfschüttelnd an. »Und ich habe geglaubt, dies wäre eine diplomatische Mission.«

»Zeitverschwendung. Wir sollten besser den Knüppel aus dem Sack holen und ihnen klarmachen, wer hier das Sagen hat. Das ist meine Art Diplomatie.«

»Offensichtlich.«

Sie hatten den Rand der Siedlung erreicht. Ein Stück die Straße lang hob sich die von einer Mauer umschlossene Villa dunkelgrau von der umliegenden Landschaft ab. Der Wollhändler musste beim Handel mit der Armee ein kleines Vermögen verdient haben, dachte Cato angesichts der Proportionen der Anlage. Als sie näher kamen, sah er das Torhaus, durch das man in den Hof gelangte. Dahinter ragte das Hauptgebäude auf. Das Dach war mit Schindeln gedeckt, doch das mussten wohl Holzschindeln sein. Es würde noch eine Weile dauern, bis es auch in Viroconium Ziegel gab.

Mehrere Legionäre der Neunten bewachten den Eingang und nahmen Haltung an, als sie der beiden Offiziere ansichtig wurden. Der Optio musterte sie und salutierte.

»Präfekt Cato und Centurio Macro«, sagte Cato. »Wir möchten zum Tribun.«

»Ihr werdet erwartet, Herr. Die übrigen Gäste sind bereits eingetroffen. Wenn ihr mir folgen möchtet.«

Der Optio drehte sich um und geleitete sie durch den Torbogen. Im schwachen Mondlicht sah Cato, dass der

Hof im traditionellen Stil angelegt war. Die Seiten waren überdacht, daran grenzten die Stallungen und Lagerräume. Vor ihnen lag das Hauptgebäude. Die Tür stand offen, und heller Lampenschein fiel aufs Hofpflaster. Sie folgten dem Optio ins Haus, an das sich ein umbauter Garten anschloss. Eine schmale Kolonnade führte an den Wohnräumen, der Küche, der Latrine und den Schlafzimmern entlang. Der Garten selbst war nur etwa zehn Schritte breit, und der meiste Platz wurde von den Liegemöbeln eingenommen, den Speisesofas, die um einen niedrigen Tisch herum gruppiert waren. Das Haus des Wollhändlers war nach römischen Maßstäben bescheiden, aber ein Palast im Vergleich zu den Rundhütten der Inselstämme. Außerdem war es hier ruhiger als in den beengten, lärmigen Quartieren der Außenkastelle.

»Präfekt Cato und Centurio Macro!«, verkündete der Optio.

Cato schaute an ihm vorbei. Horatius und die anderen Offiziere ruhten auf den Sofas an der Seite, während der Tribun und seine Frau das Sofa am Kopfende des Tisches eingenommen hatten. Otho winkte seine Gäste lächelnd näher.

»Ah! Ich habe mich schon gefragt, wo ihr beide bleibt!«

Eingedenk seines Vorsatzes, den schweigsamen Soldaten zu spielen, erwiderte Cato das Lächeln nicht, sondern neigte nur das Haupt, bevor er antwortete. »Der Centurio und ich mussten erst unsere Marschvorbereitungen abschließen, Herr.«

»Gut. Das ist gut.« Otho deutete auf das Sofa zu seiner Linken, auf dem zwei Plätze frei waren. Horatius ruhte gegenüber, auf der privilegierteren Position, wie es seinem Rang entsprach. Als sie Platz genommen hatten, zeigte Otho auf die beiden Centurionen, die neben Horatius lagen. »Falls ihr euch noch nicht kennengelernt habt, das sind Gaius Statillius und Marcus Polemus Acer, Obercenturionen der Siebten und Achten Kohorte der Neunten Legion.«

Cato musterte die beiden Centurionen abschätzend. Statillius war um die fünfzig und näherte sich dem Ende seiner Dienstzeit. Er hatte schütteres Haar, wässrig blaue Augen und ein wettergegerbtes Gesicht. Acer war jünger. Kürzlich befördert, vermutete Cato. Sein Blick schweifte unstet umher, als sei er nicht überzeugt davon, dass er zu einer solch erlesenen Gesellschaft gehörte. Er war der größere der beiden, gebaut wie ein preisgekrönter Secutor, und hatte helles Haar und breite Gesichtszüge, die seine keltische Herkunft verrieten.

Otho lehnte sich zurück und langte nach einem silbernen Kelch. »Damit sind die Vorstellungen abgeschlossen.«

Seine Frau tippte ihm auf den Arm. »Nicht ganz, mein Lieber. Ich glaube, die eindrucksvolle Erscheinung an Präfekt Catos Seite kenne ich noch nicht.«

Macro knirschte mit den Zähnen.

»Ach?« Otho lächelte, hob ihre Hand und küsste sie. »Das, meine Liebe, ist Centurio Macro, der Obertribun der Vierten Kohorte der Vierzehnten Legion.«

»So viele Zahlen, die man sich merken soll!«, sagte sie vorwurfsvoll. »Wie merkst du dir das alles? Als Soldat würde ich gar nicht wissen, wo mir der Kopf steht mit all diesen Rängen, Namen, Zahlen und Abteilungen.«

Horatius und die anderen Centurionen lächelten höflich, doch Cato verzog keine Miene, als Poppea die Haltung veränderte und ihn direkt ansprach.

»Ah, jetzt fällt's mir wieder ein. Centurio Macros Männer und die raubeinigen Reiter, die du befehligst, bewachen das Gepäck der Armee. Nicht wahr, Präfekt?«

»Den Tross, Herrin«, verbesserte Cato sie sachlich. »Ich befehlige die Trosseskorte.«

Sie legte den Kopf schief und lächelte kurz, wobei sie ihre weißen Zähne entblößte, die so spitz waren wie ihre Zunge, dachte Cato. »Das klingt, als sei es keine sonderlich anspruchsvolle oder bedeutsame Aufgabe, aber dennoch hat die Armee dich am Tag der Schlacht gefeiert.«

»Und das zu Recht!«, warf Centurio Acer ein und hob seinen Becher. »Verdammt gute Arbeit, Herr. Hast an dem Tag unseren Arsch aus dem Feuer geholt, jawohl.«

»Ein schönes Lob für deinen Kameraden«, säuselte Poppea. »Darf ich fortfahren? Du hast ganz recht, der Präfekt hat an dem Tag anscheinend Ruhm eingeheimst. Wenngleich es damit erstaunlich schnell vorbei war, als Caratacus entkommen ist. Seht ihr, noch ein Detail aus der Welt des Militärs, das einfache Zivilisten verwirrend finden mögen. Eben noch ein Held, im nächsten Moment eine Art Schurke. Was soll man davon halten?«

Cato schwieg einen Moment. Ihm lagen bittere Rechtfertigungen auf der Zunge, doch er beherrschte sich und behielt seine Zurückhaltung bei. »So geht es eben zu bei der Armee, Herrin. Einem Soldaten bleibt nichts anderes übrig, als nach bestem Vermögen zu dienen und sich mit dem Guten wie dem Schlechten abzufinden.«

Sie musterte ihn kühl. »So stoisch – typisch für die Berufssoldaten, die ich in Britannien kennengelernt habe. Und doch bist du zu jung für einen Präfekten mit solchem Hintergrund. Ich nehme an, du bist hoher Herkunft.«

»Wenn du damit eine wohlhabende Herkunft meinst, muss ich verneinen.«

»Auf den Wohlstand abzuzielen wäre unhöflich gewesen. Ich habe die Lebensart gemeint.«

»Damit kann ich auch nicht dienen. Ich bin befördert worden.«

»Dann musst du dich als trefflicher Soldat erwiesen haben, wenn du so rasch aufgestiegen bist.«

Cato zuckte mit den Schultern und enthielt sich einer Antwort.

Poppea blickte Macro an. »Und was ist mit dir, Centurio? Wie war dein Werdegang?«

Macro rümpfte schniefend die Nase. »Bin als junger Kerl in die Armee eingetreten. Hab acht Jahre gebraucht, bis ich Optio geworden bin, dann zwei weitere Jahre, bis ich ins Centurionat befördert wurde. Dann habe ich den Präfekten kennengelernt. Er war damals bei mir Optio.«

Poppea hob ihre säuberlich gezupften Augenbrauen. »Präfekt Cato war *dein* Untergebener? Und wie kommst du jetzt damit zurecht?«

»Wie ich zurechtkomme?« Macro rutschte auf dem Sofa und blies die Wangen auf. »Präfekt Cato ist jetzt mein Vorgesetzter, Herrin Poppea. Ich befolge seine Befehle. So komme ich damit zurecht.«

Poppea musterte ihn einen Moment, dann lachte sie auf, langte nach ihrem Kelch und trank anmutig. »Offenbar steht uns ein Abend mit anregender Konversation bevor.«

Otho warf ihr einen besorgten Blick zu, dann hob er seinen Kelch. »Ein Trinkspruch, meine Herren. Auf die erfolgreiche Verfolgung und Festnahme des flüchtigen Caratacus. Und auf den nachfolgenden Frieden und Wohlstand.«

Die anderen Offiziere hoben pflichtschuldigst ihre Becher und bemühten sich, den langen Trinkspruch zu wiederholen. Der letzte Satz war kaum mehr zu verstehen. Poppea musterte amüsiert ihren Mann, der auf den Sklaven deutete, der schweigend in der Nähe stand. »Du kannst den ersten Gang auftragen.«

»Ja, Herr.« Der Sklave verneigte sich und verschwand in einer Tür in der Kolonnade.

Macro schaute sich im Garten um und nickte. »Hübsch hast du's hier, Herr.«

»Hübsch? Wenn man so will. Sauber und schlicht ist es jedenfalls. Und natürlich ist das hier an der Grenze des Reiches ein Anbietermarkt. Mit der Miete, die ich für diese Bude zahle, könnte ich mir in Rom einen kleinen Palast leisten. Aber das ist dennoch ein kleiner Preis für den Komfort und die Abgeschiedenheit, die das Haus bietet.«

»Bude?«, murmelte Macro.

Poppea schwenkte den Arm. »Es ist bedauerlich, dass wir das hier für einen Monat oder so gegen ein unbequemes Zelt eintauschen müssen, aber die Pflicht ruft.«

Cato hüstelte. »Soll uns deine Frau etwa zu den Briganten begleiten, Herr?«

»Gewiss. Meine geliebte Poppea und ich ertragen es nicht, voneinander getrennt zu sein. Außerdem ist das eine diplomatische Mission. Die Anwesenheit meiner Frau wird unsere friedlichen Absichten unterstreichen. Ich bin sicher, Königin Cartimandua wird bei unseren Verhandlungen weibliche Gesellschaft zu schätzen wissen.«

Macro war sich da nicht so sicher. Er erinnerte sich an seine kurze Tändelei mit einer jungen Icenerin bei seinem ersten Einsatz in Britannien. Boudica war eine temperamentvolle Frau gewesen, die gerne getrunken und auch anderen irdischen Vergnügungen zugetan gewesen war. Er konnte sich nicht vorstellen, dass sie viele Gemeinsamkeiten mit dieser spröde wirkenden Aristokratin gehabt hätte. Vielleicht war Cartimandua ja anders, doch das bezweifelte er.

»Ist das klug, Herr?«, fragte Cato. »Es handelt sich zwar um eine diplomatische Mission, doch es ist durchaus möglich, dass es zu militärischen Auseinandersetzungen kommt. In diesem Fall wäre Herrin Poppea ernstlich in Gefahr.«

»Ach, ich bezweifle, dass es dazu kommen wird«, entgegnete Otho zuversichtlich. »Sollte Königin Cartimandua unseren Forderungen nicht nachkommen, wird sie

333

es sein, die sich in Gefahr begibt. Sollte sie sich leichtsinnigerweise mit Caratacus verbünden, wird sie zusammen mit den anderen Unzufriedenen weggefegt werden, sobald Legat Quintatus den Rest der Armee mobilisiert. Offen gesagt, glaube ich, sie wird erkennen, dass das Spiel aus ist, sobald meine Kolonne bei ihr eintrifft. Doch ich hoffe, dass wir die Dinge einvernehmlich lösen können, und meine Frau wird dazu beitragen, dass zwischen Rom und diesen unwissenden Barbaren alles glatt läuft. Ist es nicht so, meine Liebe?«

»Ich werde meine Rolle spielen. Das ist meine Pflicht.«

»So!« Otho lächelte Cato an. »Siehst du?«

Cato zuckte mit den Schultern.

Sie wurden unterbrochen vom Sklaven, der den ersten Gang in einer großen, flachen Schüssel brachte. Er stellte sie auf den Tisch, und ein köstlicher Duft stieg den Gästen in die Nase.

»Hammelstreifen mit Garum und Essigglasur, kurz angebraten«, erklärte Poppea. »Das Rezept wurde von Agrippina an unseren Koch weitergegeben.«

Der Sklave servierte das Gericht auf kleinen Silbertellern und reichte die ersten beiden den Gastgebern. Als Otho zu essen begann, langten auch die anderen eifrig zu, spießten die Fleischstreifen mit der Messerspitze auf und steckten sie sich in den Mund. Macro war bald fertig und verlangte vom Sklaven einen Nachschlag, während Cato sich Zeit ließ, denn er wollte nicht zu erkennen geben, wie gut es ihm schmeckte.

»Verdammt gutes Gericht!«, schwärmte Horatius und verlangte nach mehr. Die anderen Centurionen nickten zustimmend. Cato bemerkte, dass Statillius Mühe mit dem Kauen hatte, und als er den Mund aufmachte, sah man auch den Grund. Der Mann hatte keine Zähne mehr. Offenbar war der Soldat älter, als Cato gedacht hatte.

»Es ist eigentlich ganz einfach«, sagte Poppea. »Bedauerlicherweise konnte unser Koch nur eine Truhe mit Gewürzen und anderen Zutaten mitnehmen. Und auf dieser elenden Insel ist die Auswahl an Fleisch und Obst wirklich erbärmlich. Aber damit müssen wir uns abfinden. Jedenfalls ist es ein wenig raffinierter als die üblichen Legionärsgerichte, möchte ich meinen.«

»Ist scheißköstlich«, kommentierte Macro mit vollem Mund.

Poppea schenkte ihm ein Lächeln, dann wandte sie sich an Cato. »Und was meinst du, Präfekt?«

Er kaute, schluckte und leckte sich die Lippen, bevor er antwortete. »Salzig.«

»Salzig?« Sie runzelte die Stirn, doch da klatschte Otho in die Hände und befahl dem Sklaven, den ersten Gang abzutragen.

In der Pause brachte der Sklave frischen Wein und füllte die Becher.

»Und jetzt, meine Herren, möchte ich eure Aufmerksamkeit auf die bevorstehende Unternehmung lenken. Ihr habt bereits eure Befehle vom Hauptquartier bekommen und wisst, worum es geht. Die Frage ist, wie wir vorgehen. Und auf welche Eventualitäten wir uns je nach Ausgang vorbereiten müssen.«

Der Tribun legte jetzt ein geschäftsmäßigeres Gebaren an den Tag. In seinen Augen lag ein schlaues Funkeln, das Cato zuvor nicht aufgefallen war. Otho stützte sich auf die Ellbogen auf, faltete die Hände und fuhr fort.

»Caratacus hat einen Vorsprung. Er hatte mehr als genug Zeit, mit den Anführern des Stammes zu sprechen. Wir wissen, dass er sehr überzeugend sein kann, und er wird sie inzwischen auf seine Seite gezogen haben. Wir müssen daher Boden gutmachen, wenn wir Isurium erreichen. Nach allem, was ich von Vellocatus erfahren habe, müssen wir mit einem feindseligen Empfang rechnen. Sollte es dazu kommen, ziehen wir uns augenblicklich zurück. Wenn man uns friedlich aufnimmt, fordern wir die Briganten auf, das Bündnis zu wahren, das sie mit Rom geschlossen haben. Ich erwarte nicht, dass Cartimandua augenblicklich eine Entscheidung fällen wird. Zunächst wird sie sich vergewissern wollen, dass die Mehrheit ihres Volkes hinter ihr steht.«

Cato musste dem Tribun klares Denken zugestehen. Das stand scheinbar im Widerspruch zu der naiven Sei-gegrüßt-mein-Freund-schön-dich-kennenzulernen-Attitüde, die er bislang hervorgekehrt hatte. Offenbar hatte er auch noch eine gewitztere, berechnendere – vielleicht sogar diplomatischere? – Seite.

»Freilich«, fuhr Otho fort, »kann es auch anders kommen, und dann hätten wir es mit einem neuen Stammesanführer zu tun. Der wahrscheinlichste Kandidat ist gegenwärtig Venutius, ein strammer Unterstützer des Caratacus. Wenn dieser Fall eintritt, können wir dem Kampf nicht ausweichen. Ich beabsichtige, auf Nummer sicher zu gehen. Wir lagern außerhalb von Isurium, auch dann, wenn man uns eine Unterbringung in

der Stadt anbietet. Wir schlagen kein übliches Marschlager auf, sondern legen tiefere und breitere Gräben und
höhere Befestigungen an. Auf den Ecktürmen platzie-
ren wir Ballisten. Die Eingeborenen wissen wenig von
Belagerungsmaschinen, deshalb werden wir sie damit so
lange in Zaum halten können, bis Legat Quintatus uns
zu Hilfe kommt.«

Er hielt inne und lächelte. »Aber gehen wir davon aus,
dass alles nach unserem Willen verläuft und Cartimandua einwilligt, uns den Gegner auszuliefern. In diesem
Fall möchte ich ihn so schnell wie möglich aus Brigantia fortschaffen. Das wird deine Aufgabe sein, Präfekt
Cato.«

»Ja, Herr. Ich nehme an, das schließt auch die Blutkrähen ein.«

»Die Trossbewachung, Präfekt.«

»Ich bitte um Verzeihung, Herr, aber es wäre am ver-
nünftigsten, wenn meine Kohorte Caratacus allein zum
Kastell bringen würde. Ansonsten müssten wir im gleichen Tempo marschieren wie Macros Fußsoldaten.
Dann hätten Venutius und dessen Gefolgsleute Zeit genug, einen Hinterhalt zu legen. Besser wäre es, wenn wir
schnell nach Viroconium reiten und Macros Kohorte die
im Lager verbliebenen Männer verstärkt.«

»Wer sagt denn, dass wir im Lager bleiben?«, entgegnete Otho. »Sobald wir mit Cartimandua alles geregelt
haben, beabsichtige ich, das brigantische Territorium zu
verlassen und zur Armee zurückzukehren.«

Cato zögerte einen Moment, bevor er seinen Einwand
vorbrachte. Er wollte sichergehen, dass er sich verständ-

lich machen konnte und dass seine Argumente Gehör finden würden. »Herr, selbst wenn die Königin sich bereit erklärt, ihn auszuliefern, ist nicht gesagt, dass der Feldzug zur Unterwerfung Britanniens abgeschlossen ist. Was Cartimandua auch beschließen mag, es wird ihr Volk spalten. Wenn sie Caratacus ausliefert, gerät Venutius unter Handlungsdruck. Es könnte zu Auseinandersetzungen zwischen den Unterstützern des Caratacus und der pro-römischen Fraktion kommen. In diesem Fall könntest du die Waagschale zugunsten der Königin neigen, wenn deine Männer vor Ort sind. Meiner Ansicht nach wäre es für Rom am besten, so lange eine militärische Präsenz außerhalb von Isurium beizubehalten, bis sich herausstellt, dass Cartimandua ihr Volk fest im Griff hat.«

»Das sagt sich leicht, wenn man selbst aus dem Schneider ist.«

Angespanntes Schweigen senkte sich über die Anwesenden, und in Cato wallte Ärger hoch. Ehe er etwas erwidern konnte, lachte Otho gutmütig und grinste ihn an. »Nur ein Scherz, Präfekt. Nur ein Scherz … Du hast natürlich recht. Also, wenn wir Caratacus in die Hände bekommen, kehrst du hierher zurück und meldest dem Legaten, dass ich so lange in Brigantia zu bleiben gedenke, bis entweder Verstärkung eintrifft oder bis ich den Abzug für gefahrlos durchführbar halte oder von Quintatus den Befehl bekomme, das Lager abzubrechen.«

»Ja, Herr.«

»Dann haben wir wohl alle Eventualitäten besprochen.« Er musterte fragend die anderen Offiziere. »Horatius, hast du noch etwas hinzuzufügen?«

Der Präfekt, der für den militärischen Aspekt der Unternehmung zuständig war, überlegte einen Moment, dann schüttelte er den Kopf. »Nein, Herr. Sei versichert, dass ich meine Pflicht tun werde.«

»Gut! Dann können wir den Rest der Mahlzeit ohne Fachsimpelei genießen, wofür mir Poppea, deren Langeweile bei solchen Angelegenheiten unübersehbar ist, ewig dankbar sein dürfte.« Er grinste sie an, und sie erwiderte erst finster seinen Blick, dann schob er den den Kopf vor und küsste sie auf die Lippen. Sie wollte sich ihm erst entziehen, doch dann erwiderte sie seinen Kuss. Die Offiziere, peinlich berührt von der öffentlichen Zurschaustellung von Zuneigung, wandten den Blick ab, und Horatius verwickelte die beiden Centurionen an seiner Seite in ein Gespräch. Cato beobachtete die beiden einen Moment, was ihn schmerzhaft an seine Frau erinnerte, die er in Rom zurückgelassen hatte, doch er wusste auch, dass es ihm schwergefallen wäre, zwischen seine Pflichten als Offizier und als Ehemann zu trennen.

Mehrere Sklaven kamen im Gänsemarsch aus der Küche. Die ersten beiden schleppten ein langes Tablett mit einem kleinen glasierten Schwein, umgeben von kunstvoll verzierten Pasteten. Dann folgten ein Korb mit Brotlaiben und ein Tablett mit Pilzen, gerösteten Zwiebeln und anderem Gemüse. Die Offiziere, denen das Wasser im Mund zusammenlief, übertrafen sich gegenseitig mit Komplimenten. Otho und dessen Frau lösten sich voneinander und lächelten angesichts der Begeisterung ihrer Gäste. Macro rieb sich die Hände, als er das Schwein beäugte.

»Ah, schau sich mal einer die Kruste an! Mmmhhh!«

Cato blieb als Einziger ernst und stumm, denn er vermochte die bösen Vorahnungen im Hinblick auf den bevorstehenden Einsatz nicht abzuschütteln.

KAPITEL 21

W as macht der hier?«, fragte Centurio Acer und zeigte auf den Weinhändler, der sein Gefährt ans Ende der kleinen Kolonne von Karren und Transportwagen manövrierte, die den Proviant und die Artillerie beförderten.

Horatius blickte sich um. »Der Tribun hat ihm erlaubt, sich unserer munteren Truppe anzuschließen. Hipparchus heißt er. Einer dieser Griechen, die sich an den Umhangsaum der römischen Armee hängen und ein Vermögen machen.«

Die anderen Offiziere lachten, Cato und Macro stimmten halbherzig mit ein.

»Aber im Ernst«, fuhr Acer fort, »ich dachte eigentlich, wir sollten alles, was uns langsamer macht, zurücklassen. Kein unnötiges Gepäck, das war die Anweisung des Tribuns.«

»Das gilt nur für uns, Mann«, sagte Macro. »Der Tribun ist offenbar der Ansicht, seine Frau und ein ordentlicher Weinvorrat seien für den Erfolg der Unternehmung unverzichtbar.«

Erneutes Gelächter.

»Da steckt noch ein wenig mehr dahinter«, meinte Horatius. »Der Grieche soll mit den Briganten Handel treiben. Die Eingeborenen können von unserem Wein gar nicht genug bekommen. Bei den Göttern, die würden sogar ihre eigene Mutter für einen Krug guten Falerners verhökern. Und das haben sie sogar schon getan, wenn man meinem Vater glauben kann, der viele Jahre vor der Invasion in Gesoriacum gedient hat. Damals floss ein steter Strom von Wein nach Britannien, und die Schiffe kamen mit Pelzen und Sklaven zurück. Der Tribun hofft, dass der Wein die Räder schmieren und die Eingeborenen entgegenkommender stimmen wird. Außerdem wisst ihr ja, wie die griechischen Händler sind. Die wissen immer, was gerade so getratscht wird.«

Die Sonne war soeben aufgegangen über den weitläufigen Festungsanlagen und der zivilen Siedlung Viroconium. Die ersten Rauchfahnen stiegen ins Morgenrot des wolkenlosen Himmels. Die Männer von Othos Kolonne standen in lockerer Formation auf dem Übungsgelände und warteten auf den Marschbefehl. Die Pferde der beiden Hilfseinheiten waren gesattelt und mit der Ausrüstung der Reiter und Futternetzen beladen. Sie spürten die erwartungsvolle Stimmung der Soldaten, spitzten die Ohren und wendeten die Köpfe hin und her, begleitet vom leisen Klimpern der Kandaren. Die vor die Karren und Transportwagen gespannten Maultiere hingegen wirkten gänzlich unbeeindruckt und standen regungslos da, während die Kutscher an den Tieren entlangschritten und wenn nötig Riemen strammzogen und das Joch festzurrten. Der Wagen der Poppea Sabina war das größte Fahrzeug der Kolonne und stand ganz vorn, wo sie von dem durch die Räder und Hufe aufgewirbelten Staub nicht behelligt werden würde.

»Da kommen sie«, sagte Macro leise. Der Tribun näherte sich Arm in Arm mit seiner Frau aus der Richtung der gemieteten Villa. »Nur keine Eile.«

Als sie den Wagen erreichten, half Otho seiner Frau die Stufen am Wagenende hoch, dann stellte er sich auf die Zehenspitzen und gab ihr einen Kuss, reckte die Schultern und schritt an den Legionären und der Hilfseinheit der Fußsoldaten aus Horatius' gemischter Kohorte vorbei. Er rieb sich die Hände und trat zu den Offizieren.

»Ein frischer Morgen, wie?«

»Was soll eigentlich dieses ständige ›wie‹?«, flüsterte Macro Cato aus dem Mundwinkel zu.

Cato zuckte mit den Schultern. »Ist wohl gerade in Rom in Mode.«

»Also, ich finde, das klingt scheiße. Hab jedes Mal das Gefühl, er würde mich mit einer Handvoll Eicheln bewerfen.«

»Was liegt an, Centurio?«, erkundigte Otho sich gut gelaunt.

»Ich habe nur gemeint, es ist schön, einen Mann zu sehen, der vernarrt ist. In seine Frau, meine ich.«

»Nicht sehr überzeugend«, murmelte Cato, ohne die Lippen zu bewegen.

Der Tribun nickte glücklich. »Ich danke jeden Tag den Göttern, dass Poppea meine Frau ist. Jetzt aber zur Sache, meine Herren. Ist alles bereit?«

Horatius nickte. »Wir warten nur noch auf deinen Befehl, Herr.«

»Dann los. Wir haben einen kleinen Auftrag zu erfüllen.«

Horatius zögerte, verunsichert durch die lässige Art seines Vorgesetzten. Dann seufzte er und nickte. »Ja, Herr. Offiziere! Zu den Einheiten.«

Die Centurionen machten kehrt und nahmen ihre Positionen ein, während der Präfekt zur Spitze der Kolonne schritt. Cato und Macro nickten einander zu, dann begab Letzterer sich zu der Kohorte, die sich hinter den Wagen formiert hatte. Cato ging zu dem Soldaten, der sein Pferd hielt, schwang sich in den Sattel und suchte eine bequeme Haltung, dann nickte er Decurio Miro zu. Der holte tief Luft und legte die Hand an den Mund.

»Zweite Thrakische! Aufsitzen!«

Begleitet vom Scharren der Hufe und dem Wiehern der Pferde saßen die Soldaten ächzend auf und beruhigten die Tiere.

An der anderen Seite des Übungsplatzes brachte ein Sklave dem Tribun sein Pferd, einen sorgfältig gestriegelten weißen Hengst mit rot-goldener, quastengeschmückter Satteldecke und glänzendem Fell. Der Sklave bückte sich und legte die Hände zusammen, damit der Tribun bequem aufsitzen konnte. Als Otho den Helmriemen angepasst hatte, stieg er in den Sattel und musterte in steifer Haltung seine kleine Streitmacht. Mit seinem wallenden roten Umhang mit Goldborte, dem funkelnden Brustpanzer und dem Helm mit dem roten Federbusch bot er eine beeindruckende Erscheinung. Vielleicht vergleichbar mit Pompeius Magnus in seiner Jugend, dachte Cato. Die Ausstattung der jüngeren Offiziere stellte jedenfalls die des General Ostorius in den Schatten, ganz zu schweigen von den Legionslegaten, die einen weit höheren Rang einnahmen als Otho. Cato lächelte bei dem Gedanken, dass der brigantischen Königin die Augen übergehen würden, wenn die Römer in ihre Hauptstadt Isurium Einzug hielten.

Der Tribun gab seinem Pferd leicht die Sporen und trabte an die Spitze der Kolonne, wo ihn Horatius mit dem Dolmetscher Vellocatus erwartete. Ein Stück dahinter stand Horatius' berittenes Kontingent, das die Vorhut der Kolonne darstellte und die Lage auskundschaften würde, sobald sie die offizielle Grenze der neuen Provinz überquert hatten. Otho nickte seinem Stellvertreter zu, dann schallte Horatius' Stimme über die Männer, Fahrzeuge und Tiere hinweg.

»Kolonne! Marsch!«

Hinter den beiden Offizieren setzten sich die Standarten der Einheiten in Bewegung, dann folgte die erste Legionärskohorte, befehligt von Centurio Statillius, und schließlich der Tross sowie Macros Kohorte. Die Blutkrähen waren für die Nachhut eingeteilt worden, von wo aus sie im Notfall rasch vorrücken konnten, um die Flanken zu schützen.

Die Kolonne marschierte vom Übungsgelände hinunter und bog auf die Straße ein, die in nördliche Richtung nach Viroconium führte. Eine Handvoll Frauen aus dem Vicus hatten sich versammelt, um sie zu verabschieden, darunter einige, die weinten, weil sie von ihren Männern getrennt wurden. Da sie Isurium schnell erreichen mussten, hatte Otho strikt verboten, dass sich Armeefremde der Kolonne anschlossen, denn sie hätten die Soldaten womöglich aufgehalten. Seine Gemahlin war die einzige Frau, welche die Soldaten begleiten durfte – und der Weinhändler der einzige Zivilist.

Eine kleine Gruppe von Offizieren stand vor dem Haupttor des Kastells, um den Tribun und dessen Männer zu verabschieden. Quintatus trat vor, als die Spitze der Kolonne an ihnen vorbeikam.

»Das Glück sei mit dir, Tribun Otho, und erfolgreiche Jagd.«

Der junge Mann lächelte. »Ich bringe Caratacus zurück. Tot oder lebendig.«

Sie salutierten voreinander, dann trieb der Tribun sein Pferd wieder an und führte die Kolonne auf das Land der Briganten zu. Ob diese noch Verbündete Roms waren oder erbitterte Gegner, würde sich bald erweisen.

An den ersten beiden Tagen marschierten sie durch das Land der Kornen, ein Stamm, der kurz nach der Landung der ersten Legionen um Frieden mit den Eindringlingen ersucht hatte. Doch erst seit Ostorius den Gegner in die Berge zurückgedrängt hatte, hatte das Stammesvolk zum ersten Mal seit Generationen nicht mehr unter den Überfällen seiner Nachbarn zu leiden. In der Folge davon waren die wogenden Hügel übersät mit Gehöften, und die Kolonne begegnete Hirten und Händlern, die ungehindert von Siedlung zu Siedlung wanderten, ohne Angst vor in den Wäldern lauernden Räubern haben zu müssen.

So könnte es eines Tages in der ganzen Provinz aussehen, dachte Cato, als er an der Spitze seiner Männer durch die üppig grüne, mit bunten Wildblumen gesprenkelte Landschaft ritt. Diesem Land war eine sanfte Schönheit zu eigen, die zu Herzen ging. Ganz anders als die dramatischen Landschaften Italiens, die häufig durch große landwirtschaftliche Besitzungen entstellt wurden, auf denen vom Morgengrauen bis zum späten Abend Kettensklaven schufteten. Er betete zu Jupiter, dass Britannien solche Exzesse erspart bleiben mochten. Wenn ein dauerhafter Friede hergestellt wurde, würde er irgendwann Julia die Landschaft zeigen, und vielleicht würde sie ebenso empfinden wie er. Er erlag der Heiterkeit des Inselsommers. Den Rest des Jahres über war es meist feucht und kalt, und im tiefen Winter badeten die kurzen Tage die kahle Landschaft in ein wässriges Licht. Julia würde den Winter hassen, genau wie Macro – jedenfalls behauptete er es.

Am dritten Tag passierten sie die kleinen, mit Gräben geschützten Befestigungen und mit Soldaten der Hilfsabteilungen bemannten Wachtürme an der Grenze und rückten ins Stammesgebiet vor. Am Abend befahl der Tribun seinen Männern, »angesichts des Feindes« ein Marschlager zu errichten. Damit waren tiefere Gräben und mit einer Palisade gekrönte Wälle gemeint. Die Pferde und Maultiere durften nicht mehr mit Fußfesseln auf einem mit Seilen abgetrennten Gelände grasen, sondern wurden in kleineren Koppeln innerhalb der Befestigungen untergebracht, wo sie vor Überfällen sicher waren. Die Zahl der Wachen wurde verdoppelt, und die Posten beobachteten aufmerksam die umliegende dunkle Landschaft.

Cato spürte, dass die Stimmung unter seinen Männern sich geändert hatte. Der unbeschwerte Humor der ersten Tage hatte angespannter Wachsamkeit Platz gemacht. Alle wussten mehr oder weniger gut über den Zweck der Unternehmung und die Gefahren, mit denen sie zu rechnen hatten, Bescheid. Caratacus war für seine römischen Gegner zu einer Art Legende geworden, und Cato hatte dafür volles Verständnis. Rom hatte nur gegen wenige Männer so lange gekämpft, und obwohl sein Königreich schon vor Jahren gefallen war, weigerte sich der catuvellaunische König noch immer zu kapitulieren. Keine Niederlage hatte ihn in seiner fanatischen Hingabe an den Kampf gegen Kaiser Claudius schwankend gemacht. Jetzt schien es den gewöhnlichen Soldaten, als besitze er magische Kräfte, die ihn in die Lage versetzten, mitten in einem römischen Lager und noch am selben Tag, da er gefangen genommen war, seine Ketten abzustreifen. Man durfte nicht zulassen, dass ein solcher Mann Rom weiterhin die Stirn bot. Er musste sich zu denen gesellen, die ihre Macht wie zuvor schon Hannibal, Mithridates und Spartacus auf die Probe gestellt hatten und für zu leicht befunden worden waren.

Am nächsten Tag sichtete Catos Flankenbewachung zu ihrer Rechten, dicht unterhalb einer Hügelkuppe, eine kleine Gruppe von Reitern. Decurio Miro machte seinen Vorgesetzten darauf aufmerksam. Cato brauchte eine Weile, bis er die ferne Bewegung inmitten des Heidekrauts und der Ginsterbüsche auf dem steilen Hang ausgemacht hatte. Es waren fünf Reiter, ausgerüstet mit Umhängen, Hosen und Speeren. Von funkelnder Rüstung oder Schilden war nichts zu sehen.

»Scheinen auf der Jagd zu sein.«

»Soll ich ihnen eine Schwadron hinterherschicken, Herr?«

Cato überlegte kurz, dann schüttelte er den Kopf. »Zwecklos. Sie könnten uns mühelos abschütteln. Außerdem sind wir nicht zum Kriegführen hier. Wenn das Korner sind, sind sie unsere Verbündeten. Wenn es Briganten sind, gilt bis zum Beweis des Gegenteils das Gleiche. Lass sie in Ruhe.«

Miro neigte das Haupt, gab sich aber keine Mühe, seine Bedenken zu verhehlen. Er wendete das Pferd und trabte zurück zu seinen Männern. Cato sah hin und wieder zu den Reitern hinüber und bemerkte, dass sie den Abstand zur Kolonne beibehielten. Sie machten keine Anstalten, näher zu kommen oder wegzureiten. Falls es wirklich Jäger waren, hatten sie ihre ursprüngliche Absicht aufgegeben und behielten jetzt die Römer im Auge. Vermutlich hatten sie Boten losgeschickt, gleich nachdem sie die Römer bemerkt hatten. Trotz der Übereinkunft zwischen den Kornern und der brigantischen Königin bereitete Cato der vor ihnen liegende Weg Kopfzerbrechen. Tribun Otho würde sie bis weit über die Provinzgrenze hinausführen. In der Ferne machte Cato eine Hügelkette aus, die sich von Nord nach Süd erstreckte. Vellocatus zufolge markierten die Erhebungen die Grenze von Cartimanduas Reich. Es war denkbar, dass Caratacus sie bereits für seine Sache gewonnen hatte und dass sie nun gemeinsam eine neue Armee aufstellten, mit der er den Kampf gegen die Römer fortsetzen könnte. Wenn die Kolonne in den Hügeln oder jenseits davon in einen Hinterhalt geriet, bestand keine Aussicht auf Rettung.

Doch nicht nur von außen drohte Gefahr, überlegte Cato verdrießlich. Es bestand Grund zu der Annahme, dass jemand aus der Kolonne vorhatte, Tribun Othos Mission zur Gefangennahme des Caratacus zu sabotieren. Aber wer mochte das sein? Cato fasste die sich durch die friedliche Landschaft bewegende Kolonne in den Blick; die Fußsoldaten mit ihren Tragejochen; die Reiter, die ihre Pferde führten, an deren stabilen Sattelhörnern ihre Ausrüstung hing; und die Wagen und Karren, die über den unbefestigten Weg auf die im Dunst verschwimmenden Hügel zurumpelten. Cato machte den Planwagen des Septimus aus; der kaiserliche Agent saß neben seinem Sklaven auf dem Kutschbock, die Arme verschränkt, am ganzen Körper bebend vom Gerüttel des Wagens.

Septimus hatte seine Verdächtigen benannt, doch Cato hatte bislang bei beiden keinerlei Hinweise auf Verrat bemerkt. Horatius war zu sehr Soldat, um sich an einer Verschwörung zu beteiligen, und Tribun Otho und dessen Frau mochten zwar abgründiger sein, als die Fassade erahnen ließ, hatten sich bislang aber ebenfalls nicht verdächtig gemacht. Dennoch hatte jemand Caratacus zur Flucht verholfen und skrupellos zwei Soldaten getötet. Ein solcher Mensch war gefährlich. Zumal wenn Septimus recht hatte mit seiner Vermutung, dass er auch Macro und ihn selbst eliminieren wollte. Eine Zeit lang war Cato zufrieden damit gewesen, wieder in der Armee zu dienen mit dem klar umrissenen Ziel, den Gegner zu schlagen. Seit der kaiserliche Agent aufgetaucht war und ihn über Pallas' Verschwörung informiert hatte, befand sich Cato jedoch in einem Zustand gesteigerter Wachsamkeit. Ständig hielt er Ausschau nach Anzeichen von Verrat. Er schlief nicht mehr gut. Und selbst bei Nacht befand sich sein Schwert in Reichweite, und der Dolch lag neben seiner Nackenrolle. Nicht, dass er sich Illusionen gemacht hätte; ein gerissener Gegner würde immer eine Gelegenheit finden, ihn zu töten. Vermutlich würden die Umstände eher ungewöhnlich sein, denn ein gewöhnlicher Mord hätte ein zu großes Risiko bei zu kleinem Lohn bedeutet. Wahrscheinlicher war, dass Pallas' Mann auf eine Gelegenheit warten würde, den Mord als Unfall zu tarnen oder ihn für seine weiteren Pläne zu nutzen. Was wäre, wenn er und Cato während der Verhandlungen mit Cartimandua ums Leben kämen? Wenn man die Stammesleute für ihren Tod verantwortlich machen könnte, würde das zu einem Zerwürfnis zwischen Rom und den Briganten führen. Es gab nur einen einzigen Hoffnungsschimmer, überlegte Cato. Caratacus kannte den Verräter. Falls es noch nicht zu spät war, eine friedliche Lösung auszuhandeln, würde Cato den gegnerischen Flüchtling genau beobachten und festzustellen versuchen, ob er Kontakt mit einem der Römer aufnahm. Wenn es dazu kam, würde er unerbittlich zuschlagen.

Gegen Abend, kurz nachdem Otho den Befehl zum Anhalten und zum Errichten des Lagers gegeben hatte, tauchte in einer Meile Entfernung auf einem Hügel eine weitere Gruppe von Reitern auf. Cato stand bei Macro, während die Legionäre mit der Hacke den Boden lockerten, um die Befestigung zu errichten. Der Alarm war von Centurio Acers Kohorte ausgelöst worden, und jetzt wandten sich auch die anderen um und blickten zu besagtem Hügel. Cato schätzte, dass mindestens fünfzig Männer zu der Gruppe gehörten. Diesmal handelte es sich offenbar nicht um Jäger. Die tief stehende Sonne spiegelte sich auf Helmen und Schildbuckeln. Cato blickte zur Mitte des Lagers, wo der Tribun mit Vellocatus und ein paar anderen Offizieren zusammenstand. Otho musterte die Reiter, machte aber keine Anstalten, den Kornern zu befehlen, ihre Männer zu den Waffen zu rufen. Stattdessen wandte er sich kurz an eine seiner Ordonnanzen und zeigte in Catos Richtung. Der Mann nickte und kam herübergelaufen.

Macro hatte den kurzen Wortwechsel ebenfalls beobachtet. »Was will er von uns?«

»Das werden wir gleich erfahren«, erwiderte Cato, dann schaute er sich um und bemerkte, dass Macros Männer mit der Arbeit innegehalten hatten und zu den Eingeborenen hinübersahen.

»Macro ...« Cato wies mit dem Kinn auf die Soldaten.

Sein Freund kniff zornig die Augen zusammen und holte tief Luft. »Was ist das hier? Ist heute etwa ein Scheißfeiertag?«, brüllte er seine Männer an und schwang den Stock. »Hoch mit den Hacken, und legt euch verdammt noch mal ins Zeug!«

Die Legionäre machten sich augenblicklich wieder an die Arbeit. Mit klingendem Hammer wurden Eisenpfosten ins Erdreich getrieben, untermalt vom Ächzen der Männer. Macro schritt an der Reihe entlang und vergewisserte sich, dass sich keiner drückte, während der Bote atemlos vor Cato anhielt.

»Tribun Otho lässt grüßen, Herr, und fordert dich auf, mit einer deiner Schwadronen zu den Eingeborenen zu reiten.«

»Soll ich sie verjagen?«

»Nein, Herr. Du sollst sie nur daran hindern, näher zu kommen.«

Cato fixierte den Mann einen Moment lang und fragte sich, was wohl daraus werden sollte, wenn die eingeborenen Krieger sich trotzdem zum Näherkommen entschlossen. »Na schön. Sag dem Tribun, ich werde nicht den ersten Hieb austeilen, wenn ich es vermeiden kann.«

»Ja, Herr.« Der Mann salutierte und trabte zurück zu seinem Kommandanten.

Cato blickte zu Decurio Miro hinüber, der soeben den Sattelgurt gelöst hatte und den schweren Ledersattel auf den Boden legte.

»Miro! Komm her!«

Kurze Zeit später ritt Cato an der Spitze der ersten Schwadron der Blutkrähen den Reitern entgegen, die das Lager beobachteten. Um die Eingeborenen nicht zu erschrecken, ritt er im Schritt. Das dumpfe Klirren der Hacken wurde übertönt vom Hufgetrappel. Die Sonne senkte sich auf den Horizont herab und hüllte die Landschaft in ein warmes, goldenes Licht. Die Schatten der römischen Reiter erstreckten sich weit übers Gras, hinter ihnen senkte sich langsam eine Staubwolke ab. Decurio Miro, der neben Cato ritt, ballte wiederholt die Faust.

»Wir hätten die ganze Kohorte mitnehmen sollen, Herr.«

»Der Tribun möchte, dass wir sie nur im Auge behalten«, erwiderte Cato gelassen.

»Das hätten wir auch vom Lager aus tun können.«

»Aber damit hätten wir sie vielleicht ermutigt, noch näher zu kommen. Einstweilen ist es besser, wir halten sie auf Abstand. Wir haben unsere Befehle, Decurio«, schloss er bestimmt, denn es gefiel ihm nicht, dass sein Untergebener sich von seinen Bedenken in seiner Pflichterfüllung beeinträchtigen ließ.

Schweigend ritten sie bis zum Fuß des Hügels, auf dem die eingeborenen Reiter reglos warteten. Cato hob den Arm und befahl seinen Männern, anzuhalten und sich in einer Reihe zu formieren, und die Blutkrähen verteilten sich fächerförmig an den Seiten. Die Thraker waren angespannt und hielten Speere und Schilde bereit. Cato hatte Verständnis für ihre Nervosität. Die Einheit kämpfte seit zwei Jahren gegen die Bergstämme, und alle Eingeborenen, die sie in der Zeit zu Gesicht bekommen hatten, waren ihnen feindlich gesinnt gewesen. Weshalb sollte es sich mit den Männern auf dem Hügel anders verhalten? Nichtsdestoweniger war Cato entschlossen zu verhindern, dass seine Männer unabsichtlich Feindseligkeiten begannen.

Während die Schatten immer länger wurden und Gras und Heidekraut sich im Licht der untergehenden Sonne rötlich färbten, wurden die Arbeiten zur Errichtung des

Marschlagers fortgesetzt. Hin und wieder blickte Cato sich um, und jedes Mal war die Befestigung ein wenig höher geworden, während die Männer immer weiter in den Graben einzusinken schienen. Schließlich schaute außer ihren Köpfen nichts mehr hervor, und etwas später sah man nur noch die Schaufeln aufblitzen und Erdklumpen auf den Wall hinauffliegen. Die übrigen Männer schlugen die Zelte auf, lange, gerade Linien von braunem Leder, das von an Pflöcken befestigten Leinen straff gespannt wurde. Die diensthabende Kohorte bildete einen Kordon ums Lager und hielt Ausschau nach Gegnern. Sobald der Grabenwall fertiggestellt war, würde man sie ins Lager rufen, und die erste Wache würde die Befestigung bemannen, während ihre Kameraden die Rüstung ablegen und die Abendmahlzeit bereiten würden.

»Wie lange sollen wir eigentlich noch hier draußen ausharren?«, schimpfte Miro gerade laut genug, um seinem Vorgesetzten eine Antwort zu entlocken.

»So lange, bis wir zurückbeordert werden.«

Miro wollte etwas erwidern, besann sich aber und klappte den Mund wieder zu.

»Herr!« Ein Soldat hob den Speer und zeigte den Hang hinauf.

Ein Reiter hatte sich von der Gruppe gelöst und kam lässig den Hang heruntergeritten, sein Pferd schwenkte träge den Schweif von einer Seite zur anderen. Die Blutkrähen regten sich und packten Speere und Schilde fester.

»Ganz ruhig!«, rief Cato. »Niemand greift ein ohne meinen Befehl! Bleibt stehen, und wartet auf meine Anweisungen. Dem ersten Mann, der dem zuwiderhandelt, lasse ich die Haut vom Rücken reißen!«

Die Reihe der Soldaten kam zur Ruhe und wartete schweigend, während der Reiter langsam den Hang herunterritt. Als er nahe heran war, sah Cato, dass er auf einem säuberlich gestriegelten braunen Hengst saß, dessen Fell im Licht des flammenden Sonnenuntergangs schimmerte. Bekleidet war er mit einer gemusterten Tunika und blauer Hose, die von Lederträgern gehalten wurde. Ein ovaler Schild hing am Sattel, in der Rechten hielt er eine lange Lanze. Seine Arme waren muskelbepackt, das dunkle Haar hing ihm in Zöpfen auf die breiten Schultern. Ohne jedes Anzeichen von Angst näherte er sich Catos Schwadron und hielt zehn Schritt vor dem Kommandanten an. Er musterte Cato einen Moment, dann riss er sein Pferd nach rechts herum, ritt zur Flanke und funkelte die Blutkrähen an. Am Ende der Reihe wendete er sein Pferd und kam zurückgeritten, hielt abermals vor Cato an und stieß den Speer dem Römer entgegen. Miro langte unwillkürlich nach seinem Schwert.

»Nicht!«, knurrte Cato. »Tu nichts, bevor ich es dir sage.«

Der Reiter hob mit tiefer Stimme zu sprechen an, wandte sich voller Stolz und Zorn in seiner Muttersprache an Cato und zeigte mit dem Speer auf die Römer, um seinen Worten Nachdruck zu verleihen. Es dauerte eine Weile, ehe Cato begriff, dass er nicht nur die Reiter, sondern auch das Lager meinte.

»Was geht hier vor, Herr?«, fragte Miro.

»Ich schätze, er will wissen, was wir hier machen. Und diese Frage hat durchaus ihre Berechtigung. Wir mögen Verbündete sein, aber wir wirken wie Eroberer.«

»Jetzt könnten wir den Dolmetscher des Tribuns gut brauchen. Soll ich ihn holen, Herr?«

»Nein. Beweg dich nicht von der Stelle, und halt den Mund.«

Der Reiter setzte seine Tirade fort, und hin und wieder, wenn sie das Licht der untergehenden Sonne auffingen, leuchteten seine Augen auf, sodass er wirkte wie der leibhaftige Zorn, bereit, jeden Moment seinem Pferd die Sporen zu geben und Cato mit dem Speer zu durchbohren. Dann vernahm Cato Hufgetrappel, warf einen Blick über die Schulter und erblickte einen Reiter, der sich vom Lager her näherte. Er erkannte Vellocatus und wandte sich mit dem Anflug eines Lächelns an den Decurio.

»Sieht so aus, als hätte der Tribun deine Gedanken gelesen.«

Das Gebrüll verstummte, als der Krieger an Cato vorbeischaute. Im nächsten Moment zügelte Vellocatus sein Pferd und näherte sich deutlich langsamer. Der Stammeskrieger spuckte vor dem Neuankömmling verächtlich ins Gras.

Cato kratzte sich am Ohrläppchen. »Ein Freund von dir?«

»Cousin. Belmatus. Der jüngere Bruder des Venutius.«

»Ah, jetzt verstehe ich, weshalb er so erfreut ist, dich zu sehen.« Cato nickte zu dem temperamentvollen Eingeborenen hin. »Frag ihn mal, was er will.«

Vellocatus räusperte sich und wandte sich an den Einheimischen. Cato hatte ein paar Brocken von den Stämmen weiter im Süden aufgeschnappt, vermochte der in gutturalem Dialekt geführten Unterhaltung zwischen den beiden Nordmännern aber nicht zu folgen. Nach einem heftigen Wortwechsel wandte der Dolmetscher sich wieder an Cato.

»Die deftigen Beleidigungen mal außen vor gelassen, will Belmatus wissen, weshalb die Römer die Grenze des von ihnen beanspruchten Gebietes überquert haben.«

»Verstehe.« Cato legte den Kopf schief, als ihm ein beunruhigender Gedanke kam. »Gehe ich recht in der Annahme, deine Königin hat ihr Volk noch nicht darüber in Kenntnis gesetzt, dass sie uns um Unterstützung gebeten hat?«

Vellocatus rutschte verlegen im Sattel hin und her, bevor er antwortete. »Das weiß ich nicht, Herr. Ich habe lediglich die Nachricht überbracht.«

»Ich glaube dir nicht. Versuch es noch einmal.«

Der junge Edelmann senkte den Blick, dann sagte er: »Sie hat gemeint, es wäre nicht ratsam, euren Besuch frühzeitig bekannt zu machen.«

»Offenbar sind ihr die Ereignisse zuvorgekommen.« Cato nickte zu dem wartenden Eingeborenen hin. »Die Nachricht von unserem Erscheinen wird Isurium vor unserer Kolonne erreichen.«

Vellocatus zuckte mit den Schultern. Ehe Cato fortfahren konnte, mischte sich Belmatus mit barscher Stimme ein.

»Er verlangt eine Antwort.«

»Dann sollten wir ihm wohl besser die Wahrheit sagen.«

Der Dolmetscher warf Cato einen ängstlichen Blick zu. »Ich halte das für unklug.«

»Bleibt uns denn eine Wahl? Wenn wir ihn anlügen, sieht es so aus, als wären wir auf Eroberungen aus. Sag ihm, dass wir auf Bitte der Königin gekommen sind. Sie möchte mit einem Gesandten des römischen Gouverneurs sprechen.« Cato senkte die Stimme. »Erwähne nicht, wen wir festnehmen wollen. Unsere Absicht werden sie ohnehin schnell erraten, aber wir müssen sie ihnen nicht extra auf dem Silbertablett präsentieren. Jetzt übersetze, was ich gesagt habe.«

Es folgte ein weiterer Wortwechsel, länger und heftiger als der erste, dann knirschte Belmatus mit den Zähnen, hob den Arm und wies nach Süden, in die Richtung, aus der die Kolonne gekommen war.

»Lass mich raten«, sagte Cato trocken. »Er will, dass wir umkehren und zur Provinz zurückmarschieren.«

Vellocatus nickte. »Er sagt, er wisse nichts von Cartimanduas Bitte. Außerdem nehme er nur von seinem Bruder Befehle entgegen. Wenn deine Kolonne weiterzieht, werden die Briganten dies als Kriegserklärung betrachten.«

Cato spannte sich an. Das war eine unerfreuliche Wendung, die seine Befugnisse überstieg. Er musste Tribun Otho Bericht erstatten und ihm Gelegenheit geben, die Lage zu beurteilen.

»Hrrrm.« Cato räusperte sich. »Sag Belmatus, dass ich mich mit dem Kommandanten besprechen muss, und sag ihm, dass wir keine Bedrohung für sein Volk darstellen. Weise ihn darauf hin, dass wir auf Bitte von Königin Cartimandua, unserer Verbündeten, hierhergekommen sind. Ich rate ihm, sich mit ihr abzusprechen, bevor er etwas unternimmt, das bedauerliche Folgen für sein Volk haben könnte.«

Vellocatus übersetzte. Die scharfe Entgegnung des Kriegers traf den Dolmetscher wie ein Schlag. Er zuckte zusammen und wandte sich an Cato. »Mein Cousin sagt, wenn deine Kolonne auch nur einen Schritt weiter auf Isurium vorrückt, werden er und die Krieger seines Stammes euch niedermachen und euch die Köpfe abhacken.«

Der Krieger hatte Cato aufmerksam beobachtet. Nun lächelte er kühl und fuhr sich mit dem Zeigefinger über den Hals. Dann wendete er sein Pferd und ritt zurück zu den Männern, die auf der Hügelkuppe warteten. Am Horizont ging die Sonne unter, und trotz der drückenden Hitze lief Cato ein kalter Schauder über den Rücken.

KAPITEL 22

W ie kann es deine Königin für geraten halten, ihrem Volk zu verheimlichen, dass sie uns um Unterstützung gebeten hat?«, fragte Tribun Otho.

Vellocatus sortierte in Gedanken diese äußerst komplizierte Frage, bevor er antwortete. »Wie ich Legat Quintatus schon erklärt habe, ist ihre Stellung prekär. Unser Volk ist uneins hinsichtlich der Frage, wie man es mit euch Römern halten soll. Die meisten wollen Frieden, aber viele hassen oder fürchten euch. Sie fühlen sich verpflichtet, den Kampf gegen die Eindringlinge fortzusetzen. Sonst wird Brigantia ebenso wie die Stämme weiter südlich von euch geschluckt werden. Deshalb hielt meine Königin es für geraten, ihrem Hof zu verheimlichen, dass sie euch um Unterstützung gebeten hat. Zumindest so lange, bis ihr ihr Gebiet erreicht habt.«

Otho rieb sich die müden Augen und ließ sich die Erklärung durch den Kopf gehen. Die anderen Offiziere am Tisch saßen schweigend da. Cato schob einen Finger unter den Saum seiner Tunika und zog den Stoff von der schweißfeuchten Haut ab. Da Otho angeordnet hatte, die Zeltklappen zu schließen, war es stickig warm im Zelt. Trotzdem umschwirrte eine kleine Insektenwolke die Öllampen, und Macro hob fluchend die Hand und scheuchte die Mücken weg, die seinem Gesicht zu nahe kamen.

Der Tribun ließ sich jedoch nicht stören, sondern konzentrierte sich auf den jungen brigantischen Edelmann. »Wird dein Cousin uns wirklich angreifen, falls wir morgen versuchen sollten, den Marsch fortzusetzen?«

»Falls?«, murmelte Horatius. »Herr, wir haben Befehl ...«

»Ich kenne meine verdammten Befehle, vielen Dank!«, fauchte Otho. »Und ich führe hier das Kommando. Ich treffe die Entscheidungen. Ich wäre dir dankbar, wenn du das nicht vergessen würdest, Präfekt Horatius.«

Es war das erste Mal, dass Cato den jungen Tribun zornig erlebte, und er und die anderen Offiziere warteten wortlos, dass der Moment vorbeiging. Otho holte tief Luft und zeigte auf den Dolmetscher. »Also, wird dein Cousin uns angreifen?«

Vellocatus schloss kurz die Augen und runzelte die Stirn, bevor er antwortete. »Ich weiß es nicht. Belmatus ist ein Hitzkopf. Immer schon gewesen. Aber er tut das, was Venutius ihm sagt. Über den solltest du dir Gedanken machen. Wenn er seinem Bruder zu kämpfen befohlen hat, wird er kämpfen.«

»Aber das wäre unsinnig«, warf Präfekt Horatius ein. »Er hat höchstens fünfzig Männer dabei. Wenn sie uns aufhalten wollen, machen wir sie nieder.«

»Das dürfte am Hof von Königin Cartimandua gut aufgenommen werden«, bemerkte Cato mit übertriebener Ironie, sodass auch Horatius nicht umhinkonnte, seinen Standpunkt zur Kenntnis zu nehmen. »Noch ehe die römischen Verbündeten Isurium erreicht haben, klebt das Blut ihres Volkes an ihren Schwertern. Ich kann mir gut vorstellen, wie das ankommt. Venutius wird uns die Verantwortung an ihrem Tod geben und behaupten, dies beweise, dass Rom Krieg gegen die Briganten führen wolle und dass seinem Volk keine andere Wahl bleibe, als sich Caratacus' Kampf anzuschließen.« Er wandte sich an den Tribun. »Herr, wir müssen sicherstellen, dass es morgen zu keinem Blutvergießen kommt. Jedenfalls so weit wir das verhindern können.«

Otho fuhr sich langsam über die Stirn. »Schlägst du etwa vor umzukehren, falls wir angegriffen werden?«

»Keineswegs, Herr. Wenn wir umkehren, wird Venutius sich das zuguteschreiben, und es würde die Position der Königin schwächen.«

»Wie man es auch dreht und wendet, unsere Situation ist schwieriger geworden. Wenn wir gewaltsam vordringen, sieht es übel aus, und wenn wir klein beigeben, auch.«

Cato bezähmte seinen Ärger. Dieses Entweder-oder-Denken war ihm zuwider. Es reduzierte die realen Möglichkeiten auf zwei Alternativen und schränkte den Handlungsspielraum ein.

»Nein, Herr. Ich wollte nur darauf hinweisen, dass es nicht darum geht, zwischen Weiterziehen und Umkehren zu entscheiden. Beide Male würde das Bündnis mit den Briganten Schaden nehmen. Daher kommen diese Möglichkeiten nicht in Betracht.«

»Aber was dann?«, fragte Otho genervt.

»Wir müssen morgen unseren Weg fortsetzen«, erklärte Cato geduldig. »Wie Horatius richtig erklärt hat, entspricht das unseren Befehlen – es sei denn, der Legat hat ein weiteres Vorrücken für den Fall, dass wir auf Widerstand stoßen, untersagt.«

Otho schüttelte den Kopf.

»Dann machen wir weiter«, sagte Cato bestimmt. »Aber wir dürfen keine Feindseligkeiten provozieren. Die müssen wir unter allen Umständen vermeiden.«

Horatius neigte sich vor. »Es sei denn, wir müssen unser Leben schützen.«

»Das ist richtig«, räumte Cato ein. »Aber sollte es zu Auseinandersetzungen kommen, dürfen sie nicht von uns ausgehen.«

Nach kurzem Schweigen ergriff Macro das Wort. »Das wird unseren Soldaten wohl gar nicht gefallen. Sie sind nicht dafür ausgebildet, einfach nur dazustehen und die Hiebe des Gegners einzustecken.«

»Aber das sind nicht unsere Gegner«, entgegnete Cato. »Jedenfalls vorerst nicht, und so soll es auch bleiben. Sollte es zum Kampf kommen, könnte es sein, dass wir anfangs ein paar Männer verlieren. Aber das ist besser, als nur deshalb, weil es deinen Männern an der nötigen Disziplin mangelt, einen Krieg auszulösen, der viel mehr Menschenleben fordern würde.« Er wandte sich wieder an den Tribun. »Herr, du solltest morgen die Marschordnung ändern. Falls wir angegriffen werden, müssen die richtigen Leute an der Spitze reiten. Männer, die verlässlich das tun, was man ihnen sagt.«

Tribun Otho lächelte schwach. »Du meinst deine Männer?«

»Ja, Herr.«

»Aber genießen sie bei den Eingeborenen nicht einen zweifelhaften Ruf? Ich habe gehört, deine Männer seien ein blutrünstiger Haufen, Cato. Wohl kaum die Richtigen, um den Frieden zu bewahren.«

»Genau das ist der Punkt, Herr. Ihr Ruf eilt ihnen voraus. Wenn Belmatus und dessen Männer die Standarte der Blutkrähen an der Spitze der Kolonne sehen, werden sie es sich zweimal überlegen, uns anzugreifen.«

»Nicht die Briganten bereiten mir Sorge. Was ist, wenn du deine Männer nicht im Zaum halten kannst? Wenn sie als Erste losschlagen?«

»Das werden sie nicht«, sagte Cato bestimmt. »Ich wähle die Männer persönlich aus und achte darauf, dass sie verstehen, was ich von ihnen verlange. Ich vertraue ihnen, Herr. Und das kannst du auch.«

Otho fixierte Cato und wog die Alternativen gegeneinander ab. Schließlich faltete er die Hände und musterte seine Offiziere. »Möchte sich jemand äußern?«

Keiner sagte etwas, und nach kurzem Schweigen seufzte Otho. »Dann bin ich wohl gezwungen, den Marsch nach Isurium fortzusetzen. In Anbetracht der Lage werden wir uns so verhalten, als marschierten wir durch feindliches Gebiet. Wir befestigen das Nachtlager und verdoppeln die Bewachung. Und morgen führen Präfekt Cato und die Hälfte seiner Kohorte die Vorhut an. Präfekt Horatius, deine Männer bewachen die Flanken der Kolonne. Meine Herren, macht euren Offizieren klar, dass es von entscheidender Bedeutung ist, sich nicht von den Stammeskriegern provozieren zu lassen. Wenn wir an Siedlungen vorbeikommen, sollen sie den Eingeborenen nichts wegnehmen. Sollte es zu Diebstählen oder Gewalttätigkeiten kommen, werde ich dem Verantwortlichen und seinem vorgesetzten Offizier einen gehörigen Anschiss verpassen. Habe ich mich verständlich ausgedrückt?«

Die Offiziere nickten und bestätigten murmelnd die Befehle.

Otho fasste wieder Cato in den Blick. »Du reitest voran. Sollte es zu Zwischenfällen kommen, mache ich dich dafür verantwortlich, Präfekt. Sollte es zum Krieg zwischen Rom und Brigantia kommen, werde ich dafür sorgen, dass alle erfahren, wer der Anlass war, angefangen von Legat Quintatus bis zum Kaiser.«

Cato erwiderte seinen Blick und bemühte sich die Fassung zu wahren. Er empfand Verachtung für den Tribun, der die Verantwortung auf seinen Untergebenen abwälzte. Otho führte das Kommando über die Kolonne. Er hatte seine Befehle. Er kannte seine Pflicht. Dennoch scheute er sich, die vollen Konsequenzen des ihm anvertrauten Rangs zu tragen. Cato war enttäuscht von ihm. Auch wenn er ein typischer Vertreter seiner Klasse sein mochte, hatte er sich bei der Schlacht gegen Caratacus doch als beherzter Kämpfer erwiesen. Vielleicht fehlte es ihm am nötigen Selbstvertrauen. Das nämlich war es, was den Unterschied zwischen den einfachen Offizieren und den besten ausmachte. Selbstvertrauen war die Grundlage der Kompetenz. Arroganz mochte ebenfalls hilfreich sein, aber die war eine wacklige Angelegenheit und gründete eher auf Selbsttäuschung als auf Urteilsvermögen und war daher gefährlich. War das Othos wunder Punkt? Seine Achillesferse?

Plötzlich kam Cato ein verstörender Gedanke. Vielleicht täuschte er sich ja im Tribun. Was wäre, wenn er in voller Absicht, wenn auch vorsichtig, die Unternehmung zu sabotieren suchte? Vielleicht war er der Agent, den Pallas nach Britannien entsandt hatte, um den Frieden der Provinz zu stören. Die Bereitwilligkeit, mit der er Cato den Befehl über die Vorhut übertragen hatte, könnte auf der Hoffnung beruhen, dass Cato im Falle einer Auseinandersetzung mit den Stammeskriegern als Erster ausgeschaltet werden würde. Das wäre eine überaus praktische Lösung, überlegte Cato nicht ohne Bewunderung. Pallas hätte auf einen Streich den gewünschten Krieg mit Brigantia ausgelöst und die Zielperson eliminiert. Othos Kolonne müsste sich zurückziehen, und Macro könnte man später ausschalten.

Cato holte tief Luft, bevor er seinem Vorgesetzten antwortete. »Ich werde meine Pflicht erfüllen, Herr. Ich werde keinen Vorwand für einen neuen Krieg liefern.«

»Das freut mich zu hören«, erwiderte Otho kurz angebunden. »Gibt es noch weitere Wortmeldungen? Nicht? Dann seid ihr entlassen.«

Die Offiziere erhoben sich von den Hockern und gingen hinaus. Macro schnaubte erleichtert, als er in die kalte Nacht hinaustrat. Der Himmel war vollkommen klar, die Sterne funkelten wie Edelsteine. Der halb volle Mond hing tief am Himmel, dicht über den Umrissen der Hügel, und in seinem Licht zeichnete sich ein einzelner Reiter ab, der das Römerlager von der nächstgelegenen Hügelkuppe aus beobachtete. Die anderen Offiziere gingen zurück zu ihren Einheiten. Macro und Cato verweilten noch einen Moment in ein paar Schritten Entfernung vom Hauptquartier des Tribuns.

»Was denkst du?«, fragte Macro. »Wird es morgen Ärger geben?«

»Wer weiß? Ich kann nichts weiter tun, als dafür zu sorgen, dass nicht wir der Anlass sind.«

»Ja. Nett vom Tribun, dir die Aufgabe aufzuhalsen.«

Cato lachte trocken. »Das war meine Idee. Ich übernehme die Verantwortung dafür.«

Macro musterte seinen Freund. Im fahlen Mondschein wirkte die Haut des Präfekten so glatt wie kalter Marmor. »Pass nur gut auf, mein Junge. Es ist mir egal, was du im Zelt gesagt hast. Wenn dir morgen einer der Barbaren nahe kommt, geh kein Risiko ein. Spieß den Schuft auf, bevor er das Gleiche mit dir tun kann.«

Cato musste unwillkürlich lächeln. »Ich passe schon auf.« Dann verhärtete sich sein Gesichtsausdruck. »Eigentlich sind es weniger die Barbaren, die mir Sorge bereiten.«

»Wie meinst du das?«

Sie wurden unterbrochen vom leisen Gelächter der Frau des Tribuns, das aus dem Zelt drang. Vier Leibwächter des Tribuns standen in Hörweite am Zelteingang. Cato zog seinen Freund vom Zelt weg. »Nicht hier. Ich finde, wir sollten einen trinken.«

Macro zwinkerte. »Ah! Endlich mal ein vernünftiger Vorschlag.«

Dann begriff er, was Cato eigentlich meinte, und seine Schultern sackten ein wenig herab, als sie zu dem kleinen Wagen am Rand des Lagers gingen.

Vor dem Wagen des Weinhändlers tranken im Schein einer Feuerschale Soldaten aus schlichten Tonbechern und unterhielten sich leise, müde vom Marsch, aber alles in allem zufrieden mit ihrem Los. Die Männer teilten sich und ließen die beiden Offiziere zu der neben dem Wagen aufgebauten Theke durch. Septimus' Sklave bediente die Kunden, während sein Herr billigen Wein mit Wasser mischte.

»Zwei Becher«, sagte Cato und fischte ein paar Kupfermünzen aus seinem Geldbeutel. »Aber schenk uns was Ordentliches ein.«

Als Septimus Catos Stimme vernahm, schaute er kurz auf. Er senkte den Krug und lächelte unterwürfig. »Ah, es gibt keinen Wein, verehrte Herren. Nur Posca, sorgfältig gemischt mit frischem Quellwasser. Ausgesprochen erfrischend.«

»Wir wollen Wein«, beharrte Macro.

Septimus hob die Hände und zuckte bedauernd mit den Schultern. »Ich kann euch keinen geben, Befehl seiner Exzellenz, des Tribuns Otho. Er will nicht, dass seine Männer sich betrinken. Deshalb gibt es ausschließlich verdünnten Wein. Oder gar keinen.« Septimus senkte die Stimme nur so weit, dass die umstehenden Soldaten ihn noch hören konnten. »Aber für meine besten Kunden, hochgeschätzte Herren, gibt es natürlich immer einen guten Tropfen. Ich habe ein paar erlesene Krüge im Wagen, seid ihr interessiert?«

Cato nickte, und Septimus winkte sie zur Rückseite des Wagens. Ein paar Soldaten warfen ihren Vorgesetzten neidische Blicke zu und beschwerten sich grummelnd über die Privilegien der Oberen, dann setzten sie ihre gedämpften Unterhaltungen fort. Septimus langte durch die Lederklappe und zog einen kleinen Krug hervor. Er zeigte beiläufig darauf.

»Wir sollten uns besser kurz fassen. Was gibt es?«

»Hast du die Krieger gesehen, die uns heute beobachtet haben?«

Septimus nickte.

»Sie drohen damit, uns morgen den Weg zu versperren.«

»Das habe ich von Decurio Miro gehört. Er war eben hier und hat versucht, seine Sorgen zu ertränken.«

»Mit Posca dürfte ihm das kaum gelingen«, meinte Macro.

»Ist wohl auch besser so. Ich glaube, bei seinen vielen Sorgen kann er keinen Kater gebrauchen.« Septimus wandte sich wieder Cato zu. »Und?«

Cato zögerte. »Otho sucht nach einem Vorwand, die Kolonne umkehren zu lassen.« Er berichtete von der Besprechung im Hauptquartier.

»Ich verstehe … Und du glaubst, da könnte mehr dahinterstecken als Nervenflattern?«

»Der Tribun hat es in seiner ersten Schlacht nicht an Mut fehlen lassen«, erklärte Macro. »Er wird bestimmt nicht den Schwanz nur deshalb einziehen, weil ihn ein paar armselige Stammeskrieger nicht auf ihr Gebiet lassen wollen.«

»Genau«, sagte Cato. »Ich glaube, da steckt mehr dahinter.«

Septimus kratzte sich an der Nase. »Du glaubst, das
ist unser Mann? Pallas' Agent?«

»Er könnte es sein. Er befindet sich genau an der richtigen Position, um diese Unternehmung scheitern zu lassen, bevor wir auch nur Gelegenheit bekommen, Caratacus in Gewahrsam zu nehmen.«

»Das stimmt«, räumte Septimus ein. »Und der Um-
stand, dass er so erpicht darauf ist, dich in Gefahr zu
bringen, stützt deine Vermutung. Aber ein hieb- und
stichfester Beweis ist das noch nicht.«

»Er muss sich in Acht nehmen«, fuhr Cato fort. »Wer
auch immer der Agent sein mag, er muss seine Spuren
verwischen. Nicht nur um seiner selbst willen, sondern
auch um Pallas zu schützen. Wenn es hier in Britannien zu einer Zuspitzung kommt, und jemand kann sie
zu dem Freigelassenen zurückverfolgen, wird Pallas ans
Kreuz genagelt, und alle seine Verbündeten mit ihm.«

»Ich glaube nicht, dass alle seine Verbündeten in Mit-
leidenschaft gezogen würden. Die Frau des Kaisers und
Nero jedenfalls nicht.«

»Das glaubst du nicht? Er hat Messalina töten lassen,
weil sie gegen ihn intrigiert hat. Und Claudius hat sie
geliebt. Agrippina hat er nicht zuletzt aus politischen
Gründen geheiratet. Wenn herauskäme, dass sie mit Pallas zusammen versucht hat, den Kaiser zu schwächen,
dann bezweifle ich, dass Pallas als Einziger dran glauben müsste.« Cato hielt inne. »Wie ich schon sagte, kann
Pallas' Agent es sich nicht leisten, offen vorzugehen. Er

371

muss vorsichtig sein. Im Moment macht das Otho zum Verdächtigen. Es sei denn, du verschweigst uns etwas.«

»Ich bin der Wahrheit nicht näher als ihr«, gestand Septimus. »Es ist durchaus möglich, dass der Agent gar nicht an der Unternehmung teilnimmt. Es könnte auch jemand sein, der in Viroconium geblieben ist. Der Legat zum Beispiel.«

»Das glaube ich nicht«, widersprach Cato. »Quintatus hat uns erklärt, weshalb er Macro und mir das Leben schwer gemacht hat.«

Macro schnaubte. »Und das enthebt ihn in deinen Augen jeglichen Verdachts?«

»Genau«, sagte Septimus. »Hör zu, Präfekt Cato. Wir haben es mit Pallas und dessen Kreis von Agenten zu tun. Sie sind ebenso gerissen und gefährlich wie die Männer, die Narcissus einsetzt. Und ich weiß, wozu die fähig sind. Es könnte Otho sein. Oder dessen Frau ...«

»Was?«, schnaubte Macro. »Traust du ihr etwa zu, dass sie zwei meiner Männer niedermacht und Caratacus freilässt?«

»Warum nicht? Was wäre unauffälliger als eine weibliche Agentin des Kaisers? Beim Gemächt des Jupiter, du musst noch eine Menge lernen, Centurio Macro! Und damit solltest du dich besser beeilen, wenn du nicht willst, dass dir jemand die Kehle durchschneidet.« Er stockte und mäßigte seinen Tonfall. »Selbstverständlich verdächtige ich sie. Und jeden anderen, der über die von Pallas verlangten Möglichkeiten verfügt. Das könnte Otho sein, dessen Frau, Horatius und fast jeder andere.«

»Auch du?«, knurrte Macro.

Septimus verzog das Gesicht. »Ich diene Narcissus. Er dient dem Kaiser. Somit bin ich über jeden Verdacht erhaben. Die einzigen Leute, die ich nicht verdächtige, seid ihr beide. Und sei es nur deshalb, weil der Mann, den wir suchen, euch nach dem Leben trachtet. Beziehungsweise die Frau«, setzte er hinzu.

Die beiden Männer funkelten einander im fahlen Mondschein an, und Cato löste sich vom Wagen. »Das bringt uns nicht weiter. Ich habe gesagt, was ich sagen wollte. Du solltest ein Auge auf Otho haben. Das ist meine Meinung.«

»Wurde zur Kenntnis genommen. Aber jetzt sollte ich mich besser wieder um meine Kunden kümmern, bevor sie sich wundern, was wir miteinander zu bereden haben.«

Septimus stellte den Krug in den Wagen, wandte sich zur Theke und hob ein wenig die Stimme. »Es tut mir leid, meine Herren, wenn euch der Preis zu hoch ist. Ich hätte erwartet, dass römische Offiziere über ausreichend Geld verfügen, um wie Herren leben zu können.« In mäkeligem Ton setzte er hinzu: »Die Dinge sind nicht immer das, was sie zu sein scheinen.«

Die beiden Offiziere verabschiedeten sich mit einem Kopfnicken, zwängten sich durch die Menge und kehrten der provisorischen Schenke den Rücken.

»Das war für den Arsch«, maulte Macro.

»Ja«, bestätigte Cato leise. »Das war nicht hilfreich … Gar nicht hilfreich.«

KAPITEL 23

Cato saß schweigend im Sattel und ließ den Blick über die Männer schweifen, die er für die Vorhut ausgewählt hatte. Es waren insgesamt fünfzig, die neben ihren Pferden darauf warteten, dass er zu ihnen sprach. Er hatte ihnen befohlen, die Ausrüstung im Trosswagen zu deponieren, damit sie auf eine Bedrohung jederzeit unbelastet reagieren konnten. Die Schwadronskommandanten hatten sich für ihre Zuverlässigkeit verbürgt. Auch einige Bataver waren dabei, die sich in der Zwischenzeit bewährt hatten.

»Sie machen einen guten Eindruck«, sagte Cato leise zu Decurio Miro, der neben ihm stand.

»Ja, Herr. Das sind unsere Besten. Die werden mit der Meute von den Hügeln schon fertig werden.«

Sie blickten zu den Reitern hinüber, die eine knappe Meile entfernt auf einem Hügel warteten. Im Laufe der Nacht hatten sie die Position geändert und blockierten nun den Weg, den die Kolonne würde einschlagen müssen. Das Lager wurde bereits abgebrochen; die Holzpalisade war verschwunden, die zugespitzten Pfähle hatte man auf die Wagen gepackt. Der letzte Teil der Befestigung wurde soeben in den Graben geschaufelt, sodass nur noch das lockere Erdreich die Umrisse des Nachtlagers verriet. Die Zelte hatte man bereits abgebrochen, die letzten wurden gerade auf den Lastsätteln der Maultiere festgezurrt. Die Zugtiere waren vor die Wagen und Karren gespannt, und die Kutscher bugsierten sie in eine Reihe. Vor und hinter ihnen formierten sich die Fußsoldaten, die Tragjoche geschultert. Die Berittenen von Horatius' Kohorte sowie die restlichen Blutkrähen hatten sich an den Flanken und hinter der Kolonne formiert, nicht weiter als zwanzig Schritte von den Fußsoldaten entfernt. Poppea Sabinas Wagen befand sich in der Mitte des kurzen Trosses. Zu ihrem Schutz waren ein paar Legionäre abkommandiert worden.

»Hoffentlich müssen wir nicht die Probe aufs Exempel machen«, entgegnete Cato. Dann räusperte er sich und sagte förmlich: »Danke, Decurio. Du darfst dich der Kolonne anschließen.«

»Herr?«, sagte Miro.

»Ich übernehme hier das Kommando. Du befehligst bis auf Weiteres den Rest der Kohorte.« Cato hatte diesen Moment kommen sehen. Er war entschlossen, den Decurio von der Vorhut fernzuhalten. Am Vortag hatte sich gezeigt, dass Miro der Aufgabe nicht gewachsen war. Cato brauchte Männer, bei denen er sich darauf verlassen konnte, dass sie auch in herausfordernden Situationen einen kühlen Kopf bewahrten. Das aber wollte er dem Decurio nicht sagen. Denn auch wenn es Miro an der erforderlichen Einstellung für das Kommando oder die anstehende Aufgabe mangelte, war er doch ein tüchtiger Offizier und hatte es nicht verdient, heruntergemacht zu werden. Er würde wohl kaum weiter befördert werden und bis ans Ende seiner Dienstzeit Decurio bleiben. Sein Wert für Cato lag darin, dass er sich mit dieser Stellung abfand.

Miro zögerte, und Cato lächelte geduldig. »Ich brauche jemanden, der das Kommando übernimmt, falls mir etwas zustößt. Hast du mich verstanden?«

Der Decurio nickte und salutierte. »Ja, Herr. Du kannst dich auf mich verlassen.«

»Sehr gut.« Auch Cato salutierte.

Miro machte kehrt und marschierte zum Rest der Kohorte, die darauf wartete, dass die Kolonne sich in Bewegung setzte. Cato wandte sich wieder den Männern der Vorhut zu.

»Ihr wisst alle, weshalb ihr für die Aufgabe ausgewählt wurdet! Ihr seid die besten Männer der Kohorte. Das zeichnet euch aus vor allen anderen berittenen Armeeeinheiten. Es gibt keine trefflichere Kohorte als die Zweite Thrakische – die Blutkrähen. Diese Ehre aber gibt es nicht umsonst. Unseren Ruf haben wir uns im Laufe des Britannienfeldzugs hart erarbeitet. Es hat Jahre gebraucht, diesen Ruf zu festigen, doch in einem Moment der Unachtsamkeit kann man ihn zunichtemachen ...« Cato musterte seine Männer ernst. »Das werde ich nicht zulassen. Es könnte sein, dass unsere Selbstdisziplin und unser Mut heute auf die Probe gestellt werden. Ich will, dass jeder Einzelne von euch versteht, was ich von ihm verlange. Und das ist bedingungsloser Gehorsam. Was auch geschieht, wie sehr ihr auch herausgefordert werdet, ihr ignoriert es. Ihr geht nicht darauf ein. Jedenfalls nur dann, wenn ich es euch ausdrücklich befehle. Es ist mir egal, ob ein stinkender, langhaariger brigantischer Ziegenhirte zu euch aufs Pferd springt und euch in den Arsch fickt. Sollte es dazu kommen, dann passiert es eben, und wenn ihr auch nur zusammenzuckt, könnt ihr für den Rest eures Lebens die Scheiße aus der Latrine von Centurio Macros Kohorte schaufeln!«

Er erntete schallendes Gelächter, und in diesem Moment war Cato dankbar für die Rivalität zwischen den beiden Einheiten, welche die meiste Zeit des Jahres über miteinander im Einsatz gewesen waren. Er hatte zwar nur einen Scherz gemacht, doch er wusste, dass die Soldaten seine Vorgabe aus Angst, vor ihren Kameraden gedemütigt zu werden, genauestens befolgen würden.

»Blutkrähen!« Sein Lächeln verflog. »Aufsitzen!«

Die Männer drehten sich zu ihren Pferden um und zählten lautlos bis drei, dann schwangen sie sich in den Sattel, ergriffen die Zügel und formierten sich. Als sie bereit waren, wendete Cato sein Pferd zur Spitze der Kolonne und schwenkte den Arm nach vorn.

»In Viererreihen vorrücken!«

Sie ritten an den Fußsoldaten von Horatius' und Macros Kohorte vorbei, die ihnen bei einem Kampf zu Hilfe eilen würden. Macro wartete an der Spitze der Ersten Centurie und salutierte, als sein Freund sich näherte.

»Viel Glück, Herr.«

»Dir auch, Centurio.«

Trotz des förmlichen Wortwechsels waren beide Männer sich bewusst, wie eng sie miteinander verbunden waren. Wie oft hatten sie im Laufe der Jahre solche Momente schon gemeinsam erlebt?, fragte sich Cato. Und doch war es diesmal anders. Es erforderte einen besonderen Mut, die Ausbildung, in der sie gelernt hatten, als Erste zuzuschlagen, hintanzustellen. Die Ausbildung und den Selbsterhaltungstrieb, dachte Cato.

»Falls etwas schiefgeht, möchte ich, dass du es Julia sagst.«

»Scheiß drauf, Herr.«

»Interessante Wortwahl.« Cato lächelte und ritt weiter, bis die letzten Reiter der Vorhut zehn Schritte Abstand zu Macros Kohorte hatten.

»Blutkrähen! Anhalten!«

Die Reiter zügelten ihre Pferde, die mit den Ohren zuckten und mit den Hufen scharrten. Jetzt galt es zu warten, bis das Kommando zum Vorrücken der Kolonne gegeben wurde. Am Horizont war die Sonne bereits aufgegangen und badete die Landschaft in warmes Licht. Die vor ihnen wartenden Stammeskrieger waren in das gleiche Licht gehüllt, das sie aus irgendeinem Grund überlebensgroß erscheinen ließ. Cato fragte sich, ob das an der Anspannung lag, die ihm Magenschmerzen verursachte. Obwohl er nicht recht glauben konnte, dass Belmatus und dessen paar Männer sich tatsächlich opfern würden, um einen Krieg auszulösen, wurde er seiner Zweifel nicht Herr.

Es dauerte nicht lange, dann hatten sich die letzten Soldaten formiert, und ein Hornsignal durchschnitt die Morgenluft, ein klarer, weit tragender Ton, der von den Hängen der umliegenden Hügel widerhallte.

Cato holte tief Luft und rief über die Schulter: »Blutkrähen! Vorrücken!«

Mit einem Zungeschnalzen und leichtem Stiefeldruck setzte er sein Pferd in Bewegung, den Blick auf die Stammesleute gerichtet, die in einer halben Meile Entfernung den Weg blockierten. Die Luft war erfüllt vom Hufgetrappel, dem dumpfen Geräusch der Nagelstiefel und dem Rumpeln der Trosswagen. Schwalben suchten nach der ersten Mahlzeit des Tages. Einige kreisten am Himmel, andere ließen sich zwischen den Büschen und den mit gelben und weißen Blumen gesprenkelten Grasbüscheln nieder. Cato nahm dies alles mit seinen geschärften Sinnen wahr, als er langsam über die sanfte Steigung zur Hügelkuppe hochritt, auf der Belmatus mit seinen Männern wartete.

Er konnte den Anführer bereits erkennen. Der Krieger saß mitten auf dem Weg auf seinem Hengst, die Hand herausfordernd in die Hüfte gestemmt, wie es für die Stammesführer der Insel typisch war. Einen Moment lang wünschte er, Vellocatus wäre bei ihm gewesen, um zu dolmetschen, falls es zu einem Wortwechsel kam. Der Brigant aber hatte Anweisung, in Poppeas Wagen zu reisen und sich nicht blicken zu lassen. Die Entscheidung des Tribuns war richtig gewesen, dachte Cato. Wenn die Krieger einen der Ihren aufseiten der Römer erblickten, könnte sie das zu Gewalttätigkeiten anstacheln, die sie später bedauern würden. Außerdem war ein Dolmetscher entbehrlich. Cato wusste genau, was er zu tun hatte; Worte waren überflüssig und hätten die Situation noch weiter zuspitzen können. Im Grunde sehnte er den Mann nur deshalb herbei, weil er sich ganz allein an der Spitze der Kolonne unbehaglich fühlte. Er hatte Herzklopfen und spürte, wie das Blut durch seine Adern rauschte, während er sich nach außen hin gelassen gab und unentwegt nach vorn blickte.

Als sie nur noch hundert Schritte von der Kuppe entfernt waren, ertönte plötzlich lautes Getöse, das die Vögel in die Flucht schlug. Hinter der kleinen Gruppe Berittener wimmelte es auf einmal von Hunderten von Männern, die zu den Reitern aufschlossen. Cato verspürte den kalten Stich der Angst, biss aber die Zähne zusammen und ritt befehlsgemäß weiter. Er blickte sich kurz um und bemerkte voller Stolz, dass keiner seiner Männer zögerte, wenngleich einige ihren Speer bereithielten und den Schild abwehrbereit erhoben hatten. Auch Cato schützte sich mit dem Schild und nahm die Zügel in die Rechte, um der Versuchung zu widerstehen, die Hand auf den Schwertknauf zu legen.

Die Stammesleute machten keine Anstalten vorzurücken, sondern standen nur johlend da und schüttelten Fäuste und Waffen. Als Cato sich ihnen näherte, sprang ein junger Krieger vor und wandte den Römern den Rücken zu. Er hob den Saum seiner Tunika über den Hintern, bückte sich und präsentierte dem Römer seine blassen Hinterbacken. Cato unterdrückte ein Grinsen über die Tollkühnheit des Jünglings und zeigte keine Reaktion. Im letzten Moment sprang der Bursche beiseite, und Cato sah sich Auge in Auge Belmatus gegenüber.

Da der brigantische Edelmann nicht von der Stelle wich, lenkte Cato sein Pferd ein wenig zur Seite, um ihm auszuweichen. Keine Worte wurden gewechselt, nur ihre Blicke trafen sich, ein unbeugsames Kräftemessen, und dann hatte Cato ihn passiert. Hinter ihm tobten die brüllenden, gestikulierenden Stammesleute, doch Cato blickte über ihre Köpfe hinweg, während er sein Pferd vorantrieb. Wie alle Armeepferde war es den Schlachtenlärm gewohnt und ließ sich von dem Gebrüll, dem Hörnertuten und dem Waffenklirren nicht aus der Ruhe bringen. Allerdings schnaubte es und ruckte mit dem Hals, als es mit dem Kopf den ihm im Weg stehenden Kriegern auswich.

Als ein Mann sein Bein streifte, zuckte Cato nicht mit der Wimper. Niemand versuchte sein Pferd aufzuhalten oder Hand an ihn zu legen. Dann nahm er aus dem Augenwinkel eine Bewegung wahr, und im nächsten Moment traf ihn ein Dreckklumpen an der Brust und bespritzte ihm das Kinn. Der Gestank von Scheiße stieg ihm in die Nase, doch er beherrschte sich, streifte den Dreck nicht einmal ab. Dann hatte er die Linie der Stammeskrieger passiert und ritt unbehelligt auf die Hügelkuppe. Vor ihm führte der Weg in die Berge Brigantias. Er ritt noch ein Stück weiter, dann schaute er sich um. Seine Männer wahrten alle die Disziplin, ignorierten die Beschimpfungen und den Dreck, mit dem sie beworfen wurden. Dann fiel sein Blick auf Belmatus, der an die Seite des Weges gerückt war. Die Enttäuschung des Mannes war nicht zu übersehen.

Catos Anspannung verflog. Er verspürte den Drang, laut aufzulachen, denn auf einmal war ihm klar geworden, dass Belmatus und dessen Männer genau die gleichen Befehle hatten wie er. Auch sie waren angewiesen, nicht den ersten Hieb auszuteilen, hatten aber freie Hand, die Römer zu Gewalttätigkeiten zu provozieren. Jetzt, da der Bluff offensichtlich geworden war, hatten sie die Gefahr überstanden.

Die Kolonne marschierte mitten durch den tobenden Mob, doch es wurde kein einziger Hieb ausgeteilt, und bald darauf blieben Belmatus und dessen Männer hinter der Vorhut zurück. Vom nächsten Hügel aus blickte Cato sich um. Der Edelmann schwenkte zornig den Arm, worauf seine Männer verstummten und den römischen Soldaten hinterhersahen, die sich in der anmutigen Landschaft von ihnen entfernten. Cato holte seine Feldflasche hervor und wusch die Scheiße so gut es ging ab. Beim nächsten Mal würde er vielleicht weniger Glück haben, überlegte er. Dann könnte er auch von einem Pfeil, einem Speer oder dem Stein einer Schleuder getroffen werden.

Die Kolonne marschierte weiter in Richtung der fernen Berge, und die Einheimischen folgten ihnen an den Flanken. Sie unternahmen keinen weiteren Versuch, ihnen den Weg zu verstellen, und in der Nacht errichteten die beiden Gruppen das Lager in einem Abstand von einer Meile. Die Feuer der Briganten badeten die Eingeborenen in ein rötliches Licht, als sie sich um die Flammen versammelten und sich in der angeregten Art der Kelten unterhielten. Ihre Stimmen trugen über die Befestigungen hinweg, auf denen schweigend römische Soldaten patrouillierten, hin und wieder stehen blieben und einen besorgten Blick auf ihre Nachbarn warfen, bevor sie weitergingen und wachsam in die Dunkelheit spähten. Später begannen die Eingeborenen zu singen. Die ersten Lieder klangen wild und übermütig, doch nach und nach drangen immer sanftere, seelenvollere Waisen an Catos Ohr, als er den seinen Männern zugeteilten Abschnitt abschritt.

Normalerweise war es die Aufgabe des diensthabenden Optios, dafür zu sorgen, dass die Männer wachsam blieben, doch Cato hatte keinen Schlaf gefunden. Er hatte den Umhang umgelegt und sich auf den Weg zum Wachgang gemacht. Jedes Mal, wenn er angerufen wurde, nannte er die Losung. Cato näherte sich einer der Eckplattformen, auf der sich vor dem helleren Grau der Landschaft eine gedrungene Balliste abzeichnete, nur schwach erhellt von der fernen Mondsichel, die nicht breiter war als die tödliche Klinge der Dolche, die Cato einst in Judäa gesehen hatte. Er vernahm den halblauten Wortwechsel zweier Männer und presste zornig die Lippen zusammen, bereit, die Wachposten zu tadeln. Dann erkannte er Macros Stimme.

»Klingt schön, oder? Was singen die da?«

Nach einer Weile antwortete der andere: »Das ist ein Klagelied … Es geht um die Frau eines Kriegers, die darauf wartet, dass ihr Mann aus der Schlacht heimkehrt. Sie weiß nicht, dass ihr Mann gefallen ist. Den Heldentod gestorben. Sie steht mit den anderen Frauen am Eingang ihres Dorfes und hält unter den Rückkehrern Ausschau nach dem Gesicht ihres Liebsten, bis der Letzte vorbeigegangen ist. Und dann begreift sie es …«

Cato erkannte Vellocatus' Stimme. Der Brigant wurde von einem ungehaltenen Schnauben unterbrochen.

»Nicht sehr erheiternd«, sagte Macro. »Aber die Melodie ist nicht übel. Gar nicht übel. Irgendwann musst du sie mir beibringen …«

Als er Catos Anwesenheit spürte, drehte er sich um und nickte seinem Freund grüßend zu. »Einen guten Abend, Herr.«

»Centurio.« Cato nickte, und sein Blick begegnete dem des Dolmetschers. Die Gesichtszüge des Mannes waren im schwachen Mondschein nur undeutlich zu erkennen. Allerdings wirkte er gequält. »Gibt es irgendetwas zu melden?«

»Nein. Belmatus und seine Krieger sind vollkommen brav. Und sie sorgen für Unterhaltung.«

»Hoffen wir, dass es so bleibt.« Cato trat an die Palisade und schaute über das Gelände hinweg. »Ich frage mich, ob sie es bis Isurium so halten wollen.«

»Mit dem Gesang kann ich leben. Aber wenn sie kämpfen wollen, wird's ihnen übel ergehen.«

»Es sei denn, sie bekommen Verstärkung. Und je weiter wir auf ihr Gebiet vordringen, desto weiter der Rückzug, falls es dazu kommen sollte.«

»Weißt du«, erwiderte Macro, »so schlau bin ich auch.«

Cato ärgerte sich selbst über seine überflüssige Bemerkung. Sie verriet seine Anspannung. Er lächelte seinen Freund an. »Tut mir leid.«

Die drei Männer lauschten schweigend dem leisen Gesang, der durch die Nacht heranwehte. Dann wurde Cato bewusst, dass Vellocatus die Melodie leise mitsummte, und ihm kam der Gedanke, dass der Dolmetscher in diesem Moment vielleicht lieber bei seinen Landsleuten gewesen wäre als hier auf der Befestigung. Er räusperte sich.

»Weshalb bist du hier, Vellocatus?«

Der Brigant wandte sich ruckartig zu ihm herum. »Wie meinst du das?«

»Ich meine, weshalb bist du bei uns und nicht bei denen?« Cato deutet auf die fernen Gestalten, die sich um die Lagerfeuer versammelt hatten.

Vellocatus musterte den römischen Offizier fragend. »Du willst wissen, weshalb ich euch helfe und nicht meinen Landsleuten?«

»Ja.«

»Ich bin auf Befehl meiner Königin hier.«

»Weshalb hat sie dich ausgesucht?«

»Weil ich Latein spreche. Weil sie mir vertraut. Das sind Gründe genug. Außerdem hat sie mir einen Befehl erteilt. Ich hatte keine Wahl.«

»Wir alle haben die Wahl. Du hättest dich auch entschließen können, dich denen anzuschließen, die uns Caratacus nicht ausliefern wollen. Du hättest dich Venutius' Fraktion anschließen können. Aber das hast du nicht getan. Ich würde gern wissen, warum.«

Vellocatus rieb sich beiläufig den Nacken. »Ehrlich gesagt, bin ich ein Schildträger des Venutius. Das ist in meinem Stamm eine große Ehre. Ich kann nicht leugnen, dass ich stolz war, als er mich ausgewählt hat. Venutius ist ein großer Krieger. Mutig und stark. Unser Volk verehrt ihn. Deshalb wurde auch Cartimandua auf ihn aufmerksam. Deshalb hat sie ihn zum Gemahl genommen. Sie hat gehofft, mit Venutius an ihrer Seite könnte sie ihre Stellung festigen und ihr Volk einen.« Vellocatus lächelte ironisch. »Einigkeit genießt bei den Stämmen dieser Insel nur geringe Wertschätzung, wie ihr Römer bereits bemerkt haben dürftet. Hätten wir größeren Wert auf Einigkeit gelegt, dann hätten wir eure Legionen längst ins Meer zurückgetrieben.«

»Glaubst du?«, warf Macro ein. »Ich denke, unsere Entschlossenheit, eine Unternehmung durchzuziehen, gleicht eure Einigkeit mehr als aus.«

»So kampfstark eure Legionen auch sein mögen, hätten sie der vereinten Schlagkraft der Stämme doch nicht standhalten können. Wenn die Briganten gegen Rom in den Krieg ziehen, sind die Aussichten gut, dass ihr geschlagen werdet.«

»Ich glaube, du überschätzt eure Möglichkeiten, junger Mann.«

»Vellocatus«, sagte Cato. »Wenn du recht hast, weshalb ist dann nicht jeder einzelne Mann deines Stammes ein Anhänger des Venutius?«

Der Dolmetscher zögerte. »Es gibt bei den Briganten zwei große Fraktionen, die Weststämme und die Oststämme. Venutius stammt aus dem Westen, und dort haben viele Verbindungen zu den Ordovicern; die sympathisieren mit Caratacus und dessen Verbündeten. Einige wären bereit, gegen Rom zu kämpfen. Deshalb hat die Königin auch Venutius zum Gemahl genommen, nämlich um ihr Volk zusammenzuhalten. Sie und ich stammen aus dem Osten. Wir haben weniger Anlass, die Römer zu hassen. Außerdem besteht immer das Risiko einer Niederlage, und davor möchte die Königin ihr Volk bewahren. Ich sehe das auch so.«

»Gesprochen wie ein wahrer Krieger«, spottete Macro.

Vellocatus spannte sich an. »Selbst der Schildträger eines Helden wie Venutius weiß, dass Krieg nicht die Lösung aller Probleme ist. Die Gewissheit des Friedens mit Rom ist besser, als das Risiko einzugehen, von euch geschlagen und zermalmt zu werden. Ich will nicht das Schicksal der Catuvellauner und Durotriger teilen. Viele meiner Stammesgenossen sehen das ähnlich. Die Königin weiß das und teilt ihre Besorgnisse.«

»Du scheinst ja genau zu wissen, wie die Königin denkt«, bemerkte Cato sachlich. »Erstaunlich für jemanden, der Venutius als Schildträger gedient hat.«

Der junge Edelmann setzte zu einer Erwiderung an, doch dann zögerte er und wandte den Blick ab.

Cato spürte, dass er sich auf gefährlichem Terrain bewegte, und beschloss, behutsamer vorzugehen. Er änderte die Taktik. »Und was hält der Gemahl der Königin von ihrer Vorsicht?«

»Venutius ist nach Herkunft und Ausbildung ein Krieger. Er hat unseren Stamm schon häufig in die Schlacht geführt. Aber ein Anführer ist nicht das Gleiche wie ein Herrscher. Letzterer braucht Weisheit und Mut, wie ich im Dienst der Königin selbst erfahren habe. Er will sich nicht mehr mit der Rolle des Gemahls begnügen und strebt selbst nach der Herrschaft, denn er will sein Volk an Caratacus' Seite in den Krieg gegen Rom führen.«

»Caratacus ist kein Mann, der sich vereinnahmen lässt«, sagte Cato. »Er wird sich nicht darauf einlassen, dass Venutius sein Volk kommandiert. Diese Rolle strebt er für sich selbst an. Er will selbst eine Streitmacht aufstellen. Er wird bis zum letzten Blutstropfen jedes Briten kämpfen, den er dazu bewegen kann, ihm zu folgen. Allein Königin Cartimandua steht ihm im Weg.«

»Nicht nur sie. Es gibt viele, die loyal zu ihr stehen«, entgegnete Vellocatus leidenschaftlich. »Wir werden nicht tatenlos zusehen, wie Venutius den Thron an sich reißt.«

Macro legte den Kopf schief. »Loyal zur Königin, aber nicht loyal zum Kriegsherrn, wie?«

»Ich bin zuerst meinem Volk verpflichtet, dann meiner Königin und zuletzt Venutius.«

»Sehr löblich.« Macro nickte Cato zu. »Meinst du nicht auch?«

»O ja«, antwortete Cato, dann wartete er darauf, dass der junge Mann weiterredete. Vellocatus warf einen letzten Blick zu den Lagerfeuern, dann wandte er sich wieder an die beiden römischen Offiziere.

»Ich bin müde. Ich werde mich jetzt zurückziehen, wenn ihr nichts dagegen habt.«

Cato musterte ihn scharf, dann nickte er. »Natürlich. Angenehme Nachtruhe.«

Der brigantische Edelmann nickte knapp, eilte die Wallböschung hinunter und entschwand in Richtung Hauptquartier.

»Tja«, meinte Macro leise. »Wie es aussieht, sitzt der Junge zwischen zwei Stühlen. Gut, dass er sich auf unsere Seite geschlagen hat – jedenfalls was uns betrifft.«

Cato nickte bedächtig. »Ich glaube, da steckt mehr dahinter.«

»Wie meinst du das?«

»Er hat in einem besonderen Ton von Cartimandua gesprochen. Ist dir das auch aufgefallen?«

»Ich habe gehört, was er gesagt hat.«

»Das ist nicht das Gleiche.«

Macro atmete scharf ein. »Um Himmels willen, sag, was du denkst.«

»Ich meine, es gibt noch einen anderen Grund, weshalb er die Loyalität zur Königin über die zu dem Mann stellt, der ihn zu seinem Schildträger ernannt hat ...«

Macro überlegte einen Moment, dann fluchte er verhalten. »Du meinst, er findet Gefallen an der Frau?«

»Mehr als das. Ich glaube nämlich, seine Zuneigung wird erwidert.«

»Wie kommst du darauf?«

»Sie hat uns einen Mann ihres Vertrauens geschickt, der zufällig einst dem Mann gedient hat, der ein Verbündeter des Caratacus ist. Venutius weiß nichts von ihrer Beziehung. Woher sollte er? Ich bin sicher, die Königin und Vellocatus sind auf der Hut. Du weißt ja, wie schnell bei den Kelten die Leidenschaften hochkochen.«

»Allerdings«, erwiderte Macro mit Inbrunst.

»Sie hat das klug gemacht.« Cato kratzte sich am Kinn. »Und Vellocatus war nicht besonders aufrichtig zu uns. Zumindest wissen wir jetzt, dass seine Loyalität vor allem Cartimandua gilt.«

»Und wenn du dich irrst?«, meinte Macro. »Wenn er in Wahrheit für Venutius arbeitet?«

Cato überlegte, dann schüttelte er den Kopf. »Wie ich schon sagte, es war etwas in seinem Tonfall, als er von Cartimandua gesprochen hat … Da bin ich mir sicher.«

Macro bewegte unbehaglich die Schultern. »Mein lieber Jupiter, in Isurium geht es ja drunter und drüber. Die Königin spielt den Jungen gegen ihren Mann aus. Wenn das rauskommt, ist es mit dem häuslichen Frieden vorbei. Dann kracht es!«

»Aber gewaltig.« Cato nickte. »Als hätten wir nicht schon genug Probleme. Einen Bürgerkrieg in Brigantia können wir wirklich nicht gebrauchen. Wenn nicht die Meinungsverschiedenheiten über Caratacus' Auslieferung den Flächenbrand auslösen, dann könnte Cartimanduas Untreue Venutius den gewünschten Vorwand liefern. Außerdem müssen wir uns noch wegen des Agenten in unseren Reihen Sorgen machen.«

»Also Gefahren überall«, bemerkte Macro verdrießlich. »Das dürfte die Lage treffend kennzeichnen. Sag mal, Cato, was haben wir eigentlich getan, dass die Götter uns bei jeder Gelegenheit bis zum Hals in die Scheiße stecken? Häh? Das möchte ich mal wissen.«

Der Gesang war verstummt, und die Eingeborenen machten es sich auf dem Boden bequem, gewärmt von den ersterbenden Flammen. Cato zuckte mit den Schultern.

»Die Götter spielen ihr Spiel, und wir spielen unseres, Macro. Und daran können wir nichts ändern, sondern müssen versuchen, irgendwie am Leben zu bleiben. Das ist alles.«

KAPITEL 24

Drei Tage später erreichten sie in der Abenddämmerung die Hauptstadt der Briganten. Isurium
war einmal eine Hügelfestung gewesen, deren Gräben
um die Kuppe eines steilen Hügels oberhalb eines Fluss-
tals liefen. Jetzt war die Kuppe bedeckt mit den strohge-
deckten Dächern unterschiedlich großer Hütten. An der
höchsten Stelle hatte man aus Holz eine Halle erbaut.
Ein schmaler Weg schlängelte sich zwischen den Gräben
und Palisaden hindurch zu der großen Siedlung am Fuße
des Hügels. Im Tal waren einzelne Gehöfte verstreut.

Die Schatten wurden bereits länger, als die römische
Kolonne in einer halben Meile Entfernung vom Weg
nach Isurium haltmachte. Die Eingeborenenstreitmacht,
die sie begleitet hatte, marschierte ins Dorf, die Reiter
ritten den Hügel hoch und verschwanden zwischen
den Befestigungen am Eingang der Feste. Als die Kolonne angehalten hatte, begannen die Soldaten mit der
üblichen Routine. Vorposten bewachten das Gelände,
während ihre Kameraden die Traglasten absetzten und
damit begannen, Gräben auszuheben und einen Wall anzulegen.

Während die Schatten immer länger wurden, näherten sich zahlreiche Eingeborene, die mutigsten ihres
Stamms, um zum ersten Mal in ihrem Leben einen Blick

auf die Römer zu werfen, die im Süden des Landes allen Widerstand gebrochen hatten. Sie hielten sich in sicherem Abstand und schauten zu, wie vor ihren Augen das Lager aus dem Boden wuchs. Bevor es vollständig dunkel wurde, war die Palisade errichtet, und in den Ecken wurden die Ballisten zusammengesetzt.

»Ich will, dass morgen die Tortürme errichtet werden«, befahl Tribun Otho seinen Oberoffizieren, als er das Lager inspizierte. »Es könnte sein, dass wir mehrere Tage hierbleiben. Oder auch länger, wenn die Lage es erfordert.« Er wandte sich an Centurio Statillius. »Ich möchte, dass die Befestigungen so weit wie möglich verstärkt werden. Wir haben keine Krähenfüße, deshalb müssen wir uns mit Stangen und anderen Hindernissen begnügen. Kümmert euch darum.«

»Ja, Herr.«

Sie standen auf der Isurium zugewandten Befestigung, und vor ihnen ragte der dunkle Hügel auf. Die Halle wurde erhellt von Feuerschalen, die in sicherem Abstand von den Strohdächern aufgestellt waren, und in ihrem roten Schein wirkte das Gebäude noch größer als bei Tageslicht. Alle Offiziere blickten in die gleiche Richtung, und es entstand ein kurzes Schweigen, bevor Präfekt Horatius sich räusperte und aussprach, was alle dachten.

»Wann werden sie uns wohl zur Kenntnis nehmen?«

Seit dem Eintreffen der Kolonne hatte es noch keinen Kontakt mit der Königin oder einem ihrer Vertreter gegeben, und Cato fand das beunruhigend. Er wandte sich an Vellocatus.

»Das sind unsere Leute. Weshalb hat die Königin uns noch kein Begrüßungskomitee geschickt?«

»Das weiß ich nicht«, gestand Vellocatus. »Aber wenn ich hinaufreiten dürfte, könnte ich mich erkundigen und Bericht erstatten.«

Otho schüttelte den Kopf. »Nein. Ich brauche dich hier für den Fall, dass jemand eine Nachricht überbringt. Wenn sich bis morgen früh nichts tut, schicke ich einen kleinen Trupp los und lasse Grüße von General Ostorius überbringen. Dann können wir die Stimmung der Königin beurteilen. Und die des Hofes.«

»Aber das könnte ich heute Abend schon erledigen, Herr. Jetzt gleich, wenn du erlaubst.«

Otho überlegte einen Moment und schüttelte den Kopf. »Zu dunkel. Es könnte gefährlich sein, das Lager zu verlassen. Wir warten, bis es hell wird. Ich möchte dich keinem Risiko aussetzen.«

»Risiko?« Der Brigant ließ sich nicht täuschen. »Du meinst, du möchtest mich als Geisel behalten.«

Cato glaubte schon, der Tribun werde widersprechen, doch dann nickte Otho. »So ist es. Es könnte durchaus sein, dass du uns in eine Falle gelockt hast. Vielleicht unwissentlich, aber das ist nicht entscheidend. Wenn deine Königin oder wer auch immer dort das Sagen hat, dein Leben wertschätzt, könntest du uns als Druckmittel dienen. Und sollten die Briganten uns verraten haben, wirst du als Erster deines Volkes sterben. Du solltest besser zu deinen Göttern beten, dass Cartimandua es ehrlich meinte, als sie meiner Kolonne freies Geleit zugesagt hat. Bis auf Weiteres weichst du nicht von meiner Sei-

393

te. Wenn du zu fliehen versuchst, gehe ich davon aus, dass du ein Verräter bist, und lasse dich töten. Verstanden?«

Otho hatte die Drohung in entschiedenem Ton vorgebracht, und der brigantische Edelmann nickte wortlos. Cato hob eine Braue angesichts der Skrupellosigkeit, die der junge Tribun soeben unter Beweis gestellt hatte.

»Na schön.« Otho wandte sich an die anderen. »Für die Bewachung des Lagers setzen wir jeweils eine Kohorte ein. Die Hälfte der Männer auf den Befestigungen, der Rest bleibt auf dem Boden dahinter in Bereitschaft und bemannt die Palisade, sobald Alarm gegeben wird.«

Er spürte das Unbehagen seiner Offiziere und erläuterte seine Überlegungen. »Ich weiß, die Männer sind erschöpft, aber ich möchte lieber Vorsicht walten lassen, anstatt überrascht zu werden. Wir befinden uns weit jenseits der Grenze, meine Herren, mitten auf brigantischem Territorium. Auch wenn sie angeblich unsere Verbündeten sind, haben wir doch bereits feststellen können, dass ihre Krieger wenig Zuneigung zu Rom hegen, jedenfalls einige von ihnen. Deshalb wird jeweils eine ganze Kohorte Wache halten. So lautet meine Entscheidung. Morgen wissen wir mehr, so oder so. Ihr seid entlassen, meine Herren.«

Die Anwesenden salutierten, dann entfernte sich Otho mit seinen Stabsoffizieren, Vellocatus und den Leibwächtern. Die anderen warteten, bis ihr Vorgesetzter sich außer Hörweite befand, erst danach setzten leise Unterhaltungen ein.

»Das gefällt mir nicht«, murmelte Centurio Acer. »Wenn wir mit den Briganten im Frieden sind, wieso hat man uns dann nicht begrüßt?«

»Das kann viele Gründe haben«, entgegnete Cato.

Acer wandte sich zu ihm herum. »Als da wären?«

»Als da wären, *Herr*«, erinnerte Cato ihn an seinen untergeordneten Rang. Er legte eine kurze Pause ein, bevor er fortfuhr. »Vielleicht legt die Königin Wert auf eine förmliche Verfahrensweise. Wir sind zu spät eingetroffen für eine ehrenvolle Begrüßung. Wenn sie protzen will, macht sie das besser bei Tageslicht. Vor aller Augen. Daran ist nichts Verwerfliches.«

»Vorausgesetzt, du hast recht, Herr.«

»Wenn nicht, finden wir's früh genug heraus«, sagte Macro.

Die Einladung wurde am frühen Morgen überbracht. Ein Reiter tauchte auf mit einer Botschaft der Herrscherin der Briganten. Cartimandua bitte um den Besuch des Kommandanten der römischen Kolonne und gestatte ihm, zu seinem eigenen Schutz eine kleine Gruppe von Offizieren und Leibwächtern mitzubringen. Die Königin gebe ihr Wort, dass den Römern nichts geschehen werde, solange sie die Gastfreundschaft ihres Volkes genössen. Sie erwarte ihre Gäste zu Mittag in der königlichen Halle auf der Hügelfeste. Als Otho die Einladung angenommen hatte, saß der Gesandte auf und ritt davon.

»Vertrauen wir ihr, meine Herren?« Otho musterte die im Zelt versammelten Offiziere. »Oder bestehen wir darauf, dass sie zu uns kommt?«

»Mir gefällt das alles nicht, Herr. Wenn sie welche von uns als Geiseln nehmen, ist unser Vorteil dahin.«

Cato räusperte sich. »Aus diesem Grund halte ich es für keine gute Idee, Vellocatus hier festzuhalten, Herr. Wenn die Briganten glauben, wir hielten einen ihrer Edelleute gegen seinen Willen fest, könnten sie sich ermutigt fühlen, ihrerseits Geiseln zu nehmen, sobald sich ihnen die Gelegenheit dazu bietet. Wir sollten ihm erlauben, das Lager zu verlassen, oder zumindest solltest du ihn zu dem Treffen mit Cartimandua mitnehmen.«

Otho hob eine Braue. »Falls ich überhaupt daran teilnehme.«

»Bei allem Respekt, Herr, aber das musst du.«

»Wieso das, Präfekt?«

»Aus zwei Gründen«, erklärte Cato. »Erstens beobachten uns die Briganten. Das ist die erste militärische Kolonne, die in ihr Gebiet einmarschiert ist. Ob es uns gefällt oder nicht, wir werden von ihnen beurteilt. Wenn du die Einladung der Königin ausschlägst, stellt das eine Beleidigung dar. Schlimmer noch, es beschädigt ihre Autorität. Damit werden die gestärkt, die Venutius und dessen Freund Caratacus unterstützen.« Cato hielt inne. »Doch es gibt noch einen anderen Gesichtspunkt. Wenn wir den Eindruck erwecken, wir trauten uns nicht in die Hauptstadt der Einheimischen, wird Venutius uns als Feiglinge verunglimpfen. Er wird es für sich nutzen, um Unterstützung für den Krieg gegen Rom zu gewinnen.«

Otho ließ sich Catos Bemerkungen durch den Kopf

gehen und nickte nachdenklich. »Dann bleibt mir wohl keine Wahl.«

»Doch, du hast die Wahl, Herr«, entgegnete Horatius. »Wir sind Römer. Wir nehmen von Barbaren keine Befehle entgegen. Das solltest du ihr sagen. Befiel ihr, zu uns zu kommen. Auf diese Weise machst du ihr klar, wer das Sagen hat. Und so gehen wir auch keinerlei Risiko ein.«

Otho lächelte schwach. »Für einen Diplomaten gibst du einen verdammt guten Soldaten ab. Aber genau darin liegt das Problem. Wir sind hergekommen, um auf Bitte von Königin Cartimandua, unserer Verbündeten, Caratacus in Gewahrsam zu nehmen. Es stünde uns nicht gut an, eine Verbündete so schmählich zu behandeln, auch wenn es sich, wie du sagst, um eine Barbarin handelt. Aus diesem Grund überlasse ich dir das Kommando über das Lager, während ich mich mit Cartimandua treffe. Du hast den ausdrücklichen Befehl, das befestigte Lager bis zu meiner Rückkehr nicht zu verlassen.«

Horatius presste die Lippen zusammen und bezähmte seine Verärgerung, dann erwiderte er steif: »Vorausgesetzt, du kehrst zurück, Herr.«

»Wenn ich nicht bis zum Abend zurück bin und keine Nachricht schicke, dass ich in Sicherheit bin, kannst du davon ausgehen, dass ich und meine Begleiter gefangen genommen wurden. In diesem Fall wirst du nicht über unsere Freilassung verhandeln. Du wirst sie verlangen. Wenn das nichts hilft, sendest du Legat Quintatus eine Nachricht. Die Kolonne bleibt hier, bis weitere Anweisungen eintreffen. Verstanden?«

»Ja, Herr«, antwortete Horatius widerwillig.

»Gut.« Otho musterte die Anwesenden. »Ich werde Präfekt Cato mitnehmen, denn ich brauche einen Mann mit schneller Auffassungsgabe. Und du, Centurio Macro, kommst auch mit für den Fall, dass es Ärger gibt und wir zum Schwert greifen müssen. Vellocatus ebenfalls, außerdem zwei Leibwächter und meine Frau.«

»Deine Frau?« Macro hob die Brauen. »Verzeihung, Herr. Deine Frau?«

»Warum nicht? Wie Präfekt Cato erläutert hat, dürfen wir uns unsere Verunsicherung nicht anmerken lassen. Ich möchte auf die Eingeborenen einen guten Eindruck machen. Nicht einmal ein Barbar besitzt die Frechheit, eine wehrlose Frau anzugreifen.«

»Herr, genau deshalb nennt man sie Barbaren«, entgegnete Macro.

»Unsinn!« Otho tat den Einwand mit einem Handschlenker ab. »Ich habe mich entschieden. Ich möchte, dass du, der Präfekt und meine Leibwächter euch herausputzt. Die Eingeborenen sollen einen möglichst guten Eindruck von uns bekommen. Horatius?«

»Herr?«

»Du bekommst deine Befehle vor meinem Aufbruch schriftlich. Und du wirst sie buchstabengetreu befolgen.«

»Ja, Herr.«

»Das ist alles, meine Herren. Entlassen.«

»Was beim Hades soll denn das?«, knurrte Macro, als sie zu ihren Zelten zurückgingen. »Es ist Wahnsinn, seine Frau auf eine solche Unternehmung mitzunehmen. Was glaubt er eigentlich, was wir hier machen? Sommerfrische in der Toskana?«

Cato schüttelte den Kopf. »Er hat recht. Damit zeigt der Tribun, dass er Cartimandua vertraut. Wenn er sich irrt und es Ärger gibt, dann bezweifle ich, dass Poppea Sabina hier im Lager viel sicherer wäre. Die Kolonne wird nicht lange durchhalten, wenn die Briganten ihre Krieger mobilisieren.«

Macro schaute hoch und hob den Arm. »Da macht sich jemand aus dem Staub, solange es noch geht.«

Cato sah in die Richtung, in die Macro zeigte, und erblickte nahe dem nach Isurium weisenden Tor den Wagen des Weinhändlers. Neben dem Wagen stand ein kleiner Karren mit zwei Maultieren, und Septimus wuchtete gerade einen schweren Krug auf die Ladefläche. Er rückte ihn zurecht, dann wischte er sich den Schweiß von der Stirn und bemerkte die beiden sich nähernden Offiziere. Ein Anflug von Besorgnis verdüsterte seine Miene, dann schlüpfte er wieder in die Rolle des Weinhändlers.

»Was sehe ich denn da?«, sagte Macro. »Du willst uns schon verlassen?«

»Aber nicht doch, hochverehrter Centurio!«, rief Septimus in singendem Tonfall. »Solch gute Kunden würde ich niemals im Stich lassen. Nein, ich möchte mit den Eingeborenen Handel treiben. Wein gegen Felle oder, noch besser, gegen Silber und Gold.«

Cato blickte auf die Ladefläche des Karrens. Dort lagen mehrere große Krüge und etwa zwanzig kleinere Gefäße, alle mit Namen beschriftet. »Du verkaufst ihnen also billigen Wein?«

»Selbstverständlich. Auf diese Weise werde ich das Zeug los, das kein Römer, der bei Sinnen ist, anrühren würde.« Septimus vergewisserte sich rasch, dass ihnen niemand zuhörte. »Ich habe gesehen, dass ein Eingeborener im Lager war. Was ist los?«

Macro wies mit dem Daumen zum Hauptquartier. »Die Königin hat den Tribun eingeladen. Er wird zu Mittag hochreiten. Zusammen mit Cato und mir, ein paar Männern und seiner Frau.«

»Seiner Frau?« Septimus machte große Augen.

Macro hob die Hand. »Frag nicht. Angeblich ist das eine gute Idee.«

»Also, was hast du wirklich vor?«, fragte Cato.

»Du weißt doch, wie das ist mit dem Wein und den Kelten. Wenn etwas ihre Zungen löst, dann dieses Gesöff.« Septimus klopfte auf einen der Krüge. »Ich will das bei Leuten aus der Umgebung der Königin ausprobieren. Mit etwas Glück gibt jemand wertvolle Informationen preis. Die Fährte des Verräters ist kalt geworden.«

»Wenn du etwas erfährst, lass es uns wissen«, sagte Cato.

»Das gilt auch für euch.«

Macro schnitt eine Grimasse. »Was, vertraust du uns etwa nicht?«

»Ich möchte euch nur daran erinnern, dass wir auf derselben Seite stehen, Centurio.«

»Tatsächlich? Welche Seite soll das sein? Du arbeitest für Narcissus. Der Verräter arbeitet für Pallas. Und dann wären da noch Caratacus und Venutius. Und schließlich

Vellocatus und die Königin.« Macro kratzte sich theatralisch am Kopf. »Das sind so viele Seiten, da schwirrt mir der Kopf.«

Der kaiserliche Agent erwiderte kühl seinen Blick. »Es gibt nur zwei Seiten. Die, welche den wahren Interessen Roms dient, und die, welche dagegenarbeitet. Das ist die schlichte, einfache Realität, Macro.«

Macro neigte sich vor und flüsterte drohend: »Wenn es um deinen Vater geht, ist nichts schlicht und einfach, mein Freund.«

Septimus fixierte ihn mit funkelndem Blick, dann lächelte er. »Pass gut auf, Macro. Und du auch, Präfekt.« Dann wandte er sich ab und ging zum Wagen, um einen weiteren Krug zu holen. Macro ballte die Fäuste und biss die Zähne zusammen, als bereite er sich auf einen Kampf vor. Cato kannte die Anzeichen, deshalb schob er Macro vom Wagen weg.

»Komm mit. Dafür haben wir keine Zeit. Wir müssen dafür sorgen, dass wir der Hoheit mit blitzblanker Ausrüstung vor die Augen treten.«

Macro ließ sich widerwillig mitziehen; seine Kiefergelenke knackten. »Na schön. Einstweilen belasse ich's dabei. Aber wenn der Schuft uns noch einmal droht, kriegt er's mit mir zu tun.«

»Ja, sicher«, sagte Cato beschwichtigend, worauf sein Freund ihm einen so zornigen Blick zuwarf, dass Cato lachen musste. »Das ist die richtige Einstellung! Aber heb sie dir für den Gegner auf, ja?«

KAPITEL 25

D ie Sonne hatte ihren Höchststand erreicht und brannte gnadenlos hernieder, als das Tor des Lagers geöffnet wurde und Tribun Otho an der Spitze seiner kleinen Schar hinausritt, neben ihm seine gute Gattin. In Rom hätte sie auf einer Sänfte bestanden, dachte Cato ironisch. Hier an der Grenze aber musste sie auf solche Annehmlichkeiten verzichten. Indes, Poppea saß aufrecht im Sattel und bemühte sich, so viel Anmut und Würde zu zeigen wie möglich. Hinter ihnen ritten Cato, Macro, Vellocatus und die beiden Leibwächter des Tribuns. Die Brustpanzer der drei Offiziere funkelten, die neuen Helmbüsche ragten steif in die warme Sommerluft. Alle hatten ihren sauberen Umhang von den Schultern geschoben, um die schweißtreibende Berührung mit der tiefroten Wolle zu vermeiden. Der brigantische Edelmann hatte sich für eine schlichte grüne Tunika und karierte Beinkleider entschieden.

Cato und Macro hatten ihre Medaillenumhänge angelegt, die silbernen Scheiben funkelten im Sonnenschein. Ein goldener Wendelring umschloss Macros Hals, eine Trophäe, die er dem Bruder des Caratacus abgenommen hatte, den er im Zweikampf getötet hatte, kurz nachdem er zusammen mit Cato auf der Insel gelandet war. Es war ein kostbares Stück, und für gewöhnlich verwahrte

Macro es in ein Tuch eingeschlagen am Boden seines Kleidungssacks, wo es vor den neidischen Blicken der Burschen und der langfingrigen Soldaten sicher war. Ihr befehlshabender Offizier wirkte im Vergleich zu ihnen ein bisschen unscheinbar, doch seine stolze Ausstrahlung ließ keinen Zweifel daran, dass er die Einheimischen ebenso beeindrucken würde wie die goldenen und silbernen Auszeichnungen, mit denen sich seine Untergebenen schmückten.

Horatius und die anderen Offiziere blickten ihnen vom Tor aus nach, das heute Morgen errichtet worden war, doch weder Otho noch einer der anderen warfen einen Blick zurück zum Lager. Stattdessen fixierten sie die Siedlung am Fuße der steilen, grasbewachsenen Hänge des Hügels mit der befestigten Hauptstadt der Briganten. Cato bemerkte, dass auch noch andere zum Hof der Königin unterwegs waren. Mehrere Personen stapften vor ihnen den Hangweg hoch, und zwei weitere Gruppen näherten sich von den Hügeln im Norden.

»Eine Versammlung der Edelleute?«, überlegte der Centurio.

Cato nickte. »Offenbar wird unter reger Publikumsbeteiligung über Caratacus' Schicksal verhandelt werden. Cartimandua will verhindern, dass ihre Autorität infrage gestellt wird. Und wir sind hier, damit sie zeigen kann, dass sie mächtige Freunde hat. Hab ich recht, Vellocatus?«

Der Brigant zuckte mit den Schultern. »Es schadet nicht, dies den Dummköpfen, die Venutius folgen, vor Augen zu halten.«

Als sie die Siedlung erreichten, hatte sich eine kleine Menschenmenge versammelt. Die Zuschauer standen schweigend da, bekleidet mit zerschlissenen Tuniken und Hosen, der typischen Kleidung der Bauern. Die Kriegerkaste war vermutlich in der Hügelfeste untergebracht. Die Menschen, die in den Hütten am Fuße des Hügels lebten, interessierten sich nicht für die fernen Kriege, die andere Stämme betrafen. Sie hatten genug damit zu tun, ihre Familien zu ernähren. Einige musterten die Römer und ihren Dolmetscher voller Neugier, andere eher misstrauisch und einige voller Angst, doch keiner sprach sie an. Macro erwiderte den Blick eines halbwüchsigen Mädchens, das am Torpfosten der Siedlung lehnte, und nickte ihr zu. Sie lächelte schüchtern, bis ihr Vater ihr eine Kopfnuss gab und sie in die Menge stieß.

Poppea ließ den Blick umherschweifen und murmelte: »Wenn das ihre Hauptstadt ist, sind wir hier wahrlich unter Wilden, jenseits der Grenzen der zivilisierten Welt.«

Der Tribun bedachte sie mit einem warnenden Blick. »Meine Liebe, ich wäre dir dankbar, wenn du solche Gedanken für dich behalten würdest. Einige dieser, äh, Wilden sprechen unsere Sprache.«

Cato, der den Wortwechsel mit angehört hatte, sah peinlich berührt Vellocatus an. Der junge Mann presste die Lippen zusammen und krampfte die Hände um die Zügel, enthielt sich aber einer Bemerkung, wie Cato anerkennend bemerkte. Ein Mann, der es verstand, seinen verletzten Stolz zu zügeln und den Mund zu halten, würde sich in den nächsten Tagen vermutlich als Bereicherung erweisen.

Der Weg schlängelte sich zwischen kleinen Ansammlungen von Hütten und Pferchen mit Ziegen und Schweinen hindurch. Es war ein warmer Sommertag, und der Geruch der Tiere, der verschwitzten Leiber und der Abwässer hing drückend in der Luft. Hinter der Siedlung führte der Weg im Zickzack über den Hang zu der in etwa vierhundert Fuß Höhe gelegenen Festung hinauf. Einige Kinder mit großen Augen folgten ihnen ein Stück weit in kurzem Abstand, bis sie von ihren Eltern zurückgerufen wurden oder auf dem steilen Hang das Interesse verloren.

Als sie sich der Feste näherten, musterten Cato und Macro mit kundigem Blick die Wälle und Gräben.

»Kleiner als die Anlage, die Legat Vespasian im Süden erobert hat. Erinnerst du dich? An die verfluchte Feste der Durotriger?«

»Ich erinnere mich«, antwortete Cato. Macro war damals verwundet gewesen und hatte am Angriff nicht teilgenommen. Die Feste hatte er erst später gesehen, als sie schon eingenommen war. Cato hatte das anders erlebt. Er war in die Feste eingedrungen, um Geiseln zu retten, während die Zweite Legion den Hauptangriff durchgeführt hatte. »Die hier wäre eine härtere Nuss.«

»Glaubst du?«

»Viel steilere Hänge, und bis zum Tor wäre jeder Angreifer den Wurfgeschossen schutzlos ausgeliefert. Gut, dass die Briganten unsere Verbündeten sind. Ich würde diese Anlage nur ungern einnehmen müssen. Der Ort ist gut gewählt – eine natürliche Festung.«

Sie ritten weiter den Hang hoch bis zur ersten Kehre an den Außenbefestigungen. Dort ragte ein Bollwerk auf, und mehrere Wachposten blickten auf sie nieder, als sie vorbeiritten. Fünfzig Schritte weiter folgte eine weitere Kehre, und der Weg führte zwischen hohen Wällen entlang. Hinter einer Zugbrücke lag das robuste Holztor. Über dem Tor verband ein befestigter Laufgang die beiden mit Palisaden versehenen Erdwälle. Auch hier schauten Wachposten auf sie herab. Es wehte ein leichter Wind, und die gelben Fahnen der Briganten flatterten über dem Tor von Isurium. Auf dem wehenden Tuch wirkte der Umriss des schwarzen Ebers, als ob er lebte.

Einige Krieger mit Speeren und Schilden waren durch die Öffnung zu sehen, und Otho drehte sich im Sattel um und winkte Vellocatus zu sich.

»Ich brauche dich gleich.«

Der Brigant nickte und spornte sein Pferd an, drängte sich an Poppea vorbei und schloss zum Tribun auf. Die Zugbrücke dröhnte unter den Hufen, als sie den Graben überquerten und durchs Tor ritten. Eine Reihe von Männern versperrte ihnen den Weg. Otho hielt unmittelbar vor ihnen an und sagte selbstbewusst: »Wir sind Gäste der Königin Cartimandua. Macht Platz.«

Vellocatus übersetzte, und der Anführer der Einheimischen, ein großer Krieger mit grau gesträhntem Haar, das er mit einem ledernen Stirnband zurückgebunden hatte, musterte den Römer ausgiebig, bevor er antwortete.

»Das ist Trabus, der Befehlshaber der königlichen Leibwache«, dolmetschte Vellocatus. »Er soll uns zur Halle geleiten.«

»Dann danke ihm.« Otho neigte das Haupt. »Und bitte ihn, uns den Weg zu zeigen.«

Die Eskorte formierte sich zu beiden Seiten der Reiter, und Trabus schritt voran. Das Innere der Feste machte einen viel ordentlicheren Eindruck als das Dorf. Die Hütten waren an der Innenseite der Befestigung entlang angeordnet, dazwischen lag ein großer Platz mit der Halle an seinem Ende. Etwa zwanzig Männer lieferten sich an der einen Seite Scheinduelle unter den aufmerksamen Blicken eines drahtigen älteren Kriegers, dessen Oberkörper mit blauen Tätowierungen bedeckt war. Sechs weitere Männer, bekleidet mit ockerfarbenen Tuniken und bewaffnet mit Speeren, hielten am Eingang der Halle Wache und formierten sich im offenen Eingang, als sie die Besucher näher kommen sahen.

Cato schaute sich um und prägte sich alles ein, was ihm später von Nutzen sein könnte. An der einen Seite lagen zwei Reihen von Ställen, vor denen ein paar Männer mit Pferden standen, die sich lautstark unterhielten. Hinter ihnen stand Septimus' Karren, und der kaiserliche Agent unterhielt sich mit ein paar Edelleuten.

»Das müssen die Reiter sein, die wir gesehen haben«, bemerkte Macro.

»Ja.« Cato musterte sie, dann blickte er zur anderen Seite der Halle, wo kleinere Hütten um mehrere Feuergruben mit auf Gestellen gelagerten Spießen herum angeordnet waren. Frauen und Kinder schlachteten gerade

Lämmer und Schweine und legten Feuerholz in die Gruben. Trabus geleitete sie zur Halle, dann drehte er sich um und bedeutete ihnen abzusitzen. Zwei seiner Männer traten vor und hielten die Pferde, während sie absaßen und mit klirrender Rüstung auf dem Boden landeten. Macro legte den Kopf in den Nacken und schaute an der Vorderseite der Halle hoch. Der Türsturz war aus massiver Eiche, verziert mit geschnitzten Pferden und den verschlungenen Mustern, die bei Kelten so beliebt waren.

»Schöne Arbeit.«

Cato blickte ebenfalls nach oben. »Mal was anderes als die Schädel, die andere Stämme sammeln.«

»Wart's ab.«

Otho hatte seine Frau beim Arm genommen und wandte sich nun an seine Männer. »Wir bleiben schön ruhig und gelassen. Schließlich sind wir hier Gäste.«

Macro rückte seinen Helm zurecht. »Hoffentlich halten sich auch unsere Gastgeber daran.«

Der Tribun holte tief Luft, dann lächelte er seine Frau an, wandte sich dem Eingang zu und schritt so würdevoll los, wie er es vermochte. Die anderen Männer folgten ihm; Macro, Cato und Vellocatus gingen nebeneinander, die beiden Leibwächter bildeten den Abschluss.

Nach dem hellen Sonnenschein brauchte Cato eine Weile, bis er sich ans Halbdunkel gewöhnt hatte, dann bemerkte er, dass durch Lücken im Dachfirst Tageslicht in die Halle fiel; Staubteilchen und Insekten tanzten im gelben Licht. Der Boden war mit glatten Steinplatten ausgelegt, und ihre Stiefel polterten laut. Zahlreiche Stammesleute, Männer und Frauen, säumten schweigend beide Seiten der Halle. Ein breiter Weg führte zu einer steinernen Plattform mit einem Holzthron. Durch eine große Öffnung im Strohdach fiel schräg der Sonnenschein ein und badete die obere Hälfte des Throns in goldenes Licht. Auf dem Thron saß gelassen und schweigend eine groß gewachsene schlanke Frau mit rotblondem Haarschopf, der um ihr edel gezeichnetes Gesicht herum zu glühen schien. Soweit Cato das erkennen konnte, war Cartimandua in den Vierzigern.

Niemand sprach, und es war nicht einmal ein Raunen zu vernehmen, als die Römer mit ihrem Dolmetscher durch den Saal schritten und sich der Königin der Briganten, des mächtigsten Stamms in Britannien, näherten. Zu ihrer Rechten stand ein kräftig gebauter Krieger, dem das geflochtene Haar über die Tunika hing, unter der sich mächtige Schultern abzeichneten. Er hatte die Arme vor der Brust verschränkt und blickte den Besuchern herausfordernd entgegen. Venutius, vermutete Cato.

Tribun Otho wurde langsamer und hielt schließlich vor der Treppe des Podests an. Jetzt, da Cartimandua nur mehr zehn Fuß von ihnen entfernt war, konnte Cato erkennen, dass sie wunderschön war, wenngleich ihre Jugend schon viele Jahre hinter ihr lag. Ihre braunen Augen waren dunkel und strahlend, ihre Wangenknochen hoch, sodass ihr Kinn schmal wirkte. Sie betrachtete jeden einzelnen Römer, wobei sie mit Poppea anfing und ihre Musterung bei ihr auch beendete.

Der Tribun neigte das Haupt. »Ich bin Marcus Salvius Otho, der Obertribun der Neunten Legion. Dies ist meine Gemahlin, Poppea Sabina.«

Poppea verneigte sich steif.

»Die Offiziere sind Präfekt Quintus Licinius Cato, Befehlshaber der Zweiten Thrakischen Reiterei, und Centurio Lucius Cornelius Macro von der Vierzehnten Legion.«

Cato und Macro salutierten.

»Wir sind auf Anordnung von General Ostorius hier, der Königin Cartimandua und ihrem Volk seine freundschaftlichen Grüße übermitteln lässt, und sollen einen Feind Roms festnehmen. Und somit einen Feind unser beider Völker.«

Cartimandua lächelte leicht, dann wandte sie sich an Vellocatus und sagte etwas zu ihm mit befehlender Stimme, die für eine Frau ungewöhnlich tief und voll klang. Vellocatus trat rasch vor, fiel vor ihr auf die Knie und begrüßte sie förmlich. Die Mundwinkel der Königin hoben sich vor Vergnügen. Sie beugte sich vor und tätschelte ihm mit ihrer schlanken Hand die Wange.

Cato beobachtete den Mann, der Venutius sein musste; er musterte Cartimandua und deren jungen Liebhaber kühl.

»Die haben nicht viel füreinander übrig«, flüsterte Macro. »Und sie gibt sich auch keine große Mühe, ihre Zuneigung zu verbergen.«

Cartimandua zog ihre Hand zurück, lehnte sich zurück und schaute den Tribun an. Die übrigen Anwesenden taten es ihr nach, sodass die Neuankömmlinge den

Blick Hunderter Augen auf sich ruhen fühlten. Dann sagte sie etwas zu Vellocatus, der nickte, sich aufrichtete und wieder neben den Römern Aufstellung nahm. Cartimandua hob die Stimme, und Vellocatus übersetzte für den Tribun und dessen Begleiter.

»Ich heiße unsere römischen Gäste und Verbündete willkommen in der großen Halle der Briganten. Auf unseren königlichen Befehl hin wird man ihnen freundliche Aufnahme gewähren. Wir haben Freundschaft mit Rom geschlossen, und Rom hat versprochen, uns zu unterstützen und unsere Unabhängigkeit zu wahren, und hat uns Gold und Silber geschenkt zum Beleg seiner guten Absichten und um den Bund zwischen unseren Völkern zu festigen. Alle hier Anwesenden wissen das und sind daher durch den heiligen Eid gebunden, den ich Rom gegenüber abgelegt habe. Jetzt wird dieser Bund zum ersten Mal auf die Probe gestellt.«

Sie machte eine Bewegung mit der Linken, worauf einer der Männer neben der Plattform zu einem kleinen Ausgang an der Seite der Halle hinüberging, während die Königin fortfuhr.

»Zu uns gesellt sich nun ein Flüchtling, der einst ein großer König im Süden der Insel war. Ein großer Krieger und ein unerbittlicher Gegner Roms, seit dessen Soldaten zum ersten Mal den Fuß auf die Insel Britannien setzten. Im Laufe seines Kampfes wurde er wiederholt von den Legionen Roms besiegt. Nachdem er sein Reich verloren hatte, führte er andere Stämme in den Kampf gegen Rom, und alle wurden geschlagen und vernichtet, und ihre Ländereien waren erfüllt von Wehklagen. Ein Schicksal, das den Briganten bisher erspart blieb. Ein Schicksal, vor dem wir unser Volk bewahren wollen.« Sie ließ den Blick über die versammelten Edelleute schweifen, als wollte sie sie ihrem Willen unterwerfen. »Dieser König, der besiegt und in die Berge der Silurer und Ordovicer getrieben wurde, hat um unsere Gastfreundschaft ersucht, die wir ihm nach altem Brauch gewähren mussten. Doch es gibt Grenzen für solche Verpflichtungen, wenn sie die Gastgeber in Gefahr bringen, und deshalb müssen wir uns zwischen unseren Gebräuchen und dem nackten Überleben entscheiden. Aus diesem Grund haben wir euch hier versammelt, auf dass ihr Zeugnis ablegt vom Schicksal dieses Königs mit Namen … Caratacus.«

Während ihre Worte noch durch die Halle tönten, trat der Stammesführer an der Spitze einer kleinen Gruppe durch einen Seiteneingang. Vier groß gewachsene Krieger in ockerfarbenen Tuniken, bewaffnet mit Schwertern, die in Schulterschlingen hingen, eskortierten den noch größeren Mann in ihrer Mitte. Caratacus war mit blauer Tunika und weißer Hose bekleidet. Das geflochtene Haar hing ihm auf den breiten Rücken. An seinem Hals funkelte ein goldener Wendelring. Er schritt mit leicht geneigtem Kopf zur Plattform, sodass es schien, als überrage er die Umstehenden. Sein Auftreten war nicht das eines Gefangenen der Briganten, sondern das eines Königs in Begleitung seiner Leibwache.

Obwohl Caratacus ein erklärter Feind Roms war, verspürte Cato unwillkürlich Bewunderung angesichts seiner stolzen Haltung. Er spürte, dass auch die anderen Anwesenden so empfanden, und auf einmal wurde er

von bösen Vorahnungen erfasst. Der gegnerische Anführer war ein Mann, der einem Respekt abnötigte. Es
war kein Wunder, dass so viele ihm in den langen Jahren
des Konflikts mit Rom bis in die Niederlage und den
Tod gefolgt waren.

Der ehemalige König der Catuvellauner wollte sich an
die Versammlung wenden, doch Cartimandua kam ihm
mit einer scharfen Bemerkung zuvor und funkelte ihn
herausfordernd an. Caratacus neigte mit der Andeutung
eines Lächelns das Haupt, worauf die Königin Luft holte und zur Versammlung sprach.

»Wir sind aufgrund unserer vertraglichen Bindung
verpflichtet, diesen Mann an Rom auszuliefern«, dolmetschte Vellocatus, »und wir werden unserer Verpflichtung nachkommen.«

Ein Raunen ging durch den Saal, stellenweise wurde
gemurrt. Die Königin erhob sich und sagte mit kalter,
entschlossener Stimme: »Wir haben unsere Entscheidung getroffen, und sie ist unumstößlich!« Sie musterte
die Anwesenden herausfordernd, dann fuhr sie in ver-
bindlicherem Ton fort. »Allerdings besteht keine Notwendigkeit, unserem Ruf als gute Gastgeber nicht gerecht zu werden. Deshalb findet heute Abend, bevor
Caratacus von den Römern in Gewahrsam genommen
wird, zu seinen Ehren ein Fest statt.«

»Ein Fest?« Macro saugte die Luft zwischen den Zähnen ein. »Für diesen Scheißkerl?«

»Psst!«, machte Cato leise.

Tribun Otho vermochte seine Überraschung und seinen Zorn über die Ankündigung nicht zu verhehlen. Er

wandte sich an Vellocatus. »Sag deiner Königin, das ist nicht hinnehmbar. Dieser Mann ist ein Gegner Roms und hat versucht, sich seinem gerechten Schicksal zu entziehen. Man sollte ihn in Ketten legen.«

»Nein!« Cartimandua stieß dem Römer den Zeigefinger entgegen und sagte auf Latein: »Auch ihr seid hier Gäste, und es steht einem Gast gut an, sich den Sitten und Gebräuchen der Gastgeber zu unterwerfen. Wenn du weißt, was zivilisierte Umgangsformen sind, wirst du deine Gedanken für dich behalten, Tribun. Hast du mich verstanden?«

Otho war bestürzt über diesen in seiner Muttersprache vorgebrachten Gefühlsausbruch, und einen Moment lang stand ihm der Mund offen, bevor er nickte. Seine Frau aber ließ sich nicht so leicht aus der Fassung bringen. Sie trat einen Schritt vor und blickte die brigantische Königin an. »Jetzt hör mal zu, so spricht niemand mit einem Römer. Niemand.«

»Aber ich habe es soeben getan«, entgegnete Cartimandua gelassen. »Und wenn du am Fest teilzunehmen wünschst, solltest du nur dann sprechen, wenn du etwas gefragt wirst, verehrte Poppea.«

Poppeas sorgfältig gezupfte Augenbrauen ruckten nach oben, und ihr Gemahl fasste sie beim Arm. »Sei still, meine Liebe. Das ist nicht der Zeitpunkt und der Ort.«

Caratacus hatte die kurze Auseinandersetzung amüsiert beobachtet. Nun fasste er Cato in den Blick.

»Ah, Präfekt Cato. Mein ehemaliger Bewacher. Ich hoffe, meine Flucht hat dir nicht allzu viele Unannehmlichkeiten verursacht.«

Cato neigte das Haupt vor dem gegnerischen König. »Herr, ich kann nicht leugnen, dass General Ostorius verstimmt war. Doch es scheint so, als sollte deine Flucht nur von kurzer Dauer sein.«

»Glaubst du das wirklich?«

»Die Königin hat gesprochen. Morgen wird man dich uns ausliefern. Deine Brüder, deine Frau und deine Kinder befinden sich bereits in unserem Gewahrsam, und morgen werden wir auch dich festnehmen. Der Krieg, den du gegen die Römer geführt hast, ist vorbei. Es wird Frieden herrschen. Deshalb rate ich dir, das heutige Fest in vollen Zügen zu genießen. Es wird das letzte sein, das du als freier Mann erlebst.«

Caratacus' Miene verdüsterte sich kurz, dann lächelte er kühl und sagte mit drohendem Unterton: »Vielleicht solltest du ja das Fest genießen, Präfekt Cato. Wer weiß? Es könnte die letzte Mahlzeit sein, die du zu dir nehmen wirst.«

KAPITEL 26

Im Laufe des Nachmittags trafen weitere Gruppen von Edelleuten mitsamt Gefolge in der Hügelfeste ein, und bald war kein Platz mehr für ihre Pferde, und sie mussten sie in der Siedlung am Fuße des Hügels zurücklassen. Tische und Bänke wurden in die Halle geschleppt und in drei Reihen angeordnet, die sich über die gesamte Länge des Bauwerks erstreckten. Draußen bereiteten die Bediensteten der Königin Kochfeuer vor und entzündeten sie am frühen Abend, damit sie Zeit hatten, herunterzubrennen und die nötige Glut auszubilden, über der man das Fleisch braten konnte.

Nach der Festankündigung zog Königin Cartimandua sich zusammen mit den römischen Gästen in ihre Hütte am Ende der Halle zurück. Der Tribun befahl seinen Leibwächtern, bei den Pferden zu warten. Als die Tiere weggeführt wurden, bemerkte Cato, dass Caratacus zu einer kleineren Unterkunft geführt wurde, wo er unter Bewachung stand. Cartimanduas Gemächer waren für das Treffen hergerichtet worden. Auf dem Steinboden hatte man im Halbkreis Hocker aufgestellt, an der offenen Seite stand ein größerer gepolsterter Hocker. Als Cartimandua sich gesetzt hatte, nahmen auch ihre Gäste Platz, und als Stille eingekehrt war, lächelte die Königin.

»Ich entschuldige mich dafür, dass ich in der Halle

meine Sprache gesprochen habe, doch einige Vertreter meines Volkes betrachten es als Zeichen des Verrats und nicht als nützliche Fertigkeit, dass ich das Lateinische beherrsche. Deshalb musste Vellocatus die meiste Zeit über dolmetschen.«

»Was halten deine Leute von Vellocatus, Majestät?«

Sie lächelte den Schildträger ihres Mannes an. »Er ist jung und unbedeutend, deshalb kümmert das die Leute nicht. Irgendwann wird er bei unserem Volk eine wichtige Rolle einnehmen, doch einstweilen ist seine Fertigkeit in der lateinischen Sprache eine Tugend, über die die meisten hinwegsehen.« Cartimandua wandte sich an den Tribun, und an die Stelle ihres freundlichen Lächelns trat die undurchdringliche Miene einer Königin.

»Ich habe meine Vereinbarung mit Rom eingehalten. Caratacus wird euer Gefangener. Es wäre mir recht, wenn ihr ihn so schnell wie möglich außer Landes bringen würdet, sobald das Fest vorbei ist.«

»Weshalb wird das Fest dann überhaupt veranstaltet?«, fragte Macro unverblümt. Als mehrere Anwesende scharf Luft holten, schluckte er und fuhr in respektvollerem Ton fort. »Ich bitte um Verzeihung, Majestät. Ich wollte sagen, weshalb übergibst du ihn nicht gleich und entlässt uns?«

»Ich wünschte, es wäre so einfach, Römer. Um die Wahrheit zu sagen, hat mir sein unerwartetes Auftauchen in Isurium erhebliche Schwierigkeiten beschert. Wie ich hörte, ist er am Abend nach der Schlacht, bei der er geschlagen und gefangen genommen wurde, aus dem Feldlager des Generals entkommen.«

»Das stimmt«, sagte Otho. Er deutete auf Cato. »Dieser Offizier hatte den Auftrag, die Gefangenen zu bewachen.«

»Du bist also der schuldige Tölpel?«

Das war eine Anschuldigung und eine Beleidigung. Cato spannte sich an und spürte, dass Macro im Begriff war, aus der Haut zu fahren. Er atmete einmal tief durch, bevor er antwortete. »Ich habe ihn auf dem Schlachtfeld gefangen genommen, und der General hat mich als Belohnung dafür mit der Bewachung des Gefangenen betraut.«

»Aber er ist entkommen. Wie leichtsinnig von dir. Man sollte eigentlich meinen, ein so gefährlicher Gegner würde strenger bewacht.« Cartimanduas Stimme triefte von Ironie. »Deshalb kannst du dir wohl vorstellen, wie sehr ich von eurem General enttäuscht war, als Caratacus an meinem Hofe erschien, um Schutz ersuchte und die Gelegenheit nutzte, mein Volk dazu aufzurufen, sich seinem Kampf gegen Rom anzuschließen.«

Otho rutschte unruhig auf dem Hocker hin und her. »Er hatte Helfer. Jemand hat uns verraten.«

»Das interessiert mich nicht. Die Folgen hingegen schon. Zumal Caratacus meinen Gemahl dazu überredet hat, sich seinem Aufruf an die Briganten anzuschließen. Zum Glück ist die Söldnernatur bei meinem Volk stärker ausgeprägt als bei manchen anderen. Meine Leute kämpfen nur dann, wenn man ihnen Gold und Silber verspricht. Aus dem gleichen Grund ist auch ihre Loyalität mir gegenüber käuflich. Infolgedessen haben sich die Geldmittel, die euer Kaiser mir zur Sicherung des

Friedens überlassen hat, erschöpft. Die waren der einzige Grund, weshalb mich Venutius und dessen Anhänger nicht abgesetzt haben. Wenn Rom will, dass es so bleibt, brauche ich mehr Geld.«

Cato begriff sogleich, worauf sie hinauswollte. »Du verlangst eine Belohnung für Caratacus' Auslieferung, Majestät?«

Sie wandte sich Cato zu und musterte ihn abschätzend mit leicht zusammengekniffenen Augen. »Selbstverständlich. Ein Bündnis bringt Verpflichtungen für beide Seiten mit sich, Präfekt.«

»Soviel ich weiß, bezahlt Rom dich dafür, dass du neutral bleibst. Das schließt auch Caratacus' Auslieferung mit ein.«

»Ihr habt euch unsere Neutralität erkauft. Dass wir für euch den Kerkermeister spielen, davon war keine Rede. Das kostet ein wenig mehr. Ich bestehe auf einer Bezahlung für Caratacus.«

»Immer mit der Ruhe«, platzte Poppea heraus. »Vertrag ist Vertrag. Für wen hältst du dich eigentlich? Du bist eine arrogante Barbarin, mehr nicht. Wie kannst du es wagen?«

Cartimandua blickte Poppea an, dann wandte sie sich an Otho. »Frauen werden bei uns geachtet. Deshalb bin ich Königin. Ich glaube, allein schon die Vorstellung, dass eine Frau Herrscherin ist, verursacht euch Römern Unbehagen. Selbst eure Frauen teilen diese Einstellung. Aber wir sind hier nicht in Rom. Wir sind in Isurium. Ich wäre euch dankbar, wenn ihr unsere Gebräuche respektieren würdet.«

Poppea setzte zu einer Entgegnung an, doch Otho hieß sie schweigen. Sie biss die Zähne zusammen und sah auf ihre Füße nieder. Ihr Mann wandte sich in beschwichtigendem Ton an die Königin.

»Majestät, ich werde General Ostorius von deinem Ersuchen um Bezahlung in Kenntnis setzen. Mehr kann ich nicht tun.«

»Das reicht nicht«, entgegnete Cartimandua. »Ich verlange für Caratacus einhunderttausend Dinare und möchte, dass du dein Siegel unter ein Dokument mit der entsprechenden Vereinbarung setzt, bevor du mit deinem Gefangenen von Isurium aufbrichst.«

»Hunderttausend Dinare?« Tribun Otho schüttelte verwundert den Kopf. »Bei den Göttern, ich kann dir jetzt schon sagen, dass der General dem niemals zustimmen wird.«

»Weshalb nicht? Das ist ein niedriger Preis für den Frieden in eurer Provinz, wenn man bedenkt, dass Caratacus ansonsten den Krieg mit Tausenden meiner Krieger fortsetzen würde.«

Cato merkte, dass es seinem Vorgesetzten die Sprache verschlagen hatte. Er räusperte sich und griff in die Unterhaltung ein, »Majestät, Caratacus' Anwesenheit an eurem Hof ist nicht nur für uns ein Problem, sondern auch für dich. Das hast du selbst gesagt. Deshalb könnte man es auch so sehen, dass wir dir einen Gefallen erweisen, wenn wir ihn in Gewahrsam nehmen. Was glaubst du wohl, wie lange deine Herrschaft noch andauern würde, wenn wir ihn hierließen?«

Cartimandua musterte ihn mit eiskaltem Blick, dann

lachte sie hell auf und wandte sich an Otho. »Oh, das ist aber ein ganz Gescheiter, Präfekt. Und in gewisser Weise hat er sogar recht. Ich möchte, dass Caratacus so schnell wie möglich von hier verschwindet. Er hat angefangen, meine Stellung zu untergraben. Und es kam mich bislang teuer zu stehen, mir die Loyalität meines Volkes zu erkaufen. Ich sollte wenigstens für das entschädigt werden, was ich ausgegeben habe, um den Frieden mit Rom zu wahren.«

Macro lachte leise in sich hinein. »Ganz zu schweigen von den Ausgaben für den Thronerhalt, Majestät.«

Sie bedachte ihn mit einem vernichtenden Blick. »Der gefällt mir nicht, Tribun. Er versteht es nicht, die Dinge in die richtigen Worte zu kleiden. Bitte befiel ihm, mich nicht wieder anzusprechen.«

Macro schoss das Blut in die Wangen, und er beugte sich aufgebracht vor, doch Cato hob die Hand und bedachte ihn mit einem flehentlichen Blick. Macro stieß zischend die Luft aus und hielt den Mund.

»Schon besser«, fuhr Cartimandua fort. »Dann lasst uns über den Preis für Caratacus sprechen. Ich bin nicht starrköpfig. Sagen wir, neunzigtausend?«

Otho überlegte, dann schüttelte er den Kopf. »Sechzig.«

Cato zuckte zusammen. Ihm wäre es lieber gewesen, Macros Mutter Portia hätte das Feilschen übernommen. Die geistesgegenwärtige alte Frau verstand sich besser darauf als jeder Aristokrat.

»Achtzig?«

Otho kaute auf der Unterlippe. »Fünfundsiebzig.«

»Also fünfundsiebzig, abgemacht.« Cartimandua nickte. »Ich will das Geld binnen zwei Monaten haben, und ich bestehe darauf, dass du die Vereinbarung schriftlich niederlegst und besiegelst, bevor ihr von Isurium aufbrecht. Einverstanden?«

Otho nickte hilflos.

»Dann ist das Geschäft abgeschlossen, und es steht euch frei, das Fest zu genießen.«

»Muss es unbedingt zu Caratacus' Ehren veranstaltet werden?«, fragte Cato.

»Das muss sein. Es gilt, die Wirkung zu beachten, die das auf andere haben könnte. Er ist ein König, jedenfalls bis morgen. Viele meiner Edelleute und Krieger halten große Stücke auf ihn. Es würde sie erzürnen, wenn ich ihn euch ohne weitere Umstände in Ketten übergeben würde. Nein, er soll wie ein Ehrengast behandelt werden. Das Fest bietet uns die Möglichkeit, den Schein zu wahren. In Wahrheit war er von dem Moment an ein Gefangener, da er an meinem Hof aufgetaucht ist.«

»Und bist du dir sicher, dass von denen, die seine Sache unterstützen, keine Gefahr droht, Majestät?«

»Ja. Was immer sie von Caratacus halten mögen, die Münzen, die ich ihnen aus meiner Schatzkammer ausbezahlt habe, schätzen sie mehr als ihn. Das Fest ist eine reine Formsache. Ich spiele die großzügige Gastgeberin und gewinne den Respekt meines Volkes. Die Leute werden Trinksprüche auf ihn ausbringen und seine Taten feiern, ohne befürchten zu müssen, ihr Blut für ihn zu vergießen. Auf diese Weise wird man allen gerecht.« Sie hielt inne und faltete die Hände im Schoß.

»Der Preis, der für den Gefangenen gezahlt wird, bleibt natürlich ein Geheimnis zwischen mir und Rom. Damit ist beiden Seiten am besten gedient.«

»Ich verstehe, Majestät.«

»Dann haben wir eine Vereinbarung?«

»So ist es«, bestätigte Otho.

»Ich schlage vor, dass ihr die Gastfreundschaft Isuriums genießt, bevor das Fest beginnt.«

»Danke. Ich muss zunächst meinem Stellvertreter mitteilen, dass wir später als erwartet ins Lager zurückkehren werden.«

»Na schön.« Cartimandua neigte das Haupt zum Ausgang der Hütte. »Ihr dürft euch entfernen.«

Die anderen erhoben sich und gingen zum Ausgang. Die Königin sagte leise etwas in ihrer Sprache, worauf Vellocatus anhielt und sich zu ihr umdrehte. Nach einem kurzen Wortwechsel wandte er sich an die Römer.

»Ich muss bleiben. Meine Königin braucht mich.«

Macro verzog keine Miene. »Gewiss«, sagte Cato. Wir sehen uns dann wohl beim Fest.«

»Ja. Beim Fest.«

Cato trat als Letzter aus der Hütte, und Vellocatus zog die lederne Eingangsklappe hinter ihm zu. Als sie dem Tribun und dessen Frau zur Halle folgten, lachte Macro leise und setzte zu einer Bemerkung an, doch Cato kam ihm zuvor. »Pass auf, was du sagst, Macro.«

»Ich wollte lediglich eine Bemerkung zur Bürde der Pflicht machen. Glücklicher Mann!«

»Das sagst du jetzt«, erwiderte Cato, dann zeigte er verstohlen zu dem Platz vor der Halle. Venutius stand dort mit einer Gruppe von Edelleuten, doch er lauschte nicht der Unterhaltung. Die Arme vor der Brust verschränkt, blickte er finster zur Hütte seiner Gemahlin.

Cato fuhr leise fort: »Ich glaube nicht, dass die Eskapaden der Königin ein großes Geheimnis sind, und ihr Gemahl scheint nicht der Typ Mann zu sein, der beide Augen zudrückt.«

»Wahrlich, ein richtiger Genuss, die Gastfreundschaft dieses Drecklochs«, murmelte Poppea und hob ihre Stola an, damit sie nicht den Boden berührte. Es war ein warmer Tag, und der Boden war trocken, deshalb wirkte die Geste umso verächtlicher.

»Ach, hier gibt es bestimmt einiges zu sehen«, erwiderte ihr Mann gezwungen fröhlich. »Vielleicht einen Eingeborenenmarkt. Da kannst du ein paar nette Mitbringsel für unsere Freunde in Rom erwerben, meine Liebe.«

Sie blickte ihn finster an. »Ich vermute, das Einzige, was ich hier erwerben kann, ist die ansteckende Krankheit eines Eingeborenen. Meine Freunde würden sich bestimmt freuen über diese Erinnerung an meinen Besuch an diesem reizenden rustikalen Ort.«

Unterbrochen wurden sie von der wehenden roten Tunika eines Römers, der aus der Richtung auf sie zugelaufen kam, wo die Leibwächter mit den Pferden warteten.

»Was ist jetzt wieder los?«, fragte Macro halblaut.

Tribun Otho und die anderen hielten an, während sich der Soldat ihnen mit einer Wachstafel in der Hand näherte. »Mit den besten Empfehlungen von Präfekt Horatius,

Herr. Das sollte ich dir unverzüglich übergeben, doch die Schufte wollten mich nicht einlassen.« Er wies mit dem Kinn zu den Männern in den ockerfarbenen Tuniken.

»Hüte deine verfluchte Zunge, Soldat!«, knurrte Macro. »Ein paar von den Schuften sprechen Latein. Mäßige dich gefälligst.«

Otho hob eine Braue. »Danke, Centurio.«

Der Tribun nahm die Tafel entgegen, entfernte sich ein Stück weit, brach das Siegel und klappte die Wachstafel auf. Die anderen beobachteten schweigend, wie er die Nachricht las, und versuchten, von seiner Reaktion auf den Inhalt zu schließen. Otho atmete scharf ein und klappte die Tafel zu. Er wandte sich an den Soldaten und sagte barsch: »Warte bei den Pferden. Ich möchte eine Antwort übermitteln.«

»Ja, Herr!« Der Mann salutierte und entfernte sich.

Als er sich außer Hörweite befand, musterte Otho seine Begleiter, dann murmelte er: »Ostorius ist tot.«

Alle starrten ihn schweigend an. Cato schwirrte der Kopf. Falsches Spiel? Gefallen im Kampf? Ein Unfall? »Tot? Wie ist es passiert?«

Poppea seufzte. »Der arme Mann.«

»Horatius hat nur geschrieben, der General sei in seinem Zelt gestorben.«

»Wer hat das Kommando übernommen?«, fragte Cato.

»Legat Quintatus«, riet Macro. »Wer sonst?«

Cato nickte. Das klang logisch. Quintatus war der ranghöchste Offizier in Viroconium und hatte bereits das zeitweilige Kommando über die Armee übernommen. Doch da waren auch noch die Legaten der drei anderen Provinzlegionen, und es war nicht ausgeschlossen, dass einer von ihnen die Gelegenheit ergriff und sich das stellvertretende Kommando sicherte. So lange, bis Rom einen neuen Gouverneur ernannte, hätte er Gelegenheit, bei der Verwaltung der Provinz einigen Ruhm zu erwerben. Zumal wenn er sich das Verdienst anrechnen könnte, Caratacus in Ketten nach Rom zu verfrachten. Wenn es Unstimmigkeiten unter den Legaten gab, würden ihre Gegner die Situation so lange ausnutzen, bis der Machtkampf entschieden war. Cato kam noch ein anderer besorgniserregender Gedanke.

»Wenn man in Viroconium weiß, dass er tot ist, ist es nur eine Frage der Zeit, bis die Nachricht Isurium erreicht.«

Otho sah ihn an. »Und?«

»Das könnte Venutius' Position stärken. Wenn er klarmachen kann, dass wir nach Ostorius' Tod führerlos sind, könnte er genug brigantische Edelleute auf seine Seite ziehen, um uns Schwierigkeiten zu machen. Du hast gehört, was die Königin gesagt hat, Herr. Die Macht droht ihr zu entgleiten.«

Otho nickte nachdenklich. »Dann sollten wir besser dafür sorgen, dass sie so schnell wie möglich das Geld bekommt.«

»Ja, Herr. Solange es noch einen amtierenden Befehlshaber gibt, der die Zahlung genehmigen kann.«

»Verdammt, du hast recht.« Otho runzelte die Stirn, dann hellte sich seine Miene auf. »Wir haben doch unsere eigene Geldtruhe. Wir könnten uns daraus bedienen.«

»Nein!«, platzte Macro heraus. »Das Geld gehört den Männern. Da sind ihr Sold und ihre Ersparnisse drin. Wenn du die anrührst, Herr, verärgerst du die Soldaten.«

Cato sah das auch so. Die Soldtruhe ihrer Einheit war den Soldaten beinahe ebenso heilig wie ihre Grundsätze, und sie waren bereit, sie unter Einsatz ihres Lebens zu schützen. Die massiven, mit Eisenbändern verstärkten Truhen enthielten ihren ganzen Besitz, all ihre Träume und ihre Hoffnung auf das, was sie nach dem Armeedienst anzufangen gedachten. Wenn der Tribun die Soldtruhen leerte und den Inhalt an die brigantische Königin übergab, würden die Männer ebenso aufgebracht reagieren wie Macro. Auch für Cato stand einiges auf dem Spiel, doch er konnte sich wenigstens damit trösten, dass das Geld den Frieden der Provinz sichern würde.

»Was macht das schon?«, sagte Poppea zu ihrem Mann. »Das sind deine Männer. Deine Soldaten. Sie werden tun, was man ihnen sagt, und sich damit zufrieden geben.«

Macro versuchte seinen Ärger zu bezähmen, als er sich an die Frau des Kommandanten wandte. »Ich bitte um Verzeihung, Herrin, aber du weißt nicht, wovon du redest. Das ist Sache der Soldaten. Glaub mir, wenn man den Männern ihr Geld wegnimmt, kann keiner für die Folgen garantieren.«

»Doch, du kannst das, Centurio. Du musst. Du bist Offizier. Du hast dem Kaiser und deinen Vorgesetzten Gehorsam gelobt. Wenn mein Mann dir einen Befehl gibt, musst du ihn befolgen und dafür sorgen, dass er auch von deinen Untergebenen befolgt wird.«

Macro funkelte sie an. Am liebsten hätte er ihr gesagt, sie solle den Mund halten und sich um ihren eigenen Kram kümmern. Doch ehe er etwas sagen konnte, räusperte sich Otho und sagte in ruhigem Ton: »Du hast ganz recht, meine Liebste, aber ich entscheide, was zu tun ist, nicht du.«

»Pah!« Poppea schnaubte missbilligend. »Nur zu.«

Otho lächelte sie herablassend an, dann wandte er sich an die anderen. »Dann hältst du es also für wenig ratsam, auf die Soldtruhen zurückzugreifen?«

Macro knirschte mit den Zähnen. »Das ist sehr zurückhaltend ausgedrückt, Herr.«

Otho blickte Cato an. »Und du, Präfekt? Was denkst du?«

»Wir sind weit entfernt vom Rest der Armee, Herr. Das ist eine heikle Situation. Uns um die Stimmung unserer Soldaten Gedanken zu machen ist das Letzte, was wir brauchen. Außerdem steht zu befürchten, dass das Geld nicht ausreicht, um Cartimanduas Forderung zu erfüllen. In diesem Fall bekämen wir Schwierigkeiten von beiden Seiten. Ich rate dir dringend, davon Abstand zu nehmen, Herr.«

»Aber was dann? Ich habe ihr versprochen, ihr das Geld zu schicken, sobald wir nach Viroconium zurückgekehrt sind, doch wenn keiner die Zahlung genehmigen kann, wird Königin Cartimandua sich hintergangen fühlen.«

»Sie wird richtig sauer sein«, sagte Macro düster. »Und sie wird vor ihrem Stamm das Gesicht verlieren.«

»Damit müssen wir uns befassen, wenn es so weit ist«,

fügte Cato hinzu. »Jetzt geht es vor allem darum, dass wir Caratacus in Gewahrsam nehmen und ihn so schnell wie möglich von hier fortschaffen. Herr, wir müssen die Nachricht von Ostorius' Tod für uns behalten. Wir können nicht einschätzen, welche Folgen es hätte, wenn das bekannt würde. Erst einmal nehmen wir am Fest teil und erweisen Caratacus die Ehre, wie die Königin es wünscht. Im Morgengrauen nehmen wir ihn fest, brechen das Lager ab und marschieren so schnell wie möglich nach Viroconium zurück. Wenn die Briganten erfahren, dass Ostorius tot ist, haben wir bereits unumkehrbare Tatsachen geschaffen. Selbstredend musst du dich beim Provinzkommandanten dafür einsetzen, dass die Königin bezahlt wird.«

»Richtig.« Otho nickte verdrießlich. »Und wenn die Zahlung nicht geleistet wird, bin ich entehrt.«

»Wenn das der Preis dafür ist, unseren gefährlichsten Gegner aus dem Spiel zu nehmen, dann ist es das wert, Herr.«

»Das sagt sich so leicht. Ich trage die Verantwortung.«

»Hohes Amt, hohe Bürde, Herr.« Macro schürzte die Lippen. »Manchmal erlegt man den Wolf, manchmal frisst er einen.«

Otho runzelte die Stirn. »Verflucht noch mal, was soll das nun wieder heißen?«

»Ist nur so eine Redewendung, Herr. Die Entscheidung liegt bei dir.«

»Danke für den Hinweis, Centurio Macro. Das ist wirklich sehr hilfreich.« Otho kniff die Augen zu, holte tief Luft und seufzte schwer, dann schlug er die Augen wieder auf. »Na schön. Wir nehmen Caratacus bei der ersten sich bietenden Gelegenheit fest und verschwinden von hier. Bis dahin kein Wort über Ostorius.«

»Du musst Horatius Bescheid geben, dass er im Lager ebenso verfährt, Herr«, erklärte Cato.

»Ja ... natürlich. Gleich.« Otho klappte die Wachstafel auf und zögerte. Er schaute hoch. »Hat jemand einen Stift?«

Macro musterte ihn begriffsstutzig, dann langte Cato unwillkürlich nach der Seitentasche, bis ihm bewusst wurde, dass er sie im Lager gelassen hatte.

»Na großartig«, murmelte Otho, zog den Dolch und verfasste mit dem ungeeigneten Instrument eine kurze Nachricht an Horatius. Er klappte die Holztafel zu, steckte den Dolch in die Scheide und winkte den Boten heran. Der Soldat hatte zugeschaut und kam herbeigeeilt.

»Bring das ins Lager. Du musste es dem Präfekten Horatius persönlich übergeben. Sag ihm, er soll sich genau an meine Anweisungen halten. Verstanden?«

»Ja, Herr.«

»Dann los.«

Der Bote wandte sich eilig ab.

»Warte«, knurrte Otho. »Keine Eile. Damit weckst du nur das Misstrauen der Einheimischen. Zeig ihnen, dass die Römer stets einen kühlen Kopf bewahren, ja?«

»Zu Befehl, Herr.« Der Soldat ging gemessenen Schrittes zu den Pferden, schwang sich in den Sattel, trabte zum Tor und entfernte sich über den Weg, der zur Siedlung führte.

»Das wäre also geregelt«, sagte Otho abschließend. »Die Würfel sind gefallen. Jetzt können wir nur noch warten, dass das Fest beginnt.«

Cato lächelte ermutigend, erleichtert darüber, dass der Tribun unter den gegebenen Umständen die beste Wahl getroffen hatte. Mit dem Überschreiten des Rubikon war das kaum zu vergleichen, doch wenn die Vorstellung dem jungen Aristokraten half, sich einzureden, die richtige Entscheidung getroffen zu haben, war nichts dagegen einzuwenden.

»Wo wir gerade von Würfeln sprechen …« Macro wies mit dem Kinn auf die beiden Leibwächter. »Wir können die Zeit auch sinnvoll nutzen. Herr?«

Otho hob eine Braue. »Was? Ach, ja. Wie du meinst, Centurio.«

Macro salutierte und blickte Cato an. »Wie steht es mit dir?«

Cato war versucht, die Einladung abzulehnen. Es gab eine Menge, worüber er nachdenken musste. Dann aber wurde ihm bewusst, dass er an der Situation nichts ändern konnte. Er hatte getan, was er konnte, um auf den Gang der Ereignisse Einfluss zu nehmen. Jetzt hing alles davon ab, ob die Götter ihre Pläne wohlwollend aufnahmen oder ob sie ihnen ein ganz anderes Schicksal zugedacht hatten. Er nickte.

»Warum nicht? Irgendwann müssen wir ja mal Glück haben.«

KAPITEL 27

Als die Sonne dem Horizont entgegensank, füllte sich das Gelände vor der Königshalle nach und nach mit den Gästen. Es war ein heißer Tag gewesen, und diejenigen, die die meiste Zeit über im Freien gewesen waren, hatten einen Sonnenbrand. Die Tiere, die man am Nachmittag geschlachtet hatte, brutzelten über der Kohlenglut der Feuergruben, die man in sicherem Abstand von den Strohdächern der umliegenden Hütten angelegt hatte. Es duftete köstlich nach gebratenem Fleisch, und Macro reckte die Nase und schnupperte mit seligem Lächeln.

»Mhm. Ich komme um vor Hunger. Endlich mal was anderes als die Marschrationen.«

Cato setzte sich neben ihn auf eine der langen Bänke, die man vor dem Eingang der Halle für die Gäste der Königin aufgestellt hatte. Nun wartete jeder darauf, nach drinnen gerufen zu werden.

»Ja, sicher«, meinte er zerstreut. Er beobachtete das Kommen und Gehen der brigantischen Edelleute. Das Würfelspiel hatten sie am späten Nachmittag beendet, nachdem Macro den Leibwächtern des Tribuns all ihr Geld und Cato einen Teil seiner Münzen abgenommen hatte. Kein Wunder, dass sein Freund so gute Laune hatte, überlegte Cato verdrossen.

Tribun Otho und dessen Gemahlin waren kurze Zeit später von ihrer Erkundung der Siedlung zurückgekehrt. Beide waren erhitzt und verschwitzt, nachdem sie sich den Hügel hochgemüht hatten, und ihnen folgte eine Gruppe von Kindern mit Körben voller Obst, Fellbündeln und zusammengerolltem kariertem Stoff, den die Einheimischen so gerne trugen. Otho wies sie an, ihre Last den Leibwächtern zu übergeben, und bezahlte sie mit ein paar Bronzemünzen aus seinem Geldbeutel. Dann scheuchten die Leibwächter der Königin sie aus der Feste, während der Tribun und dessen Frau sich Cato und Macro anschlossen.

Im warmen Schein des Sonnenuntergangs, der lange Schatten warf, saß Poppea neben ihrem Mann, gegenüber den anderen römischen Offizieren, fächelte sich mit einem Strohfächer Kühlung zu und versuchte die Mückenschwärme zu verscheuchen, die wie kleine Goldflöckchen ihr hübsches Haupt umschwirrten.

»Wann fängt dieses elende Fest endlich an?«

Ihr Mann verzehrte gerade einen Apfel, den er aus dem kleinen Korb genommen hatte, der auf der Bank zwischen ihnen stand. »Wenn du hungrig bist, probier doch einen. Schmeckt köstlich.«

Otho biss erneut ab und reichte ihr den Korb. Poppea erwiderte kühl seinen Blick.

»Spiel du nur das Ferkel, wenn du willst. Ich halte mich lieber an die zivilisierten Umgangsformen.«

Cato sah sie an und biss sich auf die Zunge. Poppea wirkte genauso erhitzt und zerzaust wie sie alle, und die Stola klebte ihr an der schweißfeuchten Haut. Er bezweifelte, dass sie in dieser Verfassung bei ihren römischen Freunden eine gute Figur gemacht hätte.

»Na, wenigstens einer ist glücklich und zufrieden«, unterbrach Macro seinen Gedankengang. Septimus näherte sich ihnen. Der kaiserliche Agent hatte sich einen Stoffstreifen um den Kopf gewickelt, damit ihm der Schweiß nicht in die Augen lief.

»Centurio! Präfekt!«, rief Septimus fröhlich, dann erblickte er den Tribun und dessen Gemahlin und ging zu einem respektvolleren Ton über. »Ich wünsche dir und deiner Dame einen guten Abend, Herr.«

»Du wirkst ja putzmunter«, bemerkte Macro. »Gute Geschäfte gemacht? Jedenfalls warst du ganz schön beschäftigt. Ich habe gesehen, dass Venutius und dessen Kumpel deine Vorräte aufgekauft haben.«

Cato lächelte. Er hatte ebenfalls bemerkt, dass der Gemahl der Königin Käufe getätigt und die erworbenen Weinkrüge in eine der größeren Hütten geschleppt hatte.

»Ihr wisst ja, wie das mit den Kelten ist.« Septimus lächelte vielsagend und klopfte auf den schweren Geldbeutel an seiner Hüfte. »Sie lieben den Wein. Ich habe gut verkauft. Die letzten drei Krüge habe ich versteigert, und die haben geboten, als stünde das Ende der Welt vor der Tür.«

Cato blickte an ihm vorbei zu den Edelleuten, die in kleinen Gruppen in der Nähe standen. Viele unterhielten sich lautstark, die meisten wirkten betrunken. Er erwiderte Septimus' Lächeln. »Solange es die gewünschte Wirkung hat.«

Der kaiserliche Agent nickte leicht, dann erwiderte er: »Solange sie in ihre Becher schauen und ich ihnen tief in den Geldbeutel lange, ist alles gut. Das wird ein guter Markt für den ersten Händler, der Isurium regelmäßig beliefert.« Er legte eine Pause ein. »Natürlich hängt das davon ab, ob in dieser Region dauerhaft Frieden einkehrt.«

»Dafür werden wir schon sorgen.« Macro nickte. »Selbst wenn wir ihnen zuvor eine blutige Abreibung verpassen müssen. Rom ist es egal, wen es vernichten muss, um der Welt Frieden zu bringen.«

Cato blickte seinen Freund an und kam zu dem Schluss, dass Macro seinen tief vergrabenen Sinn für Ironie aus der Versenkung geholt hatte.

»Äh, gewiss.« Septimus runzelte die Stirn. »Ich muss wieder los. Muss Nachschub aus dem Lager herschaffen.«

Er tippte sich mit den Fingerknöcheln an die Stirn, dann verneigte er sich respektvoll vor Otho und dessen Frau und machte kehrt, um seinen leeren Karren zu holen.

»Was für ein Langweiler«, klagte Poppea. »Der typische Händler. Die reden immer nur übers Geld. Das ist alles, was Rom für sie bedeutet. Dabei sind wir es, die sich der Erweiterung des Reiches widmen und ihr Blut vergießen, um neue Gebiete hinzuzugewinnen. Und solche wie der Weinhändler profitieren von unseren Mühen. Ich habe heute Nachmittag bei ihm eingekauft, und er hat einen grotesk hohen Preis verlangt, dieser Gauner.«

Cato unterdrückte ein Lächeln; der kaiserliche Agent spielte seine Rolle wirklich gut.

Otho schluckte und betrachtete seinen halb verzehrten Apfel. »Mag sein, aber man kann wohl schwerlich sagen, dass du dich im Dienste Rom verausgabst, meine Liebe.«

»Ach, nein? Glaubst du, es ist einfach für mich, wie ein gewöhnlicher Soldat zu leben und all ihre Beschwerlichkeiten zu teilen?«

Macro hüstelte und blickte angestrengt auf seine Stiefel nieder.

»Ich wünschte, ich hätte nicht darauf bestanden, dich auf diese elende Insel zu begleiten. Ich wäre besser in Rom geblieben.«

»Das stimmt ...«, sagte Otho freundlich, dann erst wurde ihm bewusst, wie seine Bemerkung aufgenommen werden könnte, und beeilte sich zu versichern: »Ich meine, es wäre besser für dich, du wärst in deinem natürlichen Element, Liebling. Du bist hier wie eine Rose unter Brennnesseln. Ich habe Angst um dich. Ich wäre unbeschwerter, wenn ich dich in Rom in Sicherheit wüsste.«

Macro lehnte sich zu Cato hinüber und flüsterte: »Und ob!«

Poppea musterte ihren Mann misstrauisch, doch ehe sie etwas erwidern konnte, durchschnitt ein Hornsignal die Abendluft. Die Unterhaltungen verstummten, und alle wandten den Kopf in die Richtung, aus der das Signal erscholl. Ein groß gewachsener Krieger blies mehrere Töne, dann senkte er sein funkelndes Bronzeinstrument. Neben ihm stand Vellocatus. Letzterer holte tief Luft, bevor er eine Ankündigung machte. Er gebrauchte die Sprache der Einheimischen, dann wandte er sich an die Römer und wiederholte alles auf Latein.

»Ihre Majestät, Königin Cartimandua, bittet euch, in die Halle einzutreten und Platz zu nehmen. Das Fest beginnt.«

Die Edelleute und deren Frauen strömten augenblicklich zur Halle, deren Türen von zwei Bediensteten der Königin nach innen geklappt wurden. Otho wollte sich erheben, doch seine Frau zupfte ihn am Arm und zischelte: »Warte! Ich will nicht, dass man uns wie Schweine in den Pferch treibt. Wir treten so ein, wie es sich für einen Römer geziemt – auf eine würdevolle Art, die uns von den Barbaren unterscheidet.«

Der Tribun schickte sich seufzend, während Cato zu hören meinte, wie Macro mit den Zähnen knirschte. Vellocatus umging die Menge und gesellte sich zu ihnen.

»Die Königin hat für euch Plätze zu ihrer Linken reserviert. Ich sitze bei euch.«

Poppea hob eine gezupfte Braue. »Zu ihrer Linken? Wer sitzt dann zu ihrer Rechten?«

»Ihr Gemahl Venutius. Das ist sein angestammter Platz.«

Cato entging nicht der bittere Unterton in der Stimme des jungen Edelmanns.

»Und wer sitzt bei Venutius?«, fragte er.

»Seine engsten Kameraden.«

»Und dazu gehört auch Caratacus, nehme ich an.«

Vellocatus nickte.

Poppea kniff die Augen zusammen. »Unser Gegner bekommt den Ehrenplatz gleich neben der Königin? Man zieht ihn uns vor? Nein. Das darf nicht sein.«

Die Brauen des Briganten zuckten. »Es lässt sich nicht vermeiden, Herrin. Es ist alles arrangiert.«

Poppea sah ihren Mann an. »Diese Frau will uns demütigen. Wir sind ihre Verbündeten, aber den Ehrenplatz überlässt sie unserem Gegner. Das darfst du nicht zulassen, Otho. Sag es ihm.«

»Meine Liebe, ich kann nicht …«

»Sag es ihm! Oder sag es der Frau.«

»Sei still!«, fauchte der Tribun sie an, ein grimmiges Funkeln in den Augen. Poppea schreckte zusammen, dann fuhr er im gleichen zornigen Ton fort: »Du hältst den Mund. Ich will kein Wort der Klage mehr von dir hören. Wir haben auch so schon genug Schwierigkeiten, da brauchst du es mit deinem Gejammer nicht noch schlimmer zu machen.«

»Gejammer …«, sagte sie schmollend, mit bebender Unterlippe.

»Ja, Gejammere. Du wolltest mit mir hierherkommen. Ein Abenteuer, hast du gemeint. Und seitdem höre ich nichts als Klagen. Ich will, dass du von jetzt an nur noch dann redest, wenn du gefragt wirst. Und wenn du Anlass zu reden hast, dann verhältst du dich höflich und zuvorkommend. Hast du mich verstanden?«

Sie schaute ihn an mit großen Augen, bestürzt über seinen Gefühlsausbruch. »Aber Otho, Liebster, ich …«

»Ich habe dich gefragt, ob du mich verstanden hast. Ja oder nein? Wenn nicht, kehrst du auf der Stelle ins Lager zurück. Und dann nach Rom, sobald wir wieder in Viroconium sind.«

»Das ist nicht dein Ernst.«

»O doch.« Er stand auf und sah auf sie nieder. »Also, wie lautet deine Antwort?«

Sie blickte gequält zu ihm auf, in ihren Augenwinkeln glitzerten Tränen. »Ja.«

»Schon besser.« Otho milderte seinen Ton und reichte ihr die Hand. Poppea ergriff sie zögerlich und erhob sich, Der Tribun wandte sich an Vellocatus und seine beiden Untergebenen. »Ich entschuldige mich für diese kleine Szene.«

Cato nickte wortlos. Macro brummte etwas, und Vellocatus lächelte nachsichtig.

»Wenn du jetzt so freundlich wärst, uns an unsere Plätze zu geleiten.« Otho deutete zum Eingang, und Vellocatus führte sie in die Halle.

»Wurde auch Zeit«, flüsterte Macro seinem Freund zu. »Das hatte sie verdient.«

»Allerdings«, erwiderte Cato leise und grinste ihn an.

Als die kleine Gruppe die Halle betrat, hatten die meisten anderen Gäste bereits auf den Bänken Platz genommen. Hier gab es keine polierten Silbertabletts und delikate Happen, wie man sie bei einem Bankett in Rom erwarten mochte. Stattdessen hatte man Brot und Käse auf die Tische gestellt, und jeder Mann und jede Frau hatte entweder einen samischen irdenen Becher vor sich stehen oder hatte sich sein eigenes Trinkhorn oder einen verzierten Becher mitgebracht. Es gab Krüge voller Met und Bier. Einige hatte bereits den ersten Durst gelöscht, und es wurde fröhlich gelacht und gelärmt. Vellocatus geleitete seine Gäste mitten durch die Halle, und Cato bemühte sich, starr geradeaus zu sehen und die neugierigen und feindseligen Blicke der Gäste zu ignorieren. Man hatte Cartimanduas Thron an die Rückseite der Halle gestellt und drei Tische auf dem Podium aufgebockt, dahinter standen einfache Stühle. Der Platz der Königin war noch leer, doch Venutius und mehrere andere Männer hatten bereits Platz genommen und unterhielten sich angeregt. Cato wurde ganz kalt, als er Caratacus erblickte. Ihre Blicke trafen sich, und der catuvellaunische König erstarrte. Die Sitznachbarn bemerkten seinen plötzlichen Stimmungsumschwung und blickten den sich nähernden Römern mit unverhohlener Feindseligkeit entgegen.

»So viel zur Gastfreundschaft der Briganten«, sagte Macro.

»Das ist doch nichts Neues«, erwiderte Cato. »Aber lass uns schön friedlich sein.«

»Wenn *sie* uns lassen.«

»Nein, komme was da wolle, mein Freund.«

Macro runzelte die Stirn. »Spielverderber.«

»Und das ist auch schon der einzige aggressive Akt beim heutigen Festmahl«, sagte Cato abschließend, denn er wollte Macro klarmachen, dass er unter allen Umständen den Frieden wahren sollte. Er würde ein Auge auf ihn haben müssen, zumal was das Trinken betraf. Wenn Macro betrunken war, neigte er zur Gewalttätigkeit, das wusste Cato aus Erfahrung. Unter den gegebenen Umständen wäre eine Schlägerei jedoch ein denkbar schlechter Abschluss für das Festmahl.

Sie stiegen aufs Podium, und Otho setzte sich unmittelbar neben den Tisch der Königin. Dann folgten seine Frau, Vellocatus, Cato und Macro. Venutius und dessen Kameraden starrten sie voller Hass und Verachtung an.

»Also, das ist peinlich«, sagte Macro, nahm den vor ihm stehenden Becher in die Hand und langte zum nächsten Krug, schnupperte misstrauisch daran und nickte anerkennend. Er füllte seinen Becher, dann besann er sich seiner guten Manieren und schaute die anderen an.

»Soll ich euch einschenken?«

Poppea schüttelte den Kopf und blickte auf die fleckige Tischplatte nieder.

»Vielleicht später«, antwortete Otho.

Vellocatus und Cato hielten ihm ihre Becher hin, und Macro füllte sie bis an den Rand, dann setzte er den Krug ab. Er hob seinen Becher und blickte Caratacus an. »Auf den Ehrengast.«

Venutius wollte zornig aufspringen, doch der catuvellaunische König legte seinem Sitznachbarn fest die Hand auf die Schulter und drückte ihn auf die Bank nieder. Mit einem amüsierten Lächeln füllte Caratacus sein mit einem eingravierten Stierkopf verziertes Trinkhorn und erwiderte Macros Trinkspruch. »Auf meine Respekt gebietenden römischen Feinde.«

»Respekt gebietend«, wiederholte Macro vergnügt. »Das trifft es.«

Er trank einen Schluck. Das Getränk schmeckte süß und war leichter als die gallischen Biere, die Macro kannte. Cato trank ebenfalls, während Vellocatus seinen Becher nicht anrührte.

»Gutes Tröpfchen«, murmelte Macro und nahm noch einen großen Schluck. »Besser als dieses Kourmi-Gesöff in Gallien.«

»Ausgezeichnet«, pflichtete Cato ihm bei. »Aber halt dich trotzdem zurück, ja?«

Macro beugte sich vor und blickte an seinem Freund vorbei Vellocatus an. »Was ist mit dir, Mann? Weshalb trinkst du nicht?«

»Ich beteilige mich nicht am Trinkspruch eines Mannes, der gegen meine Königin Ränke schmiedet«, entgegnete Vellocatus.

»Was, der?« Macro deutet auf Caratacus. »Der hat doch nichts mehr zu vermelden, mein Freund. Morgen um diese Zeit ist er mit uns zusammen unterwegs nach Viroconium. Der wird uns und euch keine Probleme mehr machen, das kannst du mir glauben. Soll er sich ruhig seines letzten Tages in Freiheit erfreuen, wie?«

Der Schildträger des Königingemahls schwieg und verschränkte die Arme, um seinem stillen Protest Nachdruck zu verleihen.

»Wie du willst.« Macro schenkte sich nach, ließ die Schultergelenke knacken und schaute sich um. Der Duft von gebratenem Fleisch breitete sich in der Halle aus, die von der durch den Eingang hereinscheinenden Abendsonne erhellt wurde. »Wo bleibt eigentlich die Königin?«

Wie als Antwort auf seine Frage trat eine Gestalt aus dem Halbdunkel am Rand des Saales hervor und schritt

anmutig aufs Podium. Stühle und Bänke wurden lautstark verrückt, und die Unterhaltungen erstarben. Cartimandua nahm Platz und musterte mit durchgedrück-
tem Rücken ihre Gäste. Dann hob sie die Hand und
forderte die Anwesenden zum Platznehmen auf. Abermals scharrten Stühle und Bänke über den Boden, und
die Unterhaltungen wurden fortgeführt. Die Lautstärke
schwoll langsam wieder an.

Es gab keine Vorrede, keine Belustigungen. Über-
gangslos wurden Tabletts mit zerteiltem Fleisch durch
die Seiteneingänge hereingetragen. Zuerst wurden die
am Ende der Halle Sitzenden bewirtet. Die Königin bekam als Letzte warmes Fleisch serviert, damit sie es als
Erste verzehren konnte. Macro knurrte beim Anblick
der glänzenden Fleischscheiben der Magen, und er leckte sich die Lippen.

Auf einmal erhob sich Venutius, hob die Arme und
übertönte den Lärm in der Halle.

»Was macht er da?«, fragte Cato. Er blickte nach
rechts und bemerkte, dass Cartimandua verwirrt war
über die Eigenmächtigkeit ihres Gemahls. »Was sagt er,
Vellocatus?«

Nach einer kurzen Pause übersetzte er. »Er verlangt,
angehört zu werden. Er möchte eine Ankündigung machen und sagt, die Götter hätten ihm ein Omen zuteil-
werden lassen. Sie hätten ihm kundgetan, dass sie Rom
verflucht hätten.«

»Verflucht?« Otho legte die Stirn in Falten. »Was soll
der Unsinn?«

Cato ahnte bereits, worauf das hinauslief. Die Königin zeigte mit dem Finger auf ihren Gemahl und sagte etwas in herrischem Ton. Venutius schüttelte höhnisch den Kopf. Ehe sie ihre Aufforderung wiederholen konnte, wandte er sich an den römischen Tribun und sprach ihn direkt an. Seine Stimme trug bis in die entferntesten Winkel der Halle. Während er sprach, stieß Cato Vellocatus heftig an.

»Was redet er?«

»Er sagt, Gouverneur Ostorius sei tot.«

Cato und Otho wechselten einen besorgten Blick, und Venutius setzte über den Tisch hinweg, kam herüber und brüllte sie an.

»Er will wissen, ob das wahr ist.«

»Scheiße«, knurrte Macro. »Er weiß es.«

»Wie kann das sein?«, Otho schüttelte den Kopf. »Wie hat er es herausgefunden?«

Venutius stützte die Hände auf den Tisch, und Poppea zuckte zusammen, als er seine Frage in drohendem Ton wiederholte.

Als die Antwort ausblieb, wandte Venutius der finster dreinblickenden Cartimandua den Rücken zu und sprach zum ganzen Saal.

»Er sagt, euer Schweigen beweist, dass er die Wahrheit gesagt hat. Das ist ein Zeichen der Götter. Es sagt uns, dass sie sich gegen Rom gewandt haben. Unsere Götter werden die Legionen vernichten, so wie sie deren General vernichtet haben.«

Die meisten Gäste der Königin wirkten entsetzt, doch einige nickten auch und lauschten Venutius mit einem aufmüpfigen Funkeln in den Augen.

»Er sagt, die Götter sind zornig, weil die Königin sich mit Rom verbündet hat. Sie hadern mit ihrer Entscheidung, Caratacus an den Gegner auszuliefern.«

»Wir müssen ihn zum Schweigen bringen«, sagte Macro und senkte die Hand auf den Schwertknauf. »Und zwar schnell.«

»Nein«, sagte Cato befehlend. »Wenn wir hier drinnen zu den Waffen greifen, sind wir tot.«

»Aber wir müssen irgendwas unternehmen. Wir können nicht zulassen, dass der Schuft die Leute aufwiegelt.«

Cato nickte und überlegte angestrengt. Er blickte Otho an, dessen Gesicht zu einer Maske des Entsetzens erstarrt war. Er holte tief Luft, erhob sich und brüllte aus vollem Hals:

»Genug! Es reicht! Hört mich an! Briganten, hört mich an!« Zu Vellocatus sagte er: »Übersetze, was ich sage. Den genauen Wortlaut.«

Der Edelmann nickte.

Venutius versuchte nicht, mit Cato zu wetteifern, sondern trat beiseite, verschränkte die Arme und lächelte kühl.

»Es ist wahr, General Ostorius ist tot. Doch das ist kein Zeichen der Götter. Er war alt und krank. In diesem Moment nimmt ein anderer Offizier seine Stellung ein. Die Legionen werden ihm ebenso loyal dienen, wie sie Ostorius gedient haben. Sie werden jeden Stamm vernichten, der sich ihnen entgegenstellt. Venutius lügt, wenn er behauptet, die Götter hätten uns verflucht.«

445

Als Vellocatus übersetzt hatte, drängte Venutius sich zwischen Cato und die übrigen Gäste. Mit triumphierendem Unterton wandte er sich erneut an seine Leute. Cato ließ den Blick schweifen und bedeutete Vellocatus, weiter zu dolmetschen.

»Er sagt, er kann beweisen, dass die Götter gegen Rom sind ...«

Venutius hielt inne und zeigte zum Eingang der Halle, deren Holzrahmen die untergehende Sonne in Flammen setzte. Eine hochgewachsene Gestalt in einem langen Gewand trat auf die Schwelle und breitete die Arme aus, eine schwarze Silhouette vor dem blutroten Himmel.

»Ein Druide«, sagte Cato. »Scheiße ...«

Der Neuankömmling hob mit sonorer, tiefer Stimme rhythmisch zu sprechen an. Es hörte sich an, als trage er einen Zauberspruch vor.

»Er sagt, er gehört dem Orden des Dunkelmonds an ...«

»O nein«, flüsterte Cato. Ein eiskalter Schauder lief ihm über den Rücken. Er hatte schon mit dem Orden zu tun gehabt und hätte die Begegnung so wie Macro fast mit dem Leben bezahlt. Dabei war ihm bewusst, dass der Auftritt sorgfältig geplant worden war. Selbst seinen Versuch, die Omen zu leugnen, auf die Venutius sich berief, hatte man von vornherein einkalkuliert. Die Einheimischen mochten dem Gemahl der Königin keinen vollen Glauben schenken, doch den Worten eines Druiden würden sie vertrauen. Cato blickte über den Tisch hinweg. Caratacus lächelte ihn an, während Vellocatus weiter dolmetschte.

»Der Druide sagt, Venutius spricht die Wahrheit. Er hat die Omen mit eigenen Augen gesehen. Der Tod des römischen Generals bedeutet, dass die Götter die Briganten dazu aufrufen, sich zu erheben und Caratacus' Beispiel zu folgen. Sie fordern, Krieg gegen die Römer zu führen. Er hat einen goldenen Adler geschaut, der in einem Meer von Römerblut ertrunken ist.«

Ehe der Druide fortfahren konnte, sprang Cartimandua auf und rief etwas. Sie musste die Stimme heben, und während sie eben noch melodisch geklungen hatte, tönte sie nun schrill. Der Druide verstummte angesichts ihres Ausbruchs, dann wandte sie ihren Zorn gegen ihren Gemahl, der ihr nach Kräften Paroli bot.

Vellocatus hatte aufgehört zu dolmetschen; die erbitterte Auseinandersetzung hatte ihn verstummen lassen.

»Was reden sie?«, fragte Otho, dann packte er ihn beim Arm und schüttelte ihn. »Übersetze, verflucht noch mal!«

Vellocatus blinzelte und nickte. »Sie sagt, er soll den Druiden wegschicken und Isurium auf der Stelle verlassen. Venutius weigert sich zu gehen. Er verlangt die Einberufung des Stammesrats, um über die Omen und Caratacus' geplante Auslieferung zu sprechen.«

Lautes Geschrei begleitete Venutius' Ausführungen, und immer mehr Gäste schlossen sich seinen Unterstützern an, während die übrigen besorgt auf die Königin schauten. Jemand erhob sich und schrie wütend auf die Anhänger des Venutius ein.

»Die Situation gerät außer Kontrolle«, sagte Macro. »Wir müssen Caratacus festnehmen und verschwinden, bevor es zu spät ist.«

»Es ist bereits zu spät«, entgegnete Cato. »Wenn wir Hand an ihn legen, sind wir so gut wie tot.«

Während das Geschrei anhielt, näherte Cartimandua sich ihren römischen Gästen und sagte auf Latein: »Ihr müsst gehen. Kehrt zu eurem Lager zurück. Ich kümmere mich darum.«

Otho schüttelte den Kopf. »Ohne Caratacus gehen wir nicht fort.«

Sie knirschte mit den Zähnen. »Bist du ein Narr, Römer? Ich sage, brecht sofort auf. Nehmt den Seitenausgang und eilt zu den Pferden.«

»Was wirst du tun?«, fragte Cato.

Cartimandua blickte zu ihrem Gemahl. »Ich lasse Venutius vor dem Rat sprechen. Anschließend verbanne ich ihn von meinem Hof und aus meinem Reich. Sollte er je wieder hier auftauchen, lasse ich ihn töten.«

»Und Caratacus?«

»Man wird ihn im Morgengrauen zu euch bringen. Darauf gebe ich euch mein Wort. Jetzt geht!«

Cato schaute Tribun Otho an, der widerwillig nickte, sich erhob und Poppea hochhalf. Dann eilte er mit ihr zu dem Seitenausgang, auf den Cartimandua gezeigt hatte. Cato und Macro folgten ihnen, wobei sie die Umstehenden im Auge behielten. Einige Anhänger des Venutius johlten und pfiffen. Draußen angelangt, eilten die Römer zum Tor der Hügelfeste. Otho hatte seiner Frau den Arm fürsorglich um die Schulter gelegt. Macro und Cato waren darauf vorbereitet, das Schwert zu ziehen, sobald es gefährlich würde. An der anderen Seite des Geländes warteten die Leibwächter, die das Gebrüll in der Halle aufgeschreckt hatte. Als Cato hochschaute, hatte sich der Horizont im Westen dunkelrot gefärbt. In der Höhe leuchtete am samtschwarzen Himmel die Mondsichel. Er schauderte bei dem Anblick, und ihm ging durch den Sinn, dass der Druide mit seinen Vorzeichen vielleicht doch richtig liegen könnte.

KAPITEL 28

Gleich nach seiner Ankunft im Lager befahl Otho den Männern seiner Kolonne anzutreten. Die Optios und Centurionen brüllten Befehle, und die Römer stolperten im verblassenden Abendlicht aus den Zelten, legten ihre Rüstungen an und formierten sich. Währenddessen nahmen die Oberoffiziere im Zelt des Tribuns an einer Besprechung teil. Othos Frau hatte sich in ihr Schlafquartier begeben und den Vorhang zugezogen, als könnte sie auf diese Weise die Gefahr aussperren, der sie sich ausgesetzt sah. Cato hatte Verständnis für ihre Ängste. Die Mission, die ihr Mann hatte durchführen sollen, war durch den Lauf der Ereignisse hinfällig geworden. Jetzt war nicht mehr auszuschließen, dass ihre Verbündeten sich gegen Rom würden aufwiegeln lassen. Die Aussicht, dass der mächtigste Stamm Britanniens einen so gerissenen und entschlossenen Gegner wie Caratacus unterstützen könnte, erfüllte Cato mit Sorge.

Und er war auch nicht der einzige Offizier, der diesen Ausgang der Auseinandersetzung fürchtete, die in der Hügelfeste oberhalb des Römerlagers zwischen Königin Cartimandua und ihrem Gemahl im Gange war. Eine düstere Stimmung senkte sich auf die römischen Offiziere herab, die um den Schreibtisch des Tribuns herum saßen. Otho hatte kurz die Ereignisse des Abends geschildert und gab seinen Offizieren nun Gelegenheit, die Lage zu bedenken. Er räusperte sich, damit Ruhe einkehrte, und fuhr fort.

»Wie sehen unsere Optionen aus, meine Herren?«

»Optionen?« Cato faltete die Hände. »Herr, wir wissen nicht, was dort oben vor sich geht. Wir können einstweilen nur hoffen, dass es Cartimandua gelingt, ihr Volk zu beruhigen. Wir sollten so lange, bis wir wissen, was dort vor sich geht, im Lager bleiben.«

Präfekt Horatius schüttelte den Kopf. »Dann könnte es zu spät sein. Wir können es uns nicht leisten, die Hände in den Schoß zu legen, Herr. Ich schlage vor, wir schicken der Königin zur Unterstützung eine Kohorte Legionäre. Sie können diejenigen festnehmen, die sich Cartimandua widersetzen, und Caratacus gefangen nehmen. Morgen ist alles vorbei. Die Ordnung ist wiederhergestellt, und niemand wird es mehr wagen, die Autorität der Königin in Zweifel zu ziehen.«

Otho nickte bedächtig, bevor er antwortete. »Glaubst du, eine Kohorte würde genügen? Wie wäre es, wenn wir zwei schicken würden? Da oben halten sich mehrere hundert Mann auf.«

Cato wurde das Herz schwer, als er dem Wortwechsel lauschte, und er zwang sich, die Besorgnisse auszusprechen, die ihn plagten. »Herr, wenn wir Soldaten zur Festung hochschicken, wird es zu Gewalttätigkeiten kommen. Es ist gleichgültig, von wem sie ausgehen – auf jeden Fall wird Blut vergossen werden. In dem Moment, da der Rest des Stammes erfährt, dass römische Soldaten Angehörige ihres Volkes getötet haben, werden sie sich ungeachtet des Hergangs gegen uns erheben. Damit spielen wir Venutius und Caratacus unmittelbar in die Hände. Sie werden das als Beleg dafür nehmen, was Rom mit den Briganten vorhat.«

»Nicht, wenn wir die beiden gleich als Erstes in Ketten legen«, entgegnete Horatius. »Wenn wir die Rädelsführer der antirömischen Fraktion festnehmen, können wir den Widerstand gegen Rom brechen.«

»Oder aber wir bringen auch noch den Rest des Stammes gegen uns auf«, entgegnete Cato. »Eines jedenfalls ist sicher: Ganz gleich, welche Differenzen die Fraktionen und Stämme des Briganten haben mögen, sie werden sie begraben und sich gegen uns wenden, sobald wir Gewalt gegen sie einsetzen. Außerdem wird man bei dem Mondschein sehen, dass die Römer gegen die Festung vorrücken. Venutius und Caratacus werden ausreichend Zeit zur Flucht haben.«

»Das stimmt, aber in diesem Fall werden sie mit eingezogenem Schwanz flüchten. Wir demonstrieren unsere Unterstützung für die Königin und stellen die Ordnung in Isurium wieder her.«

Cato verdrängte seine Erbitterung und zwang sich, in gelassenem Ton zu erwidern. »Das hätte nur zur Folge, dass sie machtlos erscheinen würde. In den Augen ihres Volkes wird sie wie eine römische Marionette dastehen. Damit hätte sie jegliche Autorität über ihr Volk verloren.« Er wandte sich an den Tribun. »Wir müssen Cartimandua Gelegenheit geben, die Lage aus eigener Kraft zu klären, Herr. Du hast selbst gesehen, dass sie eine starke Persönlichkeit ist. Vielleicht gelingt es ihr ja, sich der Unterstützung ihrer Edelleute zu versichern. Wir müssen ihr diese Möglichkeit geben.«

Otho legte die Stirn in Falten und durchdachte das Gehörte. »Du könntest recht haben, Präfekt Cato. Ein Eingreifen könnte gefährliche Folgen haben.«

Horatius schnaubte. »Und es könnte noch gefährlichere Folgen haben, wenn wir tatenlos abwarten, wie die Lage sich entwickelt, Herr. Ich sage, wir greifen ein.«

»Und ich sage, ich lasse mir die Optionen durch den Kopf gehen«, entgegnete Otho schroff. »Wir führen hier eine diplomatische Mission durch, Horatius, keinen Eroberungskrieg gegen Brigantia.«

Horatius kaute auf der Unterlippe und sagte nach kurzer Pause: »Wie du dich erinnern dürftest, Herr, hat der Legat gesagt, ich solle das Kommando übernehmen, falls es zu einem militärischen Eingreifen kommt.«

»Das ist bislang noch nicht der Fall«, protestierte Cato. »Ich sage, wir sollten abwarten, bis wir wissen, was da oben vor sich geht.«

»Und ich sage, wir dürfen nicht zulassen, dass die Lage außer Kontrolle gerät. Die Zeit zum Handeln ist gekommen.« Horatius schlug mit der Hand auf den Tisch. »Wenn Präfekt Cato nervös ist, kann er im Lager bei seinen Männern bleiben und den Tross bewachen. Darauf versteht er sich ja immerhin.«

Das war zu viel für Macro, und er beugte sich aufgebracht vor. »Es war Präfekt Cato, der die Schlacht gegen Caratacus gewonnen hat, falls du das vergessen haben solltest, Herr. Und viele unserer Männer sind nur dank seiner Geistesgegenwart und seines Mutes noch am Leben. Hätte er nicht eingegriffen, wären sie auf diesem beschissenen Hügel getötet worden.«

»Das streite ich gar nicht ab«, erwiderte Horatius. »Andererseits stecken wir nur wegen Cato überhaupt in dieser Lage. Hätte er Caratacus besser bewacht ...«

»Das reicht!«, rief Otho, »schweigt, meine Herren!«

In der angespannten Stille richtete Macro sich wieder auf und biss die Zähne zusammen. Horatius funkelte ihn zornig an, enthielt sich aber eines weiteren Kommentars.

»Präfekt Cato hat recht mit seinem Einwand, dass noch keine militärische Situation vorliegt. Ich bete zu Jupiter, dass es so bleiben möge. Solange wir nicht wissen, was geschehen ist, werden wir nichts unternehmen. Erst dann, aber keinen Moment eher, werde ich dir das Kommando über die Kolonne übergeben, Horatius. Hast du mich verstanden?«

»Ja, Herr.«

»Bis dahin verdoppeln wir die Wachen auf den Befestigungen. Die anderen Einheiten können abtreten. Sie können sich zwischen den Wachperioden hinter der Befestigung ausruhen. Horatius, Cato, ihr bleibt hier. Alle anderen sind entlassen.«

Als die Offiziere hinausgegangen waren, wartete Otho noch einen Moment, bis er sicher war, dass sich niemand mehr in Hörweite befand, dann wandte er sich zornig an seine beiden Untergebenen.

»Ich schwöre bei den Göttern, dass ich euch des Kommandos enthebe, wenn ihr noch einmal eine solche Szene macht. Ungeachtet der Anweisungen des Legaten für den Fall eines militärischen Eingreifens liegt dies durchaus in meiner Macht, Horatius. Ich wäre dir dankbar, wenn du dir das vergegenwärtigen würdest.«

»Ja, Herr«, bestätigte Horatius gepresst.

Cato hielt den Mund. Er ärgerte sich darüber, dass man ihn für die Auseinandersetzung mitverantwortlich machte. Dabei hatte er nur seine Pflicht getan, als er den Befehlshaber auf die Risiken eines militärischen Eingreifens hingewiesen hatte. Horatius' beleidigende Bemerkung über seinen Mut hatte ihn getroffen. Gleichwohl fixierte er ihn mit festem Blick.

»Du auch, Cato.«

»Ja, Herr«, sagte er mit ausdrucksloser Stimme, zornig darüber, dass ein jüngerer Mann ihn wie ein ungezogenes Kind behandelte.

»Dann wäre damit alles gesagt, meine Herren. Geht zu euren Einheiten. Morgen werden wir wissen, wer von euch beiden mit seiner Einschätzung recht hatte. Vielleicht sogar noch eher. Entlassen.«

Cato fand keinen Schlaf und verbrachte die ersten Nachtstunden im Holzturm über dem Haupttor. Macro leistete ihm eine Weile Gesellschaft und blickte mit ihm zur Hügelfeste. Fackeln brannten entlang der Palisade, und die Hüttendächer und das Dach der Halle waren erleuchtet. Flammen waren keine zu sehen, weshalb Cato vermutete, dass das Licht von Feuergruben stammte.

Kurz nach dem Wachwechsel um Mitternacht waren laute Rufe zu hören, dann wurde eine Zeit lang gesungen. Anschließend drangen keine Geräusche mehr aus der Feste. Vermutlich schliefen die Bewohner, nachdem sie sich an Wein, Bier und Fleisch gütlich getan hatten. Oder aber, dachte Cato, sie waren nüchtern geblieben und hatten vor, das römische Lager als Vorspiel zu einem ausgewachsenen Krieg gegen die Streitkräfte des Kaisers Claudius zu überfallen. Die Stammesleute der Siedlung am Fuße des Hügels schienen Catos böse Vorahnungen zu teilen. Kein Licht war zu sehen, und nichts regte sich inmitten der vom Mondschein trüb erhellten Hütten. Das einzige Lebenszeichen kam aus dem Römerlager, wo die Wachposten zwischen den Türmen und Türmchen entlang des Walls patrouillierten.

»Was geht dort vor, was glaubst du?«, fragte Macro leise.

Catos Schultern hoben sich, als er tief einatmete und seine Gedanken ordnete. »Ich weiß nicht mehr als du, Macro. Wir können nur hoffen, dass genug Stammesleute loyal zu Cartimandua stehen. Wenn Venutius die Macht an sich gerissen hat, stehen wir vor einem Krieg.«

»Dann wäre Isurium kein guter Ort für Römer.«

»Es wird eine Weile dauern, die Stämme zu alarmieren. Wir hätten ein paar Tage Zeit, die Situation in den Griff zu kriegen. Oder uns rechtzeitig in Sicherheit zu bringen, bevor Venutius uns eine größere Streitmacht hinterherschickt.«

Macro hob eine Braue. »Meinst du wirklich, wir sollten uns aus dem Staub machen?«

»Ich weiß nicht … Bevor wir uns zurückziehen, müssten wir versuchen, die Festung einzunehmen und Caratacus gefangen zu nehmen. Aber das wäre ein schwieriges und blutiges Unterfangen. Du hast die Befestigungen dort oben gesehen. Selbst wenn er nur halb so viele Kämpfer hat wie wir, könnte er uns so lange beschäftigen, bis Verstärkung eintrifft. Und die Männer dort oben sind die besten Stammeskrieger. Sie würden uns einen harten Kampf liefern.«

»Das haben sie schon mal getan, und es hat nicht viel genützt«, entgegnete Macro grinsend. Seine Zähne schimmerten im fahlen Mondlicht. »Jede Hügelfeste ist doch wie die andere.«

»Für die hier gilt das nicht.« Cato zeigte zu den Erdwällen hoch, die sich unterhalb der Palisade als dunkles Band um die Hügelkuppe herumzogen. »Die Böschungen sind höher und steiler als gewöhnlich. Es gibt praktisch nur einen einzigen Angriffsweg, und der wird durch die Außenschanze gedeckt. Und hinter den Befestigungen erwarten uns zu allem entschlossene Kämpfer.«

Macro ließ sich das durch den Kopf gehen. »Glaubst du, Horatius ist der Aufgabe gewachsen?«

»Keine Ahnung. Er ist jedenfalls kein zweiter Vespasian.«

»Wohl wahr.« Macro lachte leise. »Nach allem, was ich gehört habe, ist der Legat durch die Hügelfestungen durchmarschiert wie Fett durch eine Gans. Wenn er bei uns wäre, könnten wir es schaffen. Stattdessen haben wir einen Tribun, der noch feucht hinter den Ohren ist, und dessen Kindermädchen Horatius. Traurige Aussichten.«

Cato schürzte kurz die Lippen. »Vielleicht sind die beiden ja auch für eine Überraschung gut.«

»Vielleicht aber auch nicht.«

Cato lächelte. »Ich dachte, ich wäre der Schwarzseher von uns beiden.«

»Da sagst du was.« Macro klopfte seinem Freund lachend auf die Schulter. »Anscheinend hast du mich doch endlich zu deiner Sichtweise bekehrt.«

Cato zuckte mit den Schultern. »Was soll ich dazu sagen?«

»Am besten gar nichts.« Macro gähnte und reckte die Schultern. »Solange es noch ruhig ist, leg ich mich aufs Ohr. Könnte morgen hektisch werden.«

Der Centurio ging zur Rückseite des Turms, legte den Helm ab und öffnete die Schließe des Umhangs. Er faltete das Kleidungsstück zu einem kleinen Bündel zusammen, legte sich nieder und bettete den Kopf auf die weiche Unterlage. Eine Weile ging sein Atem flach und leise, dann fiel er in einen tiefen Schlaf. Cato lauschte lächelnd auf das wohlvertraute Grollen, das dem Schnarchen seines Freundes vorausging.

Dann bemerkte er im Augenwinkel ein flackerndes Licht und blickte zur Hügelfeste. Dicht unterhalb der Palisade stoben Funken. Auf dem grasbewachsenen Hang tauchte eine Lichtinsel auf, die gleich wieder verschwand. Weitere Fackeln beschrieben funkensprühend einen Bogen, dann prallten sie auf den Boden und loderten kurz auf. Diesmal machte Cato eine Gestalt aus, die den Hang herunterkletterte. Gleich darauf wurde die Szenerie erneut in Dunkelheit getaucht. Er kniff die Augen zusammen, spitzte die Ohren und vernahm leise Rufe, dann durchschnitt ein Hornsignal die nächtliche Stille und hallte von den umliegenden Hügeln wider.

Cato wandte den Kopf und rief über die Schulter hinweg: »Macro!«

Sein Freund regte sich, kehrte Cato den Rücken zu und murmelte etwas von einem Zelt. Cato eilte hinüber, bückte sich und rüttelte Macro heftig an der Schulter. »Wach auf, Centurio!«

Diesmal schlug Macro die Augen auf und blinzelte. Als er Catos besorgte Miene sah, wurde er vollends wach und richtete sich auf, den Helm in der Hand. »Was gibt es, Herr?«

»Jemand versucht aus der Festung zu fliehen. Sieht so aus, als käme er hierher. Begib dich mit einer halben Centurie unverzüglich zum Tor.«

Macro setzte den Helm auf, zog den Kinnriemen stramm, nickte und wandte sich zur Leiter. »Herhören, Leute! Erste Centurie, Vierte Kohorte! Auf die Beine!«

Als die am Fuße der Befestigung liegenden Gestalten sich regten, kehrte Cato an die Vorderseite des Turms zurück und beobachtete weiter das Geschehen vor der Hügelfeste. Mehrere Fackeln wanderten am Hang herunter, gehalten von Männern, die halb rennend, halb rutschend den Hang hinuntereilten. Weitere Fackeln bewegten sich an der Palisade entlang in Richtung Tor. Catos Herzschlag beschleunigte sich. Wie auch immer der Machtkampf zwischen Königin Cartimandua und ihrem Gemahl ausgegangen sein mochte, er hatte anscheinend kein friedliches Ende genommen.

Vielleicht war es eine Sinnestäuschung, doch Cato

meinte, in der dunkelgrauen Umgebung von Isurium Bewegung wahrzunehmen. Im nächsten Moment wurde die Ahnung zur Gewissheit. Eine Gestalt rannte aufs Römerlager zu. Er war versucht, Alarm zu geben und die ganze Kolonne in Bereitschaft zu versetzen. Doch es handelte sich um eine einzelne Person, und die Soldaten brauchten ihre Ruhe und mussten sich ihre Kräfte für morgen aufsparen.

Er legte die Hand um den Mund. »Macro?«

»Herr!« Die Antwort erfolgte vom Tor aus.

»Sind deine Männer bereit?«

»Gleich, Herr.«

»Gut. Warte am Tor.«

Der Läufer war nur noch eine Viertelmeile entfernt. Cato machte vor dem Hintergrund der klirrenden Rüstungen und der scharrenden Stiefel von Macros Männern ein neues Geräusch aus. Hufgetrappel. Es kam von der Siedlung, und im nächsten Moment erblickte er mehrere Reiter, die sich verteilten und der flüchtigen Person hinterhergaloppierten, entschlossen, sie vor Erreichen des Römerlagers einzuholen.

Cato eilte zur Rückseite des Turms und beugte sich über die Brüstung.

»Öffne das Tor!«, rief er Macro zu. »Jemand nähert sich von der Festung, verfolgt von Reitern. Geh raus und schaff den Mann ins Lager.«

Macro schaute zu ihm hoch. »Ja, Herr!«

Er blickte zur vordersten Reihe der Ersten Centurie seiner Kohorte. »Ihr habt gehört, was der Präfekt gesagt hat! Entriegelt das Tor!«

Dunkle Gestalten stürzten vor und hoben den schweren Balken aus den Halterungen. Dann öffnete sich mit
quietschenden Angeln das Tor. Macro gab einen knappen Befehl.

»Erste Centurie! Im Eilschritt ... marsch!«

KAPITEL 29

Die Stiefel polterten über den festgetrampelten Boden des schmalen Torwegs, über den Graben hinweg und in die Dunkelheit hinaus. Um das Gleichgewicht zu wahren, hielt Macro den Schild dicht an den Körper. Seine Rechte hing locker herab, denn noch gab es keinen Grund, das Schwert zu ziehen. Im Mondschein musterte er das vor ihm liegende Gelände, bis er die ihnen entgegeneilende Gestalt ausgemacht hatte. Er änderte die Richtung, dann sah er auch die sich nähernden Reiter. Das würde knapp werden. Er wurde stetig schneller und befahl seinen Männern, mit ihm Schritt zu halten. Die Reiter stellten für die Legionäre keine Bedrohung dar. Es waren zu wenige. Allerdings näherten sie sich in vollem Galopp, obwohl sie eventuelle Hindernisse in der Dunkelheit nicht sehen konnten. Er hörte die wilden Rufe, mit denen sie ihre Pferde antrieben, wie Jäger angesichts der Beute.

»Hier entlang!«, rief Macro. »Dort drüben!«

Die flüchtende Gestalt rannte geradewegs auf Macro zu. Hinter ihr galoppierten die Reiter, und jetzt konnte Macro auch erkennen, dass sie mit Speeren bewaffnet waren. Der vorderste Reiter senkte die Waffe und zielte damit.

»Schilde nach vorn! Keilformation!«, brüllte Macro,

schwenkte herum und riss das Schwert hervor, presste die flache Seite der Klinge an den Schildrand. Er wurde langsamer, damit die Männer der vorderen Reihe zu ihm aufschließen konnten, dann verteilten sich die Soldaten zu beiden Seiten, während sie weiter vorrückten.

Der Flüchtende blickte sich nach den Reitern um, die ihn fast eingeholt hatten. Verzweifelt zog er das Tempo an, um sich bei den Römern in Sicherheit zu bringen, doch Macro konnte erkennen, dass er es nicht schaffen würde.

»Fallen lassen! Auf den Boden!«, brüllte Macro, als der erste Reiter heranpreschte. Ob der Mann die Warnung verstanden hatte oder instinktiv handelte, war schwer zu sagen, jedenfalls warf er sich zur Seite und wälzte sich über den Boden. Der Reiter stach nach ihm, verfehlte ihn jedoch. Dann riss er sein Pferd herum und stürmte erneut auf die Römer zu. Das Pferd prallte mit der Brust gegen Macros Schild. Dann bäumte es sich auf, und der Reiter stach fluchend mit dem Speer zu. Die Eisenspitze glitt am gebogenen Schild ab; Macro drückte das Schwert nach oben und spürte, dass es auf Widerstand traf.

Dann war das Pferd weg, lief den anderen Reitern entgegen. Macro hielt Ausschau nach dem Mann, den sie gejagt hatten, und sah, wie sich eine große Gestalt aus dem Gras aufrichtete. Der Mann hatte langes Haar und hielt sich mit der Linken die rechte Schulter. Dann drängte er sich an Macro vorbei und brachte sich hinter der römischen Formation in Sicherheit. Ohne ihn eines Blickes zu würdigen, schloss Macro die Reihen und reckte den sich nähernden Reitern den Schild entgegen.

»Erste Centurie! Anhalten!«

Die Soldaten kamen mit knirschenden Stiefeln zum Stehen und blickten schwer atmend den Reitern entgegen. Im letzten Moment schwenkten die Reiter vor der Keilformation ab und stachen mit den Speeren nach den dunklen Gestalten der Legionäre. Eisen traf auf Holz, und die Messingbuckel der Schilde tönten wider, doch keiner der Männer wurde getroffen. Macro gliederte sich wieder in die Formation ein und befahl den Männern an den Flanken, zur Mitte aufzuschließen. Dann erst drehte er sich um und musterte den Mann, der kniend nach Atem rang.

»Alles in Ordnung?«

Der Mann blickte zu Macro auf, seine Gesichtszüge waren im Mondschein deutlich zu erkennen. Macro stutzte. »Bei den Göttern, Vellocatus!«

Der Edelmann nickte und rang nach Atem. »Euer Tribun … muss ihn sprechen … sofort.«

»Na schön.« Macro schob das Schwert in die Scheide und half dem Briten auf die Beine. Das Tuch, das er sich an die Schulter drückte, hatte einen dunklen Fleck. Macro geleitete ihn in die Mitte der Formation und gab ihm mit dem Schild Deckung. Die Reiter umkreisten weiterhin die kompakte Formation der Legionäre und suchten vergeblich nach einer Lücke im Wall der großen rechteckigen Schilde. Macro blickte sich zum Lager um und schätzte, dass es etwa zweihundert Schritte entfernt war. Ein Trompetensignal ertönte: Alarmbereitschaft für alle!

»Rückzug! Eins … zwei …«

Der Centurio gab das Tempo vor, und die Männer marschierten in Richtung Lager, mit Vellocatus in der Mitte der Formation. Als sie sich der Palisade näherten, kam eine Schwadron Reiter aus dem Tor hervor und galoppierte ihnen entgegen. Macro lächelte, als er die Fahne der Blutkrähen sah.

»Unsere Männer kommen gerade zur richtigen Zeit! Jetzt können sie uns eskortieren.«

Die einheimischen Reiter fielen zurück, als sie der Bedrohung ansichtig wurden. Einer wendete sein Pferd und hob den Speer. Mit einem wütenden Schrei schleuderte er seine Waffe auf Vellocatus. Macro warf sich auf das angepeilte Opfer, und beide Männer fielen zu Boden, während der Speer über ihre Köpfe hinwegflog, sich in den Schenkel eines der Legionäre bohrte und an der anderen Seite austrat. Der Römer taumelte, dann blickte er fassungslos auf den Schaft nieder, der sein Bein durchbohrt hatte.

Auf einen scharfen Befehl hin schwenkten die Reiter ab und ritten nach Isurium zurück. Der verwundete Legionär schob sein Schwert in die Scheide, legte den Schild auf den Boden und untersuchte die Verletzung mit zitternder Hand.

»Tragt ihn ins Lager und verbindet die Wunde«, befahl Macro. Im nächsten Moment zügelten die Reiter neben der Formation ihre Pferde, und Cato rief: »Alles in Ordnung, Macro?«

»Bestens, Herr.«

»Hast du den Mann geborgen?«

»Ich hab ihn. Es ist Vellocatus.«

Es entstand eine Pause, als Cato die Information verarbeitete. Er wurde von bösen Vorahnungen erfasst. »Bring ihn ins Lager. Ich rufe den Tribun. Ich glaube, ihm wird nicht gefallen, was unser Freund zu berichten hat.«

Der Wundarzt der Neunten Legion säuberte Vellocatus' Schulterverletzung, während der Dolmetscher den umstehenden Offizieren Bericht erstattete. Sie hatten sich am Tor versammelt, wo man auf Catos Befehl eine Feuerschale entzündet hatte, in deren Schein der Arzt seinen Patienten behandelte.

»Die Königin wurde gefangen genommen«, sagte Vellocatus verbittert. »Venutius hat sie einsperren lassen. Ihre Leibwächter wurden entwaffnet, und Venutius' Leute treiben alle zusammen, die Cartimandua ergeben waren. In einem Teil der Halle ist es zu Gewalttätigkeiten gekommen, aber ich konnte durch einen Nebenausgang flüchten. Ich wurde gleich entdeckt, und einer hat mich mit dem Messer verletzt, dann bin ich über die Mauer rüber und losgerannt. Ihr müsst helfen. Ihr müsst die Königin retten«, sagte er eindringlich.

Otho und die anderen wechselten besorgte Blicke, dann ergriff Cato das Wort. »Was genau ist passiert? Wir müssen das wissen, bevor wir etwas unternehmen.«

»Was könnte er uns erzählen, was wir nicht schon wissen?«, entgegnete Horatius. »Es ist ihr nicht gelungen, ihr Volk hinter sich zu scharen. Deshalb müssen wir reingehen und die Sache klären.«

»Moment«, sagte Cato. »Wir brauchen mehr Einzelheiten.«

Horatius schüttelte den Kopf. »Warum?«

»Weil das alles keinen Sinn ergibt.« Cato wandte sich an Otho. »Herr, gestern bei der Privataudienz hat Cartimandua gesagt, sie hätte ihr Volk bezahlt. Sie meinte, sie habe sich seine Loyalität erkauft. Erinnerst du dich?«

Der Tribun nickte. »Das stimmt. Da hat sie sich wohl geirrt.«

»In diesem Moment wirkte sie durchaus zuversichtlich. Und auch gestern in der Halle. Venutius' Unterstützer waren in der Minderheit. Dessen bin ich mir sicher.«

Otho überlegte. »Du hast recht. Worauf willst du hinaus?«

»Es gibt nur eine Möglichkeit, wie Venutius sich der Unterstützung für die Absetzung der Königin versichern konnte. Er hat mehr Geld geboten.«

»Das stimmt«, warf Vellocatus ein. »Das hat er getan. Silbermünzen für jeden Mann, der sich mit ihm zusammen gegen die Königin stellt.«

»Hat er ihnen die Münzen gezeigt?«, fragte Cato. »Hast du sie gesehen?«

Vellocatus nickte. »Einer seiner Männer hat eine Truhe hereingeschleppt. Voller Münzen.«

Horatius seufzte ungeduldig. »Ich verstehe nicht, was das soll. Das ändert doch nichts.«

Cato wandte sich zu ihm herum. »Aber woher hat er das Silber? Er muss über ein Vermögen verfügen. So viel kratzt man nicht mal eben zusammen, indem man bei den Unterstützern ein paar Spenden eintreibt.«

»Richtig«, sagte Horatius. »Woher hat er also das Geld?«

Cato blickte Macro an, ehe er antwortete. »Jemand von uns hat ihm geholfen. Ein Spion.«

Horatius musterte ihn entgeistert, dann lachte er schallend. »Ich bitte dich! Wir sollen einen Spion in unseren Reihen haben? Einen Einheimischen, der sich eingeschlichen hat und als Römer tarnt?«

»Ich habe nicht gesagt, dass der Mann ein Einheimischer ist.«

»Was dann? Etwa ein Römer? Einer von uns?«

»Genau das meine ich. Jemand, der Venutius dabei helfen sollte, die Königin abzusetzen und die Briganten dazu zu bringen, Caratacus zu unterstützen.«

Horatius schüttelte den Kopf und lächelte spöttisch. »Du solltest dich mal reden hören, Cato. Das ist doch absurd.«

»Präfekt Cato hat recht«, warf Macro ein. »Es gibt einen Spion in unserem Lager, und er hat den Auftrag, die Sicherheit der Provinz zu untergraben.«

Horatius und die anderen Offiziere musterten Macro überrascht. Horatius sog scharf den Atem ein. »Du auch? War da etwas in den Rationen, die ihr Burschen von der Trosseskorte verzehrt habt? Vielleicht die Pilze, auf die die Druiden so große Stücke halten?«

»Es ist wahr«, erwiderte Macro so gelassen, wie er es vermochte. »Der Präfekt und ich haben erfahren, dass es in Rom eine Gruppierung gibt, die Britannien aufgeben will. Der Spion arbeitet für sie.«

»Und weshalb hat man euch darin eingeweiht?«

»Weil wir in der Vergangenheit für die Gegner der erwähnten Gruppierung gearbeitet haben.«

Horatius runzelte die Stirn. »Wie bitte? Du und der Präfekt, ihr seid ebenfalls Spione?«

»Nein«, stellte Cato richtig, nachdem Macro mit der Wahrheit herausgeplatzt war. »Nicht mehr. Nicht, seitdem wir in die Provinz zurückgekehrt sind. Darauf gebe ich dir mein Wort. Wir wurden informiert, weil wir diese Pläne gegebenenfalls vereiteln sollen.«

Tribun Otho musterte ihn fassungslos. »Informiert? Wer hat euch informiert?«

Cato schüttelte den Kopf. »Das dürfen wir nicht sagen.«

»Pah!«, knurrte Horatius. »Kompletter Blödsinn, wie man es auch dreht und wendet. Außerdem ändert das nichts. Wir müssen dort raufgehen, Venutius und dessen Unterstützer festnehmen und Cartimandua wieder auf den Thron setzen.«

»Genau.« Vellocatus nickte. Er blickte Otho an, und der Wundarzt, der die Schulterverletzung des Briganten versorgte, musste eilig Nadel und Faden wegziehen. »Das müsst ihr tun. Ihr habt keine Wahl.«

Otho wich seinem Blick aus und überlegte. »Ich habe gerade mal zweitausend Männer unter meinem Kommando, und wir befinden uns mitten in einem Gebiet, das wir fortan als feindlich betrachten müssen. Abgesehen von den paar hundert Männern, die Venutius zur Verfügung stehen, werden sich binnen weniger Tage mehrere Zehntausend um seine Fahne scharen.« Er schaute hoch. »Meine Herren, soweit ich erkennen

469

kann, haben wir keine Wahl. Wir ziehen uns zurück. Unverzüglich.«

Es entstand ein verblüfftes Schweigen, dann sagte Vellocatus gequält: »Du willst deine Verbündete verraten? Du willst Cartimandua ihrem Schicksal überlassen? So achtet Rom also geschlossene Verträge?«

»Es tut mir leid«, erwiderte Otho. »Wir können nichts tun. Es wäre Selbstmord, wenn wir versuchen würden, sie zu retten. Ich bin nicht bereit, das Leben meiner Männer sinnlos zu opfern.«

Horatius musterte den Tribun verächtlich. »Sprichst du von deinen Soldaten oder von deiner Frau?«

Otho blickte ihn finster an. »Was willst du damit sagen?«

»Ich war von Anfang der Ansicht, du hättest deine Frau nicht mitnehmen sollen. Frauen haben bei einem solchen Feldzug nichts zu suchen.«

Macro nickte zustimmend.

»Das ist meine Entscheidung, Präfekt. Und ich führe hier das Kommando.«

»Nein, Herr. Nicht mehr. Die Anweisungen des Legaten sind eindeutig. Wenn es zu Kämpfen kommt, sollst du mir das Kommando übergeben.«

»Aber mit einem schnellen Rückzug können wir gewalttätige Auseinandersetzungen vermeiden.«

»Wir ziehen uns nicht zurück. Wir kämpfen. Und ich führe das Kommando. So lange, bis es vorbei ist.« Horatius lächelte ironisch und blickte sich zu den anderen Offizieren um. »Befehlsgemäß übernehme ich hiermit das Kommando von Tribun Otho. Hat jemand Einwände?«

Centurio Statillius schüttelte den Kopf, und Acer folgte seinem Beispiel. Horatius blickte Cato an. »Na?«

Obwohl auch er glaubte, dies sei der richtige Moment für einen Rettungsversuch, vergegenwärtigte er sich die Optionen. Ein Rückzug wäre möglich. Auf diese Weise würden sie ein Blutvergießen auf dem Hügel vermeiden, von dem nicht nur die Einheimischen, sondern auch die Römer betroffen wären. Aber es gab keine Garantie dafür, dass sie die Grenze erreichen würden, bevor Venutius und dessen Krieger sie einholten und zum Kampf zwangen. Sie könnten auch die Festung belagern, doch während sie darauf warteten, dass Venutius der Proviant ausging, könnte der Gegner auch Verstärkung herbeirufen und sie nach Isurium marschieren lassen. Nein, es gab nur eine logische Vorgehensweise. Sie mussten den Aufstand niederschlagen, bevor er sich ausbreitete, und Cartimandua wieder an die Macht bringen. Und das bedeutete, dass ein Kommandowechsel notwendig war.

»Ich habe keine Einwände.«

»Macro?«

»Ich auch nicht.«

Horatius nickte. »Dann wäre so weit alles geklärt. Ich führe das Kommando. Am frühen Morgen greifen wir an.«

»Weshalb warten, Herr?«, fragte Macro. »Wie wäre es, wenn wir im Schutz der Dunkelheit hochgehen würden? Wenn Venutius und Caratacus fliehen, bekommen wir sie nie zu fassen.«

»Nein, die werden in der Festung bleiben«, entgegnete Horatius. »Sie wähnen sich dort in Sicherheit. Allerdings würde es mich nicht wundern, wenn sie die umliegenden Stämme bereits angewiesen haben, sich so bald wie möglich in Isurium zu versammeln. Deshalb müssen wir die Angelegenheit morgen klären.«

Der Arzt hatte Vellocatus' Wunde genäht und legte ihm gerade einen Verband an. Der brigantische Schildträger erhob sich und verneigte sich vor Präfekt Horatius. »Ich danke dir, Herr.«

»Bedanke dich erst, wenn die Arbeit getan ist, junger Mann. Und ihr setzt eure Offiziere in Kenntnis und bereitet eure Männer auf den Angriff vor. Ich schlage vor, dass sie möglichst bald ihre Essensrationen bekommen und sich dann ausruhen. Eure Befehle bekommt ihr schnellstmöglich zugestellt.«

»Was ist mit mir?«, fragte Otho ruhig.

Horatius musterte ihn einen Moment, dann hob er die Schultern. »Du kannst tun und lassen, was du willst, Herr. Schließ dich uns an oder bleib mit der Bewachungseinheit im Lager bei deiner Frau. Die Entscheidung liegt bei dir.«

»Verstehe.«

»Das wäre dann alles. Ich bin im Hauptquartier, falls ich gebraucht werde.«

Horatius wandte sich an den Briganten. »Du kommst mit. Du musst mir die Anlage der Festung schildern, und ich will alles wissen, was für eine böse Überraschung sorgen könnte.«

Er ging, und Vellocatus beeilte sich, zu seinem neuen Vorgesetzten aufzuschließen. Die anderen standen in unbehaglichem Schweigen da und vermieden es, den

Tribun anzusehen. Otho räusperte sich, als wollte er etwas sagen. Dann besann er sich, wandte sich ab, schritt auf Horatius' Spuren langsam in die Nacht hinaus und begab sich zu seinem Zelt – und zu seiner Frau.

»Der arme Kerl«, sagte Macro. »Diese Schmach wird er niemals verwinden.«

»Schon möglich.« Cato kratzte sich am Kinn. »Oder aber er bekommt im Nachhinein recht. Es könnte auch schiefgehen, und dann würden wir bedauern, dass wir uns nicht rechtzeitig zurückgezogen haben.«

Macro sog scharf den Atem ein und zuckte mit den Schultern. »Nimm's mal positiv.«

»Positiv?«

»Klar.« Macro nickte. »Wenn der Tribun tatsächlich recht behält und alles geht wirklich schief, kann er uns hinterher wenigstens keinerlei Vorhaltungen mehr machen, oder?«

KAPITEL 30

Als die römischen Soldaten in die Siedlung einmarschierten, waren die meisten Bewohner geflohen. Es hatte sich herumgesprochen, dass Venutius die Macht übernommen hatte, und viele fürchteten ein Eingreifen der Römer. Eilig packten sie ein paar Wertsachen ein, geleiteten ihre Familien aus der Siedlung und brachten sich in den umliegenden Hügeln in Sicherheit, von wo aus sie die Ereignisse verfolgen konnten. Nur einige wenige waren geblieben, versteckten sich hinter verschlossenen Türen und beteten zu ihren Göttern, dass man sie nicht beachten möge.

Präfekt Horatius hatte die Reiter seiner Kohorte unter Tribun Othos Kommando als Lagerbewachung zurückgelassen, alle anderen Soldaten nahmen am Angriff auf die Festung teil. Vor ihm drang eine Gruppe von Soldaten vorsichtig in die Siedlung vor, hielt Ausschau nach Anzeichen für einen Hinterhalt und näherte sich durch die schmalen Gassen dem Weg, der den Hügel hinaufführte. Die Sonne war gerade erst aufgegangen, und zwischen den Hütten und Pferchen der Einheimischen lagen tiefe Schatten. Horatius ließ die Hauptkolonne vor der Siedlung anhalten und rief die Befehlshaber der Einheiten zu sich. Es war noch so kühl, dass ein Umhang angeraten war, und Cato musste ein Frösteln unterdrücken, als er zur Palisade am Hang hinaufschaute.

»Es gibt nur einen Weg nach oben«, begann Horatius. »Wir müssen das Haupttor angreifen.«

Ein paar Männer hatten im Laufe der Nacht einen passenden Baum gefällt und als Rammbock hergerichtet. Zwei Abteilungen Legionäre schleppten die schwere Last durch die Siedlung.

»Centurio Statillius, deine Kohorte führt den ersten Angriff oben am Weg durch. Eine Kohorte als Vorhut. Dann der Rammbock, und den Rest erledigen deine Männer.«

Statillius nickte.

»Du wirst dafür sorgen, dass die Männer, die den Rammbock schleppen, von ihren Kameraden gedeckt werden. Ich will die Ausfälle so gering wie möglich halten. Steig den Pfad so schnell wie möglich hoch, und brich das Haupttor auf. Deine Kohorte sollte ausreichen, um die Festung einzunehmen, aber Centurio Acers Männer stehen bereit, falls du Unterstützung brauchst. Bedauerlicherweise können wir euch nicht mit den Ballisten Deckung geben, denn der Hügel ist zu steil.«

»Wirklich schade«, bemerkte Macro. »Den Einheimischen behagt es nicht, wenn ihnen unsere Artillerie einheizt.«

»Das lässt sich nicht ändern. Wir müssen die Festung eben im Handstreich einnehmen. Römischer Mut und römischer Stahl werden genügen, um Venutius und dessen Unterstützer zu vernichten.« Horatius wandte sich an Cato. »Außerdem kommt es darauf an, dass niemand entkommt. Wenn Vellocatus über die Mauer flüchten konnte, können wir davon ausgehen, dass auch andere es versuchen werden. Wir müssen verhindern, dass die Rädelsführer oder Caratacus sich aus dem Staub machen. Das fällt in deine Verantwortlichkeit, Präfekt Cato. Die Blutkrähen verteilen sich rund um den Hügel und halten jeden auf, der den Hang herunterkommt. Verstanden?«

»Ja, Herr.«

»Gut. Dann weiß jeder, was er zu tun hat. Der Angriff beginnt, sobald die Siebte Kohorte sich am Fuße des Hügels formiert hat.« Er blickte in die Runde und schloss zuversichtlich: »Viel Glück, meine Herren. Tut eure Pflicht, dann ist bis Mittag alles vorbei. Entlassen.«

Die anderen Offiziere salutierten und begaben sich zu ihren Einheiten. Cato schritt neben Macro an der Legionärskolonne entlang. Macros Kohorte stand am Ende, unmittelbar vor den Hilfssoldaten von Horatius' Einheit. Die Blutkrähen hatten sich bei den Pferden am Ende der Kolonne postiert.

»Was hältst du davon?«, fragte Cato.

»Wovon?«

»Vom Plan des Präfekten.«

Macro schürzte die Lippen. »Hört sich ganz einfach an.«

»Genau das ist das Problem.«

Macro seufzte. »Manchmal ist die einfachste Lösung auch die beste.«

»Stimmt«, sagte Cato. »Aber nicht in diesem Fall. Ein Frontalangriff wird einen hohen Blutzoll fordern. Wenn wir das Haupttor direkt angreifen, lassen sich schwere Verluste nicht vermeiden.« Er deutete auf die vorgelagerte Bastion, um die der Weg herumbog, bevor er sich dem Graben und dem Tor der Festung näherte. Die Palisade war bereits mit zahlreichen Kriegern bemannt, die auf die römischen Soldaten warteten. »Damit sollten wir uns zuerst befassen, bevor wir den Rammbock zum Einsatz bringen.«

Macro musterte den imposanten Erdwall. »Das würde auch zu lange dauern. Horatius hat recht, wir müssen das so schnell wie möglich hinter uns bringen, auch wenn wir dabei ein paar mehr Leute verlieren.« Er lächelte grimmig. »Hügel einzunehmen ist anscheinend neuerdings unsere Spezialität.«

Cato schwieg einen Moment und vergegenwärtigte sich die Risiken des bevorstehenden Angriffs. »Dann können wir nur hoffen, dass sich das Blutbad, das wir bei den Silurern erlebt haben, nicht wiederholt.«

»Amen, Bruder.«

Sie marschierten weiter an der Kolonne entlang, bis sie die Standarte an der Spitze von Macros Kohorte erreicht hatten. Cato streckte die Hand aus, und sie verschränkten die Arme.

»Pass gut auf dich auf, Macro. Wenn du den Hügel hochmusst, wird es eng werden.«

»Wenn ich den Hügel hochmuss, hat Horatius es spektakulär vermasselt. Das wird nicht passieren. Pass du nur auf, dass dir keiner dieser Schufte entwischt.«

»Caratacus wird kein zweites Mal entkommen. Das gelobe ich, bei den Göttern.«

»Ich an deiner Stelle würde sie nicht herausfordern. Die Götter treiben ihren Spaß mit uns beiden. Das ist mir inzwischen klar.«

Cato lachte. »In Ordnung. Wir sehen uns später in der Festung.«

Sie wandten sich voneinander ab, und Cato ging zu den wartenden Berittenen. Als er sich in den Sattel geschwungen und den Befehl zum Aufsitzen gegeben hatte, brachte die Morgensonne die Helme der Siebten Kohorte, die sich auf dem Hügelweg zu Centurien formierte, zum Funkeln. Über ihnen, in der Außenbastion, stiegen dünne Rauchfahnen in den wolkenlosen Himmel, während die Verteidiger sich darauf vorbereiteten, den Angriff abzuwehren.

»Decurio Miro!«

»Herr!«

Cato zeigte zum Hügel. »Ich möchte, dass unsere Männer in kurzer Entfernung vom Fuße des Hügels in Stellung gehen. Zwei Männer alle fünfzig Schritte sollten reichen. Ich behalte eine Schwadron rechts von der Siedlung in Reserve. Wir dürfen niemanden durchlassen. Und wir machen Gefangene. Wir töten die Flüchtenden nur, wenn es nötig ist. Wir müssen Caratacus lebendig fangen.« Cato riss das Pferd herum und hob die Stimme. »Ihr alle kennt Caratacus. Diesmal darf er uns nicht entkommen. Der Mann, der ihn gefangen nimmt, bekommt von mir hundert Dinare. Und es gibt zehn Dinare für jeden Gefangenen.«

Als er ihre leuchtenden Gesichter sah, wusste er, dass er sich auf sie verlassen konnte, auf Thraker und Ersatzleute gleichermaßen. Sie würden ihre Pflicht tun und für ihn kämpfen, zumal es jetzt auch noch um Geld ging. Cato hatte keine Sorge, zahlungsunfähig zu werden. Er würde die Soldaten mit den Erlösen bezahlen, die er mit dem Verkauf der Gefangenen an die in Viroconium wartenden Sklavenhändler erzielen würde.

»Zweite Thrakische! Vorrücken!«

Er trieb sein Pferd zu langsamer Gangart an und führte die Kohorte durchs kniehohe Gras in Richtung Hügel. Die vorderste Schwadron ließ er in kurzer Entfernung von den nächsten Hütten anhalten und wies Miro an, die übrigen Männer um den Hang herum zu verteilen. Weiter vorn machte er die letzten Legionäre der Siebten Kohorte aus, die als dicht gepackte Kolonne über den Weg vorrückten. Vorn lag der Rammbock auf dem Boden, jeweils acht Mann standen an beiden Seiten bereit, den Schild auf den Rücken geschnallt. Sie hatten die undankbare Aufgabe, den schweren Rammbock auf den Hügel zu schleppen und das Tor aufzubrechen. Währenddessen würden sie von den Verteidigern attackiert werden und mussten sich darauf verlassen, dass ihre Kameraden sie nach Kräften abschirmen würden.

Cato vernahm das Rumpeln von Rädern. Er wandte sich um und erblickte Septimus auf dem Bock seines Karrens, der sich vom Lager her näherte. Der kaiserliche Agent winkte und hielt neben Catos Schwadron an.

»Einen wunderschönen guten Morgen, Präfekt!«

»Was führt dich her, Hipparchus?«

»Das Geschäft, Herr, was sonst?« Er deutete auf die Legionäre. »Das wird heute ein heißer Kampf. Die Männer werden Erfrischungen brauchen, und was gibt es da Besseres als einen Becher meines edlen Weins? Außerdem kann ich mir so alles aus der Nähe anschauen«, setzte er vielsagend hinzu. »Wer weiß, was ein einfacher Zivilist heute so alles lernen kann.«

Ein Horn verkündete den Beginn des Angriffs, und beide Männer blickten zur Siebten Kohorte hinüber, als die Centurie an der Spitze vorrückte.

»Ich mache mich mal davon, Herr.« Septimus berührte die Stirn mit den Fingerknöcheln und trieb seine Maultiere mit der Peitsche an. Der Karren rumpelte davon und verschwand in der Siedlung. Cato saß steif und müde im Sattel. Er hatte in der Nacht nicht geschlafen und konnte vor Erschöpfung nicht klar denken. Offenbar hatten Septimus und dessen Herr recht gehabt, und es gab tatsächlich Verräter, die es darauf angelegt hatten, die römischen Ambitionen in Britannien zu vereiteln. Sollten sie Caratacus lebend gefangen nehmen, würde man ihn nach Rom bringen und dazu zwingen, die Identität der Römer preiszugeben, die ihn im Geheimen unterstützt hatten.

So stark und zäh Caratacus war, hatte Cato doch keinen Zweifel daran, dass die erfahrenen Folterknechte des kaiserlichen Sekretärs den gegnerischen König zum Reden bringen würden. Er würde alles ausplaudern, was er wusste, und dann würde man sich auf diskrete Weise derer annehmen, die sich gegen Kaiser Claudius verschworen hatten. Für sie wäre es besser, wenn Caratacus heute im Kampf gegen seine römischen Gegner seinen letzten Atemzug täte. Dieses Schicksal hat er eher verdient, als von Narcissus' Schergen gebrochen zu werden, dachte Cato. Schließlich hatte er für die Freiheit seines Volkes gekämpft. Er hatte weitergekämpft, während unbedeutendere Könige sich Rom unterworfen oder sich mit römischem Geld hatten bestechen lassen und zu Schoßhündchen des Kaisers geworden waren. Caratacus hatte etwas von einem Helden, und Cato wünschte ihm ein besseres Ende, als in einem dunklen, feuchten Verlies des Kaiserpalasts zu verrecken.

Ein dunkler Fleck beschrieb einen Bogen durch die Luft. Der Brandpfeil erreichte den Zenit seiner Flugbahn, dann stürzte er auf die vorderen Reihen der Siebten Kohorte nieder. Dies war das Signal für die Bogenschützen der Bastion, den Hang mit einem Sperrfeuer von Pfeilen einzudecken, die gegen die roten Schilde der Legionäre prallten. Einige blieben im Holz stecken, was an die Härchen auf dem Rücken eines langen, schuppigen Insekts erinnerte, als die Kohorte die erste Biegung des Weges nahm, der sich zur Festung hochschlängelte.

Der erste Mann scherte aus, gleich nachdem die Legionäre auf die nächste Gerade eingebogen waren. Aus seinem Bein ragte ein Pfeilschaft hervor. Der Mann humpelte zur Seite und brachte sich mit erhobenem Schild über den grasbewachsenen Hang in Sicherheit. Kurz darauf wurde einer der Männer getroffen, die den Rammbock schleppten; unter dem Wangenschutz durchbohrte ein Pfeil seinen Hals. Er brach zusammen, und ein Optio befahl, ihn zu ersetzen, dann wurde der Verletzte an den Wegrand geschleift.

Die Kohorte bog um die nächste Kehre und marschierte nun unmittelbar unterhalb der Außenbastion her. Flammen flackerten, und Rauch wirbelte empor, als die Verteidiger mit Mistgabeln schwere Reisigbündel über die Brüstung schleuderten. Die Reisigbündel loderten im Flug auf. Infolge der starken Steigung platzten sie beim Aufprall nicht auseinander, sondern rollten den Hang hinunter zur exponierten rechten Flanke der römischen Soldaten. Die Kolonne hielt an, und die Legionäre versuchten, den mit Pech getränkten brennenden Holzbündeln auszuweichen. Eine komplette Reihe von Soldaten wurde umgeworfen, und als einer sich wieder aufrichtete, brannte seine Tunika. Er ließ den Schild fallen und schlug nach den Flammen, während seine Kameraden zurückwichen. Er wurde von einem Pfeil getroffen und gleich darauf von einem zweiten, taumelte zur Seite und rollte den Hang hinunter, während er sich verzweifelt bemühte, die Flammen zu löschen.

Weitere Männer wurden von den brennenden Bündeln umgeworfen und versengt, dann befahlen die Optios und Centurionen den Männern an der rechten Seite, den Schild in die andere Hand zu nehmen. Ein Trupp eilte nach vorn, um die Männer am Rammbock zu decken, von denen bislang drei Verbrennungen davongetragen hatten oder von Pfeilen getroffen worden waren. Unter dem unablässigen Bombardement von Pfeilen, Steinen, Speeren und brennenden Reisigbündeln rückte die Kolonne langsam wieder vor.

Cato beobachtete mit wachsender Verzweiflung, wie

immer mehr Legionäre getroffen wurden. Der Hang unterhalb des Weges war übersät von den funkelnden Rüstungen und roten Tuniken der Verwundeten, die sich am Fuße des Hügels in Sicherheit zu bringen suchten. Über ihnen auf der Palisade der Bastion wimmelte es von brigantischen Kriegern, und mehrere Hundert von ihnen säumten die Befestigungen der eigentlichen Feste und feuerten ihre Kameraden an. Die römischen Einheiten, die schweigend dem Vormarsch der Siebten Kohorte zuschauten, konnten ihr Geschrei deutlich hören. Schließlich bogen die Überlebenden der vorderen Kohorte um die letzte Kehre, näherten sich dem Haupttor und verschwanden aus Catos Blickfeld. Der Rammbock folgte, während Cato überlegte, wie viele der ursprünglichen Träger wohl noch am Leben sein mochten. Die Centurien rückten nach, wurden immer langsamer und kamen schließlich zum Stehen.

Weiter unten am Hang funkelte etwas auf. Ein Offizier galoppierte den Weg hoch. Cato erkannte Horatius. Der Präfekt wurde langsamer, als er an den ersten Gefallenen vorbeikam, und als er das Ende der Kolonne erreichte, kam er nur noch im Schritttempo voran. Er zog das Schwert, reckte es hoch in die Luft, ruckte damit nach vorn und feuerte seine Männer an, als er an ihnen vorbei zur Spitze der Kolonne ritt. An der letzten Kehre verschwand er unvermittelt. Cato kniff die Augen zusammen, doch er sah weder den Helmbusch noch das Pferd. Dann tauchte das Tier wieder auf. Reiterlos und blutüberströmt galoppierte es den Hang herunter. Die Legionäre begannen zurückzuweichen.

Cato wurde bleischwer ums Herz, als er den Rückzug beobachtete. Der Rammbock war nicht zu sehen, lag vermutlich irgendwo in der Todeszone zwischen Festung und Bastion, und die Träger, die endlich den Schild losschnallen und sich vor den herabregnenden Wurfgeschossen schützen konnten, flohen zusammen mit ihren Kameraden. Weitere Männer stürzten, und den Glücklicheren unter ihnen halfen ihre Kameraden auf die Beine und stützten sie, während sich die Siebte Kohorte über den Weg zurückzog und nach und nach außer Reichweite der Steine, der Speere und schließlich auch der Pfeile gelangte. Triumphgebrüll stieg aus den Kehlen der Briganten empor, als sie die Toten und weggeworfenen Waffen unterhalb der Festung gewahrten. Mehrere Reisigbündel brannten noch am Ende der versengten Bahnen, die sie auf dem Hang gezogen hatten. Einige Verwundete versuchten sich kriechend in Sicherheit zu bringen, bevor der Gegner auf sie aufmerksam wurde.

Cato schüttelte verzweifelt den Kopf. Der Angriff war gescheitert, genau wie er befürchtet hatte, und Horatius hatte sich anscheinend in Gefahr begeben und war vom Pferd gestürzt. Die Siebte Kohorte hatte schwere Verluste erlitten und würde vor einem weiteren solchen Angriff zurückscheuen, genau wie der Rest der Kolonne, der ihre Niederlage mit angesehen hatte.

»Und was nun?«, sagte jemand hinter Cato. Er wandte den Kopf und erblickte Thraxis, der den Kopf schüttelte. »Eine verdammte Verschwendung war das.«

Cato war versucht, seine eigenen Zweifel mit ihm zu teilen. Dann aber sagte er sich, es sei falsch, die Autorität eines anderen Offiziers in Gegenwart eines Untergebenen zu untergraben. Stattdessen knurrte er: »Ruhe dahinten!«

Er blickte wieder nach vorn und fragte sich, wie es wohl weitergehen würde. Wenn Horatius die Siedlung erreichte, würde er seine Wunden versorgen lassen und seinen Plan überdenken. Cato hoffte, dass er etwas anderes probieren würde. Die Bastion hatte Priorität. Solange sie nicht geschwächt war, würden die Römer kaum das Tor der Festung erreichen, geschweige denn, es aufbrechen können, ohne schwere Verluste zu erleiden.

Cato überdachte noch immer die Lage, als ein Reiter aus der Siedlung hervorkam und auf die Schwadron der Blutkrähen zuritt. Kurz darauf zügelte der Adjutant des Hauptquartiers sein Pferd und salutierte.

»Centurio Macro lässt grüßen, Herr«, sagte er schwer atmend. »Präfekt Horatius ist tot.«

»Tot?«

Der Adjutant nickte. »Wurde von einer Steinschleuder getötet, Herr. Hat ihn mitten ins Gesicht getroffen. Sein Leichnam wurde eben heruntergebracht. Centurio Macro hat mir aufgetragen, dich zu informieren.«

»Verstehe.«

»Noch etwas, Herr … Centurio Macro lässt dir mitteilen, dass du jetzt das Kommando führst.«

Cato erstarrte. Natürlich. Sein Freund hatte recht. Er war der Nächste in der Kommandokette, die Verantwortlichkeit ging also auf ihn über. Er wandte sich im Sattel zu Thraxis um. »Reite zu Decurio Miro, und sag ihm, er soll hier übernehmen. Sag ihm, was passiert ist und dass ich in der Siedlung bin.«

»Ja, Herr!« Thraxis salutierte, gab seinem Pferd die Sporen und galoppierte um den Hügel herum.

Cato wandte sich wieder an den Adjutanten. »Dann mal los.«

KAPITEL 31

B löder Idiot«, brummte Macro, als sie auf den Leichnam des Präfekten Horatius niedersahen, den man
in einer Hütte aufgebahrt hatte. Er und Cato waren allein mit dem Toten und dem Arzt, der Horatius' Verletzung behandelt hatte. Der Präfekt trug noch seine
Rüstung, den Helm hatte man ihm abgenommen, doch
selbst so hätte auch sein bester Freund Mühe gehabt, ihn
wiederzuerkennen. Der Stein hatte ihn rechts vom Nasenrücken getroffen, den Knorpel zerquetscht, die Stirn
zerschmettert und war durchs Auge ins Gehirn eingedrungen. Zurückgeblieben war ein Krater aus Knochen,
zerfetztem Fleisch und Blut, der Horatius' Gesicht zur
Unkenntlichkeit entstellte. Neben ihm lag Centurio Statillius am Boden. Ebenfalls tot. Ein Pfeil hatte die Ar-
terie des Oberschenkels durchtrennt. Er war verblutet,
ehe die Männer, die ihn schleppten, die Siedlung erreicht
hatten.

»Was hat Horatius eigentlich da oben auf dem Hügel
gemacht?«

Macro erinnerte sich. »Er hat gesehen, dass der Vormarsch der Kohorte ins Stocken geriet, und die Geduld
verloren. Ich habe versucht, es ihm auszureden. Aber er
hat sich ein Pferd geschnappt und ist hochgaloppiert.
Hat rausgestochen wie ein steifer Daumen. Jeder Einge-

487

borene, der etwas taugt, hat auf ihn gezielt. Ein Wunder, dass er überhaupt so weit gekommen ist.« Macro ließ die Fingergelenke knacken. »Aber alles in allem hat's auch sein Gutes ...«

»Will meinen?«

»Jetzt führt wenigstens jemand das Kommando, der seine Sache versteht.« Macro reckte das Kinn. »Wie lauten deine Befehle, Herr?«

Cato hatte auf dem Herweg wenig Zeit gehabt, die Lage zu durchdenken. Eilig sammelte er seine Gedanken. »Erst mal kümmern wir uns um die Verwundeten. Wer kann, soll aus eigener Kraft ins Lager gehen. Die Übrigen sammeln wir mit Karren ein. Und die Ballisten sollen vorrücken.«

»Wofür brauchen wir die? In der Hinsicht hatte Horatius recht. Der Hang ist zu steil, um sie einzusetzen.«

»Von hier unten aus schon«, räumte Cato ein. »Die Leute sollen die Ballisten auseinandernehmen und nach vorn verlagern. Sie werden uns gute Dienste leisten.«

Macro runzelte die Stirn, doch Cato fuhr fort, ehe sein Freund Einwände erheben konnte. »Außerdem brauche ich aus dem Lager Äxte und Schaufeln, ausreichend für zehn Mann. Und so viele Steinschleudern, wie wir haben. Ich werde für die Achte Kohorte einen neuen Kommandanten bestimmen. Acer soll sich um die Siebte kümmern, bis das vorbei ist. Sie werden ein wenig Zeit brauchen, um den herben Rückschlag zu verdauen. Deine Kohorte geht als nächste den Hügel hoch.«

»Wir sind unterbesetzt. Wir verfügen über noch weniger Männer als die Siebte. Aber das sind zähe Burschen.« Er musterte Cato unverwandt. »Wir sind bereit, Herr. Auf deinen Befehl.«

Cato lächelte. »Alles zu seiner Zeit, Macro. Wir müssen erst ein paar Vorbereitungen treffen.« Er wandte sich an den Wundarzt. »Lass Statillius und Horatius ins Lager bringen, und kümmere dich dann um die Verwundeten.«

»Ja, Herr.« Der Arzt salutierte.

Cato und Macro traten aus der Hütte in den Sonnenschein hinaus. Es war Vormittag und ein warmer, wolkenloser Tag. Beiderseits der Straße lagerten Verwundete. Viele lagen am Boden, andere saßen oder standen mit gequälter Miene da und warteten darauf, versorgt zu werden.

»Macro, du gehst ins Lager zurück und setzt meine Anweisungen um. Wenn du die Ausrüstung beisammen hast, kommst du gleich wieder her.«

Macro salutierte und entfernte sich. Cato bahnte sich einen Weg durch die Verwundeten zur anderen Seite des Dorfes, die der Festung zugewandt war. Macros Kohorte und die Achte lagerten auf offenem Gelände und warteten auf Befehle. Als ihr neuer Kommandant sich näherte, blickten sie ihm erwartungsvoll entgegen, doch als er stehen blieb und zur Bastion schaute, setzten sie ihre leisen Unterhaltungen fort.

Cato musterte die Bastion eingehend und bemerkte, dass die Palisade an der vom Torweg am weitesten entfernten Seite am niedrigsten war. Entweder hatten die Erbauer der Festung unterschiedlich lange Pfähle verwendet, oder der Boden hatte nach Fertigstellung nachgegeben, überlegte Cato. Wenn das der Fall war, kam es seinem Plan entgegen. Zumindest dessen erstem Schritt. Es würde trotzdem einen heftigen Kampf um die Bastion geben, aber wenn sie eingenommen wäre, würde die Festung rasch fallen. Alles hing davon ab, dass sie die Außenbefestigung einnahmen. Es würde gefährlich werden, und die Offiziere müssten den Männern mutig ein Beispiel geben. Er lächelte grimmig. Eine Aufgabe, wie geschaffen für ihn selbst und Macro.

Gegen Mittag lag die Ausrüstung bereit, und die Männer waren instruiert worden. Die Hilfssoldaten hatten sich in Zweiergruppen formiert. Ein Mann gab sich und seinem Kameraden mit einem Schild Deckung, der andere war mit Schleuder und einem Beutel mit Steinen bewaffnet. Sie gingen bereits am Hang in Stellung, um der von Cato angeführten kleinen Streitmacht Deckung zu geben. Zwei Abteilungen von Macros Kohorte schleppten Werkzeug und Seile, der Rest der Ersten Centurie nahm Schildkrötenformation ein.

Cato musterte ein letztes Mal die um ihn versammelten Männer. »Denkt dran, wenn wir die Bastion erreicht haben, müssen wir schnell vorgehen. Sie werden alles auf uns werfen, was sie haben. Ich will keinen einzigen Mann unnötigerweise verlieren.«

Er wandte sich an den Obercenturio, den er als Anführer der Achten Kohorte ausgewählt hatte. Lebauscus war ein großer, breiter Mann, der die anderen überragte. Seine germanische Herkunft war offensichtlich. Er hatte blondes Haar, ein kantiges Kinn und stechend blaue Augen.

»Wenn ich das Zeichen gebe, gehst du mit deinen Männern im Eilschritt den Hang hoch. Ihr lasst euch durch nichts aus der Ruhe bringen. Ihr haltet erst an, wenn wir jeden einzelnen Bastard in der Bastion niedergemacht haben.«

Lebauscus grinste. »Du kannst dich auf mich verlassen, Herr. Und auf die die ganze Mannschaft. Wir werden dich nicht enttäuschen.«

»Das höre ich gern.« Cato fasste den letzten Offizier in den Blick, der bei dem bevorstehenden Angriff eine wichtige Rolle übernehmen sollte. »Acer, deine Leute folgen der Achten, sobald sie sich in Bewegung setzt. Ich möchte, dass die Ballisten in dem Moment aufgebaut werden, wenn wir die Bastion eingenommen haben. Auch die Munition muss bereit sein. Wir schalten die Verteidiger des Tors aus, ehe sie auch nur begriffen haben, wie ihnen geschieht.« Er hielt inne und wandte sich an alle. »Ich möchte, dass das schnell und blutig vonstattengeht. Am Ende des Tages werden die Einheimischen hier erleben, wie schnell die römische Armee sie in die Knie zwingen kann. Ich möchte, dass sich das bei den Briganten herumspricht. Sie sollen wissen, was ihnen blüht, sollten sie je daran denken, uns noch einmal Ärger zu machen. Noch ein Letztes: Caratacus. Wir müssen ihn lebend fangen. Verwundet ihn, wenn es nötig ist, aber die Götter mögen dem Mann gnädig sein, der dadurch Ruhm zu erwerben sucht, dass er Caratacus das Leben nimmt. Den beansprucht der Kaiser für sich selbst. Noch Fragen?«

Die für die Unternehmung ausgewählten Offiziere und Soldaten erwiderten schweigend seinen Blick.

»Gut.« Cato klatschte in die Hände. »Dann packen wir's an, meine Herren!«

Acer und Lebauscus gingen zu ihren Einheiten. Cato löste die Schließe seines Umhangs und ließ ihn von den Schultern gleiten. Er fing ihn auf, bevor er zu Boden fiel, und faltete ihn sorgfältig, dann lächelte er und klopfte auf den Stoff. »Den hat mir Julia vor der Abreise aus Rom geschenkt.«

»Dann wird sie sich freuen, dass er dir gute Dienste geleistet hat«, sagte Macro einfühlsam. »Und sie wird froh sein, wenn du ihn bei der Rückkehr trägst.«

»Ja.«

Es entstand eine kurze Pause, dann sagte Macro: »Hör mal, du brauchst das nicht zu tun. Ich komme schon klar.«

Cato schüttelte den Kopf. »Es macht mir nichts aus, mir die Hände schmutzig zu machen.«

»Das weiß ich.« Macros Gesichtsausdruck wurde ernst. »Ich frage mich nur, was mit uns passiert, falls du getötet wirst. Wir haben bereits zwei höhere Offiziere verloren. Wenn's dich erwischt, müssen ich oder Otho das durchziehen oder die ganze Meute über die Grenze zurückbringen. Ich bin mir nicht sicher, ob wir dafür geeignet sind.«

»Das schafft ihr schon. Außerdem habe ich die Befehle ausgegeben. Die Männer erwarten, dass ich sie anführe. Was würden sie von mir denken, wenn ich jetzt kneife? Ich muss dort raufgehen.«

Macro blies die Wangen auf und nickte. »Na schön. Aber zieh den Kopf ein.«

Cato merkte, dass er verschwitzte Hände hatte. Er bückte sich, hob etwas Dreck auf und verrieb ihn zwischen den Handflächen, um die Feuchtigkeit loszuwerden. Dann nahm er eine Axt und eine Seilrolle, holte tief Luft und lockerte die Schultern. »Bringen wir's hinter uns.«

Sie gingen zu den Männern von Macros Kohorte, die auf dem Weg warteten, die Schilde auf den Boden gestützt. In der Mitte der Formation war eine Lücke, und dort gliederten Cato und die Arbeitsmannschaft sich ein. Macro nahm seinen Schild und ging nach vorn.

»Erste Centurie, Vierte Kohorte! Bereitmachen zum Vorrücken.«

Die Männer nahmen ihre Schilde und richteten sich auf, machten sich zum Abmarsch bereit. Als sie still standen, blickte Macro nach vorn. »Vorrücken!«

Die Centurie setzte sich Reihe um Reihe in Bewegung, bis die Einheit geschlossen den Weg hochmarschierte. Als der Gegner den neuerlichen Angriffsversuch der Römer bemerkte, tauchten an der Palisade der Bastion Gesichter auf. Sobald die Legionäre sich an den Aufstieg machten, rückten auch die Hilfstruppen vor und näherten sich durchs kniehohe Gras mühsam den Befestigungen, um die Schleudern zum Einsatz bringen zu können. Sie waren noch nicht weit gekommen, da schwirrten die ersten Pfeile auf sie zu. Während sie die Schäfte im Auge zu behalten suchten, kletterten die Hilfssoldaten in die Höhe, sprangen hin und wieder zur Seite oder suchten Deckung unter einem Schild. Als sie nah genug an die Befestigungen herangekommen waren, flogen alsbald in unaufhörlicher Folge Wurfgeschosse und Steine zwischen den Verteidigern und den Soldaten hin und her.

Cato nickte zufrieden. Die Steinschleuderer dienten einerseits der Ablenkung, andererseits brachten sie die Verteidiger der Bastion in Gefahr. Das würde ein bisschen Druck von Macros Männern nehmen, wenn sie in Stellung gingen. Cato blickte sich zu Lebauscus um, der seine Kohorte in Startposition brachte. Hinter ihm kamen die Männer mit den Einzelteilen der Ballisten und Körben voller Schäfte mit tödlichen Eisenspitzen, die sich seit der Landung in Britannien im Kampf gegen die Eingeborenen als so wirkungsvoll erwiesen hatten.

Macro führte die Centurie den ersten Wegabschnitt hoch, dann schwenkte er um die Ecke und nahm den nächsten Anstieg in Angriff. Die ersten Pfeile landeten in der Nähe, schlanke, gefiederte Schäfte, die im Gras wie große Blumen aufragten.

»Halt!«, befahl Macro. Das Knirschen der Stiefel verstummte. »Schilde hoch!«

Die schweren Holzrechtecke stießen aneinander, als die Legionäre sie über die Köpfe hoben und mit dem Helm abstützten.

»Aufschließen!«

Die Legionäre rückten zusammen, und Cato wurde vom Sonnenschein abgeschnitten und in ein Schattenreich aus schwitzenden, keuchenden Männern versetzt. Die Arbeitsmannschaft zwängte sich zwischen ihre Kameraden und zog unter den Schilden die Köpfe ein.

»Vorrücken!«

Sie setzten sich wieder in Bewegung, und die Geräusche der Männer tönten Cato lauter denn je in den Ohren. Pfeile und Steine prallten von den Schilden ab, drangen hin und wieder auch ein und brachten das Holz zum Splittern. Als sie an der nächsten Ecke auf den letzten Abschnitt unmittelbar unter der Bastion einbogen, kamen sie nur noch langsam voran.

»Wir sind da!«, rief Cato Macro zu. »Bereitmachen.«

Sie rückten noch ein paar Schritte weiter vor, dann befahl Cato der Kolonne anzuhalten. Vom anstrengenden Aufstieg und vor Angst hatte er Herzklopfen. Er spannte die Muskeln an und bereitete sich darauf vor, das Kommando zum Angriff zu geben.

»Lockere Formation! Nach rechts!«

Die Schilde kippten zur Seite, und die Sonne schien auf einmal wieder auf Cato nieder und ließ ihn blinzeln. Die Männer schwenkten vom Weg ab und machten sich an den Aufstieg zur Bastion. Cato rannte neben ihnen her und stützte sich mit der Axt beim Klettern ab. Die Legionäre ächzten und keuchten vor Anstrengung, und von der Palisade flogen Pfeile und Steine auf sie herab. Auf beiden Seiten wurden mit frischem Eifer Steine geschleudert, und die Hilfssoldaten bemühten sich nach Kräften, die Verteidiger am Zielen zu hindern und sie in Deckung zu zwingen. Gleichwohl sah Cato, wie rechts neben ihm ein Mann zu Boden ging, im Kreuz, unmittelbar unter dem Panzer, von einem Pfeil durchbohrt. Cato traf auf zwei Männer, die sich unter ihre Schilde duckten und darauf warteten, dass der Beschuss aufhörte. Er schüttelte den ersten heftig.

»Weitergehen! Geht weiter, sonst kommt ihr hier um!«

Der Mann erwachte aus seiner Benommenheit und nickte. Er stieß seinen Kameraden an, dann kletterten beide weiter. Cato grinste ihn aufmunternd an, dann hörte oder vielmehr spürte er den Einschlag eines Pfeils. Er senkte den Blick und sah erst Federn und dann den Schaft, der seine linke Hand durchbohrt hatte. Unwillkürlich versuchte er seine Hand wegzuziehen, doch die Pfeilspitze hatte sich in den Boden gebohrt. Er ließ die Axt fallen, packte den Schaft dicht über der Hand und zog den Pfeil aus dem Boden. Zu seiner Erleichterung handelte es sich um eine Ahlspitze, dazu gedacht, Rüstungen zu durchdringen, anstatt schwere Verletzungen zuzufügen. Cato biss die Zähne zusammen und legte die Hand um den Schaft. Ihm blieb keine Zeit zu zögern und sich den Schmerz vorzustellen. Er riss den Pfeil heraus, spürte, wie die Handknochen sich bewegten, als die Eisenspitze sich zwischen ihnen hindurchzwängte, und dann war es geschafft. Der Schmerz setzte ein, Blut strömte aus der Wunde.

Cato ließ den Pfeil fallen, hob die Axt auf und ballte die verletzte Hand zur Faust, um die Blutung zu stillen. Mit zusammengebissenen Zähnen bewegte er sich weiter. Macro und mehrere seiner Männer hatten bereits die Palisade erreicht und bildeten mit den Schilden ein Dach, um die Arbeitsmannschaft zu decken. Cato kletterte den letzten Hangabschnitt hoch, duckte sich unter die Schilde, warf die Axt weg, schob sich das aufgerollte Seil über den Kopf und ließ es fallen. Er zuckte zusammen, als er eilig die Wunde untersuchte: ein hässliches Loch, das stark blutete. Macro bemerkte ihn und schnitt eine Grimasse.

»Ich wette, das brennt, Herr.«

»Da hast du verdammt noch mal recht.« Cato löste das Halstuch und zeigte auf einen der Soldaten. »Verbinde mir mal die Hand.«

Der Legionär gehorchte, während Cato den Boden am Fuß der Palisade musterte. Er stellte fest, dass der Untergrund an der Ecke der Bastion etwa einen Fuß nachgegeben hatte, was auf einen Erdrutsch hindeutete.

»Dort! Fangt zu graben an.«

Mehrere Männer machten sich mit ihren Schaufeln an die Arbeit, brachen den Boden auf und schippten das Erdreich weg. Unablässig regneten Pfeile und Steine auf sie herab, und dann war eine Art Fauchen zu hören, und ein brennendes Reisigbündel krachte auf die Schilde. Brennende Äste fielen neben den Schildträgern ins Gras. Das Erdreich ließ sich leicht entfernen, und bald darauf hatten sie sich an den Holzpfählen zwei Fuß tief vorgearbeitet.

»Macht weiter«, sagte Cato, bückte sich und betastete das dunkle, verwitterte Holz. Er wandte sich an einen der Soldaten. »Probier es hier mal mit der Axt. Versuch ein Loch zu machen.«

Der Mann nickte, und Cato wich ein Stück zurück, damit der Soldat ungehindert arbeiten konnte. Er schlug so fest zu, wie es auf dem beengten Raum möglich war. Ein scharfer Knall durchschnitt die Luft. Er holte erneut aus, von seiner Stirn tropfte Schweiß. Nach und nach hackte er ein Loch von einem Fuß Durchmesser in die Palisade. Er wusste, was er zu tun hatte, weitere Anweisungen waren unnötig. Sobald er am Rand des Pfahls eine Lücke freigehackt hatte, legte er die Axt weg, zog den Dolch und löste das dahinter befindliche Erdreich, bis man ein Seil um den Pfahl legen konnte. Cato reichte es ihm an, und der Soldat führte es zweimal um den Pfahl, dann befestigte er es mit einem Knoten und warf den Rest des Seils den Hang hinunter.

»Das ist der Erste!«, rief Cato Macro zu. »Noch zwei, das sollte reichen.«

»Beeilung!«, brüllte Macro, als sein Schild von einem schweren Stein getroffen wurde. »Die werden da oben allmählich richtig sauer.«

Die Männer mit den Schaufeln machten sich mit frischem Eifer über den Boden her und schippten Erdklumpen nach hinten, bis der Fuß mehrerer Pfähle freigelegt war wie alte, verfaulte Zähne. Ein anderer Mann nahm die Stelle des ersten ein und befestigte weitere Seile. Mit der unverletzten Hand überprüfte Cato die Knoten. Als er sich vergewissert hatte, dass sie hielten, befahl er: »Das war's! An die Seile!«

Die Männer der Arbeitsmannschaft legten das Werkzeug weg, rutschten ein Stück weit den Hang hinunter und nahmen neben dem im Gras liegenden Seil Aufstellung. Cato blieb bei den Pfählen stehen, mit dem Rücken zur Palisade.

»Hebt das Seil hoch!«

Obwohl sie den gegnerischen Geschossen ausgesetzt waren, packten Macros Leute das Seil mit beiden Händen, pflanzten die Stiefel fest auf den Boden und warteten auf den Befehl.

»Zieht!«

Die Seile strafften sich. Cato prüfte mit den Fingern die Spannung und wartete auf den Ruck, der signalisierte, dass der Pfahl sich bewegte.

»Alle zusammen!«, rief Macro. »Auf mein Kommando ... zieht!«

Die Männer an den drei Seilen ächzten und fluchten, als sie sich mit ihrem ganzen Gewicht ins Zeug legten. Als der Pfahl nicht nachgab, berührte Cato das zweite Seil, denn er fürchtete, die Soldaten hätten nicht tief genug gegraben. »Bewegt euch, verflucht noch mal ...«

Ein Aufschrei lenkte seinen Blick auf die Männer an den Seilen. Einer hatte losgelassen und umklammerte den Schaft eines Wurfspeers, der über der Schulter seinen Kettenpanzer durchbohrt hatte. Das Seil erschlaffte.

»Weiterziehen!«, rief er. »Macro, noch ein Ruck!«

»Bereit machen, Leute! Alle gemeinsam. Eins, zwei, drei, los!«

Diesmal spürte Cato, wie das Seil ein Stück weit hügelabwärts ruckte und sich der Pfahl hinter seinem Rücken bewegte. »Es klappt!«, rief er triumphierend. »Er bewegt sich! Zieht!«

Der Boden am Fuß des Pfahls geriet ins Rieseln, und als Cato nach oben schaute, sah er, dass das Ende des Pfostens sich vor dem Hintergrund des wolkenlosen Himmels bewegte. Ein zweiter Pfahl lockerte sich, und einen Moment lang vergaß Cato seine schmerzende Hand und grinste wie ein aufgeregter Junge. Kaltes Erdreich fiel auf seine Arme, als sich über ihm Lücken auftaten, und lachend erwiderte er Macros Blick. Sein Freund aber machte auf einmal ein besorgtes Gesicht.

»Sie kommen frei! Aus dem Weg, du Idiot!«, rief Macro ihm zu.

Cato spürte, wie der Pfahl sich hinter ihm verlagerte, und hörte das Knirschen von Holz auf Holz. Sein Triumph machte eiskalter Angst Platz, und er sprang den Hang hinunter. Die Legionäre hatten eines der Seile losgelassen und stürmten zur Seite. Der Pfahl rutschte dicht an ihm vorbei.

»Aus dem Weg!«, brüllte Macro seine Männer an.

Ein weiterer Pfahl schlitterte an Catos anderer Seite vorbei, und auf einmal bewegte sich der Boden unter seinen Füßen, als hätte er sich verflüssigt. Ein schweres Gewicht traf ihn im Rücken und schleuderte ihn ein Stück weit nach vorn. Dann wurde es schwarz und still, und er konnte sich nicht mehr bewegen.

Zunächst fragte sich Cato, ob das wohl der Tod sei. Kühle Dunkelheit umschloss seinen körperlosen Geist. Auf einmal begriff er, was mit der unzerstörbaren Essenz des Menschen gemeint war. Er wunderte sich, dass er so klar denken konnte, doch auf einmal nahm er wieder den Schmerz in seiner Hand wahr und verspürte Atemnot. So viel zum Leben nach dem Tod, dachte er und versuchte sich zu bewegen. Als er die Finger krümmte, gab das Erdreich nach. Er streckte den Arm aus und bewegte gleichzeitig die Beine. Seine Lunge brannte, und die Luft an seinem Mund in der Nase fühlte sich heiß und erstickend an. Er wurde von Angst erfasst. Mit erneuerter Kraft versuchte er sich zu befreien, kam aber nicht voran. Er geriet in Panik.

KAPITEL 32

Wo ist der Präfekt abgeblieben, verflucht noch mal?«, rief Macro, der sich mit dem Schild deckte. Ringsumher richteten sich die anderen Männer auf und schüttelten den Dreck ab, der den Hang herabgerutscht war, als die Ecke der Bastion eingestürzt war. Einer der Legionäre war vom Ende eines Pfahls zerquetscht worden und lag reglos am Boden. Die Römer waren nicht allein am Hang. Mehrere Gegner waren von dem kleinen Erdrutsch erfasst worden und befreiten sich aus dem Erdhaufen unterhalb der Bresche. Nachdem die Römer die Pfähle weggezogen hatten, hatte das dahinter aufgehäufte Erdreich nachgegeben und an den Seiten weitere Pfähle mitgerissen. Mehrere Randpfosten ragten schief aus der Palisade.

Macro riss sein Schwert aus der Scheide, denn er wollte den Vorteil nutzen. Er zeigte mit der Spitze auf die Bresche in der Befestigung.

»Erste Centurie! Rauf da!«

Seine Männer kletterten brüllend auf den Erdhügel und näherten sich der Bresche. Macro attackierte einen benommenen Briganten mit dunklem, geflochtenem Bart, warf ihn mit dem Schild um und versetzte ihm in rascher Folge drei, vier Stiche mit dem Schwert. Als der Mann zur Seite rollte, löste er einen kleinen Erdrutsch aus, unter dem die Spitzen eines roten Helmbuschs zum Vorschein kamen. Macro stieß den Toten beiseite und fiel auf die Knie. Er legte das Schwert weg und schaufelte mit den Händen hektisch das Erdreich weg, bis er auf einen funkelnden Helm stieß.

Er blaffte einen vorbeikletternden Legionär an: »He du, hilf mir mal!«

Sie gruben um den Helm herum, und als sie das Gesicht freigelegt hatten, öffnete Cato blinzelnd die Augen und spuckte aus.

»Macro ...«, murmelte er.

»Scheiße, Mann, du führst wirklich ein wahrhaft verborgenes Leben.« Macro lachte, während er mit dem Legionär zusammen den Präfekt befreite. Cato setzte sich inmitten einer kleinen Drecklawine auf. Er blickte hangabwärts und sah, dass Centurio Lebauscus und dessen Männer, beladen mit den Holzteilen der Ballisten, auf die Bresche zueilten. Als er den Kopf wandte und zur Bastion blickte, stellte er fest, dass der Gegner sich vom ersten Schreck erholt hatte und sich bereit machte, die Bresche gegen die Legionäre zu verteidigen.

Macro half ihm auf die Beine und bedeutete dem Legionär, sich dem Angriff anzuschließen.

»Irgendwas gebrochen?«

Cato bewegte die Gliedmaßen und schüttelte den Kopf. »Alles in Ordnung.«

Er wischte sich die Linke am Saum der Tunika ab und bemerkte, dass seine Hand heftig zitterte. Er biss die Zähne zusammen, ballte die Faust und drückte sie an die Brust, dann zog er das Schwert. »Gehen wir.«

Macro hob sein Schwert auf, dann schlossen sie sich den Männern an, die über das lockere Erdreich nach oben kletterten. Vor ihnen wurde der letzte Gegner, der vom Erdrutsch mitgerissen worden war, niedergemacht, als er sich seinen Kameraden wieder anschließen wollte, und die Legionäre trampelten über ihn hinweg, um die wartenden Briganten anzugreifen. Mehrere Verteidiger hatten in der Bresche nebeneinander Platz, und sie schwangen die Schwerter und Äxte und hoben kampfbereit die Schilde. Der erste Römer erreichte sie, den Schild über den Kopf erhoben, und ein brigantischer Krieger ließ seine Axt darauf niederkrachen. Der Legionär ging in die Knie. Sein Gegner schlug erneut zu, und als das Holz splitterte, stieß der Legionär ihm das Schwert ins Bein. Der Mann brüllte auf, bückte sich, drückte den Schild beiseite und rammte dem Legionär die Axtschneide in den Helm. Der Römer sackte dicht vor der Rampe zusammen, und zwei Kameraden des Briganten beugten sich über ihn und hackten mit ihren Schwertern auf ihn ein.

Die nächsten Legionäre, die zur Bresche hochkletterten, waren vorsichtiger. Sie suchten sich einen festen Stand und präsentierten die Schilde, ehe sie gemeinsam vorrückten. Die Verteidiger schlugen mit Schwertern und Äxten auf sie ein, versuchten sie zurückzudrängen. Immer mehr Briganten eilten herbei und warfen Steine auf die in die Höhe kletternden Römer.

Macro und Cato rückten zusammen mit ihren Männern vor. Sie keuchten vor Anstrengung, denn das Erdreich gab unter ihren Stiefeln nach, und sie kamen nur langsam und mühsam voran. Die erste Gruppe von Legionären griff den Gegner an, und das Klirren der Klingen und das dumpfe Dröhnen der Schilde erfüllte die Luft. Immer mehr Männer drängten in die Bresche vor und schoben von hinten. Die beiden Offiziere hielten hinter der Menschentraube an, und während Macro den Schild hochhielt, richtete Cato sich auf und blickte über die Köpfe der Legionäre hinweg.

»Die Männer müssen allmählich vorrücken.«

Macro nickte. »Ich kümmere mich drum.«

Zwei der Briganten hatten Cato anhand seines roten Helmbuschs als Offizier identifiziert und zeigten auf ihn. Cato kannte den einen. Belmatus. Der andere hob seinen Bogen und zielte. Der Pfeilschaft verkürzte sich perspektivisch zu einem Punkt, der Mann hielt den Atem an. Er ließ die Sehne los, und gleichzeitig duckte sich Cato. Der Pfeil wurde von seinem Helm abgelenkt. Macro hatte sich nach vorn durchgedrängt und rief: »Erste Centurie! Schieben und Vorrücken! Auf mein Kommando ... Eins!«

Die Römer wappneten sich und pressten sich ächzend gegen ihre Schilde.

»Zwei!«

Die Männer traten einen Schritt vor und bereiteten sich auf den nächsten Vorstoß vor.

»Eins!«

Cato schob ebenfalls und hielt mit seiner unversehrten Hand das Gleichgewicht. Er war an diesem Tag schon einmal dem Tod entronnen und wollte auf keinen Fall ausrutschen und von seinen eigenen Leuten niedergetrampelt werden. Der dichte Pulk der Soldaten in voller Rüstung gewann langsam an Boden und drängte die Einheimischen, die wie rasend mit ihren Waffen auf den Schildwall einschlugen, allmählich zurück. Cato riskierte einen kurzen Blick und sah, dass er die Randpfosten passiert hatte. Er tat noch einen Schritt, und auf einmal spürte er etwas Festes unter den Stiefeln. Er war auf den ersten Legionär getreten, der die Bresche erreicht hatte und um der Ehre willen gestorben war. Für die Erstürmung der Bastion würde es jetzt keine Auszeichnung mehr geben.

Vier weitere Schritte, dann hatte er niedriges Gras unter den Stiefeln und drang in die Bastion vor. Die Legionäre, die sich innerhalb der Befestigung festgesetzt hatten, verteilten sich an den Seiten, und immer mehr drängten nach. Cato konnte über die Köpfe der vordersten Soldaten hinwegsehen. Das Innere der Bastion war oval und maß etwa achtzig Schritte in der Länge und dreißig Schritte an der breitesten Stelle. Etwa zweihundert Verteidiger waren vor Ort, und in der Nähe brannten in einer Feuerschale die letzten Reisigbündel. Nur eine Handvoll Briganten harrten auf der Palisade aus; sie beschossen die Römer am Hang mit Pfeilen.

Die verletzte Hand an die Brust gedrückt, zog Cato das Schwert und senkte die Klinge, damit er nicht versehentlich einen Kameraden verwundete. Er war umringt von schwer atmenden Männern; das war eine anstrengende Arbeit für seine Leute, nachdem sie in den schweren Rüstungen den Hügel erklommen und die Befestigung durchbrochen hatten. Cato war froh, dass er dem syrischen Händler das leichtere Kettenhemd abgekauft hatte, doch dann konzentrierte er sich wieder. Sie mussten die Bastion säubern, solange sie noch die Kraft dazu hatten.

»Weitergehen!«, übertönte er den Kampfeslärm. »Vorwärts!«

Macro nahm den Ruf auf. Er hatte Platz in der vordersten Reihe gefunden und stand Schulter an Schulter mit den Männern, die dem Gegner gegenüberstanden. Geduckt vorrückend, spähte er über den Bronzerand seines Schildes und stach mit dem Schwert nach jedem Briganten in Reichweite. Die Verteidiger hatten es nicht geschafft, die Römer außen vor zu halten, und waren so weit zurückgewichen, dass sie mit ihren Waffen wieder ausholen konnten. Sie kämpften mit dem verzweifelten Mut ihres Volkes, sprangen furchtlos vor und hackten auf die Schilde der Römer ein. Die Besonneneren unter ihnen setzten ihre Hiebe entweder tief an, um die Stiefel und Schienbeine der Römer zu treffen, oder sie zielten über den Rand des Schildes hinweg auf Kopf und Schultern. In beiden Fällen riskierten sie dabei, von einem Legionärsschwert getroffen zu werden.

Unmittelbar vor Macro trat ein Krieger mit Kettenhemd und schwerer Axt aus dem Gedränge hervor. Sein kahl rasierter Kopf war mit verschlungenen Tätowierungen geschmückt, ein roter Schnurrbart umrahmte seine gebleckten Zähne. Er brüllte auf Macro ein und hob mit beiden Händen die Axt. Macro konnte gerade noch den Schild vorschieben, dann durchdrang die Klinge auch schon die Metalleinfassung und zerteilte das Holz bis zum Messingbuckel.

»Scheiße …«, zischelte Macro, unwillkürlich beeindruckt von der Wucht des Hiebes.

Der Krieger versuchte die Axt zu lösen, doch sie war festgeklemmt, und Macro zerrte am Schild, um dem Mann den Griff zu entreißen. Der Brigant aber war stark und ließ nicht locker, sodass die Axt hin und her ruckte, bis der Krieger sich mit einem Aufschrei nach vorn warf und den Schild gegen Macro drückte. Der taumelte zurück, bis er sich am Schild des hinter ihm befindlichen Legionärs abfing. Mit einer gewaltigen Kraftanstrengung riss der Brigant die Axt aus dem Holz und holte erneut aus. Dabei traf er einen seiner Kameraden und zerschmetterte ihm mit der Rückseite der Eisenklinge die Nase. Die Axt beschrieb einen machtvollen Bogen, streifte den Schild von Macros rechtem Nebenmann, fuhr dicht an Macros eigenem Schild vorbei und traf mit voller Wucht den Helm seines Nebenmanns an der Befestigung des Wangenschutzes. Die Metallklappe sprang ab, und die Klinge drang in den Schädel ein, trat durch die Augenhöhlen und den Nasenrücken aus und erreichte das Ende des Bogens.

»*Sa!*«, rief der Brigant triumphierend. Er zog die Waffe zurück und trat gegen den Schild des Getroffenen. Blut spritzte auf dessen Nebenmänner.

Macro sprang vor, rammte dem Gegner seinen zersplitterten Schild ins Gesicht und wurde belohnt mit einem gequälten Grunzen. Er drängte den Mann noch weiter nach hinten, dann zog er den Schild zurück und holte mit dem Schwert aus. Ein langer Splitter hatte dem Krieger die Wange aufgerissen, sein Gesicht war blutüberströmt. Macro stieß das Schwert vor und traf den Krieger am Bauch. Der Mann krümmte sich um die Klinge zusammen, doch zu Macros Verblüffung hielt die Kettenweste stand. Allerdings hatte der Treffer dem Briganten die Luft aus der Lunge getrieben, und er taumelte zurück ins Gewühl und verschwand aus Macros Blickfeld.

Macro hatte auf einmal Platz. Mit wildem Gebrüll schwang er das Schwert in weitem Bogen. Damit schüchterte er seine Gegner lange genug ein, um sich einen Überblick zu verschaffen. Die Hälfte der Überlebenden der Ersten Centurie war durch die Bresche geklettert und drang in die Bastion vor. Ein Stück weiter hinten machte er Catos Helmbusch aus. Er blickte wieder nach vorn, pflanzte die Stiefel fest auf den Boden, den beschädigten Schild erhoben, das Schwert ausbalanciert, und ließ die ungeordnete Reihe der Legionäre zu sich aufrücken. Mehrere Verteidiger waren getroffen worden und krümmten sich am Boden, bis die Römer ihnen im Vorbeigehen den Rest gaben.

Auf einen Ruf hin zog sich der Gegner eilig zurück. Macro hielt inne. Ein hochgewachsener Krieger stand herausfordernd vor einer Reihe von Bogenschützen, welche die Pfeile bereits angelegt hatten. Belmatus gliederte sich zwischen seinen Kriegern ein und hob das Schwert.

»Erste Reihe runter!«, brüllte Macro. »Zweite Reihe, Schild hoch!«

Er ließ sich auf ein Knie nieder und setzte den Schild auf dem Boden auf. Der Mann hinter ihm hob seinen

Schild hoch und stellte ihn schief auf Macros Deckung. Die anderen Soldaten folgten ihrem Beispiel, da wurden die Römer auch schon von der ersten Salve getroffen. Die Pfeile prallten gegen die Schilde, und einige durchbohrten sie, während andere abgelenkt wurden. Mehrere Schäfte zersplitterten. Eine zweite, ungleichmäßigere Salve folgte, dann eine dritte, und schließlich schlugen die Pfeile ohne Pause ein, da die weniger erfahrenen Bogenschützen das Schusstempo nicht halten konnten.

»Macro!«

Er wandte den Kopf und erblickte Cato, der nach vorn gekrochen war und seitlich hinter ihm hockte. Die verletzte Hand hatte er hinter das schmutzige Hüftband gesteckt. Mit der anderen Hand hielt er das Schwert und stützte sich damit ab.

»Es geht ganz schön heiß her!« Macro grinste und blinzelte, als ihm der Schweiß in die Augen tropfte und über die Wange in den Stoppelbart lief. »In jeder Hinsicht. Wie läuft es denn, Herr?«

»Wir halten die Bresche. Die Achte Kohorte kommt gerade die Rampe hoch. Das wird auch höchste Zeit. So wie der Gegner schießt, dürften ihm die Pfeile bald ausgehen.«

»Sollen sie ruhig schießen. So können unsere Männer ein bisschen Atem schöpfen, bevor wir weiter vorrücken.«

Cato nickte. »In Ordnung. Aber achte auf mein Kommando. Dann rückst du entschlossen vor. Hast du den Mann gesehen, der die Bogenschützen befehligt?«

»Den großen Kerl? Ja.«

»Das ist Venutius' Bruder Belmatus. Wenn es geht, erledige ihn. Ich glaube, er ist der Kommandant der Bastion. Wenn er weg ist …«

»Ich kümmere mich drum.«

Das Sperrfeuer der Pfeile wurde bereits schwächer, und Cato zog sich hinter die Centurie zurück und blickte die Erdrampe hinunter. Centurio Lebauscus stürmte die Steigung hoch, die Anstrengung war ihm kaum anzumerken. Oben angelangt, hielt er inne, nickte Cato zu und wandte sich dann brüllend an seine Männer.

»Was beim Hades hält euch noch hier, ihr Memmen? Im Eilschritt hoch! Der Letzte bekommt es mit mir zu tun!«

Die kräftigsten Männer kämpften sich nach oben, dann traf auch der Standartenträger ein und stützte sich keuchend auf seinen Stab.

»Was ist denn mit dir passiert?«, fragte Lebauscus und musterte den verdreckten Cato. »Du siehst aus wie ein verdammter Maulwurf. Wenn es haarig wird, solltest du dich hinwerfen, aber nicht in den Boden kriechen.«

»Sehr komisch, Centurio. Du unterstützt Macro, wenn er weiter vorrückt. Ich habe ihm gesagt, er soll entschlossen vorgehen, und das gilt auch für dich. Gefangene machen wir später.«

Lebauscus grinste grausam. »Ja, Herr.«

Die Neuankömmlinge versteckten sich hinter ihren Schilden vor den vorbeizischenden Pfeilen. Cato wartete, bis sie den Platz hinter der Ersten Centurie von Macros Kohorte eingenommen hatten, dann holte er tief Luft und rief: »Macro! Jetzt!«

Macro richtete sich halb auf und spähte durch den Spalt in seinem Schild. Die meisten Bogenschützen hatten ihre Munition verschossen und sich Belmatus' Männern angeschlossen. Sie warfen die Bogen weg und zogen die Schwerter. Macro holte tief Luft.

»Erste Centurie! Fertig machen zum Angriff, und zwar mit Getöse!«

Die Männer rechts und links von ihm machten sich bereit, spannten die Muskeln an und warteten auf sein Kommando.

Macro holte tief Luft und brüllte: »ATTACKE!«

Unter ohrenbetäubendem Gebrüll drängten die Männer mit vorgehaltenem Schild nach vorn, das Schwert vorgestreckt. Der Gewaltausbruch verblüffte den Gegner, und die ersten Legionäre fielen über die Briganten her, bevor sie reagieren konnten. Macro stieß gegen einen zurückweichenden Bogenschützen, der vom Aufprall umgeworfen wurde und gegen zwei seiner Kameraden fiel. Macro setzte nach, drückte den Schild vor und stieß mehrmals mit dem Schwert zu. Ein Mann mit Kurzaxt sprang mit einer Stichwunde in der Seite zurück und schleuderte die Axt auf Macro. Der wich aus und spürte den Luftzug am Ohr, als die Waffe vorbeiwirbelte und gegen den Schild des hinter ihm befindlichen Legionärs krachte. Macro vergewisserte sich, dass die beiden anderen kampfunfähig waren, dann rückte er weiter vor. Beiderseits von ihm wogten rote Tuniken und Schilde. Seine Männer brüllten den Namen ihrer Legion.

»Gemina!«

Die Legionäre drängten vor und machten ihre Gegner gnadenlos nieder. Die Briganten aber fassten sich bald wieder und stellten sich den Römern entgegen, Schwert und Axt gegen Schild und Rüstung. Nur eine Handvoll Einheimischer trug ein Kettenhemd über der gepolsterten Tunika. Die anderen kämpften ohne Rüstung oder sogar mit nacktem Oberkörper und setzten ihr Vertrauen in ihren wilden Mut und ihre Verachtung für den schwer gepanzerten Gegner. Es war ein ungleicher Kampf, und einer nach dem anderen wurde niedergemacht, während es aufseiten der vorstürmenden Römer nur wenige Ausfälle gab.

Macro hielt Ausschau nach Belmatus. Dann machte er ihn neben einem tätowierten Krieger aus, der eine Standarte hin und her schwenkte, auf der ein goldener Stier auf grünem Grund abgebildet war. Über der brigantischen Hauptstadt wehte heute vermutlich eine andere Fahne, doch Macro war entschlossen, sie herunterzuholen, bevor der Tag endete.

Er näherte sich Belmatus und hob den Schild oder das Schwert nur gegen die, welche ihm direkt im Weg standen. Er bahnte sich einen Weg durchs Getümmel, teilte nur dann Hiebe aus, wenn es unumgänglich war, und stellte schließlich den gegnerischen Anführer. Belmatus hatte den schwankenden Helmbusch des Centurios bereits bemerkt und war erpicht darauf, einen Offizier zu töten. Ein zweiter Krieger stürmte von der Seite heran, bis Belmatus ihn anknurrte, worauf der Mann sich abwendete und sich einen anderen Gegner suchte.

»Du willst mich wohl ganz für dich allein?«, brummte Macro und beschrieb mit der Schwertspitze eine kleine Ellipse. »Dann komm und hol mich.«

Einen Herzschlag lang maßen die beiden Männer einander mit Blicken, dann hob Belmatus Langschwert und Faustschild und duckte sich. Er murmelte etwas. Vielleicht einen Fluch, dachte Macro, oder eine Kampfansage, als träten sie in einer Arena als ausgeloste Gegner gegeneinander an und nicht inmitten des wilden Kampfes um die Bastion. Er beschloss, den ersten Schritt zu wagen und mit einer Finte die Reaktionsschnelligkeit seines Gegners auf die Probe zu stellen.

Ehe er zuschlagen konnte, nahm er eine schemenhafte Bewegung wahr, und ein Legionär prallte seitlich gegen Belmatus und rammte dem Krieger das Schwert durch die Achselgrube tief in die Brust. Der Brigant hustete, wurde hochgehoben und einen Schritt weitergeschleudert, dann brach er Blut spuckend zusammen.

»Was beim Hades hast du dir dabei gedacht?«, brüllte Macro rasend vor Zorn. »Der Scheißkerl hat mir gehört!«

Der Legionär stellte dem Gefallenen den Fuß auf die Brust und riss die Klinge heraus. Er zuckte mit den Schultern, murmelte eine Entschuldigung und stürzte sich wieder ins Getümmel, während Macro enttäuscht beobachtete, wie Belmatus sich kraftlos am Boden krümmte. Blut strömte aus der tödlichen Wunde.

Ein paar Schritte weiter musterte der einheimische Standartenträger entsetzt seinen Anführer, dann schaute er hoch, als Macro sich ihm mit gezücktem Schwert näherte.

»Dann nehme ich eben dich, mein Freund.«

»*Na!*« Der Mann schüttelte den Kopf und wich zurück, dann machte er kehrt und rannte mit der Standarte zur Rückseite der Bastion. Als das Banner über den Köpfen der Krieger flatterte, stöhnten die Einheimischen verzweifelt auf. Einige lösten sich aus dem Kampfgeschehen und folgten dem flüchtenden Standartenträger. Dann begriff Macro, wohin der Mann wollte; in der Palisade zeichnete sich gegenüber dem Haupttor eine kleine Tür ab, deren Rahmen ein wenig erhaben war. Die Panik griff um sich, und die Briganten wichen ein paar Schritte zurück, dann machten sie kehrt und rannten weg. Die Legionäre setzten ihnen nach, von ihrer schweren Ausrüstung allerdings behindert. Während die Einheimischen sich durch das Nadelöhr der Tür zwängten, schlossen die Römer zu ihnen auf und hauten auf sie ein. Da sie im Gedränge mit ihren Waffen nicht ausholen konnten, wurden die Stammesleute ein leichtes Opfer der Legionäre. Diese kannten keine Gnade, nur nackte Mordlust. Und sie machten sich mit wildem Eifer an die Arbeit, stießen immer wieder zu. Tödlich Verwundete brachen zusammen, viele wurden eingezwängt und so an der Flucht gehindert.

Die Standarte entschwand durch die Tür, der Träger stieg die an der anderen Seite der Befestigung befindliche Treppe hinunter. Die Einheimischen versuchten verzweifelt, den blutigen Klingen der auf sie einhauenden Römer zu entkommen. Eine kleine Gruppe von Legionären erreichte die Palisade und arbeitete sich daran entlang zum Ausgang vor, dann blockierten sie den Briganten den Rückzug. Sie drängten die Überlebenden in die Mitte der Bastion zurück.

Für die etwa fünfzig Überlebenden, die umringt waren von Bergen ihrer gefallenen Kameraden, gab es keinen Ausweg. Auf einmal verspürte Macro einen unerträglichen Schmerz in den Gliedern und nahm das volle Gewicht der Rüstung und die erstickende Hitze wahr. Er leckte sich die trockenen Lippen, straffte sich mühsam und rief einen Befehl.

»Es reicht! Zurück!« Seine Stimme krächzte. Die Männer hatten ihn nicht gehört. Er spuckte aus, hustete und rief erneut: »Zurück!«

Es dauerte einen Moment, bis der Befehl in die Köpfe der Männer vordrang, die ganz vertieft waren in die blutige Schlächterei, doch dann löste sich einer nach dem anderen von der Traube der Verteidiger, bis sich eine kleine Lücke zwischen beiden Gruppen gebildet hatte. Macro trat vor und schob das Schwert in die Scheide. Er setzte den gesplitterten Schild auf den Boden, zeigte auf die Waffe eines Briganten und dann auf den Boden.

»Fallen lassen!«, knurrte er, um seiner Forderung Nachdruck zu verleihen.

Der Mann gehorchte nervös und warf sein Schwert hinter die Toten. Die anderen folgten eilig seinem Beispiel. Macro schaute sich um und erblickte den Optio der Centurie. »Bring sie nach draußen, und lass sie hinsetzen. Eine Abteilung zur Bewachung.«

»Ja, Herr.«

In der Bastion hatte das Kämpfen aufgehört. Die Auseinandersetzung war zuletzt erbittert geführt worden, und zahlreiche Tote lagen in der Nähe der Bresche am Boden. Weitere Tote lagen auf dem eingeebneten Boden verstreut, Männer, die zu fliehen versucht hatten, aber von den ersten Legionären der Achten Kohorte getötet worden waren. Wie Macro so die Gefallenen musterte, fiel sein Blick auf den Krieger mit dem kahl rasierten Kopf, gegen den er gekämpft hatte. Der Mann lag auf dem Rücken, den Kopf auf den blutigen Rumpf eines anderen Kriegers gebettet. Macro ging neben ihm in die Hocke, betastete das Kettenhemd und bewunderte die Qualität der Verbindungen. Kein Wunder, dass es seine Klinge abgehalten hatte. Macro nahm dem Toten den Gürtel ab, packte die Ärmel und zog ihm das Kettenhemd über den Kopf. Er legte es zusammen und reichte es einem der Männer, die die Gefangenen bewachten.

»Da. Pass gut drauf auf. Wenn alles vorbei ist, gibst du's mir.« Er drohte dem Mann mit dem Zeigefinger. »Verlier es nicht, verstanden?«

Als der Mann salutierte, bemerkte Macro Cato, der sich mit Centurio Lebauscus unterhielt. Der Centurio nickte und kletterte über die eingestürzte Befestigung. Dann näherte Cato sich seinem Freund.

»Ich habe Belmatus dahinten gesehen. Hast du ihn erwischt?«

»Das hätte ich auch, wenn mir nicht so ein Scheißkerl zuvorgekommen wäre. Jedenfalls ist er tot.«

Cato betrachtete die Leichenberge am hinteren Ausgang und stieß einen leisen Pfiff aus. »Beim barmherzigen Jupiter. Was für ein Blutbad …« Er ging zur Palisade, schaute hinunter und blickte den letzten Flüchtenden nach, die gerade durchs Haupttor der Festung rannten. Kurz darauf fiel mit dumpfem Poltern das Tor zu, und der Sperrriegel wurde knirschend in die Halterungen geschoben.

»Hoffentlich spricht sich herum, was hier geschehen ist. Vielleicht kommen Venutius und seine Freunde dann zu dem Schluss, dass sie nicht das gleiche Schicksal erleiden wollen.«

Über ihnen im Turmhaus der Festung und auf der Palisade waren Krieger mit Pfeil und Bogen. Cato drehte sich um und blickte die Gefangenen an, die der Optio mit seinen Männern von den Toten wegführte. »Wir lassen sie besser auf dieser Seite der Bastion. Das könnte ihre Freunde davon abhalten, ein paar Nahschüsse anzubringen.«

Macro nickte. »Gute Idee.«

Cato blickte den Weg entlang, über den Horatius den ersten Angriff durchgeführt hatte. Der Rammbock lag hinter der letzten Biegung, umgeben von den getöteten Soldaten der Siebten Kohorte. Macro sah sie auch und schüttelte betrübt den Kopf.

»Sie sind nicht mal bis ans Ziel gekommen. Was für eine Verschwendung.«

»So ist es.« Cato seufzte. »Wir haben aber auch erst den halben Weg geschafft.«

Er zeigte auf die dicken Erdwälle und das Torhaus. »Wir haben die Bastion eingenommen. Jetzt kommt der schwere Teil.«

KAPITEL 33

Als die Siebte Kohorte die auseinandergenommenen Ballisten in die Bastion hochgeschleppt hatte, begannen Lebauscus' Männer, an der hinteren Seite eine Abschirmung zu errichten. Die Legionäre verwendeten dafür die Schilde des Gegners und kleinere Holzbalken von der Vorderseite der Befestigung. Eilig zusammengefügt boten sie Schutz vor den Geschossen, die von der Festung heranflogen. Dann gingen die Hilfskräfte, bewaffnet mit Schleudern, entlang der Palisade gegenüber dem Tor in Stellung.

Catos Strategie, Venutius mit den Gefangenen davon abzuhalten, das Innere der Bastion unter Beschuss zu nehmen, hatte eine Zeit lang funktioniert, doch sobald die ersten Abschirmungen aufgebaut waren, nahm der Gegner das Risiko, die gefangenen Kameraden zu treffen, notgedrungen in Kauf und setzte den Pfeilbeschuss fort. Nach dem ersten Geschosshagel, der mehr Einheimische als Römer das Leben kostete, beschränkten die Briganten sich auf vereinzelte Schüsse, um Munition zu sparen.

»Dorthin!«, rief Cato Centurio Acer zu und zeigte auf die provisorischen Schießscharten gegenüber dem Torhaus der Festung. »Baut sie da auf.«

Die schwitzenden Legionäre schleppten ihre Last über das blutgetränkte Gras und setzten sie in der Deckung der Holzwand ab. Während immer mehr Männer mit Körben voller drei Fuß langer Bolzen und runder Steine eintrafen, setzten ihre Kameraden die Waffen zusammen. Die größte Komponente war der schwere Holzrahmen mit den dicken Seilen aus verdrillten Sehnen, die den Ballisten außergewöhnliche Durchschlagskraft verliehen. Man wuchtete sie auf die massiven Holzgestelle hinauf, sicherte sie mit Holzpflöcken und Keilen und hämmerte sie fest. Zum Schluss wurden die Geschossführungen und die Spannrahmen eingesetzt und die Ladegriffe an den Torsionsratschen befestigt.

»Sie sind jetzt einsatzbereit, Herr«, meldete Centurio Acer Cato, der sich gerade mit Lebauscus, Macro und Vellocatus beriet. Der Dolmetscher, der den Arm in einer Schlinge trug, war zusammen mit der Achten Kohorte zur Bastion hochgeklettert.

»Soll ich den Einsatzbefehl geben?«, fragte Acer.

»Noch nicht«, erwiderte Cato. »Ich möchte, dass wir sie mit voller Wucht treffen, wenn wir zuschlagen. Wenn wir ihnen aus der Deckung heraus einen ordentlichen Dämpfer verpassen, ist die Schlacht schon halb gewonnen. Eines habe ich beim Kampf gegen die Briten nämlich gelernt; wenn man schnell und entschlossen gegen sie vorgeht, verlieren sie die Nerven. Beeindruckt sie, meine Herren. Das ist das Erfolgsrezept.«

»Schöne Worte«, meinte Lebauscus. »Aber damit gewinnt man keine Schlacht, Herr. Das gelingt nur Männern und kaltem Stahl.«

Cato nickte. »Und dem Geist, der beide lenkt, Centurio.«

Er hielt inne und musterte rasch die zur Verfügung stehenden Kämpfer und das vor ihnen liegende Gelände. Wenn sie mit minimalen Verlusten Erfolg haben wollten, war es von entscheidender Bedeutung, dass die Offiziere sich über ihre Rolle bei dem Angriff im Klaren waren und ihre Anstrengungen koordinierten. Sie konnten es sich nicht leisten, noch viele Männer zu verlieren. Cato hatte die Folgen eines Scheiterns bereits bedacht. In diesem Fall würde sich die Kolonne so schnell wie möglich über die Grenze zurückziehen müssen. Sobald Venutius und Caratacus ausreichend Kämpfer gesammelt hätten, würden sie den Römern nachsetzen und sie vor sich hertreiben. Die dezimierte Kolonne würde jeden einzelnen Mann brauchen, um den Gegner abzuwehren. Er schob diese Gedanken beiseite und konzentrierte sich auf die vor ihm liegende Aufgabe.

»Centurio Horatius hatte in einer Hinsicht recht: Wer in die Festung hineinwill, muss das Tor aufbrechen. Allerdings war seine Vorgehensweise zu direkt.«

»Das ist sehr zurückhaltend ausgedrückt«, bemerkte Macro.

»Wir brauchen den Rammbock«, fuhr Cato fort. »Der Gegner wird uns einen hohen Preis zahlen lassen, wenn wir ihn bergen. Der Rammbock ist von den Erdwällen beiderseits des Tores aus gut einsehbar, und die Männer, die ihn holen, werden einem Sperrfeuer von Pfeilen, Speeren, Steinen und was man sonst noch für uns bereithält, ausgesetzt sein. Wenn sie auf uns zielen, müssen sie jedoch aus der Deckung kommen. An diesem Punkt kommst du ins Spiel, Acer. Ich möchte, dass die

Ballisten unablässig schießen. Du musst die Verteidiger zwingen, in Deckung zu bleiben. Du befehligst auch die Steinschleuderer. Auf meinen Befehl hin nimmst du den Gegner mit aller Macht unter Feuer. Du unternimmst alles, um sie am Zielen zu hindern, damit unsere Männer die Möglichkeit haben, den Rammbock ohne allzu schwere Verluste zu bergen.«

»Ja, Herr.«

»Bleibt noch eine Kleinigkeit: die Bergung des Rammbocks.« Cato wandte sich mit mattem Lächeln Macro zu. »Wie viele Männer hat die Erste Centurie noch?«

Macro hatte in der kurzen Pause, als die Ballisten aufgebaut worden waren, seine Männer gezählt. »Achtundvierzig sind noch auf den Beinen, Herr. Mehr als genug.«

»Gut. Du gehst mit ihnen durch die Bresche zur Vorderseite der Bastion. Wenn du das Signal hörst, lauft ihr zum Rammbock, hebt ihn hoch und schleppt ihn zum Tor. Dann brecht ihr das Scheißding auf.«

Macro grinste. »Mit Vergnügen.«

»Verzeihung, Herr«, mischte Lebauscus sich ein. »Warum sollen das Macros Männer erledigen? Die haben schon genug geleistet. Lass das doch meine Leute machen. Die sind noch frisch und ausgeruht.«

Cato schüttelte den Kopf. »Deshalb will ich, dass sie den Hauptschlag ausführen. Die Achte Kohorte wird hier sein, bereit, die Festung anzugreifen, sobald der Rammbock sein Werk getan hat. Außerdem dürfte es dir schwerfallen, Macro davon abzubringen. Hab ich recht?«

Macro lachte und drohte dem anderen Centurio mit dem Zeigefinger. »Versuch mal, mich aufzuhalten, mein Freund.«

Lebauscus lächelte. »Das ist dein Begräbnis, Macro. Ich wollte nur helfen.«

»Du kannst dich bewähren, wenn Macro Erfolg hatte«, sagte Cato. »Sobald das Tor aufgebrochen ist, geht ihr schnell und entschlossen rein. Brecht den Widerstand, aber verschont alle, die ihre Waffen wegwerfen. Das musst du deinen Leuten klarmachen. Ich will nicht mehr Briganten töten als unbedingt nötig. Aus unserer Sicht sind die Leute von Venutius und Caratacus fehlgeleitet worden und haben einen Fehler gemacht. Deshalb lassen wir sie am Leben und sichern uns ihre Dankbarkeit.«

Lebauscus schaute skeptisch drein. »Das ist ein harter Brocken für die Männer, Herr. Du weißt ja, wie die sind, wenn ihr Blut in Wallung gerät.«

»Allerdings. Und deshalb musst du sie zügeln, Centurio. Wenn das vorbei ist, werden die Briganten wieder unsere Verbündeten sein. Deshalb möchte ich ihnen kein unnötiges Leid zufügen. Wir wollen nicht, dass sie uns in Zukunft voller Bitterkeit und Abscheu begegnen. Hast du mich verstanden?«

»Ja, Herr. Aber was ist mit den Gefangenen?«

»Es wird keine geben. Alle, die wir gefangen nehmen, übergeben wir an Königin Cartimandua und überlassen es ihr, über deren Schicksal zu entscheiden.«

»Keine Gefangenen?« Lebauscus vermochte seine Enttäuschung nicht zu verhehlen. »Das wird den Männern nicht gefallen. Einige haben sich schon über ihren Anteil an der Beute beklagt.«

»Es ist mir egal, was sie tun und was ihnen nicht gefällt«, entgegnete Cato scharf. »Du hast meine Befehle gehört. Es werden keine Gefangenen gemacht und als Sklaven verkauft, und es wird auch nicht geplündert. Wer beim Plündern oder Vergewaltigen erwischt wird, hat mit strenger Bestrafung zu rechnen. Auch das wirst du ihnen erklären, und du, Centurio Lebauscus, bist mir für ihr Verhalten verantwortlich. Verstanden?«

»Ja, Herr.«

Cato blickte in die Runde. »Ist jedem klar, was er zu tun hat?«

Die anderen nickten, und Lebauscus fragte: »Was ist mit dir, Herr?«

»Ich schließe mich deiner Kohorte an. Und Vellocatus auch.«

Lebauscus hob eine Braue. »Bei allem Respekt, Herr. Ihr seid beide verwundet. Ihr wärt uns keine große Hilfe.«

»Ich danke dir für deine Anteilnahme«, entgegnete Cato scharf. »Vellocatus wird gebraucht, um den Gegner zur Aufgabe aufzufordern. Ich nehme am Angriff teil, weil ich das Kommando führe.«

»Wie du meinst, Herr.«

Cato wartete, doch es gab keine Fragen mehr. »Also schön. Ein Stoß ins Horn ist das Signal für Macro, zum Rammbock zu laufen, und für Acer, mit dem Beschuss zu beginnen. Das Signal wird in Abständen so lange wiederholt, bis wir unterwegs sind. Zwei Hornstöße leiten den Hauptangriff ein, dann stellt Acer den Beschuss ein. Zu euren Einheiten, meine Herren. Macro, führe deine Männer zur Rückseite der Bastion. Bleib in Deckung, und mach dich bereit, auf das Signal hin tätig zu werden.«

Die Offiziere salutierten und gingen zu ihren Männern. Cato wandte sich an Vellocatus: »Jetzt hast du Gelegenheit, ein letztes Mal an die Vernunft zu appellieren. Bereit?«

Vellocatus nickte. »Glaubst du wirklich, Venutius wird sich ergeben?«

Cato musterte ihn erstaunt. »Du bist Venutius' Schildträger. Du kennst ihn viel besser als ich. Was glaubst *du*?«

»Er wird kämpfen«, antwortete der Brigant, ohne zu zögern. »Er war sein Leben lang Krieger. Er kennt nur den Kampf.«

»Mit dieser Antwort habe ich gerechnet. Aber wir müssen ihm eine Chance geben. Außerdem tut er vermutlich sowieso das, was Caratacus ihm sagt.« Cato lächelte bedrückt. »Du kannst dir denken, was das bedeutet.«

»Weshalb machen wir ihnen dann überhaupt ein Angebot?«

Cato atmete erschöpft aus. »Wenn es eine Gelegenheit gibt, den Kampf zu beenden, ohne dass noch mehr Männer sterben, müssen wir sie nutzen.«

Er ging zu den Hilfssoldaten hinüber, die hinter der Palisade hockten, und spähte vorsichtig über die hastig angebrachte Deckung hinweg. Das Torhaus der Festung lag nur vierzig Schritte entfernt. Der Weg vor dem Ausgang der Bastion lag etwas tiefer, dann folgte offenes Gelände bis zum Graben und zur Zugbrücke. Viele Gegner waren zu sehen, darunter auch Bogenschützen. Sie hatten keinen Anlass, in Deckung zu gehen. Noch nicht, dachte Cato grimmig. Er wandte sich an Vellocatus.

»Du bist dran. Sag ihnen, der römische Kommandant möchte mit Venutius sprechen.«

»Nur mit ihm?«

Cato nickte. »Wenn es dazu beiträgt, Caratacus' Stellung zu schwächen, ist es den Versuch wert.«

Vellocatus lächelte. »Du verstehst mein Volk nur allzu gut.«

Der Brigant legte die Hände trichterförmig um den Mund, holte tief Luft und rief seinen Stammesgenossen etwas zu. Die Antwort ließ auf sich warten, deshalb versuchte er es noch einmal. Nach einer kurzen Pause ertönten zornige Rufe und höhnisches Pfeifen. Cato schüttelte den Kopf.

»Du brauchst nicht zu dolmetschen. Ich hab's schon verstanden.«

Die Rufer verstummten bis auf einen. Vellocatus riskierte einen Blick über die Palisade hinweg. »Das ist Caratacus.«

»Verdammt ...« Cato runzelte die Stirn. Offenbar hatte der catuvellaunische König bereits das Kommando über die Aufständischen übernommen. »Sag ihm, dass ich mit Venutius sprechen will.«

Vellocatus rief etwas, dann antwortete der Gegner auf Latein: »Ich spreche mit dem römischen Komman-

danten! Nicht mit seinem verräterischen Schoßhund.
Ich gebe euch mein Wort, dass kein Pfeil auf dich ab-
geschossen werden wird. Das Gleiche erwarte auch ich.
Richte dich auf, damit wir uns sehen und miteinander
reden können.«

Cato überlegte angestrengt. Es war zu spät, Caratacus' Stellung zu untergraben. Wenn er sich weigerte, mit
ihm zu sprechen, würde Caratacus seinen Unterstützern
sagen, der römische Kommandant habe Angst. Und
wenn sie sich auf Latein unterhielten, würden nur wenige Einheimische der Unterhaltung folgen können. »Ich
möchte, dass du weiter dolmetschst. Sprich laut, damit
dich so viele wie möglich verstehen.«

Vellocatus nickte.

Cato holte tief Luft, richtete sich auf und trat vorsichtig ins Freie, sodass sein Oberkörper die Palisade
überragte. Er bedeutete Vellocatus, sich ebenfalls zu erheben, aber hinter der Deckung zu bleiben. Der junge
Edelmann schüttelte den Kopf, trat an Catos Seite und
flüsterte: »Ich werde diesen Verrätern gegenüber keine
Angst zeigen.«

»Sehr löblich«, entgegnete Cato leise. »Aber beim
ersten Anzeichen von Ärger gehst du in Deckung. Wir
werden dich später noch brauchen.«

»Ist das unter dem Helm mein alter Widersacher, Präfekt Cato?«, rief Caratacus.

»Sag ihm, dass ich mit Venutius sprechen will.«

Caratacus hörte sich die Entgegnung an und schüttelte den Kopf. »Ich spreche für die Patrioten der Briganten. Venutius hat mich mit dem Oberbefehl über seine

Männer betraut. Und ich will mit Präfekt Cato sprechen und nicht mit seinem Lakaien.«

Cato hob die Stimme. »Ich verlange, dass die Aufständischen in der Festung Königin Cartimandua und alle anderen Geiseln freilassen und sich ergeben. Ich verspreche, dass alle, die sich ergeben, nicht versklavt und nicht misshandelt werden. Des Weiteren garantiere ich, dass es seitens der Königin, unserer Verbündeten, keine Vergeltungsmaßnahmen geben wird. Ich verlange nur, dass der flüchtige Caratacus an uns ausgeliefert wird.« Er wandte sich ab und nickte Vellocatus zu, der seine Botschaft übersetzte, bis er von Caratacus unterbrochen wurde.

»Und das sind meine Bedingungen, Römer. Brecht den Angriff ab, und verlasst Isurium, dann biete ich euch freies Geleit bis zur Grenze. Ich und meine neue Streitmacht werden euer Leben verschonen, wenn ihr Isurium bis zum Abend verlassen habt. Solltet ihr bei Einbruch der Dunkelheit noch dort sein, schwöre ich bei unserem Kriegsgott Camulos, dass ihr alle sterben werdet und dass die Krieger Brigantias ihre Hütten mit euren Köpfen schmücken werden. Wie lautet deine Antwort?«

Cato blickte Vellocatus an. »Wiederhole, was ich gesagt habe.«

Vellocatus hob abermals zu sprechen an, wurde aber sogleich unterbrochen. Diesmal wandte Caratacus sich an seine Männer und rief einen Befehl.

»Runter!« Vellocatus packte Cato beim unverletzten Arm und zog ihn hinter die Deckung, dann prallte auch schon der erste Pfeil gegen die Abschirmung. Weitere folgten. Einer durchbohrte einen Eingeborenenschild und überschüttete sie mit Splittern. Cato streifte sie vorsichtig von den Schultern. »Damit hat sich der Plan, durch Verhandlungen eine friedliche Lösung herbeizuführen, wohl erledigt. Ich glaube, jetzt ist es an der Zeit, den Druck zu erhöhen. Komm mit!«

Geduckt eilte Cato an der Palisade entlang zur nächsten Rampe. Er deckte sich mit einem Eingeborenenschild, rannte über das offene Gelände und blickte über die Palisade. Macro und dessen Männer waren auf dem grasbewachsenen Hang in Stellung gegangen und warteten auf das Angriffssignal. Cato schaute über die Bastion hinweg. Lebauscus hatte seine Kohorte niederknien und hinter den Schilden in Deckung gehen lassen. Acers Männer hockten neben den leichten Ballisten, und die Hilfssoldaten hatten die ersten Steine in die Schleudern eingelegt. Alle waren bereit. Es war an der Zeit, den Plan umzusetzen.

Die Achte Kohorte drängte sich um die Standarte. In ihrer Mitte machte Cato das funkelnde Bronzehorn des Soldaten aus, der verantwortlich war für die Befehlsübermittlung an die von Lebauscus befehligten sechs Centurien. Cato bedeutete Vellocatus, an seiner Seite zu bleiben, und trabte hinüber. Einer der Soldaten machte Lebauscus auf seinen sich nähernden Vorgesetzten aufmerksam. Er drehte sich um und salutierte, als Cato ihn erreichte.

»Es ist so weit.«

Lebauscus nickte.

Cato bemerkte, dass Acer zu ihnen hersah und immer wieder die Faust ballte, während er auf den Befehl wartete, das Sperrfeuer zu eröffnen. Cato wandte sich an den Legionär mit dem Horn.

»Gib das Signal.«

Der Legionär hob das Horn und spuckte aus. Er spitzte die Lippen, holte tief Luft und blies ins Mundstück. Ein gellender, lang gezogener Ton erscholl. Der Mann holte Luft, zählte bis fünf und wiederholte das Signal. Ehe er damit fertig war, brachen das Schwirren der Schlingen und das Knallen der Ballisten die relative Stille, die nach der Einnahme der Bastion eingesetzt hatte. Von der anderen Seite der Palisade ertönte Gebrüll, als Macro und die restlichen Männer der Ersten Centurie aus der Deckung kamen und zu dem Rammbock rannten, der auf dem letzten Wegabschnitt vor dem Festungstor lag.

KAPITEL 34

Also los, Leute!«, rief Macro, als er den Weg entlangstürmte. Zu seiner Linken ragten die Wälle auf, die das Tor des Gegners schützten. Der plötzliche Pfeilhagel sowie die Eisenbolzen und faustgroßen Steine der leichten Ballisten hatten den Gegner überrascht. Die Einheimischen duckten sich hinter die Palisade, während das Sperrfeuer der Römer gegen die Holzpfähle prasselte. Macro wusste, dass dieser Zustand nicht von Dauer sein würde. Schon bald würde der Gegner versuchen, seine Männer mit allen Mitteln daran zu hindern, den Rammbock anzuheben und einzusetzen.

Es war früher Nachmittag, und die Hitze hatte nicht nachgelassen. Die Luft im abgeschlossenen Bereich zwischen der Bastion und der Festung war zum Schneiden. Wegen der schweren Rüstung und nach den Anstrengungen des Vormittags tropfte Macro der Schweiß von der Stirn, als er zu dem Rammbock lief. Vor ihm lagen die Männer, die bei Horatius' gescheitertem Vorstoß gefallen waren. Nicht alle waren tot, einige bewegten sich noch und stöhnten. Andere blickten hoffnungsvoll ihren heraneilenden Kameraden entgegen. Einer streckte die Hand nach Macro aus und krächzte: »Wasser ... Ich flehe dich an, gib mir Wasser ...«

Macro schlug einen Bogen und lief weiter. Über der

Palisade tauchte ein Kopf auf, ein dunkler Umriss vor dem hellen Himmel, und stieß einen Alarmruf aus. Unmittelbar vor Macro lag der Rammbock, umgeben von Toten, die von Pfeilen und Speeren durchbohrt worden waren. Überall lagen Geschosse verstreut. Macro erreichte das in einen stumpfen Kegel auslaufende Ende des Rammbocks. Er war mit Seilen umwickelt, die als Haltegriffe dienten. Macro warf den beschädigten Schild weg und zog einen Toten beiseite, der quer über dem grob behauenen Holz lag. Dann packte er den vordersten Griff und blickte sich zu den Legionären um, die ebenfalls ihre Schilde fallen ließen und beiderseits des Rammbocks Aufstellung nahmen. Sobald genügend Männer in Position waren, rief Macro: »Auf mein Kommando … anheben!«

Ächzend hoben sie den Rammbock hoch.

»Vorrücken!«

Sie eilten so schnell den Weg entlang, wie die schwere Last es erlaubte. Einen Fuß vor Macro fuhr zischend ein Pfeil in den Erdboden, und er rief über die Schulter: »Gebt uns mal Deckung!«

Die Männer der Ersten Centurie, welche die Träger inzwischen eingeholt hatten, eilten an die der Festung zugewandte Seite und hoben die Schilde, um sich und ihre Kameraden zu schützen. Immer mehr Pfeile und Steine prasselten herab, doch der stetige Geschosshagel von der Bastion ließ den Verteidigern keine Zeit, sorgfältig zu zielen, sodass die sich dem Tor nähernde Gruppe kaum behindert wurde. Die Römer in der Bastion hingegen beschossen aufrecht stehend die vor ihnen liegende Festungswand. Als der Bolzen einer Balliste die

Palisade traf, wurde eine Splitterwolke in die Luft geschleudert.

Ein gegnerischer Krieger, eher leichtsinnig als mutig, richtete sich zu voller Größe auf, reckte Macro das Schwert entgegen und feuerte seine Kameraden an, die Legionäre abzuschießen. Dann wurde er von einem Stein an der Brust getroffen und verschwand, als hätte die unsichtbare Hand eines Riesen ihn fortgerissen.

Auf einmal hörte Macro hinter sich einen Aufschrei und spürte, wie der Seilgriff ihm entglitt. Fluchend hielt er an und blickte sich zornig um. Einer seiner Männer war von einem Stein am Helm getroffen worden und gegen den Hintermann geprallt, worauf beide den Rammbock losgelassen hatten. Macro nickte einem Schildträger zu.

»Nimm seinen Platz ein!«

Der Legionär gehorchte, warf seinen Schild weg, trat über den Gefallenen hinweg und packte den Seilgriff. Macro befahl, weiter vorzurücken. Langsam stapften sie die verbliebene Wegstrecke hoch und näherten sich dem Graben vor dem Tor. Macro schätzte die Breite auf acht Fuß. Die Brücke war hochgezogen und hing vom Torhaus herab. Macro ließ den Rammbock absetzen und befahl drei Männern, ihm zu folgen. Sie stiegen in den Graben hinunter und kletterten mühsam an der gegenüberliegenden Böschung hoch. Oben angelangt schöpften sie erst einmal Atem. Macro zeigte auf die straff gespannten Seile der Zugbrücke.

»Die müssen wir durchtrennen! Jeweils zwei Mann. Los!«

Während zwei Legionäre zur anderen Seite eilten, nickte Macro dem dritten zu. »Stell dich mit dem Rücken zur Wand, und hilf mir hoch.«

Der Mann tat wie geheißen und verschränkte die Hände. Macro setzte den Stiefel in die Hände des Soldaten, stützte sich auf dessen Schultern und richtete sich auf. »Hoch!«

Ächzend wuchtete der Mann Macro in die Höhe. Macro presste sich an die Holzbalken des Torhauses und tastete mit dem zweiten Fuß nach der anderen Schulter des Soldaten. Als er auf beiden Füßen stand, legte der Mann beide Hände um Macros Waden und hielt ihn fest. Macro zog den Dolch und langte nach oben. Mit der Linken hielt er sich am Rand der Zugbrücke fest, mit der Rechten säbelte er an dem dicken Seil, dessen Stränge sich von der scharfen Klinge mühelos durchtrennen ließen. Währenddessen taten Acers Männer in der Bastion alles, damit die gegnerischen Krieger die Köpfe unten behielten.

Dann vernahm Macro einen Ruf von der anderen Seite des Tores. Ein Mann blickte aus dem Schatten zu ihm hoch.

»Sie haben uns entdeckt!«, rief Macro den beiden Soldaten zu, die sich am anderen Seil zu schaffen machten. »Beeilt euch!«

Er säbelte hektisch weiter. Seine Muskeln schmerzten, und er verfluchte das Seil. Durch den Spalt zwischen den beiden Torflügeln sah er, dass mehrere Männer sich dem Tor näherten. Eine Speerspitze schimmerte. Dann wurde sie durch den Spalt gestoßen und blitzte in der Sonne auf. Macro bog sich so weit zur Seite, wie es möglich war, ohne den Halt auf den Schultern des Soldaten zu verlieren. Er konnte den Sturz gerade noch verhindern und säbelte weiter. Nur ein dünner Strang war noch übrig. Da er unter starker Spannung stand, ließ er sich gut bearbeiten. Mit einem tiefen Brummen riss das Seil, die Ecke der Brücke senkte sich herab und warf Macro von den Schultern des Legionärs. Er kippte zur Seite und suchte Halt am rauen Holzpfosten neben dem Tor. Der Boden stürzte ihm entgegen, und Macro landete krachend auf der Seite. Die Luft wurde ihm aus der Lunge gepresst. Der Legionär taumelte und stürzte neben ihn, als die Speerspitze erneut durch die Lücke gestoßen wurde und ihn nur um eine Handbreit verfehlte. Die Männer an der anderen Torseite waren noch immer damit beschäftigt, das Seil zu durchtrennen.

Macro wollte sie warnen, doch er hatte keine Luft mehr. Der Legionär mit dem Messer erbebte und keuchte auf, als er von einem gegnerischen Krieger verletzt wurde, hielt sich aber aufrecht und säbelte weiter am Seil. Im nächsten Moment riss es, die Zugbrücke fiel herab und krachte mit dem Ende auf den Rand des Grabens, wobei eine Staubwolke aufgewirbelt wurde. Der Legionär rutschte von seinem Kameraden herunter und fiel in den Graben, aus der Speerwunde in seiner Hüftbeuge strömte Blut. Ohne ihn zu beachten, richtete Macro sich nach Atem ringend auf. Die gegnerischen Krieger zogen sich in den Schatten zurück. Ehe die Römer an der anderen Seite des Grabens reagieren konnten, schwang das Tor zu, und der Sperrriegel wurde vorgelegt. Macro rannte über die Zugbrücke zurück zum Rammbock und packte zusammen mit den beiden überlebenden Legionären den Seilgriff.

Dann befahl Macro seinen Männern, den Rammbock anzuheben. Sie rückten über die Zugbrücke vor und hielten dicht vor dem dicken Holztor an. Ihre Kameraden hoben die Schilde, um sie vor den Kriegern über dem Tor und auf den Erdwällen an den Seiten zu schützen. Er richtete das Ende des Rammbocks auf den schmalen Spalt zwischen den beiden Torflügeln und rief nach hinten: »Dreimal Schwung holen, dann zustoßen! Eins …«

Die Männer pflanzten die Stiefel fest auf die Holzbohlen der Zugbrücke und schwangen den schweren Baumstamm nach hinten, dann ließen sie ihn vorschnellen, so weit der Schwung ihn trug, und schwangen ihn wieder nach hinten. »Zwei … drei!«, rief Macro.

Die Männer schwangen den Rammbock mit aller Kraft nach vorn. Das stumpfe Ende prallte gegen das Tor und wirbelte weiteren Staub auf, der sich aus den Fugen löste.

»Noch mal!«

Macro packte zu, und sie wiederholten den Vorgang. Mit jedem Stoß regneten Staub und Splitter auf Macros Helm herab. Dann machte er zwischen den Holzbohlen einen schwachen Lichtschimmer aus.

»Das Tor gibt nach!«, rief er seinen Männern zu. »Macht weiter!«

Der nächste Stoß zerschmetterte eine der dicken Bohlen. Licht fiel durch das schartige Loch. Die Römer jubelten, holten erneut Schwung und vergrößerten die Lücke. Macro sah jetzt die Krieger und Waffen, die auf der anderen Seite auf sie warteten. Sein Herzschlag beschleunigte sich bei der Aussicht, über sie herzufallen, die Gefallenen der Siebten Kohorte zu rächen und dem Aufstand ein Ende zu machen, bevor er sich über Isurium hinaus ausbreitete. Der Sperrriegel knackte laut, die Torflügel ruckten ein Stück weit nach innen.

»Es ist gleich so weit«, warnte Macro seine Männer, als sie erneut Schwung holten. Ihre Gesichter glänzten vom Schweiß, doch ihre Augen funkelten vor Erregung. Es waren noch mehrere Schwünge nötig, bis der Riegel endgültig brach und die Torflügel nach innen gedrückt wurden.

»Rammbock absetzen!«, befahl Macro. »Schwerter ziehen und auf sie drauf!«

Seine Kameraden ließen die Seilgriffe los, der Rammbock fiel auf die Zugbrücke. Macro wandte sich an einen der Männer, die ihre Flanken schützten, und streckte die Hand aus. »Gib mir deinen Schild!«

Der Legionär zögerte einen Moment, sein persönliches Eigentum herzugeben und auf seinen eigenen Schutz zu verzichten. Dann aber gewann die soldatische Disziplin die Oberhand, und er reichte Macro den Schild.

»Hol dir auf dem Weg einen neuen, und komm dann wieder«, befahl Macro. Er passte die Halteschlaufe an, wandte sich zum Tor und zog das Schwert. »Mir nach!«

Er stürmte vor. Der Gegner hatte sich inzwischen wieder gefasst, drückte gegen das Tor und versuchte es zu schließen. In der Bastion erscholl zweimal das Horn, dann wurde das Signal wiederholt. Die Männer der Achten Kohorte stürmten unter lautem Gebrüll die Treppe hinunter, um sich dem Angriff anzuschließen. Macro setzte seinen Schild auf dem Tor auf und drückte mit aller Kraft dagegen. Seine Kameraden versuchten ebenfalls zu verhindern, dass das Tor wieder geschlossen wurde. Nach einer Weile Geschiebe trat ein Patt ein.

»Weg da!«, dröhnte hinter Macro eine Stimme. »Macht Platz!«

Er bekam einen Stoß in die Seite, als der große und kräftige Centurio Lebauscus sein Gewicht zur Geltung brachte. Die Römer gerieten in Vorteil, schoben die Torflügel nach und nach zurück und öffneten eine Lücke, hinter der die dicht gedrängten Reihen der Aufständischen zum Vorschein kamen, die sich verzweifelt standzuhalten bemühten.

»Hispania!«, brüllte Lebauscus den Namen der Neunten Legion. »Hispania!«

Die Männer seiner Kohorte nahmen den Ruf auf und schoben von hinten. Die Lücke erweiterte sich immer mehr, bis Lebauscus genug Platz hatte, die vor ihm befindlichen Gegner zu attackieren. Er bleckte die Zähne und rammte seinen Schildbuckel gegen den ersten Gegner, dann stach er mit dem Schwert zu. Der Aufständische grunzte und wollte zurückweichen, doch er war zwischen den von hinten schiebenden Kriegern und dem rasenden römischen Centurio eingeklemmt, der ihm das Schwert immer wieder in den Leib stieß. Lebauscus wich ein Stück zurück und ließ den Gegner zu

Boden fallen, dann trat er über ihn hinweg und griff den nächsten Mann an.

Macro drängte neben ihm in die sich weitende Bresche und stieß sein Schwert durch die Lücke zwischen seinem geborgten Schild und dem von Lebauscus. Das Kriegsgeschrei der Einheimischen erstarb ihnen in der Kehle, als Römer gegen die Aufständischen antraten, getrennt nur durch die Schilde. Kein Waffenklirren war zu vernehmen, nur angestrengtes Ächzen, zischende Flüche und das dumpfe Scharren von Schild an Schild. Jeder Schritt nach vorn erforderte eine gewaltige Kraftanstrengung, doch ganz allmählich rückten die Römer in den Schatten des Torhauses vor.

Macro ahnte die nächste Gefahr und rief über die Schulter hinweg einen Befehl. »Hintere Reihen! Schilde hoch!«

Die Vorwärtsbewegung verlangsamte sich und kam zum Stillstand, als die Legionäre ihren Schild so über den Kopf hoben, dass er mit dem des Vordermanns überlappte. Als die Männer bereit waren, gab Macro den Befehl zum Vorrücken. Wie erwartet, standen die Aufständischen über dem Tor bereit, die in die Festung eindringenden Römer von oben mit Pfeilen zu beschießen. Einige schleuderten auch Steine herab, doch die Schilde hielten sie ab. An der anderen Seite des Torhauses weitete sich der Weg zwischen den Befestigungen, sodass die Legionäre immer mehr Platz hatten, je weiter sie den Gegner zurückdrängten.

Macro wandte sich an Lebauscus. »Nimm ein paar deiner Männer, und säubere das Torhaus.«

Lebauscus nickte und zwängte sich durch die dicht gepackten Reihen der Legionäre zu der Holztreppe vor, die zum Turm über dem Tor hochführte. Seine tiefe Stimme übertönte den Kampfeslärm.

»Erste Centurie, Achte Kohorte! Mir nach!«

Er stieg die Treppe zur Befestigung hoch, und seine Männer beeilten sich, mit ihm Schritt zu halten. Im nächsten Moment vernahm Macro das Klirren von Klingen und den Kriegsruf des Centurios, der sich oben auf dem Turm auf die Aufständischen warf.

Macro führte den Rest der Männer nach vorn und bemerkte, dass der Gegner jetzt ohne große Gegenwehr zurückwich. Er wurde langsamer und ließ zu, dass sich eine Lücke zwischen den Fronten bildete.

»Die Reihe ausrichten!«

Die Männer zu beiden Seiten orientierten sich an ihren Nebenleuten, und der Schildwall ruckte eine Weile hin und her, bis die Legionäre sich vor den Aufständischen in gerader Linie formiert hatten. Macro senkte das Schwert, sodass es nur noch drei Handbreit über den Schild hinausragte, dann klopfte er gegen den Rand. Die Soldaten folgten seinem Beispiel, bis das Innere der Festung von einem beunruhigenden Klappern erfüllt war.

»Vorwärts!«

Die beiden Fronten näherten sich wieder, doch die Legionäre waren für diese Kampfweise ausgebildet und beherrschten sie. Im Schutz der Schilde, mit denen sie auch die Gegner rammten, stachen sie mit den Schwertern nur dann zu, wenn sich ein sicheres Ziel bot. Die Briganten, die eher ein wogendes Getümmel gewohnt waren, hatten Mühe, ihre längeren Schwerter, langschäftigen Äxte und Speere zur Geltung zu bringen, sodass sie vor dem zermürbenden Vormarsch der schwer gepanzerten Römer zurückwichen. Lebauscus' Männer kämpften sich auf den Befestigungen beiderseits des Torhauses vor und drängten den Gegner immer weiter zurück. Ihre Kameraden in der Bastion stellten den Beschuss ein, als sie die Legionäre auf der Festungsmauer sahen.

Dann rückten die Aufständischen zur Seite, und vor Macro tat sich eine Lücke auf. Mehrere Krieger, ausgerüstet mit Kettenrüstung, Langspitzschilden und funkelnden Helmen, tauchten darin auf. Den Anführer kannte er. Venutius.

KAPITEL 35

Venutius hatte sich dem Kampf angeschlossen, um seinen unruhig werdenden Anhängern den Rücken zu stärken. Er hatte Macros Helmbusch entdeckt und hielt direkt darauf zu. Mit gebleckten Zähnen drängte er sich nach vorn und schwang sein Schwert im Bogen nach dem Helm des Centurios. Macro riss den Schild hoch und ließ sich auf ein Knie nieder. Den Schild ließ er ein wenig nachfedern, um die Wucht des Hiebes abzufangen. Dann richtete er sich auf und warf sich nach vorn, um Venutius aus dem Gleichgewicht zu bringen, während der mit dem Schwert zum nächsten Schlag ausholte. Macro prallte gegen den Schild des Kriegers, und Venutius wurde einen halben Schritt zurückgedrängt.

Doch der Brigant stieß erstaunlich schnell seinen Schild vor und brachte Macro unvermittelt zum Stehen. Er schlug auf den Schild des Römers ein, drückte ihn gegen Macros Schulter. Gleichzeitig beschrieb Macros Schwert einen engen Bogen. Die Spitze durchschnitt den Ärmel von Venutius' Tunika und traf ihn am Ellbogen. Macro riss das Schwert zurück, präsentierte seinen Schild und knurrte: »Der erste Treffer geht auf mich ...«

Venutius hielt inne und verlagerte den Schild, um das Gelenk zu prüfen, dann stieß er ihn erneut vor und zog ihn gleich wieder zurück, um seinen heftigen Schwerthieb auszutarieren. Diesmal neigte Macro den Schild, um den Hieb abzulenken, anstatt ihn zu parieren. Die Klinge glitt klirrend vom Amboss ab und schrappte am Schild entlang nach unten. Macro stieß den Schild vor, um den Arm des Gegners nach außen zu lenken, dann hackte er mit einer brutalen, höchst eigenwilligen Bewegung auf den entblößten Venutius ein. Die Klinge drang tief ein; von der Gewalt des Hiebes zuckten Venutius' Muskeln, und er ließ das Schwert fallen. Mit verdutzter Miene riss er den verletzten Arm zurück.

Macro setzte nach, traf ihn erneut mit dem Schild und pflanzte seinen Stiefel hinter das Bein des Gegners, dann stieß er abermals zu. Venutius fiel auf den Rücken. Macro sprang mit gesenktem Schwert vor, ruckte mit der Spitze nach dem Hals des Kriegers, hielt aber einen Fingerbreit vor dessen pulsierender Kehle inne. Der Sturz ihres Anführers hatte die Umstehenden verwirrt. Sie wichen entsetzt zurück, sodass ein Freiraum um Macro entstand, der sich auf Venutius hinunterbeugte. Sein Instinkt riet ihm, zuzuschlagen, den Gegner zu töten und zum nächsten Briganten weiterzugehen. Doch dann erinnerte er sich an Catos Befehl. Verschont so viele wie möglich.

»Ergib dich!«, brüllte er den am Boden Liegenden an.

Venutius erwiderte wortlos seinen Blick.

»Ergib dich, du Barbarenschwein!« Macro ruckte mit der Schwerthand, sodass die Klinge an Venutius' Hals streifte. »Ich sag's nicht noch einmal.«

Venutius hatte die Bedeutung von Macros Worten verstanden und begriffen, dass er es ernst meinte. Er leckte sich die Lippen und rief seinen Gefolgsleuten etwas zu. Zunächst reagierten sie nicht, und Macro fürchtete schon, ihr Anführer habe ihnen befohlen, weiterzukämpfen und ihr Leben so teuer wie möglich zu verkaufen. Doch dann wich der erste Krieger von der Kampfformation der Römer zurück. Dann folgte ein zweiter Mann seinem Beispiel, und so ging es weiter, bis die Briganten einen sicheren Abstand vom römischen Schildwald eingenommen hatten. Die Männer, die Venutius in den Kampf gefolgt waren, verharrten hinter dem hilflos am Boden Liegenden, dann ließ der Erste sein Schwert fallen und gleich darauf auch den Schild. Nach einer angespannten Pause folgten die anderen seinem Beispiel, und die übrigen Aufständischen schlossen sich ihnen an.

Macro räusperte sich und rief: »Achtung!«

Die Legionäre nahmen Haltung an, unternahmen aber keinen Versuch, vorzurücken oder den Gegner anzugreifen. Stille senkte sich auf das Gelände am Tor herab, als die Kämpfe zum Erliegen kamen und der Gegner die Waffen streckte.

»Umzingeln!«, brach Macro den Bann. »Schafft die Schufte vom Tor weg, aber tut ihnen nichts.«

Während die Männer wieder vorrückten und den Briganten mit den Schwertern bedeuteten, dass sie Platz machen sollten, zog Macro sein Schwert und forderte Venutius' Gefolgsleute auf, diesem aufzuhelfen. Als Venutius auf den Beinen stand, legte er die Hand auf den verletzten Arm und wich beschämt Macros Blick aus.

»Macro!«

Er drehte sich um und erblickte Cato, der vom Torhaus herüberkam. Vellocatus folgte ihm auf den Fersen, und die Männer der nachdrängenden Kohorten der Achten Centurie machten ihnen Platz. Der Präfekt lächelte erleichtert, als er sich seinem Freund näherte. »Den Göttern sei Dank! Du hast es geschafft, Centurio Macro. Gute Arbeit, mein Freund.« Dann bemerkte Cato Venutius und grinste. »Wirklich gute Arbeit!«

Er musterte die Gesichter der Umstehenden. »Caratacus ist nicht dabei. Frag ihn, wo er ist.«

Vellocatus sagte etwas. Venutius musterte ihn verächtlich, schwieg jedoch. Vellocatus wiederholte seine Frage eindringlicher als zuvor, bekam aber immer noch keine Antwort. Stattdessen spuckte Venutius vor seinem Schildträger aus.

»Wir müssen ihn finden und klären, ob die Königin unversehrt ist. Komm mit!« Cato zwängte sich an dem geschlagenen Krieger vorbei, Macro, Vellocatus und ein Trupp Legionäre schlossen sich ihm an. Die Briganten teilten sich vor ihnen wie geprügelte Hunde. Als sie die Reihen der Gegner passiert hatten, eilten Cato und dessen Begleiter zwischen den Hütten hin zu dem Platz vor der großen Halle der Stammeskönigin. Ein paar Frauen und Kinder flohen in die Hütten. Der Eingang der Halle wurde von mehreren Speerträgern bewacht. Als die Römer sich ihnen näherten, hoben sie die Waffen.

»Sag ihnen, Venutius hat sich ergeben. Sag ihnen, der Aufstand ist vorbei, und sie sollen die Waffen niederlegen.«

Vellocatus rief seinen Stammesgenossen etwas zu.

Sie zögerten nur kurz, dann sahen sie die Legionäre zwischen den Hütten hervorkommen, schickten sich ins Unvermeidliche und legten die Waffen nieder.

»Macro, kümmere dich um sie«, befahl Cato und ging weiter zum Eingang der Halle. Er trat vorsichtig über die Schwelle ins düstere Innere und wartete, bis seine Augen sich ans Halbdunkel gewöhnt hatten. Man hatte Tische und Bänke an die Seiten gerückt, und über hundert Personen saßen auf dem Boden und blickten ihm entgegen, froh darüber, einen römischen Offizier zu sehen. Sie wussten genau, was sein Erscheinen zu bedeuten hatte. Cato hatte keine Zeit, sich um sie zu kümmern, sondern blickte zur anderen Seite der Halle. Königin Cartimandua stand vor ihrem Thron. Neben ihr stand Caratacus, die Hand auf ihren Arm gelegt. Catos Stiefel dröhnten auf den Steinplatten, als er sich ihnen näherte.

»Die Festung ist gefallen, und Venutius hat sich ergeben«, sagte er laut. »Der Aufstand wurde niedergeschlagen. Jetzt musst auch du dich ergeben.«

»Lügner!«, rief Caratacus. »Venutius würde sich niemals ergeben.«

»Er hat es getan und ist jetzt unser Gefangener. So wie du. Es ist vorbei, Caratacus.«

»Nein! Ich lasse mich nicht gefangen nehmen.«

Sein Tonfall ließ Cato aufhorchen. Zehn Schritte vor dem Catevellauner hielt er an. Er fürchtete, der Mann könne sich eher das Leben nehmen, als sich erneut gefangen nehmen und nach Rom bringen zu lassen, wo der Kaiser über sein Schicksal entscheiden würde. Als hätte er Catos Gedanken gelesen, zog Caratacus einen Dolch aus dem Gürtel hervor. Dann zerrte er Cartimandua dicht an sich heran, legte ihr den Arm um den Hals und drückte ihr die Dolchspitze unmittelbar über dem Herzen an die Brust. Cartiamandua gab einen erstickten Schreckenslaut von sich.

»Wenn euch an ihrem Leben liegt«, sagte Caratacus, »lasst ihr mich gehen.«

Cato holte tief Luft und schüttelte den Kopf. »Du gehst nirgendwo hin. Damit ist jetzt Schluss. Dein Krieg gegen Rom ist vorbei. Endgültig.«

»Das glaubst du. Ich werde einen anderen Stamm finden. Andere Krieger, die mutiger sind als Venutius. Der Krieg geht weiter.«

»Nein. Es ist aus. Ich lasse dich nicht gehen.«

»Dann muss sie sterben. Willst du wirklich verantwortlich für den Tod einer kaiserlichen Verbündeten sein? Der Kaiser wird dich einen Kopf kürzer machen.«

Cato zuckte mit den Schultern. »Schon möglich. Aber ich glaube, deine Gefangennahme ist wichtiger als das Leben der Königin. Wenn du dich ergibst, wird man dein Leben vielleicht schonen. Wenn du der Königin etwas zuleide tust, werde ich dich eigenhändig töten. Das gelobe ich bei meiner Ehre.«

»Mich töten? Glaubst du, du könntest mich im Zweikampf besiegen? Mann gegen Mann?«

Ein Trupp Legionäre betrat die Halle und marschierte ans Ende der Halle. Cato lächelte und deutete mit dem Daumen über die Schulter.

»Ich bin wohl nicht allein.«

Caratacus musterte die Römer verbittert. Macro trat vor und stellte sich neben Cato, in der einen Hand den Schild, in der anderen das blutige Schwert.

»Lass sie los«, sagte Cato einschmeichelnd. »Lass sie gehen und ergib dich.«

Caratacus ruckte mit dem Kopf, eher ein nervöses Zucken denn eine Verneinung. Vielleicht konnte er die Vorstellung, sich zu ergeben, nicht ertragen.

»Überleg mal«, sagte Cato eindringlich. »Wenn du die Königin kaltblütig tötest, wird dein Name in ganz Britannien geschmäht werden. Willst du das? Oder willst du als der Unbeugsamste aller Briten in Erinnerung bleiben? Du hast noch immer deine Ehre. Du hast bis zum Schluss gekämpft. Das kann dir niemand nehmen … wenn du sie jetzt loslässt und dich ergibst.«

Caratacus biss mit gequälter Miene die Zähne zusammen. Ein leiser Klagelaut kam aus seiner Kehle. Dann senkte er langsam die Arme und schob Cartimandua behutsam zur Seite. Sie sprang vom Podest und eilte zu den Römern. Cato behielt den Mann im Auge, der einsam und verloren auf dem Podest ausharrte. Dann fiel sein Blick auf die stumpf schimmernde Klinge.

»Tu das nicht, Herr. Ich flehe dich an. Du hast noch immer dein Leben und deine Familie. Sie erwarten dich in Viroconium.«

Caratacus musterte ihn starr, tief hatten sich Verzweiflung und Kummer in sein Gesicht eingegraben. Dann seufzte er schwer und schob den Dolch in die Scheide. Cato näherte sich vorsichtig und streckte die Hand aus. »Ich nehme den. Wenn du nichts dagegen hast.«

Caratacus überlegte kurz, dann zog er erneut die Klinge und reichte den Griff Cato.

»Danke, Herr.« Mit einem Seufzer der Erleichterung wandte er sich an den nächststehenden Legionär. »Bring König Caratacus zu den anderen Gefangenen.«

Der Soldat salutierte und näherte sich vorsichtig dem gegnerischen Anführer. Caratacus stieg vom Podest und ließ sich von dem Mann durch die Halle zum Ausgang geleiten, durch den helles Tageslicht hereinströmte.

Cato wandte sich an die Königin. »Ist alles in Ordnung, Majestät?«

Sie lächelte nervös. »Jetzt schon. Ich danke dir.«

»Und diese Leute?« Cato deutete auf die Gefangenen, die sich jetzt, da das Drama vorbei war, allmählich wieder regten.

»Man hat uns gut behandelt. Niemand wurde verletzt.« Sie wies mit dem Kinn zum Ausgang. »Wenn du keine Einwände hast … wir halten uns schon seit gestern hier drinnen auf. Frische Luft würde uns guttun.«

Erst jetzt bemerkte Cato, wie warm es in der Halle war. Er nickte. »Selbstverständlich. Die Aufständischen wurden entwaffnet. Deine Leute möchten vielleicht ihre Waffen an sich nehmen.«

Cartimandua musterte ihn misstrauisch. »Das würden deine Soldaten zulassen?«

»Gewiss, Majestät. Du bist die Königin der Briganten. Ich lasse eine Einheit meiner Männer hier, während du die Ordnung wiederherstellst und über das Schicksal der Aufständischen entscheidest. Wenn sie ihre Aufgabe erfüllt haben, schick die Männer ins Lager zurück.«

Sie musterte ihn durchtrieben. »Ich stehe in deiner Schuld, Präfekt Cato. Oder jedenfalls in der Schuld Tribun Othos. Wo ist er?«

Macro verkniff sich ein Lächeln, und Cato streichelte sich das Kinn, bevor er antwortete. »Der Tribun hielt es für geraten, die Einnahme der Festung in die Hände erfahrener Soldaten zu legen, Majestät. Er wird das Kommando über die Kolonne wieder übernehmen, sobald wir unseren Auftrag erledigt haben.«

»Verstehe. Ich danke dir, Präfekt, und auch dir, Centurio.«

Cato neigte den Kopf, und Macro folgte seinem Beispiel.

Die Königin nickte und wollte sich an ihre Leute wenden, als Cato erneut das Wort ergriff. »Da wäre noch etwas. Darf ich sprechen?«

»Ja?«

»Du solltest den Aufständischen gegenüber Milde zeigen. Jetzt, da wir Caratacus haben, fehlt es dem Kampf gegen Rom an einer Galionsfigur. Von Venutius natürlich abgesehen.«

Cartimanduas Miene verdüsterte sich. »Er wird für seinen Verrat bezahlen. Es gibt Todesarten, die jeden Augenblick in eine unerträgliche Qual verwandeln.«

»Das glaube ich dir aufs Wort. Aber er ist ohnmächtig. Der Aufstand wurde niedergeschlagen, ehe er richtig begonnen hatte. Wenn du ihn hinrichtest, wird das nur den Widerstand seiner Anhänger stärken, fürchte ich.«

Cartimandua musterte Cato mit ihren durchdringenden Augen. »Wie du gesagt hast, bin ich die Königin.

Es obliegt mir, über das Schicksal des Venutius und all der Dummköpfe zu entscheiden, die auf ihn gehört haben.«

»Selbstverständlich. Ich wollte dir nur einen Rat geben. Nichts weiter.«

»Und dafür danke ich dir.« Sie wandte sich ab und begab sich zu denen, die ihr die Treue gehalten hatten. Als sie die Halle verließen, schüttelte Macro den Kopf.

»Sie hätte ein bisschen dankbarer sein können nach dem vielen Blut, das unsere Männer vergossen haben, um ihre Haut zu retten.«

»Stimmt. Aber unsere Aufgabe ist es, Rom zu dienen, und sie wieder auf den Thron zu setzen, lag im Interesse Roms. Damit solltest du dich zufrieden geben.«

»Das muss ich wohl, denn Beute haben wir hier keine zu erwarten.«

Auf das Stichwort hin inspizierte Cato ein wenig die Halle, auch mehrere Legionäre sahen sich neugierig um. »Ich möchte, dass die Männer von hier verschwinden. Vergewissere dich, dass sie nichts mitnehmen.«

»Herr!«, rief einer der Soldaten, worauf die beiden Offiziere sich umwandten. Der Mann stand in der Tür der Kammer an der Rückseite der Halle. »Das solltest du dir ansehen.«

Sie eilten hinüber, und der Soldat trat in den Raum. Licht fiel schräg durch ein Loch über der kleinen Feuerstelle. Der Legionär stand neben einer offenen Truhe. Ein Teil des Lichtstrahls fiel hinein und wurde vom Inhalt an den hochgeklappten Deckel widergespiegelt. Cato und Macro gingen zu dem Soldaten hinüber und sahen, dass die Truhe voller Silbermünzen war. Alle drei betrachteten schweigend den Schatz.

»Das erklärt einiges«, sagte Macro schließlich. »Jetzt wissen wir, auf welche Weise Venutius so viele Anhänger gewonnen hat.«

»So ist es«, sagte Cato.

Macro hüstelte. »Was machen wir jetzt damit? Ist das Kriegsbeute?«

Der Legionär machte ein hoffnungsvolles Gesicht.

Cato schüttelte den Kopf. »Nein. Das bleibt hier. Das braucht die Königin, um die verbliebenen Unruhestifter ruhigzustellen.«

Macro schaute entsetzt drein. »Aber, Herr …«

»Das bleibt hier, Macro. Wir rühren es nicht an. So lautet mein Befehl.« Er wandte sich an den Legionär. »Du bleibst hier und bewachst bis auf Weiteres die Truhe. Und lass dir ja nicht einfallen, auch nur eine einzige Münze an dich zu nehmen. Verstanden?«

»Ja, Herr.«

Macro schaute noch immer sehnsüchtig in die Truhe. Er nahm ein paar Münzen in die Hand. »Wenn hundert oder so fehlen, würde das niemandem auffallen.«

»Macro …«

»Wirklich schade«, entgegnete der Centurio. »Eine Handvoll frisch geprägter Dinare wären ein hübsches Andenken an unseren Besuch in Isurium.«

Cato runzelte die Stirn. »Frisch geprägt?«, murmelte er.

Er nahm eine einzelne Münze in die Hand. Macro hatte recht. Sie hatte kaum einen Kratzer, und die Prägung stellte einen Truppenbesuch des Kaisers dar. Bei seinem Aufenthalt in Rom im Jahr zuvor waren die Münzen gerade in Umlauf gekommen. Plötzlich kam ihm ein Gedanke. Er hob die Münze an die Nase und schnupperte daran.

»Könnte man glatt essen, wie?« Macro grinste, denn er hoffte, dass die Habgier ihren Weg ins Herz seines Vorgesetzten gefunden hatte.

»Nicht essen …«, entgegnete Cato mit kühler, berechnender Miene. Er schloss die Hand um die Münze und klappte den Deckel zu. »Wir müssen noch eine Sache regeln, bevor wir nach Viroconium zurückkehren.«

KAPITEL 36

Ein schöner Erfolg, Präfekt.« Otho saß mit Cato an seinem Tisch im Kommandozelt. Draußen verschluckte die Abenddämmerung allmählich den Tag. Tagsüber war es drückend heiß gewesen, und jetzt war es immer noch warm und stickig. Die Mücken fielen in Scharen über die Männer her, die den ganzen Tag über in ihren schweren Rüstungen geschwitzt hatten.

Nach dem Sieg über die Aufständischen und der Befreiung Königin Cartimanduas hatte Cato die Hilfstruppen angewiesen, in der Festung zu bleiben und die Königin zu unterstützen. Die Legionäre hatten die Festung, die Bastion und den Hang von Toten und Verwundeten gesäubert. Die Toten hatte man ins Lager gebracht und in langen Reihen vor dem Haupttor abgelegt. Für den nächsten Tag wurden Scheiterhaufen vorbereitet. Die Verwundeten hatte man mit Karren und Wagen ins Lager gebracht, wo sie von den Wundärzten versorgt wurden. Als Catos Handverletzung gesäubert und verbunden war, hatte er ein kurzes Gespräch mit Macro geführt, ihm einen Auftrag erteilt und sich anschließend ins Hauptquartier begeben.

»Wir haben Caratacus dingfest gemacht und die antirömischen Umtriebe der Briganten niedergeschlagen. Unter den Toten war auch der Leichnam des Druiden.

Königin Cartimandua steht in unserer Schuld, und das weiß sie auch. Wie ich schon sagte, ein schönes Ergebnis.«

Dass der Tribun von »wir« sprach, hätte Cato beinahe ein grimmiges Lächeln entlockt, doch das verkniff er sich. Otho hatte den Tag im sicheren Lager verbracht und den erbitterten Kampf um die Festung nur als Zuschauer miterlebt. Er hatte nicht die Hitze gespürt, nicht die Erschöpfung und die nackte Todesangst. Er hatte nicht gegen den Gegner gekämpft und keine Verletzung davongetragen. Trotzdem nahm er den Ruhm für den Sieg für sich in Anspruch. Cato benötigte nicht viel Fantasie, um sich vorzustellen, wie der Abschlussbericht für Legat Quintatus aussehen würde. Vermutlich würde er nur wenig Ähnlichkeit mit der Realität aufweisen.

»Wir haben unseren Auftrag ausgeführt«, sagte Cato. »Allerdings hatte der Erfolg seinen Preis.« Er hielt inne und dachte an die Liste mit den Verlusten, die Macro ihm vorgelegt hatte, kurz bevor sie von Isurium ins Lager zurückgekehrt waren. »Neben Präfekt Horatius und Centurio Statillius wurden achtundsechzig Männer der Siebten Kohorte getötet und weitere zweiundneunzig verwundet, darunter zwei Centurionen und ein Optio. Die Erste Centurie von Macros Kohorte hat einundzwanzig Tote und vierzehn Verwundete zu beklagen. Die anderen Einheiten sind glimpflich davongekommen. Die Achte Kohorte hat sechs Tote und achtzehn Verwundete zu verzeichnen, die Hilfseinheiten zehn Tote und fünfzehn Verwundete. Von den Blutkrähen wurde nur einer verwundet. Er wurde aus dem Sattel geworfen, als er einem Flüchtenden aus der Festung nachsetzte.«

Otho nickte sachlich. »Beklagenswerte Verluste, gewiss. Aber manchmal muss man ein paar Eier zerbrechen, wenn man ein Omelett backen will, hab ich recht?«

»Eier? Ich finde diesen Vergleich nicht sonderlich angemessen, Herr.«

»Eine Redewendung, Präfekt. Man wird deine Toten natürlich ehren, und Rom wird um sie trauern und ihnen dafür dankbar sein, dass sie bereit waren, ihr Leben für das Wohl des Reiches zu opfern.«

»Ja, Herr.«

Es entstand eine Pause, dann räusperte sich Otho und fuhr fort. »Jetzt, da der Militäreinsatz vorbei ist, gibt es keinen Grund, weshalb ich nicht wieder das Kommando über die Kolonne übernehmen sollte.«

»Das ist richtig, Herr«, stimmte Cato ihm zu. »In Übereinstimmung mit den Anweisungen des Legaten Quintatus übergebe ich dir hiermit das Kommando über die Kolonne.«

Otho stieß einen Seufzer der Erleichterung aus. »Ich danke dir, Cato. Sei versichert, dass ich die Rolle, die du gestern beim Sieg über die Briganten gespielt hast, zu würdigen weiß.«

Cato neigte leicht das Haupt.

»Dann bleibt mir nur noch, der Kolonne zu befehlen, das Lager abzubrechen und nach Viroconium zurückzumarschieren«, sagte Otho munter. »Ich gestehe, ich werde es nicht bedauern, wieder in die zivilisierte

Umgebung des Armeestützpunkts zurückzukehren.«
Er deutete auf Catos verdreckte Uniform und seinen
Handverband. »Du solltest dich mal gründlich waschen,
Präfekt, und frische Kleidung anziehen. Ich wage zu be-
haupten, dass auch du erschöpft bist. Jetzt, da ich dir die
Last der Verantwortung von den Schultern genommen
habe, solltest du dich erst einmal ausruhen.«

»Danke, Herr. Das werde ich machen. Aber zuvor
gilt es noch eine nicht unwesentliche Angelegenheit zu
klären.« Cato näherte sich dem Thema nicht ohne einen
Anflug von Besorgnis. »Sie steht in Verbindung mit dem
Aufstand in Isurium und mit Caratacus' Flucht aus dem
Lager in Viroconium.«

»Du darfst dich durch die Tatsache, dass du für die
Flucht die Verantwortung trägst, nicht niederdrücken
lassen«, sagte Otho gönnerhaft. »Durch dein Verhalten
davor und vor allem danach hast du das mehr als wett-
gemacht.«

»Ich war nicht verantwortlich für die Flucht, Herr.
Die Verantwortung trägt eine andere Person.«

»Wer soll das sein?«

Bevor er den Schuldigen nannte, wollte Cato seine
Beschuldigung untermauern. »Herr, du wirst dich erinnern, dass die Bewacher des Caratacus getötet wurden, ehe sie auf den Angreifer reagieren konnten.«

»Ja, und?«

»Deshalb glaube ich, dass sie den Angreifer entweder
kannten oder keinen Grund hatten, an eine Gefahr zu
glauben.«

»Das klingt vernünftig. Und weiter?«

»Des Weiteren stellt sich die Frage, von wem Venutius wusste, dass General Ostorius gestorben ist. Das hat es wesentlich erleichtert, Königin Cartimandua abzusetzen. Nur wenige von uns wussten gestern Abend vom Tod des Generals, und wir hatten zugesagt, die Information so lange zurückzuhalten, bis die Briganten uns Caratacus ausgeliefert hätten.«

Otho nickte nachdenklich. »Du, ich und Centurio Macro, außerdem noch meine Frau. Ich nehme an, du verdächtigst nicht mich? Und du kommst auch nicht infrage. Dann bliebe nur noch Macro übrig.« Er hielt inne. »Ich weiß, ihr seid eng befreundet. Ihr habt viele Jahre zusammen gedient. Du verdächtigst doch nicht etwa Macro?«

»Nein, Herr. Ich würde Centurio Macro mein Leben anvertrauen. Verrat traue ich ihm nicht zu.«

»Dann muss es jemand anders gewesen sein. Der Soldat, der die Nachricht überbracht hat. Ich lasse ihn befragen.«

»Der war es nicht. Er hat gleich nach dem Überbringen der Nachricht die Festung verlassen. Es muss jemand anders gewesen sein.«

Die gute Stimmung des Tribuns verflüchtigte sich, als er begriff, worauf Cato hinauswollte.

»Was redest du da, Präfekt? Beschuldigst du mich? Wie kannst du es wagen …«

»Nicht dich, Herr.«

»Was?«, sagte Otho verwirrt. »Dann … meine Frau? Poppea? Bist du wahnsinnig?«

»Nein, Herr. Nur enttäuscht, dass ich nicht eher darauf gekommen bin.«

Die Miene des Tribuns verdüsterte sich. »Wenn das ein Scherz sein soll – darüber kann ich nicht lachen.«

»Wo hält sich deine Frau gegenwärtig auf?«

»Sie ruht sich in meinem Zelt aus, aber das geht dich nichts an.«

»Einen Moment, Herr.« Cato erhob sich, ging steif zur Zeltklappe und schaute nach draußen. Macro wartete ganz in der Nähe mit Septimus und Centurio Lebauscus, wie Cato es zuvor mit ihm abgesprochen hatte. Beide bewunderten die neue Kettenweste, die er als Trophäe aus der Bastion mitgebracht hatte. Cato winkte alle drei zu sich.

Otho blickte ihnen misstrauisch entgegen. »Was hat das zu bedeuten?«

»Das frage ich mich auch«, sagte Septimus und musterte Cato mit hochgezogener Braue. »Oder wollt ihr Herren vielleicht Wein für die Siegesfeier bestellen?«

Cato seufzte ungeduldig. »Es ist an der Zeit, die Scharade zu beenden.«

»Ich weiß wirklich nicht, wovon du sprichst, Präfekt.«

»Was beim Hades geht hier vor?«, fragte Otho. »Weshalb hast du den Weinhändler hereingeholt?«

»Das ist kein Weinhändler, Herr. Sein Name lautet nicht Hipparchus, sondern Septimus, und er ist ein kaiserlicher Agent, von Narcissus entsandt, um eine Verschwörung gegen den Kaiser aufzudecken. Insbesondere hatte er die Aufgabe, einen Verräter zu entlarven, nämlich deine Gemahlin, die nach Britannien geschickt wurde, um die Befriedung der Provinz zu vereiteln.

Nicht nur das, sie sollte auch mich und Centurio Macro beseitigen. Ist das richtig, Septimus?«

Der kaiserliche Agent schwieg einen Moment, sein Gesicht eine ausdruckslose Maske. Dann nickte er. Otho musterte ihn erstaunt.

»Ein kaiserlicher Agent, der meiner Frau hinterherspionieren sollte? Habe ich das richtig verstanden? Das ist empörend. Poppea ist unschuldig. Die Anschuldigungen sind grotesk.«

»Tatsächlich?«, sagte Cato. »So mag es scheinen. Wer würde auch schon eine Frau von hoher Herkunft verdächtigen, die Gemahlin eines Tribuns? Bestimmt nicht die beiden Männer, die bei Caratacus' Befreiung getötet wurden. Ich auch nicht, nicht mal nach der Schlacht, als sie im Messezelt versucht hat, mir vergifteten Wein zu geben. Zu allerletzt aber du, ihr Gemahl, der überglücklich war, dass sie ihn bei einer wichtigen Mission in die Hauptstadt der Briganten begleitet hat, wo sie den Gegner über Ostorius' Tod informiert hat. Hast du sie übrigens gebeten mitzukommen, oder war das Poppeas Vorschlag? Und wessen Idee war es überhaupt, sie nach Britannien mitzunehmen?«

Dem Tribun sackte die Kinnlade herab, als er Cato zuhörte, dann schüttelte er den Kopf. »Das ist nicht wahr. Das kann nicht sein. Nicht Poppea. Hast du Beweise?«

»Sie hat es verstanden, ihre Spuren zu verwischen. Abgesehen davon, dass sie die Nachricht von Ostorius' Tod weitergegeben hat. Dabei ist sie ein Risiko eingegangen, aber das musste sie auch, wenn sie Venutius eine Waffe an die Hand geben wollte, mit der er gegen die

Königin vorgehen konnte. Wer sonst sollte es gewesen sein, Herr? Du? Ich? Centurio Macro?«

»Warum nicht du oder dein Freund?«

»Weil wir wissen, wem unsere Loyalität gilt. Wir haben geschworen, dem Kaiser zu dienen. Wir sind Soldaten, keine Agenten. Deshalb.«

»Da hat er verdammt noch mal recht«, setzte Macro mit Nachdruck hinzu.

Tribun Otho warf ihm einen zornigen Blick zu, dann sah er wieder Cato an. »Noch einmal, hast du Beweise? Weshalb sollte ich dir ohne triftigen Beweis glauben?«

Cato kratzte sich am stoppeligen Kinn. »Ich bezweifle nicht, dass Poppea die Unschuldige spielen würde, das tat und tut sie richtig gut. Schließlich war sie auch sehr überzeugend in ihrer Rolle als verhätschelte Aristokratengattin. Ich hätte sie schon eher verdächtigen sollen. Jetzt lässt sich das nicht mehr ändern, es bleibt uns nur, Narcissus Bericht zu erstatten. Ich wage zu behaupten, dass er großes Interesse haben dürfte, sie zu befragen, sobald er Gelegenheit dazu bekommt. Und sollte Poppea gestehen, dass sie tatsächlich für Pallas gearbeitet hat, wird ihr Leben und das aller, die ihr nahestehen, in ernster Gefahr sein.«

Otho erbleichte. »Das kannst du nicht machen …«

Cato überlegte einen Moment, dann schüttelte er den Kopf. »Ich vielleicht nicht, aber er schon.« Er deutete auf Septimus. »Habe ich recht?«

Der kaiserliche Agent lächelte schmallippig und humorlos. »Ja, Tribun. Es ist meine Pflicht, den Kaiser zu schützen, und nichts kann mich daran hindern.«

»Nichts«, wiederholte Cato. »Wie du siehst, Otho, spielt deine Frau ein sehr gefährliches Spiel. Sie setzt nicht nur ihr eigenes Leben aufs Spiel, sondern auch das deine. In Rom gibt es Männer wie Septimus, die Erfahrung darin haben, die Gegner des Kaisers verschwinden zu lassen. Glaub mir, du willst es nicht erleben, dass sie eines Tages an deine Tür klopfen.«

Der Tribun sackte auf dem Stuhl zusammen, senkte den Kopf auf die Hände und murmelte: »Das kann nicht wahr sein ... Nicht meine Poppea.«

»Es ist wahr«, beharrte Cato. »Die Frage ist, wie geht es jetzt weiter? Es liegt auf der Hand, dass sie nicht bei der Armee bleiben kann. Du musst Poppea nach Rom zurückschicken. Wenn sie meine Frau wäre, würde ich ihr klarmachen, dass das alles aufhören muss. Bevor es ein tödliches Ende nimmt.« Cato legte eine Pause ein. »Herr, wenn du deine Frau liebst, musst du sie um ihretwillen dazu bringen, ihr Ränkespiel zu beenden. Hast du mich verstanden?«

Otho schaute hoch, einen Anflug von Hoffnung im Blick. »Du würdest sie am Leben lassen?«

»Moment mal!«, warf Septimus ein. »Sie ist eine Verräterin. Sie hat keine Gnade zu erwarten. Das wird mein Vater nicht zulassen.«

»Dein Vater ist nicht hier«, bemerkte Cato.

»Nein, aber er wird davon erfahren. Dann bekämst auch du Schwierigkeiten, Präfekt Cato.«

»Halt den Mund«, sagte Cato erschöpft. »Halt einfach den Mund.«

»Was?« Septimus trat vor. »Du wagst es, meinen

Vater und mich herauszufordern? Was, glaubst du, wird Narcissus sagen, wenn er herausfindet, dass du sie hast laufen lassen? Dann ist dein Leben verwirkt. Es ist besser, wenn ich Poppea zur Befragung nach Rom bringe.«

»Das sehe ich anders«, entgegnete Cato. »Außerdem bezweifle ich, dass du sie zu Narcissus bringen würdest. Vermutlich würdest du sie Pallas ausliefern.«

Septimus starrte Cato entgeistert an, dann fragte er leise: »Was willst du damit sagen?«

»Das wird sich gleich zeigen.«

Otho erhob sich und machte Anstalten, das Zelt zu verlassen.

»Warte!«, Cato verstellte ihm den Weg. »Da ist noch etwas.«

»Was sollte das sein?«, entgegnete Otho kühl. »Ich habe genug gehört.«

»Noch nicht ganz. Bitte, setz dich.«

Otho zögerte, dann ging er zu seinem Stuhl zurück und ließ sich darauf niederfallen. »Ich höre.«

»Du solltest wissen, dass deine Frau nicht allein gehandelt hat. Sie hatte einen Komplizen. Jemanden, der ihr nach Britannien nachgereist ist, um ihr bei ihren Ränken zu helfen.«

»Und wer soll das sein?«

Cato trat beiseite und zeigte auf Septimus. »Er.«

»Ich?« Der kaiserliche Agent zuckte zusammen. »Was soll der Blödsinn?«

Cato näherte sich ihm und blickte ihm in die Augen. »Du arbeitest für Pallas, hab ich recht?«

Septimus legte die Stirn in Falten und lachte nervös. »Du machst Witze. Du weißt, dass ich für Narcissus arbeite. Das weißt du.«

»Das war bis vor Kurzem auch der Fall. Bis dir klar wurde, in welche Richtung sich der Machtkampf zwischen Pallas und Narcissus entwickeln würde. Du hast erkannt, dass Narcissus' Einfluss auf den Kaiser im Schwinden begriffen ist. Wenn Claudius tot ist und seine Frau Agrippina ihren Sohn zum Kaiser macht, sind Narcissus und dessen Anhänger so gut wie erledigt. Du bist zu dem Schluss gekommen, es sei an der Zeit, dich mit dem Gegner, also Pallas, zu verbünden. Als Narcissus dich hierher entsandt hat, um den Plan zu vereiteln, konnte er nicht ahnen, dass du alles in deiner Macht Stehende tun würdest, um ihm zum Erfolg zu verhelfen. Da hätte ich schon eher draufkommen sollen.«

»Lügen!«, schnaubte Septimus. »Das ist Wahnsinn! Narcissus ist mein Vater. Glaubst du, ich würde meinen eigenen Vater verraten? Mein eigen Fleisch und Blut?«

Macro funkelte ihn an. »Narcissus ist eine ränkeschmiedende Schlange. Ich würde gutes Geld drauf wetten, dass seine Brut diesen Charakterzug geerbt hat.«

»Pah!« Septimus wandte sich zu Cato herum und stieß ihm den Zeigefinger entgegen. »Hast du Beweise? Du kannst Poppea nichts nachweisen, und das gilt auch für mich. Du kannst nichts beweisen.«

Cato lächelte schmallippig. »Da irrst du dich, Septimus. Du hast deine Spuren zwar gut verwischt, etwas aber hast du übersehen. Wir wussten, dass Venutius Geld brauchte, um sich die Unterstützung für seinen

Aufstand zu sichern. Ohne Geld hätte er nichts ausrichten können. Und dann auf einmal hatte er ein richtiges Vermögen. Wir haben in der Festung eine Truhe
mit frisch geprägten Münzen gefunden. Mit Münzen
wie dieser hier.« Er holte den Silberdinar hervor, den
er in der Festungshalle eingesteckt hatte, und hielt ihn
hoch. »Römisch. Die hast du ihm gegeben. Die Münzen
stammen aus dem kleinen Silberschatz, den du von Rom
hergebracht hast, um Unterstützer für die Sache deines
Herrn zu gewinnen. Du hast Caratacus ein kleines Vermögen gegeben in der Hoffnung, dass er sich damit die
Gefolgschaft von Venutius und dessen Anhängern erkaufen und unsere Anstrengungen, Britannien zu befrieden, vereiteln würde.«

»Alles Lügen«, höhnte Septimus. »Die Silbermünzen
hat er von jemand anderem bekommen. Vermutlich von
Poppea, der Verräterin.«

»Ja, das habe ich auch erst gedacht«, räumte Cato ein.
»Aber dann habe ich mich gefragt, wie sie das hätte bewerkstelligen sollen. Das war schlichtweg unmöglich.«
Er reichte die Münze Tribun Otho. »Hier, Herr. Schau
sie dir genau an.«

Otho hatte Mühe, sich von den Gedanken an den
Verrat seiner Frau loszureißen. Er hob die Münze hoch
und betrachtete sie im Schein der Öllampe. Er zuckte mit den Schultern. »Das ist ein Dinar wieder jeder
andere.«

»Nicht ganz«, erwiderte Cato. »Riech daran.«

Otho zögerte, dann schnupperte er vorsichtig. »Die
riecht nach … ganz leicht nach … Essig?«

»Nicht nach Essig. Nach billigem Wein. Septimus hat sie in seinen Weinkrügen gelagert. In den Krügen, die er gestern Venutius' Männern übergeben hat.«

Der Tribun schnupperte erneut, dann senkte er die Hand mit der Münze und blickte den Spion an. »Stimmt das?«

»Natürlich nicht! Was weiß ich, woher der Geruch kommt. Er lügt.«

Macro boxte Septimus plötzlich fest in den Bauch. Der Schlag trieb ihm die Luft aus der Lunge. »Wag es nie wieder, den Präfekt der Lüge zu bezichtigen, du verräterischer Mistkerl.«

Septimus sank auf alle viere nieder und rang nach Luft. Die anderen schauten ihn einen Moment schweigend an, dann ergriff Cato das Wort. »Das hätte ich schon viel früher sehen müssen. Gleich nach Caratacus' Flucht. Jemand musste die beiden Wachen in Sicherheit wiegen, damit der Mörder nahe genug an sie herankommen konnte, um sie schnell zu töten. Keine schwere Aufgabe für jemanden, der mit dem Messer umgehen kann. Infrage kamen nur du und Poppea. Vermutlich hat sie verlangt, den Gefangenen noch einmal mit dir zusammen sehen zu dürfen, und hat ihnen Wein angeboten. Als du ihnen nahe genug warst, hast du sie niedergestochen. Das ging ganz schnell. Anschließend habt ihr Caratacus befreit. Es musste so aussehen, als hätte man dich niedergeschlagen und dir den Wagen und die Maultiere entwendet. Deshalb hast du dir einen Schlag auf den Kopf verpassen lassen. Vorher hattest du absichtlich den Geldbeutel in meinem Zelt liegen gelassen, um später erklären zu können, man habe dich niedergeschlagen und dir den Karren geraubt.«

»Aber ich war tatsächlich bewusstlos.«

»Es musste überzeugend wirken. Aber der Schlag war nicht besonders fest. Das hat jedenfalls der Wundarzt in der Sanitätsstation erklärt.« Cato schüttelte betrübt den Kopf. »Ich habe keinen Zweifel mehr, Septimus. Du hast seit deinem Aufbruch von Rom für Pallas gearbeitet. Du hast zwei von Macros Männern getötet, hast Caratacus zur Flucht verholfen und mit den Silbermünzen die Briganten zum Aufstand veranlasst. Die Frage ist nur, was wir jetzt mit dir anfangen.«

»Ja, was fangen wir mit ihm an?«, fragte Macro.

Cato räusperte sich und antwortete mit ausdrucksloser Stimme. »Er muss verschwinden, spurlos, genau wie seine Opfer in Rom. Ich werde Narcissus sagen, er sei beim Kampf gegen Venutius umgekommen. Es würde nichts nützen, ihm die Wahrheit über seinen Sohn zu sagen.«

»Warum nicht?«, fragte Macro. »Er hat es verdient zu erfahren, was für eine Brut er gezeugt hat.«

Cato schüttelte den Kopf. »Narcissus hat keine Zukunft mehr. Er ist verloren. Ich sehe keinen Grund, die ihm durch die Hand seiner Gegner bevorstehenden Qualen noch zu vergrößern.«

»Tatsächlich?«, schnaubte Macro. »Dann bist du ein besserer Mensch als ich.«

»Nein. Das glaube ich nicht, mein Freund. Außerdem mag Nacrcissus' Einfluss zwar im Schwinden begriffen sein, aber er ist immer noch mächtig genug, um sich an uns zu rächen.«

»Also, was jetzt?«, mischte Lebauscus sich ein. Er versetzte Septimus einen Tritt, der ihn flach zu Boden warf. »Was fangen wir mit diesem Stück Scheiße an?«

Cato antwortete ohne zu zögern. »Er stirbt. Er stirbt jetzt gleich. Macro, richte ihn auf.«

Septimus riss entsetzt die Augen auf und versuchte zum Zelteingang zu kriechen. Macro aber setzte ihm nach, zerrte ihn auf die Beine und drehte ihm die Arme auf den Rücken.

»Lebauscus …« Cato nickte. »Töte ihn.«

»Mit Vergnügen«, brummte der Centurio. Er zog das Schwert und näherte sich dem sich windenden Agenten. Er beugte sich vor und knurrte: »Das ist für all die guten Männer, die heute gestorben sind.«

»Warte!«, keuchte Septimus verzweifelt. »Das kannst du nicht …«

Lebauscus hielt das Schwert tief und richtete die Spitze schräg nach oben. Dann stieß er sie durch Septimus' Tunika, durch seinen Bauch und in den Brustkasten. Septimus warf den Kopf gegen Macros Schulter und stöhnte vor Schmerzen. Lebauscus biss die Zähne zusammen, zog das Schwert zurück, stieß erneut zu und drehte die Klinge. Otho schaute der Hinrichtung entsetzt zu.

»Nein …«, keuchte Septimus leise, als könnte sein Protest ihn retten. »Nein.«

Lebauscus zog das Schwert heraus und trat von seinem Opfer zurück. Septimus' Tunika war bereits bluttränkt, und als Macro ihn losließ, brach er zusammen, rollte auf die Seite und rang nach Atem. Seine Lunge war voller Blut, das ihm von den Lippen spritzte, während er eine Weile zuckte und schließlich reglos liegen blieb. Lebauscus bückte sich und wischte die blutige Klinge an der Tunika des Toten ab.

»Was jetzt?«, fragte Macro. »Sollen wir ihn verschwinden lassen?«

Cato schüttelte den Kopf. »Nein. Lass ihn hier. Ich glaube, der Tribun möchte noch eine Weile an die Gefahren erinnert werden, die denen drohen, die sich gegen den Kaiser verschwören. Diesmal hat es Septimus erwischt. Beim nächsten Mal könnte es seine Frau treffen oder jemanden, der ihr nahesteht … Gehen wir.«

Gerade wandte Cato sich zum Gehen, als sie von draußen den Ruf der Wachposten hörten. Im nächsten Moment erschien jemand im Zelteingang.

»Tribun Otho?«

»Ja.« Otho rang um Fassung. »Das bin ich.«

»Eine Nachricht von Legat Quintatus, Herr.« Der Mann trat ins Zelt. Nach dem mehrtägigen Ritt von Viroconium zum Lager war er völlig verdreckt. Als er den Toten sah, stutzte er und musterte fragend die Offiziere. Als keiner reagierte, langte er in die Seitentasche und holte ein Lederrohr mit dem Siegel des Legaten hervor. Er reichte es dem Tribun und trat vom Tisch zurück.

Otho hielt das Rohr in der Hand und musterte den Neuankömmling, während er um Haltung kämpfte. »Du könntest jetzt wohl eine Erfrischung gebrauchen. Wende dich an einen meiner Sekretäre.«

»Ja, Herr.« Der Soldat salutierte, warf noch einen Blick auf den Toten und ging hinaus.

Otho hielt noch immer die Nachricht in Händen und betrachtete den Leichnam. Die anderen standen schweigend dabei, bis Cato schließlich hüstelte. »Willst du die Nachricht nicht lesen, Herr?«

»Was? Oh …« Otho schüttelte den Kopf. »Nein. Noch nicht. Erst muss ich etwas erledigen. Bevor ich das Kommando über die Kolonne übernehmen kann. Du vertrittst mich so lange, Cato. Bis ich bereit bin, wieder das Kommando zu übernehmen … Lies du das.« Er erhob sich steif, ging um den Schreibtisch herum und drückte Cato das Lederrohr in die Hand. »Lies das, und tu, was du für richtig hältst. Falls du mich brauchst, ich bin bei meiner Frau.«

Cato nickte. »Ja, Herr, verstehe. Ich kümmere mich darum.«

»Danke. Du bist ein guter Mann. Das sehe ich.«

Er trat vorsichtig über den Toten hinweg und eilte nach draußen. Die Zeltklappen schwangen hinter ihm nach. Cato wandte sich an Lebauscus. »Das wäre dann also erledigt. Lass den Toten wegbringen. Schaff ihn aus dem Lager, und lass ihn begraben. Aber es dürfen keine Spuren zurückbleiben. Als hätte der Erdboden ihn verschluckt. Verstanden?«

»Ja, Herr.« Lebauscus salutierte. »Ich erledige das.«

Er ging hinaus. Cato nahm auf dem Stuhl des Tribuns Platz und brach das Siegel. Er zog die Papyrusrolle hervor, breitete sie auf der Tischplatte aus und las. Schließlich schaute er hoch und erwiderte Macros erwartungsvollen Blick.

»Und?«

»Der Legat will, dass wir so schnell wie möglich nach Viroconium zurückmarschieren. Die Ordovicer machen Ärger. Die Druiden haben sie wieder einmal aufgewiegelt. Sie machen die ganze Grenze unsicher. Quintatus braucht jeden einzelnen Mann, um sie zurückzuhalten.«

Macro zuckte mit den Schultern. »Also keine Ruhepause.«

»Anscheinend nicht. Wir brechen morgen das Lager ab, nachdem die Männer sich ausgeruht haben. Das haben sie verdient.«

»Und wir auch, mein Junge. Wir auch.« Macro lächelte. »Zufällig weiß ich von einem kleinen Weinvorrat, der aufgetrunken werden will. Herrenlos. Bist du dabei?«

Cato erhob sich. »Ja … Ja, ich bin dabei. Ich muss jetzt etwas trinken.«

»Recht so. Dann komm.« Macro geleitete ihn behutsam zum Ausgang. Am Horizont zeichnete sich ein letzter heller Streifen ab, und die ersten Sterne traten am samtschwarzen Nachthimmel hervor. Ein paar Vögel riefen in der Dunkelheit, deutlich vernehmbar trotz der gedämpften Geräuschkulisse des Lagers. Sie gingen los, und Macro lachte leise.

»Und wer weiß – wenn wir Glück haben, finden wir sogar ein paar Münzen, die er unterwegs verloren hat. Nicht nur die Wolken haben einen Silberrand.«

EINE KURZE EINFÜHRUNG IN DAS RÖMISCHE HEERWESEN

Der Vierzehnten Legion gehörten wie allen Legionen fünfeinhalbtausend Mann an. Die Grundeinheit war die *Centurie*, bestehend aus achtzig Mann, die von einem *Centurio* befehligt wurden. Die Centurie war unterteilt in Einheiten von jeweils acht Mann, die sich in den Unterkünften einen Raum teilten und während des Feldzugs ein Zelt. Sechs Centurien ergaben eine Kohorte, und zehn Kohorten ergaben eine Legion, wobei die erste Kohorte die doppelte Größe hatte. Jede Legion wurde von 120 Berittenen begleitet, unterteilt in vier Schwadronen, die als Kundschafter und Boten dienten. Die Ränge in absteigender Reihenfolge:

Der *Legat* hatte eine aristokratische Herkunft. Für gewöhnlich war er Mitte dreißig, befehligte die Legion bis zu fünf Jahren und hoffte, sich einen Namen zu machen, um seine spätere politische Laufbahn zu befördern.

Der *Lagerpräfekt* war ein kampferprobter Soldat, ein ehemaliger Obercenturio der Legion, und hatte den Gipfel der soldatischen Laufbahn erreicht. Er verfügte über große Erfahrung und Integrität und übernahm den Oberbefehl über die Legion, wenn der Legat abwesend oder kampfunfähig war.

Sechs *Tribunen* dienten als Stabsoffiziere. Diese Männer waren Anfang zwanzig, dienten zum ersten Mal in der Armee und wollten Erfahrung erwerben, um später niedere Posten in der Zivilverwaltung zu übernehmen. Beim Obertribun sah es anders aus, er war für ein hohes politisches Amt bestimmt und würde irgendwann eine Legion befehligen.

Sechzig *Centurionen* bildeten das disziplinäre Rückgrat der Legion und organisierten die Ausbildung. Sie wurden aufgrund ihrer Führungsqualitäten und Einsatzbereitschaft ausgewählt. Folglich war die Verlustrate bei ihnen besonders hoch. Der erfahrenste Centurio befehligte die erste Centurie der ersten Kohorte, hatte viele Auszeichnungen und genoss hohes Ansehen.

Die vier *Decurionen* der Legion befehligten die Schwadronen, wenngleich umstritten ist, ob ein Centurio den Oberbefehl über das berittene Kontingent der Legion hatte.

Jedem Centurio war ein *Optio* zur Seite gestellt, der als Ordonnanz mit eingeschränkter Befehlsgewalt diente. Optios warteten darauf, dass im Centurionat eine Stelle frei wurde.

Unter den Optios kamen die *Legionäre*, die sich für fünfundzwanzig Jahre verpflichtet hatten. Theoretisch musste man römischer Bürger sein, um in den Militärdienst eintreten zu können, doch im Laufe der Zeit kamen immer mehr Rekruten aus der einheimischen Bevölkerung und erhielten beim Eintritt in die Legion die römische Staatsbürgerschaft. Die Legionäre wurden gut bezahlt und erhielten von Zeit zu Zeit großzügige Boni vom Kaiser (wenn er den Eindruck hatte, er müsse sich ihrer Loyalität versichern!).

Die *Hilfskohorten* hatten einen niedrigeren Status als die Legionäre. Sie wurden in den Provinzen rekrutiert und stellten die Reiterei, die leichten Fußsoldaten und andere Spezialeinheiten. Nach fünfundzwanzigjährigem Militärdienst wurde ihnen die römische Staatsbürgerschaft zuerkannt. Berittenen Einheiten wie der Zweiten Thrakischen Kohorte gehörten etwa fünfhundert oder eintausend Mann an, wobei die größeren Einheiten von besonders erfahrenen und tüchtigen Offizieren befehligt wurden. Außerdem gab es gemischte Kohorten mit einem Drittel Berittenen und zwei Dritteln Fußsoldaten, deren Aufgabe es war, die umliegende Gegend zu überwachen.

Werkverzeichnis von Simon Scarrow

HEYNE ‹

DIE ROM-SERIE

Im Zeichen des Adlers

(Under the Eagle), Rom 1

Kaiser Claudius gewährt seinem sieb-
zehnjährigen Leibsklaven Cato die lang
ersehnte Freiheit. Im Gegenzug muss sich
Cato zu zwanzig Jahren Dienst in der römischen Armee verpflichten. Kurz darauf
befiehlt der Imperator das gefährlichste aller militärischen Abenteuer, an dem einst
sogar Cäsar scheiterte: die Eroberung Britanniens. Cato muss sich im Kampf gegen blutrünstige Barbaren
bewähren – und eine tödliche Verschwörung unter den Offizieren
zerschlagen ...

Im Auftrag des Adlers

(The Eagle's Conquest), Rom 2

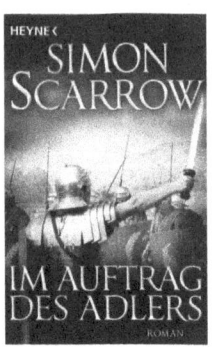

Die Invasion Britanniens hat begonnen!
Centurio Macro und sein Vertrauter Cato
führen die Zweite Legion gegen den
schlimmsten Feind, mit dem es die römische Armee je zu tun hatte: Die keltischen Barbarenhorden sind wild, grausam und beinahe übermenschlich tapfer.
Noch dazu müssen sich Cato und Ma-
cro gegen einen Feind aus den eigenen Reihen wehren. Denn
der verräterische Tribun Vitellius hat seinen beiden Widersachern
blutige Rache geschworen ...

Der Zorn des Adlers

(When the Eagle Hunts), Rom 3

Die Eroberung Britanniens gerät ins Sto-
cken. Seit Monaten bringen verheerende
Stürme über dem Kanal den dringend be-
nötigten Nachschub zum Erliegen. Eisiger
Frost lähmt die römische Invasionsarmee.
Und dann die schreckliche Nachricht:
General Plautius' Familie wurde von fa-
natischen Druiden verschleppt! Nur zwei
Männer können jetzt noch ihr Leben retten: Centurio Macro und
Optio Cato beginnen einen atemlosen Wettlauf mit der Zeit –
denn bald schon werden die grausamen Götter der Druiden ein
Blutopfer verlangen ...

Die Brüder des Adlers

(The Eagle and the Wolves), Rom 4

Britannien, A.D. 44. Mit nadelstichar-
tigen Attacken zerstören die britischen
Barbaren immer mehr der wichtigsten
römischen Versorgungswege. Und Zehn-
tausenden von Legionären droht ein
grausamer Hungertod! Allein Macro und
Cato können die Nachschublinien jetzt
noch vor dem Zusammenbruch retten –
an der Spitze einer Schar von schlecht ausgebildeten keltischen
Rekruten. Keine leichte Aufgabe, zumal die beiden Centurionen
den einheimischen Kriegern zunächst zwei grundlegende Dinge
beibringen müssen: eiserne Disziplin und unverbrüchliche Treue
zu Rom – ihrem größten Feind ...

Die Beute des Adlers

(The Eagle's Prey), Rom 5

Britannien, A.D. 44: Die römischen Eroberer kämpfen im zweiten Jahr gegen die Stämme Britanniens. Die meisten Soldaten sind kriegsmüde. Bei der entscheidenden Schlacht gerät die Legion, unter der die Centurionen Macro und Cato dienen, in eine Falle. Der Kampf ist verloren, die Soldaten werden vom jähzornigen General Plautius verbannt. Wie Tiere gehetzt, müssen Macro und Cato jetzt um ihr Leben kämpfen – und um ihre Ehre.

Die Prophezeiung des Adlers

(The Eagle's Prophecy), Rom 6

Rom, A.D. 45: Die Centurionen Macro und Cato erhalten einen gefährlichen Auftrag. Geheime Schriftrollen, die über die Zukunft Roms entscheiden, sind in die Hände von Piraten geraten. Mit der römischen Flotte begeben sie sich auf die Jagd. Die erste Begegnung mit den Piraten jedoch gerät zum Desaster. Macro und Cato werden für die Niederlage verantwortlich gemacht. Um ihre Ehre zu retten, müssen sie das Hauptquartier der Piraten ausfindig machen.

Die Jagd des Adlers

(The Eagle in the Sand), Rom 7

Syrien, die östliche Grenze des Römischen Reichs, wird von Unruhen erschüttert. Die Centurionen Macro und Cato sollen die Schlagkraft der Kohorten wiederherstellen. Unterdessen sät der Stammesführer Bannus den Hass gegen Rom. Gelingt es Macro und Cato nicht, die römischen Truppen gegen den Feind zu stärken, wird Rom seine östlichen Provinzen verlieren – und sie ihr Leben ...

Centurio

(Centurion), Rom 8

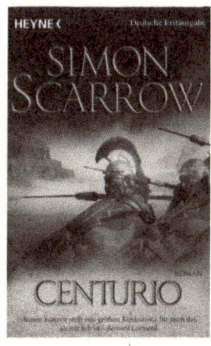

Im ersten Jahrhundert nach Christus steht nur das kleine Königreich Palmyra zwischen dem römischen Imperium und seinem Erzfeind, dem Reich der Parther. Als die Parther in Palmyra einfallen, um eine Invasion vorzubereiten, werden die beiden Veteranen Macro und Cato mit der Aufgabe betraut, die scheinbar unbesiegbare Übermacht aufzuhalten.

Gladiator

(Gladiator), Rom 9

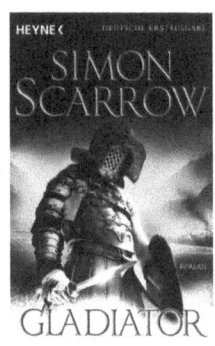

Die Krieger Macro und Cato sind auf dem Weg nach Rom, als ihr schwer beschädigtes Schiff vor Kreta anlegen muss. Dort tobt ein Aufstand – die Revolte unter der Führung des brutalen Gladiatoren Ajax droht die Mittelmeerinsel ins Chaos zu stürzen. Ajax steht dem römischen Reich mit unversöhnlichem Hass gegenüber, und auch gegen die beiden Centurionen hegt er tiefen Groll ...

Die Legion

(The Legion), Rom 10

Der ehemalige Gladiator Ajax wurde aus Kreta vertrieben und macht nun Ägypten unsicher. Seine Überfälle auf Flottenstützpunkte und Handelsschiffe stellen eine Bedrohung für die Stabilität des römischen Imperiums dar, da sich seine Männer als Römer ausgeben und so den Hass der Bevölkerung auf die Besatzungsmacht schüren. Die beiden erprobten Kämpfer Cato und Macro werden von Ägyptens Statthalter damit beauftragt, sich der 22. Legion anzuschließen und Ajax zur Strecke zu bringen, bevor das Land endgültig verloren ist.

Die Garde

(Praetorian), Rom 11

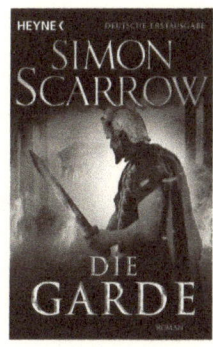

Rom im Jahre 50 n. Chr.: Intrigen sind an der Tagesordnung, und ein mysteriöser Geheimbund scheint alle Schaltzentralen der Macht unterwandert zu haben. Die Drahtzieher gehören offenbar zu den kampferprobten Prätorianern, der Leibgarde des Kaisers. Allein zwei mutigen Männern, die dem Imperium bis in den Tod treu ergeben sind, gelingt es, sich in die Prätorianergarde einzuschleusen: Präfekt Cato und Centurio Macro. Doch dann bringt sie ein alter Feind in Gefahr, und die beiden müssen erneut zu den Waffen greifen.

Die Blutkrähen

(The Blood Crows), Rom 12

Britannien, A.D. 57: Seit zehn Jahren kämpft das Römische Reich, um seine Herrschaft über Britannien aufrechtzuerhalten. In dieser Situation ist es fatal, dass der größenwahnsinnige römische Kommandant Quertus einen grausamen Privatkrieg führt, der den Hass in Britannien weiter schürt. Mit seiner Kohorte der »Blutkrähen« richtet er tief im Feindesland wahre Massaker unter der Bevölkerung an. Nun liegt es an den beiden Kriegsveteranen Cato und Macro zu verhindern, dass das Land in einem Chaos versinkt ...

Blutsbrüder

(Brothers in Blood), Rom 13

Britannien, A.D. 52: Präfekt Cato und Centurio Macro führen ihre Mannen weiter im Kampf gegen die einheimischen Stämme unter dem mächtigen Anführer Caratacus. Moral und Stärke der römischen Truppen sind durch unausgesetzte Attacken ausgehöhlt. In dieser verzweifelten Situation wählen Cato und Macro den direkten Angriffsweg ohne Rücksicht auf Verluste ...

Britannia

(Britannia), Rom 14

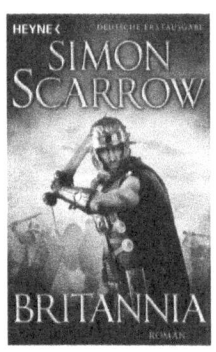

Britannien, A.D. 52: Die westlichen Stämme planen einen Aufstand. Während Centurio Macro seine Wunden pflegen muss, führt Präfekt Cato eine Legion gegen die Stammeskämpfer an. Doch der Winter naht. Cato und seine Männer kämpfen gegen erbarmungslose Kälte und tödliche Schneestürme. Unterdessen kommt Macro ein schrecklicher Verdacht. Soll Catos Truppe im Zeichen einer Intrige geopfert werden? Schon bald merken die beiden Blutsbrüder, dass ihre Feinde überall lauern ...

Invictus

(Invictus), Rom 15

Wir schreiben das Jahr 54 A.D. Mit brutaler Gewalt zwingt Rom der übrigen Welt seinen Willen auf. Präfekt Cato und Centurio Macro machen sich zusammen mit der kaiserlichen Garde auf nach Spanien, um Ruhm zu erlangen – über ein Land, das als unbesiegbar gilt ...

Imperator

(Day of the Caesars), Rom 16

Rom, A.D. 55: Kaiser Claudius ist tot, auf dem Thron regiert der grausame Nero. Als Präfekt Cato und Centurio Macro von einem Feldzug zurückkehren, finden sie Rom im Chaos vor. Verzweifelt versuchen Cato und Macro, eine Armee von loyalen Kämpfern zusammenzustellen. Doch in dem Machtkampf, der nun entbrennt, droht Rom in einen Bürgerkrieg zu stürzen ...

Das Blut Roms

(The Blood of Rome), Rom 17

Das mächtige Persische Reich fällt in das von Rom regierte Armenien ein. König Rhadamistus, bei aller Härte loyal gegenüber Rom, wird nach blutigen Kämpfen vom Thron gestoßen. Nun obliegt es seinem General Corbulo, den Kampf gegen die persischen Eindringlinge zu führen. Präfekt Cato und Centurio Macro springen Corbulo bei. Die zahlenmäßig unterlegene Schlagkraft der armenischen Krieger müssen sie mit Tapferkeit und ihrem strategischen Geschick ausgleichen: Es beginnt ein gewaltiger Kampf um Leben und Tod ...

Helden der Schlacht

(Traitor of Rome), Rom 18

An der Ostgrenze des Imperiums stehen römische Truppen den Parthern gegenüber. Schon wurden erste feindliche Krieger an den Ufern des Euphrat gesichtet. Tribun Cato und Centurio Macro sind kampferprobt in zahllosen Schlachten. Doch die Spione der Parther beobachten jeden ihrer Schritte. Und auch aus den eigenen Reihen droht Gefahr: Ein Verräter ist unter ihnen. Es ist an Macro und Cato, ihn zu finden und zu richten – sonst könnte er nicht nur die Legion zu Fall bringen, sondern das gesamte römische Imperium.

DIE NAPOLEON-SAGA

Schlacht und Blut

(Young Bloods), 1769–1795

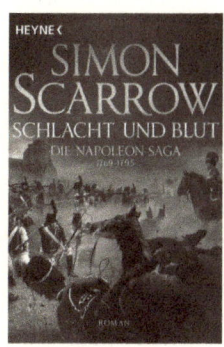

Korsika 1769: Unter dramatischen Umständen erblickt ein Junge das Licht der Welt, der schon bald das Schicksal Europas erschüttern wird: Napoleon Bonaparte. Im gleichen Jahr wird im fernen Dublin Arthur Wellesley geboren. Die Wege dieser beiden außergewöhnlichen Männer werden sich immer wieder kreuzen. Als junger Offizier führt Napoleon einen blutigen Vorstoß gegen die britischen Armeen, die die Revolution niederschlagen wollen. Im Kampf der beiden Imperien treten er und Wellesley zum ersten Mal gegeneinander an ...

Ketten und Macht

(The Generals), 1795–1803

Im Chaos, das die Französische Revolution hinterlässt, wird Napoleon des Verrats angeklagt. Um seine Reputation zu retten, begibt der große Feldherr sich auf Kriegszüge nach Italien und Ägypten. Während Napoleon sich in zahlreichen blutigen Schlachten verliert, schickt England sich an, unter der Führung Wellingtons das mächtige Frankreich zu unterwerfen.

Die zwei mächtigen Schlachtenlenker Napoleon und Wellington stehen sich als erbitterte Feinde gegenüber in einem Kampf, der die Grundfesten der Weltgeschichte erschüttert ...

Feuer und Schwert

(Fire and Sword), 1804–1809

1804. Napoleon trachtet danach, Europa zu unterwerfen. Nach der Niederlage in der Schlacht von Trafalgar erringt er bei Austerlitz einen glorreichen Sieg gegen die Russen und Österreicher. Doch ein erbitterter Feind steht ihm weiterhin im Weg. Arthur Wellesley führt die britischen Truppen auf dem Kontinent an. Er befreit Portugal aus der französischen Herrschaft und führt das Heer in Spanien von Sieg zu Sieg. Bei jenen, die sich der napoleonischen Herrschaft nur widerwillig unterworfen haben, keimt Hoffnung. Freiheit liegt in der Luft ...

Kampf und Tod

(The Fields of Death), 1809–1815

1809: Viscount Wellington und Kaiser Napoleon sind mächtige Feldherren - und erbitterte Feinde. Beide halten ihre Armeen für stark genug, um jeden Feind zu besiegen. Doch im Krieg gibt es keine Gewissheiten.
Während Wellington in Spanien Siege

erringt, scheint sich Napoleons Schicksal gewendet zu haben. Doch selbst nach der verheerenden Niederlage in der Völkerschlacht bei Leipzig weigert sich der Franzosenkaiser, die Waffen zu strecken. Seine Armee ist noch immer gewaltig. Bei Waterloo stehen sich die beiden Erzfeinde zur letzten Entscheidungsschlacht gegenüber.

EINZELTITEL

Arena

(Arena)

Optio Macro, der in der zweiten Legion dient, ist gerade für besondere Tapferkeit ausgezeichnet worden. Jetzt will er Rom hinter sich lassen und neue Abenteuer suchen. Doch das Schicksal meint es anders mit ihm: Macro erhält den kaiserlichen Auftrag, den jungen Gladiator Marcus Valerio Pavo für die Arena vorzubereiten, und gerät schon bald in tödliche Gefahr: Denn bei dem Gladiatorenkampf geht es um mehr als um Leben und Tod – Pavo war einst römischer Legat, und das bevorstehende Duell in der Arena zieht das Gefüge Roms in einen Mahlstrom von Intrigen und Gewalt ...

Schwert und Säbel

(Sword and Scimitar)

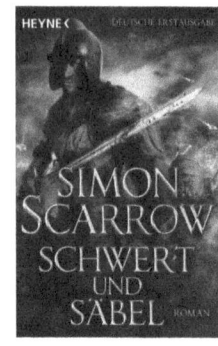

Malta, A.D. 1565: Die Inselgruppe steht als Bollwerk zwischen Europa und dem Osmanischen Weltreich, das sich immer weiter ausdehnt. Die gewaltige osmanische Flotte kennt nur ein Ziel: Malta, das die christlichen Länder im Mittelmeerraum verteidigt, von der Landkarte zu wischen. In diesen dunklen Stunden kehrt Sir Thomas Barrett, der einst von der englischen Königin ins Exil verbannt wurde, zurück nach Malta, um den Rittern des Malteserordens beizustehen. Doch neben dieser schweren Aufgabe muss er noch eine geheime Order der Königin ausführen, von der die Zukunft des englischen Reiches abhängt. Im erbitterten Kampf um Malta stehen Schwerter gegen Säbel ...

Invasion

(Invader)

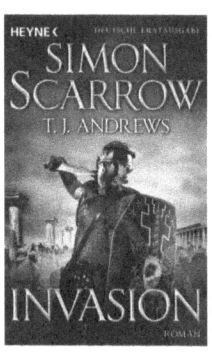

Britannien, A.D. 44: Die Invasion Roms auf Britannien hat viel Blut gekostet. Doch noch immer gibt es Widerstand. Die Männer der Zweiten Legion kämpfen weiter. Unter ihnen ist Figulus, ein junger Centurio, der sich durch besondere Tapferkeit hervortut und den Schlachtentod nicht fürchtet. Als der Winter naht, beginnt für Figulus eine gefährliche Mission, die nur Sieg oder Verderben kennt!

Conn Iggulden

Ein Mann. Sieben Könige.
Der blutige Thron Englands.

978-3-453-47165-8

Conn Iggulden

**Das neue historische Epos des
Bestseller-Autors (Die Rosenkriege)**

978-3-453-47175-7

HEYNE ‹